글누림한국문학전집

한설야

한설야 작품선

책임편집·해설 – 서경석

문학평론가. 한양대학교 국어국문학과 교수.
대표 저서로 『한국근대리얼리즘문학사연구』, 『한국근대문학사론』 등이 있다.

표지 그림 – 인강 신은숙(仁江. 硯田)

철학박사(성균관대학교. 미학 전공) / 한국서가협회 초대작가 및 심사위원역임, 시인.

글누림한국문학전집 7

한설야 한설야 작품선

초판발행 2011년 6월 10일

지 은 이 한설야
펴 낸 이 최종숙
펴 낸 곳 글누림출판사

진   행 이태곤
책임편집 임애정
편   집 오수경
디 자 인 이홍주 안혜진
마 케 팅 문택주

주   소 서울시 서초구 반포4동 577-25 문창빌딩 2층(137-807)
전   화 02-3409-2055(대표), 2058(영업), 2060(편집)
팩   스 02-3409-2059
전자메일 nurim3888@hanmail.net
홈페이지 www.geulnurim.co.kr
등록번호 제303-2005-000038호(2005.10.5)

정가 15,000원
ISBN 978-89-6327-123-1 04810
ISBN 978-89-6327-116-3(세트)

출력·안문화사 인쇄·한교원색 제책·동신제책사 용지·화인페이퍼

한설야

탑 / 과도기

책임편집 서경석

글누림

'글누림한국문학전집'을 새롭게 간행하며

세계의 유수한 고전적 저작들의 목록 절반 이상이 소설이라는 것은 놀라운 일도 이상한 일도 아니다. 잘 짜인 한 편의 이야기인 소설은 사회가 지향하는 꿈과 소망을 고스란히 담고 있다. 소설을 언어로 직조한 시대의 세밀한 풍경화라고 하는 말은 그래서 가능하다. 소설이 그 짧은 역사에도 불구하고 인류 문화의 벗으로 자리 잡을 수 있었던 것도 이러한 특성과 무관하지 않다.

시대의 격랑 속에 한치 앞도 전망할 수 없는 오늘날의 개인은 소설 속에 담긴 과거의 시공간과 만나면서 인간의 보편성을 확인하고 자신의 개별성을 확장하는 정서적 체험을 하게 된다. 소설과의 만남은 단지 즐거운 독서 체험에 그치는 것이 아니라, 가치의 기준과 삶의 저변을 확장하는 문화의 실천인 것이다.

'글누림한국문학전집'이 지향하는 기획 의도는 다음과 같다.

첫째, 이 기획은 문학교육 전문가들과 대학에서 문학을 강의하는 전공 교수들의 조언을 받아 이루어졌으며, 근대 초기로부터 한국전쟁 이전의 소설 중에서 특히 문학적 검증이 끝난, 이른바 정전(canon)에 해당하는 작품들을 중심으로 구성되었다. 정전이란 한 시대의 표준적 규범을 뜻하는 말로, 문학 정전이란 현대문학사에서 누구나 인정하는 성과와 질을 담보한 불후의 명작들을 의미한다. 이 전집을 통해서 근대 초기 이후 지금까지 삶의 이면을 관류하는 문학의 근원적 가치와 이념을 확인할 수 있을 것이다.

둘째, 이 기획은 교양과목을 수강하는 대학생과 시험을 앞둔 수험생, 풍요로운 삶을 소망하는 일반 독자들에게 작가와 작품, 작품의 배경이 된 당대 현실에 대한 이해를 돕는 교양서로 기능하도록 배려하였다. 수록 작품들은 본래의 의미를 최대한 존중하면서 다양한 이본들을 발표, 원문과 일일이 대조하면서 현대식으로 표기하였고, 박사과정 재학 이상의 국문학 전공자의 교정 및 교열 작업을 거쳐 모범적인 판본을 만들었다.

현재 우리 소설의 역사는 1백 년을 넘어서 새로운 전통을 쌓아가고 있다. 우리 소설들에는 우리 선조들이 고심했던 역사와 풍속, 삶의 내밀한 관심과 즐거움이 한데 녹아 있다. 독자들은 소설과의 만남을 통해 우리의 문화가 이룩해온 정체성을 확인하고 상상하는 즐거움을 만끽할 수 있을 것이다.

'글누림한국문학전집'이 21세기의 젊은 독자들에게 새로운 독서 체험을 제공해 주고 동시에 삶의 풍부한 자양분 역할을 하기를 희망한다.

글누림한국문학전집 간행위원회

한설야 작품선

귀향

그것은 바로 *일로전쟁 직후였다. 그때 우길의 나이는 겨우 여섯 살이었다.

우길의 일가가 일년나마 피난해 있던 수상(水上)이라는 곳을 떠나는 날 이 두메산골의 소박한 사람들은 눈물을 흘리며 작별을 아끼었다.

그 중에도 용릉(龍陵)이라는 열세 살 된 소년은 마치 친부모나 친동기간을 여의듯이 섭섭해하였다.

이 소년의 성은 민가다. 아버지는 서울 양반이라는데 나라에 무슨 죄를 짓고 피신해 다니다가 이 자식을 주체할 수 없어 이 산골 어느 능에 내버린 것을 이 동리 어떤 집에서 주워다가 길렀다.

그러나 그 아버지에 대한 이야기는 한 사람도 똑똑히 아는 사람이 없고 혹시 이러니저러니 뜬소문이 있기는 하나 말이 *원체 *사개가 비어서 대중할 수가 없었다.

그러나 민가라는 것만은 어김없는 듯하였다. 그 아버지는 어린애를 내버릴 때 그 옷 속에 성과 본과 생월 생시만은 똑똑히 적어 넣었던 것이다.

용릉이가 버림을 받을 때, 그는 겨우 네 살이었다. 그런데 더욱 그 아버지가 개개 걸신으로 돌아다녔던 관계인지 용릉이는 피골이 상접하도록 말라서 *자귀도 떼지 못하였다.

그렇건만 죽지 않은 것은 영검한 능묘의 도움을 입은 것이라 하여 이름을 용릉이라고 지었던 것이다.

그런데 여기 또 *공교한 일은 용릉이를 얻은 집은 나이 사십에 여직 자식이 없었던 그것이다. 그래 이 집에서는 하늘이 이 자식을 점지한 것이라고 여겼다. 친자식이 없을 때 하늘은 이렇게라도 자식을 주는 수가 있다고 이때 백성들은 생각하였다.

용릉이와 우길이의 형 수길이는 일년나마 한 서당에 같이 다녔다.

숱한 아이들 중에서 이 두 소년이 자별하게 의가 좋아서 팔에다 '의형제'라는 것을 떴다.

바늘에 먹 묻은 실을 꿰어 그 바늘을 팔에 얕게 찔러 먹실을 뽑아 내면 그 자리에 까만 *자죽이 생긴다.

그러면 그때부터 의형제가 되는 것이다. 수길이와 용릉이는 동갑이었으나 *정월둥이 수길이가 형이 되었다.

용릉이는 수길이 부모를 친부모와 같이 여겼다.

용룽이는 그때 나이가 겨우 열세 살이었으나 친부모가 없다는 설움이 벌써 어느새 골수에 어리어 있었다.

아무리 양부모가 극진하다 해도 친부모 하나와 양부모 다섯을 바꿀 수 없었다. 그래 수길이 부모를 또 하나 양부모로 정해 보려는 애달픈 욕심이 용룽이의 빈 가슴에 쟁겨 있었던지도 모른다.

그리고 수길이네가 산다는 수하(水下)는 두메산골보다 밝은 곳이라 서울과 가까울 테니, 그래서 고향을 그리는 맘이 수하에서 온 수길이 부모를 더 따랐는지도 모른다.

용룽이는 수길이 아버지를 아버지라고 부르고는 어떤 때 저도 모르게 울 뻔하였다. 그는 수길이 형제를 친동기간같이 여겼다.

그래서 우길이하고도 여간 자별하지 않았다.

차라리 나어리고 히맑고 *살팍진 우길이를 동생이라고 생각는 그 맘이 더 다정하기도 하였다.

어려서부터 가시 있다는 남의 밥을 먹고 자라난 용룽이는 그때 벌써 어른과 같이 눈치코치가 밝았다.

우길이를 친동생으로 생각하면서도 가끔 친동기가 아니라는 서늘한 생각이 드는 것을 어찌할 수 없었다. 그래 한번은 그 서글픈 맘이 그랬던지 우길이 손을 가져다가 처음은 자근히 물어 보다가 그만 내처 꼭 씹어 주었다. 그래서 우길이와 싸우고 어른들에게는,

"저런 고약한 놈, 어린애 손을 씹다니."

하는 니무람을 받았다. 용룽이는 우울해졌다. 그날 진종일 아무와도

이야기할 맥이 나지 않았다.

그런데 또 그 담날도 그것이 말끔히 잊어버려지지 않았다. 그리고는 뜻없이 이런 옛 기억이 어둔 밤에 화등잔같이 눈알에 환히 비치는 초끼 빠른 용릉이가 되어 갔다.

그렇건만 우길이 집이 이 두메에서 떠나가는 것이 적잖이 그의 애를 끊였다.

'너희들은 서울 가까운 곳으로 가는구나. 서울은 이 두메산골처럼 어둡지는 않겠지. 우리 아버지 어머니도 거기 계시겠지…….'
하고 용릉이는 혼자 속으로 생각하였으나 아무와도 그 말은 하지 않았다.

모든 사람이 다 남이었다.

용릉이는 부지중 눈을 가리었다.

"애, 울지 말아. 인제 또 만날걸. 우리게로도 놀러오너라, 응."

우길의 할머니가 이렇게 달래었으나 용릉이는 그 말이 더 서러웠다.

그의 설움은 이별이라는 데만 있는 것은 아니다.

용릉이는 마침내 느껴 울고 어른들은 친동기면 어디 그럴 수 있느냐고 측은한 듯이 눈을 숨벅거리며 혀 아래 소리들을 하였다.

용릉이와는 반대로 이날 우길이는 그저 무턱대고 *드리없이 바쁠 뿐이었다.

그래서 그 의좋게 놀고 싸우고 하던 기린이라는 동접 동무와 갈라진다는 것도 그닥 아쉬워하지 않았다.

기린이는 그 어머니가 바로 그 앞산인 기린산에 나물 캐러 갔다가 낳아서 기린이라고 이름을 지었다. 그래서 그런 것은 아니나 이 두 동무는 날마다 이 기린산에 올라가서 놀았다. 작년 가을에 거기 가서 버섯을 캐던 생각도 또 뿔난 딱지벌레를 붙들어 가지고 싸움을 시키던 생각도 잊을 수 없었다.

우길이는 한번 자기 집 당나귀를 끌고 기린산으로 올라갔다. 올라가다가 당나귀가 턱 서기로 내려다보았더니 그 발 앞에 봉선화 벌레 같은 새까만 벌레가 있었다. 어쩌나 하고 보려니까 당나귀는 조심성스럽게 그 벌레를 피해서 갔다. 어쩐지 그것을 우길이는 지금도 제일 잊을 수 없었다.

그래도 오늘은 그런 것이 다 무엇이랴 싶었다.

그들은 *둥글황소가 끄는 연분홍 *차일을 친 두 채의 수레에 갈라 탔다. 그것은 산골에서 보면 조그만 거행이 아니었다.

우길이와 그보다 세 살 위인 누이 귀순이와 할머니가 앞 수레에 타고, 우길이 형 수길이와 작년에 난 누이동생 이순이가 뒷수레에 탔다.

우길의 아버지는 그 당시 고향인 H읍 도교수로 시색 좋은 사람이었다. 그는 가족들을 수상(水上)에 피난시켜 놓고 자기는 주장 H읍 향교에 내려와 있었다.

우길이는 어머니보다 아버지를 더 따랐다. 아버지를 만나러 간다는 것도 여간 반갑지 않았다.

그래 수레에 친 *야과문의 돋친 차일 속으로 앞을 내다보며 산아리랑을 나직하게 불러 보았다. 밖에 내다보이는 아지랑이 가물거리는 봄은 여간 아름답지 않았다.

촌집 *바자 위에 앉은 낮닭의 울음소리도 또는 신혼 나들이의 거들먹진 *권마성도 흡사 평화의 노래 같았다.

아닌 게 아니라 세상은 다시 태평연월을 읊조리는 듯 우길에게는 생각되었다.

처음 이리로 피난 올 때에는 올수록 앞길이 캄캄해지는 듯하였다. 그런데 지금은 그와 반대로 갈수록 앞이 터지고 환해지는 듯하였다. 그것이 또 말할 수 없이 기쁘다. 금시 하늘에 날아라도 보고 싶다.

우길의 집 일행은 만자거리라는 조그만 거리를 지나 배모시라는 곳에 이르러 점심을 먹었다.

이곳은 '푼전'이라는 유명한 조선배가 나는 곳으로 우길이는 막움속에서 꺼낸 크고 물찬 배를 흠씬 먹고 또 여러 개를 수건에 꾸동쳐 메고 할머니를 따라 다시 수레를 탔다.

그날 석양에 수레는 오로리라는 거리에 이르렀다. 이것은 산골과 *평전 어름에 있는 상당히 큰 거리였다. 그런데 더욱 그날은 마침 장날인 관계로 각처에서 *황화장사가 숱해 모여들어 벅작 고아 대었다.

그런 중에서도 가장 우길의 눈을 끄는 것은 그때 첨 보는 *야바우판이었다.

변두리를 막은 널따란 널판에 구멍을 숭숭 뚫어 놓은 그 위로 동그란 알맹이를 굴리고 물레바퀴만큼 한 둥그런 널판을 벽에다 붙여 놓고 그것을 빙빙 돌리면 사람들이 입에 화살을 물고 휙 분다. 그러면 그 화살이 그 가지각색 물감으로 얼룩덜룩 그려 논 널판에 가서 쩡 하고 박힌다.

그래서 사람들은 돈을 따기도 하고 또 잃기도 하였다. 참 재미있는 노름이었다.

빙빙 돌아가는 그 널판 곁에 검은 옷 입은 사람이 서서 이따금 씨무룩하기도 하고 또 이마를 쭝긋하기도 하였다. 그것이 바로 야바우 주인인데, 우길에게는 그 의복도 눈에 새롭거니와 첫째 그 깎은 머리만 보아도 참 시원하고 이쁘다.

할머니는 늘 싫어하는 우길이를 잡아 가지고 머리를 땋은 다음 그 끝에다가 붉은 댕기를 드렸다. 그러면 우길이는 이미 그놈부터 뽑아 버리곤 하였다.

차라리 붉은빛보다 검은빛이 얼마나 좋은가—— 야바우 주인의 옷은 솜두루마기 같은데, 두루마기보다는 *어방 없이 소매가 너르고 또 허리에 띠까지 매어서 어쩐 까닭인지 알 수는 없으나 그 빛이 맘에 들었다.

'옳지, 아버지도 말을 탈 때는 허리에 명주끈을 매었것다. 아마 이 사람들은 말타기를 좋아하는가 보다. 그리게 전쟁을 잘하지. 말을 타고 칼을 휘두르며 쌈해 봤으면 참 좋겠다.'
하고 우길이는 속으로 생각하였다.

우길이는 우르르 수레에서 내려서 그리로 가까이 갔다.

노상 무섬증이 안 나는 것은 아니나 흰 옷 입은 사람들이 그 앞에 삐익 둘러선 것으로 보아 구경할 만한 것인 듯하고 또 그렇게 무서운 것도 아닌 상싶었다.

사람들은 야바우판을 삑 둘러싸고 돈을 내던지기도 하고 또 야바우 주인은 이따금 돈이나 히로(담배 이름)나 무슨 과자갑 같은 것을 손들에게 내주기도 하였다.

우길이는 어느새 그 사람들 틈에 들어가 끼였었다.

할머니가 뒤에서 황급히 부르는 소리를 그는 통 듣지 못하였다.

"애―― 우길아――"

하고 할머니는 약간 떨리는 소리로 부르다가 못해서 수레에서 내려와서 우길의 팔을 잡아끌었다.

"애, 이리 오너라."

하는 할머니의 얼굴은 벌써 약간 질려 있었다.

그때 할머니 나이는 예순여섯인데, 그는 육십 평생에 이번 난리를 만나서 색옷 입은 사람을 첨 보았는데 그 그림자만 얼씬해도 질겁을 하였다.

일로전쟁 당시에 몸서리나는 *아인(俄人)의 모습도 여직 무서운 그림자가 되어 그 머릿속에 남아 있었다. 대통을 깨어서 댓진을 빨아먹는다는 *아라사 사람, 계집이면 노소를 가리지 않는다는 아라사 사람을 할머니는 아귀처럼 무서워하였다.

그래서 무릇 색옷 입은 사람이면 모두 그렇게 생각하게끔 되었다.

일로전쟁 당시는 우길이네 동리에까지 총소리가 은은히 들려 왔다.

그러면 할머니는 그만 황급해나서 천방지축 피신할 곳을 찾아 *허청이나 뒤울간 김칫독 움 속으로 우길이 형제와 손녀들을 끌고 기어 들어가곤 하였다. 심지어 뒷간에까지 가서 숨었다.

그래 날부일 가슴이 부쳐서 생병이 터질 지경이었다.

그런데 또 어느 날 밤 동리 뒤편에 화광이 충천하였다. 그것은 두 말할 것 없이 도망가는 아라사 병정들이 지르고 간 불이었다. 그러나 그 마을은 요행 우길이네 동리에서 십리나 떨어진 동리였다.

그렇건만 놀란 눈에는 흡사 자기 동리 바로 웃머리가 불붙는 것 같이 현연히 보였다. 모두들 인제는 죽는구나 하는 생각이 들었다. 그래도 어린 녀석들만은 구경이나 난 듯이 발돋움을 하고 그것을 바라보고 있었다.

그래 *어마지두 놀란 할머니는 그 어린애를 손을 끌고 앞도랑에 나가 흙다리 아래로 기어들어갔다.

아무 일 없으니 안심하고 있으라던 아버지도 이제는 뱃심이 꺼졌는지 *가묘를 안고 물가로 나왔다.

불을 끄는 것은 오직 물뿐이라고 생각한 것이요, 또 다른 것은 다 태워도 가묘만은 태우지 말려는 것이었다.

아들이 가묘를 들고 나온 것을 보자 할머니는 더욱 가슴이 썰렁 내려앉았다. *물계를 보니 일은 기어코 졸연치 않은 모양이었다. 그는 어린애들을 품에 낀 채 그 자리에 쓰러져 버렸다.

　우길이 아버지가 가묘를 안고 나오기는 이번이 전후 두 번째다. 바로 요전 관찰사 등내에 아버지는 관찰사와 부동해 가지고 행민했다는 혐의로 *민요를 만나 집을 치우고 돈을 털린 일이 있다.

　그때 아버지는 다른 것은 다 그대로 두고 가묘만 안고 피신하였다.

　그때 우길이는 세 살이었다. 심부름하는 계집아이 계섬이에게 업히어서 우길이는 아버지가 가묘를 꺼내는 것을 보았다. 무슨 까닭인지는 몰라도 그때의 물계가 대단히 흉흉하였던 것은 짐작하였다.

　그래 그것이 어린 머리에 박혀 있었으나 민요 당하던 날은 계섬이가 업고 피신을 가서 보지 못하였다.

　그러나 그 담날 그 크던 집이 모조리 무너진 것을 볼 때, 우길은 이것과 가묘를 꺼내던 아버지의 질린 얼굴과를 어쩐지 관련해서 생각해 보았다. 생각해 보았대야 알 수는 없는 일이었지만.

　그러나 민요는 집이나 치고 말았지만, 인정사정없는 아인들이 사람의 목숨인들 그대로 두랴, 그래서 할머니는 벌써 반정신이 꾸여져 버린 것이었다.

　할머니는 아이들을 지극히 사랑하였다. 할머니는 열아홉에 홀로 된 *청상과수다. 그러므로 그는 일찍 자녀간 하나도 낳아 본 일이 없다.

　우길이 아버지는 물론 양자이다. 그러나 이 양자는 배를 아프게 한 아들보다도 더 효성이 극진했고, 이 양모는 생모보다 더 자애로웠다.

　아들을 사랑하는 맘은 곧 손자를 사랑하는 맘이었다. 아이들은 거의 할머니 손에서 자라났다.

어머니가 아이들을 알은척하고 *받자를 하면 할머니는 시기하다시
피 하고 뺏어가다시피 하였다.

"새파란 젊은것들이 해괴하게 자식 *만수받이가 다 무에냐."

늙은 과부의 고집은 어지간하였다.

아이들이 되레 성가셔서 어기대지만 그래도 할머니는 기를 쓰고
아이들 뒷바라지를 하고 매만져 주고 하였다.

그래서 이 위험 속에 아이들을 이대로 두다가는 첫째 할머니가 지
루 명을 바치겠다고 생각한 아버지는 이내 일가족을 수상에 피난시
켜 버렸다.

할머니가 손자를 사랑하는 그 지극한 심정에는 다른 사람과 다른
극진한 사정이 있다.

그가 홀로 된 지 사 년 만에 그의 양자가 될 우길의 아버지를 낳
았다. 우길의 아버지는 그의 시숙의 둘째아들이다. 그의 시숙 되는
박급제(朴及第)는 가문 좋고 세도 놀라운 사람이었다. 그런데 관찰사
가 속이 먹통이라 관찰사가 되자 검은 뱃속을 채워 줄 앞잡이를 물
색하던 끝에 마침내 박급제를 그 수하로 *취재하였다.

그러나 박은 또 박대로 제 뱃속이 따로 있어서 재물이 생기는 대
로 혼자 조겨 대었다. 그리고 관찰사에게는 입씻개로 이따금 얼마간
씩 가져다주었을 뿐이다.

그래서 관찰사는 적잖이 심사가 꾸여졌으나 *인끔이 박급제를 누
를 재비가 없어 그런대로 있다가 승차해 올라가 버렸다. 하나 언제든

지 박을 앙갚음하려던 앙심이 있어서 그랬던지 그 뒤 얼마 만에 그는 암행어사가 되어서 다시 내려왔다.

내려오면서 첫 행사가 박급제를 잡아 대령하라는 것이었다. 하나 박도 시색 좋은 사람이다. 누가 연통했는지 벌써 기미를 알아채고 사전에 진작 피신해 버렸다.

그러자 관복가도에는 밤이고 낮이고 포졸들이 씨물거렸다. 그러나 H읍에서 한 오십 리 되는 심산 속 머루 다래 넝쿨 밑에 숨은 것을 아는 사람은 박급제 집 남종 최만길이 한 사람뿐이었다.

만길은 밤마다 그의 본촌에서 사십 리 되는 그 산중으로 음식을 날랐다. 반찬까지도 더욱 김이 식지 않도록 찬합을 싸고 또 싸서 두세 달 동안 쥐도 새도 모르게 날랐다.

하나 마침내는 붙들리고 말았다. 어느 날 밤 만길의 목덜미 위에 포졸의 철편이 떨어졌다.

"이놈, 어디로 가느냐."

하고 포졸은 대뜸으로 딱따거렸다. 마침 그것은 박급제가 숨어 있는 산속으로 들어가는 자개등이라는 고개였다. 앞에서 인기척이 나서 서성거리고 있다가 덜미를 맞은 것이다.

두 번 세 번…… 이렇게 철편이 떨어져서 정신이 회감해지면서도 만길은,

"원산으로 가는 길이오."

하고 거짓말을 하였다.

“밤걸음을 왜 하느냐, 이놈 바로 불지 못할 테냐.”

“참말이올시다.”

“이놈, 그래 정녕 죽고 싶으냐. 그 손에 든 건 뭐냐.”

마침내 손에 들었던 음식을 빼앗겨 버렸다. 그것은 꼼짝못할 증거여서 만길은 이제 죽는구나 하고 질리어 있고, 그와 반대로 *성수가 난 포졸의 손에는 오래 헛다리 짚었던 *오력이 내려서 철편이 저절로 울 지경이다.

“이놈, 그래도 못 델 테냐.”

“아니올시다.”

“아니가 뭐란 말이냐, 죽지 말고 어서 대라.”

“아니올시다. 급한 일로 총총히 떠나서 밤참으로 가지고 가는 겁니다.”

“이놈, 죽어 봐라. 초죽음이 돼서 반정신이 나가야 바로 불겠냐.”

하고 한 개의 철편이 골수에 쨍 하고 울릴 때, 만길은 부지중 마지막 힘을 가해서,

“소인 만길은 죽습니다.”

하고 소리를 질렀다. 다래넝쿨 속에 숨어 있는 주인이 알아들으란 말이었다.

“이놈 봐라. 아가릴 닥치질 못해.”

하고 다두쳐 모진 철편이 만길의 목을 짓모을 때,

“세 있기라. 예 나간다.”

하는 것은 분명 주인의 소리였다. 그것은 하늘에서 오는 구세주의 소리와 같았다. 제 대신에 무고한 종을 죽이고 제가 살 만치 지지리 살려는 주인은 아니었다.

이윽고 박급제가 의관을 정제하고 자개등으로 나왔다.

희미한 어스름 달밤이었다.

만길은 그 앞에 엎디어 울고 포졸은 허리를 구부려 인사하였다.

"어사 출두하셨습니다."

역시 옛날은 한마디 말만 가도 그 앞에 *석고대죄하는 포졸이었다.

"걸어라."

그래서 그 무서운 한걸음 한걸음은 고요한 밤을 헤치고 H읍 쪽으로 옮기었다.

"그래 어사께서 어디 계시냐."

"본읍 관가에 계십니다."

박급제는 힘써 태연히 포졸과 이런 문답을 하였다.

행길에서 박급제의 본촌으로 *삐여져 들어가는 갈림길에 왔을 때, 박급제는 앞에 서서 촌길로 잡아들었다.

"영감, 바로 읍으로 행차하십지요."

포졸은 자기의 직책상 박의 앞을 막아섰다.

"이놈, 잔말 말고 걸어라."

그래서 포졸도 하는 수 없이 박을 따라 그의 본촌으로 들어왔다.

날은 벌써 훤히 먼동이 텄다.

박의 집은 이 촌 복판에 있었고 또 이 촌서는 일등 큰 집이었다.

그러나 모두들 잠이 들어서 아무도 주인이 돌아온 줄을 몰랐다. 다만 늙은 삽사리가 깽 하고 짖다가 주인이 온 줄을 알고 꼬리를 저으며 사랑뜰로 나왔을 뿐이다.

박급제는 의관을 다시 한 번 바로잡고 사랑에 들어가서 넌지시 절을 하고 그 앞에서 은장도로 목을 찔러 자결해 버렸다.

포졸은 황급해서 빈손을 털고 *장달음을 쳐서 읍으로 들어갔다.

박급제의 집은 청천의 벽력이 떨어진 듯하였다.

그때 그의 두 아들은 여덟 살과 여섯 살이었다. 하나 여섯 살 된 둘째아들(뒤에 우길의 아버지)은 작은집에 양자를 들어서 본집에는 없었다.

그의 생모는 규모가 대단한 사람으로 생모라는 티를 보이지 않았고, 또 아들을 생가로 오지 못하도록 하였다.

그러나 난다 긴다 하는 박급제도 죽고 보니 남은 것은 어린 두 아들뿐이었다. 본시 호걸이라 행민한 돈으로 전토를 장만하고 돈 낟가리를 가리려던 위인은 아니었다.

두 아들의 *전정뿐 아니라 박급제의 손에서 살아가던 큰집 작은집의 운명이 또 졸지에 천길 굴속에 떨어진 것 같았다.

하나 그것은 앞일이고 우선 당장 난처한 것은 죽은 사람의 뒷수습이었다.

어사 출두로 죽은 사람이라 *전가후택으로 사는 이웃에서도 공연한 *얼을 쓸까 봐서 얼굴도 들이밀지 않았다.

그리고 일변 관가에서는 떼설이 등등한 포졸들이 나와서 도끼를 들고 이 집 기둥을 모조리 돌아가면서 세네 치씩 찍어 놓았다. 암행어사가 제 손으로 죽이지 못한 화풀이로 기둥을 찍으라고 시킨 것이었다. 그 큰 집 기둥을 찍는 소리가 쩡쩡 울려서 이 초상집은 더욱 무서운 서리가 떠도는 듯하였다.

그렇건만 그 집의 어린 두 아들은 그 동안 울음을 그치고 나와서 그것을 익히 바라보고 있었다.

그 뒤부터 두 아들은 강심을 먹고 *불철주야 공부에 열심했다는 것과, 추운 겨울 눈보라치는 날 신발이 없어서 건장하던 형이 약질인 아우를 업고 다니며 공부했다는 것은 오늘까지 일러 오는 이야기다.

또 그 두 아들이 장성해서 만길의 자식들과 자기 아버지의 시신을 염하고 선영에 운구해 준 당군들을 어떤 방법으로든지 모두 보살펴 준 후덕도 남들이 오래 일컬어 왔었다.

이렇게 그 자식으로 하여금 후덕스러운 사람을 만든 것은 다름아닌 그 어머니의 힘이요 사랑이었다.

우길의 아버지는 박가 집의 소중한 아들이었을 뿐 아니라 양모에게는 더욱 천금 맞잡이였다.

이 자식만 아차 하면 그 집은 영영 마지막이다. 홀어미에게 딴 자식이 생길 배 만무한 일이니 어떻게 하든지 이 자식을 토실히 길러서 수부귀 다남자 하도록 해야 청상의 한이 풀리리라고 양모는 생각하였다.

그래서 그 어머니는 아들의 뒤를 이을 맏손자 수길이가 날 때까지 *하마 맘을 놓지 못하였다.

그런데 정작 맏손자가 나고 보니까 연신 또 무 뽑듯 무럭무럭 손자가 생겼으면 싶은 욕심이 생겼다.

또 그 다음 우길이가 났을 때에는 이렇게 터울이 늦어서는 또 언제 손자가 나랴 싶은 조바심이 생겼다.

그러니 그 자식 귀한 자식일밖에…… 할머니는 손자를 끔찍이 아끼고 사랑하였다.

어린애들이 고뿔만 만나도 할머니는 벌써 손을 벌벌 떨며 하늘에 대고 입속으로,

"하느님! 나를 잡아가구 그 대신으로 이 자식들을 한평생 무탈하게 해주십시오."
하고 축원하였다.

아이들이 다쳐서 피가 터지면 할머니는 자기 몸이 다쳐서 피 흐르는 것을 분명 느꼈다.

그러나 우길에게는 할머니의 사랑이 차라리 지긋지긋한 때가 많았다.

수상에 있을 때만 해도 우길이는 연일 골짜기와 시냇가로 뺀질 떠다녔는데, 그러면 그 사이 할머니는 우리집 애를 잃었다고 울고불고 찾아 떠나곤 하였다.

한번은 우길이가 그의 집 당나귀를 탔다가 떨어진 일이 있다. 그는 아랫도리를 벗고 다니던 그 나이 때부터 말이나 나귀 타기를 즐겨 하였다.

어느 날 그의 아버지가 나귀를 타고 H읍에 왔는데 그때 마침 기린산 고개에서 이것을 발견한 우길이가 앙탈을 하다시피 하여 그 나귀에 올라탔다.

그게 바로 여섯 살 봄이니까 아직 아랫도리를 벗었을망정 나귀에는 좋이 치여 본 경험이 있어서 아버지도 그저 제 하자는 대로 내버려두었다.

우길은 나귀 등에 올라앉아서 제법 나귀 배 허벅에 발뒤꿈치를 박질러 *가탈걸음으로 몰아 가지고 집으로 돌아왔다.

그런데 마침 외양간 문이 열려 있어서 나귀는 길바로 그리로 달려 들어갔다. 한데 산골집이란 워낙 외양간 귀틀이 낮아서 우길의 모가지가 귀틀 위턱에 걸려 버렸다. 앞으로 엎드릴 것을 미처 생각지 못했던 것이다. 그래서 우길은 나귀에게서 미끄러 떨어지고 말았다.

그런데 또 한번 불행한 일은 우길의 머리가 떨어진 그 자리가 바로 낙숫물받이 청석판이었던 그것이다.

우길이는 골을 내친 채 그만 그 자리에 까무러쳐 버렸다.

우길이가 *장근 두세 시간을 가도 정신을 차리지 못하는 것을 보자, 할머니는 그만 지병인 풍이 동해서 그 자리에 쓰러졌다. 짝 없는 *화단이 없다고 한 집에서 두 사람씩이나 이렇게 되어 집안은 졸지에 서릿발이 날리는 것 같았다.

그러나 우길의 아버지가 의약에 밝아서 미리부터 갖추어 두었던 *우황이라 *사향이라 청심환이라 하는 것으로 약새질을 하여 우길이도 할머니도 미구에 정신을 차렸다.

그러나 할머니는 눈을 뜨자 또 우길의 걱정이 자심하였다. 우길의 이마에 땀이 도느냐 팔다리에 온기가 있느냐 하고 떨리는 손을 허위적거렸다.

할머니 사랑은 늘 이처럼 정도가 넘어서 오히려 지질한 변을 저지르는 일이 종종하였다.

또 아니 해도 좋을 걱정을 해서 도리어 우길을 징이 나게 하는 일도 비일비재였다.

하나 타고난 버릇은 어찌할 수 없어서 지금 우길이가 야바우판을 구경하고 있는데 또 그 버릇이 움직여났던 것이다. 우길이가 그 낯선 사람들 틈에 넌지시 들어서 있는 것이 암만해도 걱정이 되었다.

"애 우길아."

할머니의 낯빛은 점점 더 질려 갔다. 검은 옷 입은 사람이 못내 무서워난 것이다. 그런데 저 우길이란 놈은 *난짝 그 앞에 나서서 턱을 들고 무엇을 보고 있을까, 온 무서운 것도 모르는가, 미련한 꿩이란 놈이 해동청 보라매를 *짜장 봉황샌 줄 알고 구경하고 있는 셈인가, 할머니는 이렇게 생각하였다.

"애, 이리 오."

할머니는 우길의 소매를 잡아다렸다.

"일없어."

하고 우길은 손을 홱 뿌리쳤다.

"글쎄 이놈의 새끼야."

"일없다는데——"

우길은 탁 돌아서서 눈을 찌글시하고 한참 할머니를 깔보아 주었다.

그러나 할머니의 몰골도 노상 수월히 돌려설 상은 아니다.

우길은 돌멩이라도 있으면 담박 할머니의 무릎 고드리나 복사뼈 허방에 딱 던져 줄 것인데 하며 좌우로 길바닥을 두리번거렸다.

우길은 할머니가 정녕 짜증이 나게 굴면 돌멩이고 흙덩이고 간에 손에 쥐이는 대로 잡아 가지고 할머니의 아랫도리를 겨냥하고 던지는 팩한 버릇이 있다.

그러면 할머니는 그 흙덩이에 맞았거나 말았거나 또는 아프거나 아니 아프거나 뒤스럭스럽게 큰 소리로,

"아갸갸 아갸갸."

하고 아파 죽겠다는 시늉을 하며, 그 자리에 풀썩 주저앉아서 맞은 자리를 문지르거나, 혹은 맴을 돌며 건으로 연성,

"아갸갸, 나 죽는다. 이놈의 새끼, 더 때려 봐라, 날 때려 죽어라."

하고 못 견딜 상을 한다.

하나 우길에게는 그 *상통이 더욱 밉상이다. 빛깔 검은 낯바데기가 오골오골 쭈그러들어서 하릴없이 말라붙은 팥죽 더데기 같다.

“누가 살리나.”

“이놈의 새끼, 더 때려 봐라.”

“죽어도 좋아!”

그리고 이번엔 조그만 흙덩이로 잔등을 한번 더 때려 본다.

“아갸갸, 이놈의 새끼, 사람 죽인다.”

“꼬부랑깽 꼬부랑깽······.”

하고 우길은 이렇게 놀려먹는다.

‘꼬부랑깽’이란 할머니의 옛이야기에서 나온 말이다. 옛날 꼬부랑 할머니가 꼬부랑 막대로 꼬부랑 강아지를 탁 때리니까, 그 강아지가 꼬부랑깽—— 하고 울더란 이야기에서 나온 말이다.

“이놈의 새끼, 아버지한테로 가자——”

그러나 할머니는 울컥 하고 마는 우길의 *밸머리가 누그러졌을 것을 안다.

그래서 속으로는 한맘 늦추 먹으면서 위정 이렇게 을러 보는 것이다.

그러면 우길이놈도 약간 겁이 나고 또 할머니 미운 생각도 덜해져서,

“아파 죽겠지, 용용용······.”

하고 어디로 내뺀다.

지금도 우길이는 꼭 때려뉘고 싶은데 마침 사람도 많이 싸대고 돌멩이도 눈에 띄지 않았다.

할머니는 우길이놈이 또 돌멩이를 찾고 있는 것을 알아채고 다급한 소리로,

"얘 이놈의 새끼……."

하고 엄포를 보이고, 이어 수레에 앉아 구경을 하고 있는 수길에게,

"얘 수길아, 저놈의 새낄 가서 못 붙들어 오겠니. 저놈의 새낄……."

하고 다두쳐 응원을 청하였다. 그러면서도 우길이가 무엇을 집어던지기만 하면 그 자리에 풀썩 주저앉아서 뺑뺑 돌아가려고 알맞춤한 자리를 보고 있었다.

그러나 우길은 할머니의 기승보다 야바우가 더 보고 싶었다. 그래 그는 누가 자기를 붙잡으면 메다꽂기라도 할 요량으로 한주먹을 단단히 쥐고 재미나는 야바우 속을 찬찬히 들여다보고 있었다.

"얘 수길아, 어서 와서 저놈의 새낄 잡아오너라."

하고 거푸 재촉하나 수길은 본시 줄이 뜨고 성미가 *까라졌다.

우길의 형 수길은 나이 열세 살인데 밤낮 글만 팔 줄 알지 우길이처럼 부줄이 세게 뿌쳐지지 않는다.

그래서 할머니는 그것도 또 걱정이었다. 글 때문에 수길은 몸이 약해진다고 책을 감추고 쌈질하고 심지어 글 안 읽도록 *방자까지 하였다.

그렇건만 수길은 남의 일 아랑곳할 것 없이 제 공부만 하는 아이였다.

"얘 수길아, 이리 내려오너라."

그렇게 여러 번 부른 때에야 수길은 비슬비슬 수레에서 내려와서 우길이더러 가재 보았으나 그래도 우길은 듣지 않았다.

그런데 그러는 중에 수길이도 어느새 야바우에 흥미가 끌렸다. 그

래서 그도 사람들 뒤 틈에서 삐근히 그 안을 넘겨다보고 있었다.

그러자 할머니의 눈 밑으로 무슨 그림자가 얼른하고 지나갔다. 그의 가슴에서는 무엇이 조급히 다듬이질을 하기 시작하였다. 수상에 있을 때의 일이 펀뜩 생각난 것이다.

어느 날 동구 앞 기린산 고개에 검은 양복 입은 세 사나이가 나타났다. 그것은 바로 우길이네 동리로 오는 것이었다.

할머니는 그것을 보자 이거 큰일났다고 어느새 벌써 야단법석이었다. 수하(水下)에서 일백사십 리나 되는 이 두메산골로 피난 왔는데 어떻게 알고서 저 무서운 것들이 또 냄새를 맡고 왔을까, 온 무섭게 코가 밝은 녀석들이고나, 하고 할머니는 안절부절을 못 하였다.

"애 수길아, 우길이놈은 또 어디로 갔느냐."

할머니는 먼저 손자부터 찾고 손자가 눈에 뷘 담에 손녀를 부르는 버릇이었다.

"애 귀순아, 우길일 찾아오너라. 저러다가 큰일나겠구나."

그러며 할머니는 먼저 수길이부터 끌고 뒷간으로 들어갔다.

우길이보다 세 살 위인 귀순이가 우길일 찾으러 나갔다가 인차 그저 돌아왔다.

"우길이 없어요."

"없다니, 저놈의 새끼 오금에 바람이 들었는지 눈만 뜨면 둥둥 떠다니니…… 기린이네 집에 가봤니."

"없어요."

"저놈의 새끼가 또 낚시질을 따라갔구나, 신발도 안 신고…… 내 찾아보구 오마, 너희들은……."

하고 할머니가 수선을 떨다가 잊은 듯이,

"애 귀순아, 이리 온, 저고리를 벗어라. 붉은 저고리를 입으면 붙잡아 가."

그러며 할머니는 귀순의 저고리를 벗겨서 뒤집어 입혀 주었다. 할머니는 어디서 들었는지 꼭 그렇다고 여겼다.

"어디 가서 우길이놈을 찾아올 테니 너희들은 꼼짝 말고 여기 있거라."

하고 허리를 꼬부리고 *진동걸음으로 나갔다.

나갔지만 굼뜬 거북이가 뛰는 토끼를 찾는 심이지 그 날바람쟁이 우길일 어디 가서 붙들어 내랴.

그래서 공연히 헛다리만 짚고 돌아왔다. 그런데 아까의 그 검은 그림자는 어디로 갔는지 감감 알 수 없다. 그렇건만 할머니는 그것이 되레 아닌 밤중의 홍두깨 식으로 무중 쑥 들여밀자는 약은 꾀라고 생각하였다.

그래서 그는 *정주에 들어서서 우길의 어머니더러 갓난 이순이를 끼고 웃방에 들어가서 이불을 쓰고 누우라고 시키고 자기는 헌 누더기를 뒤집어쓰고 *가맛목에 꼬부리고 누웠다.

그리고 입속으로 혼자 무엇이라고 중얼거렸다. 거의 죽어 가는 사람의 흉내를 내는 것이었다.

한참 이윽해서 우길이가 들어왔다. 돌아와 보니 문들이 꼭 닫히고 아이들 말소리도 안 들리고 해서 어째 물계가 수상하였다. 그도 어쩐지 약간 무섬증 비슷한 생각이 났다.

그래서 슬금슬금 눈을 살피며 부엌문을 삐죽 열고 들어가 보았다.

그러자 가맛목에 누더기를 쓰고 누웠던 할머니가 문소리를 듣고 어쿠나 기어코 저 코 밝은 녀석들이 예까지 찾아왔구나 하는 생각을 했는지 이불 속에서,

"신단지 신단지……."

하고 외우고 있다.

'신단지'란 죽는다는 의미로 외우는 말이었다. 즉 자기는 시방 거의 죽어 가니 붙들어다가 무엇에 쓰겠느냐 내버려두고 그대로 가라는 의미였다.

우길은 참다가 못해서 콧방귀를 불었다.

"흐흥, 할머니가 신단지란 말을 아네."

"이놈의 새끼, 니 어디 갔다 왔니. 저 저고릴 벗지 못하겠니. 붉은 저고리 입으면 때여가. 이놈의 새끼, 어디로 가니. 게 있거라."

하고 할머니는 소리를 질렀으나 우길이놈은 또 어디로 내빼고 말았다.

하나 결국 아무 일 없었다. 할머니는 이 집 자식들은 모두 산천자 손이라고 생각하였다.

할머니는 시방 그때 무섭던 일을 생각하였다.

그러나 우길이란 놈은 무서운 줄도 모르고 남사당패나 어디 만난

듯이 목을 늘이고 섰고 수길이놈마저 춘향이 잡으러 간 사령이다.

우길의 집 일행은 오로리에서 하룻밤을 자고 이튿날 중낮 전에 옛 집으로 돌아왔다.

돌아오면서도 우길은 야바우판을 잊을 수 없었다. 실로 좋은 구경 거리였다.

참 세상은 좋게시리 변해 가는구나 하였다. 사람도 보지 않던 사람이 보이고 말씨도 왈왈거리는 게 멋들어지고 구경거리도 *왕청된 것이 새로 생겨 나오지 않는가. 또 다른 것은 다 고만두고라도 그 야바우 주인의 까까중이 머리만 해도 얼마나 시원하고 새롭고 깨끗한가.

한데 쥐꼬리만한 이놈의 머리채는 어째 여직 남겨 두는가, 할머니는 기를 쓰고 머리를 땋아 주고 또 열 밤도 안 자서 머리를 씻자고만 드니 사람이 기를 펼 수가 있는가. 우길은 그렇게 생각하였다.

말하자면 우길이는 이 야바우판에서 벌써 개화라는 그따위 *비젓한 것을 읽은 것이었다.

우길이가 사는 나군터라는 촌은 H읍에서 십리 남짓이 떨어진 농촌이지만 촌하고는 굵은 집들이 많다. 또 *개와집이 많기로도 유명한 촌이다.

이 동리는 전부 이백 호 조금 못 되는데 그 중 한 십여 가호만 타성이고 그 담은 모두 우길이네와 같은 박가들이다. 그러기 때문에 이 동리를 일명 박가촌이라고도 한다. 이 관북지방에는 이 같은 동성부락(同姓部落)이 많다. 대체로 지금의 관북지방에는 옛날 남선지방의 이민(移民)들이 북으로 들어오면 첫째 농사지을 평야가 있어야 하였다. 그래서 평야를 얻으려 하나 이미 토착해 사는 사람이 있어서 함부로 차지하기는 어려웠다. 또 *자초로 이 지방에서 살던 사람은 윈데서 온 사람을 경계하고 방지하려고까지 하였다.

그래서 피차 말썽이 생기고 쌈이 생기었다. 한데 두말할 것 없이 쌈은 힘을 요구하는 것이기 때문에 힘을 만들기 위해서 동성끼리 모아서 한군데 얽혀 살게 되었다.

그런 관계로 이 지방은 토박하나 사람들이 근면하고 영악하다. 이들은 한 마을에 수십 또는 수백 호씩 모여서 이 너른 평야 이곳 저곳에 숱한 부락을 만들고 대대손손으로 살아왔다.

우길이네 동리는 이 너른 평야 한복판쯤에 있다.

이 동리에서 보면 동북간에 백두산의 *낙맥(落脈)이 조금 가까이 보일 뿐이고 그 다음은 먼 산들이 목화와 같이 어스무레 아득히 보인다. 그리고 서남은 한 사십 리나 가서 동해가 있다.

이 동리 동쪽에는 큰내라는 맑고 넓은 내가 흐르고 이 동리 서쪽에는 오륙 마장이나 되는 버들둑이 삐익 둘러치어 실실이 늘어진 수양버들이 그 아래 창포 우거진 도랑 위에 푸른 그늘을 던지고 있다.

우길이는 봄이면 이 버드나무에 올라가서 버들개지를 따먹고 이 버들가지에 그네를 매고 뛰었다. 일로전쟁 당시 밤에 피신했던 자리는 바로 이 버들둑 아래 도랑에 놓인 흙다리다.

그리고 그 버들둑 남쪽과 북쪽 두 군데 나지막한 언덕이 있는데 북쪽 것은 하릴없이 무덤 같다. 그래서 누구의 입에서 생겨난 말인지 옛날 나군이라는 장수의 무덤이라고 하고 이 동리 이름을 나군터라고 한 것도 거기 연유한 것이라는 전설이 전하여 내려왔다.

그래 우길이 동무들은 한번 이 무덤을 옆구리에서부터 파보았다. 팔 때 생각은 하다못해 장군의 투구 조각이라도 나오리라 싶었다. 그러나 일껏 파보니까 거적 밑에서 난데없는 숯덩이 같은 것이 나와서 아이들은 침을 퉤퉤 뱉고 도로 묻어 버리었다.

아이들은 봄날이나 단오철이면 이 언덕 버드나무에 그네를 매고 뛰었다.

여름이면 그 언덕 앞 평전에 또랑 모래를 파올리고 씨름을 또 하였다.

그리고 가을이면 이 아래위 두 언덕에 높고 낮은 병풍을 둘러치고 *기직을 깔고 차일을 치고 그리고 가가호호에서 날라 오는 *전물상을 벌여 놓고 동리 '예신'이라는 것을 지냈다.

'예신'이란 것은 동리가 일년 두루 태평하기를 비는 동리 제사인데 그날은 정월 대보름보다도 사월 팔일보다도 오히려 더 굉장하다.

그날이면 동리 새악시들이 새옷 입고 노리개 차고 전물상을 차려서 이고 이 언덕으로 모여든다. 가세에 따라서 크게도 작게도 차릴 수 있으나 빠지는 집은 거의 없다.

또 이날의 새악시들은 유달리 이쁘다. 그러나 그 이쁨이란 반들거리고 *자깝스러운 것이 아니다. 수수하고 은근하고 천연스러워서 나

어린 소년들은 때아닌 꽃구경이나 하듯이 이리로 모여들어 왔다. 모여 와서는 누군 발이 좀 크니, 누군 눈이 좀 작으니 하고 씨물거려 댔다.

그것은 바로 해마다 무장다리꽃이 피는 무렵이다. 산이 없는 이 동리에서는 이 언덕이 유일한 산이요, 이 벌판에서는 이 무장다리꽃이 한참은 볼 만한 꽃이다. 나비도 이 꽃을 따라 날아왔다.

우길의 집은 크고 좋다. 물론 개와집이다. 산이 없고 개와 굽는 가마가 먼 이 동리에서 개와집이 많다는 것도 동리 자랑의 하나이다.

이 동리에는 옛날부터 벼슬아치가 많았고 따라서 이름을 날리고 재물을 쌓은 사람도 많다.

그 중에도 우길이네 집이 가장 *드소문하다. 선대로부터 재리를 밝히는 가문은 아니었으나 그 반면 글과 벼슬로 이름이 높았다.

우길 아버지 대까지 팔 대를 내리 진사가 나고 그 동안 급제가 셋이 났다. 그러므로 이 동리에서 *삼현육각 소리를 가장 많이 울려 때린 것도 그의 집이다.

그러나 우길의 아버지 박진사 대에 와서 민요를 만났다. 그 큰 집은 단박에 옥천 바삭이 되고 말았다. 그는 그럴 만한 까닭이 있었다.

이 지방에 이른바 후보초시(候補初試)라는 것을 만들어 낸 것은 두말할 것 없이 박진사였다.

세상이 다 아는 바와 같이 그때는 매관매직하던 시대지만 역대로 내리내리 어떻게 글갱질을 했는지 벼슬은 살 만한 사람은 죄다 사고

팔 만한 자리에도 다 팔아서 그 동네 관찰사가 은근히 배를 앓고 있는데 박진사가 들고 나선 것이 '후보초시'라는 것이었다.

즉 초시 될 만한 사람은 다 되었지만 그 아래 가는 좀 인끔이 떨어지는 사람에게 이른바 후보초시제라는 것을 주기로 하였다.

위에서 내주면 싫어도 안 받을 수 없고 받는 날이면 돈은 으레 *좌수우봉으로 바쳐야 하는 때이다.

그래서 그 동네 관찰사와 박진사는 받아라 내라 마구 팔아 대었다. 먹으면 먹을수록 구미나는 것이 돈이라, 극성스레 세우던 끝에 그만 민란이 일어난 것이다.

관찰사는 어느새 *가뭇없이 *도타해 버리고 박진사는 그날 피신은 했으나 집은 육모방망이 바람에 형지없이 무너지고 말았다.

토고리 안에 우물정자로 쌓아 두었던 엽전이 하룻동안에 말짱 날아났다.

돈뿐 아니라 놋제기 놋그릇이 엿장수의 엿궤 속에 들어간 것도 기수 없었다. 은합 주발 놋촛대 은촛대 심지어 놋요강까지 혹은 통으로 혹은 부서져서 읍내와 근촌에서 구경 온 사람의 손으로 들어가고 말았다.

포숫집 개는 호랑이가 물어 가야 시비가 없다고 이놈의 집 기물은 배 곯은 백성이 먹어야 말이 없다. 그래서 이 난리통에 어떤 엿장수는 밭날거리 착실히 굳혔다는 소문까지 났으나 아무도 잘못된 일이라고 나무라는 사람은 없었다. 도리어 나도 한몫을 들었을 걸 공연히 점잔을 빼고 있었다고 모두들 뒤스럭을 떨었다.

그러나 박진사 집 기물이나 세도는 그것으로 파장을 친 것은 아니었다.

박진사는 보라는 듯이 전보다 더 크고 훌륭한 집을 지었다. 지금 쓰고 사는 집이 바로 그 집이다.

그러나 수상에 피난해 있는 그 동안 남에게 빌려 줘서 집은 적잖이 글러진 것 같았다.

첫째 쥐란 놈이 산지사방으로 싸대면서 제맘대로 굴을 숭숭 뚫어 놓았다. 토고리는 널마루에까지 쥐구멍이 뚫어졌다. 어두컴컴한 그 속에서 쥐란 놈은 대낮에도 *작경을 놓았다.

우길이는 쥐를 제일 무서워한다. 장난꾸러기 우길이는 여지껏 아랫도리를 벗고 다니는 일이 많은데 그러다가도 눈이 뙤록뙤록하고 꼬리가 한 자나 되는 쥐를 보고는 사타구니를 움키고 뛰어들어오곤 하였다.

넓은 앞뜨락 바잣가에 있는 왕두복숭아나무도 그새 말라 죽어 버렸다. 그 나무에는 주먹 같은 왕두복숭아가 주렴주렴 열렸는데 빌려 든 집에서 소를 매어 놓았기 때문에 말라 죽은 것이다.

그러나 그 곁에 있는 되낮은 앵두나무에만은 콩알만큼씩 한 앵두가 불긋불긋 달려 있었다. 앵두나무는 꺾어서 말채찍을 하다가도 도로 꽂아만 놓으면 다시 살아난다니까 살아 있을밖에…….

우길이는 복숭아를 따먹던 옛 생각을 하고 슬그머니 골이 났다.

그런데 붙는 불에 키질로 이 집에 빌려 들었던 집의 맏아들인 계덕이란 놈의 말이 우습지 않은가. 그놈은 복숭아 같은 것은 여차로 치고 앵두가 약이라고 가장 아는 체, 우길에게 일러주고 또 그것만이면 모르겠는데 앵두를 따서 연주풀매식으로 제 입에 던져 넣으며 낼름거리고 있지 않은가.

"이거 약이야, 이거 먹으면 죽었다가도 살어나, 너두 먹어 봐, 응."

"그게 무슨 약이야, 그걸 누가 먹어."

우길이는 계덕이가 내미는 손을 탁 쳐버렸다. 생각할수록 화나는 일이었다.

"약이야, 내 봤어, 너 안 먹으면 내 먹을 테야. 야암얌."

"튀, 그게 무슨 약이야."

우길이는 침을 탁 뱉었다.

우길은 아무러나 여지껏 왕두복숭아나무에 미련이 있어서 그 마른 가지를 쳐다보다가 그리로 기어올라갔다.

계덕이 말을 들으면 앵두는 약일시 분명하였다.

"저쪽 제비 새끼가 뱀한테 물려서 거의 죽게 됐는데 어미가 이걸 물려 주니까 더러는 살어났어 뭐."

계덕이가 이렇게 말할 때 우길이는 우길이대로 제 할말을 생각하다가 복숭아나무에 아직도 송진이 남아 있는 것을 보며,

"얘, 이게 원판 약이야, 손 벤 데 이거 발러 봐. 내 발러 봤어."
하고 *승벽을 부렸다. 계덕이보다 세 살이나 아래나 어쩐지 딴에는 제가 낫거니 싶고 또 나아야 할 것이라 싶었다.

“아니야, 내가 봤어. 구렁이가 족제비 굴속으로 들어갔어. 새끼 잡
어먹으러 들어갔어. 그래 에미가 달려와서 보구 그 굴을 마구 메꿔
버렸어. 그리고 그 옆에 딴 굴을 파고 들어갔어.”
하고 계덕이가 혼자 떠벌리나 우길이는 무슨 소린지 모르듯이 그러
나 약간 재미나는 듯이 듣고만 있었다.

“조금 있다가 구렁이가 나왔는데 배가 쭉 갈라졌어. 그래 아파 죽
겠는 모양이야. 마구 뒹구는데. 그러니까 그 뱃속에서 족제비 새끼가
수두룩 나왔어. 아버지가 그러는데 족제비 발톱이 아주 칼날 같대.
그래 그걸로 구렁이 배때기를 쭉 그어 논 거래. 그래서 아이들이 족
제비를 아라사라고 그랬어. 족제비가 지지 않았어 뭐.”

“아니야, 구렁이가 더 세.”

우길의 말은 구렁이가 더 센데 족제비가 어떻게 그 배때기를 갈라
놓았겠느냐 하는 의미다.

“아니야, 족제비는 발톱이 칼날이야. 구렁이 발톱이 있나 뭐.”

우길이가 아무리 영리하다 하더라도 그 말에는 이길 수 없었다.
그러나 이놈은 승벽이 세다.

“족제비는 나쁜 거야, 닭을 잡어먹어.”
하니 계덕이란 놈이 나이가 셋이나 위이라 들은 풍월이 많다.

“아냐, 북족제비는 참 좋은 거야. 제 집 닭은 안 잡어먹어. 또 부자
도 만들자면 만들어 준대.”

그래서 결국 우길이가 진 심이다. 이놈은 아직 복구렁이 이야기를

못 들어서 그걸 들이대지 못하였다. 하나 어쨌든 지기는 싫었다.

"구렁이가 어떻게 세다구 그래."

하고 우길이는 한번 더 뇌었다.

"기운이 세면 소용 있나 뭐. 굴속에 들어갔다가 나올 때 곁굴에 있던 족제비가 구렁이 배에다가 발톱을 대고 있으면 그 날에 배가 갈라지고 말지 뭐."

"그러면 뱃속에 있는 족제비 새끼는 안 죽나 뭐."

"안 죽었어, 살았어. 그런 걸 앵두를 물려 주니까 툭툭 털고 일어났어, 더러는 죽고……."

"그까짓거 앵두보다 *멀귀 다래가 더 약이야."

산골에 가 있어 본 우길이는 멀귀 다래를 먹어까지 보았으나 계덕이는 아직 그것을 몰랐다.

그래 계덕이가 멍해 있는 틈을 타서 우길은 또,

"산에 가면 참 많어, 맛있어."

하고 침을 삼켰다.

그러나 계덕이놈도 만만히 질 놈은 아니었다. 그래서 봉선화가 약이느니 단오날 쑥떡이 약이라느니 하고 승강을 하였다.

그 뒤 할머니는 이 두 아이의 이야기를 듣고 *어시호 그 족제비가 복짐승이라고 생각하고는 방앗간 모퉁이 허청 밑에 장작을 쌓아 족제비 우리를 주제려 주었다.

그리고는 그 속에서 족제비가 편히 자고 깬다고 하였고 또 무슨 대사를 치를 때면 거기다가 밥까지 따로 떠다 놓아 주었다.

그러면 밥은 오래 파먹은 자리가 나는데 쥐와 고양이 들락거리는데 무엇이 먹었는지 모르지만 할머니는 꼭 복족제비가 먹었다고 생각하였다. 그리고 이 집에 복을 누리게 하리라고 믿었다.

그러나 장난꾸러기 우길은 공연히 심사가 꾸여져서 그 우리를 꼬챙이로 무너질러 버리고 그놈의 노란 눈알이 보이기만 하면 찔러 주려고 하였다.

우길이에게는 언제부턴지 족제비란 놈은 어리무던한 닭을, 더욱 귀여운 병아리를 밤낮 노리고 있는 무서운 놈이라는 지극히 밉살스러운 앙심이 있었다.

그러나 아무데서도 그놈을 발견할 수 없어 우길이는 한번 대판으로 덤비어 볼 생각을 하였다. 그래서 하루는 여러 동무를 휘동해 가지고 허청 밑을 길다란 막대로 왼통 쑤시어 보고 심지어 굴이란 굴에는 모조리 돌아가면서 물을 퍼부어 보았다. 그러나 족제비는 종시 나오지 않았다.

할머니가 이것을 알고 야단을 치고 다시 우리를 만들어 두었으나 우길은 더욱 그 때문에 할머니와 엇들었다.

우길의 아버지가 육장 읍에 들어가 있기 때문에 아무도 그를 겂아내는 수가 없었다. 또 이 집 사랑채는 늘 비어 있어서 우길은 거기서 아이들과 법석을 하고 놀아도 누구 뭐랄 사람이 없었다.

우길이가 너무 거세게 애를 바쳐서 한번은 수길이를 따라서 서당으로 가게 하였으나 하루 갔다 오고는 다시 가려고 들지 않았다.

그리고는 아래윗도리를 활짝 벗어붙이고 먼지 속에 뒹굴며 *분탕질을 쳤다.

심지어 지붕 위로 기어오르고 우물 속 석축을 디디고 내려가곤 했다. 걱정 많은 할머니는 노상 울다시피 징징거리고 다녔다.

할머니의 걱정은 그것뿐이 아니었다. 그 걱정의 절반은 우길이 때문이지만 그 밖에도 맏손녀 귀순이가 앓을 때 약을 잘 먹지 않으려고 들고 약 달이는 냄새만 나면 어디로 내빼는 걱정, 그리고 둘째 손녀 이순이가 날 적부터 거세게 보채는 품이 장차 뉘 집 시어미를 애말릴까 하는 걱정, 며느리가 애비 닮은 착한 아이를 낳지 않고 또 어린애 터울이 뜬 걱정……

실로 셀 수 없는 오만 걱정이 머릿속에서 꼬리를 물고 맴을 돌았다.

그런데 하루는 우길이놈이 개한테 물려서 뜸을 뜨기에 진력을 빼었는데 수길이가 또 시증으로 몸져 누웠다.

할머니는 수길의 병은 꼭 글공부에서 난 것이라고 생각하였다.

그래서 그놈의 글공부를 그대로 내버려둘 일이 아니라고 나중은 무당한테 *무꾸리질을 하고 방자까지 하였다.

그리고 수길이 읽는 책을 가무려 보기도 여러 번 하였으나 수길은 악을 쓰고 여전히 글읽기에 골똘하였다.

"필시 지질한 변을 보잔 말이지…… 글쎄 글귀신은 귀신 아닌가. 아무래도 귀신이 겹실려서 책을 사올 때 몹쓸 원혼 귀신이 묻어 왔는가 베."

하고 할머니는 혼자 징징 울상을 하고 있었다.

사실 수길이는 공부에만 열심하였다. 집안에 대사가 있어 아이들이 떠들썩해도 별로 아는 척하지 않고 동기간에 무슨 재변이 생겨도 걱정하는 일이 없었다.

부모니 형제니 하는 치렴이 별로 없는 듯하였다. 또 동기간에도 제 것을 빌려 주었다가는 꼭 찾아 가고 엽전 열 닢 스무 닢을 가지고도 *옴니암니 심을 밝히는 성미였다.

그래 동기들은 그를 싫어하였고 그도 별로 애키울 것이 없는 듯이 책과만 씨름을 하였다. 나이는 겨우 열세 살이었지만 벌써 사략을 떼고 통감을 하루에 백여 줄씩나마 읽어서 수재라는 소문이 났다.

그리고 분판에 글씨 공부를 해서 아버지는 내년 입춘은 그애한테 씌우리라 하고 있었다.

그러나 몸이 워낙 부실해서 글공부가 느는 것과는 정반대로 생기가 꺾이어 갔다. 할머니의 걱정은 *연심 더 커졌다.

할머니는 손자 중 *단벌가는 아이라고 생각하였다. 말이 없고 얌전하고 범백사에 종용해서 어린애 속에 어른이 들어앉은 것 같다고 하였다.

이렇게 생각해 오던 할머니는 문득 이런 생각이 났다.

'옳지, 이놈을 마땅한 데 있으면 여의어 주어야겠군. 벌써 어른이 다 되었으니까 색시 생각이 날밖에.'

하고 할머니는 장가든 이후부터 얼굴이 불긋불긋해지고 *내띨성이
생겨진 몇 사람의 전례를 생각해 보았다.

'색시란 벙어릴 말도 시키는 것이니까.'
하고 할머니는 생각하였다. 벙어릴 말을 시킬 만하면 글공부에 골독
한 것을 뜨아하게 하는 것쯤은 아무것도 아니리라 싶었다.

그런데 또 실상인즉 꿩 먹고 알 먹기로 *미상불 증손자도 보고 싶
었다.

사람의 집이 유복하자면 앉은 오대도 가이요, 육대 칠대인들 보아
서 과만할 것은 없는 일이라 싶었다.

그리고 속으로 누구는 몇 살에 손자 보고, 누구는 몇 살에 증손자
본 것을 곰곰 세어 보기도 하였다.

그러고 보니 자기 나이 환갑이 지나 칠십 고개를 바라보고 있는지
라 막바로 말하자면 고손자 볼 나이였다.

그래서 인제 겨우 열세 살밖에 안 되는 수길이 혼사를 조여하라고
아들에게 신신당부하였다.

아들은 대뜸 고임성 좋게 어머니 말을 찬성하였다. 그러지 않아도
그는 며느릿감을 보아 두었다.

그것은 바로 수길이네가 수상에 있을 때 일이다. 수길의 아버지
박진사가 수상에서 내려오다가 어떤 주막에서 최참봉이라는 사람을
만났는데 단박에 서로 뜻이 맞아서 수어수작하다가 피차 아들딸이
있는 줄 알았고, 또 서로 나이가 비슷한 것을 알고서 사돈 합세 하고

웃고 헤어진 일이 있다. 그 며느릿감은 수길이보다 네 살이 위이었으
나 두 부모는 그게 꼭 알맞다고 맞장구를 쳤다.

"그게 천생연분일세. 아따, 양반의 새끼 갓만 쓰면 그날부터 어른
이지. 저 모래언덕 집 도읍사는 아홉 살에 성관해도 바로 제법이데."
하고 성수장단이 나서 연신 *씨루며,

"저 아랫말 향장(鄕長)은 소시에 집이 구차해서 떠꺼머리총각으로
도윤을 지냈지만 장가들고 구실사는 게 더 좋지."
하고 아들을 구슬렸다.

봄과 함께

그 이듬해가 되었다.

우길이는 이제 일곱 살이 되었으나 열 살 넘은 아이같이 영실하고 의뭉하였다.

그의 집에는 그보다 열 살 위인 계섬이가 있었는데 우길이는 모든 점에 있어서 계섬이보다 월등하였다. 다만 세차고 억센 계섬이보다 기운은 약했지만 머리로 하는 일은 하나도 질 배 없었다.

우길은 계섬이와 제일 많이 쌈질을 하였지만 또 제일 가까웠던 것도 사실이다.

수길이는 본시 계집애는 동기간이라도 업수여기는 버릇이 있어서 계섬이 같은 것은 외눈에도 걸어 보지 않았지만 우길이는 계섬이를 좋아하였다.

하나 할머니도 어머니도 계섬이에게는 무서운 존재다.

더욱 어머니는 심술 많은 할머니에게 대한 분풀이로 그야말로 시어머니 역정에 개 배때기 차는 격으로 계섬이를 못살게 굴었다.

그러면 우길이는 몰래 어머니를 깔보아 주었다. 할머니는 어머니보다 더 계섬일 몹시 굴었다. 다른 아이들이 저질러 놓은 일도 모두 계섬이년의 한 일이라고 들씌우고 욕지거리 손찌검을 하였다.

한번 할머니가 수길이가 깨어 논 그릇을 들고 계섬일 꼬집고 후두들기고 하는 것을 보다가 못해서 우길이는 흙덩이를 할머니 잔등에 탁 던졌다.

"아갸갸, 이놈의 새끼."

"수길이자식이 그랬어. 내가 봤어."

하고 우길이는 계섬이를 발명해 준다는 것보다 어쩐지 형 수길이가 미웠다. 그래서 우길이는 비위만 틀리면 늘 형을,

"수길이자식."

이라고 놓아 말하였다.

사실 우길이는 종이라는 것을 알지 못하였다. 또 제 누이 귀순이와 계섬의 구별을 할 줄 몰랐다.

그러나 이 당시는 북도에도 아직 종의 제도가 남아 있었다.

우길의 집에도 선대부터 부려 오는 종의 자식을 여직 부려 왔다.

제로라고 하는 우길의 몇 대조 할아버지가 서울 가서 종의 제도를 보고 그것이 부러웁고 또 자기 집이 서울 사람 범절과 같은 것을 자

랑하기 위하여 서울서 종을 사온 것이었다.

그 후 우길의 할아버지 대에 부리던 종이 남녀 둘이 있었다. 남종은 을남이요, 여종은 을선이었다.

을남이와 을선이는 동기간인데 그 손아래 누이동생 무선이는 우길네 큰집에 종으로 있었다.

을남이는 기운이 장사다. 나이는 벌써 오십이 되었어도 근력은 늙지 않았다. 남들은 그를 통뼈라고도 하였고 고리뼈라고도 일렀다. 통뼈라는 것은 손가락 같은 잔뼈가 갈라져 있지 않고 통으로 붙어 있다는 말이요, 고리뼈라는 말은 뼈마디가 모조리 쇠고리처럼 연달려 있다는 말이다.

그것은 하여간 을남이는 예삿내기는 아니었다. 우길의 집에 박달로 만든 다듬잇돌이 있는데, 그 무거운 것을 외손으로 꼬느고 하루 삼백 리 가는 노새도 갈기를 잡으면 암내가 나서 갈개대다가도 꼼짝을 못하였다.

을남이는 명절마다 찰떡을 치는데 큰 *구시에다가 삶은 찹쌀을 퍼다 놓으면 그 구시 곁에 앉아서 한 손으로 방앗공이만한 떡메를 들고 찰싹찰싹 쳐서 담배 한 대 필 사이에 한 구시씩 쳐던지곤 하였다.

장난꾸러기 우길이가 등뒤에 가서 매달리면,

“도련님, 서울 구경 한번 시켜 드릴까. 자아, 손바닥에 올라서시오.”
하고 공기같이 손바닥에 올려세고 한 손으로 떨어지지 않도록 다리를 붙들어 가며 번쩍 치켜들어 주었다.

을남이는 어디 갔다 오면 우길에게까지 입버릇 모양으로,

"소인 다녀왔습니다."

하고 한 손을 허리에 대고 굽신하였다.

하나 우길이는 그 이유를 알 수 없어서 그럴 적마다 그저 멍하니 바라보고만 있었다.

우길에게는 을남이가 그저 드리없이 좋은 아저씨와 같았을 뿐이다.

사실 박진사는 자기 대에 와서 종의 문서를 불질러 버렸다. 뿐 아니라 그들의 어린 자식들로 하여금 그 어머니를 할머니라고 부르게 하였다.

그것은 첫째 홀어머니를 위해서 남에게 *적덕한다는 선심에서였고, 둘째 세월이 바뀌었으니 구태여 옛날같이 심한 층하를 둘 필요가 없다는 깨달음에서였다.

그러나 을남이는 거기 반대였다. 종은 어디까지든지 종이요, 상전은 어디까지든지 상전이라는 생각이 그 머릿속에 굳어 버렸던 것이다. 그래 그 본분을 생각지 못하는 자질들을 못내 나무라기까지 하였다.

을남이는 지난날 박진사가 서울로 과거 보러 다닐 때 *견마를 들고 다녔다. 그리고 여러 번 주인의 위험한 경우를 구해 주었다.

그런데 근년에는 박진사가 서울 다니는 일이 드물고 또 혹시 다닌다 하더라도 예서 사십 리밖에 안 되는 S항에 가서 게서 기차를 타고 다니게 되어서 을남이는 늘 한가하였다. 그러나 그는 농사일은 별로 거들어 주는 일이 없었다.

그는 외입과 노름이 *난당이다.

H읍에 가서 며칠씩 안 오는 때는 으레 갈보 뒤지는 때다. 또 계집을 구슬리는 말씨와 치다르는 솜씨가 아주 괴짜다.

하나 아주 백수건달로는 안 되는 일이라 이따만큼씩 박진사에게 용돈을 말하는 일이 있었다.

그래서 박진사가 나무라고 나잇값을 하라고 하면, 그 말 대답은 하지 않고 그저 들떠어 놓고,

"소인이 나리까지 삼 대를 내려 모셨습니다. 어찌합니까."
해서 어찌하든지 내려가곤 하였다.

돈이 조금 남으면 그 담은 노름이었다. 자기의 손자뻘이나 될 애송이들 노름판에 끼이는 일은 예상사이고 노름을 놀다가 뒷돈이 떨어지면 *장전이 수둑한 대판을 보아 가지고 덥석 움켜쥐고 도망을 치기까지 하였다.

그래도 기운이 장사니까 아무도 섣불리 건드릴 엄두도 못 내었다.

을남의 손위 누이 을선이는 동리에서 '똥물에 빠진 최서방'이라고 부르는 쇠같이 구는 물적하게 생긴 사람을 보아서 형필이라는 아들을 낳았으나 미구에 죽어 버렸다.

그리고 을선이마저 스물여덟이라는 좋은 나이에 죽어 버렸다.

을선의 동생 무선이는 우길의 큰집에 있었는데 그는 신철이라는 아들과 계금이 계섬이라는 두 딸을 낳았다.

그런데 젊어서 맏아들 신철이를 데리고 도망을 가버려서 뒤에는

계금이와 계섬이만 남아 있었다.

한데 박진사 집에 있던 무선의 형 을선이가 계집애를 낳지 못했던 까닭에 무선의 둘째딸인 계섬이가 을선의 뒤를 이어 우길의 집 종으로 들어왔다.

그때 계섬이 나이가 열일곱 살이었다. 계집애 나이 열일곱이면 귀신의 새끼도 이쁘다는데 계섬이는 *쇠배 그렇지 못하였다.

얼굴빛이 검붉고 면피가 두터운 것이 할머니와 비슷하다고 우길이는 생각하였다.

계섬이는 나이도 있지만 키가 숙성하고 기운이 세고 *악지가 질려서 웬만한 어른보다 더 세게 일하고 또 견딜성이 있었다.

우길이가 그와 아귀다툼을 하다가 골이 천둥같이 나서 때리고 꼬집어 주어도 삭은코만 씨루지 아프다는 항복을 하는 일은 거의 없었다.

어떤 때는 심심해서 그러는지 또는 몸이 근지러워서 자는 범의 코라도 쑤셔 보고 싶을 지경이어서 그런지, 계섬이는 가만히 있는 우길이더러,

"도련님, 날 꼬집어 봐요."
하고 코를 들이밀었다.

"이 간나위, 꼬집어 보라구. 그래라. 아프다고 하면 어쩔 테냐."

우길이는 팔을 부르걷고 다리까지 걷어붙이고서 살 한 점 뚝 떼어 낼 시늉을 하며 꼬집어 주나 그래도 계섬이는,

"이기 무는 것 같네."

하고 설사 조금 아프더라도 안 아픈 척하고,

"글쎄, 더 꼬집어 봐요."

하고 척신하다시피 몸을 척 들이대었다.

"안 아파? 이래도……?"

우길이가 꼬집어틀건만 계섬이는 여전하다. 도리어 야시시한 남의 살이 닿이는 것이 무엇인지 모르게 근지럽고 상큼한 듯하였다.

"벼룩이 무는 것만도 못하네."

"이 간나위, 정말이냐."

그러면 우길이는 맨 아플 데로만 찾아보았다. 다리 허벅을 꼬집어 보았다. 그래도 좀 늘게 잡은 것 같아서 이번엔 그 흐물흐물한 엉덩이를 꼭 꼬집어틀었다.

"안 아파요."

하면서도 계섬이는 약간 몸을 흠칫하였다.

"안 아파? 여게도…… 여게도?"

"아갸갸, 간지려! 누가 거겔 쥐랬나 뭐."

계섬이는 홱 뿌리치고 돌아앉아 버렸다.

그러면 우길이는,

"오, 네가 거길 제일 아파하는구나."

하듯이 빙글빙글 웃으며 계섬이를 쳐다보았다.

우길이로 보면 계섬이처럼 좋은 동무는 없었다.

무슨 장난을 치든지 계섬이는 기운이 세고 고기가 질려서 말부지 않다.

계섬이는 머리에 함지박을 이고 잔등에 우길이를 업고도 끄떡없이 걸어다녔다.

뿐 아니라 계섬이는 우길이를 업고 다니기를 좋아하였다.

하나 우길이는 업혀 다니기보다 말타기를 좋아하였다. 그래서 계섬이는 늘 우길의 말이 되어 주었다.

우길이는 마당가에서도 계섬이를 잡아 엎드리고 등에 올라탔다. 그리고는,

"끼라끼라, 말 나간다. 비켜라!"

하고 발굽을 계섬의 배 허벅에 질러도 계섬이는 아프다는 말 없이 기어 갔다.

"참 이놈의 말 좋다. *양주머리가 퍼지고 갈기가 한 발이나 되고 …… 끼라——"

"도련님, 어머니가 보면 어쩌겠소."

둔감한 계섬이도 그것이 늘 걱정이었다. 그러나 그러면서도 우길이와 노는 것은 언제든지 재미나서 궁둥이를 내저으면서 말질을 해 주었다.

"어머니가 봐도 일없어. 칠백 리 동정호 내 당나귀 나 타고 다니는데 어떠냐. 한번 가탈걸음으로 걸어 봐라."

하고 우길이가 채찍을 넣는 시늉을 하는데 할머니가 나왔다.

"저 산나위넌이 치마가 견디느냐. *맨봉당을 개발듯 게발고 있으

니…… 이 간나위년아, 개가 되고 싶으냐, 썩 일어나지 못하겠느냐.”

할머니는 어쨌든 계섬이만 가지고 욕지거리였다.

“말놀음해요.”

우길이가 이렇게도 대답해도 할머니는,

“이 간나위년아, 어서 일어나 일을 못 해? 놀고 싶으니까 저 지랄이지.”

곧 계섬이를 잡아족칠 듯이 쫓아왔다. 그러자 계섬이가 벌떡 일어서는 바람에 우길이는 뒤로 나뒹굴었다.

우길은 첫째 할머니에게 약이 올랐다. 그래서 일부러 엇조로,

“애 계섬아, 이리 오너라. 사랑으로 나오너라.”
하고 부르고 손짓을 하였다.

계섬이도 미상불 가고 싶었다.

그 산더미 같은 빨래나 그 육중한 방아를 가지고 진종일 진땀을 빼느니 차라리 우길이와 노는 것이 얼마 재미나는 일인지 알 수 없었다.

그러나 할머니가 그 앞을 막아서서 우물가에 놓였던 방망이로 대갈통을 되게 때려 주었다.

계섬이는 이를 악물어 보았으나 대들지는 못하고 선발로 방앗간으로 들어갔다. 들어가서는 단숨에 대여섯 번 방아허리를 넘어가고 넘어오곤 하였다.

이 고장 미신에 방아허리를 넘어가면 부모가 죽는다는 말이 있다.

계섬이는 우길의 어머니를 어머니라 불렀고 할머니를 할머니라고 불렀는데 이번에 모조리 싹 죽어 자빠져라 하는 뜻이었다.

조금 있다가 우길이가 비슬비슬 엿본즉 계섬이가 그러고 있기에 쑥 들어서며,

"애, 그래도 아무도 안 죽더라. 나두 늘 그래 봤는데 어디 죽디? 거짓말이야."

하였다.

계섬이도 거지반 매일같이 그래 봐야 아무 효험이 없었으나 약이 오르면 그리라도 해야 속이 좀 후련하였다.

계섬이는 여기서 문득 좋은 궁리를 해내었다. 그는 밭갈이 새참을 함지박에 해 나르는데 그때마다 우길이를 꾀어 가지고 들에 나가서 실컷 늘장을 부리자는 것이었다.

그날 중낮이었다.

"도련님, 밭으로 안 가."

"응, 가자. 날 업어 주지?"

"그럼요."

그래 우길은 계섬에게 업혀서 밭으로 나갔다.

계섬이는 바른손으로 머리 위의 함지박을 붙들고 왼손으로 잔등의 우길이의 엉덩이를 받들고 성큼성큼 걸어갔다.

그러다가 심술이 났는지 그렇지 않으면 근지러워났는지 별안간 손 끝으로 우길의 엉덩이를 살근살근 간질이다가 와락 거칠게 간질여

주었다.

"호호호……."

하고 우길은 몸을 비비꼬다가 마침내 땅에 떨어져 버렸다.

"이 간나위, 넌 죽었다."

그러며 우길이가 달겨드는 것을 계섬이는 한 손으로 두루 막으며,

"요놈의 새끼, 도련님은 무슨 말라 죽던 도련님이야. 여게 와도 네가 도련님일 줄 아니."

하고 우길의 손을 막으며 모가지며 사타구니를 연신 간질여 주었다. 그러며 또,

"요놈의 새끼, 꽉 물어 노면 죽어."

하는 눈이 정말 주린 이리와 같았다.

우길은 아까 생각 같아서는 집에 돌아가서 한바탕 계섬이를 주릿대 안기고 싶었으나 밭에서 일꾼들과 같이 찰가재미에 지장찰밥을 먹는 사이에 그런 생각이 가뭇없이 가시어졌다.

그 이튿날 아침 우길은 지금 막 설거지를 하고 난 계섬의 저고리 고름을 끌며,

"끼라 끼라, 이 말 이리 와."

하고 계섬이를 사랑으로 데리고 나왔다.

"게 비켜라. 사또 거행 나간다."

하고 사랑마루로 올라갔다. 사랑에 달린 대청은 좋이 네 간통이나 된다. 사랑과 대청을 싸고 도는 마루도 길고 너르다.

“자아, 옆데라.”

그래 계섬이는 또 말이 되어 주었다. 어쩐지 말이 되는 게 그다지 싫지 않았다. 한데 더구나 대청마루가 반들반들해서 달리기가 썩 좋다.

“말이 흐응 흐응…… 호용을 쳐야지. 그래야 좋은 말이야.”

“후응 후응…….”

“말이 울 때는 대가릴 드는 법이야.”

우길이는 계섬이의 늘어진 머리채를 잡아다리며 발뒤꿈치로 배 허벅에 한번 쿡 지르고 나서,

“참 우리 말 잘 간다. 끼라끼라, 기 앉어라.”

하고 연신 조여 몰았다.

그러나 그러다가 계섬이는 별안간 떡 벋지르고 서더니 다시는 꼼짝하지 않는다.

“끼라—— 끼라…….”

그래도 말은 움직이지 않는다.

“이놈의 말이 똥을 누나 오줌 냄새를 맡고 있나. 끼라끼라.”

그래도 막무가내라 고삐 ‘머리채’를 채치고 박차를 질러도 움직이려 하지 않는다.

“이놈의 말새끼 꾀가 났구나. 꾀난 말은 엉덩이를 긁어 주어야지.”

그러며 엉덩이를 슬슬 긁어 주었다. 우길이는 어려서부터 말을 타 보아서 말에 대한 ▧미립은 잘 알고 있다. 아버지에게서도 들었고 을

남이에게서도 들었다.

"기 앉어라, 천리마 나간다."

그러며 엉덩이를 되게 긁어 주니까 말은 한번 크게 엉덩방아를 찧을 뿐 여전히 동부동이다.

"이놈의 말새끼, 꼬집어 주어야겠구나."

우길이는 문득 생각나서 요전에 꼬집어 주니까 제일 간지러하던 그 허방을 또 꼬집어 주었다.

"아갸갸!"

그리고 말은 또 달리기 시작하였다. 달리다가 또 섰다. 그래서 우길이는 또 꼬집어 주었다.

"아갸갸, 간지러."

그러며 말은 앞발을 들고 홱 돌아서더니만,

"이번은 도련님이 말이 돼요. 나만 되란 법이 어디 있나."
한다.

"이놈의 말새끼."

"나만 말이 되면 재미있나. 자아, 망아지 엎데여."

그리고 계섬이는 우길이를 함부로 윽박질러서 엎드려 놓고 말타는 시늉을 하였다.

나중은 그 무거운 몸을 탁 실어서 우길이는 꼬부라지고 말았다.

그래도 계섬이는 내리려 하지 않고 지그시 누르고 있었다. 그리고 우길이가 일어나려 하면 도리어 힘을 주어 지지눌렀다.

“이 간나위.”

그러며 우길이가 이를 악물고 어디를 어떻게 꼬집어틀었는지 계섬이는 단박에,

“아갸갸, 내 말이 될게.”

하고 항복을 하였다.

“이 간나위 말새끼 다시두!”

“안 그럴게.”

“그럼 엎데라.”

그러면서도 우길이는 계섬이가 정작 심술이 삐뚤어지지 않나를 살피었다.

“싫여. 꼬집어만 주고……”

계섬이는 성난 체했지만 실속은 그렇지 않았다.

“이 간나위, 너 얼마든지 꼬집어 보라고 그랬지?”

“누가 거겔 꼬집으랬나.”

“이 간나위, 아무데라두 꼬집어 보라구 그리지 않었니?”

“그럼 나두 한번 꼬집어 볼까.”

그러며 계섬이는 본능적으로 몸을 웅크리는 우길의 사타구니로 손을 쑥 찔렀다.

“아구, 이 간나!”

우길이는 일어나 발길로 계섬의 어깨를 차주었으나 계섬이는 킥킥거리고 웃기민 하였다.

그리고는 또 사이좋게 말놀음을 시작하였다.

진종일 해도 싫을 줄을 몰랐다.

우길이는 또 '우리'지기를 좋아하였다. 우리라는 것은 이 지방에서만 쓰는 어린애 잠재우는 기구다.

기구라 해야 홀쩨 간단한 것이다. 서너 살 된 어린애가 누울 만한 긴 널판 복판쯤에 두어 치 직경 되는 통나무를 가로 댄 것이다.

그것을 방바닥에 놓으면 가운데 가로 댄 통나무가 발이 되어 앞뒤로 꾼두거려진다. 얼른 보면 조그만 뛰는 널판 같고 단일종의 시소 같기도 하다.

그 위에 기저귀를 깔고 어린애를 눕히고 베개를 베우고 기저귀를 걷어 올려서 어린애에 몸을 싸고 그리고 질방같이 넓죽한 띠로 기저귀에 쌓인 어린애 몸을 어깨바지로부터 무릎 고드리까지 널판에 창창 감동이게 되어 있다. 그리하여 이 널판 한끝을 발로 깨방아 찧듯 *개갑게 찌놓는다. 그러면 어린애 허리가 중심이 되어 머리와 발이 번갈아 올라갔다 내려갔다 하는 것이다.

이 고장 아낙네들은 그것이 짜장 *도습이 되어서 발로 찌놓는다는 것보다 손익은 키질같이 개갑게 까부르는 감을 누운 아이에게 준다. 머리에 모진 충격을 주는 일이 없다.

그래서 여기만 누우면 보채던 아이도 달콤히 잠이 들고 또 아이가 자다가 무슨 소리에 잠이 깬다 하더라도 단단히 동여 놓았기 때문에 몸을 무섭게 떤다든지 간이 서늘해지는 일이 없다.

어린애가 해버주거리고 자다가 놀라는 것이 몸을 애무지게 못 하는 장본이라고 한다.

우길이는 어려서부터 우리지기를 썩 좋아해서 일곱 살 되는 오늘에도 아직 그 버릇이 떨어지지 않았다.

우리라는 것은 대즉해야 서너 살까지밖에 지지 않는 것이기 때문에 그만한 몸에 맞도록 조그마하게 만들어진 것이어서 우길이의 숙성한 몸에는 반도 모자라는 것 같으나 우길이는 그런 것을 아잘 것 없이 재미보기로 그 위에서 늘 단잠을 잔다.

진종일 먼지가 뽀얗게 장난을 치다가 정 할 장난이 없고 또 미상불 곤기도 나고 보면 우리에 올라 누워서,

"애 계섬아, 꾼두겨라."
하고 어엿이 뒨다.

하나 우길의 몸은 벌써 이 우리에는 엄청나게 크고 길다. 팔다리가 방바닥에 남아 늘어진 것이 보기에 우습다.

시방 우길이가 지는 우리는 수길이 귀순이 우길이 이순이…… 이렇게 키워 낸 우리다.

널판 아래편에는 조그만 구멍이 있어서 어린애 오줌이 흐르도록 마련되어 있으나 그래도 네 아이가 키워나는 동안 그 오줌과 땀에 절고 절어서 널판은 감노랗게 되었고 기름 되어 낸 것처럼 반질반질하다.

우길이는 시방 눈에 잠이 실려서 우리에 누운 것인데 그래도 계섬

이는 얼른 가까이 오는 기척 없다.

"애, 얼른 꾼두겨라."

하고 우길은 우리 밖에 늘어진 다리를 내저어 계섬에게 재촉하였다.

하나 계섬이는 워낙 귀가 질기다. 또 우길이가 그렇게 누워서 꾼두거리기를 바라는 그 꼴이 귀엽고 밉성이고 꼬집어 주고까지 싶어서 못 들은 척하고 쩔금 보고만 있었다. 그 히맑고 토실토실하고도 늘태게 생긴 몸집이 인제는 아주 숫총각의 태가 완연하다.

이 동리 박좌수의 맏아들은 아홉 살에 초립을 씌워 놔도 하릴없는 청국 *잔나비 사모관대 한 것 같더니만 우길이는 지금 바로 신랑말을 태워 놔도 견마 없이라도 제법 거들먹거리고 갈 것 같다.

"애 이 간나위, 여태 못 꾼두거리겠니."

우길이는 마침내 약이 올랐다. 계섬이가 빙긋이 웃고 앉은 것이 더욱 밉성이다.

하나 계섬이는 우길이가 일어나 덤빌 차비를 하는 무렵에야 겨우 우릿기로 와서 한끝에 발을 걸쳤다.

계섬이도 벌써 우리 찧는 데 여간 익숙지 않았다. 워낙 어린애 여럿을 길러 보고 또 제 아이를 찧어 보아야 발 솜씨가 고분고분해서 잘 찧게 되지만 계섬이는 우길이를 미워하고 또 그보다 더 귀여워하기 때문에 요즈막에 와서 솜씨가 활짝 틔었다.

그러나 계섬이는 웃음이 났다. 우리 밖으로 긴 다리를 척 늘인 것도 그렇고 또 더욱 그 *구먹 안에서 고초만하게 꾼두길 때마다 대룽

대룽하는 것도 그렇다.

'아이 자식두.'

계섬이는 겉으로 웃으며 속으로 이렇게 뇌까렸다. 그 자식을 그저 맘나는 대로 실컷 간질여 주고 꼬집어 주고 목대를 으스러 주고 귓방울을 깨물어 주고…… 그랬으면 싶었다.

그러나 우길이는 그런 걸 알 필요가 없었다.

그는 장난에 흠씬 지친 뒤라 벌써 가물가물 잠이 올싸하였다. 그래서 눈이 게슴츠레 감겨지고 있었다.

"도련님, 자요."

계섬이년은 놀림조로 그렇게 불러 보고 그래도 대답이 감감하면 그제는 코를 한번 벌름거리고 우길의 아랫배를 손가락으로 쿡 찔러 본다.

"어느새 벌써 개잠을 자?"

"이 간나……."

"오오, 안 자는군—— 자지 말아요."

"가만두지 못하겠니?"

그러나 우길이는 잠이 더 달다. 또 연해 잠이 든다.

그러자 계섬이는 우길의 잠을 막듯이 슬그머니 발을 멈추었다. 그런즉 아닌 게 아니라 우길의 눈도 연신 도로 뜨여졌다.

꾼두기는 달콤한 충동이 없어지니까 잠이 엷어진 것이다.

그래도 계섬인 모른 척이다

“얘, 이 간나위.”

우길이는 발길로 계섬이를 탁 때려 주었다. 어서 꾼두기란 말이다.

“자면 안 꾼두길 테야.”

“안 잔다.”

“정말?”

“응.”

“어디 볼까.”

그리고 계섬이는 다시 발을 놀리며,

“도련님, 얘기 하나 해.”

하나 우길이는 눈에 잠이 잔뜩 실려서,

“얘기? 그래——”

하고는 차츰 뒷말이 흐려졌다.

“어서…….”

“그…….”

우길이는 그만 다시 잠이 들어 버렸다.

“도련님.”

대답이 없다.

“도련님.”

더 크게 불러 봐도 역시 감감하다. 잠이 든 것이다.

“도련님은 무슨 엉덩이 부러질 도련님이야. 애 우길아.”

하고 영감마님 청으로 불러 보았으나 생각하면 하상 영감마님 흉내를 낼 맛은 없는 일이었다. 그래서 한번 간드러지게 어조를 고쳐 보았다.

"여보 여보오—— 그래도 새신랑이라구…… 새신랑 자격이 있나——"

그리고 계섬이는 이번은 우길의 대신으로,

"이 간나위, 어떻게 죽지 못해 이리니. 어디가 간지러워 그러니."
하고 다음으로는 또 제 청으로 돌아와서,

"아—주, 그래두 사내새끼 꼬부라지라고, 하지만 이따가 사람 안 보는 데 가서 봐. 꼭 껴안기만 하면 그물에 걸린 토끼새끼야."
하고 혼자 으르고 혼자 좋아하였다.

"정말 자기는 자나."

그러며 계섬이는 다시 손가락으로 하복을 살짝 찔러 보았다. 그리고 담으로 고추 끝을 찰싹 건드려 보았다.

그래도 우길이는 알지 못하였다.

계섬이가 우리에서 아주 발을 떼어 버려도 우길이는 잠이 깨지 않았다. 찰잠이 든 것이다.

아무리 곤히 자더라도 입을 꼭 닫아물고 자는 우길의 불긋불긋한 두 뺨이 꽈리같이 이쁘다. 하얀 이빨로 깨물어 주면 붉은 물이 톡 튀어 나올 것 같다.

계섬이는 그 곁에 살며시 다가앉아서 살근살근 그 뺨을 만져 보았다.

첨은 부처 민지듯이 아주 조심성 있게 살살 만져 보았지만 나중은 약간 꼬집어 틀어 보기까지 하였다.

그 담은 코방울을 만져 보고 꼭 쥐었다가 놓아 보았다. 고무공같이 탄력이 있어서 놓으면 놓은 손을 따라서 코방울은 벌름거린다.

턱이 또 이쁘다. 둥그런 턱이 맴돌같이 반질반질하다. 거기를 또 만져 보았다. 만져 보고는 혀끝으로 핥아 보았다. 잘 익은 *오얏을 핥은 맛이랄까.

그런데 귀가 너무 작다. 그리고 앞으로 오그라졌다. 귀가 안으로 옥붙으면 남의 말을 죽어라 안 듣는다는 말을 계섬이는 누구에게선지 들은 기억이 있다.

"자식, 그러게 말을 통 안 듣지, 사람을 가지고 못살게만 굴고⋯⋯."

계섬이는 우길이가 들을 때 하지 못하는 욕지거리를 이 판에 만판 푸지게 해대리라 하였다. 지금 안 하면 언제 하랴. 도련님도 하인도 없다 하는 배짱이 난 것이다.

그러나 우길이는 너무 귀엽다. 귀엽던 끝에 밉기도 하다.

"저놈의 새끼 코가 비뚤어지면 못 쓸 게 있나, 애꾸눈이 곰보딱지 *언청이가 된들 내 배 아플 게야 있나."

하고 뇌까렸다.

계섬이는 제 뺨을 잠자는 우길의 뺨에 가져다 살며시 대었다. 참 좋다. 무엇인지 모르게 좋다.

그러나 결코 흐뭇하지는 않다.

어떻게 하면 뒤가 가뜬 들리도록 후련할까? 그럴 도리가 있기는 있을 상싶은데 알 수가 없다.

대체 어디 가서 맘을 후련히 할 그것이 숨어 있을까. 알기는 알 것 같고, 또 있기는 있을 것 같은데 꼭 집어낼 수가 없는 것이다.

계섬이는 우길의 몸뚱이에서 그 무엇인지 알 수 없는 그것을 찾았다.

그것이 무엇인지 그도 모른다. 그러나 꼭 있기는 있을 것 같았다.

그래서 계섬이년은 혼자서 부리나케 그것을 찾아보았다.

그래 계섬이는 이번은 우길의 귓속을 한참때기 들여다보았다. 하나 그것도 아니었다.

그 담은 겨드랑이에 손가락을 찔러 보았다. 그러나 역시 그저 겨드랑이였다.

그 담은 배를 만져 보았다. 역시 그저 배다. 처먹으면 두꺼비처럼 늘어나고 고프면 지불지불해지는 그 배일 뿐이다.

그래서 이번은 잠뱅이를 아래로 당기고 배꼽을 간질여 보았다. 그래도 그저 그렇다.

계섬이는 다시 고추를 건드려 보았다. 그러나 역시 싱겁다.

다리를 두루두루 살펴보고 만져 보아야 아무렇지도 않다.

그 다음은 발을 만져 보았다. 발바닥은 까마귀같이 시커멓다. 아주 개발바닥이다.

“자식, 하도 장난을 치니까 발은 까마귀 삼촌이네.”

그러다가 계섬이는 우길의 발바닥을 살금살금 간질여 보았다.

한참 그러니까 우길이는 발가락을 꼬물꼬물 놀리고 얼굴을 약간 씨룬다.

"심술망나니 자식, 그 심술에 간지럼은 더럽게 타네."

하고 계섬이는 시틋 웃었다.

하나 인제는 더 만져 볼 데가 없어서 노량으로 한참 내려다보고만 있었다.

그러다가 문득 이런 생각을 하였다.

"참, 이 자식이 언젠가 나를 여길 꼬집어 주니까 간지러 죽겠더라──"

그리고 계섬이는 제 몸을 제 손으로 간질여 보나 아무렇지도 않다. 꼬집어 보아도 그저 약간 아플 뿐이다.

대체 웬일일까 하고 계섬이는 생각해 보았다. 그러나 무슨 조환지 알 수 없었다.

"이 자식 손이 보둥보둥한 게 약손이래서 그런가. 내 손과 뭐가 달르게 내 몸에 닿기만 하면 기급을 하게 간지럴까. 할머니는 숭칙스럽게 제 손이 약손이로라고 아이들이 배 아플 적에 슬슬 만져 주지만 그까짓 굉발만한 게 무슨 약손이야."

하며 계섬이는 한참 먼히 우길의 손을 잡고 들여다보고 만져 보았다.

그러다가 그는 별안간 우길의 몸뚱아리를 공기같이 두 손으로 마구 치달아 보았으면 하는 생각이 났다.

그 겨드랑이에 자기의 두 손을 찔러 허궁에 치켜들고 우길이가 까무러치도록 간질여 주고 까불어 주고 들볶아 주고 싶었다.

"그러나 잠이 깨면 이 자식한테 또 경이지."

계섬이는 또 이렇게 생각하였다. 그러나 인차 또,

"그러면 어떤가. 제까짓 게 세면 얼마나 셀까. 그래 봤대야 꼭 껴안아 주면 족제비한테 물린 병아리새끼지 뭐."

하고 스스로 제 생각을 뭉때려 버렸다.

하나 몸은 여전히 군지러웠다. 누가 돌로 탁 때려 주었으면 싶고 * 젠벽을 꽉 꾸지르고 튀어나가 보고 싶었다.

송아지 뿔 날 무렵처럼 머리가, 아니 몸이 군지러웠다.

송아지란 놈 뿔이 날 때쯤 하면 대가릴 아무데나 대고 직신직신 문질러 보고 아무거나 됩다 받으려고 든다.

그 모양으로 계섬이도 우길의 머리에 제 이마패기를 대고 맞받아 주고 싶었다.

"그러면 그 뿔로 이놈의 새끼도 받아 주고 노마님도 받아 주고 그리고 또 미운 연놈이 있으면 그것은 더 보기 좋게 배통을 씨익 하고 받아 넘구고……."

계섬이는 장쾌하였다. 또 무엇인지 모르게 분하였다. 분해서 견딜 수가 없었다. 아무것이나 닥치는 대로 지근지근해 버리고 싶었다.

계섬이는 정말 소가 된 것처럼 고개를 숙이고 눈을 지릅뜨고 발로 우길이를 받아 줄 시늉을 하였다.

계섬이는 연심 더 분해 왔다.

"이놈의 새끼, 맛나는 게 있으면 제 아가리에다 쑤셔넣지. 날 한번 주이 봤니. 돼지라야 혼자 처먹지. 이 꿀꿀 돼지 같은 놈의 새끼야."

계섬이는 별안간 허기가 들었다. 식욕이 난 것이다.

아무것이나 닥치는 대로 모조리 씹어 먹고 싶었다. 배불리 싫도록 먹고 싶고 또 아무렇게나 한번 맘나는 대로 오만 지랄을 다 해보고 싶었다.

그러나 우길이란 놈은 저 혼자만 처먹지 입결에라도 한번 먹어 보란 말이 없다.

어찌해 준대야 손톱만치 그도 말타는 놀음 할 때나 업힐 때뿐이지, 그 담은 다다 몰식으로 제 아가리에만 처박는다.

그러면 또 그렇게만 하고 있는 게 아니라, 어떤 때는 무슨 심사가 꾸여져서 그러는지,

"얘, 계섬아, 이거 안 먹을래."

하고 제 입에 넣어 버린다.

이런 천하 복받지 못할 심사가 어디 있는가. *권상요목(勸上搖木)도 분수가 있지. 항상 무슨 재미로 공연히 남의 창자를 울려 보려는 것일까.

어쨌든 우길이란 놈은 얌전타 소리 듣기는 통 틀린 놈이다.

어머니가 약에 쓰려고 남 안 보게 뒤울안 지붕 위 안짐진 곳에 말리는 밤을 일쑤 도적해 먹고 장진(長津), 강계(江界)서 일부러 초택해 가져온 *생청을 식칼을 들고 나서서 파먹기가 일쑤였다.

토고리 속에 넣어 두고 자물쇠를 잠가 둬도 어느 틈에 어떻게 들어가는지 아니 먹고는 배기지 못하는 놈이다.

할머니가 귀신을 위하느라고 돈을 상자에 넣어 두는 것을 알고는

그 궤 밑에 조그만 구멍을 뚫어 놓고 곶감 빼먹듯 쏠락쏠락 뽑아먹고, 말총으로 올가미를 만들어 가지고 다니면서 남의 집 복숭아 능금을 따먹고, 널뛰기판으로 다니면서 분탕질을 쳐놓고 이루 셀 수 없다.

"자식, 그렇게 처먹으니까 저 볼따귀가 저렇게 처지지. 너무 처먹다가 이제 눈곱에 녹이 나오고 말지."

계섬이는 웬일인지 식욕으로 악이 돌아서 버렸다.

아까는 분명 그것이 아니었는데 인제는 좋은 음식이나 실컷 처먹어 보았으면 하는 생각뿐이었다.

사실 이 집에서는 먹을 것이 없어서 못 먹는 것은 아니다.

토고리 속에는 십년나마 되는 가잠젓 말린 것이 있다. 또 명란(明卵) 말린 것도 있다.

황률(黃栗)도 있고 *경대조도 있다. 사과도 있고 배도 있고 곶감도 있다. 그것은 제사와 약에 쓰려고 영감마님이 사다 둔 것이다.

아무나 손을 대지 못하였다. 그러나 없어지면 또 사오고 해가 바뀌면 새것을 장만해 넣곤 하였다.

차라리 그런 것이 없으면 모르겠는데 토고리를 드나들 적마다 그 냄새가 코를 찌르고 제사 때마다 그 냄새가 코를 찌르고 제사 때마다 그것을 다루게 된다. 그래서 어떤 때는 못 먹는 감 찔러 보는 심사로 슬쩍 만져도 보고 냄새도 맡아 보니 그게 되레 병통이었다. 연신 침이 삼켜져서 견딜 수가 없었다.

명절마다 떡을 한대도 계섬이에게는 배불리 못 생겼다. 아이들은 음식탈이 났다고 *소합환이니 통명환이니 하고 떠들어대도 계섬인 일즉 한 번도 속이 더부룩해 본 기억이 없다.

생일날에도 한번 배불리 먹어 본 일이 없고 비단 댕기 한번 드려 본 일이 없다.

그렇게 인자하고 후덕하다는 이 집이언만 어쩐지 계섬이에게는 얼음장같이 차고 썰렁할 뿐이다.

한식날이다, 사월 팔일이다, 하고 드높은 추녀 끝마다 초롱을 달고 이 너른 뜨락에 동네방네가 다 모여들어도 저같이 못 먹고 못 차린 초라한 사람은 없다.

먹는 것 입는 것은 그렇다 하더라도 돈 안 드는 널조차도 맘대로 뛰지 못한다.

앞집 큰애기 뒷집 새애기하고 좀처럼 제 차례는 돌아오지 않는다.

또 막판쯤 되어서 차례가 와도 저와 맞서려는 년은 없고 올라서면 넌 천천히 뛰려무나 하고 밀치는 년뿐이다.

대체 이 집에서 사람을 사람같이 알지 않으니까 남들마저 그런 것이다.

이 집 할머니는 계섬이보다 세 살 아래인 수길이 장가들일 걱정만 하지 계섬이 등이 꼬부라 가는 것은 보지도 않는 모양이다.

대고 맞받아 주어 보고 싶었다.

"그러면 그 뿔로 이놈의 새끼도 받아 주고 노마나님도 받아 주고 그리고 또 미운 연놈이 있으면 그것은 더 보기 좋게 배통을 씨익 하고 받아 넘구고!"

계섬이는 장쾌하였다. 또 무엇인지 모르게 분하였다. 분해서 견딜 수가 없었다. 아무것이나 닥치는 대로 지끈지끈해 버리고 싶었다.

계섬이는 정말 소가 된 것처럼 고개를 숙이고 눈을 지릅뜨고 뿔로 우길이를 받아 줄 시늉을 하였다.

계섬이 불평은 그것뿐이 아니었다. 아무데로나 마구 튀었다.

그래도 이 지붕 밑에서 조금이라도 정이 가는 인간이라면 우길이뿐이다.

수길이는 그다지 *도두나지도 못한 주제에 여자라면 애당초 사람으로 보려고 들지 않고 귀순인 응하고 조만 빼고 노마님은 개고기라고 욕지거리만 하고, 젊은 마님은 머리채 잡고 방망이 찜질하기가 일쑤고, 영감마님은 좀 인자스러운 것 같으나 내정범절에 눈치가 무디고, 그러니 *물덤벙술덤벙하고 그래도 섭슬리기 쉬운 우길이게밖에 맘가는 데가 있을 턱이 없다.

우길이와는 하루 두세 번 안 부딪치는 때가 없고 또 그럴 적마다 할머니 어머니한테 제가 욕은 *도거리로 처먹지만 그래도 우길이가 일등 좋다.

업히든지 말을 타든지 간에 우길이밖에 더럽다 아니 하고 제 몸에 집적거려 주는 사람은 없는 것이다.

"저년 머리 폭 썩어난다. 손이 있것다 뜨물이 있것다, 아아니 왜 좀 머릴 감질 놋하는 게냐. 퓌퓌 저리 가거라. 썩은 내에 코가 빠지겠다.”

하고 늙어서 냄새도 변변히 맡을 것 같지 않은 할머니조차 이렇게 욕하지만, 그래도 우길이는 그 머리를 덥석덥석 쥐고 말타기도 하고 무동도 서고 업히기도 하는 것이다. 옷이 더럽다고 하지만 여벌이 있어야 자주 빨아 입지, 단벌을 가지고 어떻게 그래 낼 수가 있을까.

또 집안일에 오금에서 자가바람이 날 지경인데 언제 제 일을 해내랴.

시악시들까지도 여름이 되면 밤마다 앞버드내 으슥한 곳에서 멱을 감고 때를 씻는데 계섬인 그나마 할머니 잔소리에 맘대로 못 하였다.

할머니는 계섬이가 바탕이 나빠서 바깥바람을 자주 쏘이면 하다 못해 평안도 참빗장수나 *마바리꾼이라도 꿰차고 달아날 년이라고 밤에는 얼씬 나가게 못 하였다.

그러다가도 혹시 우길이한테 못 견디어서 계섬이는 나가는 일이 있는데 그것은 *불감청이언정 *고소원이었다.

할머니도 우길이가 우기면 막아내지 못하였다.

계섬이는 한참 동안 자는 우길이를 멀거니 내려다보다가 그의 손가락을 집어다가 살며시 물어 보았다.

그래도 우길인 아직 깊은 잠이 들어 있는지 아무 동정이 없다.

계섬이는 잇바디에 힘을 주어 지그시 손가락을 깨물어 보았다. 그래도 여직 기척이 없다.

그는 조금씩 더 힘을 주어 깨물었다. 그러다가, 제김에 무춤하고 이걸 더 깨물어 줄까 그만둘까 하고 망설이며 이를 바르르 떨었다.

그러던 끝에 그만 저도 모르게 내처 꽉 물어 보았다.

우길이는 흠칫 하고 놀라 깨었다.

깨어서는 그 아픈 주먹을 고사리같이 모아쥐고 호이호이 불더니만 벌떡 일어나며,

"이 간나위, 어째 사람을 물었니. 아구 손이야, 물어내, 아구 아퍼."
하고 덤비었다.

"내가 그랬나 뭐."

계섬이는 냉큼 시치미를 뗐다.

"네가 안 그랬으면 누가 그랬니."

"난 몰라."

"몰라? 이 간나위 죽고 싶은 게로구나. 너 그레 사람 잡아먹는 범이 되고 싶으냐. 사람은 어째 무니."

"안 그랬다니까."

그리고 계섬이는 별안간 메다꽂을 것처럼 그 넓죽한 어깨를 살구며 독수리처럼 우길이게 덤비는 시늉을 하다가 말고 싱긋이 웃으면서,

"아마 벌이 그랬나 봐요."

"벌이? 벌이 어디 있니."

"도련님이 일어나는 걸 보고 겁이 나서 내뺐어요."
하고 공중에 대고 손가락을 비잉 돌리며 벌이 도망나간 길을 그려 보였다.

"이 간나위 거짓말쟁이."

“벌써 도망갔다니까.”

“이 간나위 잇자국 난 것만 봐라. 이게 네 잇자리 아니냐.”

“아니야, 내 말 좀 들어. 이걸 그저.”

그러며 계섬이는 우길의 목줄기를 개갑게 싸쥐고 얼굴만 무섭게 씨루며 우길일 뒤흔들어 주다가 덥석 들어서 업었다.

계섬이는 길다란 머리채를 어깨 앞으로 넘겨 놓고 앙탈을 쓰는 우길을 꼭 붙잡아 업고 밖으로 나갔다.

계섬이가 우길이를 업고 밖에 나갔다가 사랑으로 돌아 들어오는 사이에 우길의 골은 다 삭아 버렸다.

그리하여 또 말타기를 하였다.

그러나 점도록 그것만 하니까 계섬이도 우길이도 약간 싱거울싸 하였다. 처음만 흥이 바이 못하였다.

그래서 좀더 신기한 새 장난이 없을까 하고 둘이 다 두루 궁리였다. 그러나 아무것을 생각해 보아도 마음 싸지 않았다.

계섬이는 첫째 몹시도 몸이 근지러웠다. 또 맘은 잡을 수 없는 것을 찾아서 공중으로 둥둥 떠다니는 것 같았다. 그리고 손은 함부로 아무것이나 쥐어뜯고 싶었다.

그런데 잡히는 것도 없고 흐뭇할 것도 없고 또 장난에도 떡심이 풀려서 퍼더버리고 앉으려고 하면 제 다리를 뺏는 바람에 별안간 몸이 뒤틀려지고 비비꼬여지곤 하였다.

그러면 구하는 것이 남에게 있지 아니하고 제 몸에 있는 것 같아서 제 몸을 두루 살펴본다. 하나 아무것도 없다.

없다는 것보다 제 손으로는 종내 찾아 놀 상싶지 않다.

그래서 계섬이는 우길이에게,

"도련님, 우리 내기할까."

하고 우선 딴전을 써서 우길의 손을 빌려 올까 하였다.

"내기, 그래라 그래."

우길이도 대뜸 펄쩍인다.

"내기하면 도련님 되겠소"

"그럼 내가 너한테 질 줄 아니. 어디 해보자."

우길이가 승벽을 부리며 기를 쓰고 덤비는 것이 계섬이에게는 도리어 좋은 일이다.

"무슨 내기든지 하지!"

"그럼 아무 내기라도 가져오너라."

여기서 계섬이는 적이 궁리하다가,

"우리 장겟뽕하자구. 장겟뽕을 해서 이기는 사람이 시키는 대로 하기야……."

하며 생각하는 것이 있어서 씨무룩하고 웃었다.

"이기는 사람이 시키는 대루? 그래라."

하고 우길이는 벌써 신이 나서 주먹부터 내들었다. 그까짓 계섬이한테 설마 지랴 싶었다.

아닌 게 아니라 첨은 우길이가 가위를 내서 계섬의 종이를 이겼다.

"도련님 하고 싶은 대로 해봐요."

하고 계섬이는 씨물거리며 *하회를 기다렸다.

그러나 우길이는 졸연히 무엇을 했으면 좋을지 궁리가 나지 않았다.

"얼른 안 하면 묵새기기야."

계섬이는 일부러 한번 달구지를 놓았다.

우길이는 시방 말을 탈까 업힐까 하고 망설이는 판이나 그것은 다 아 싫도록 해본 놀음이라 그다지 성수가 나지 않아서 따로 슴뜬 장난을 생각하고 있었다.

"틀렸어 틀렸어, 자아 짱게……."

"이 간나위, 지니까 몸살이 나니? 여게다 얼굴을 내들어라."

하고 우길이는 계섬의 코끝을 톡 튀겨 주었다.

우길이는 요전에 H읍에 가서 병정들이 나팔 부는 것을 본 일이 있다. 그때 대장인 듯한 사람이 잘못 부는 병정의 코끝을 튀겨 주니까 그 병정의 눈에서 단박 닭의똥 같은 눈물이 뚝 떨어졌다.

아닌 게 아니라 개고기라는 계섬이도 삭은코를 씨루며 눈을 슴벅거린다.

그 담번은 우길이가 졌다. 계섬이는 적이 궁리하는 체하더니만,

"입을 하 벌려."

하고 우길의 목구멍을 들여다보고, 또 저고리 고름을 풀라고 하고 젖꼭지를 꼭 꼬집어 본다. 다음 겨드랑이를 들라고 시켰다.

“이 간나위, 한 번에 하나씩이지…… 네가 언제 두 번을 이겼니. 한 번은 도루 물러 내라.”

하고 우길은 계섬의 등가슴을 한번 꼬집어 주었다.

그 담번에는 계섬이가 이겼다.

“자, 겨드랑이를 내놔!”

그리고 계섬이는 거게를 들여다보았다. 우길이도 그제는 그것이 재미나는 듯이 이기는 때마다 계섬의 몸뚱이 이곳 저곳을 들여다보고 만져 보았다.

“아이 간지러.”

그러다가 계섬이는 우길의 잠방이까지 벗으라고 하였으나 지금도 노오 벗고 다니는 주제에 정작 벗으라니까 *야기를 써서 한참 아귀다툼을 한 다음 사내새끼가 아니라는 바람에 우길이는 선선히 벗어 버렸다.

그러며 우길은,

“이 간나위, 너도 어디 보자.”

하고 모주 먹은 돼지 벼르듯 하였으나 계섬이년은 제 차례에 와서 그만 밖으로 내빼고 말았다.

그래서 우길이는 진종일 계섬이를 붙들려고 좇아다녔다.

그 때문에 계섬이는 두고두고 내리 우길에게 꼬집히고 짓모이고 얻어패이고 하였으나 오히려 달콤할싸하였다.

아버지와 아들

어린 우길이는 어머니보다 아버지를 더 따랐다.

어머니는 본시 얼음과 같이 차서 자식들 받자를 하는 일도 없었고 또 오손도손히 굴지도 않았다.

그런데 더욱 게궂은 할머니가 아이들을 쇠배 어머니 손에 가게 못하고 자기가 혼자 만수받이를 하려 하였다.

그러나 우길이는 어쩐지 할머니가 말썽이었다. 싫다는데 지지리 못살게 쫓아다니어서 더욱 애성이 받쳤다.

우길이가 이 집에서 제일 맘이 키이는 것은 아버지였다.

아버지는 거지반 H읍에 가 있어서 아이들이 정을 붙일 겨를이 없었지만 그래도 우길이는 누구보다 아버지를 몹시 따랐다. 아마 아버지를 자주 볼 수 없어서 못내 그리워했던 탓인 모양이다.

그런데 무슨 때문인지 아버지도 이마적은 자주 촌집으로 나왔다.

제일 반가워한 것은 물론 우길이놈이었다. 우길은 늘 사랑에 나가서 아버지 곁에서 잤다.

너무 지나치게 사랑해서 진절머리가 나게 하는 할머니가 딱 질색이던 차라, 묵중하고 대범한 아버지가 못내 맘에 들었던 것이다.

그러나 사실 아버지는 신경질이다. 글쓰는데 어깨만 두서너 번 모르고 다쳐도 저리 가라고 목자를 부라린다. 또 어린애들을 보살펴 주는 *곰상스러운 버릇도 없다.

그러나 그래도 우길이는 아버지가 좋다.

우길이는 그때부터 아버지를 따라다니기 시작하였다.

아버지가 사족 백인 살진 말을 타고 나서면 우길이는 으레 그 뒤를 슬쩍 따라서곤 하였다. 오지 말라고 으르고 달래고 쥐어박기까지 하여도 날 잡아잡수 하는 듯이 극성스레 따라다녔다.

아버지는 못내 그것이 걱정되었다. 출입하는데 여간 걸거침이 되지 않았다.

그래서 아버지는 오지 말라고 고래고래 소리를 지르고 말채찍을 들고 때릴 시늉을 해도 우길이놈은 저만치 무춤 서서 아버지 동정을 보다가 말이 다시 걷기 시작하면 또 따라섰다.

아버지가 말을 몰아서 달려가든가 그렇지 않고 뒤로 돌아서서 쫓아오는 때 저도 달음박질을 치려고 미리 짚세기를 벗어 쥐고 멀찌감치서 딸랑딸랑 따라가곤 하였다.

아버지는 그 때문에 여간 애를 먹지 않고 한번 거행하자면 목이 다 쉴 지경이다.

"이놈의 새끼, 집으로 돌아가지 못하겠느냐."

그렇게 몇 번이든지 고함쳐도 우길이놈은 길 한복판에 떠억 버티고 서서 망만 보지 돌아갈 차비를 하지 않는다.

"이놈의 새끼."

그러며 아버지가 말을 달려 오면 우길이놈은 흘끔흘끔 뒤를 돌아보면서 그리고 정녕 조여 몰아 오면 길 옆 도랑을 차고 밭 속으로 삐여지려고 곁눈을 팔며 그닥 바쁘지 않은 걸음으로 디시근하게 반달음을 쳐 가곤 하였다.

그렇건만 그놈은 어떻게 빠른지 다리사태 군고기가 처져 붙은 굼뜬 말로써는 좀처럼 따를 수 없었다. 또 애당초 잡으려는 게 아니라 옆으로 혼뜨겁을 시켜서 돌아가게 하자는 것이었다.

그래 아버지는 한참 소리를 질러서 멀찍이 몰아 놓고 뒤에서 추상같이 별러 준 다음 말머리를 돌리고 우길이놈의 동정을 비슬비슬 살펴본다.

그러면 우길이놈도 어느새 되돌아서서 또 어슬렁어슬렁 따라온다.

아버지는 이번엔 말 궁둥이에 된매를 넣어서 달려가 버린다.

우길이놈은 그까짓거 하듯이 예사로 따라오는데 그래도 거리가 좀 멀어지는 듯하면 이를 악물고 쾌를 들먹거리며 장달음을 쳐 온다.

우길이는 아버지가 탄 말이 얼마나 굼뜨다는 것을 잘 안다. 뿐 아니라 저도 타보았다. 말이란 놈이 어린애를 업신여겨서 궁둥방아를 찧어 우길이는 여러 번 그 말 잔등에서 떨어져 보기까지 하였다.

그러나 그 말은 사철 세워만 두기 때문에 살만 처지고 걸음은 돼지같이 굼뜨다. 또 달린대야 한참뿐이지 오래 내놓지 못한다.

우길은 그런 것을 잘 알기 때문에 콧노래를 부르며 따라갔다. 그러다가 말이 서면 우길이도 섰다.

"애 우길아, 이리 온."

아버지는 우길이를 돌려보낼 도리가 없어서 말을 세우고 싹싹한 소리로 구슬려 볼 참이었다.

그러나 우길이놈은 아버지의 속심을 꽉이 몰라서 초간히 떨어진 채 걸음을 멈추고 빠끔히 눈치를 살피었다. 흥! 나를 붙잡아서 주릿대경을 안기려고 그러나. 그렇지 않으면 정말 데리고 갈 선심이 나서 부르는 것인가 하고, 익히 궁리하며 찬찬히 아버지의 얼굴을 읽었다.

"애—— 이리 와—— 이번만 데리고 갈 테니, 다신 오지 마라—— 응."

그래서 우길이놈은 비로소 고개를 끄덕끄덕하며 좋아라고 아버지 곁으로 달려갔다. 아버지가 정작 데리고 가려는 속심인 것을 이놈은 벌써 알아챈 것이다.

"이번만 가구 다신 안 가지?"

하는 아버지 물음에 우길이놈은 떠먹듯이,

"안 가요."

하고 분명 대답하였다. 제 속으로도 이번만 데리고 가면 다신 안 가려니 또 따라서는 때는 아버지가 다리 옹두라질 부질러 놔도 말이 없으려니, 이렇게시리 다짐둘 만치 우길이는 오늘 아버지와 함께 가게 된 것을 무척 기뻐하였다.

그러나 실상 이번만이라는 다짐을 둔 것이 벌써 몇 번인지 알 수 없다. 이번 한 번만 더 따라가 보고는 다신 안 가려니 하지만 그 이번이라는 것이 종내 끝날 줄을 몰랐던 것이다.

"그럼 걸어라."

그러자 우길이놈은 다시 신발을 신고 달랑달랑 따라섰다. 말보다 오히려 더 재다. 말이란 놈은 원체 갈 때는 빠르지 못한데다가 앞에 간 *피마의 오줌 냄새를 맡고는 주둥이를 쳐들고 헤벌죽이 웃어대느라고 매양 걸음이 뜨다.

우길이놈은 일곱 살로는 여간 크고 든든하지 않다. 이놈을 배기 바로 전에 에미가 야들야들한 피 벌건 녹용 한 뿌리를 달여 먹었다. 그래서 어머니는 몸이 팔팔결 딴사람같이 영실해졌다.

그러나 우길이를 낳고 나니까 어머니는 제도루묵이로 또 홀쭉해졌다. 그러니 그놈의 약독이 말끔 우길이에게 번져 버린 것이 분명하였다. 사실 우길이는 날 때부터 *달마같이 토실토실했고, 또 겨울에도 추위를 타지 않았다. 아버지는 이놈을 군인 재목이라고 늘상 생각하였다.

"이놈 매 많이 맞아야 사람질 하겠다."

아버지는 속으로 웃었다.

그해 여름이다.

아버지가 우길이 몰래 읍으로 가려고 그놈이 놀러 나가기를 기다리나 벌써 눈치를 차렸는지 뜨락에서 뱅돌며 나가지 않았다. 한식절이 바뜩 지나면서부터 멱감으러 다니던 놈이 무더운 오늘에도 나갈 차비를 하지 않는다.

"애 우길아, 너 헤엄칠 줄 아니?"

아버지가 넌지시 물었다.

딴전을 써서 놀러 내보내자는 것이다.

"그럼 그까짓걸 몰라."

"너 대배헴 칠 줄 아니?"

"흥, 팔베두 알어."

하고 우길은 히고 젖히며 팔을 뽑아 혜는 시늉을 하였다.

"너 깊은 데 들어가지 말아, 응."

"깊은 데두 일없어, 자맥질해서 나와."

물이 키를 넘고 기운이 모자라면 이내 물밑에 엎디어서 바닥을 긁고 나온다는 말이다.

이 고장은 내가 가까워서 예닐곱 살만 되면 거지반 다 헤엄칠 줄을 안다.

"물밑에 귀신이 있어."

아버지는 깊은 물로 기지 못하도록 하느라고 이렇게 일러주었다.

“낮에도 귀신이 있나 뭐.”

“물밑은 낮에도 새카맣지 않던?”

“눈을 뜨면 화안해, 누렇고……”

“너 앞또랑에 가서 한번 하고 오렴. 얼굴도 씻고.”

앞또랑은 물이 옅다.

그제서 우길이놈은 무슨 생각을 했는지 별말 없이 밖으로 나갔다.

“그놈은 그저 쳐줘야 해.”

아버지는 인제 되었다고 싱긋 웃으며 을남이를 불러서 말안장을 차리게 하였다. 우길이 없는 틈에 살랑 빠져갈 참이었다.

을남이가 말을 손질해서 안장을 차리는 동안 아버지는 재빠르게 탕건을 바꾸어 쓰고 *금관자에 대끈 달린 통영갓을 받쳐 쓰고 모시 두루마기를 허리에 걷어올려 명주실 끈으로 동이고 말을 탔다.

진사가 되고 탕건을 쓰면서부터 아버지는 *망건 쓰는 것을 폐지하였다. 망건은 명색이 없는 무무한 촌사람들이나 쓰는 것이라 생각한 것이다.

가없이 넓은 평야에는 오곡이 무성하다. 누워 뒹굴고 싶은 옥토 양전들이다.

그러나 우길이들 어린이에게는 어딘지 모르게 맘싸지 않는 곳이었다. 너무 변화가 없고 고저가 없고 그저 내처 너르고 평전하기만 하다.

우길이는 싱겁게 너르기만 한 이 평야에 하다못해서 서쪽 까맣게 내다보이는 노루제라도 떠메어다가 이 평전 복판 어디다가 좌정해 놓았으면 하고 늘 생각하였다.

그러나 오곡이 패어서 무성해질 때는 참 좋다. 사람의 맘조차 살이 찌고 부풀어 오르는 것 같다.

여윈 지평선 위에 오곡이 길길이 늘펴는 데 따라서 가난하던 땅은 마치 생명을 가진 무한히 큰 생물인 것처럼 꿈틀거리는 것이다.

이렇게 좋은 고장이 또 어디 있을까 하고 우길의 아버지는 생각하였다.

이 땅은 박가네가 오백 년을 내리내리 누려 내려오는 은혜로운 낙토(樂土)다.

조선팔도 명산대처는 거의 다 밟아 보았으되 이렇게 좋은 땅은 다시 없는 것 같았다.

세월이 하 수상해서 남들은 말세라고 부르지만 이 집안은 자식을 나는 걸 보아도 아직 시운이 진한 상싶지 않다.

둘째놈 우길이가 좀 *난봉 될 염려가 있지만 맏아들 수길이는 세월만 맞아 주면 진사는 떼논 당상이요 급제도 그림 속의 떡은 아닌 것이다.

재주가 비상한데다가 나는 데 기기로 글읽기를 또한 무척 즐긴다. 글씨도 명필 될 소질이 있다. 나이는 이제 겨우 열네 살이지만 준절키가 어른 같다. 인제 가을에 혼사만 지내면 삼십 된 사람보다 외려 나을 것이리라 싶었다.

아버지는 그 사이 수길이를 최찬봉의 딸과 정식으로 정혼해 놓았다. 술집에서 만난 최참봉은 그 뒤에 알고 보니 그 고장에서는 모르는 사람이 없는 드소문한 사람이었다.

근본이 양반이요 세도도 그만하면 괜찮은 편이었다. 가도가 버젓하고 *오복이 *구전하였다. 신부도 이만한 집 자손이면 외양과 같이 속도 의당히 얌전할 것이었다.

그 다음 최참봉네 가산이 넉넉하다지만 그따위 것이야 양반 선비에 무어 그리 들어 말할 건지가 되랴고 아버지는 생각하였다.

아버지는 정혼하던 날 집에 돌아와서 선참 최참봉네 내력을! 내력이라니보다 양반이라는 것을 중언부언한 다음 신부에게 대해서 얼른 보기에도 이마가 너르니 맘이 옹졸치 않을 것이요, 코가 바르니 맘이 곧을 것이요, 귀가 희고 두텁고 길쭉하니 오복이 가질 것이라고 말하였다.

"첫째 심정이 고와야지."

할머니가 이렇게 의견을 말하였다. 그것은 우길의 어미가 심술이 있어서 자기가 은근히 속이 상한다는 뜻을 품긴 말이었으나 박진사는 미처 그런 것까지 살필 사이 없이,

"얼굴은 마음을 비치는 거울이란 말이 옳아요. 외양이 그만침 되면 속두 알 수가 있지요."

하고 제 소견이 틀림없을 것을 장담하였다.

"비단보에 개똥이란 말도 노상 없지는 않으니."

하는 할머니의 말 속에 우길이 어머니를 치는 의미가 숨어 있는 것

을 그제사 깨닫고 박진사는 슬쩍 말을 돌려서,

"이번 그애 외양은 꼭 어머님과 같습디다. 그래서 더욱 빨리 결정해 버렸습니다."

"나같이 못된 시어미가 없다는데."

이것도 할머니가 우길의 어미를 찍어다 대는 말이다. 이 말 속에는 자기의 자랑도 바이 없지는 않았다. 할머니는 세상에 자기처럼 무던하고 소명하고 싹싹한 사람은 없느니라고 생각하는 터이다.

그러나 며느리는 고사하고 우길이더러 물어 보아도 할머니가 심술 많은 것은 사실이다. 남이 기뻐해도 싫어하고 묵중해도 나무라고 상냥해도 나무라는 버릇이 있다.

하나 박진사만은 이 홀어머니에게 효성이 극진하였다. 며느리를 얼른 맞으려는 것도 이 홀어머니를 내우 공대하고 즐겁게 하려는 생각에서였다.

아버지는 말 위에서 수길이 *관명(冠名) 지을 것을 또 궁리하였다. 그것은 벌써부터 궁리해 오던 일인데 오늘 아주 맘으로 결정해 버리자는 것이다.

항렬을 따라서 수길이는 상무(祥武)라고 짓고, 우길이는 상도(祥道)라고 지으리라 하였다. 수길이는 내뜰성이 적기 때문에 위정 호반무 자를 놓은 것이요, 우길이는 지나가서 걱정이기 때문에 길도자를 놓은 것이다.

그리고 또 하나 수길에게 무자를 붙인 까닭은 그가 자라나서 *출장입상(出將入相)하라는 뜻에서이기도 하다.

박진사는 이런 팔자 늘어진 생각을 하며 마을 뒤 외딴집 주막을 지나서 한참 실히 오다가 무심코 뒤를 돌아보며 흠칫 하고 미간을 찌푸렸다.

어느새 쫓아왔는지 우길이란 놈이 베적삼 앞섶을 헤쳐 놓고 지금막 물속에서 나온 물 묻은 머리를 번쩍거리며 떡심 좋게 덜성덜성 따라오고 있다.

아버지는 별말 없이 말고삐를 당기어 말을 세웠다. 그리고 한참 위풍 있는 눈초리로 우길이놈을 내려다보았다. 오지 못하도록 딴에는 묘한 꾀를 써서 따돌리고 오는 길인데 저놈이 애비의 꾀 따위는 *네뚜리로 부벼 버리고 흥타령을 부르며 따라오지 않는가.

어떻게 하면 저놈을 한바탕 되우 혼뜨겁을 시켜서 항복이 나오도록 할까 하고, 아버지는 혼자 씨근거리고 있었다.

그 동안 우길이놈은 길복판에 턱 서서 땀을 씻고 있었다.

"이놈의 새끼, 너 집으로 못 갈 테냐."

아버지는 버럭 이렇게 소리를 지르며 말을 달려 왔다.

우길이는 엄포로 그러는가, 그렇지 않으면 정말 쫓아오려고 그러는가 잠시 바라보다가 신을 벗어 쥐고 돌아서 내뺐다.

그러나 우길이는 기를 쓰고 달리는 꼴은 아니다. 인제 아버지도 아버지의 말도 그다지 무서울 것이 없다는 디시근한 걸음걸이다.

"이놈의 새끼, 이 목댈 시들궈 놀 놈의 새끼……."

아버지는 결이 받쳐서 말채찍을 홱 내던지었다. 그것은 바로 우길
의 뒤에 와서 떨어졌다.

"이 망할놈의 새끼, 다신 안 온다고 그랬지."

아버지는 발을 멈추고 혼자 두덜거렸다.

우길이는 픽 돌아서서 채찍을 집어 들고 아버지가 더 쫓아오나 보
다가,

"아버지, 이 채찍을 가져가요?"

하고 떡심 좋게 물었다.

그것을 핑계로 따라가 보려는 게다.

"이놈의 새끼, 가져오란 말 안 한다."

아버지는 화가 천둥같이 나서,

"거기다 놓구 가거라. 널더러 그걸 집으라지 않는다."

하고 소리를 질렀다.

"이거 가져가구 집으로 갈 테야."

우길이가 이렇게 말하고 이윽히 하회를 기다리는 동안 아버지의
골은 약간 숙기 시작하였다.

"그럼, 이리 가져오구 집으로 가거라."

그러자 우길이는 반달음질을 쳐서 채찍을 가져다가 아버지한테 맡
기었다.

"우길이 잘났느니라. 내 사탕 사다 주께 집으로 가거라."

아버지는 이렇게 달래었다.

그러나 우길이는 아무 대꾸 없이 한참 섰다가,

"아버지…….."

하고 외마디를 부르고 또 한참 암말이 없이 섰다.

"왜 그러니, 뭐 사구 싶은 게 있니."

"아냐."

"그럼."

"나 이번만 가구 안 갈 테야."

"온 못된 놈 새끼, 어서 걸어라."

그러니까 우길이란 놈은 얼씨구나 좋구나 하듯이 활개를 치며 따라온다. 머리 뒤에 땋아 드리운 쥐꼬리만한 머리채가 달상달상할 만치 이놈은 성수가 났다.

"너 꼭 이번만 오고 다신 못 온다. 응, 알았지."

"응, 안 갈 테야."

"요전에도 다시 안 온다구 하구 왜 또 오느냐."

"그래두 오구 싶어."

"요담에 또 오구 싶으면 어떻게 할 테냐."

"안 올 테야."

"내 오늘 읍에 가서 사탕 사주께 가지고 집으로 가거라. 응, 너 혼자 집으로 찾아가겠지?"

"그럼 그까짓 델 못 찾아가. 놀구메기도 갔다 왔는데 뭐."

"놀기목엔 왜 갔다 왔니?"

놀기목이란 우길이네 촌에서 시오리나 되는 아주 길이 윈 데다.

"박영감과 밭에 갔다가 혼자 왔어."

박영감이란 우길이네 집 머슴 우두머리로 이 집에서 잔뼈가 굵어 난 심술꾸러기 홀애비 영감이다.

키가 장대하고 받는 소 잘 부리고 기운이 장사였으나 인제는 늙어 서 허리가 기역자로 꼬부라들었다. 인젠 일을 *걸싸게 못 하나 농사 이면이 밝아서 머슴들을 지시하고 논밭 둘러보는 소임이나 하고 있다.

우길이는 네댓 살까지 박영감의 잔등에 업혀서 들로 나갔다. 박영 감 허리가 제창 기역자로 꾸부러들어서 궁둥이에 낫중대 하나만 올 려놓으면 그 넓죽한 잔등에서 어린애는 잠이라도 잘 만하다.

우길은 한번 이 영감에게 업혀서 놀기목에 갔다가 혼자 걸어들어 온 일이 있다.

아버지를 따라서 읍내 어떤 커다란 집으로 가니, 거기는 점잖은 손님들이 많이 모여 있었다.

보기에도 벌써 으리으리하다. 무슨 *조련치 않은 일이라도 벌어질 것 같아서 우길은 그 하회가 못내 기다려졌다.

우길은 얼른 무슨 구경거리나 또 배 두드릴 일이 벌어졌으면 하고 방 안을 둘레둘레 들여다보고 있었다.

맨 아랫목에 앉은 손님은 서울서 왔다는데 키가 크고 까만 양복을 입었다. 양복 입은 사람은 이미 본 일이 있으나 이 서울 손님의 양복 은 그가 보던 것과는 판판걸 다르다.

첫째 저고리가 앞섶이 없고 뒤가 제비꼬리같이 길쭉하다. 한번 할머니더러 양복저고리는 엉덩이까지 내려덮였더라고 이야기하니까 할머니가 그거 뒤볼 때 똥이 묻겠다 온 지각 없는 되놈들이라구는 하고 튀튀 침뱉는 시늉을 했는데, 저 서울 손님은 뒤볼 때 어쩌나 하고 우길은 혼자 생각하였다.

그러나 그 양복바지는 히슥히슥한 줄이 있고 빳빳해서 보기 좋다. 또 그보다 더욱 좋은 것은 오줌 누는 데다. 우길이는 양복바지가 그렇게 팽팽하니 좀 크면서도 오줌 누기가 편한 것을 보아 알고 있었다. 단추 한 줄만 허쳤다 끼우면 된다. 그러나 아버지는 대낮에도 바지 고춤을 허치고 요강을 그 속에 통으로 넣고 오줌을 눈다. 그래서 우길은 그때마다 이마를 찡겼다.

또 우길이 자신은 여태 바지 밑에 오줌 구멍을 뚫어 놓았다. 웬일인지 우길이는 아직도 자면서 오줌을 싸는 버릇이 있다. 그래서 할머니가 자다가도 쉽게 그 오줌을 받아 내려고 바지에 구멍을 뚫어 놓은 것이다.

그러나 양복처럼 저렇게 단추를 달아 놓았으면 얼마나 좋을까 하고 우길이는 못내 양복을 부러워하였다.

어서 머리를 깎고 양복을 입어 보았으면 하였다.

대체 저렇게 보기 좋은 깎은 머리와 입성을 아버지는 어째 여태 싫어할까 싫으면 아버지나 싫었지 우리들은 어째 머리를 안 깎아 주는가 하고, 우길은 아버지를 치탈하며 양복 입은 서울 손님을 저윽히 바라보았다.

서울 손님은 나이는 아버지보다 더 먹어 보이나 어쩐지 더 젊은 것 같기도 하다. 또 더 젊기는 하나 아버지보다 더 동뜬 사람 같기도 하였다.

서울 손님은 자기를 유심히 들여다보는 우길이놈을 보면서 싱긋이 웃더니만,

"이게 박진사 자제요?"

하고 아버지에게 물었다.

"네, 둘째놈이올시다."

하고 아버지는 공손히 대답하였다.

"모두 몇이오."

"둘뿐입니다."

하고 아버지가 대답하는데 우길은 누이까지 모두 넷인데 어째 둘이라고 하나 하고 이상히 생각하였다.

"그놈 튼튼하게 생겼는데."

"아주 험찰관이올시다."

아버지는 시종 윗사람을 대하는 겸손한 태도를 잃지 않았다. 뿐만 아니라 좌중에서도 모두 그를 존대하고 또 무슨 벼슬인지는 몰라도 "국장영감"이라고 불렀다.

"그놈 똑똑한데, 박진사보다 낫겠지."

하고 국장영감이란 사람이 싱긋 웃는데 그 말이 못내 우길의 맘에

흐뭇하였다.

약간 어깨가 올라갈싸하였다.

"얘, 이리 오너라."

그래서 우길이는 서슴지 않고 국장영감이라는 사람 앞으로 갔다.

"사내자식은 험살궂어야 해. 헌데 이놈 시골놈으로 이렇게 희맑고…… 장난을 잘 할 수 있나."

"그놈이 지금 막 멱을 감고 와서 그렇습니다. 집에서는 활짝 벗어붙이고 먼지 속에서 뒹굽니다. 아주 말할 수 없는 개차반이올시다."

"사내자식은 그래야지요. 서울애들은 햇볕만 보아도 눈을 사물사물하고 재채기를 하니 그러구 되겠소?"

하다가 국장영감이라는 사람은 박진사를 바라보며,

"왜 이앨 머리 안 깎어 줄라오."

하고 물으나 박진사가 얼른 대답이 없으며 국장은 다시 혼자말 모양으로,

"이애들 시대에는 아마 머리를 깎게 될 거요."

하였다.

우길이는 그 말이 어떻게 귀에 콕 박히는지 알 수 없었다. 어떻게 하든지 저도 얼른 이놈의 꼬랑지를 뚝 잘라 버리고 까까머리가 되리라 하였다.

"얘, 너 이름이 뭐지."

국장이라는 사람이 물었다.

“우길이오.”

우길이는 서슴지 않고 대답하였다. 어쩐지 우길이는 그 사람과 말을 해보고 싶고 그 사람이 맘에 꼭 들었다.

“우길이—— 너 오늘 나고 같이 가자. 나 가는 데만 가면 존 수가 있다.”

우길이는 더욱 성수가 났다. 엉덩이가 저절로 들먹거려졌다.

그리하여 우길이는 정국장이라는 사람을 따라서 종묘장(種苗場)으로 갔다.

정국장은 본시 이 지방 사람으로 서울 가서 수산국장으로 있는 사람이었다. 그는 이번 H읍 종묘장이 개설되는 데 참석하기 위해서 서울서 위성 내려온 것이다.

종묘장에 가니까 별로 눈에 띄는 것은 없고 달개 큰 콩을 가지 그대로 삶아서 손님들 앞에 내놓는 것이 좀 이상히 생각되었다.

정국장은 그것을 집어다가 우길이에게 주고 자기도 깎아 먹었다.

그 많은 손님 중에서도 정국장이 제일 상좌였다. 그래서 우길이도 그를 따라서 상좌에 앉아 있었다.

좌중에 모인 사람은 모조리 머리를 깎고 양복을 입었다. 무어라고 씨버리는지 말들을 알아들을 수 없으나 그 차림과 동작과 음성이 유달리 우길의 맘에 들었다.

우길이는 자기도 어서 그런 입성을 입고 그런 말씨를 왈왈거리며 한번 거들거려 부았으면 싶었다.

이제 촌으로 돌아가면 동무아이들을 모아 놓고 한바탕 히떱게 이 이야기를 해 제치리라 하였다.

정국장이 아까 식(式)을 거행할 때 무엇이라고 연설을 하는데 말은 몰라도 그 거드름이 장히 볼 만하였다.

저도 그 본으로 아이들에게 연설을 해보리라 하였다. ‘동래까라 부산까라’라든지 ‘닥상요로시’라든지 ‘시또로모또로’라든지 하는 따위 이른바 달걀 통변쯤은 아는 터이나 그런 말씨로 흉내를 내면 영락없을 것이라 하였다.

그때는 동리 도회청에서 젊은 소년들이 모여서 토론회 연습들을 하였는데 우길이도 몇 번 구경을 가보았다.

가본즉 열네댓 살도 넘어 먹은 녀석들이 무어라고 떠벌리는데 우길이는 보기에도 *원청강 하나도 된 것이 없었다.

토론회 제목은 “사람은 살자고 먹느냐 먹자고 사느냐”라든지 또는 “이 사회를 움직이는 것은 물질이냐 정신이냐” 하는 따위 것이었다.

그런데 소위 연사라는 녀석들이 나서서 한다는 소리가 또 가관이다.

“응, 이 사회를 움직이는 데는 물질이 필요하냐 정신이 필요하냐 하는 데 대해서―― 응, 나는 정신이 필요하다고 생각합니다. 내 말은 그만입니다.”

하고 내려오고 또 어떤 녀석은 절대적이란 말을 목에 피를 세워 가지고 “절대적”이라고 외치고 또 어떤 녀석은 밑도끝도없이 “에, 그런데 대해서”라는 소리를 치다가 푸시시 내려오고 말았다.

그러니 그게 대체 무엇인가 이번에 내가 한번 하면 제법 본때 있게시리 히고 젖히리라고 우길이는 속으로 다짐을 주었다.

우길은 종묘장에 모인 손님들이 연설하는 행동거지를 낱낱이 생각해 보며 정국장의 주인집으로 돌아왔다.

긴 여름해가 아직도 겨울날 하루 폭은 넌짓 남아 있는데 아버지가 엽전 다섯 닢을 주면서 우길이더러 엿 사먹고 집으로 가라는 거다.

하나 우길이는 집으로 갈 맘이 과히 없었다.

해가 진 다음에도 장달음을 치면 시오리 길을 땅거미 되기 전에 갈 자신이 있는데 아직 해도 설핏해지기 전에 돌아가라니 읍에 왔다가 남은 해를 무엇에 쓰랴 싶었다.

그래서 암발 없이 기이고 있는데 정국장이 사정을 알았던지,

"아니 오늘 밤 예서 재우시오. 내가 데리고 잘 테요. 글쎄 그놈이 아까 날더러 청 하나를 부리는데 자기 아버지더러 제 머리를 깎게 해달라는구려. 그리구 이런 양복은 엽전 몇 냥이나 가느냐고 아주 자란 사람같이 묻는단 말요."
하고 껄껄 웃으니까 좌중이 다 함께 따라 웃었다.

우길의 아버지도 웃었다. 그래서 우길이는 맘을 턱 놓았다. 오늘 밤 좋은 구경을 할 참인데 또 여차하면 머리 깎고 양복까지 입게 될는지도 모르는 판이었다.

그날 밤 어느 요릿집에 정국장을 초대하는 연회가 열렸다. 박진사와 그의 치지 몇 사람이 주최한 것이었다

우길이는 정국장을 따라서 요릿집으로 갔다.

손님은 대개 낮에 정국장 주인집에 모였던 그 사람이고 그 밖에 기생 넷이 왔다.

우길이는 기생이 첨이었고 또 이렇게 이쁘장한 여자도 첨 보았다. 그 입은 입성도 눈이 부실 듯하였다.

보면 볼수록 이쁘고 화려하였다.

그래서 우길이는 곤한 줄도 모르고 턱을 들고 그 기생을 구경하였다.

무슨 노래들을 부르는데 그것도 여간 듣기 좋은 것이 아니었다.

정국장과 다른 손님들이 이것저것 요리를 가리키면서 먹으라고 하나 우길이는 벌써 흠씬 주워먹어서 배가 푸짐하였다. 그러니까 인제는 먹기보다 기생 구경하는 것이 좋았다.

"거기 누워 자거라."

아버지가 이렇게 말해도 잘 맘이 바이 없었다. 그래서 정국장이 자기 무릎을 베고 자라고 하는 것도 싫다고 하고 우길은 그대로 앉아 있었다.

그런즉 기생들은 이놈이 여태 배가 덜 불러서 먹을 것을 고르고 있는 줄 알았던지 실과며 약과며 사탕 같은 것을 번갈아 가면서 쥐여 주었다.

하나 우길은 부끄러워서 받지 않았다.

우길은 여러 기생 중에서 한 기생이 제일 눈에 들었다. 그 기생은 아래위를 말끔 하얀 옷을 입어서 더욱 유표히 눈에 들었다. 하나 사실 그보다 얼굴이 몹시 애틋하고 곰상스러웠다.

손님들과 기생들의 말을 모아 보면 그 기생은 바로 얼마 전에 어머니가 죽어서 흰옷을 입은 것이었다.

어머니가 죽었다는 말을 들으니까 더욱 그 여자가 보고 싶었다. 또 그 기생과 무슨 말이든지 하고 싶었다.

그때 분명치는 않으나 우길의 가슴에서 가엾다는 생각과 이쁘다는 생각이 합쳐서 우연히 그 기생에게 동정하는 맘이 키워졌던 것이다.

노래도 그 기생이 일등 잘하는 것 같았다. 그래서 우길은 자꾸 그 기생을 눈여겨보았고 또 손이라도 조금 만져 보았으면 하였다.

그러니까 그 기생도 그 눈치를 알아채었는지,

"너 몇 살이냐."

하고 머리를 만져 준다.

"일곱 살이오."

우길은 무중 집에서 하던 반말 버릇으로,

"일곱 살이야."

하고 대답하려다가 얼른 말끝을 고쳐 버렸다.

그러는 자기로도 잘한 일이라고 속으로 생각하였다.

"일곱 살? 참 크다. 열 살 난 내 동생보다 더 크구나. 너 우리집으로 놀러가자?"

하고 그 기생이 묻는데 우길은 두리머리를 흔들었다.

사실 가고는 싶었지만 아버지랑 어른들이 보아서 무언지 모르게 부끄러운 생각이 들어서 마다고 한 것이다.

그러니까 금은이라는 그 기생이 박진사를 보며,

"아버지, 그애 참 똑똑한데요."

하고 귀여워서 애가 키이듯이 손에 힘을 주어 머리를 쓰다듬어 보고 손을 꽁꽁 쥐어 보곤 하였다.

우길이는 속으로,

'얼레, 우리 아버지를 아버지라네. 아버지 딸이 귀순하고 이순이밖에 또 있나.'

하고 생각하였다.

그러나 아버지라는 그 말이 그다지 미웁지는 않았다. 차라리 한편에는 아버지에게 그렇게 이쁘고 화려한 딸이 있었으면 하기도 하였다.

"아버지, 이애 꼭 아버질 닮었어요. 눈하고 입하고 허릴없어요."

그러자 우길이는 흘끔 그 기생을 쳐다보았다.

'흥, 아버지래. 정말 낳은 딸이 옳은가?'

하는 생각도 있었지만 또 하나는 제 얼굴이 아버지를 닮지 않고 어머니를 닮았다는 걸 여러 사람에게 들었는데 이 기생만이 아버지를 닮았다니 어찌 된 일인가 하는 의심이 더 많았다.

아버지도 우길이가 자기를 닮았다는 말이 그다지 밉지 않았던지 싱긋이 웃고 있었다.

우길이는 정말 누구를 닮았는지 때기 몰라서 은근히 궁금한 맘이 들었다.

우길이는 자기 아버지가 훌륭하다는 그런 의식은 아직 없었다.

아버지는 한창 세도와 출입이 장한데 또 사교술까지 있어서 당시의 관계(官界)와 민간에 모두 *출반좌하는 사람이었으나 우길은 아직 그런 것은 통 알지 못하였다. 또 알려고도 하지 않았다.

그러나 그저 아버지가 좋았다. 그러니까 같은 값이면 아버지를 닮았다는 것이 좋을밖에 없었다. 또 더욱 사내새끼는 아버지를 닮아야지 찝찝하게시리 여자를 닮다니 말이 되나 하는 생각도 노상 없지 않았다.

그러기 때문에 속으로 늘 아버지를 닮았으면 하던 차라 이제 금은이라는 이쁜 기생의 그 말을 들으니까 못내 기쁘다. 얼굴이 이쁜 사람은 말속까지 밉지 않게시리 하는구나 싶었다.

우길이는 남몰래 흘끗 아버지의 얼굴을 쳐다보았다.

하나 속으로 생각할 때보다 아버지 얼굴은 그닥 탐탁해 보이지 않는다.

첫째 아버지의 얼굴은 너무 길다. 그리고 살이 없다.

우길이네 촌 윗동리에 진철이라는 얼굴 길고 못생긴 *탯덩이가 있다. 그 사람은 보통 사람보다 얼굴이 갑절이나 길다. 마치 장승같이 길다란 막대기에 눈과 코와 입을 만들어 붙인 것 같았다. 그러더니 그 사람은 종래 신통한 일이 없었다. 남의 혼인잔칫날 견마잡이 노릇이나 하였고, 장가를 들었으나 게집은 인차 도망을 기버렸다.

우길이는 진철이를 몇 번 본 일이 있어서 얼굴 긴 사람이 딱 싫었다.

하나 아버지는 그 얼굴이 이렇게까지는 길지 않다.

살만 좀 붙었으면 둥그스름하니 풍신이 훨씬 돋날 것 같았다.

그리고 그 세모시 두루마기와 금관자 달린 채양 넓은 통영갓 대신에 정국장처럼 검은 양복을 입고 모자를 썼으면 얼마나 멋지랴 싶었다.

'그런데 아버지는 어째 머리 깎기를 싫어할까, 정국장이 잘 드는 낫이라도 들고 와서 이 방에 앉은 사람들의 상투를 모조리 싹 갈겨 버렸으면…….'

우길이는 속으로 이런 생각을 하였다. 그리고 넌지시 좌중을 한번 삐익 둘러보았다.

아무리 보아도 그 얼굴들은 맘싸지 않았다.

거기다 대면 정국장의 풍채는 얼마나 동뜬 것인지 알 수 없었다.

여름 밤은 어느새 *삼경이 넘었다. 그러나 여름은 낮보다 밤이 선선해서 좋다고 손님들은 좀처럼 일어날 차비를 하지 않았다.

우길이는 차츰 졸리기 시작하였다. 그러나 그만 자버리기는 무언지 아수하였다.

우길은 졸려서 부지중 굽벅 고개방아를 찧고 제결에 놀라서 머리를 번쩍 들었다.

"애, 여기 누워 자거라."

하며 금은이가 제 무릎을 베어 주려고 드는 바람에 우길이는 잠이 달아나고 눈이 마룩마룩해졌다. 미상불 그 차붓한 무릎에 누워서 한

잠 자든지 뒹굴든지 해보고도 싶었으나 남이 부끄러워서 그저 기생들을 둘레둘레 돌아보고만 있었다.

모두들 이쁘다. 그런 중에도 금은이가 제일등 꼭지다. 얼굴이 불그스름하면서도 젖빛같이 희맑다. 그리고 볼숙한 젖가슴이 잠자리 날개같이 하르르 엷은 적삼 밑에서 뛰는 것이 분명 보이는 듯하였다.

그러나 우길이는 어느새 저도 모르게 시들푸레 잠이 들어 버렸다.

그러나 그는 인차 놀라 깨었다. 기생들이 무슨 소리를 소곤소곤 재자거리며 킥킥 웃는 것을 들었던 것이다. 또 사타구니에 부드러운 손이 닿이는 게 무척 간지러웠다.

"고이 밑에 오줌 구녁을 뚫어 났어."

한 기생이 그렇게 말하니까 다른 기생이 받아서,

"저렇게 큰데 여태 오줌 구멍이 있어."

하자 우길이는 정신이 번쩍 들며 모로 돌아누워 다리를 모았다.

우길이는 여태 자면서 오줌을 싸는 버릇이 있다. 그래서 할머니가 이 고장 전언을 따라서 불때고 난 부지깽이로 자지를 여러 번 지져 주었어도 여태 그 버릇은 낫지 않고 이따금 실수해서 무안을 보는 일이 있었다.

우길이는 일어나 밖에 나가서 오줌을 누고 시원한 바람을 쏘이고 그리고 두 눈에 실린 잠이 죄다 가시지 않아서 침을 눈까풀에 찍어 발랐다.

잔치

그해 가을 우길의 형 상무의 결혼식은 마침내 왔다.

두 달 전 성관하는 날부터 아버지는 수길이라는 아명을 부르지 말고 상무라는 관명을 부르라고 집안 사람들에게 단속하였다.

그러나 할머니나 어머니는 늘 수길의 관명을 잊어버리고 아명을 그대로 불러서 박진사에게 정정을 받곤 하였다.

그러나 역시 서툴러서 할머니는,

"성!"

하고 한참 생각하고 나서야 고쳐 상무라 불렀고 어머니는 애당초 이름을 부르지 않고 "애"라든지 "큰애"라든지 이렇게시리 불렀다.

상무는 이제 겨우 열네 살이었으나 성관을 시켜 놓으니까 제법 어른다웠다.

“양반의 새끼 아홉 번 번진다는 말이 꼭 옳다.”

하고 할머니는 코를 쥐쥐 흘리는 나어리던 수길이와 몰라보게 숙성해진 오늘의 상무를 비겨 보며 적이 *감구지회를 금치 못하였다.

한데 오늘 결혼식까지 치르고 나면 정말 진짬으로 어른이 되는 것이다.

상무가 어른이 되는 데 따라서 박진사 내외는 며느리 보고 또 장차 손자를 볼 것이요 할머니는 손자며느리 보고 증손자 보게 되었으니 말하자면 이 결혼식은 이 집 어른들을 한 등씩 높은 데 올려앉히는 것이나 일반이었다.

그래서 이 결혼식은 온 집안에 다시 없을 큰 경사라고 하였다.

사실인즉 이 결혼식은 본시 여름에 ‘늘메’로 하자던 것이 상무의 병으로 말미암아 가을에 ‘돌메’로 하게 된 것이다.

즉 첨 예정은 ‘늘메’로 여름에 신랑 편에서 한쪽 나들이만 해놓고 가을에 신부를 데려오자던 것이다.

이 지방에서는 웬만치 유족하고 범절이 갖은 집이면 대개 ‘늘메’로 하여서 한 결혼식에 두 번 나들이를 치르는 것이 보통이었다. 다시 말하면 처음엔 신랑이 신부 집에 가서 게서 잔치를 치르고 돌아왔다가 몇 달 지나서 다시 신랑이 신부 집에 가서 그번에 아주 신부를 데려다 같이 신랑 집에서 잔치를 베푸는 것이다.

그러나 상무가 의외로 열병에 걸려서 여름에 되게 앓았던 관계로 첫 나들이는 제폐하고 가을에 아주 ‘돌메’로 장가들고 신부까지 당일에 데려오기로 작정되었다.

이날 우길의 집 안팎 뜨락은 장판같이 떠들썩하였다.

이른 아침부터 동리 잔치꾼들이 모여들고 조금 지나서부터 인근 동리에서들 몰려왔다. 오십리 백리 밖에서 온 웬뎃손님도 적지 않았다.

이들 손님은 잔치 구조로 한 냥(이십 전) 혹은 냥 반쯤씩 내놓고는 잔칫상을 한 상씩 받았다.

잔칫상은 국수에 징편 버스리 인절미 등 떡 한 목기와 수육 한 목기와 못과줄 입과줄 배 같은 건관 목기를 놓은 것인데 이 밖에 *관계(官桂)와 생청으로 *화청한 모주가 따로 나왔다.

이만하면 이 지방 잔치로는 잘 차린 편이다. 보통 큰 소 한두 마리 잡으면 괜찮은 잔치인데 세 마리나 죽였으니 그것으로도 알 수 있는 것이었고 술을 얼마든지 무작정 하고 드는 대로 쓰기로 술 고는 집으로 미리 당부해 두었다.

손님들은 술 몇 잔씩을 마시고 국수를 먹고 수육 맛도 조금 보고는 그 다음 남은 것은 백지에 싸가지고들 갔다. 흐뭇하게 먹고 또 싸가지고 가는 *과봉이 옆구리에 두둑해야 손님들은 만족해하는 것이다.

또 이 과봉이 제가 구조로 내논 돈어치가 넘을싸하여야 말이지 그렇지 못한 듯하면 손들은 돌아가면서 으레 헐뜯어 말한다.

한데 이들은 그래도 아직 뒤가 개가운 손들이지만, 술 좋아하는 고주망태들은 이날을 별렀던 듯이 엉덩이를 떡 붙이고 앉아서 부어라 먹자로 술을 처마시고 나중은 주정질 투정질을 하고 그것이 지나

가면 사람답지 않은 게지레들 부리고 그리고 오만가지 소리를 함부로 주워치였다.

그래도 경사스러운 날이라 별로 핀잔을 주거나 나무렴하는 사람도 없었다.

원체 이 지방에서는 잔치 손님들이 한잔 거나해서 갓을 삐딱하게 기울이고 두루마기 앞섶으로 길바닥을 휩쓸면서 돌아가야 가위 굵은 집 경사라고들 일렀다.

이날도 동리 어구마다 술취해 자빠진 사람이 적지 않았다. 촌늙은 이들은 이것을 내다보며,

"어이, 잔치 잘 차렸군."

하고 수염을 쓰다듬으며 웃었다.

그래도 사람들은 어쨌든 남의 좋은 소리보다 나쁜 패담을 하고 싶은 배 안의 버릇을 여기서도 잊지 않았다.

"그 집 잔치 수육 목기가 적어. 세 마리 잡았다는 건 말짱한 허풍이야."

"국수도 어디 요기나 하겠더라구. 꾸미는 그게 뭔가. 그만한 잔치에 그래도 돼지 순대 한 토막쯤은 내야 한단 말이지."

이렇게 지껄이는 패도 있고,

"술이 층하가 있어, 사랑에 앉은 탕건 쓴 손님에게는 화청한 술인데, 차일 아래 앉은 손님은 백주니…… 그래 우리는 손님 아닌가, 혀가 짧아서 맛을 모른단 말인가, 연통이 두꺼워서 대주 먹어도 좋단

말인가.”

“글쎄 말일세, 이런 대샛날에는 층하 말구 먹었으면 좋겠데만, 사람의 심정이 어디 그런가.”
하고 주정질하는 사람도 있고,

“이 사람아, 그래도 돈냥아치 싸게 먹기나 했나. 나는 암만 생각해도 밑졌어. 요샛돈 냥반어치 술을 먹을 말이면 진종일 취할 거 아닌가.”

“아따 여보게, 손님이 어떻게 꾀는지 때려 죽여도 살인이 없겠네. 그런 판에는 약게 돌아서 한 상 더 받아야 하는 건데 참새 방앗간을 지났어. 한번 다시 가볼까. 그 많은 사람 중에 누가 누군지 아나. 난 벌써 허기가 드네, 글쎄 오늘 한밥 잘 먹을 심을 대고 어제 저녁도 설때렸단밖에.”
하고 투정질을 부리는 사람도 있었다.

“거 기왕 잔칠 채렸으면 말이야, 아주 신랑신부까지 구경을 시켜서 보내야 하는 거지, 그래 먹여서는 든 손에 내쫓으니, 거 대갓집 잔치는 그래야 옳단 말인가.”

“아따 이 사람아, 잘났거나 못났거나 계집은 매한가지야, 보면 뭘 하나.”

이렇게 배부른 끝에 눈요기 못 한 투정을 하는 사람이 있는가 하면 눈요기해서는 무얼 하나 하듯이 치는 사람도 있었다.

그리고 그런가 하면 이번은,

　"한데 이번 잔치는 그전 박진사 *자당 환갑 때만 어림없네. 그때
는 아따 관찰사가 다 거행하고 그 넓은 뜰안에 내처 *덕을 매고 연
사흘 풍류를 잡히고 기생 광대가 노래를 부르고…… 참 굉장했었네.
아따 글쎄 사람이 어떻게 질진했는지 덕이 다 무너졌달밖에. 그러나
민요를 만나고 나더니 박진사네도 한풀 죽었어."

　"암, 한때 한때는 다 있는 법이지. 민심이 천심이거든. 낮이 있으
면 밤이 있고 오르막이 있으면 내리막이 있는 법이야."
하고 헤아릴 수 없는 세사를 말하는 사람도 있었다.

　또 그런가 하면 행세깨나 하고 근본이 있다는 사람들은 초록이 동
색으로 이 집 자랑을 잊지 않았다.

　"참 북도에 들어서야 단 한 집이지요. 대대로 인물이 끊지 않
고…… 옛날 말에 *재승박덕이랐지만 이 집안은 범에게 날개로 재주
에 덕이 겸하니 당하는 장수가 있소. 아직도 한동안 누립녠다. 오늘
장가드는 박진사 맏아들도 또 절재라는구려."

　"대 끝에서 대가 나고 싸리 끝에서 싸리가 난다구, 으레 그럴 거
아니오."

　"박진사가 행민했다구 민란까지 만났지만 그거야 사람을 몰라보는
상놈들이 그랬지, 박진사가 어디 양민이나 구차한 사람을 글겡이질
한 줄 알우? 나쁜 짓 해서 돈 모은 사람들만 죽여냈지요."

　"실상인즉 요전 등내 김관찰이 식성이 너무 좋았습녠다. 무어든지
먹을라고만 들었으니까요. 그래서 어진 양도 그만이요, 잔사리도 가

이요, 염체불고하고 닥치는 대로 다 주워먹어 버리니까 박진사도 그 얼을 썼지요."

"아따 글쎄 김관찰 이야기가 났으니 말이지, 제 일가 소인놈을 데려다가 붓장사를 시켜서 방방곡곡이 억매를 다녔구려. 그래서 생기면 몇 푼 생길 거요."

"그뿐인가요. 생판 무고한 사람을 잡아 달고 네 죄를 모르겠느냐, 어서 대라 하니 댈 거 있소 그래서 나중은 없는 죄를 지어 불고 돈 바치고 나온 집이 부지기수니, 그리구 민심이 순편할 리 있소. 박진사가 얼마나 그걸 말렸다구 그리오. 그래도 중이 고기 맛 들이면 빈대 잡아먹는다구 식성 좋은 김관찰이 안 그럴라구 들어야죠."

이렇게 박진사를 싸서 말하는 사람도 있었다.

그러나 이 밖에 그리 묵묵히 돌아가는 사람이라고 노상 아무 생각이 없는 건 아니다.

그들은 제가 부조로 가져간 닭이나 또는 돈과 오늘 얻어먹은 국수와 지금 갖고 가는 과물과를 서로 비교해 보고 달아 보았다. 과히 밑지는 장사는 아닌가 하고…….

그러나 암만해도 제가 가져간 부조가 더 많았던 것같이 생각하는 사람이 대부분이었다.

그날 중낮이 지나서 신랑 가마와 신부 가마가 전후해서 들이닿았다.

갈 적보다 신부 쪽 후행이 늘어서 일행은 훨씬 많아졌다.

오리아비가 앞을 서고 견마잡이의 권마성이 이 집 앞에 와서 행결

더 높아졌다. 줄느런히 늘어선 행렬 좌우로 구경꾼들이 욱여졌다.

신랑은 사모 쓰고 관복 입고 관띠 띠고 *목화 신고 백마를 탔다.

신부가 탄 가마에는 아낙네들이 줄레줄레 달려서 엎치고 밀치어 한사코 들여다보고 있다.

신부는 머리에 칠보 족두리를 쓰고 몸에 원삼을 입고 얼굴에 분 바르고 연지 찍고 곤지 찍고 해서 그 눈부시는 치장에 정말 얼마나 이쁜지 때기 알려지지 않았다. 그래서 그것을 좀 파고 보려는 듯이 실없는 아낙네들이 눈을 숨벅거리며 들여다보고 있었다.

그 아낙네들을 헤치느라고 가마는 대문 앞에서 한참 좋이 주적거리다가 겨우 마당으로 들어섰다.

구경꾼 아낙네들은 불고염치하고 따라 들어왔다. 한번씩 다 겪어 본 일인데 무엇을 저러나 하듯이 웃으면서 사내들도 구경하고 있었다.

하나 심사가 상하는 것은 처녀들이었다. 안 보아도 좋은 낫살 지긋한 아낙네들이 *선코를 차고 덤벼치는 바람에 맨알근히 보아 두어야 할 방년 처녀들이 뒤로 밀려 버린 것이다.

하나 그렇다고 처녀들은 제 방으로 돌아가 버릴 수는 없었다. 그래서 구경꾼들이 그 집 마당으로 밀려 간 다음 그 집 바자 울타리에 주렁주렁 매달려서 그 안을 들여다보고 있었다.

단 한 번은 치러야 할 구슬이니까 구경도 하염직한 일이지만 구경하면 구경으로 그치는 게 아니고 시방 신부 속이 어떨까 하고 남의 속까지 염려하느라고 공연히 제 속들을 태우고 있었다.

어떤 입심 좋은 아낙네는 첫날 감상을 "가슴이 뻐근하였다"라든지 또는 학질 만난 것처럼 몸이 떨렸다든지 처녀들은 이런 것을 알고 싶으나 알 길이 없었다.

그러나 그렇다고 이것을 동무들과 털어 물을 수도 없고 해서 혼자 고스란히 싱숭증만 더 났다.

"얘, 거기선 잘 뵈니."

이편 처녀가 갑갑해서 물으면 제 편에서도,

"통 안 뵈는구나."

하고 아주 답답해하였다.

"웬 사람들이 저렇게 덤장을 칠까. 온 신부 구경을 못 했나."

"조금 기다리노라면 좀 설핏해지겠지."

아닌 게 아니라 안뜨락에는 구경꾼이 어떻게 그득 다밀렸는지 신부 그림자도 들여다볼 수 없다.

바깥 처녀들은 번연히 장님 사또 구경일 줄 알면서도 자기들과 어딘지 관련이 있는 이 구경터에서 수이 떠날 수는 없었다.

이웃이요 한동리서 앞으로 두고 두고 볼 수 있는 거지만 그래도 꼭 오늘의 근경을 보아야 할 것 같고 오늘의 감상을 알아 두어야 할 것 같았다.

"얘, 신부 가마에서 내렸니?"

"글쎄 말이다. 어디 뵈더냐. 무슨 뒤범벅판인지 알 수 없구나."

"색시 정신 나가겠다."

"참말······."

그러고 보니 신부가 맑은 정신이 나가야 할 참인데 기실은 구경하는 제 가슴이 더 설레니 이 무슨 조활까.

처녀들은 남몰래 동가슴을 살근살근 두드리며,

'그래도 신부 가슴이 더 두근거릴 테지 뭐.'

하고 제 맘을 안취시키려 하였다.

신부는 벌써 내실 사잇방으로 들어갔으나 그 방 앞에 차일을 쳐놓고 또 뜨락이 원청강 너른데다가 사람이 꾀여처서 바자 밖에서는 무어가 무언지 분간해 낼 수가 없었다.

"신랑은 어디 갔나."

처녀들이 또 이야기를 꺼냈다.

"신랑은 말께서 내려서 사랑으로 나갔나 봐."

"신랑은 신부 방으로 함께 안 들어가나."

"얜, 아침에 신부 집에서 초례를 치르고 청실홍실 늘인 교배잔을 바꾸고 한 방에서 큰 상까지 받고 왔는데······."

"신부가 왼종일 혼자 섰자면 어지간하겠구나."

"할 수 없는 일이지."

그러며 처녀들은 아직도 돌아갈 맘을 내지 않았다.

신부는 *십장생을 그린 열두 칸 병풍을 뒤로하고 내실 사잇방에 그린 듯이 서 있었다.

금글자를 놓은 길다란 원삼을 입고 칠보 족두리를 쓰고 다소곳이 아래를 내려다보고 있다.

분을 나우 바르고 연지까지 찍어서 얼굴 본바탕은 때기 알 수 없으나 어쨌든 이쁜 냥하다.

신부 방은 이 집과 맨 가까운 아낙네들로 꽉찼다. 이 방에 들어앉는 아낙네가 오늘은 일등 어깨가 올라가는 것이다.

그들은 첫째 이 집과 촌수가 밭아야 하고 가문이 좋아야 하고 몸치장을 화려하게 해야 한다. 또 너무 늙어서도 안 되고 너무 앳되어서도 안 된다.

그러니 말하자면 신부시대와 주부시대의 중간쯤에 처한 삼십 미만의 아낙네들이 오늘 이 방의 주빈이다.

이 방 젊은 아낙네들은 비슬비슬 신부의 이모저모를 뜯어보고 또 분성적 몸단장을 아니 한 때의 인끔까지를 캐어보는 것이었다.

그리고 자기 시집올 때와 비교까지 해보았다.

그래 어떤 아낙네는 자기 신부 때보다 더 이쁜 것을 은근히 시새움하고 어떤 아낙네는 자기 신부 때보다 못한 듯한 데 맘이 후련하였다.

또 실속 이상으로 신부를 이쁘게 보고 후덕하게 보는 인심 헤픈 아낙네도 있고, 또 그저 덮어놓고 훌륭하려니 다복하려니 하는 어리무던한 아낙네도 물론 있었다. 그러나 말은 늘 시새움 많은 여편네로부터 시작되는 것이다. 속에 공연히 *앙앙한 심사가 생겨서 참을 수 없는 것이다.

한데 또 어디 가든지 이런 아낙네가 어리보기보다 훨씬 더 많은
법이다. 또 이런 아낙네들은 어느 좌중으로 가든지 재바르게 끼리끼
리 눈이 맞아서 저절로 이야기가 비어져 나온다.

"신부 세간이 왔는가요."

눈이 크고 입도 길쭉하게 생긴 아낙네가 그 곁에 앉은 얼굴 조그
만 아낙네에게 나직이 물었다.

입이 길쭉한 여편네는 무슨 말을 꺼내는 때마다 아래 입술을 헤비
죽하게 늘어붙이는 버릇이 있다.

"세간은 아직 오지 않았나 봅디다."

얼굴 조그만 여자가 대답하였다.

세간이란 신부가 장만해 가지고 오는 의롱과 금침과 입성과 일가
친척에게 선사할 예물을 통틀어 가리키는 말이다.

"아마 세간도 많이 오겠지."

"글쎄 네댓 바리 올까요."

"이따가 보면 알겠지요. 이만 집 잔치 졸연하겠소."

"우리게도 뭐가 생길라는지, 약국집 맏며느리는 사둔에 팔촌까지
뵈실 한 태씩이라도 다 돌렸는데."

그리고는 두 여자의 말소리가 곁에서도 알아듣지 못하도록 낮아졌
다. 슬며시 심사가 비뚤어지기 시작한 것이다.

"신부 얼굴을 똑똑히 보오. *관골이 너무 나오지 않았소"

"글쎄 그래서 그런지 우는 상 같으오. 우는 상은 초년은 좋다가도

말경은 신세 고단한 격이라는데.”

“글쎄 내 보기도 그런 것 같소.”

그리고 두 여자는 두루 신부 얼굴을 뜯어보다가 둥그스름하고 크고 두터운 귀를 보았다. 속담에 이르는 부하고 수하고 다복한 귀다.

그러나 두 여자는 그것을 못 본 척하고,

“눈에 심술이 있어, 눈떡이 부식부식한 것만 보우.”

“글쎄 그렇군요. 눈지방이 저렇게 생긴 것을 노노새 눈떡이라고 하던지.”

“그렇지요, 눈이 저렇고는 심보가 고운 법이 없습넨다.”

“사람에게서 눈을 빼노면 볼 거 있소”

그리고 두 여자는 아래턱을 가리키며,

“지금은 나이가 어리니까 턱이 저렇게 둥그런 것 같지만 가만히 보우. 턱판이 뾰죽하게 빠지지 않았소. 저게 조개턱이라는 게요. 인제 나이 들면 현연히 제 모양이 나타나지요.”

“그럼요. 우리 나이만 돼보우.”

“우리 나이는 고사하고 아이 하나만 나보우. 담박 본바탕이 드러날걸.”

두 여자가 이렇게 소곤소곤하는데 다른 데서는 인심 고운 아낙네들이 조금 높은 목소리로 신부가 후덕스럽느니 또는 장수하겠느니 하고 이야기들을 하고 있었다.

문밖에서도 신부 구경하느라고 목을 늘이고 문간에서 밀치고 엎치고 야단이었다.

방문 앞에 걸찐한 아낙네 속에서 별안간 새된 소리가 나기에 내다보니 시방 우길이놈이 그 다밀린 사람을 비집고 들어오는 길이었다.

우길이는 아낙네들 궁뎅이고 젖가슴이고 겨드랑이고 함부로 밀치고 쑤시며 들어왔다.

"아이 참 어린애도."

하며 치마를 쳐서 여미는 아낙네도 있고,

"저쪽 사잇문으로 들어가려무나."

하며 삐여져 나온 젖부리를 허리고춤에 밀어넣는 아낙네도 있다.

그렇건만 우길이란 놈은 그런 것은 아랑곳할 것 없이 일어선 아낙네의 배 허벅과 궁둥이를 손으로 비집고 머리를 받으면서 기어코 신부 방에 들어와 앉았다.

얼른 보아도 신부는 이쁘다. 화장한 법도 요전날 밤에 본 기생보다 외려 낫다.

그런데 또 그 누른빛과 유록색과 자줏빛으로 된 금글자 박힌 길다란 원삼이든지 또는 반질반질한 머리 위에 당시라니 놓인 금빛 찬란한 칠보 족두리든지가 모두 드리없이 진기해 보였다.

우길이란 놈은 문께에서 좀더 앞으로 꾸지르고 나갔다. 이번은 턱을 들고 앉았던 아낙네들이 우길이의 궁둥이에 놀라서 고개를 돌리며,

"애, 가만 앉었거라."

하고 우길의 적삼을 당기기도 하고,

"잘 봐둬라. 너두 인제 오래지 않었다."

하고 의미 있게 씨무룩하는 여인도 있었다.

이때까지도 아홉 열 살에 성관하고 열한두 살에 성례하는 일이 적지 않았다. 열다섯에 아이를 낳았대도 별로 놀라지 않던 시절이다.

우길이놈은 꾸지르고 나가서 신부 바로 앞에 턱을 쳐들고 오똑하게 앉았다.

"우길아, 너두 장가들고 싶으냐."

뒤에서 누가 그렇게 외쳤다.

우길이는 무엇인지 모르게 부끄러워나서 얼굴을 약간 붉혔다.

"애, 장가들고 싶거든 밖에 나가서 신랑 말이나 한번 타보려무나. 너 말 잘 타지 않니——"

"우길이 각시 이름이 별순이래. 별같이 이쁘다구."

우길이는 그것이 인심 좋은 소나뭇집 아주머니와 앞집 자근돌 어머니의 말인지를 알았지만 그보다 신부에게 더 흥미가 끌렸다.

우길이는 손과 눈이 함께 군지러워서 견딜 수 없었다.

쳐다보면 만져 보고 싶다. 그린 듯이 선 것이 정말 산 사람인지 때기 알아보고도 싶다.

'산 사람이 어쩌면 저렇게 조용할까.'

우길이는 이렇게 생각하였다.

손가락으로 턱을 간질여 보고도 싶고 눈앞에 제 손가락을 가져다가 까불까불 놀려 보고도 싶었다.

그래도 모른 척하면 신부 손등을 꼬집어 보고 그래도 아닌 보살 하면 이번은 배꼽 허방을 찔러 보고 싶었다.

그래서 우길이놈은 종내 신부의 원삼 아랫도리를 만져 보고야 견디었다. 원삼을 꼭꼭 집어 보아도 아무렇지도 않았다.

그래서 원삼을 살며시 조금 들어 보았다.

원삼 밑에는 남치마가 보이고 그 진한 남빛 치마 아래에서는 하이얀 송편 같은 버선코가 빠끔히 내다보고 있다.

우길이놈은 섬쯕하였다. 그러나 그 버선코는 참 이쁘다.

'요것이 나를 쳐다보네.'

우길이는 손가락 끝으로 살짝 버선코를 건드려 보았다. 버선코가 고무꽈리같이 탄력이 있다.

우길이는 그것을 꼭 쥐어 보고 그리고 신부 얼굴을 힐끔 쳐다보았다. 그래도 신부는 부처와 같이 고요하다.

그것이 차라리 얄미울 지경이었다.

'어디 보자.'

하고 우길이는 잠시 지나서 남빛 치마 끝을 살며시 들었다. 치마가 참말 길다. 뒤로 느런히 처졌다.

치마를 연심 드니까 버선목이 나진다. 가로 주름이 잡혀서 이쁘다.

그래서 차츰차츰 더 치맛자락을 드는데 웬걸 그린 듯 고요하던 버선 끝이 꼬물 하고 살았노라는 표를 보인다.

우길이는 엉겁결에 치마를 놓아 버렸다.

그리고 한숨을 후유 쉬고 이마를 문지르면서 다시 신부를 쳐다보았다.

신부는 여전히 한 폭 그림같이 고요히 서 있다.

그날 오후에 신부 세간이 왔다. 장농과 궤와 금침바리와 그 밖에 신부가 일생을 두고 쓸 여러 가지 기구가 세 수레에 실려 왔다.

그 장농과 궤와 함 속에는 신랑신부가 한평생 입을 입성과 신부가 쓸 침선과 일가친척들에게 보낼 예물들이 들어 있었다.

가까운 친척에게는 의복을 보내고 먼 일가에게는 명주실이나 베실 같은 것을 보내는 것이 통례가 되어 있었다.

동리 아낙네들은 그것들을 구경 왔다. 구경 왔다니보다 좋거나 나쁘거나 입심을 부리러들 왔다.

아낙네들은 선참 신랑신부의 입성이 얼마나 많고 얼마나 훌륭한가를 대개 보고 나서 일가친척에게 보낼 예물들을 좀더 자세히 뒤져 보고 세어 보고 하였다.

혹시 자기네게 생길 몫이나 있을까 하기도 하였다. 어쨌든 그것은 남에게 줄 것이니까 잘하면 자기들에게도 생길지 모르겠다고 생각하였다.

그러니까 이 예물은 자기들과 가장 인연이 있고 흥미가 있는 것이 아닐 수 없었다.

"거 아랑주 치마 이쁘다. 비단보다 나아."

아랑주란 베실과 명주실을 섞어 짠 것이다. 한 아낙이 부러운 듯

이 그것을 만져 보고 있으려니까 다른 아낙이,

"아이구, 명주실 베실이 대체 몇 타래지요."

하고 그것을 주섬주섬 세어 보고 있다. 그는 아마도 아랑주 치마는 생길 가망이 없고 일껀 해야 이 명주실이나 그렇지 않으면 베실 한 타래기쯤 생기리라고 속치부를 하고 있는 모양이었다.

"모두 몇 가지나 되오."

하는 한 아낙네의 입은 벌써 무슨 흠을 잡으려는 듯이 삐죽한다.

"한 오십 가지 될까."

출반좌하고 맨 앞에 들어앉은 아낙이 그렇게 대답하니까, 입이 삐죽한 아낙이 싯듯하면서 말이,

"아이규, 대갓집 예물이 그래도 소불하 백 가지는 돼야지요."

하니까 뒤켠에 섰던 아낙들이 아무렴 그렇고말고 하듯이,

"그럼요, 이 동리로 말하면 모두 한일가가 아니오. 타성 가문이야 어디 몇 집 되나요. 그러니까 일 촌 안만 주재도 백 가지는 넘어야지요."

하고 받는다.

"그래도 무슨 요량이 있겠지요."

"요량이 뭐요. 오늘 모인 사람만 보우. 모두 봐야 그래도 예물 한 가지씩은 다 받을 만합디다."

"안 준다고 싸우는 수야 있소"

그러더니 아낙네들은 딴전을 올리듯이 뉘 집 며느리는 예물을 언

마나 가져왔다는 것을 하나씩 *거증하며 이러쿵저러쿵 한참 씨버려
댔다.

　그러다가 한 아낙네가 잊었던 듯이,

　"참 신랑 도포 좀 봅시다."

하고 앞에 앉은 아낙네더러 말하였다.

　"신부 솜씨 무던합니다."

하며 앞에 앉은 아낙네가 도포를 펴보였다.

　세간이고 예물이고 간에 이 중에서 가장 흥미를 끄는 것은 도포이다.

　도포는 남자들이 일생을 두고 소중한 제사 때마다 입는 것이다.
그러기 때문에 규모 있는 가정에서는 이 도포만은 신부가 몸소 길쌈
하고 짓는 것이다.

　즉 영월 장진에서 좋은 삼을 사다가 신부의 손으로 베실을 삼아서
그 실로 열두서너 새 가는 베를 나아서 역시 제 침선으로 도포를 만
드는 것이다.

　"바느질은 잘했군요."

　한 아낙이 그러니까 다른 아낙이 있다가,

　"신부 나이 열여덟이라니 옛날 같으면 아들 형제는 낳을 나이 아
니오. 그러니 침선이야 좋을밖에 있소"

한다.

　그러더니 곁에 선 아낙네들이 그 말을 받아 가지고 예가 좀 굵으
니 빛이 좀 고르지 못하느니 하며 주고받다가 나중은 신부 인물이

이러니저러니 하고 쑥덕거렸다.

동리 아낙네들은 저녁때가 돼도 돌아갈 생각을 하지 않았다.

바깥 손님들도 어둡도록 그치지 않았다.

술취한 사람들이 사랑에서 와자지껄하고 밤이 들도록 술들을 마시고 있었다.

그 다음날 밤 서당 글벗들이 신랑을 치러 왔다. 신랑을 달고 치고 턱을 먹는 풍습은 이 고장에도 있었다.

상무의 글벗인 소년들은 어제 신랑에게 단자(單子)라는 것을 드려서 신랑은 그 단자에 돈 스물닷 냥(오 원)을 적어 주었는데 돈보다도 달고 치고 육담이나 하려고 오늘 밤에 다시 온 것이다.

소패 중에 한 사람이,

"자, 이 동리에 큰일난 걸 너희들 아니."

하고 허두를 꺼내니 여러 소년들은 약속이나 한 듯이,

"아니, 거 무슨 일이냐."

하고 받았다.

"허허, 무슨 일이라니, 큰일났다. 큰일났어. 글쎄 세상에 오만 도적이 다 있다더라만 처녀 도적이 있단 말은 생내 첨이구나. 그런데 또 그 도적이 이 마을로 들어왔다니 이게 야단이 아니냐."

"저런, 거 큰일났구나."

"그놈을 어서 잡아야지, 동리를 망치겠다."

"처녀 있는 집에서 맘을 놀 수 있니."

여러 동무가 이리 씨물거리며 주거니받거니 하는데 선코를 나선 나이 좀 지긋한 청년이,

"한데 잡자면 잡을 수가 있다. 이 도적은 다른 사람들보다 꼭 유표한 게 하나가 있다."

하고 말하니 모두들 또,

"유표하다니 뭐가 말이냐."

"거 어서 잡아야지──"

"그놈을 내가 잡아야겠다."

하고 연신 받아섬겼다.

"그놈은 눈도 코도 다 보통 사람과 같은데 단 한 가지 발가락이 여섯이란 말이다."

그런즉 또 여러 사람이 나도나도 받았다.

"발가락이 여섯이라니, 애 네 발가락부터 세어 봐라. 공연히 헛얼을 쓰겠다."

"이 동리 사람은 하나 빼지 말고 죄다 세보면 알 수가 있겠지."

"가만있자, 내 발가락을 좀 세보자. 운수사납게 여섯이나 아니냐."

하고 내숭스럽게 돌아앉아서 제 발가락을 세보고 나서,

"애, 살았다. 나는 요행 양발 다 다섯 가락씩이다."

하고 숨을 하아 뿜는 시늉을 하는 소년도 있다. 그럴 판에 누가 소리를 질렀다.

"애, 여게 있다. 도적놈이 여게 있다."

그런즉 모두들 그리로 욱여쳤다.

"있다니, 정말 발가락이 여섯인가 어디 좀 보자——"

"두 발이 다 여섯씩이냐."

"아무렴, 여섯씩이구말구. 자아, 봐라. 내가 셀 테니 자세 봐라."
하고 또 아까와 같이 하나부터 여섯까지 세었다.

"자아, 도적은 잡았는데 어떻게 하면 좋겠니."

장난은 장난이지만 상무는 어린 맘에 여럿이 그러니까 조금 가슴
이 두근거렸다.

그래서 일어나서 버선을 신으려고 버둥거렸다.

"그놈을 놓칠라. 단단히 잡어라."

"얘, 도적놈 동일 밧줄이 없느냐. 어서 가져오너라."

"옜다, 여게 있다. 단단히 동여라, 사랑 도적이 졸연하겠니."

"그놈을 두 발 다 동쳐서 이 천장에 거꾸로 달아매구 *치도곤을
먹여라. 그래야 죄상을 불 게다."

그리하여 그들은 상무의 두 엄지발가락을 노끈으로 한데 동였다.
그리고 그 노끈을 천장에 박인 못에다 걸어서 한끝을 한 사람이 쥐
고 있었다.

그 노끈을 당기면 상무의 몸이 거꾸로 매달리게 되었다.

한번 그 줄을 당기니 발길이 달려 올라가는데 상무는 벌써 발끝이
저려서 야기를 썼다.

그러나 동무들은 좀처럼 놓아 주려 하지 않았다.

아까 선코로 나섰던 나이 지긋한 청년이 출반좌하고 나서서,

"이놈, 네 죄를 모르겠느냐."

하고 상무에게 을러댔다.

그러자 한 소년이 치도곤을 안기는 시늉을 하였다.

"이놈, 왜 말이 없느냐. 네 죄를 모르겠단 말이냐."

"네, 알겠습니다."

"그렇지. 네가 큰말 최참봉 맏딸을 도적해 온 것이 사실이지."

"네, 그렇습니다."

"어떻게 도적해 왔느냐."

"말을 타고 가서 도적해 왔소."

"저런 간이 큰 놈이라구—— 그래 어쩔라구 사람 도적질을 한단 말이냐."

"각시를 삼을려구 도적해 왔소."

그러자 좌중이 모두 깔깔댔다.

장가든 사람에게도 안 든 사람에게도 함께 흥미있는 말이었다.

"각시란 건 뭐냐."

나이 지긋한 청년이 또 물었다.

"각시란 게 각시지요."

상무는 이 이야기를 여러 번 들은 일이 있고 또 저도 신랑 치는 데 섞여 가본 일까지 있으나 각시를 무엇이라고 말했으면 좋을지 생각나지 않았다.

“그래 색시를 도적해다가 어떻게 했느냐.”

“안방에 데려다 두었소.”

“그저 가만히 두었느냐.”

“네—”

“고대로 두었단 말이지?”

“네.”

“이놈 봐라. 이놈 주릿댈 앵겨라. 바루 불 때까지——”

그러자 노끈을 잡은 사람이 노끈을 당기고 곁에 앉았던 사람이 매 때리는 시늉을 하였다.

“그래 색시 고름을 푼 일이 없느냐.”

“있습니다.”

그러자 또 좌중이 재미있어 못 견디겠다는 듯이 웃어댄다.

“그래도 색시가 가만있더냐.”

“네—”

“색시도 도적을 맞게 됐구나. 그 담에는 어떻게 했느냐.”

“불을 끄고 잤소.”

“아무 이야기도 안 했느냐. 밤참도 안 먹고!”

“이야기는 안 했소. 히로만 두어 대 피웠소.”

“이놈 속은 무던히 달았구나.”

그러자 모두들 배를 안고 킥킥거리며 돌아갔다.

“그래 그렇게 속이 단 놈이 아무 이야기도 안 했이.”

“이야기해도 대답하지 않아요.”

“옳지. 주리는 바로 불어야 하는 법이다. 그래 무어라고 말을 붙였느냐.”

“가까이 와서 누우라고 했소.”

상무는 사실대로 이야기하려 하였다. 이런 일을 서슴지 않고 이야기할수록 세상은 똑똑한 신랑이라고 이르기 때문에 상무는 용기를 내었다.

그러나 사실에 없는 것을 서뿔 주워대서 남을 웃길 만한 뱃심은 아직 없어서 고지식하게 대었다.

“가까이 와서 누우라고 했어. 색시는 어느 만침 누웠는데?”

“방 윗목에 가서 치마끈을 단단히 쥐고 혼자 누웠어요.”

“그래 가까이 오라니까 뭐라고 그러더냐.”

“가까이 오라고 손을 잡으려고 하니까 이거 어째 이러느냐고 손을 뿌리쳐요. 성을 내면서!”

그러자 또 모두들 배창주를 안고 돌아갔다.

“그래 가만 두었느냐.”

“한참 자고 일어나니까 그때까지 치마끈을 쥐고 꼬부리고 자요. 그래서 이불을 덮어 주었더니 놀라 깨어서 또 성을 낼라구 해요.”

“하하하…… 그거 참 질색이구나. 혼줄을 떼놓지 못해 그걸——”

“그렇지만 새벽에…….”

“새벽에 어쨌어?”

“새벽에 보니까 깊이 잠이 들었어요. 그래서……”

“그래서 새벽이 어쨌단 말이냐. 어서 말을 해야지. 너보다 내가 다 급하다.”

“새벽에 가만히 입을 맞추니까 몰라요.”

“하하하…… 하하하…….”

그러며 모두 배창주가 켕기니 그만큼 하고 그만두자고 하였다.

그러나 나이 지긋한 소패들은 거짓말이라고 실토할 때까지 주리를 안기라고 우겼다.

이날 밤 계섬이가 뜰아래 사랑 앞에서 신랑을 달고 치는 것을 엿보고 있었으나 아무도 이것을 본 사람은 없었다.

방 안에서 누가 오줌을 누러 나오는 소리가 나면 계섬이는 얼른 그 사랑 부엌으로 들어가 버리었다.

계섬이는 어젯밤에도 남들이 다 잠든 틈을 타서 신방을 엿보았다. 그러나 아무 볼 만한 것이 없었다. 그래서 그는 속으로,

‘저게 온 신랑인가.’

하고 상무를 나무렴하였다.

하나 오늘 밤에 계섬이가 엿보는 것은 신랑 다는 구경을 하려는 것은 아니다. 그 모인 사람 중에서 누가 제일 사내답고 씩씩하고 얼굴이 이쁜가를 보자는 것이다. 계섬이는 상무 결혼식 바람에 공연히 싱숭중이 나서 못 견딜 지경이었다.

온 이놈의 집은 이제 겨우 열네 살 되는 도련님만 알시, 징월내기

열일곱 살짜리 덩그렁 처녀는 죽거나 살거나 아잔말을 안 한다고 계섬이는 결이 났다.

심술 부릴 때밖에 입을 열지 않는 우길에게는 말할 것도 없거니와 그렇게 잔걱정이 자심한 할머니도 하마 한 번이나마,

"저 계섬이년도 시집을 보내야겠는데."

하고 빈말이라도 걱정하는 법이 없다.

그런데 동리 총각 중에나 덜렁이가 있었으면 하련만 어느 한 놈도 이 커다란 처녀를 보고 왼눈 한번 끔쩍하는 위인이 없다.

그러니까 계섬이가 더욱 결이 날밖에!

아닌 게 아니라 계섬이는 이놈의 집, 이놈의 동리가 생사람을 죽이느니라고 생각하였다.

하나 사람 하나 잡고도 그닥 뜨끔해할 연놈들이 아니다. 그러니 남의 선심 바라는 것은 부질없이 턱만 물러앉을 일이다.

두말할 것 없이 제 뼈가 공신(功臣)이란 옛말이 옳다. 제 손으로 제 일을 하는 수밖에 없는 것이다.

그래서 계섬이는 큰 맘을 먹고 똑똑히 보아 두리라 하고 시방 뜰 아래 사랑 밖에 와서 엿보고 있는 것이다.

사흘 굶은 범이 원을 가릴까 가재를 나무랄까 들여다보이는 놈은 죄다 쓸 만하다.

그런 중에도 커다란 상투를 꺼덕거리며 신랑을 국문하고 있는 청년이 제일등 사내다워 보였다.

말하는 속도 그러려니와 허리가 잘록하고 엉덩이가 뭉실한 몸짓부터 사람이 여문 것 같다.

"이놈, 거짓말이다. 첫날밤을 그저 자다니 말이 되느냐. 바로 대라."
하고 그 청년이 신랑을 족치는데 계섬이는 그 말이 십상 그럴듯하다고는 생각하였지만 한편으로는 피— 하는 웃음이 났다. 어젯밤에 신방을 엿보아서 신랑자의 하던 꼴을 소상히 아는 까닭이다.

"쩻! 신랑이란 보기부터 뒷간에 선 수숫대 모양으로 키만 덤부룩하지 실속이 있나. 히히히허…… 글쎄 신부 어르는 꼴만 좀 보아. 그게 무어여. 하다못해 그년의 허리라도 벋디디고 이년 치마끈을 놓지 못할 테냐 하고 떼서리를 부리지 못해……."
하고 계섬이는 상무를 개똥 나무라듯 헐뜯고 나서 다음으로 또,

"신부란 건 또 무어야. 신랑이 손을 잡으려니까 글쎄 이거 어째 이러우 하고 성을 내니. 그년이 이 집에 무엇 하러 왔어. 참 기가 막히지……."
하고 또 그 다음은 또 이 집 늙은것 젊은것을 두루거리로 막걸어서,
"망할 연놈들, 저걸 그래두 자식이라구 장가를 보내. 이 늙고 젊은 연놈들아, 나를 한번 족두리 씌워 봐라, 어떻게 하나."
하고 욕지거리하였다.

계섬이는 사실 이 집 식구에게 한껏 악이 받쳤다. 우길이 하나만 안 그렇지 도대체 사람을 사람으로 보는 연놈이 없다고 계섬이는 생각하였다.

계섬이는 본시 밸머리가 사나운데다가 또 우길이가 제 집 식구를 마구 악다구니하는 것을 닮아서 하다못해 뒤에 돌아서서라도 이따금 악담을 퍼부어야 약간씩 결이 삭는다.

이 담에 시집을 가서 이 집 문턱만 벗어나면 하다못해 허잽이라도 송장처럼 일곱 묶음을 매어서 이 집 마당에 파묻어 주리라 하였다. 그러면 저를 제일 구박하고 못살게 굴던 연놈부터 죽어 자빠지리라 싶었다.

그 중에는 자기를 늘 종년이라고 악다구니하는 상무놈도 물론 들리라고 계섬이는 생각하였다.

잔치한 지 사흘 만에 신랑신부는 신부 집으로 갔다.

신부는 떡함지를 실은 수레를 타고 상무는 말을 타고 갔다.

그리고 나서야 집안이 좀 오붓해졌다.

하나 심심한 것은 우길이였다.

그리고 한없이 슬프기도 하고 *토심스럽기도 한 것은 계섬이였다.

그렇게 소 잡고 떡 치고 해도 계섬이는 한번 배불리 먹은 기억조차 없다. 남 안 보는 낌새를 보아 가며 소고기 살점깨나 도적해 먹었대야 그것은 도무지 성에 차지 않았다.

그리고 신부가 예물을 가져다가 동네방네에 내돌렸다 하건만 계섬이게는 댕기 한 감 생기지 않았다.

또 이 잔치를 치르느라고 이 집안에서 그렇게시리 시집 장가 이야기가 났어도 계섬이 말 한마디 비쳐 본 년이 있는가.

그리고 다만 생긴 것은 일과 욕뿐이다. 새 며느리가 하나 늘었으니까 그 시중을 또 들어야 할 판이다.

그렇지 않아도 잔치 치른 이튿날 남들이 다 즐거워하던 날 심술꾸러기 할머니는 경사도 잊은 듯이 벌써부터 제 버릇을 터쳐 놓았다.

할머니는 신부가 새벽에 놋요강을 부시러 들고 나가는 것을 보더니만 지금 막 곤한 눈을 부비고 있는 계섬이를 노리고 보며,

"이 간나위년아, 요강 심부름까지 신부가 해야 옳단 말이냐. 어째 일찍 일어나서 *자리끼도 내오고 요강도 치우지 못하느냐."
하고 욕을 하였은즉, 이제부터 허구한 날 오소리똥을 비둘기가 지워 내듯 신방 요강까지 드내어야 할 모양이다.

그런데 신부 심사나 고우면 모르겠는데 낯짝을 보니까 암만해도 수월치 않을 상싶었다.

첫째 눈떡이 그렇게 부식부식하고는 심보 고운 법이 없고, 또 입술이 그처럼 알따랗고는 입이 싸지 않은 법이 없다.

그런데 신부와 계섬이는 나이 바로 동갑이다.

동갑한테 이년 저년 이래라 저래라 소리를 듣고 보면 아무리 탯덩이라도 심사 꾸여지지 않을 수 없는 것이다.

그러니 귀찮은 동갑 시어미를 하나 더 모신 심이라고 할밖에 없다.

하나 나이 먹은 시어미는 그래도 괜찮지만 동갑한테 수모를 받고 해괴해서 어떻게 살랴.

정녕 수틀리면 대판으로 쌈을 할 수는 있다. 보기에도 그까짓 것
은 담박에 덜미를 집어서 학춤을 치울 수 있지만 그러면 결국 그 몇
갑절 곯아 떨어질 것은 계섬이 자신일 것이다.

그래서 장차 어찌 될까 하고 뒤울안 마루에서 혼자 왼새끼를 꼬고
있는데 공교히 벼룩이란 놈이 사타구니를 깨물어서 그것을 잡느라고
고개를 자라목같이 틀어박고 있는데 누가 잔등을 쿡 곳는다.

하나 보지 않아도 인정머리 있는 손버릇이다.

'요놈의 새끼 왔구나.'

하고 계섬이는 씨무룩하며 머리를 숙인 채,

"도련님, 장가들고 싶지 않소"

"이 간나위, 미친 소리 마라."

우길이는 또 한번 계섬의 등통을 울리고,

"너 게서 무얼 하니, 말이나 한번 타자꾸나."

한다.

"말은 내가 될게. 각시가 있어야 장갈 들지. 그러지 말고 여기 앉
어요. 내 이야기할게."

"응 이얘기? 그래라. 재미있는 걸 해라! 응 범의 이야기 같은 것
말이다."

"아이구 자식, 이야기는 경치게 좋아하네. 범의 이얘기보다 더 좋
은 이야기가 있어."

하고 계섬이는 저도 모르게 우스운 욕이 나왔다. 그만치 우길이가 귀

여웠던 것이다. 어떻게 트집을 잡아 가지고 목줄기라도 한번 꽉 쥐었다가 놓고 싶도록 우길이놈이 귀여웠던 것이다.

“이 간나위, 뭐 어째.”

하며 우길이가 일어나서 발길로 차려는 것을 계섬이가 꼭 붙들었다.

“글쎄 가만있어, 이야기를 한다니까.”

“그럼 어서 이야기해라.”

“그러게 가만히 앉어요.”

“재미있는 걸 해야 한다, 응.”

그러며 우길이는 다시 앉았다.

그래도 계섬이는 무엇을 생각하는지 수이 말을 꺼내지 않고 한참 좋이 우물거리고 있다.

“이야기 어서 해라. 쩌른 거 말구 긴 걸 해.”

하고 우길이는 연성 달구질을 하였다. 우길은 이야기라면 사지를 못 쓴다.

하나 계섬이는 그것을 잘 알기 때문에 위정 더 늘장을 부려서 우길이 맘을 흠씬 달게 하였다.

“긴 걸 하랬지?”

“그래 아주 긴 걸 해, 어서.”

“어느 곳에 신랑신부가 있었더라우. 그런데 신랑이 각시 집에 갔다가 신부와 함께 오는데……”

“그래서……”

"……오는데 신부가 호박을 머리에 이었더라우!"

"그래서……."

"그런데 마침 고개 위에 올라서 한숨 쉬다가 그만 호박을 떨쳐 버렸더라우."

"그래서——"

"그런데 그 고개가 어떻게 높은지 진종일 굴러도 다 못 구른다오. 그래서 그 호박이 아직도 구르고 있소."

"그래서——"

"아직도 구르고 있다니까. 그게 다 굴러야 그 뒤를 이애기하지."

"이 간나위…… 그런 개소리 말고 딴 걸 해라. 범이랑 사자랑…… 그런 이애기 해라……."

"참 도련님, 그러지 말구…… 형수 봤지? 수길이 도련님 각시 말이야."

"봤다. 그래 넌 못 봤니."

"사람이 어떻습디까. 잘났습디까, 못났습디까."

"잘났지 어째 못나——"

"나보다 어때요?"

"티— 너까진 건 열 주고도 안 바꾸겠더라. 너 그 손 보지 못했니. 보동보동한 게 얼마나 이쁘디."

"홍, 나야 빨래를 하니까 그렇지. 형수도 빨래 밥이랑 해봐——"

"그래도 너 따위는 어림없어."

"그러게 난 시집 안 가."

"참 너 시집가지 마라. 너 가면 누가 내 말이 되겠니."

"도련님은 장가들구 싶지 않소."

"이 간나위, 가고 싶다. 어째 그러니."

우길이가 공연히 성벽이 나서 희떠운 소리를 한즉 계섬이는 별안
간 우길의 오줌 구멍에 손을 쑥 찌르며,

"티— 주제넘는 소리 마라. 각시 고삐나 든든한 게 그리느냐. 어디
좀 보자."

하고 놀리는데 우길은 성이 나기 전에 선참 펄쩍 놀랐다. 계섬이년의
손버릇이 어찌 거친지 배창주까지 찌를하다.

"어구— 이 간나위."

"도련님, 내가 잘못했소 이번은 참말 재미있는 이야기 할게."

"안 된다, 안 돼."

그러며 우길이가 일어서는 것을 계섬이는 두 손을 꼭 붙잡았다.

"도련님, 어젯밤에 신랑신부 이야기하는 걸 들어 봤소?"

"그걸 어떻게 들어."

"하이, 이런 도련님이라구는…… 그걸 다 들어야 하는 법이라우.
밤에 가만히 가서 문구멍을 뚫고 들여다봐야 신랑신부도 좋고 도련
님도 좋다우 글쎄."

"거짓말 마라. 니 안 맞을라구 그리지. 그래도 틀렸다."

"아니야, 참말이야. 그래서 난 벌써 이틀 밤이나 구경했다우. 참

재미납디다.”

“너 할머니 알면 죽어.”

“도련님, 내 한번 밤에 부를게 나와서 구경해 봐요. 그래야 좋다니까.”

“그런데 너 어쩨 혼자 봤니.”

“도련님이 코를 그리고 자는데 깨일 수가 있어야지. 이 담에 꼭 부를게…… 참 재미나요. 큰도련님이 여보 하고 부르니까, 신부가 어쩨 그리우 하고 대답하겠지. 그리고 둘이서 킥킥거리며 웃는데 무슨 소린지 알 수가 있어야지 글쎄. 낮에 보면 참 얌전하지 않어요. 그렇지만 밤에 보면 아주 개차반이야, 히히히…….”

하고 계섬이는 떡 먹듯이 거짓말을 꾸며댔다. 거짓말을 꾸며대 보니까 홀쩨 재미가 나서 계섬이는 위정 또,

“그리고…… 내 참 우스워서, 에이 이야기 그만둬야겠다.”

하고 우길의 비위를 살짝 간질여 주었다.

“그 담에 어쨌어……?”

“그 담에 말요…… 히히히…….”

“이 간나위, 이야긴 안 하고―― 허파에 바람이 들었니!”

“그리구 이렇게 하겠지.”

하고 계섬이는 억센 손으로 우길의 볼따귀를 웅켰다 쩍 하고 입을 맞추었다.

“이 간나위, 너 죽었다.”

그리고 우길이가 잔등을 발길로 짓모아도 계섬이도 시원하다는 듯이 끔쩍 안 하고 되레 밀고 있다.

신랑신부가 돌아오자 신랑의 가까운 친척들이 돌림차례로 반설기를 차렸다.

반설기라는 것은 이 지방에서 신부를 향응하는 것을 이르는 말이다.

그 맨 첫번은 그 집과 제일 촌수가 밭은 큰집에서 차렸다.

그날 우길이도 물론 따라갔다.

이 집 할머니가 우길의 아버지를 나은 친어머니니까 말하자면 우길이 형제의 당조모다.

그러나 우길의 아버지가 어려서 작은집으로 양자를 간 후부터 할머니는 둘째아들인 우길의 아버지를 절대 생가로 오지 못하게 하였다.

일단 양자를 갔으면 그날부터 양모를 낳은 어머니로 생각해야 한다는 뜻이다.

그러기 때문에 큰집 할머니는 자기의 당손자인 우길의 형제에게도 당조모인 티를 차마 보이지 않았다.

할머니는 남편이 비명으로 자결해 버린 뒤부터 맏아들을 더욱더 잘 기르려고 강심을 먹었다. 또 양자 간 둘째아들 생각도 전보다 은근히 가슴을 아프게 하는 때가 많았다.

하기는 모든 점으로 보아서 둘째아들이 맏아들보다 나았다. 외양도 그렇고 재주도 그렇다.

그러나 그는 그런 생각을 굳이 누르려 하였다.

큰집 할머니는 키가 작고 얼굴이 가무잡잡하다. 그러나 사람된 품이 다부지고 담이 크다.

그래서 남편을 비명에 보내고도 기를 죽이지 않고, 그 뒤에 오는 구차한 살림을 용하게 헤쳐 나왔다.

할머니의 오라버니가 북도에서 모르는 사람이 없는 난봉이요 허충신이요 엉터리 장수로 통천이 난 사람이나 할머니는 그 오라버니와는 성격이 팔팔결 달랐다.

그래서 그 두 아들을 어려서부터 일체 외가로 보내지 않았다. 외삼촌을 닮아서는 안 되리라고 생각한 것이다.

그리고 또 그렇게 구차한 살림을 해가면서도 시색 좋은 친정에 한번 구구한 말을 비친 일도 없었다.

또 한 가지는 자기의 남편이 어사 출두로 죽어서 벼슬아치에 대한 반감도 적지 않았고 그래서 때를 만났다고 세도를 부리던 그 오라버니도 속으로 은근히 미워하였던 것이다.

하나 할머니는 벼슬아치를 미워하면서도 자기의 아들도 장차 벼슬길에 내세우리라 하였다.

외삼촌보다도, 아니 어사보다도 갑절 동뜬 벼슬아치가 되게 하리라 하였다.

그래야 남편의 누명을 설치하고 이 집을 다시 일어서게 할 수 있으리라 생각한 것이다.

그런데 공교한 일은 천금 맞잡이 맏아들이 어려서부터 난봉 소질이 있는 그것이었다.

양자 간 둘째아들은 자기를 닮았는데, 일대중 귀한 맏아들이 그 엉터리 오라버니를 닮은 것이다. 하나 할머니는 지각 있는 사람이라 오라버니나 맏아들을 미워하기 전에 저 자신을 고요히 반성해 보았다.

자기 눈에는 보이지 않으나 자기의 속에도 오라버니의 허풍이 어딘가 박혀 있지 않나 하고 못내 자기의 혈통에 대해서 의혹을 가졌다.

사실 이 할머니에게도 그 오라버니의 혈통이 전혀 없다고는 할 수 없었다.

그가 첨 이 집 올 때 이 집은 심히 가난하였고 또 엎친 데 덮치기로 이 집 뒤울안에서 백말 탄 도깨비가 있어서 그것이 없어지기 전에는 재수 사망이 뜻 같지 못하다 하였다.

그래서 그는 시집온 지 얼마 아니 하여 친정에 돌아가서 오라버니에게 장검 하나를 얻어 왔다.

그 장검은 오라버니가 엉터리 장수로 팔진도 늘이는 공부를 한다고 대장간에 가서 몸소 치여 온 것이었다.

그는 그것을 가져다가 그날 밤부터 가마 위에 올려놓고 잤다. 만일 백말 탄 도깨비가 얼씬만 하면 단칼에 베일 참이었다.

그러나 도깨비는 한 번도 나온 일이 없었다.

그렇건만 동리 소문은 그 칼에 큰 도깨비의 졸개인 박도깨비가 먼저 죽고, 그 담에 백말 탄 큰 도깨비가 죽었다고들 하였다.

즉 동리 풍설은 그가 칼을 늘어 치니 도깨비들이 "박서방이 죽는다” 하고 도망을 가서 이튿날 보니까 낡은 바가지가 칼에 쪽 갈라져 있었고, 그 다음 번에는 백말 탄 도깨비를 쫓아가서 칼로 치고 보니 뒤울 안에 있던 낡은 방아께더라고 하였다. 또 그런 뒤부터 이 집은 재수가 생기고 벼슬길이 틔었다고도 일러 왔다.

동리에서는 우길의 할머니가 장수의 집에서 와서 여느 사람과는 다르다고 하였고 또 그 얼굴과 몸집이 옛날 *강감찬이 같다고 해서 별명을 강감찬이라고 불렀다.

한데 또 그 맏아들이 어려서부터 활쏘기와 칼쓰기를 좋아하였다.

그는 무지하고 인정머리가 없었다. 동리 아이들을 휘동해 가지고 편쌈질을 하는데 뒤로 기는 놈이 있으면 삭은코고 가슴이고 사정없이 짓모았다.

그는 *소시부터 근력이 좋았다. 그래서 제 집 체면도 생각지 않고 씨름판에 뛰어들기가 일쑤였고, 가만히 섰다가도 두골제비 수수밭을 세네 고랑씩 경정경정 뛰어서 닫는 개를 때려뉘는 일도 있었다.

그리고 물에 들어가면 배꼽까지 노꾸어 가며 선헴을 치고, 또랑은 열이면 열 다 다리 건너는 법이 없어 으레 훌쩍 뛰어넘곤 하였다.

바자 울타리에 앉은 제비는 잽싸게 손으로 싸려 잡고, 도망가는 쥐새끼는 눈결에 담뱃대로 때려 죽였다.

그는 말을 타도 *등자를 디디는 법이 없이 위정 높은 언덕에 올려 세우고 추겨서 올랐다.

그래서 그 어머니는 아무러나 맏아들은 외삼촌을 닮았다고 은근히 걱정하였다.

한데 외삼촌은 그래도 엉터리로나마 양주목사까지 지냈지만 이 자식은 그만한 내뜸성이 없고 똑바른 말 하자면 비겁한 사나이였다.

그러나 그 맏아들의 자식들은 아버지와 달라서 침착하고 얌전하였다.

한데 또 알 수 없는 조차인 것은 얌전한 둘째아들이 낳은 우길이 놈은 아버지와 반대로 물덤벙술덤벙인 것이다.

우길의 아버지는 어려서부터 상냥하고 해사했는데, 여기서 왕청되게 난 자식이 생기는 걸 보면 이 집 혈통 속에 무슨 괴악한 그림자가 숨어, 이 사이에서 이따만큼씩 왕청된 자식을 낳게 하는 게 아닌가 하고 할머니는 의심하였다. 또 그렇지 않으면 자기가 그런 혈통을 가지고 이 집에 와서 이렇게 만든 것이나 아닌가도 생각하였다. 그래도 우길이는 아직 어려서 어찌 될지를 꽉이 모르지만 우길이의 큰애비는 벌써 나이 마흔여섯인데 계집 생각이나 할 줄 알았지 그 담에는 남 하는 구실 하나 변변히 하질 못한다. 그는 본시 글재주가 있었고 또 열심도 있었으나 나이 이십 전부터 벌써 외도에 빠졌다.

혈기가 지나쳐서 그러지 않고는 몸이 군지러워서 배겨나지 못했던 것이다.

옛적 과거 보러 다니는 선비들이 화적패나 강도들을 무서워해서 근력 있고 날파람 센 그와 같이 다녀야 맘을 놓았는데, 그도 그런 변을 겪어야 몸 단 것이 좀 낫지, 그렇지 않으면 밤마다 객줏집 자는

아낙을 보려고 들어서 어떤 때는 밥도 얻어먹지 못하고 몰려나기까지
하였다.

그가 젊었을 때는 아무리 역대 같은 계집이라도 단 두 달을 그 손
택에 견디어 내지 못했다. 소실이 되어 들어올 때는 생생하던 여자가
살림을 가르고 나갈 때는 뒤도 안 돌아다보고 가버렸다.

그러면 그도 며칠씩 머리를 동이고 드러눕는데 그러다가 다시 의
관을 차리고 나가면 또 하나를 차고 와서 딴집에 굴을 치고 들어박
혔다.

한데 젊을 때는 젊어서 그랬다고 하려니와 시방 나이 오십이 가까
운데도 그 버릇은 예전보다 더하면 더했지 못하지는 않다.

그는 친구의 소실을 보아서 그 친구가 절교를 했다고 되레 그 사람을,

"미친놈, 여색 바치는 품이 제 명대루 못 살지."

하고 지레 죽기를 바라고, 오래간만에 만난 사돈 보고도,

"여보 사돈장, 그 동리에 젊은 과부 하나 없소 있거든 내게 지시하
소"

하고 당부하곤 하였다.

그리고 양기를 돕는다는 약이란 약은 다 먹었다. 메뚜기를 닦아서
가루를 내 먹고, 개구리 뒷다리를 구워 먹고, 도마뱀을 산 채로 삼키
고, 밥도적을 미역에 싸서 먹고, 살구씨를 날것으로 회를 쳐 먹고, 또
술에 담가서 그 술을 마시고, 심지어 청국서 호골교(虎骨膠)까지 사
다 먹었다.

그러나 인삼은 혈기를 너무 상초식한다고 안 먹고, 녹용은 몸이 비대해지고 군둔해진다고 안 먹었다.

그런데 또 하나 팔자 늘어진 것은 그 동생이 형의 용돈이라면 천금을 아끼지 않는 그것이다.

형이 한번 말하면 동생은 두말하는 법이 없었다.

또 당시 우길의 아버지는 돈이라면 귀한 물건인 줄은 몰랐고 세상 돈이 모두 제 것인 줄 알아서 맘대로 흥청거렸다.

그 덕에 그 형도 큰 집 쓰고 남부럽지 않게 살았다.

우길의 *백부는 오늘 기분이 매우 좋다.

오늘 조카며느리 절 받고 게다가 정주는 때아닌 꽃밭이다. 뉘 여자겠든지 좌우간 여자는 여자다. 그는 여자들만 벅적 고아 대면 언제든지 기분이 좋다.

그는 사랑 뒤뜰로 슬슬 거닐고 있었다. 거기는 온갖 화초가 심어 있고 과수도 적지 않다. 지금 다른 꽃은 다 떨어지고 국화가 이제 봉오리를 잡았다.

높은 오얏나무 아래 철봉이 있다. 우길의 백부는 상투를 짜고도 연일 철봉에 매달렸다.

그는 젊은 사람보다도 더 날쌔게 철봉에 붙어 돌아간다.

오늘 더욱 기운이 났다. 그는 철봉을 잡고 두 다리를 추켜 팔 사이 뒤로 뽑으면서 몸을 철봉 위로 솟구쳤다가 그런즉 몸이 뒤로 휘어지며 철봉을 공중 떠 넘어갔다.

그리고 삽작 뛰어내려서 부러운 듯이 쳐다보고 있는 우길이를 들어 철봉을 잡게 하였다.

우길은 철봉에 매달려서 몇 번 몸을 추켜 보았으나 도무지 올라가지 않았다.

그때 아침이 다 되어서 상노아이가 이르러 나왔다.

백부는 철봉에서 우길이를 안아 내리고 안으로 들어갔다.

우길은 바로 신부가 있는 안방으로 들어갔다.

"애 우길아, 이리 온."

큰어머니가 불렀다.

하나 우길은 어쩐지 큰어머니가 싫었다. 얼굴이 길고 손가락이 길고 허리가 길고 그게 모두 싫었다.

그런데 큰어머니만은 우길이가 좋아서 그만 보면 붙잡고 실랑이질을 하였다.

우길이는 두루 돌아보아야 젊은 색시들뿐이므로 하는 수 없이 큰어머니와 큰할머니 두 사이로 갔다.

"애 우길아, 너 어디로 장가간대지?"

큰어머니가 물었다. 그러나 우길은 아무 대답도 하지 않았다.

"앤 어른이 묻는데 대답 안 하면 못난이야. 어디로 장가갈 테야. 어서 말해 봐라."

"나!"

"그래."

“나— 꿀 많은 집으로 갈 테야.”

우길이는 단것을 제일 즐긴다. 단것이면 삼 년 석 달을 먹어도 물릴 것 같지 않다.

그래서 그는 어머니가 토고리에 감춰 둔 생청을 도적해 먹고 들안에 심은 꿀수수와 강낭대를 여물기 전부터 꺾어서 빨아 먹고 그러고도 부족해서 수수밭에 나가서 수숫대를 꺾어서 빨아 먹고 하였다.

“그럼 너 장진강게 수중다리한테로 장갈 가야겠구나. 그래도 좋아?”

“응——”

우길이는 수중다리는 모르나, 장진강게라는 데서 그 맛나는 생청이 나는 것만은 늘어서 안다.

“얼굴이 아주 찔찔이 곰보라도 좋아?”

그러자 우길이는 좌중 젊은 색시들을 둘레둘레 돌아보았다.

어떤 색시는 얼굴이 약간 붉어질싸하였다.

“아주 못생겨도 좋으냐.”

그런즉 우길이는 애오라지 도리머리를 흔들었다.

“그럼 꿀도 많고 색시도 이쁜 데로 간단 말이지. 너두 욕심은 어지간하구나.”

하고 큰어머니는 우길이를 안아다가,

“그래 어디 각시고삐나 여물었니.”

하고 웃었다

그런즉 우길이는 갑자기 부끄러워져서 좌중을 살펴보았다.

배반상을 받은 젊은 색시들이 있어서 오늘은 유난히 *수삽하다.

작년까지도 아랫도리를 벗고 다녔는데 바지를 걸기 시작하더니만 갑작스레 셈이 들었는지 요사이는 내외가 아주 여간 아니다.

"너도 큰애빌 닮어서 남의 속 무던히 태우겠다."

큰어머니는 남편 외도하는 데 정말 이에서 신물이 날 지경이었다.

그러나 큰할머니는 언제 보든지 입이 무겁다.

우길이는 큰할머니가 은근히 좋았다. 자기 집 할머니보다 이 집 할머니가 어디로 보든지 나을 상싶었다.

밥상이 들어왔다.

"애 우길아, 이리 온. 나와 같이 먹자."

큰어머니가 그러는 걸 우길이는 못 들은 척하고 할머니게로 갔다.

우길이는 밥을 먹으며 흘끔흘끔 색시들을 도적해 보았다.

모두들 어찌 이쁜지 모르겠다.

색시들의 풍속

그해가 가고 새해가 왔다.

정월 한 달은 여자들도 좀 한가하였다. 설날부터 사오 일 동안은 물론이지만 그 뒤에도 마디좀 [午日]은 일을 하면 일년 두루 마디마디 일이 막힌다고 놀고, 쥐날[子日]은 일을 하면 쥐가 낀다고 놀고, 범날[寅日]은 일을 하면 범이 온다고 놀고, 보름이 지나 열엿샛날은 귀신날이라 해서 놀고, 그 뒤에도 오리날이라는 것이 있어서 이날 일을 하면 그해 가을에 오리가 벼이삭을 훑어 먹는다고 해서 놀고, 놀 뿐 아니라 이날은 특히 저녁들을 일찌감치 해먹고 동리 소패들이 횃불을 들고 나가서 동리와 동리가 불쌈을 한다.

그것은 즉 불로 오리부리를 지져서 벼이삭을 먹지 못하도록 한다는 뜻이다.

그래서 동리 아낙네들은 정월이면 오래도록 놀지 못한 오럭을 내느라고 부지런히 마슬을 다니며 갖은 노름을 다 했다.

더욱 우길이 집은 너르고 또 신부가 있어서 동리 색시들이 더 많이 놀러왔다.

색시들이라고 하지만 벌써 삼십이 가까운 여인들이라 대개 첫아이는 다 낳아 보고 많으면 세넷씩 낳은 여자도 있다.

그러니까 말하자면 벌써 신부를 졸업한 셈이고, 또 그러니까 같은 신부의 몽학 훈장쯤은 된다고들 스스로 생각하는 터이다.

그래 그들은 첫째 신부를 구경하고 또 신부가 해가지고 온 세간 범절을 구경하고 옷맵시 바느질 뜸새를 평판하고 인물을 감정하고…….

이런 여러 가지 복잡한 심리를 가지고 오는 것이지만 또 하나는 자기들은 이미 전부 졸업생이니까, 햇내기 신부를 가르쳐 주고 일깨워 주고 그리고 자기들 선진에게 존경과 호감을 가지게 하자는 것이었다.

그들은 신부가 으레 자기들의 가르침을 명심해 듣고 고스란히 그대로 해야 한다고 생각한다.

시집 와서 구박만 받고 벙어리 삼 년 장님 삼 년으로 열두 폭 치마가 눈물에 다 녹아 빠진다는 그 무서운 신부시대를 졸업한 그들은 후진에게 대해서 딴에는 만만치 않은 자존심과 우월감을 가지고 있는 것이다.

아직도 시어미 아래에서는 화나면 죄없는 개새끼나 차주는 터이지

만 뜨내기 신부 앞에 오면 우리도 절반 시어미측은 되되느니라고 갖
은 너스레를 부쳤다.

그러나 그러면서도 무릇 시어미라는 데 대해서는 불평이 그득하다.

그만침 두고두고 속을 썩였어도 차자가 되어서 분가를 하기 전에
는 아직 얼마를 더 고생일지 모르는 것이다.

또 시어미 중에는 찌긋찌긋이 오래 살고 그리고 늙어 빠지도록 악
지가 센 사람이 있다.

그러니까 운수 빗나면 사오십이 되도록 시어미 *학정을 받는 수도
있다.

또 분가를 하든가 인차 시어미 될 가망이 있는 여인들은 그것이
어서 오지 않아서 몸살이 날 지경이다.

그래서 두루두루 이들은 맘 펴일 날이 없이 밤낮 앙앙할 뿐이다.

그러니 한가하다든가 무슨 이야기 문이 열리면 첫째 그 앙심이 터
져 나올밖에——

"옛날 시어머니 범 안 잡은 이 없습넨다. 그리게 한다는 며느리도
시어미는 막감당이니까…… 그저 시어머니한텐 잘한 일도 못했거니
생각해야지—— 어쨌든 시어머니 눈에는 잘한 걸루 뵈는 일이 없다
니까. 글쎄 나중은 젖[乳房]큰 것까지 숭을 본달밖에……"

홍섭이 아내가 이 집 신부 들으라는 듯이 딴은 며느리 천신하는
법을 이야기한다는 것이 그 이야기보다 시어머니에게 대한 토심이
훨씬 더 많이 튀어나왔다.

"그러게 욕하는 걸 무슨 회심곡 부르는 소리로 들어야지 살지, 그렇지 않으면 속이 발바닥이라도 못 견디어, 천하없는 소진장의라도 시어머니는 못 당하니까. 그러게 애당초 귀야 너는 남의 것이니라 하고 못 들은 척해야지. 허구헌 날 살어갈 순 없지."

하고 이번은 용우의 아내가 신부철학 한 토막…….

그러나 성삼이 아내 생각은 그것보다 좀더 나아간 것이었다.

"나는 시어머니 말만 떨어지기 시작하면 그거야 무슨 소리겠든지 들은 척 안 하고 속으로 산염불 중염불을 외이고 있다우. 내 팔만대장경이라도 다 읽어 볼 참이오."

마침 이 집 할머니 어머니가 없어서 그들은 이렇게 갖은 넋두리를 다 피이기 시작하였다.

이야기를 꺼내고 보니 모두들 나도나도로 말이 목구멍에서 출락거렸다.

이야기는 한동안 시어머니 흉보기에서 벗어나기 힘들게 생겼다.

하나 그들은 그것을 시어머니 치는 말이라고는 생각하지 않았다.

그런데 또 이야기는 할수록 꽃이 피어 못내 성수들이 났다.

한 사람의 말을 들으면 그것이 십상 그럴듯한데 또 다음 사람 말을 들으면 그것이 보다 더 그럴듯하고 그러면 전에 말한 여인들이 또 더 좋은 궁리를 돌려 가지고 연성 주고받고 하였다.

"너무 말 안 해도 흉입니다. 입은 가죽이 모자라서 남겨 논 거냐 일년이면 삼백예쉰 날을 곧장 벙어리 냉가슴 앓듯 오만상을 찌푸리고 있으니 그래 밤낮 썩은 콩만 씹고 있단 말이냐. 남 곯아떨어지라는 방자냐 어디 시어미 말 좀 해봐라, 글쎄 이리구 또 나무래는구려. 그리면서도 할말을 하면 애 입이 광주리 구먹이라도 좀 가만있거라……."

"그러니 대체 어느 장단에 춤을 춰야 옳단 말이오."
하는 것은 실상 입이 싸서 걱정인 진선의 아내 푸념이다.

하기는 정말 너무 말을 안 해도 나무람을 받고 *시라소니 말을 듣는다.

그러나 그도 그럴 것이 꾸지람받고 잔뜩 악이 오르는 때에 누가 무얼 물은들 뭐 그리 탐탐히 대답하게 되랴.

그래서 대납조차 분명치 못하면 혀끝에 자가바람이 들었느냐 귀가 동냥을 갔느냐고 욕이다.

"정말이지 시어머니치구 말수 좋지 않은 이 없습디까. 반벙어리도 시어머니만 되면 싹송사꾼 찜쪄먹게 된다니까."

홍섭이 아내가 또 뇌까리는 말이다. 처음은 신부 교훈으로 한다는 말이 어시호 시어미 건풍으로 완전히 돌아서 버렸다.

늘 어심에 하고 싶을싸하던 말인 것이다.

그리게 처음은 남 듣기에 그닥 상스럽지 않도록 말을 떼어 가지고도 나중은 나쁘게 맺먹고야 견디는 것이다.

그런데 기왕 말이 그까지 갔으니까 벙어리 속 벙어리 안다는 본으로 내속 네속 잘 아는 또래끼리 맛선참에 내치 웅친 속을 풀어 보시

않을 수 없었다. 또 덮어놓고 시어머닐 헐뜯은 것 같아서 소이연을 발이라도 달아 봐야 남 볼 소견에도 그럴듯하고 또 제 속도 후련할 것이었다.

즉 당연한 말을 한 것이어니 이렇게 저도 남도 생각하도록 하자는 거다.

그러나 이때까지는 두루거리로 한 말이지만 이제부터 좀더 구체적으로 제 집 이야기로 말을 돌리기 시작하였다.

"글쎄 우리 시어머니 말이 우습지 않소. 나는 그릇을 덜 깨니까 작은며느리보다 조금 낫다는구려. 나도 낼모레면 나이 삼십인데 그래 그릇 안 깨는 걸루다 스무 살 이전 풋내기 색시와 비긴단 말이오. 그래 남의 체면도 봐야지, 나도 아이새끼들이 더럭더럭 자라는데 에미 체면도 있지 않소, 또——"

진선이 아내가 속에 맺힌 한가지 마디를 풀어 놓았다.

하나 다른 아낙네는 제 말이 급하고 또 남의 등창은 제 뽀루지만 못하다는 듯이 진선의 아내 말이 다 끝나기도 전에 홍섭의 아내가 가로채 갔다.

"그건 또 모르겠소. 우리집 시어머니는 갑자기 노망이 들어서……참 사람이 노망 들라면 잠깐입디다. 글쎄 죽을라구 아이 아버질 한 방에 못 들게 하는구려. 이 숭년에 염체가 좀 있거라. 얼굴에 붙은 것도 살일 테지. 어째 남부끄러운 줄을 모르느냐. 모래밭 무 뽑듯 자꾸 아이새끼만 뽑아 놓으면 무얼 멕여 살린단 말이냐—— 글쎄 이러구 노망을 부린단 말이요.”

하고 홍섭의 아내는 한숨을 쉬고도 아직 입이 몹시 씁쓸한지 거푸 입을 다시고 나서 말을 이었다.

“글쎄 요전에 하루는 아이 아버지가 장에 갔다 와서 곤기가 났는지 윗목에서 자고 내가 설거지하다가 젖먹이를 재우느라구 아랫목에 반몸을 누이고 있었더니만두 시어머니가 사잇문을 삐걱 열면서 말이, 애, 늙은 내가 어린애 업기에 잔등이가 다 썩어난다. 아이 농사 그만 해두 되겠다. 할 일이 없어 못 하느냐, 저 설거진 날더러 하란 말이냐, 저 삼은 누가 다 삼느냐, 해만 설핏하면 잠자리부터 보려고 드니 신선놀음에 도끼자루 썩는 건 모르겠다만 내 잔등까지 썩이게 드느냐, 제발 아일랑 그마치 낳어라…… 이런단 말이오.”

홍섭이 아내는 남편에게 추근추근한 제 생각은 못 하고 시어미만 야속하게 여기는 것이다.

“하기 그 집은 아이들이 너무 많습디다. 어느 놈이 어느 놈인지 모두 그만그만하더군요.”

첫아들 낳아서 죽이고 지금 또 넉 달인가 다섯 달 되는 용우의 아내가 좀 시새운 듯이 홍섭이 아내에게 말하였다.

“낸들 삼십 전에 아이 넷이니 조련하겠소. 그렇지만 그게 어디 인력으로 하는 일이오── 아니 그런데 내 가만히 보니까 그게 모두 시아버지 역증을 푸는 겝디다. 시아버지가 워낙 샌님 같은 분이라 시어머니를 질 두드리 안 주거든. 늙어도 사람 낙이 그것밖에 또 있소 아닌 게 아니라 난 남편까지 그러면 못 살겠습디다.”

홍섭이 아내 말이다.

하기는 홍섭이 내외의 의초 좋은 건 동네에서 다 아는 사실이다.

홍섭이란 위인이 사람은 못나고 그저 어리무던하지만 아내에게는 각별해서 미상불 젖먹이 어린것보다 더 자심히 치마 꼬리에 매달리는 것이다.

뿐 아니라 아내도 또 아내다. 워낙 반죽이 좋아서 시어머니 있는 데서도 보리동지 같은 남편을 가지고 이러쿵저러쿵 곧잘 씨물거린다.

그리고 또 밥을 푸는데도 시어머니 눈을 도적해 가며 시아버지 밥 다 제쳐놓고 남편 밥부터 먼저 뜨고 찌개나 국을 끓여도 고기 건지는 말짱 남편 상으로 돌린다.

그뿐 아니라 그는 남편만 일긴이지 아이들에게도 뜨아하였다. 밤 알 한 톨을 보아도 *가무렸다가 남편 줄 생각을 하지 아이들을 주려고 하지 않는다.

그래서 큰놈은 등에 업었던 어린 동생을 집어 내려서 어미에게 팽개친 일까지 있다.

“맛나는 건 아버지만 다 주구……”

큰놈이 이렇게 투정을 부리면 그 아랫놈은,

“아버지가 어머니 서방이란다. 그래서 아버지만 주고 우린 안 줘.”
하고 뇌까린다.

아이들도 노상 위인이 부족하였다. 못생긴 그 아버지를 닮은 것이다.

하나 홍섭이 아내에게는 자기 남편같이 상냥하고 하정 잘 알고 싹싹한 사람은 다시 없다. 그러나 그들을 낳은 시어머니는 아주 틀려먹었다.

그래서 홍섭이 아내는 시어머니 건풍 떠든 나마에 또 남편 자랑을 펴려고 드는 눈치에서 진선이 아내가 초끼 빠르게 말을 가로채 갔다.

"말두 마우. 우리 시어머니는 아주 평안도 참빗장수라우. 어떻게 좁쌀 방정인지 글쎄 구정물에 떠나가는 밥찌끼까지 다 세는구려. 그러다가 쌀독의 쌀에다가 주먹으로 괴발을 찍어 두는지 이거 왜 쌀이 없어졌느냐고 도적놈 주리질하듯 하고── 낭중은 시집올 때 해가지고 온 숙고사적삼을 너 그거 언제 해입었니 하마 몰래 쌀을 떠내다가 적삼을 사입었나 하고── 사람이 콧구멍이 둘이니 살지 하나 같으면 벌써 숨이 맥혀서 죽었을 거요."

하기는 진선의 아내는 그런 손버릇이 있었다.

도적괴 꼬리 끼운다고 그러니 진작 앞을 질러서 발빼미해 두는 것이다.

그리고 아낙네들이 이렇게 늘어지게 시집살이 푸념을 하던 끝에 생각한 것은 신부에게 대한 교훈이었다.

그 첫 대문은 이것이다.

"누구니 누구니 해도 시어머니는 모두 매한가집넨다. 부처 같은 며느리라도 어쨌든 한 가지는 나무라고야 배기니까."

이것은 홍섭이 아내의 말이다.

그 말인즉 바로 신부인 상무의 아내가 알아들으란 말이다. 또 알아듣고는 시어미 편을 들지 말고 가재는 게 편이라고 이제부터 모름지기 며느리들에게 편당하라는 뜻이다.

편당이라는 것은 별것이 아니고 자기들이 오늘 이 집에 모여서 이야기한 것도 시어머니나 시할머니께 실속대로 알리지 말라는 말이다.

"아따 글쎄 소나뭇집 시어머니처럼 무던한 이도 며느릴 흉본다."

하고 용우의 아내가 말하니까 진선의 아내가 이내 받아섬겼다.

"아니 글쎄 우물 옆집에서는 시아버지가 며느리를 싸준다고 시부모끼리 대판 쌈이 났다우. 사위는 장모 사위고 며느리는 시아버지 며느리란 말이 옳아요."

이렇게 진종일 갖은 너스레를 다 놓았건만 그 이야기가 끝날 날은 없었다.

널뛰기 윷놀이 같은 것을 하다가도 이야기만 시작되면 으레 시어머니 건풍이 선참 나왔다.

또 많이 모이면 모일수록 더욱 그 이야기에 꽃이 피었다.

정월 대보름이 왔다.

보름은 설보다 더 큰 명절이다.

열나흗날부터 열엿샛날까지 사흘 동안은 남녀노소 없이 무슨 놀이든지 꾸며 가지고 즐겁게 내려 붙인다.

개중에도 젊은 여자들의 놀이가 가장 볼 만하다. 낮에도 밤에도 굵은 집 마당마다 색시와 처녀들이 그득그득 다밀려서 널을 뛴다.

이날 우길이네 마당 널판에는 때아닌 꽃밭이 벌어졌다. 우길이는 동리 아이들과 함께 뜰 아래 사랑 앞에서 이것을 구경하고 있었다.

색시들보다 처녀들 뛰는 것이 더 가관이었다. 길다란 머리채가 건공에 나부끼며 울긋불긋한 처녀들이 나비같이 편편이 오르고 내리는 것이 아름답다.

하나 우길이 또래들 중에는 심술꾸러기가 많다.

구경보다 그 뛰는 널을 발길로 탁 밀어 주고 싶었다. 그러면 그 토실토실한 처녀들이 널에서 떨어져 맨봉당에 나뒹굴 것이다. 참 재미나는 노릇이 아닐까.

우길이 동무들은 패를 지어 돌아다니며 울타리 구멍으로 처녀들 널뛰는 것을 구경하였다.

한편 어떤 여자들은 집안에 간단한 연극을 꾸미기도 하였다.

연극이라야 이들 아낙네는 아직 남사당패도 구경한 일이 없다.

일껀해야 청인의 칼재주나 잔나비 놀리기를 보았지만 그것은 흉내낼 연극이 못 된다.

그런 중 그들이 늘 구경할 수 있고 또 흉내낼 수 있는 것은 굿이다.

이 동리에는 무당이 없었지만 멀지 않은 이웃 동리에 있었다.

그래서 사람이 죽은 뒤에도 살풀이하고 명복을 빌기 위하여 상문굿을 놀고 재수사망을 빌 생각이 있으면 경사굿을 놀았다. 그래서 아낙네들은 굿구경을 자주 할 수 있었고 따라서 그 흉내를 내게 된 것이다. 우길은 점심을 먹고 큰집 사랑으로 갔다.

사오 년 전에 시집간 큰집 사촌누이는 얼굴도 이쁘려니와 입담 좋고 굿놀이가 일수다.

아닌 게 아니라 우길이가 너른 정주로 들어가니 아낙네들이 그득 모여서 지금 굿놀이가 한창이다.

우길의 사촌누이는 베헝겁으로 고깔을 만들어 쓰고 큰아버지의 흰 두루마기를 백포장삼으로 입고 무슨 노끈을 염주같이 걸고 전책을 부채로 들고 너울너울 춤을 추고 있었다.

그 앞에 한 여자(기대)가 앉아서 바가지를 장구삼아 장단을 치고 또 곁에 앉은 여편네는 입을 삐죽이 내밀고 전악들의 저와 피리와 해금 흉내로,

"니일 니리 닐니리……."

하고 입방구를 뀌고 있다.

춤은 점점 빨라지고 장단과 풍류도 *자진모리로 버쩍 몰아쳤다.

선무당 앉인기대 전악들까지 신이 난 것은 물론이지만 듣는 여자들도 성수가 나서 어깨가 저절로 으쓱거려졌다.

우길이도 재미가 났다.

굿 한 거리가 끝나고 우길의 사촌누이는 앉아서 이마의 땀을 씻었다. 수월치 않은 놀음이었다.

그리고 모두들 한숨 들어 가지고 또 덕담 노래를 시작하였다.

노래 부르는 여자가 입심 좋게,

"재수사망이 억수장마에 비 나리듯 대천 바다에 물 밀리듯…… 없던 자식 점지하고 있는 자식 수명장수하고 나쁜 시어미 어서 죽고 좋은 시아비 오래 살고 내외간 검은 머리 파뿌리 되고……"

하고 함부로 주워대어 마치 재수사망을 퍼부어 주듯이 늘빈히 늘어앉은 색시들에게 차례차례로 손을 주는데 그러면 아낙네들은 치맛자락을 버리고 그것을 받았다.

그 다음 우길의 사촌누이의 '배뱅이굿'이 시작되었다.

사촌누이가 아까와는 달리 아주 청승맞고 구슬픈 청으로 노래를 부르는데 우길은 그 뜻을 알 수 없으나 무슨 젊은 처녀의 애원인 것은 알 수 있었다.

가만히 그 노래를 들으려니까 방년(芳年)이 되었어도 피지 못하고 애꿎이 죽은 배뱅이라는 처녀의 설움인 듯하였다.

그 노래는 저를 길러 준 부모에게 부치는 사설인데 부모에게 보내는 것이면서도 살아서 말 못한 애달픈 꽃봉오리의 깊은 한이 주로 그 속에 서리어 있는 듯하였다.

이 굿노래는 언제 어디서 전해 온 것인지는 알 수 없으나 모르면 몰라도 필시 규방에 갇혀서 부모동기에게도 하소할 수 없는 방년 처녀들을 설움에 대변(代辯)하기 위하여 전해 오는 것인 듯하다.

그것은 이때의 가장 큰 인생비극이었다. 아닌 게 아니라 아낙네들은 그 노래를 들으면서도 벌써 굿놀이라는 것을 잊어버리고 질끔질끔 울기 시작하였다.

달 밝은 대보름날이 왔다.

이 동리는 자고로 보름날 달맞이하는 풍습이 있다.

어른들도 물론 나오지만 주장 젊은 남녀가 많고 소년소녀들은 남의 바람에 덩달아 나온다.

그들은 앞을 다투어 동역 행길가에 나와서 달 뜨는 것을 구경한다.

달이 뜨는 것은 여럿이 다 같이 보는 것이니까 누가 먼저 본다고 할 수 없는 것이지만 그래도 이 달이 동산머리에 바늘귀만치 빠끔 나온 것을 먼저 발견한 사람은 그해에 누구보다 소원성취를 한다고 일러들 온다.

그래서 남녀노소 할 것 없이 달맞이를 나오는 것인데 개중에도 처녀총각들은 하나 빠지지 않고 다 나온다.

처녀총각도 물론 어른과 같이 여러 가지 소원이 있고, 또 그 소원을 말끔 이루고 싶다. 그런데 또 옛사람은 알심 있게 그 처녀총각의 소원 중에다가 금년에 시집가고 장가든다는 소원을 으뜸으로 일러 왔다.

그러기 때문에 처녀총각이 우리도 복받아야 한다는 그 바람 가운데는 극히 막연하나마 시집 장가라는 생각이 들어 있는 것이다.

또 그 반면에는 일년에 한 번밖에 없는 이 보름달을 구경 못 하면 모처럼 올 복도 오지 않는다는 그런 *미타한 생각도 있던 것이다. 이 날 밤 우길이도 동쪽 행길로 달마중을 나갔다.

그러나 이날 밤 계섬이가 외톨로 누구보다도 알근히 달맞이하고 있는 것을 본 사람은 없을 것이다. 계섬이도 지나간 해 해마다 동쪽 행길에 나가서 정성껏 달맞이를 하였으나, 소원은 하나도 이루어지지 않았다.

그래서 그는 올해는 행길에 나가지 않았다. 나가지 않았지만 남보다도 좋은 자리를 생각하였다.

그래서 그는 뒤울안 굴뚝허리를 디디고 사랑 마당 뒤편에 서 있는 외양간 지붕으로 기어올라왔다. 그것은 원채보다 낮지만 평전에서는 길반이나 된다.

그러니까 계섬이 생각으로는 남보다 그만치 빨리 달을 보리라 싶었다.

계섬이는 지붕에 기어올라가서도 일어서지 않고 개와판에 배를 대고 엎드렸다. 집안 식구한테 들키기만 하면 당장 주릿대 경이다.

하나 둘레둘레 살펴보아도 요행 아무도 없는 듯하다.

"금년에야——"

하고 그는 씨무룩하였다. 그리고 연심 고개를 들어 동쪽 하늘을 약간 떨리는 눈으로 바라보았다.

동쪽 하늘이 붉어지더니 이윽고 달이 뜨기 시작하였다.

"달님, 나를 올해에는 제발 덕분에 이 집에서 나가게 해주시소서."

계섬이는 손을 부비며 입속으로 외었다.

저를 이 집에서 나가게 해달라는 소원 속에는 어디 마땅한 데 시집을 가서 저도 주부가 되게 해달라는 뜻이 다분히 숨어 있었던 것은 물론이다.

달맞이가 다 끝난 다음 윷과점이 시작되었다. 큰 뱃집 뜨락 우물 가에는 턱석을 깔고 그 위에 기직을 펴고 그 동쪽머리 평상 위에 *정 한수를 떠놓았다.

사람들은 그 앞에 가서 달을 향하여 세 번 절하고 윷가지를 들어 남자는 먼저 왼쪽 어깨로 넘기고 다음에 바른편 어깨로 넘기고 맨 나중에 꼭뒤 위로 넘기고 여자는 바른편 어깨부터 세 번을 쳐서 작 쾌해지고 윷과 점을 보는 것이다.

방 안에는 윷과 점책을 보는 서당 선비들이 있다. 글자나 아는 남 자들이 앞에서 윷을 쳐가지고 오는 사람마다 한 사람씩 차례차례로 보여 주었다.

그러나 대개가 다 점론에 익숙지 못해서 그저 어물어물 되는대로 풀이하여 주었다.

"과거를 아니 하면 슬하에 경사 있도다."

란다든지,

"봄물에 고기 노니 그 꼬리 양양하도다."

란다든지,

"한 가지는 꽃이 피고 한 가지는 꽃이 지도다."

란다든지 하는 따위 막연한 소리를 읽어 던지고는 그 뜻을 캐어묻 는 사람이 있으면 제 소견대로 아무렇게나 발을 달아 주었다.

그런 중에도 가끔 그들을 곤란하게 하는 것은 여자에게 *'삼춘가

절에 여색을 삼가라’ 하는 괘가 나온다든지 또는 남자에게 ‘시집 아니 간 규중 처녀가 아이를 배었도다’ 하는 괘가 나오는 그것이었다.

우길의 집에도 이날 밤 윷과 점보러 온 사람이 부지기수였다. 젊은 색시들도 많이 왔었다.

보름이 가자 인차 뒤미처 오리날이 왔다.

이날은 동리와 동리가 편을 갈라 가지고 불쌈을 하는 날이다.

동리의 날파람 있는 소패들과 장난꾸러기 어린아이들은 낮부터 홰를 만들고 작전(作戰) 준비를 하기에 매우 바쁘다.

정월 한 달은 대개 저녁밥을 일찍 지어먹는 습관이지만 개중에도 이날은 특히 더 일찍 지어먹는다.

그것은 첫째 오늘 밤 출전하기 위해서고 또 하나는 저녁을 늦게 먹으면 그해 가을에 가서 오리와 기러기가 일년 벼농사를 결딴낸다는 전설을 여직 그대로 믿기 때문이다.

불쌈이라는 것도 실상 농사를 해롭히는 오리와 기러기를 물리치자고 해서 하는 연중 행사의 하나다. 그러기 때문에 이 불쌈을 오리 부리를 지진다고 이른다.

해질 무렵이 되자 소패들은 동리 동쪽 어구에 진을 쳤다.

우길이 또래 아이들도 여럿이 나갔다. 그들은 물론 쌈에 참가는 못하지만 멀찍이 서서 후군이나 된 듯이 응원하는 것이다.

이 동리 동구에서 동으로 두어 마장 나가면 조그만 실도랑이 있고 거기서 사오 마장 나가면 큰 못이 있고 그 못 바로 동쪽에 큰 내가 있다.

큰 내는 물은 옅으나 폭은 넓다. 본시 이 두 동리는 그다지 사이가 나쁜 것은 아니다. 여름 밤이면 이 큰 내 모래강변에서 두 동리 소패들이 편을 갈라 가지고 씨름을 하였다.

그만치 이 까치말 모래판은 씨름하기가 좋았고, 또 씨름한 뒤에 큰 내에 들어가서 목욕을 하기가 좋았다.

까치말 소패들은 해지기 전부터 큰 내 이쪽 버드나무 방축 아래 못가로 넘어들 왔다.

해마다 이 못가에서 결전이 벌어지는 것이다.

해지기까지 양편에서 모두 작전계획을 꾸미고 있었다.

이편에서는 금년은 이렇게 할 참이었다. 즉 전원이 횡대를 지어 나가서 저편과 거의 만나게 된 때 중앙부대가 먼저 돌진하여 저편 주력과 부딪치게 되면 응당 저편에서도 모두 그리로 몰려올 것이니 그때 이편 좌우익이 양편으로 포위하고 공격하자는 것이었다.

그 작전대로 하면 영락없이 이편이 이기리라 하였다. 그래서 저편 놈들의 대가리에 불을 달아 보내리라 하였다.

"이놈의 자식들, 모조리 되인둥일 만들어 보내야지."

이편 대장이 외쳤다. 그러자 모두들 기운들이 났다.

"올해는 까치말에 까까중이 되우 많게 생겼다."

"바루 칠월 칠석날 까치대가리가 될 판이로구나. 그래서 까치말인 가."

이렇게 떠들어댔다. 칠월 칠석날 오작교 노러 가지 않는 까치는 동무 까치에게 대가릴 뜯긴다는 전설이 있는 것이다.

그들은 이렇게 주고받으며 벌써부터 저편이 질 것을 상상하고 못 내 기뻐들 하였다.

어떻게 하든지 그들은 꼭 이겨야 하리라 하였다. 하기는 기실 크게 체면에 관계되는 일이다.

벌써 동리 동편 여기저기에는 이 젊고 어린 용사들을 응원하는 처녀와 색시들이 그득그득 나와 있지 않은가.

그 응원대는 시방 간이 콩알만해서 왼새끼를 꼬며 자기 말이 승전고를 울리고 돌아오기를 고대하고 있는 것이다.

용사들은 하마 쌈에 져서 되랴 하고 제 맘에 다짐을 두며 미리부터 승전하고 돌아오는 자기들을 맞이하는 여인 부대를 상상하기에 바빴다.

더욱이 말은 가득하면서도 그 말을 못 하고 얼굴만 붉히는 처녀들의 가슴을 상상하는 것은 보다 더 짜릿한 일이었다.

쌈은 시작되었다. 그러나 쌈이 시작되고 보니 작전계획은 간데없고 그저 장님 막대질하듯 함부로 내두드렸다.

횃불이 하나씩 둘씩 꺼져 버렸다. 날은 이미 어두워서 왔다갔다하는 횃불이 밝게 보이고 고함치는 소리가 와— 와— 들려 올 뿐이다.

횃불이 다 꺼지자 쌈은 끝났다. 그러나 이 쌈은 아무 편도 이긴 것이 아니었다. 그러나 또 양편에서 다아 제 편이 이겼다고 생각하고 우쭐거리며 제 마을로 돌아갔다.

동리와 동리의 불쌈은 아낙네들에게 일로전쟁 당시를 연상케 하였다.

일로전쟁 바로 직전에 노서아는 동해안 일대에서 고래잡이를 하고 있었다.

또 무산(茂山)과 울릉도의 목재를 채벌하기 위하여 노서아 사람과 병정이 자로 내왕하였다.

그리고 노서아의 동청철도회사(東淸鐵道會社)에서는 기선을 가지고 한 달에 한 번씩 북선지방의 산 소[生牛]를 실어 갔다.

이러한 것이 모두 일로조약(日露條約)의 위반이라 하여 일본제국과 노서아는 조선을 무대로 코코마다 서로 충돌하여 왔다.

그런데 당시(명치 37년)의 내장원경(內藏院卿) 이용익 씨가 노서아를 가까이하였던 관계로 이에 크게 힘을 얻은 노서아는 북선지방의 친일파 조선인을 체포하기 시작하였다.

그러자 이에 따라서 우길이네 고을에는 친로파의 폭동이 일어났다.

노서아에서는 압록강 재목을 베어 내고 또 용암포(龍岩浦)를 빌려 가진 외에 두만강을 건너온 노서아 병정은 성진에 들어와서 일본인 거류지를 깡그리 불질러 버렸다.

당시의 노서아 병정은 자바이칼, 코사크와 시베리아 기병 한려단과 보병 약간 명으로 그들의 주력은 북경성(鏡城)에 주둔하여 있었고 레루로프라는 노서아의 소장(少將)이 지휘하고 있었다.

성진을 불지른 그들의 일파 기병 25명은 다시 우길이 동리에서 십리 남짓한 H읍으로 쳐들어왔다.

들어오면서 요소요소에 불을 질렀다. 우길이네 동리 뒷마을에 불을 지른 것도 그들이었다.

그래서 우길이네는 밤중에 앞도랑 흙다리 아래로 피난하였고 뒤이어 수상으로 피난 가게 된 것이었다.

일이 이렇게 점점 벌어지자 원산수비대(元山守備隊)에서 그들의 뒤를 추격하여 여기서 접전이 생겼다.

그래 문천(文川) 부근에서 원산수비대의 척후와 노서아의 기병 척후 삼십 명과 만나서 싸우다가 노서아 병정이 패하여 북으로 달아났다.

또 그 조금 뒤에는 원산 부근 양일도(陽日渡)에서 노서아 기병 오백 명과 원산수비대와 여섯 시간 동안이나 접전한 끝에 노서아 병정이 패하여 역시 북쪽으로 달아났다.

북쪽으로 달아난 노서아 병정들은 관북 가도를 거쳐서 H읍으로 들어왔다.

그래서 당시 H읍에는 노서아 병정이 천 명이나 들어와 있었고 부근 각지에서 연일 그들의 척후가 출몰하였다.

일방 이와 전후하여 그해(명치 37년) 사월과 유월에는 노서아 *해삼위 함대가 H읍에서 일백이십 리 되는 영흥만(永興灣)을 거쳐서 원산항으로 쳐들어갔다.

그리하여 원산항에 정박중이던 일본 상선을 격침하고 일단 영흥만으로 돌아갔다가 다시 북으로 가버렸다.

여기서 일본 해군이 노서아의 함대를 추격하는 일방 육군도 그해 구월에 그들을 추격하여 H읍으로 들어왔다.

쫓기는 노서아 병정들은 처처에 불을 지르고 길 가는 사람의 대통을 깨어 댓진을 빨아먹고 젊은 계집들을 까무러치게 하고 돈을 물쓰듯 흩어 가며 돼지 닭 계란을 쳐죽이고 북으로 북으로 도망을 갔다.

그리하여 후비 총지휘관 우원일성(宇垣一成) 소좌(少佐)의 부대는 H읍을 완전히 점령하여 버렸다. 그것이 바로 명치 37년 구월이었다.

그러나 아직도 노서아의 척후는 H읍 부근에서 자주 출몰하였다.

그러는 중에 그해가 지나가고 이듬해(38년) 이월에 노서아 병정은 북으로 북으로 몰려가고 그해 구월까지에 전부 국경을 넘어가 버렸다.

그래서 구월에 휴전하였다.

이러는 동안 백성들은 *도탄에 빠져 갈팡질팡하였다.

우길이네처럼 멀리 피난을 간 사람들은 그렇지도 않았지만 피난 갈 수 없는 많은 사람들은 그 동안 무한한 곡경을 겪었다.

불쌈을 보는 동안 동리 아낙네의 눈에는 그때의 광경이 다시금 환히 떠왔다.

불붙는 동리와 무지하게 크고 우악스런 노서아 병정의 새파란 눈깔과 담뱃대 진을 빨아먹고 피 뻘건 돼지다리를 쳐죽이던 그 무서운 일과 송충이보다 더 징그럽던 그 털부숭이 손딱지가 다시금 무섭게 기억이 되었다.

개중에도 아낙네의 기억에 가장 무서운 것은 그들 노서아 병정이 여자들에게 한 징그러운 행위였다.

그들의 소문은 한참 굉장하였다.

어디서는 아라사 병정들이 친정으로 가는 새색시의 떡함지를 처먹고 색시는 *종신이 들도록 만들어서 보냈다고 하고 어디서는 그들 노서아 병정이 나라도 쌈도 잊어버리고 계집에게 빠져서 가지고 온 돈을 대천 바다의 물같이 진탕 써버렸다 하고 어디서는 남의 집 딸 둘이나 한꺼번에 말등에 쳐갔다고 하고 어디서는 그들 노서아 병정이 아주 곰살궂은 데릴사위처럼 그 집 장작을 패고 물까지 길어 주었다는 등 형형색색의 풍설이 뻔칠 떠돌았다.

하나 그 어느 소문이고 아낙네에게는 모두 치떨리는 소리였다.

그 도깨비같이 덜썩 크기만 한 노서아 병정이 긴 허리 굽신거리며 털궤딱지 같은 손을 내밀어 친절히 해주는 것을 상상하는 것은 도리어 몸 징그럽고 무서운 일이다.

한데 그들이 지나간 담에도 이런 풍설은 수이 빠지지 않았다.

그래서 그들이 거쳐 간 동리 처녀들은 얼마 동안 구혼 말이 뚝 끊어지고 그 동리에서 그 난리중에 아이를 밴 계집들은 공연히 배부른 것을 부끄러워하였다.

그러더니 지금은 또 그 뒤에 낳은 어린애들을 가지고 입싼 여자들이 이러쿵저러쿵 말썽이었었다.

우길이네 동리 아낙네들은 불쌈 구경하던 끝에 아라사 병정을 연상하고 뒤미처 그 병정들이 남기고 간 이야기를 또 생각하였다.

우길이 집에 모여 온 아낙네들은 이런 이야기에 꽃을 피우고 있었다.

"아니 이 뒷말 치삼이네 어린애 머리 봤소. 천생 아라사 사람이라니까. 글쎄 치삼이 머리는 그렇지 않은데 그 동생만 어째 그렇단 말이오."

하는 것은 시집온 지 십 년이 넘도록 아이 하나도 배어 본 일이 없는 원술이 아내다.

"참말 나두 그런 말 들었소만 그게 참말일까요."

용우 아내의 말이다. 그는 첫아이를 죽이고 지금 또 만삭이 되어서 오늘만 내일만 하고 있는 터이다.

"참말이 아니고 누가 혀 빠질려고 그런 거짓말을 내겠소. 그 집에서도 아주 골치를 앓고 있답디다. 그래서 아이는 쇠통 남 보는 데는 내놓지 않는답디다만 그래도 낮말은 새가 듣고 밤말은 쥐가 듣는다고 소문이 안 날 리 있소."

"그래 그저 분명 그 난리통에 밴 아인가요."

진선이 아내가 묻는 말이다.

"아니, 작년 가을에 낳은 건 사실이니 어디 회계 좀 해보우. 바루 재작년 겨울쯤 배었을 게니 그게 바루 아라사 병정들이 들락날락 작경을 칠 때가 아니오. 마침 그해 동삼은 눈이 많이 와서 그 덕에 아라사 병정들이 편이 들어백였던 게지요. 그러니 괭이더러 포주 보라는 심이지 어찌 일 안 나겠소."

심술망나니 원술이 아내는 기어이 그렇게 돌려붙이기만 위주다.

"그런 난판에 아이 배기가 불찰이지. 글쎄 어느 하가에 아일 다 배구 있단 말이오. 목숨이 왔다갔다하는 판인데……."

하고 진선의 아내가 맞장구를 대었다.

"그거야 어디 인력으로 하는 일이오. 그렇지만 왜 하필 왜 그따위 불개밀 낳는단 말이오. 그러니까 말썽이지요. 나도 작년에 또 낳았소만 그런 애들보다 외려 더 눈이 검고 머리가 옥빛 같습디다."

하는 것은 아이 잘 낳는 홍섭이 아내 말이다.

그는 그 동안에도 아들 하나를 낳았으나 머리도 눈도 유표한 데가 하나도 없었다. 그래 슬며시 자만스런 맘이 생겨서,

"오히려 그런 때에 옳은 아일 낳아야 가위 결백한 여자지요."

하고 씨물 웃었다. 하고 본즉 그런 때고 저런 때고 성태 못 하는 원술이 아내가 한마디 아니 할 수 없는 마당이었다.

"난 그래도 은근히 걱정했다우. *오비이락으루다 머리칼 노란 아이나 나보우. 그리지 않아도 첫아이는 십상 그렇기 쉽다는데."

"아니 그래, 참말 그래, 참말 아라사 병정 구경은 했소. 말이 어째 모호하오, 호호호……."

진선이 아내가 우스개로 받았다.

그러고 보니 아이 못 낳는 발명을 한다는 원술이 아내의 말이 미상불 우습게 뒤틀려서 모두들 그것을 농담으로 놀리려는 듯이 일시에 깐깐댔다

이 자리에서만은 어쨌든 모두들 성구장단이 맞도록 의좋게 이야기하려는 것이었다.

그러니 원술이 아내 심술이 원청강 뺑덕어미만 못지 아니하여 제 흥나는 것은 차치해 놓고 우선 남부터 헐뜯기가 바빴다.

"치삼이네뿐이라고 그러오. 저 약국집 둘째며느리 아이 난 걸 좀 보우. 그걸 아이라고 낳는단 말이오. 온 글쎄 머리칼이 불개미처럼 노라발간데다가 눈깔이 또 문 고등어처럼 새파라니 그게 그래 노(露)가가 분명하지 갈 데가 있소. 천생 아인(俄人)이라니까. 하기는 그런 아일수록 옛날부터 신통히 애빌 닮는답디다만……."

노가라는 것은 노서아 사람의 씨라는 의미인데 이 당시 한참 유행하던 말이다.

"그 집 아이는 언제 낳았나요. 난 아이 낳았단 말도 못 들었는데."

홍섭이 아내가 물었다.

"그게 바루 작년 동짓달이지요. 왜 작년 이삼월까지도 가끔 아라사 병정들이 나들지 않었소. 그 전에 죄다 몰려갔다고들 하지만 그래도 남몰래 백여 있는 놈 얼만지 알우."

"글쎄 이 동리 뒤로도 지나는 갔다지만 어디 자고 간 일이야 있소."

용우 아내의 말이다. 그도 지금 잉태중인 것이다.

"흥…… 모르는 소리…… 밤에 남몰래 처들어와서 총칼 내들고 뒤 고방에 들어와 백였다가 나가는 걸 누가 아오. 그리고 집안 사람들

배때기에다 칼을 대고 꼼짝말라고 하고 그 동안에 저이 할 일을 하는데 누가 못 한다겠소.”

그리고 또 원술이 아내는 여기서 일단 말을 쉬어 가지고 다시,

“그리고 또 그 집 둘째며느리 시집이 읍내 아니오. 그때 시어미와 말다툼하고 읍내 친정에 가 있었다우. 그런데 그 집으루 말하면 읍내에서도 팔대가에 드는 큰 집이라 아라사 사람들이 첫손에 그 집으루 들이밀려서 기수 없이 드나들었다우. 그러니⋯⋯.”

원술이 아내 말대로 노서아 병정이 그 집에 들었던 것은 사실이다. 그러나 일이 그렇게 되자 그 집에서는 보물과 엽전 같은 것을 땅속에 파묻어 두고 피난을 가버렸다.

그리하여 노서아 병정들이 이듬해(명치 38년) 이월에 모조리 북으로 쫓겨간 다음 다시 그 집으로 돌아와서 파묻었던 자리를 파보니까 모조리 그대로 남아 있더란 이야기도 이 동리에서까지 다 아는 사실이건만 원술이 아내가 제가 붙어다니면서 본 듯이 꾸며댔다.

“아니, 그 친정에서 그때 동천인가 어디로 피난 갔다면서요.”

용우의 아내가 물었다.

“글쎄, 가기는 갔지만서두 아이 배는 일이 어디 열 나절이나 한 달 걸리는 일이오.”

원술이 아내는 물귀신처럼 기어이 약국집 둘째며느리를 나쁜 데 끌어넣으려고만 들었다.

“아이구 침, 아이두 이디 함부로 낳겠소.”

진선이 아내가 한숨을 쉬었다.

"그리게 난 아일랑 안 날 참이오."

원술이 아내는 역시 아이 못 낳는 발명으로 이렇게 딴전을 썼다.

그러나 그리고도 여태 공연한 심술이 남아서,

"아니 참, 아라사 병정들이 여태두 저 두메산골에 백여 있어서 이따금 나오는 수가 있다는구려. 그러니 노랑 대가리 아이는 이제도 자꾸 날 판이지요."

하고 장차 아이 날 여자 신상에까지 방자로 검은 그림자를 던져 두려 하였다.

대구처럼 아이새끼 처낳는 여편네가 그에게는 제일 미웠던 것이다.

아닌 게 아니라 그 뒤에도 이 지방에서는 여자들이 잉태중에 공연히 걱정들을 하였다.

아라사 병정들은 가버린 지가 이미 오래지만 아직도 더러는 산골에 숨어 있다니까 공교히 머리칼 노란 아일 낳게 되면 공연히 남의 입담에 오를 것이었다.

또 어떤 사람 말을 들으면 정말 노서아 사람의 피가 한 번이라도 섞였으면 어느 때든지 그것이 어린애에게 옮아서 유표한 얼마우자가 생긴다고 하였다.

물론 이 근방에서는 노서아 병정이 자고 간 일도 없고 또 그 몰골도 보지 못한 여자가 대부분이지만 그래도 우매한 여자들은 공연히 가슴을 졸였다.

그러다가 만일 운수 사납게 머리칼이 노란 아이를 낳으며 어쩌나 하는 근심이 가시지 않아서 아이 배기를 은근히 무서워도 하였다.

그런데 또 여기서 그런 아이가 났다는 풍설이 연성 떠돌아서 아낙네의 맘은 더욱 흉흉하였다.

그러나 아낙네들의 풋걱정과는 달리 봄은 소년소녀에게 있어 그저 기쁘기만 하였다.

계월이는 우길이보다 세 살 위니까 금년에 바로 열한 살이다.

그러니까 우길이보다 조금 크다.

우길은 그런 것을 아랑곳할 것 없이 늘 계월이와 줍적거리려고 들었다.

하기는 계월이가 너무 이쁘다. 집이 구차해서 명절에도 무명옷밖에 못 입지만 그래도 비단옷 입은 아이들보다 더 환했다.

또 더욱 그 머리가 유달리 검고 윤기가 돌고 또 길다.

계월이는 널을 뛸 때면 그 긴 머리채를 으레 어깨 너머로 보기 좋게 넘겨다 놓는다.

그것이 또 여간 운치가 아니나 우길이는 도리어 그것에 공연한 심사가 나서 지난 보름날 밤에는 아이들과 함께 계월이네 널판 울타리 밖에 가서 조그만 흙덩이를 계월에게 던져 주었다.

그러나 계월이가 인차 맞았을 말이면 누가 이러느냐고 두리번거리는 것이 달빛에 보일 것인데 이윽히 지나도록 아무 말이 없는 걸 보닌 풀배가 빗나간 모양이있다.

"애, 우리 누가 맞히나 내기하자."

우길이가 좋아라고 웃으면서 나직이 먼저 발론했다.

"그리자."

"무슨 내기냐."

"이기는 사람이 시키는 대로 하기다."

이렇게 여러 아이들이 주고받으면서 흙덩이를 던졌다.

한참 그러는 중에 누가 어디를 얻어맞았는지 비명을 지르고 다른 아이들은 흙덩이 던진 아이놈들을 모주 먹은 돼지처럼 벼르면서 몰려 나왔다.

우길이 패는 계집애들 케가 사나운 것을 보자 들고 빼었다. 그러니까 계집애들은 더욱 기고해서 소리소리 외쳤다.

"달아나면 모를 줄 아니."

"요놈의 새끼들 어디 보자."

"가다가 서서 죽어라."

이따위 소리가 조금 짐짓할 때 우길은 뒤를 흘깃 돌아보았다. 보름달 아래에 계월의 얼굴만이 유난히 희맑게 보인다.

"애 계월아, 이리 오너라."

우길이는 부지중 크게 외쳤다.

"오, 이놈의 새끼, 너 우길이로구나. 아침에 너희 집에 가서 이를 테다."

"일러도 좋아."

그리자 다른 아이들도 다 한마디씩 씨부렸다.

그래서 계월이 동무와 우길의 패는 자주 부딪쳤다. 그러나 계월이는 우길이를 그닥 밉게는 생각지 않았다.

우길이는 개춘한 뒤부터 날마다 한 번씩 들에 나가서 계월이가 나물 캐는 데로 가보았다.

그래서 나물 캐러 나올 수 없는 계섬이가 집에서 방아찧기와 빨래하기에 이골이 나고 악심이 났지만 우길이는 요즈막은 계섬이와 말 타는 놀음 할 생념도 안 하고 부지런히 들로 쏘다녔다.

계월이가 못생긴 계섬이보다 얼마 나은지 알 수 없었던 것이다.

그러나 봄은 즐거운 때다. 어느덧 봄볕에 들 눈이 녹고 아지랑이에 언 땅이 내렸다.

가없이 넓은 벌판에서는 매일같이 아롱아롱한 아지랑이가 떠올랐다.

이윽고 거센 봄바람이 불기 시작하였다.

멀리 뻗어 온 백두산맥의 여러 낙맥(落脈)이 높고 낮게 둘러친 그 사이에 숨었던 잔설(殘雪) 찬기운을 거센 봄바람이 연일 북으로 북으로 휘돌아 보내는 것이다.

그러니만치 북조선의 봄은 다른 지방보다 어수선하고 바람이 드세다.

그러나 이 바람이 자기 시작하면 잔풍한 좋은 일기가 계속된다.

어느덧 따뜻한 봄날이 왔다.

평야는 넓으나 논은 별로 없고 거지반 밭뿐이다.

이 밭으로 처녀들은 바구니를 들고 날마다 날마다 나물 캐러 나왔다.

이 벌에는 여러 가지 나물과 풀뿌리가 많으나 개중에도 마와 냉이라는 것이 제일 많다. 모두 사람들이 파먹는 풀뿌리들이다.

우길이도 동무들과 함께 매일같이 들로 나갔다.

풀뿌리를 캐는 것도 재미요 또 못 캐는 것도 재미였다. 못 캐면 어린 처녀들이 파논 것을 훔쳐먹는 것이 또 여간 재미 아니다.

우길이는 수다한 계집애들 중에서도 특히 계월이라는 아이를 좋아하였다.

하나 우길이가 좋아한다는 것은 다른 아이들과는 좀 다르다. 툭하면 싸우고, 싸우고 나서는 더 자별나게 가까이 놀고 또 그러다가도 고연히 심사가 꾸여져서 밉성을 부리고 하는 것이 우길이가 극상 좋아하는 계집아이에게 대한 버릇이다.

우길이는 오늘 나물 캐러 나갈 참이었다.

날씨가 썩 좋다. 계월이는 벌써 갔을 것이다.

그래 우길이는 약간 다급한 맘으로 광에 들어가서 손에 맞는 개가운 호미 한 자루를 골라 쥐고 나왔다.

하기는 삽이 땅을 파기 좋은데 그것은 무거워서 써낼 수가 없다.

그래서 부엌에 들어가서 *부둥가리라도 하나 더 가지고 나갈까 하고 안뜨락으로 들어오다가 할머니를 만났다.

"우길이 너 어디로 가니?"

할머니가 물었다.

그러나 우길이는 뜨음해서 아무 대꾸도 하지 않았다.

“너 이놈의 새끼, 또 나물 캐러 가는구나. 이놈의 새끼, 나물은 계집애들이나 캐는 게지, 그래 낼모레면 성관하고 장가들 놈의 새끼가 그게 무슨 궁상이란 말이냐.”

그래도 우길이는 씨부릴 대로 씨부려라 하는 듯이 못 들은 척하였다.

“우길이 이놈의 새끼야, 글쎄 먹을 게 없는 상놈의 새끼나 하는 일을 널더러 누가 하라느냐. 그 더러운 계집애들과 섭슬려 다니면서…….”

“글쎄 걱정 말아요. 누가 그런 걱정을 하라나.”

우길이는 그만 악이 발끈 올랐다.

어디로 가든지 누구와 어디서 얼려서 무슨 짓을 하든지 간에 늙어 꼬부라진 게 무슨 쓸데없는 참견이냐 하는 타박이었다.

그런데 마침 그때 또 불붙는 데 키질로 우물가에서 빨래를 하고 있던 계섬이란 년이 밤낮 죽어 자빠지라던 할머니 편을 들듯이 되지 않은 참견이다.

“할머니, 도련님 가지 못하게 하슈.”

하고 할머니에게 말하고 우길이를 보며 씨불거리는 것이다.

암말 않고 나가 버리려던 우길이는 주춤하고 도로 섰다.

할머니나 계섬이에게 하다못해 흙덩이 하나리도 빅 딘저 주고 가야 속이 좀 후련할 것 같다.

한데 계섬이년은 더욱 방정이다.

"도련님, 나가지 말고 집에서 놀아요."

하고 그는 여전히 씨불거리는 표정으로 제 잔등을 제 손으로 가리키는 것이다. 즉 제 등에 업히든지 말을 타라는 뜻이었다.

"이 간나위 싫어. 너까짓 걸 다 말이라고 탈 줄 아니."

우길이는 오늘따라 계섬이가 미웠다. 밉다는데 안고름감 사달라는 본으로 저와 같이 놀자고 해서 더욱 미웠다.

그런즉 계섬이도 일부러 더 밉성을 부리듯이 할머니더러,

"할머니, 우길이 도련님이 계집애들과 나쁜 장난 치고 놀아요."

하고 일렀다.

계섬이는 미상불 우길이가 계월이만 쫓아다니는 것이 시새웠던 것이다.

"이 간나위, 내 무슨 나쁜 짓 하디? 말해 봐라. 안 하면 죽는다."

그러며 우길이가 호미를 들고 계섬이게로 가까이 다가서는 것을 할머니가 가로막으면서,

"얘 이놈의 새끼, 그 호미 잃겠다. 인 다구, 집안 기구란 기구는 원통 꺼내다가 산지사처에 죄 내버리구—— 이놈의 새끼, 못 내놀 테냐."

하고 호미를 빼앗으려고 들었다.

"누가 빼앗길 줄 아나."

우길이는 호미를 뒤로 홱 돌려 버렸다.

"할머니, 도련님이 저 뒷말 계월이 있지 않소. 갈보같이 생긴 아이 말이요."

하고 계섬이가 또 할머니에게 고자질을 하는 것을 우길이는 삭은코를 씨루며 호미로 때려 줄 시늉을 하였다.

그러나 계섬이는 시새움도 나고 또 우길이를 못 나가게 막고도 싶어서,

"그 갈보 새끼같이 생긴 계집애하고 늘상 놀아요. 그리고 밤알이랑 도적해다 주어요."

하고 할머니에게 일렀다.

"이 간나위, 내 언제 계월일 밤알을 주었니."

그러며 우길이가 정말 호미로 계섬일 찍으려고 드는 것을 할머니가 가로막았다.

그런즉 이번은 할머니에게 호미를 내들었다.

"이놈의 새끼, 사람 다치겠다. 이걸 놓지 못할 테냐."

하고 호미를 빼앗으려고 들었으나 우길이는 좀처럼 빼앗기지 않았다.

"죽어도 좋아. 누가 살라나."

우길이는 할머니에게 그렇게 욕지거리하고 계섬이는 호미로 찍어 줄 시늉을 하며 호미를 든 채 밖으로 나가 버렸다.

우길이는 정말 할머니가 밉성이었다.

남이야 어디 가서 무얼 하든지 무슨 걱정이냐 싶었다.

그런 중에도 계섭이년의 일이 더욱 괘씸하였다. 계월이를 갈보 새끼라고 헐뜯어 말한 것이 못내 분하였다.

계월이 아버지 어머니는 자기 아버지 어머니보다 더 점잖은데 갈보의 자식이란 무슨 말이냐 싶었다.

그 못생기고 게궂고 검푸른 계섭이에게 대면 계월이는 달인지 별인지 알 수 없었다.

이 담에 한 번만 더 계월이를 욕하면 이년을 당장 호미로 주둥이를 까놓으리라 하였다.

그리고 할머니가 못 나가게 굴면 한 번 어디서 자고 밤에 들어가지 않으리라 하였다. 그러면 그 지지리 걱정 많은 할머니가 죽을라고 들 것이고 그러면 다시는 어디로 놀러가거나 말거나 참견을 못 하리라 싶었다.

그러나 어느덧 이런 푸념은 가시어지고 우길이는 못내 기분이 좋아졌다.

동구 앞 버드나무의 푸른 가지는 실실이 늘어져 *유록장을 이루고 그 아래 도랑에는 봄물이 맑게 흐르고 있다.

냇가의 마른 풀들이 연신 푸릇푸릇해지고 먼 들은 벌써 일면으로 푸른빛에 덮여 있다.

그 넓은 들도 거름을 나르는 수레들이 여드레 팔십 리 걸음으로 늘어지게 오고 간다.

새끼 둔 어미소의 *영각 소리와 농부들의 긴 아리랑 노래도 봄철

다웁게 흐느러지고 한가롭다.

우길이는 두루두루 돌아다니다가 겨우 계월이 있는 데를 발견하였다.

마침 계월이 혼자였다. 그래서 참 잘됐구나 하고 가까이 갔으나 가고 보니 어쩐지 여럿일 때보다 수줍어졌다.

계월이도 보지 못한 체 저편으로 외면하여 버렸다.

우길이는 "계월아" 하고 부르려다가 말고 한참 계월의 가리마와 왼편 뺨과 머리채를 내려다보다가,

"어디 좀 먹어 보자."

하고 계월의 바구니에 손을 쑥 찔러서 마뿌리 두세 오리를 집어다가 대수 흙을 떨고 질금질금 씹어먹었다. 하이얀 마뿌리가 유별히 달고 고소하다.

그러자 계월이는 별말 없이 바구니만 슬며시 끌어다가 제 앞에 가까이 놓았다.

다시는 못 집어먹으리라 하는 떼서리다.

"좀 더 먹자, 참 맛나는구나."

하며 우길이가 다시 덮치려고 드니까 계월이는 바구니를 저편으로 홱 돌려 버렸다.

"파주면 되지 않니. 자아, 이거 봐라. 나두 호미 있지 않니!"

"그럼 그걸루 파먹으렴."

"아니 그거 좀 먼저 먹자. 참 맛이 좋다."

“누가 널 주자고 판 줄 아니.”

“그렇지만 좀 먹자구나.”

그리며 우길이는 억지로 바구니를 빼앗으려 하였다.

그러나 우길은 나이 세 살이나 아래니까 계월이를 당해 낼 수가 없다.

하건만 그래도 우길이는 여전히 직신직신 덤비었다.

그런즉 계월이는 바구니를 내려놓고 우길의 두 손을 꼭 잡아서 저리로 홱 밀쳐 버렸다.

우길이는 진짬 밸이 꼴렸다.

그래서 악을 쓰고 덤비니까 계월이는 정 하는 수 없는 듯이 바구니를 통으로 우길에게 내던지면서,

“에따, 너 모두 처먹어라. 난 모른다.”
하고 저리로 싹 돌아앉아 버렸다.

우길이는 배포 유하게 부지런히 그것을 주워먹고 나서 저도 파기 시작하였다. 땅밑은 모래여서 어린애들도 파기가 수월하였다.

우길이는 파는 족족 계월의 바구니에 담았다.

“얘 계월아, 너 밤알 줄까.”

우길이가 집에서 도적해 가지고 온 밤알을 내들고 주려 하니 계월이는 아무 대척도 없다. 하나 직성은 좀 풀린 상이다.

“햇볕에 말린 거야. 참 맛이 좋아. 왜사탕보다 더 낫다.”

“……”

“에따, 그리구 메두 또 캐주어야 해.”

그러며 밤알을 계월에게 쥐어 주려 하였다.

그러나 계월이는 받지 않으려고 손을 뒤로 돌려 버리고 우길이가 쫓아와서 손을 잡으려니까 몸을 홰홰 내저었다.

그러나 결국 계월의 손은 우길에게 잡히고 밤알은 그의 손에 쥐어졌다.

단발斷髮

명치 28년 나라에서 *홍범십사조(洪範十四條)를 선포하고 학제개혁(學制改革)을 단행한 이래 이 땅의 방방곡곡에 이른바 개화사상이 팽배해지고 신학문에 대한 욕구가 날로 높아져 갔다.

그리하여 이 북조선 학교의 거의 전부가 그 동리 도회청이나 사가의 온돌방과 대청 같은 것을 이용한 것으로 학생들도 대즉 이삼십 명씩밖에 안 되었다.

또 학과라는 것도 서당과 별반 다른 것이 없이 한문을 읽고 글씨를 연습하는 데 지나지 않았다.

그런 중에서도 조금 나은 데서는 산술을 가르치고 또 일어를 가르쳤다. 이만만 해도 대단히 개화한 학교였다.

그러나 그보다 조금 더 나아가면 박달이나 밤나무로 만든 총을 메고 교련을 하고 나팔을 불고 창가를 부르며 야외 연습도 하고 또 *원족이나 연합대운동회라는 것을 무시로 개최하였다.

더욱 북선지방은 오랜 동안 나라에서 의붓자식 떼돌리듯 돌려서 학문이나 벼슬길에 있어서도 언제든지 심봉사 잔치 본이었던 관계로 한번 새바람이 불어오자 그것에 대한 희망과 요구는 다른 지방보다 훨씬 극성스러웠다.

그러던 중 명치 39년 2월에 통감부가 생기고 동시에 다시 교육제도가 개혁되는 데 따라서 H읍에도 그해 4월에 공립보통학교가 생겼다.

그리고 촌에서도 앞을 다투어 가며 알맞춤한 사가(私家)를 빌려 창졸히 더부살이 학교들을 개설하였다.

우길이네 촌에도 학교가 새로 생겼다. 그러나 그것은 지금까지 있어 온 서당을 이름만 학교로 고쳤을 뿐이요, 학과도 전이나 별반 다르지 않아서 대단히 미미한 것이었다.

산술과 어학을 새로 가르쳤으면 하고 공론들 하였으나 가르칠 사람이 없었다.

그러나 이름이 학교다. 그것만 해도 모두 기운이 났다. 예전 서당과는 어딘지 다른 곳이 있는 상싶었다.

우길이도 그제부터 이 학교로 다녔다. 그는 천자는 벌써 들은 풍월로 거지반 다 알고 있었으므로 무제시(題詩)부터 시작하였다.

그의 나이로는 힘에 부치는 것이었지만 그러면서도 그만 것을 못 읽으랴 싶었고 또는 다른 아이와 같이 하늘천 따지부터 시작하는 것이 어쩐지 부끄럽기도 해서 그런대로 눌러 무제시를 읽기로 하였다.

그럴 판에 이 학교에는 대단히 반가운 소식 하나가 들어왔다. 그것은 즉 서울서 학무시찰(學務視察)이 이 촌으로 온다는 소문이었다.

그가 한번 다녀만 가도 그만치 학교가 충실해지리라고들 믿었다.

우길이네 동리는 아직도 완고가 많아서 학생들은 더욱 그가 오는 데 큰 기대를 가졌다.

그리하여 학교에서는 선두에 설 사람이 들고 나갈 교기(校旗)를 새로 만들고 학생들이 하나씩 들고 흔들 조그만 기들을 만드는 데 분주하였다.

학생들은 그것이 너무 빈약하고 볼품없는 것임을 잘 알았다.

그것은 열성 있는 다른 학교에서는 필연코 *양달령으로 양복을 지어 입고 목총(木銃)을 메고 군악을 울리며 기고당당(旗鼓堂堂)히 나갈 것을 잘 알기 때문이다.

하나 이 동리는 아직 학교에 대해서 그만치 성의가 없었다.

즉 다른 동리보다 그만치 완고와 야만의 풍이 덜 가신 것이다.

학생들은 못내 그것을 한탄하였다.

그러나 다른 것은 다 몰라도 우선 돈 안 드는 창가 몇 마디는 아니 부르고 나갈 수 없어서 매일같이 그 창가 연습들을 하였다.

창가라야 '학도야 학도야 청년학도야 벽상의 괘종을 들어 보시오' 하는 학도가 따위에 지나지 않았다.

그래도 모두들 목줄기에 핏대를 세워 가며 정성스레 연습하였다.

우길이도 매일 부지런히 학교에 갔으나 글공부 같은 것은 아무래도 좋았다.

창가라도 썩 잘 불러서 서울서 오는 학무시찰의 눈에 들기만 하면 이제 학교가 완구히 되어지리라라고들 든든히 믿었다.

그것만 생각해도 은혜를 받지 못한 이 지방 학생의 가슴은 벌써 높게 되었다.

마중 나갈 날이 몹시 기다려졌다.

신개화의 사절(使節) 학무시찰이 온다던 날 우길이네 학교에서도 근 이십 리나 되는 본궁(本宮)이라는 곳까지 마중을 나갔다.

본궁은 H읍에서 십리쯤 남쪽에 있고 거기서 삼십 리를 더 남으로 가면 S항이 있다.

그리고 S항에서 H읍까지 십리 동안에는 경편 철도가 있다.

학무시찰은 기차를 타고 오기로 되어 있고 학생들은 그가 오는 도중에 나가서 기를 흔들어 가며 차를 타고 오는 학무시찰을 *연봉할 참이었다.

이날 H읍에서 본궁까지 근 십리 동안에는 각 학교 학생들이 늘번히 늘어서서 학무시찰을 기다리고 있었다.

각 학교 학생들은 그야말로 형형색색이었다.

대개 조선옷을 입고 머리들은 그대로 있으나 혹시 어떤 학교 학생은 양달령이나 무명으로 양복을 지어 입고 머리를 깎기도 하였다.

기는 거지반 다 하나씩 들고 있었다.

학무시찰이 탄 경편차가 저만침 얼씬 보이기만 하면 기착하고 기를 내흔들며 창가를 부를 참이었다.

모두들 기분이 썩 좋았다.

더욱 늦은 봄 화창한 날씨가 사람의 지기를 맘대로 쭉 펴게 하였다.

볕은 따스하고 날은 잔풍하였다.

가없이 넓은 벌판은 푸른빛으로 덮이고 호련천(瑚璉川)의 봄물은 언덕을 넘쳐흐르고 있다.

바로 앞에 보이는 본궁은 이태조의 수식송(手植松)으로 이름난 곳, 오랜 풍상 가운데 세 그루는 마르고 한 그루는 반나마 마르고 이제 겨우 두 그루만 남았으되 그 길게 늘어진 푸른 가지와 *정전(正殿)과 풍패루(豊沛樓)의 고아한 *단청(丹靑)이 오늘은 유난히 더 아름다워 보인다.

이 때문에 본궁은 농촌이면서도 마치 텁텁한 시골사람 중에 초초한 경미인이 끼인 것같이 보이는 것이다.

이 부근 각 동리에서도 구경꾼들이 꾸역꾸역 나와서 연도에 진을 치고 있다.

그러나 온다는 시간에 벌써 세 시간이 지나도 학무시찰이 탄 경편차는 종내 보이지 않았다.

본시 이 철도는 일로전쟁 바로 직후에 군수품을 나르기 위해서 놓은 것으로 일반 손님에게 개방한 것은 바로 엊그제부터다.

그러나 이름이 경편차지 흙을 타 나르는 도록고 같은 것으로 그 위에다가 낮은 귀틀을 놓고 그 안에 손님들이 앉게 되었다.

그리고 그 뒤에서 인부 두 사람이 한참씩 조여 밀다가 귀틀 뒤에 뛰어올라서서 오다가 속력이 차츰 떠지면 또 밀어서 밀군하는 것이어서 걸음 잰 사람보다 오히려 뜨다.

그런데 또 S항에 배 들어오는 시간도 매양 대중이 없었다.

그래서 배에서 내리는 손님을 기다려 떠나는 이 경편차도 역시 시간을 대중할 수 없는 것이다.

더군다나 이 지방은 봄이면 바람이 몹시 거세다.

그래 바다에 풍랑이 심해서 배가 늦어진 관계인지 경편차도 예정보다 여간 늦어지지 않았다.

학생들은 차차 지루해났다.

그러나 학생들은 규율을 잘 지켰다.

누가 일일이 단속하지 않아도 각자가 각별히 주의해서 대오(隊伍)를 흐트리지 않았다.

혹시 촌사람이 모르고 학생들 반열을 끊고 지나가려고 하면,

“저리로 가우. 이리론 못 지나가우.”

하고 반열이 터진 데를 가르쳐 주고 중간은 절대 허쳐 주지 않았다.

즉 소중한 손님을 맞이할 반열을 함부로 흐트리지 않으려는 것이었다.

그러나 학무시찰은 종시 오지 않았다.

학생들은 차차 불안해났다.

혹시 오지 못하는 것이나 아닌가 하였다.

그리고 그 반면에서는 비록 진종일 기다린다 할지라도 어김없이 오기나 왔으면 하는 바람이 더욱 커졌다.

"시원히 S항에 가봤으면 쓰겠다."

누가 이렇게 말하니까 모두 거기 찬성하듯이,

"참말 삼십 리밖에 안 되니까 세 시간이면 너끈할걸."

"세 시간은 무슨 세 시간이야. 구부로를 하면 두 시간도 안 걸릴걸."

"자아, 모두들 S항으로 갑시다. 가다가 중도에서 만나도 상관없지 않소."

이렇게 공론을 하며 S항으로 가기라도 하려고 차비를 하였다.

학무시찰은 결국 우길이 학교 학생 동무를 바지에 똥을 싸게까지 만들고 좋이 다섯 시간이나 늦게 왔다.

동무는 규칙을 잘 지키기 위해서 진작부터 뒤가 무즐한 것을 억지로 참아 오다가 정녕 다급해 가서 선생과 말할까 하는 무렵에 공교히 그렇게 기다려도 아니 오던 경편차가 막 나타나서 그만 선 자리에서 기착을 한 채 그 꼴이 되었다.

그것은 인차 곁에 선 아이에게 알려졌으나 아무도 말을 내지 않았다.

그만치 모두들 긴장해 있었고 또 동무의 일을 우습게 여기지를 않았던 것이다.

차라리 그것은 잘한 일이라고도 생각하였다.

이때는 누가 시키지 않아도 무슨 정신이 힘차게 모두들 붙들고 있었고 서로서로들 구슬같이 주렁주렁 꿰놓았던 것이다.

학무시찰이 가까이 왔을 때 학생들은 기를 쓰고 창가를 부르며 깃발을 일제히 내흔들었다.

그것은 하릴없는 구세주였다.

그가 만백성을 깨여 주고 살릴 것같이 꼭 그렇게시리 모두들 믿고 바랐다.

학무시찰은 저만침에서 차에 내려 일일이 정중하고 *위의 있게 답례를 보내면서 무슨 학교냐고 묻고 또 학생의 수효를 물으며 지나갔다.

학생들은 선 자리에서 움직이지 않았지만 구경꾼들은 연성 학무시찰의 뒤로 다가서서 무슨 굉장한 나들이가 지나가는 것 같았다.

학무시찰은 풍신부터도 여느 사람보다 다른 것 같았다.

머리를 깎고 모자를 쓴 것은 물론 윗수염을 카이저처럼 어마어마하게 틀어 올리고 눈초리가 길게 찌여진 품이 아주 범상치 않아 보였다.

그가 지나간 지 한참 이윽해서야 모두들 말문이 열렸다.

그만치 오래도록 황홀했던 것이다. 어떤 학생은 너무 오래 학무시찰이 가는 뒤를 올려다보느라고 목이 비틀어져서 주먹으로 또닥또닥 목을 두드리고 어떤 학생은 오줌이 마려운 것을 참느라고 이뿌리까지 다 시어났다.

"참 잘생겼더라."

좀 나이 먹은 학생이 꿈속에서 깬 것처럼 이렇게 감탄을 터트리니까 그제사 모두들 그렇다는 듯이 입을 다시며 말을 받아섬겼다.

"키도 크고 외양도 잘나구── 온 사람이란 그만침 나구라야 사는 멋이 있지."

"그 눈하고 수염하고…… 정말 장수 같지 않던. 이왕에 참령을 다녔대."

"그러니 그대로 군인을 다녔으면 지금쯤은 대장질을 할 게다."

"지금은 대장만 못한가."

"아무리 해도 대장만 못하지 않고. 너 병대에 가보지 못했니. 대장이 한번 소리를 지르면 그 숱한 병정들이 죽겠다구 발을 구르지 않던. 참 무시무시하더라. 가부간 대장이 제일이야."

"참말 학무시찰도 꼭 대장감이야. 그 수염에 눈꼬리가 비여지겠더라. 어떻게 길고 뾰죽한지……."

이렇게들 주고받는데 우길이네 학교 학생 중에서는 토론이고 연설이고 제일 잘한다는 형주가,

"저 사람이 연설을 아주 썩 잘한대. 사람을 울리구 웃기구 맘대로래. 글쎄 평안도 어디 가서 수백 명을 단시에 울리구 학교 열을 당일에 만들구 왔다더라."

하고 아는 체를 하였다.

"이제 우리 학교에도 올 게다. 이 근방은 동리마다 죄다 돌아다닌다니까. 어서 왔으면…… 연설하는 거 좀 듣게……."

"글쎄 언제쯤 오려나."

"어서 와서 동리 *노토리들 머리를 좀 두드려 줘야지. 글쎄 저 오
류촌 동리에도 훌륭한 학교가 생기고 머리 깎고 나팔 불고 하는데
우리 촌은 아직도 한송정이니……."

사실 옛날은 이 촌이 다른 촌보다 모든 범절이 동떴는데 이제 와
서는 되레 뒤로 밀릴 지경이다.

그것이 소년들에게는 적이 불만이었다. 그렇지 않아도 벌써 남들
이 이 동리를 우습게 여기는 기미가 보이는 것이다.

"너이 촌이 옛날에는 내로라 하고 했지만 이제부터 어디 보자."
하는 듯한 눈초리로 다른 동리의 학생들이 이 동리 학생들을 넘보는
것이다.

학생들은 학무시찰이 하루바삐 자기 동리로 와주었으면 하고 고대
하였다.

그리고 그가 자기들의 걸어갈 길을 걸머지고 올 것처럼 멀리 걸어
가는 학무시찰의 뒷모양을 다시금 바라들 보았다.

학무시찰이 온다는 날 이 동리는 경사가 난 듯 떠들썩하였다.

아이도 어른도 모조리 그 어떤 위인인가 보려고 하였다.

소문에 듣기는 참 굉장한 사람이었다. 그가 한번 발을 들여놓고
소리를 외친 지방에는 학교가 비 뒤에 댓순같이 무럭무럭 일어났다
는 것이다.

뿐 아니라 그가 가지 않은 곳이라도 그의 명성만 듣고두 자던 짐

을 깨었다.

그러니까 비록 이름만이라도 우길이 동리에 학교라는 것이 생긴 것도 말하자면 그의 덕이라고 할 것이다.

아직도 동리 늙은 축은 학교니 개화니 하는 것을 몹쓸 양귀신이 붙은 물건같이 꺼려하였지만 한번 불기 시작한 그 문명의 바람을 어떻게 해낼 수는 없었다.

그래서 이곳에도 학교가 생기고 오늘 반가운 학무시찰의 새소리를 들을 참이었다.

그날 오후 학무시찰이 학교에 와서 일장 연설을 하기로 되어 학생들은 부산히 그 치장을 차리었다.

치장은 우길이네 집 뒤 너른 공터였다. 거기라야 이 동리 사람들을 거지반 수용할 수 있었기 때문이다.

학무시찰이 올라설 자리에는 우길이네 큰 와상을 내다놓고 덕석을 깔았다.

그리고 그 위에 탁자 같은 것을 올려놓고 보자기를 덮어 놓았다.

이윽고 학무시찰은 둘러선 사람들을 헤치며 연설회장으로 나왔다.

청중들은 엎치고 밀치고 하면서도 학무시찰의 위풍을 좀더 딱히 보려고 자꾸만 욱여쳤다.

학무시찰이 지나갈 때 그 양복을 만져 보는 사람도 있었고 양복에서 고약한 냄새가 나서 구역이 난다고 삭은코를 찌루는 사람도 있었다.

학무시찰은 연단에 올라서서 천천히 말을 꺼내기 시작하였다.

위풍만 해도 사람을 압도하는데 그 말소리가 또 여간 크고 우렁찬 것이 아니었다.

학무시찰은 세계의 대세를 들어 말한 다음 차차 범위를 줄여서 조선의 현상으로 돌아와 일단 목소리를 높였다.

그 *격월한 말 가운데 조선이라는 어둡고 유치한 땅이 들볶여서 대단히 가엾은 존재로 여러 사람의 눈앞에 나타나고 또 동시에 그의 말대로 신학문을 배우고 개화와 문명을 얼른 맞아들이기만 하면 이 땅도 세계를 뒤흔들 엄청난 존재일 것같이 보여지는 것이었다.

학무시찰은 끝내 우길이네 와상 한 다리를 부지르고야 말았다.

주먹으로 탁자를 치며 발을 구르는 바람에 와상 다리가 부러져 버린 것이다.

가까운 데 섰던 청중들이 돌덩이를 주워다가 와상 밑에 받치는 동안에도 학무시찰은 우레같이 외치고만 있었다.

와상이고 탁자고 모두 그 주먹 바람에 부서지너니라고 아이들은 생각하였으나 그 부서지는 것이 어쩐지 장쾌하였고 얼른 부서지지 않는 것이 적이 안타까웠다. 학무시찰은 한 시간 반이나 그렇게 외치고 다른 동리로 갔다.

아이들은 그의 말을 분명히 알아듣지 못했으나 그러면서도 그가 왔다 간 다음 그의 연설조가 크게 유행하였다.

"오백 년 자던 잠을 얼른 깨시우."

“완고와 야만은 멸망합니다. 씨가 없어집니다.”

아이들은 모이는 때마다 학무시찰의 숭내를 내려고 주먹을 내두르며 이런 소리를 외쳤다.

그러면 소년들은 그 단순하고 늘 웃는 소리에서 언제든지 일종 말할 수 없는 매력을 느끼는 것이었다.

그리고 학무시찰이 왔다 간 다음 동우가 그를 마중 나갔던 날 바지에 똥을 싼 것이 다시 큰 이야기 거리가 되었다.

“애, 동우는 인제 큰 수가 났다. 그 학무시찰이 옛날 병정을 다닐 때 동우 모양으로 바지에 똥을 싸고 상관에게 잘 뵈어서 참령까지 했단다. 그러니 동우도 인제 수가 날 거다.”

사실 학무시찰은 이 동리 학교에 왔던 날 동우의 그날 일을 들었고 또 웃으며 못내 만족해하였다.

“그가 큰 장수라니까 인제 만주 가서 요동반도를 찾아 놓는 날 동우를 꼭 불러다가 요동군수라도 시킬 거다.”

“요동군수는 함경관찰보다 십배 낫지. 애, 이 담에 우리도 좀 후히 써다우.”

이런 우스개가 떠돌고 동시에 동우의 별명은 진짬 요동군수가 되어 버렸다.

아닌 게 아니라 동우는 눈이 길게 찢어져서 비범하게도 보였다.

학무시찰이 다녀간 후에도 이 동리 학교는 여전히 그대로였다.

이 지방에서는 역시 이 동리가 제일 완고하였던 것이다.

양반이니 벼슬아치니 하는 따위 고집쟁이가 다른 동리보다 특히 많았고 또 이들은 문명이니 개화니 하는 일에 대해서 냉담하였기 때문이다.

이 동리에서 제일 출입깨나 한다는 우길이 아버지 박진사 같은 사람은 벼슬살이만 일대중 큰일로 알아서 주장 읍에 들어가 있었고 동리 일 같은 데에는 왼눈도 주려 하지 않았다.

뿐 아니라 그는 소소한 동리 일에 참견하는 것은 도리어 자기의 지체와 인끔을 떨구는 일이라고 생각하였다.

그들의 부자는 마땅히 솔선하여 학교를 세우고 새 선생을 모셔와야 할 판인데 그럴 생념은 *꼬물도 안 하고 일껀 한다는 소리가,

"세상은 말세야."

한다든지 또는,

"망하는 걸 내 눈으로 보지."

한다든지 이런 따위 망령뿐이다. 그러니 일이 쉽사리 될 턱이 없다 하나 소패들은 정작 망할 것은 세상이 아니라 그들 딱쇠와 고집불통의 늙은이들이라고 생각하였다. 그리하여 내처 악심과 욕설이 절로 나갔다. 그리고 욕지거리하던 나마에 학무시찰의 연설조를 따라서,

"완고 야만은 씨 없이 멸망하고 만다."

"오백 년 자던 잠을 깨지 못하고 지내 자다가 죽을 것들——"

하였다.

요전까지는 그것을 숭내루 외쳤지만 이번은 정말 주먹을 내두르며

연설조로 외치곤 하였다.

우길이도 첨으로 아버지를 원망하였다.

아버지는 어째 집 뒤에 있는 자기 집 넓은 공터에다가 어서 커다란 학교를 지어 주지 않는가.

그리고 또 돈이라도 척척 내놓아서 빨리 이 동리에서도 군악 소리가 울리도록 못 하는가 하였다.

다른 데 학교와 같이 목총을 메고 북을 떵떵 울리며 나팔을 뛰뛰 불었으면 얼마나 생기가 날 것이랴 싶었다.

소패들의 불만은 점점 더 쌓이고 또 뜨이기 시작한 눈은 날로 더 뜨여서 그들은 버쩍 몸이 달아났다.

무엇이든지 저지르지 않고는 배기지 못할 지경이었다.

그래서 소패들은 처음으로 궁리해 낸 것이 우선 자기들의 머리부터 깎아 던지리라는 그것이었다.

머리라는 것은 첫째 *추레하고 거추장스러울 뿐 아니라 오늘 와서는 분명 시세에 뒤떨어진 표적이 되어 있는 것이다.

그러므로 머리 깎는다는 것은 말하자면 새시대를 따른다는 것을 의미한다.

그런데 또 그 완고한 부모에게 대한 핀잔과 귀뜨임도 된다.

소년들은 어느덧 은밀히 이 말을 서로서로 속살거리기 시작하였다.

그러나 아직도 부모의 반대가 극심해서 믿음직한 학생들끼리만 은밀히 속살거려 왔다.

“애, 너 머리 안 깎을래——”

한 동무가 그러면 듣는 동무는 대뜸 펄쩍이었다. 여러 동무 중에서 찬성함직한 아이만 골라 가며 말하는 것이니까 아니 들을 리가 없다.

“그래라 그래. 어디서 깎는 데 있니?”

“깎는 데 있는 기 아니라 이제 공론해 가지고 한날 한시에 말끔 깎자는 말이다.”

“그래 깎자는 아이가 많으냐.”

“많고말고. 벌써 이렇게 됐다.”

그러며 머리 깎을 아이들의 이름 적은 것을 은밀히 보여 주었다. 벌써 이십 멍 가까이 되었다.

“애, 숱해 많고나. 어서 깎았으면 좋겠다. 언제 어디서 깎니?”

“그건 아직 결정하지 않았다. 그러나 이런 말을 다른 아이들과 함부로 하면 안 된다. 부모를 무서워서 못 깎는 못난 새끼들이 심술루 말을 테노면 안 된다. 그러니 아무와도 말을 말구 집에 가서도 내색을 보이지 말아야 한다. 응, 말을 테는 놈이 있으면 모듬매를 맞어.”

“그럼 누가 그런 말을 내어.”

이렇게 같은 맘과 맘의 흐름은 빠른 것이어서 순식간에 삼십여 명의 단발동맹이 이루어졌다.

그 중 맨 나어린 아이는 칠팔 세였고 그 위로 십팔구 세까지 있었다. 우길이도 물론 단발동맹에 들었다.

뿐 아니라 제일 기뻐 날뛴 것은 이 나어린 축이었다.

구찮은 떠꺼머리를 파랗게 깎아 버리고 가뜬한 깎은 머리가 되는 것이다.

우길은 지난번에 아버지를 따라 읍에 가서 만났던 정국장이라는 듬하게 잘생긴 사람을 생각하고 또 엊그제 다녀간 연설 잘하는 학무 시찰을 다시금 생각하였다.

얼마나 잘나고 훌륭한 사람들인가. 그 깎은 머리와 그 양복 때문에 그들은 더 잘나 보이고 동떠 보이는 것이다.

거기에다 대면 텁수룩한 상투쟁이와 청인의 꼬랑지들은 얼마나 구지레하고 초라한가.

그 보기 싫은 머리 꼬랑지를 오늘은 잘라 버리는 것이다.

삼십여 명의 소년들은 이따금 이따금 우길의 집으로 모여들었다.

마침 우길의 아버지가 집에 없었고 또 그 집 머슴들이 자는 뒷사랑에 달린 외양간 부엌은 너르고 안짐지고 으늑해서 남의 눈을 피하기가 십상 좋다.

소년들은 모이는 족족 비슴비슴 눈을 살펴 가며 남몰래 슬쩍 그리로 들어가 버렸다.

모처럼 꾸며 논 일을 사전에 들키면 십년 공부 아미타불인 것이다.

약속한 학생들이 거의 다 모인 듯해서 이름을 불러 보니까 두세 아이가 아직 오지 않았다.

그것이 기다려도 지고 또 소문날 징조 같기도 해서 적이 걱정되었지만 우선 하나씩 깎기 시작하였다.

하나 맨 첨으로 나서기를 모두들 잠시 주저하는 것 같았다.

또 서로들 네가 먼저 깎으면 나두 깎겠다 하는 눈치 같기도 하였다.

“모두 안 깎을라니, 그럼 내가 먼저 깎겠다.”

하고 그때 선뜩 나선 것이 우길이었다. 그래서 우길이부터 깎기 시작
하였다.

우길의 머리 꼬랑지가 찰싹 땅에 떨어질 때 소년들은 약속한 듯이
씩씩 하고 웃었지만 그 웃음에는 어딘지 시원 섭섭함이 숨어 있는
듯하였다.

그러나 그 담부터는 모두들 별로 *바장이지 않고 연신 머리를 들
이밀었다.

그러나 모두들 이발 기계 쓰는 것이 서툴러서 엔간히 시간이 걸렸다.

그리고 또 깎은 머리가 길고 쩌르고 해서 보기가 숭하였다.

이렇게 한 팔구 명 깎았을 때다. 별안간 밖에서 나즉나즉한 아낙
네들 소리가 들려 왔다.

아이들이 조심스레 문 틈으로 밖을 내다보니까 동리 아낙네 세넷
이 와서 저이편 뜰 아랫사랑 앞을 왔다갔다하며 비슬비슬 그 안을
들여다보고 있다.

묻지 않아도 자기 집 아이를 찾아온 것이다.

“애, 너이 어머니 왔다. 가만있거라.”

한 아이가 이렇게 주의를 시키니까 한 아이가,

"애, 어느 놈이 일러바친 게로구나."

하고 혼자 눈을 부라렸다.

그러자 모두들 나직나직한 소리로,

"어느 놈이 그랬을까. 그놈은 알기만 하면 다리 *마등갱이가 부러
졌다."

"아니 그럴 거 없이 보는 때마다 그 머리 꽁지에 똥을 발라 주자."

"어느 놈인지 이내 알기는 알 게다."

"그럼 물론 오늘 온다구 하구 오지 않은 아이 중에서 말을 냈겠지
뭐. 딴 놈이 있을 택이 있니."

"아무렴 그렇구말구. 가만 둬라. 어느 놈인지 이놈은 죽었다."

그런데 인차 밖에서 나던 말소리가 들리지 않고 어디로 갔는지 보
이지도 않아서 그만 돌아가 버렸다 하고 모두들 킥킥거리고 있으려
니까 별안간 아까와는 딴판으로 왁살스럽게 쪽박 깨는 소리가 들려
왔다.

지지리 걱정 많은 우길이 할머니가 초상이나 만난 것처럼 벌써 울
고불고하며 나오는 것이었다.

묻지 않아도 동리 아낙네들이 안에 들어가서 우길이 할머니에게
일깨워 주고 응원을 청한 것이다.

우길이 할머니는 이때껏 쇠배 알지 못하고 있었다.

"아이구 이놈의 새끼들아, 어디 가 백혀서 무슨 짓들을 하느냐."

하며 할머니는 짝 짜개는 소리를 내며 외양간 부엌으로 왔다.

부엌문은 걸어 두었지만 마침내 들키고 말았다.

그때는 또 세네 아낙네가 더 와 있었다.

그리하여 까까중이 아들을 쥐어박으며 우는 아낙네, 요행 그 화단을 눈 무섭게 면해서 기뻐 울상하는 아낙네, 여게 오지도 않은 자기 집 아이를 찾느라고 소리소리 외치며 헤바는 아낙네…….

이렇게 한참 우길이네 바깥사랑 뜨락은 야단법석이었다.

그러자 온 동리에서 우아 하고 구경꾼들이 밀려왔다.

단발동맹은 여덟 학생을 까까중을 만들고 한 아일 청인의 대가리처럼 앞머리만 잘라 놓고 *중동무이가 되었다.

갑자기 새파란 중대가리가 된 아이의 어머니들은 집에 돌아가서도 아이의 머리를 쥐어박으며 애고대고를 불렀다.

그리고 한참씩 울고 나서는 아이 하나를 일껀 욕보고 길러서 아주 못쓰게 만들었다고 설은 사설 원통한 사설을 쉴새없이 늘어놓았다.

우길이네 집에서 그 못된 짓을 저질렀으니 생각하면 그 집이 밉고 원망스러웠다.

그 집 외양간 부엌이 아니면 뉘 집에서 그런 못된 짓을 시켰을까.

비록 노름꾼을 들여서 장전 *덧두리를 처먹는 집이라 할지라도 이런 일은 하리라고 하지 않았을 것이다.

그러고 보니 우길의 집이 한없이 미운 존재였으나 그 집으로 말하면 권세 좋고 또 같은 일가 터이라 *핵변할 도리가 없는 터이었다.

그리고 또 우길의 집은 단번에 아이 둘이나 그 모양이 되어서 뉘

집보다도 더 고아 대는 판이었다. 할머니는,

"얘 이놈의 새끼, 그 대가리 보기 싫다. 그 대가릴 보면 내 가슴에서 돌덩이가 떨어진다. 이리 오너라."

하고 우길이 형제를 억지로 붙들어다가 머리에 포대기를 씌워 주었다.

우길이도 첨은 겁이 나서 시키는 대로 가만 있었으나 인차 갑갑해서 견딜 수가 없었다.

그래서 포대기를 차버리고 내빼면 할머니는 사람을 내띄워 기어이 붙들어 오고 하였다.

"이놈의 새끼야, 그 몹쓸 꼬락서니를 뉘게 뵌단 말이냐. 아무데도 나가지 말고 뒷방에 백였거라."

하고 징징거렸다. 그리고 머리 깎지 않은 아이를 보면 공연히 심화가 나서,

"글쎄, 남의 새끼는 다 저런데, 이 집은 어째 두 놈씩. 아이구 가슴이야."

하고 나자빠졌다.

그래서 가까운 일가 친척들이 와서 여러 가지로 안취시키려고,

"머릴 뜨물에 씻으면 수이 자란답니다. 아침 저녁으로 씻어 주시오."

하고 일러주었다.

하나 남이 이런 의견을 말하기 전에 할머니는 벌써 그것을 잘 알

고 있었고 또 그대로 해보기도 하는 중이나 아이들이 말을 듣지 않아서 걱정이다.

"하지만 그놈의 새끼가 어디 들얼 주우. 큰놈은 그래두 말을 듣는데 우길이놈의 새끼는…… 아이구, 말두 말우. 저놈의 자식이 사람을 지루 죽게 만들지 않구 말 줄 아우."

하고 내처 수선을 떨기 시작하면 한정이 없어서 이어 또,

"나만 죽고 말았으면 또 모르지요만 우리집은 단번에 둘씩 버렸으니 이걸 어쩐단 말이오. 글쎄 저 대가릴 어디다 쓴단 말이오. 천주학을 해먹으란 말이오, *일진회꾼이 되란 말이오."

하고 주워섬겨서 사람이 미처 무어라 대답할지 몰라 민망할 지경이었다.

"무럭무럭 자라 가는 아이들인데 두서너 달만 하면 다시 머릴 땋게 되겠지요. 기왕 그리 된 걸 걱정하면 소용 있소."

하고 뒷집 수만이 할머니가 말할 때 할머니는,

"온 남의 등창은 나의 뾰로지만도 못하다고…… 아이구, 듣기 싫소. 글쎄 머리가 출출한 남의 집 아이를 보면 내 눈에 불이 펄펄 난다니까 불이……."

하고 빨랫방망이로 땅을 되게 두드리었다.

그 뒤로 할머니는 우길이 형제를 일체 밖으로 못 나가게 하였다.

상무가 공부할 맘이 급해서 서당에 다닌다고 해도 할머니는 들어주지 않있다.

사실 상무는 글을 너무 파서 걱정이던 터인데 차라리 잘된 일이라
고도 할머니는 한편 생각하였다.

그래서 상무는 하는 수 없이 할머니 시키는 대로 순종하였으나 우
길이는 한 고비 지나더니 다시 예전같이 어기들기 시작하였다.

뜨물로 머리를 감겨 주재도 통히 듣지 않았다.

어디로 나가려는 것을 할머니가 막으면 나중은 밥그릇을 메다때리
고 나가 버리곤 하였다.

"이놈의 새끼, 날 때려 죽여라."

하고 할머니가 위정 척신하는 체하면,

"죽어. 누가 죽지 말라나."

하고 우길은 입을 삐죽 내밀고 용용용 놀리면서 제 가고 싶은 대로
내빼어 버리곤 하였다. 그리고는 하루 세 번 끼니 때밖에 집에 들지
않았다.

우길은 이 통에 귀찮은 서당으로도 안 가고 도리어 더 좋았다.

얼마 뒤에 읍에서 박진사가 나왔다.

마침 술이 대취해서 우길이 형제 머리 깎은 소식을 듣고는 술기운
이 울컥하며 천둥같이 화를 내었다.

"이놈의 새끼들을 당장 죽여 없애고 말지. 그래 내 말이 없이 함부
로 머리를 깎아. 이놈들을 당장 불러내시오."

하는 박진사의 호통에 할머니는 고연한 소리를 해서 집안에 큰 변이
생기나 겁이 나서 벌써 손이 덜덜 떨렸다. 어쨌든 걱정이 많은 할머

니였다.

박진사는 아이들을 불러세우고 싸리꼬챙이로 종아리를 때렸다.

"이놈의 새끼, *신체발부는 수지부몬데 부모 말이 없이 함부로 머리를 깎아."

하고 옛날 문자를 섞어 가면서 두세 개를 때린 다음 아이들이 아파서 다릿베를 문지르는 동안에 또,

"상놈의 새끼나 중놈이라야 함부로 머리를 깎지. 양반의 새끼가 중놈의 대가릴 하고 다녀."

하고 훈계하고 또 몇 개 때린 다음 다시,

"이놈들, 그 머리를 수이 길러서 이전대로 만들어 놔야 말이지, 그렇지 않으면 당장——"

하고 을렀다.

"이제 그만두라니, *미거한 놈들이라도 그만하면 알겠지."

하고 할머니가 말렸다.

할머니는 손자들이 매맞을 때마다 분명 제 살이 아픈 것을 느꼈다.

알리지 않을 수 없어서 알리긴 했으나 얻어맞는 걸 보니 그게 또 걱정이었다. 이것이 지지리 걱정 많은 할머니의 늘 하는 버릇이다.

"애들아, 아버지 말씀 잘 들었지. 이제 한 번 다시 어기면 이번은 용서 없다. 그만 안으로 들어가거라."

할머니는 아이들을 안으로 들어가도록 일렀다.

우길은 안으로 들어가려고 돌아서 나오다가 문에 앉은 할머니를

쓱 깔보고 그리고도 시원치 않아서 할머니의 손끝을 꼭 밟아 주었다.

"아갸갸——"

하는 할머니의 자지러지는 소리를 들으니까 우길이는 약간 결이 삭았다.

우길은 그 뒤로부터 별로 아버지를 따라다니지 못했다.

머리가 그 지경이어서 아버지는 애당초 데리고 다니지 않으려 하였고 또 우길이도 그 일이 있은 뒤부터 버쩍 따라가고 싶은 맘이 없어졌다.

아버지는 제가 사는 이 마을에 학교도 안 세우고 머리도 못 깎게 하고—— 그러니 그다지 고마울 것이 없었다.

그리고 아버지는 정국장이라는 사람이나 학무시찰처럼 양복 입고 모자 쓰고 다니지 못하고 언제든지 기다란 갓을 쓰고 거추장스러운 입성을 입고 다니는 것이 맘에 덜 들었다.

"어째 우리 아버진 저럴까. 상투를 자르고 *하이칼라를 해도 누구 말릴 사람이 없는데, 할머니 따위야 뭐가 무서울까 나도 안 무서운데……"

우길은 속으로 이렇게 혼자 궁리했지만 그 아버지 때문에 다시 머리 깎을 엄두를 못 냈다.

두서너 달 지내는 사이에 우길이도 상무도 머리가 많이 자랐다.

상무는 자주 머리를 감아서 우길이보다도 더 길었다.

그래서 그는 머리를 감아서 상투를 틀고 관을 쓰고 다시 서당으로 갔다.

우길이도 형과 함께 서당을 다녔으나 여전히 떠꺼머리 그대로였다.

할머니가 붙잡아 가지고 머리를 땋으려고 하여도 염소 대가리처럼 내떨고 감기려고 하여도 쇠배 듣지 않았다.

할머니는 몇 번 우길이가 곤히 잠든 동안에 머리를 빗고 붉은 헝겊으로 댕기를 드려 가며 앞머리를 몇 갈래로 갈라 땋아 주었다.

"이놈의 새끼, 그래도 땋아 노니까 제법 늘어진 총각인데—— 그 떠꺼머릴 해가지고 다녀."

할머니는 잠자는 우길이를 내려다보며 못내 만족하였다.

그러나 우길이는 잠이 깨어서 눈에 쌍심지를 켜가지고 대들었다.

"이게 다 뭐여."

하고 머리와 댕기를 접어 쥐고 채여서 머리털이 수북이 빠져 나왔다.

그러나 차차 글에 재미를 붙여서 서당에는 부지런히 다녔다.

별로 선생도 없이 이럭저럭 산술 숫자도 배우고 일어 마디도 배웠다.

그리고 며칠에 한 번씩 패를 지어 읍에 들어가서는 보통학교 아이들이 체조하는 것과 병정들이 나팔 부는 것도 구경하였다.

그리고는 촌에 돌아와서 그 흉내를 내었다.

아버지

우길이 아버지는 그해(명치 40년) 가을부터 고향에서 삼백 리 가까운 북청읍(北靑邑)에 가 있었다.

우길이는 무슨 때문인지 딱히 알지 못했지만 집안에서 모두들 수수하니 이야기하는 것이 어째 수상하기도 하고 불안하기도 하였다.

"그 난리통에 가서……."

할머니는 밤낮 이렇게 걱정하였다.

"몸이나 무사했으면 좋겠다만 또 전쟁이 난다니── 어째 야반도주라도 해서 오지 못할까 자식새끼 그득한 사람이──"

이렇게 하도 할머니의 걱정이 심하니까 우길이도 보기가 딱해서,

"할머니, 아버지 거게 가서 뭘 하오?"

하고 물었다.

"뭘 하는지 누가 아니."

"그럼 어째 할머니는 근심하우."

"근심이 되니까 근심하지."

하는 할머니의 대답이 우길이 듣기에도 미련하고 답답하였다.

근심이 있으면 어째 그런지 까닭이 있을 터인데 그저 근심된다니 무슨 당치 않은 소릴까.

원청강 지지리 걱정이 많은 할머니니까 또 망령이 난 게로구나 하고 우길이는 궁리했지만 그래도 무슨 까닭인지 꼭 알고 싶었다.

"아버지 몇 밤 자면 오우? 네, 할머니……."

"응, 열 밤 자면 온다."

할머니는 어린 우길이를 안심시키듯이 이렇게 대답하였다.

이렇게 대답한 것까지는 물론 어른답고 할머니다운 일이었다. 그러나 그 뒤가 길지 못하고 인차 지질한 제 버릇에 또 늙은이 기승까지 더쳐서 내처 혼자말로,

"온 글쎄 추석 전에 나간 사람이 추석 같은 명절에도 안 돌아오니…… 나 같은 거야 본시 어미 구실을 못 하니 말할 것도 없지마는 지 선형에 면목이 있는가. *간산까지는 못 할지라도 가묘만은 찾아 뵈야 옳지."

하고 중얼중얼 던두리를 하였다.

"할머니, 아버지한테서 편지 안 왔소."

"펀진 무슨 펀지란 말이냐, 이디 왔디디냐."

할머니가 궁금한 듯이 되물었다.

"아아니, 저업때 오지 않았소 그래 수길이가 보지 않았소."

우길이는 여태 형이라고 부르지 않고 또 관명도 모르듯이 아명을 불렀다.

"형이지 수길이가 뭐냐, 형수가 들으면 나무래. 이 담부터 형이라고 불러라, 응."

"형수—— 아주머니 말이지. 그럼 아주머니 있을 때만 형이라고 부르면 되지 뭐."

"너는 누구를 닮어서 그렇게 버릇이 없느냐. 아마도 큰애빌 닮었나 보다. 닮으란 애빈 닮지 않고……"

"내가 뭐 큰아버질 닮어. 모두들 아버질 닮었다구 그러던데. 여름에 읍에 가니까 정국장이란 사람 참 훌륭해. 아버지보다 나어. 머리 깎고 양복 입고……"

"아이규 이놈의 새끼야, 양복쟁이 되놈 이야기 그만 해라."
하고 할머니는 양복쟁이 말에 어안이 벙벙해지고 뒤미처 일로전쟁 당시의 일을 또 연상하였다.

그 무서운 아라사 사람의 노랑 불개미 같은 깎은 머리와 노라빨간 눈깔과 도깨비 같은 키를 생각한 것이요, 또 그놈들이 총질하고 불지르고 하는 것을 생각한 것이다.

그렇지 않아도 아들 박진사는 시방 북청읍에 가서 난리통에 비비 닥거리고 있는 것이다.

요 얼마 전에 아들 박진사의 편지가 와서 상무가 읽었으나 그제 무사히 잘 있노란 말과 추석에나 가뵐까 하나 어찌 될지 모른다는 간단한 말뿐이었다.

그러던 것이 추석에도 안 오고 소식조차 감감한 것을 보면 필연코 무슨 곡절이 부터 있는 상싶었다.

박진사의 성미가 서울 천리를 갔다가도 한식 추석과 설 명절에는 반드시 돌아오곤 했는데 웬만하면 안 올 까닭이 없는 것이다.

할머니는 가묘에 나가서 당신의 자손들을 무사하게 해달라고 *비두발괄하고 또 늘 다니는 절간으로 우길이 형제를 보내어 기도까지 드렸다.

그래도 박진사는 오지 않고 소식조차 없었다.

그때 사실 북청 이북 산간에는 폭도라는 것이 들어차서 세월은 다시 소란해졌다.

그러나 될 수 있으면 그들이 대세를 잘 보고 물러서도록 해야 할 것이었다.

그래 당시 이북도에서 인망이 있는 사람 삼십 명을 민간에서 뽑아서 그 진무에 당케 하였다. 즉 *선무사업을 시작한 것이다.

우길이 아버지도 그 한 사람으로 뽑혀 갔던 것이다.

그러니만치 자기 맘대로 오고 가고 지내는 형편이라든지 하고 있는 일을 자세히 쓸 수도 없었다.

그늘 삼십 명은 북청읍 수비내의 지휘에 따라서 신무사업에 종시

하고 있었고 그것이 필할 때까지는 자유로 내왕할 수 없었다.

선무사업은 첨은 잘 되었다. 그래서 그해 초겨울까지는 별로 이렇다할 분경도 없이 지나갔다. 그러나 십일월 중순께부터 형세는 갑자기 험악해졌다.

폭도 삼백 명이 *차도선(車道善)이라는 사람을 대장으로 하여 일진회원을 참살하고 여세를 밀어 북청군과 풍산군의 어름에 있는 후치령(厚峙嶺)이라는 험준한 고개에 결진하고 있었다.

그리하여 그리로 지나가던 육군 장교와 *영림창(營林廠)과 또 다른 관민들이 자주 그들의 폭격을 받아 죽은 사람도 적지 않았다.

그러나 그때는 선무반도 어찌할 묘리가 없었다. 첫째 사생을 무릅쓰고 그들에게 선무하러 갈 만한 사람이 없었다.

가기만 하면 당장 그들의 총알을 받아야 할 판이니 누구 하나 가 볼 엄두를 내지 못한 것이다.

그래서 결국 십일월 말에 북청수비대(北靑守備隊)에서 대위 이하 병졸 오십칠 명이 벌써 첫눈이 덮인 후치령으로 토벌을 떠났다.

그때 여기서 비로소 접전이 생겼으나 차도선의 일당은 전사자 이십 명을 내고 북으로 도망해 버렸다.

이 도타한 일당은 다음으로 삼수성(三水城) 내로 밀려들어갔다.

한데 그때는 도당이 더 늘어서 약 사백 명에 이르러 북청수비대가 추격해 갔으나 겨우 오십여 명만 가지고는 어찌할 도리가 없어서 잠시 물러서고 말았다.

차도선의 기세는 어시호 여기서 되살아났다. 자기는 하늘의 명을 받았다고 호언하였다.

그들은 깊은 눈에 덮인 국경 가까운 삼수성 내에서 한겨울을 도고히 지냈다.

그러나 그것은 오래지 못했다. 소 잡고 떵떵 울려 때리며 히고 젖히려던 음력을 바로 앞에 두고 삼수성을 떠나지 아니치 못하게 되었다.

즉 북청수비대와 헌병과 경찰관으로 된 연합수비대가 들이민다는 어마어마한 소식이 서릿발같이 들어간 것이다.

차도선의 일당은 선성만 듣고 삼수읍을 불지르고 갑산읍(甲山邑)으로 쳐들어가서 우편국을 무너뜨리고 풍산군으로 도패해 버렸다.

그래 토벌대가 삼수(三水)에 갔을 때는 그들의 그림자조차 볼 수 없었다.

차도선의 일당은 풍산 귤별리(豊山橘別里)에 잠입하여 잠시 시세를 관망하고 있었다.

이 정보를 맨 첨으로 들은 것은 그 부근에 있는 신풍리 헌병분견소(憲兵分遣所)였다.

그때 헌병 분견소장은 그 지방에서 인망이 높던 그곳 면장을 은밀히 차도선에게 보내어 그만 귀순하기를 권하였다.

그리고 일방 북청수비대장의 *효유문(曉諭文)을 보내었다.

우길의 아버지네 삼십 명 선무반은 그때 그런 효유문이나 만들고 있었다. 그 외에는 별다른 보람을 낼 수 없었던 것이다.

하나 완강한 차도선은 꼬물도 들으려는 맘이 없어서 그 태도가 자 못 오만하였다.

여기서 선무와 효유는 다시 *수지로 돌아가고 북청수비대에서는 이듬해(명치 41년) 이월 말에 이르러 보병과 기병 각 일중대(一中隊) 에 산포(山砲) 세 개를 내어 풍산으로 쳐들어갔다.

그러자 저들 일당은 갑산과 단천 방면으로 도망해 버렸다.

그러나 그 추격이 더욱 급해지며 차도선은 일당 이백오십 명을 이 끌고 풍산군 신풍리(新豊里) 헌병분견소에 와서 귀순할 것을 말하였다.

그것은 결코 음흉한 꾀로 하는 일 같지 않았다.

한 것은 차도선은 처음 사생을 같이하려고 맹서하고 나선 도당의 두목 태양욱(太陽郁)이가 제 의사에 반대한다고 목을 잘라 제 결심을 명백히 한 것이다.

그래서 분견소에서는 그 거짓이 아님을 알고 총기를 해제하고 또 다른 일당을 모조리 귀순시키도록 할 것을 차도선에게 책임지우고 귀순시켜 주었다.

차도선은 즐겨 그것을 쾌락하여 얼마 동안 관북 일경은 별일이 없 었다.

그러나 그것도 오래지는 못하였다.

차도선 일파와는 따로 새 일파가 차차 머리를 쳐들고 일어선 것이다.

그들의 대장은 *홍범도(洪範圖)라는 사람이었다. 홍범도는 차도선 이가 휩쓸고 지나간 삼수갑산(三水甲山)에서 사오백 명의 일당을 모아 가지고 그 성세가 날로 뻗치기 시작하였다.

그러자 일단 귀순하였던 차도선의 부하도 몰래 도피하여 홍범도에게로 갔다. 당시 홍범도의 소문은 충천할 듯이 굉장하였다.

그러자 그해 오월 차도선이도 낌새를 보아 도망해 버렸다.

부하를 다 잃게 되고 보니 독불장군이라고 혼자서는 아무 일도 될 수 없을 뿐 아니라 자기의 성세도 땅에 떨어지게 되어 세부득 도망한 것이었다.

홍범도는 차도선을 맞아 기세가 백배하였다. 그리하여 그들은 다시 전보다도 더 대판으로 폭동을 일으켰다.

이에 북청수비대에서는 그해 오월에 부속순사대(附屬巡査隊) 김경시 이하 열한 명을 보내어 홍범도에게 귀순하기를 권하였다.

그러나 김경시 일행은 모조리 홍범도에게 참살되고 말았다.

홍범도는 본시 총칼 놓기로 이름난 사람이라 손수 이 참극을 연출한 것이다.

그러자 북청수비대에서도 단단히 잡도리를 차렸다.

그리하여 토벌대를 네 대로 노나 가지고 한 대는 북청에서 바로 풍산으로 가게 하고 한 대는 통파령(通坡嶺)을 넘어가게 하고 한 대는 이원단천(利原端川)을 거쳐 가게 하고 마지막 한 대는 후치령을 넘어 가게 하였다.

즉 네 대를 네 길로 갈라 포위해 들어가서 막다른 골목에 몰아넣고 녹여 빼려는 것이었다.

그리하여 토벌대는 사방으로 쳐들어가서 도처마다 접전이 벌어졌다.

홍범도의 부하는 연심 수가 줄어들었으나 정작 궁지에 몰아넣어야 할 홍범도는 일이 그름을 보자 부하 얼마를 휘동해 가지고 장진군으로 빠져 얼마를 숨어 있다가 그 뒤에 노령으로 도피해 버렸다.

그러자 차도선의 일당도 점점 기세가 죽어져서 *기연미연에 없어져 버리고 차도선만은 압록강을 건너서 만주로 도망해 버렸다.

그 뒤에도 각지에서 조그마씩 한 소동이 일어났으나 그것은 홍범도나 차도선이 난리에 비길 것은 아니었다.

그러나 차차 때가 흘러가고 시세 돌아가는 것을 보자 그들도 양민으로 변하여 산간벽지에 들어가서 아닌 보살 하고 농사를 지어먹으며 살아갔다.

실로 이렇게 소란한 가운데서 우길의 아버지와 여러 선무반은 보람도 못 내고 어깨를 죽이고 그날그날을 지나갔다.

그러나 우길의 아버지는 날로 신변이 위험한 것을 느끼고 어서 북청을 도타해 나올 꾀를 생각하고 있었다.

그래서 그는 마침내 그 기회를 얻었다.

그것은 명치 41년 첫봄이었다. 그것은 바로 차도선이가 산수에 불을 지르고 도망을 가서 북청수비대에서 토벌을 떠나려던 그 직전이었다.

그는 그날 별로 딴맘이 있는 것은 아니나 하도 갑갑해서 북청 영덕산포대(盈德山砲臺) 구경을 가려 하였다.

그래서 수비대장에게 말한즉 그는 곧 그렇게 하라고 명함 한 장을 주었다.

그 명함에는 바다해(海)자가 적혀 있었다. 그것은 그날 암호였다.

그 암호만 있으면 그날은 어디든지 드날 수 있는 것이다.

박진사는 그것을 얻어 가지고 본시 진위대 병정이던 이덕균이라는 사람을 데리고 북청 서쪽 영덕산으로 올라갔다.

올라가서 포대들을 구경하였다. 계원들은 포대에 대해서 여러 가지로 친절히 설명해 주었다.

구경을 다 하고 돌아올 때 박진사는 별안간 고향 생각이 났다.

그래 은근히 도망갈 *포서로 수비대에 도로 내맡겨야 할 암호를 돌려보내지 않고 그대로 가무려 버렸다.

도망하는 데 그것을 이용하자는 것이었다.

그날 밤 박진사는 그 암호를 쥐고 이덕균을 데리고 경계선을 돌파해 나왔다.

경계선에 이르렀을 때 파수병은 그들의 배 허벅에 총칼을 내댔다.

그러자 박진사가 암호를 내보인 때 그 총칼은 소리 없이 그들의 앞을 열어 주었다.

그것은 으스름 달밤이었다.

그러나 겨울 눈이 아직 깊게 덮이고 삭풍이 눈보라를 휘몰아치는 밤이었다.

삼월이 별모레인데도 이 지방은 이직 삼동 그대로였다. 아니 차라리 봄바람이 몹시 거세어서 한겨울보다 더 어수선하기도 하였다.

북청읍에서 H읍까지는 거의 삼백 리 길이다. 그리고 도중에는 높은 고개가 여럿이 있다. 그런데 또 깊은 눈이 덮여 있는 것이다.

그렇건만 박진사는 그날 밤으로 집까지 내뺄 욕심을 놓지 못하였다.

붙들리면 어찌 될지 모르는 터이고 또 뒤로 쫓아오는 사람이 노상 없다고도 장담할 수 없는 난감한 판이었다.

겨울 밤이 길기도 길지만 그들도 엔간히 걸어 댔다. 그 이튿날 아침까지 그들은 근 이백 리 길을 걸었다.

아직도 더 걸을 수는 있었으나 낮 동안은 위험하고 해서 산모롱 안침진 토막에 들어가서 밥을 지어먹고 그날 밤 다시 거기를 떠나서 첫닭 우리에 집으로 돌아왔다. 집안에서는 모두 깜짝 놀랐다. 뒤스럭스러운 할머니는 놀랍고 기쁘고 섧고 도무지 형언할 수 없었다.

"아니 어떻게 된 일인가. 지난해 추석에 오나 눈이 빠지게 기다리고 설에는 어김없으려니 믿었는데……."
하고 할머니는 우길의 머리를 만지며 눈을 슴벅슴벅하였다.

"그래 난리가 났다더니 어떻게 됐나? 글쎄 난리가 났으면 났지 벼슬 사는 선비는 데려다가 무엇 한단 말인가. 온 살다가 별일을 다 보겠네."

"세월 탓이지요, 할 수 있습니까?"

"그래 인제는 다시 안 가게 됐나?"

"그, 그러나 다른 데로 가볼까 합니다."

“다른 데라니?”

할머니는 또 눈이 휘둥그래졌다.

“아니올시다. 세월이 하 수상하니 서울쯤 가서 얼마 동안 있어 볼까 합니다.”

“서울인들 조련하겠나. 제 집 쓰고도 발 편하게 잠 못 자는 세상인데 어디 간들 평안하겠나.”

“그렇지만 서울은 괜찮답니다.”

그러나 박진사는 사실 서울을 가려는 것은 아니었다.

어차피 고향에는 있을 수 없는 몸이니 어디든지 가기는 가야 할 것이나 생각하면 모두가 *안손방 같아서 맘을 질정할 수가 없었다.

“어서 편히 쉬게.”

새로 지은 따끈한 밥을 먹고 나자 할머니는 수이 눕기를 권하나 박진사는 설독에 발이 얼었던 것이 훈훈히 더워나면서부터 가렵고 아리고 쑤시어서 그것을 주무르느라고 늦도록 잠을 이루지 못하였다.

그 담담날 박진사는 언 발이 낫기는커녕 발톱이 빠질 듯이 쑤시어 나는 것을 무릅쓰고 남몰래 어디로 다시 떠나 버렸다.

아버지가 어디로 떠나간 지 며칠 만이었다.

그날 점심때 우길이는 점심을 먹으려고 서당에서 집으로 돌아왔다.

상무는 그때부터도 선비 하루 두 끼 먹으라는 말을 따라 점심을 먹지 않았다.

우길이가 점심을 먹고 있으려니까 삽사기 사랑 마당에서 수상한

인기척이 나기에 안방문을 열고 내다보니 웬 양복 입은 사나이가 중문 대문 앞에 와서,

"애, 이리 나온."

하고 부른다.

보아하니 그 눈지방이 좀 바르지 못하게 생기고 또 그 사람 뒤에 양복 입은 사람들이 여럿이 서서 수군수군하는 것이 어쩐지 수상하여서 우길은 약간 께름칙하였다.

"누구요, 왜 그리오."

우길은 문지방에 기대선 채로 물었다.

"글쎄 이리 나오너라."

그것은 아주 명령적이었다.

우길은 밥술을 놓고 사랑 마당으로 나왔다.

나왔더니 맨 앞에 선 양복 입은 사나이가 대뜸 우길의 머리에 툭하게 생긴 손을 턱석 내려덮듯이 꼭뒤를 짚으며,

"애, 집안에 어른들 있니."

하고 그 마뜩지 않은 눈지방을 약간 비틀어 보인다.

"있어요."

우길은 순하게 대답하였다.

"응, 누구누구 있어."

"할머니도 있고 어머니도 있고——"

"그 담에는?"

“그 담에는……”

그리고 우길은 한참 궁리하였다. 형수도 어른이라고 부를지 몰라 서였다.

“그래 그 담에는 또 누가 있어?”

“그 담엔 아주머니가 있어요.”

“또——”

“그리고 귀순이 계섬이 모두 있어요.”

“그 담에는?”

“그 담에는 없어요.”

“왜 없어. 더 있지 않니?”

“그 담에 우리 형이 있는데 서당으로 가고 없어요.”

“아니 형말고…… 아버지가 있지 않니, 그렇지?”

그리며 양복 입은 사람은 다시 약간 으리딱딱 그릴싸한다.

“없어요.”

우길이가 그렇게 따니간 뒤에 섰던 좀 싹싹해 보이는 사나이가 앞 으로 나서며,

“아버지 어디로 가셨니.”

하고 해사하게 묻는다.

“몰라요.”

“아니, 언제 가셨느냐 말이다.”

그러자 우길이는 속으로 옳지 이 사람들이 아버지를 찾으러 온 것

이로구나 하는 지각이 나서,

　“벌써 간 지 오라요.”

하고 대답하였다.

　“옳아, 그래 며칠이나 되느냐.”

　“백 밤은 넘어요.”

　“백 밤?”

하고 해사하게 생긴 사나이가 씩 웃으며,

　“왜 며칠 전에 왔다 가지 않았니?”

하고 구슬리는 투로 묻는 것을 우길이는 도리머리를 흔들었다.

　한즉 우왁하게 생긴 사람이 다시 나서며,

　“이놈, 너이 아버지 며칠 전에 온 걸 내가 봤는데 무슨 말이냐. 날

더러 오늘 오라고 그랬어. 그래서 찾아온 건데 왜 없단 말이냐.”

한다.

　“그래도 없어요.”

　“그럼 어디로 갔느냐, 언제 갔느냐.”

　“몰라요.”

　“몰라, 거짓말——”

　그러며 그 툭한 손으로 또 한번 머리를 턱 내려덮는다.

　우길은 깜짝 놀랐다. 약간 겁이 나고 속이 떨리기 시작하였다.

　“애, 안에 들어가서 어머니나 할머니를 나오라고 그래.”

　해사하게 생긴 사나이가 그렇게 시켰다.

우길은 얼굴이 약간 질려 가지고 안방으로 들어왔다.

그 동안 안방에서는 어머니와 할머니가 진작 그 광경을 내다보았던 모양으로 벌써 모두들 파랗게 질려들 있었다.

"할머닐 나오래요."

우길이가 말한즉 할머니는 덜덜 떨면서,

"애, 그게 웬 사람들이냐."

하고 겨우 물었다.

"몰라요. 병정 같은 사람도 있어요."

사실은 병정이 아니라 헌병이었다.

"병정?"

할머니는 까무러칠 듯이 놀라며,

"이거 큰일났구나."

하고 그 뒷말이 나오지 않아서 손만 내들고 키질하듯 허우적거렸다. 모두들 어서 어디로 숨으라는 뜻이었다.

그러나 가인들은 할머니가 손을 놀리는 뜻을 얼른 알아채지 못하고 멍하니 서서 보고만 있었다.

"저 뒷방으로?"

그리며 할머니가 모두들 뒷방으로 밀어 보내려고 할 때에야 겨우 그 하는 뜻을 알아챘다.

"이불을 쓰고 있거라. 죽은 것처럼……."

할머니는 그렇게 말하고 나서 밖으로 나왔다. 제가 식구들을 대신

해서 죽을밖에 없다는 왕청된 결심을 하며 그는 덜덜 떨었다.

그런데 또 중문 앞에 서 있는 양복쟁이가 어떻게 수선하게 많은지 눈앞이 대뜸 회감해져서 아무것도 보이지 않았다.

할머니 눈에는 밖에 한 백 명 와서 결진한 것 같았고 그것이 마치 태산같이 눈앞을 탁 가로막는 것 같았다.

할머니는 무의식한 가운데서도 거의 다 죽어 가는 사람을 잡아가면 *호상도감이나 멨지 무슨 소용이냐 하는 뜻이다.

"노인, 박진사 자당 되시는 분이오."

무지하게 생긴 양복쟁이가 그렇게 크게 물었으나 크게 묻기 때문에 할머니에게는 도리어 잘 들리지 않았다.

그러나 박진사라는 말만은 아슴푸레 귀에 남아 있어서 할머니는,

"바깥 사람은 어디 가고 치마 띤 아낙네만?"

하고 학질 앓는 사람처럼 덜덜 떨면서 간신히 말하였다.

"어느 날 왔다가 어느 날 떠났소"

"오다니 누가 와요."

하고 할머니는 위정 그 사람들을 마치 좋은 소식 알리러 온 아침 까치 보듯 쳐다보며,

"아니 우리집 사람이 와요? ……그러면 이 늙은것이 눈을 감고 죽겠소…… 언제쯤 오는지 좀 알려 주시오."

하고 도로 묻고 당부하였다.

할머니는 아까 우길이가 도리머리를 흔들며 쇠통 모르쇠를 대던

것을 방 안에서 내다보아서 자기도 몰밀어 모르는 체하였다.

"며칠 전에 온 걸 본 사람이 있는데요."

"아이규, 본 사람이 있어요? 만나거든 제발 집에서 늙은 에미가 죽어 간다고 좀 일러 주오. *결초보은하리다."

하고 할머니는 노망난 늙은이처럼 허튼소리를 주워 댔다.

그런즉 우왁하게 생긴 사나이는 여러 사람을 돌아보며,

"시요가 나이네."

하고 다시 약간 눈을 지릅뜨고 꼬부린 할머니를 내려다본다.

"좌우간 가택 수색이나 해봅시다."

해사하게 생긴 하이칼라 양복쟁이가 그렇게 대답하고 이어 할머니에게,

"저 사랑문을 좀 여시오. 조사할 것이 있습니다."

하고 순하게 말하였다.

"거게는 아무것도 없——"

할머니가 그렇게 말하는 것을 우왁하게 생긴 사람이,

"잔말 말고 어서 열어."

하고 윽박질러 말하자 모두들 우르르 몰려서 사랑마루로 뚜벅뚜벅 걸어올라갔다. 사랑과 뜰아래 사랑을 샅샅이 들쳐보고 내실과 머슴이 있는 뒷사랑과 토고리와 광과 방앗간과 뒤울안 김치움까지 돌아보는데 좋이 내 시간이 걸렸다. 그도 그럴 것이 박진사는 본시 편지 내왕이 많은 사람이어서 그것을 일일이 들쳐보는 데만도 거의 세 시간

이 걸렸다.

편지는 상자 여럿을 들춰 가며 그 중에서 수상한 듯한 것은 따로 빼놓았다.

"하하, 이거 무슨 편진가."

한 사나이가 편지 한 장을 들고 이상한 우표 붙은 것을 들여다보다가 봉투 속에 든 사연을 뽑아 읽으며,

"흐흠, 이거 해삼위에서 온 건데."

하고 흥이 나는 듯이 입을 다시었다.

"무어라고 씌었소."

모두들 이렇게 물으며 그 편지를 들여다보았다.

"아니 별말은 없고 들어오라는 말뿐이요만……."

"하하, 나루호도……."

그래 그 편지도 따로 내놓았다. 결국 이 집에서 골라낸 것은 편지 수십 통과 녹이 슨 *육혈포와 탄환 스물네 발과 녹이 슨 장검 하나였다.

육혈포는 박진사가 과거보러 다닐 때 보신용으로 쓰던 것이요, 장검은 선대로부터 전해 오는 것이나 그것은 매우 소중한 증거품이라고 저들은 생각하였다.

그들은 박진사가 오는 대로 헌병대에 알리라고 이른 후 그 증거품을 가지고 H읍으로 돌아가 버렸다.

그날 우길이네 이웃에서는 아니 이웃에서뿐 아니라 이 동리 상단

하단에서까지 구경꾼들이 몰려와서 우길이네 집 너른 뜨락 울타리 밖에 주렁주렁 매달려 바자 틈으로 그 안의 광경을 구경하고 있었다.

그러면서도 무슨 일인지 몰라서 제가끔 제 요량대로 떠벌렸다.

"재판소에서 집행을 나왔나."

"돈을 물쓰듯 하더니 빚수세에 걸렸나 보지요."

"아니, 그런 것 같지는 않어. 그러면 병정(헌병)이 나올 택이 있소."

"글쎄 무슨 때문일까—— 오 참, 기왕에 민요 만날 때처럼 남의 돈을 먹은 죄로 그러나."

"그렇지만 병정까지 나올 택이야 있소."

"온 법도 하도 잘 변하니 그렇게 되는 법도 있는지 누가 아오. 예전에는 행민한 사람을 백성들이 쳤지만 병정들이 대신으로 증치하는지도 모르지요."

"그렇지만 근자에는 그런 소문은 못 들었는데…… 행민한다는……."

"어쨌든 박진사는 붙잡히면 녹는 날이오. 그 떼서리만 봐도 간이 콩알만해집디다. 글쎄 아까 군도로 마루를 탁 짚는데 절컥 하는 소리에 내가 다 가슴이 서늘하더라니까."

이렇게 수군수군 이야기들을 하였다. 이들은 거의 다 이 집과 일가친척이 되나 사람의 인심이란 어찌 된 것인지 남의 불행을 기뻐하는 버릇이 있어서 겉으로는 걱정하면서도 은근히 무슨 된불이 떨어지는 구경이라도 했으면 하는 막연한 기대가 있었다.

또 이 집은 이 동리에서 일등 잘살고 자세가 대단해서 그것이 못내 시새웁기도 하였다.

그렇지만 인심 좋은 사람과 또는 이 집과 특히 촌수 바른 사람은 그저 모른 척하고 있을 수 없었다.

그래서 그들은 양복쟁이들이 돌아간 다음 이 집으로 들어왔다. 상무도 어느새 서당에서 돌아왔으나 무슨 영문인지 알지 못하고 어리벙벙해 있을 뿐이었다.

할머니는 우길이 형제를 불러 앉히고 이불을 쓴 채 경풍 만난 사람처럼 눈이 멀개서 떨고만 있었다.

"이거 어찌 된 일입니까?"

누가 이렇게 물으면 할머니는 손만 내흔들고 말을 하지 못한다.

"그게 다 무엇 하는 사람인가요?"

그래도 할머니는 대답이 없고 그 외의 식구들도 까닭 모를 불안에 잠겨서 경황없이 앉아 있을 뿐 한참 만에야 할머니는 우길이 형제를 보며,

"이놈의 새끼들아, 이게 모두 너이 때문이다. 싱싱한 머리를 깎더니 내 필연코 무슨 지질한 변이 있을 줄 알았다."

하고 잠시 말을 쉬었다가,

"그래도 또 머리를 깎을 테냐! 오늘 그 깎은 머릴 봤지. 아이구, 치가 떨린다. 사람 지루 죽일라구…… 한 사람도 아니구……."

하고 또 수선을 떨기 시작하였다. 그러더니 할머니는 시방 제 눈에

현연히 이 집을 노리는 악귀인지 무리 도깨비인지가 보인다고 이불을 뒤집어썼다.

그러나 이불을 써도 또 눈을 그렇게 단단히 감아도 그놈의 악귀는 용하게 눈속으로 기어든다고 그것을 내쫓듯이 할머니는 두 손을 내두르며 눈을 끔적끔적하고 있었다. 마치 죽으려는 것 같았다.

그러자 정주에 있던 우길이 어머니와 상무의 새 아내가 사잇방으로 들어왔다.

"어머니, 어머니, 정신 차리셔요."

하고 우길이 어머니가 할머니의 이마를 짚어 준즉 할머니는 탐탁지 않은 듯이,

"아이규, 저리 비키게. 눈앞이 더 서물거리네."

하고 우길이 어머니를 비키라고 하고 또 이불을 막 썼다. 할머니는 그날부터 몸져 자리에 누웠다. *심화병이 들린 것이다.

미신을 좋아하는 할머니는 우길의 어머니를 시켜 날마다 무꾸리를 하고 살풀이를 하고 하였으나 병은 좀처럼 덜리지 않았다.

그런데 또 며칠 후에 전에 왔던 양복쟁이들이 와서 좀 그만한 것 같던 할머니의 병은 또 *더쳤다.

여름이 되도록 두고두고 양복쟁이들은 이 집으로 왔고 할머니의 병은 그때마다 더쳐서 이 집은 졸지에 거친 가을 바람에 휩쓸리는 것 같았다.

그리고 굳게 닫힌 사랑방에는 벌써 무슨 주검의 서리가 서리어 있

는 것 같기도 하였다.

여름이 와도 우길이 집 사랑방과 거기 달린 대청은 언제든지 닫힌 채로 있었다.

우길이나 가끔 나가기는 하지만 그전처럼 계섬이를 끌고 나가서 말타는 놀음을 하는 일도 이제는 거의 없었다.

어느 날 꼭두새벽에 할머니가 오래간만에 자리에 일어앉아서,

"애 계섬아, 어서 일어나 사랑방을 치워라."

하고 소리를 치자 워낙 잠귀 무딘 계섬이라 좀처럼 일어나는 기척이 없다.

그리고 조금 지나서 뒷방에서 보스락거리는 소리가 들리자 할머니는 상무의 새 아내가 먼저 깨어난 것을 알고 버럭 역정을 내어,

"저년 개고기 같은 년, 한두 번 불러서는 평생 일어나는 법 없지."

하고 계섬이를 욕지거리하고 이어 혼자말 모양으로,

"이년 수이 일어나 사랑을 치워라. 내 꿈에 나으리가 오셨더라. 와서 현연히 사랑방 가묘 앞에서 절하는 걸 내 눈으로 보고 놀라 깨었다. ……계섬아, 어서 못 일어나겠니?"

하고 담이 끓는 애처로운 소리를 버럭 높인다. 그러나 계섬이는 종내 일어나지 않았다.

그래서 상무의 아내가 가만가만 사랑에 나가서 말끔 치우고 들어왔는데 그런 줄을 알자 할머니는 더욱 화를 내어 아픈 몸을 억지로 행기하여 정주에 나가 빗자루로 자는 계섬의 골치를 때려 주고 그래

도 잠이 깨지 않아서 엉덩이 날라리뼈 있는 데를 매우 짓모아 주며,

"이년아, 저 새벽 까치 우는 것만 봐라. 나으리 오신다. 나으리 ……." 하고 목 갈린 거위가 울듯이 징징거리는 바람에 우길이 어머니가 깨어나고 뒤미처 계섬이도 일어났다.

그러나 계섬이는 잠이 미흡한데다가 매까지 맞아서 한 말 부어 가지고 부엌에 내려가 한 손으로 빈 물동이를 들고 한 손으로 눈을 부비며 밖으로 나갔다.

"망한년의 늙은것, 어서 죽어 자빠지지."

계섬이는 혼자 그렇게 두덜거렸다. 그도 그럴 것이 여느 날보다 좋이 한식경이나 이르게 일어난 것이었다.

계섬이가 밖으로 나간 지 조금 이윽해서 밖에서 별안간 쩍 하고 무엇이 깨어지는 소리가 들려 왔다.

할머니가 문을 열고 내다보니 밖은 아직 어둑어둑해서 계섬이는 잘 보이지 않고 맑은 푸른 하늘로 까치 두세 마리 날아가는 것만 똑똑히 보였다. 그러자 뒤미처 계섬이의 게궂은 *왜가리 소리가 들려 왔다.

"이년의 개새끼, 새벽부터 남의 집엔 왜 와서…… 남의 물동이를 깨게 해. 네가 동이 값을 물어낼 테냐?"

그러며 계섬이는 돌멩이를 주워서 이웃집 수캐에게 던지고 있다.

그제사 할머니가 내다보니까 계섬이 돌멩이에 이웃집 개와 자기 집 개가 몰려나가는 것이 보이고 계섬이가 마당에 물동이를 메다때

려 깨어 버린 것이 희미하게 알려졌다.

"아니 이년아, 개가 오거나 소가 오거나 물동이는 왜 깨는 거냐. 널더러 개새끼 노는 걱정 하라더냐."

하고 할머니는 입심을 내어 욕하였다.

"돌멩이는 누가 뜨락에 주워 놓았어?"

계섬이는 또 한바탕 착실히 경칠 것을 생각하며 조금이라도 매를 덜 맞을 구실을 붙이듯이 이렇게 두루 벌그렸다. 하기는 실상 돌멩이에 걸채여 넘어지며 물동이를 깬 것이다.

"아따 이년아, 길바닥을 똑똑히 보구 다니지, 미친년처럼 눈을 헤번덕거리며 개 쌈하는 참견까지 하자니까 그렇지."

하는 할머니의 욕을 들으며 계섬이는 깨진 물동이 쪼박을 주워 모으다가 별안간 벌떡 일어서,

"이놈의 개새끼들, 여태 없어지지 않고 거기서 구경을 하고 있네."

하고 사랑 마당으로 쫓아나갔다.

"아아니 저 간나년이, 동이는 깰세, 좋은 소식 알리러 온 까치는 왜 쫓았어. 저 육실할 년이, 저년을 어떻게 죽이면 잘 죽일까."

할머니는 이제 물동이 깬 것보다 그것이 더 분해 화가 났다.

까치는 분명 아들의 좋은 소식을 가지고 온 것인데 계섬이년이 물동이 깨는 바람에 가뭇없이 날아가 버렸으니 오던 소식도 아니 올지 십상 모르는 것이다.

할머니는 아침내 계섬이를 욕하고 때리고 하고도 오히려 부족해서,

“이년, 오늘 소식만 없으면 네년 때문인 줄 알아라.”

하고 뒷거조가 더 만만치 않을 것을 미리 말하였다.

한데 이상한 일이라 할까 그날 점심때 과연 소식이 왔다.

H읍에 있는 박진사 주인집에서 *전인해서 소식을 보낸 것이다.

박진사의 주인집이란 것은 우길이가 작년 여름에 H읍에 가서 본 금은이라는 기생집 말이다.

박진사가 기왕 도교수로 있을 때 금은의 아비 엄가를 순검에 붙여 주어서 엄가가 그 덕으로 출세하고 돈도 벌고 하여 그 *반연으로 박진사는 엄가 집 사랑채를 자기 집같이 쓰고 또 엄가의 딸 금은이를 양딸이라고 불렀다. 금은이는 외양도 이쁘지만 속이 더 도저해서 당시 관기의 우두머리질을 하였다.

그러니만치 발이 넓고 시색 좋은 사람들도 많이 알았다. 또 여느 사람보다 소식줄이 빠르고 정확하였다.

하나 금은이가 알아 보낸 소식은 좋은 소식은 아니었다. 박진사는 시방 H읍 헌병대에 갇혀 있다는 것이었다.

할머니는 어안이 벙벙해서 한참 말을 못 하다가 겨우,

“그래 언제 그렇게 됐다우.”

하고 심부름 나온 사나이에게 물었다.

“나흘인가 닷샌가 된답니다.”

할머니는 애원하듯이 그 사람에게 물었다.

“글쎄 그거야 알 수 있습니까?”

"몸은 별고 없다우?"

"네, 별고는 없고 이내 무사할 테니 안심하시라고 그럽디다."

"꼭 무사할 줄 알우?"

"글쎄올시다. 그렇게 전해 달라고 금은이가 말하게 나왔을 뿐입니다."

"금은이가? 그래 금은이가 만나 봤답디까?"

할머니는 환갑 때 아직 동기로 있던 금은이가 나와서 춤추고 노래하는 것을 본 일이 있고 그 뒤에도 전언으로 자주 들어서 금은이를 잘 아는 터이다.

"아니오, 금은이도 만나 보진 못하고 풍편에 들었답디다."

할머니는 풍편이라는 말에 다시 가슴이 서늘해졌다. 풍문이라는 것은 대중할 수 없는 것인데, 그러나 그렇다고 안 믿을 수도 없는 것이요 또 믿을 수도 없는 것이다.

그러니 이게 감질날 노릇이 아닌가. 할머니는 고스란히 더 속이 달았다.

"풍편에? 그래 무사히 되기는 될 것이라고?"

하고 할머니는 손을 부비며 속으로 왼새끼를 꼬다가,

"그래 분명 그렇게 된 건 사실이겠지요. 없는 사실을 가지고 그런 소문을 냈을 리는 없지요."

하고 또 애원하듯이 심부름 온 사나이를 쳐다보았다. 좌우간 사람이라도 분명 와 있는 것을 우선 알고 싶었던 것이다.

"그러믄요. 없는 말이야 났겠습니까."

하는 그 사람 말에 할머니는 못내 고마워서 우길이 어머니더러 어서 점심을 지으라고 시켰다.

그 사람이 점심을 먹고 난 다음 할머니는 우길이 어머니더러 엽전 두 냥(사십 전)을 가져오래서 그 사나이에게 쥐여 주며 비두발괄하듯 극진한 소리로,

"수고했소. 이거 약소하오만 들어가다가 술이나 사 자시오. 그리고 소식 듣는 대로 또 좀 수고해 주오. 집에서도 아이들을 보내겠소만 미거한 것들이라 말을 절반만 듣고 다니니……."

하고 신신당부하였다.

"나오다뿐입니까. 저도 미상불 이 댁 나리 신세 없지도 않습니다. 야반삼경이라도 소식만 있으면 나옵지요."

그 사나이는 매우 만족한 상이었다. 하기는 그도 실상 그럴 일이다. 커다란 술 한 잔에 단돈 서푼이니 엽전 두 냥이면 칠십 잔, 아무리 고주망태라도 이틀은 너끈 취해 자빠질 밑천이 생긴 것이다.

그 사나이가 왔다 간 뒤 우길의 형제는 매일같이 금은의 집으로 갔다.

그러나 별 소식은 없고 언제든지 인차 무사할 테니 안심하라는 말뿐이다. 그래도 우길이 형제는 진 날 갠 날을 가리지 않고 부지런히 드나들었다.

아버지 소식도 소식이고 또 금은이가 어떻게 고맙게 구는지 우길

이는 잠만 깨면 그리로 가고 싶어서 몸이 달았다.

금은이는 매양 고분고분히 굴어 줄 뿐 아니라 사탕 사주고 또 그보다도 그 고운 옷 고운 얼굴이 더 맘에 키었다.

그래서 우길이는 어떤 날은 줄이 뜬 상무를 기다릴 것 없이 혼자서 먼저 금은의 집으로 가기도 하였다.

금은이만 보면 어쩐지 그저 좋다. 금은이는 저보다 열세 살인가 위이지만 그래도 동갑동무나 만난 것같이 기뻤다.

아버지는 가을이 되어서야 무사히 놓여 나왔다. 그러나 오래 갇혔던 사람 같지 않게 신색이 좋았다. 하건만 할머니 눈에는 반드시 그렇게 보인 것도 아니다.

"아이구, 얼굴이 부었네, 부었어. 그래 굶지나 않았나?"
하고 박진사의 몸을 두루 살펴보았다.

"아니요, 아주 편안히 있었습니다."

박진사는 아주 대범히 대답하였다. 조금도 곡경을 치른 사람 같지 않았다.

"차라리 잘되었어요. 시원히 치르고 나와서 이제 발편잠을 자겠습니다."

박진사는 이렇게도 말하였다.

"조상이 도왔지. 조상이면 조만한 조상인가."

할머니는 꼭 그 덕이라고 믿었다.

"사실이올시다. 가묘가 다 날라가는 것 같고 어머니께서 지루 돌아가실 것 같아서, 에라 나 하나 죽으면 그만이다 하고 도로 와서 자수하였습니다.”

사실 이것은 박진사의 거짓 없는 심경이었다.

그도 물론 처자를 생각지 않는 것은 아니다. 그는 본시 처자란 부모에게 비길 것이 아니라고 생각하는 사람이다.

“그래 그 동안 어디 가 있었나.”

“부산 가서 있었습니다.”

“부산—— 오라 동래부산.”

“어느 할아버지가 도왔는지 사람이 살자니까 일이 벌써 잘 들어맞더군요. 지난 겨울에 집을 떠나자 바로 원산으로 나가지 않았습니까.”

“옳아, 원산으로…….”

할머니는 연신 고개를 끄덕거리는데 속살인즉 조상이 어떻게 그를 도왔는가를 어서 이야기 듣자는 거요, 그래서 귀신이라는 것이 분명 있다는 것을 또 한번 더 굳게 믿자는 거다.

“그래 게서 배를 기다렸지요. 배 들어오는 대로 집어탈 참이었습니다. 북으로 가는 배가 먼저 들어오면 북으로 갈 판이고 남으로 가는 배가 먼저 들어오면 남으로 갈 참이었습니다. 그런데 마침 남으로 가는 배가 먼저 들어오더군요. 이제 보니까 그게 모두 살자는 징조였지요.”

“옳지, 남쪽이 생문방이던 게로군그래, 글쎄 그렇나니까. 그게 바로 조상이 지시한 거네. 아무렴, 귀신이 있구말구, 있다뿐이겠나."

하고 할머니는 제 소견이 어김없다고 혼자 기뻐하였다.

"그래서 그 배를 타고 바로 부산으로 갔습니다. 부산서 여러 달 묵으면서 다시 배를 타고 *현해탄을 건너갈 생각을 했습니다만 어쩐지 발이 떨어지지를 않아서 얼른 그러지 못하고 여러 달 *천취했습니다. 그러나 부산은 아주 활개를 치구 다녀도 아는 사람이 없어서 좋았어요."

"그러지 않아도 생문방에 간 사람이 하마 어쩔라구. 염려없네. 하늘이 무너져도 솟아날 구멍이 있는 법이느니."

"아마 그런가 봐요. 아닌 게 아니라 그때 북쪽으로 가는 배를 타고 해삼위쯤 가보십시오. 다시 살아 돌아오겠다구 장담할 수 있습니까."

"아니 해삼위라니, 아라사 말인가. 아이구, 이런 끔찍끔찍한 소리 말게. 내가 일로전쟁 때 머리가 다 시고 그놈의 대포 소리에 우물가 얼음판에 넘어져서 허리를 다친 게 종신 고질이 됐네."

"그래도 처음은 그리로 갈 생각이었습니다. 거기는 신좌수라는 사람이 가 있거든요. 그 사람이 오라구 편질 했어요."

"신좌수가 누군지."

"신좌수라고 있습니다. 어머님도 보셨겠는데 수염이 많이 나고 눈이 길게 째진 장수같이 생긴 사나입니다."

"장수고 병정이고 간에 도깨비 심청이지 남은 왜 오라는 겐고, 그 무서운 험지로."

"그러나 사람인즉 훌륭한 사람입니다. 그러게 우리 선생님도 북도에서 단벌가는 인물이라고 했습니다. 그리고 선생님이 병신년 최문환(崔文煥)이 난리를 평정하실 때 첨 만나 보시고 군기고(軍器庫)를 그에게 맡겼습니다. 여간한 인물이면 선생님이 그러셨겠습니까."

본시 박진사의 선생 *이제마(李濟馬)는 조선의 의인이라는 덕망 높은 사람이었다.

조선에 정병 삼만을 양성하라고 상소한 것도 그였고, 그것이 안 되면 함평 양도를 삼 년 동안 자기에게 맡겨 달라고 상소한 것도 그였더니만치 경륜이 크고 병학(兵學)에 밝아서 명치 28년의 최문환이 난리를 손쉽게 평정하였다.

그래서 *삼척동자라도 그의 이름을 모르는 사람이 없었다. 할머니도 그는 하늘이 낸 사람이라고 믿었고 그러니만치 그 선생의 제자라는 신좌수도 인물임에는 틀림없으리라 생각하였다.

아버지는 최문환이 난리에 대해서 할머니에게 창황히 이야기하였다.

그것은 첫째 자기 선생의 인물을 다시 한번 이야기하기 위해서였고 둘째는 그 선생이 사랑하던 신좌수가 역시 동뜬 사람이라는 것을 말하기 위해서였다.

최문환이는 본시 강원도 사람으로 제 고장에서 폭도 수백 명을 거느리고 함경도로 쳐들어왔는데 때가 마침 동학난리 뒤짝이요, 일로

전쟁 당시라 민심이 더욱 흉흉해졌다.

그러지 않아도 내란과 외환이 끊일 줄 모르던 소란한 때다.

그런데 또 당시 H읍 의원으로 서리관찰사(署理觀察使)를 겸하고 있던 목유신(睦裕信)이가 본시 개화당이라 백성들에게 머리 깎고 양복 입을 것을 명령하여 완고한 백성들이 큰일났다고 들끓는 판이었다.

양복을 실은 배가 불원간 S항구로 들어온다는 소문이 퍼졌다. 그리고 상투를 모조리 자르고 그 양복을 입어야 한다는 풍설도 돌았다.

여기서 민심은 나날이 불안해졌다. 머리 깎기도 양복 입기도 싫었던 것이다. 그래서 자칫하면 소란이 일어날 것 같은 기미까지 떠돌았다.

그럴 판에 이것을 엿보고 최문환이가 쳐들어온 것이다.

그러니까 개화를 꺼리는 백성들은 최문환이를 은근히 환영하여 그는 팔을 펴고 들어와서 서리관찰사 목유신의 목을 잘라 성문에 내걸고 일경을 호령하였다.

여기서 개화당의 서리관찰사 목유신이 죽었다는 소문이 원산수비대(元山守備隊 — 第三師團 — 後備第六聯隊 第二中隊)에 이르자 사령관 중천우순(中川祐順)은 곧 토벌할 거조를 차리기 시작하였다.

그러나 만약 토벌이 실행되어 폭도들이 작경하는 날이면 또 무고한 백성들이 도탄에 빠질 판이었다. 그래서 뜻있는 사람들이 읍회(邑會)를 열고 그 대책을 강구하였다.

그 결과 의인 이제마 선생이 나와야 되겠다고 만장의 의론이 일치하게 되었다.

당시 이제마는 나이 육십이었는데 H읍에서 한 이십 리 되는 천서
(川西)라는 데 있었다.

읍회에서는 의인을 모시는 예로 대표를 뽑아 사인교로 영접하러
나갔다.

당시 이제마는 어머니 상중(喪中)이었으나 육십 평생을 *제세안민
(濟世安民)에 맘을 써온 그이라 마침내 난리를 평정하러 나왔다.

"만백성이 도탄중에 있는데 내 홀로 사인교를 타랴."
하고 그는 대표들의 호의를 물리치고 그들과 함께 도보로 걸어 들어왔
다.

그때 H읍 서쪽 큰 다릿목에서는 박진사의 외삼촌이 선생을 기다
리고 있었다.

그는 본시 한다는 풍꾼으로 양주목사를 지내고 또 스스로 장수로
라고 호언장담하는 사람이었다. 그런 중 최문환이 난리가 일어나자
때를 만난 듯이 제가 나서서 그것을 평정하고 공명을 세우려 하였다.
그래 그는 세속에서 *임꺽정(林巨正)이보다 몇 배 더한 장수라고 일
컫는 노백정이라는 사람을 대장으로 하여 장정 백여 명을 모아 가지
고 전쟁 준비를 차리고 있었다.

그럴 판에 이제마가 들어온단 말을 듣고 이 다릿목으로 마중 나온
것이다.

필시 이런 난국이니까 이제마도 자기를 써주리라고 믿었던 것이다.

그러나 사태는 전연 의외였다.

"이놈, 어서 물러가서 양민들을 헤치지 않으면 네 목부터 잘라서 효수할 테다. 난리를 타서 난리를 이루고 이름을 팔자는 못된 놈 같으니라구."

하고 호령하는 바람에 그는 그만 쑥 들어가 버렸다.

그때 신좌수도 그 곁에서 그것을 보았지만 *생질인 박진사도 보았다. 아닌 게 아니라 당시의 사정이 누구든지 민간에게 작경을 부리기만 하면 원산수비대에서 당장 쳐들어와서 이 지방은 또 전화를 입지 않으면 안 될 난감한 때라. 그래서 이제마는 첫손부터 이렇게 신중히 짜고 든 것이다.

이제마는 그날부터 총 잘 놓는 포군을 모으기 시작하였다. 백성들은 개화당을 미워하였고 개화당의 목유신을 죽인 최문환이를 환영했지만 워낙 이제마의 덕망이 높았던 관계로 불수일에 포군(砲軍) 삼백 명이 모여 왔다.

그래 이제마 선생은 일변 원산수비대에 격문을 보내어 토벌을 중지하도록 하고 손쉽게 최문환이를 잡아서 옥에 가두고 난리를 평정하였다. 그리고 조정에 보고하고는 그날 밤으로 옥사정을 시켜 최문환이를 도타시켜 주었다.

조정의 분부는 반드시 최문환이를 꼭 죽이라고 올 것이므로 사전에 미리 도타시킨 것이다.

실상 최문환의 본심이 세상을 구하자는 데 있었던 것을 그는 잘 알고 있었던 것이다.

　이야기는 조금 뒤로 돌아가거니와 이제마가 난리 평정을 맡아 가지고 그 대책을 짜고 있는 어떤 날 선생을 찾아온 것이 신좌수였다.
　그때 박진사도 선생과 함께 있었는데 선생은 신좌수를 보더니만 고작 얼굴에 화색이 돌면서 이내 그를 데리고 어디로 나가 버렸다.
　나가서 그 길로 군기고에 데리고 가서 그것을 맡겨 버린 것이다.
　석양에야 그 소식을 들은 박진사가,
　"사람이 어떻습니까?"
하고 물으니까 선생은 그저,
　"두고 보게."
할 뿐이었다.
　그 다음날 선생은 신좌수와 박진사를 앉혀 놓고,
　"자네들 방패라는 것을 아는가."
하고 물었다.
　방패라는 것은 삼척동자라도 아는 것인데 무슨 소리를 하는가 하며 박진사가,
　"네, 압니다."
하고 대답하니 선생은,
　"그러나 옛날 것은 무겁고 예려서 신통치 않으니. 그러니 어떻게 만들면 좋겠나 생각들 해보게."

하여 신좌수와 박진사가 골똘히 생각했으나 종내 좋은 생각이 나지 않았다.

"장수는 첫째 방패를 알아야 하네. 십만 장졸의 사력(死力)을 모으자면 그 십만 장졸의 생명을 살릴 도량과 인심(仁心)이 있어야 하네. 방패가 사람을 구하는 것보다 병졸에게 방패를 주는 장수의 맘이 사람을 구하고 싸움을 이기게 하는 것일세."

하여 그 이튿날부터 신좌수와 박진사는 좋은 방패 만들기에 무진 애를 썼다.

아닌 게 아니라 선생의 그 마음은 부하 병사의 마음을 꼭 붙들어 짜른 시일 안에 최문환이를 잡아서 옥에다 넣었다.

그리고 선생은 조정에 신관을 보내도록 청하고 그리고 자기 독단으로 정사를 보지 않고 군민대회를 열어 대표를 뽑아 가지고 임시로 도정(道政)을 베풀어 갔다.

그 대표 중에는 신좌수와 박진사도 물론 끼었었다. 뿐만 아니라 그 뒤에도 이 두 사람은 언제든지 꼭 붙어 다녔다.

그러던 어느 날 신좌수가 박진사를 찾아와서,

"박형, 선생이 일전에 내게 돈 오백 냥(百圓)을 내주시는데 그리고는 아무 말씀도 안 계시니, 대체 이 돈을 무엇에 쓰라는 말씀인지 알 수 없구려."

하며 지혜 짧은 자기 자신을 못내 안타까워하였다. 박진사도 점도록 생각해 보았으나 종내 알 길이 없었다.

선생님으로 말하면 언제든지 단돈 한 푼 없이 *폐의파립으로 다니는데 그 돈 오백 냥이 어디서 났는지도 알 수 없는 일이었다.

"글쎄 그거 원 살림에 보태 쓰라고 그랬을 리도 없고……."

박진사 알기에도 신좌수의 집은 살림이 단단한데 가용으로 주었을 리는 없는 것이요, 또 선생은 자기 집이 조반석죽을 못 끓여도 제자들이 돈 한 푼 가져오게 못 하는 성미니까 살림에 쓰라고 주었을 리는 물론 없는 것이다.

"거 아무리 생각해도 모르겠단 말야. 꼭 무슨 연고는 있는 돈인데……."

그렇게 입이 무겁고 속이 깊은 신좌수도 오늘만은 몸이 달아서 가만히 배겨 낼 수가 없었다. 하나 아무리 생각해도 신좌수나 박진사의 지혜로는 궁리해 낼 수 없는 일이었다.

그래 며칠을 두고 생각하여도 종내 알지 못하고 말았는데 그 얼마 뒤에 신좌수는 그렇게 가까운 박진사에게도 아무 말 없이 어디로 떠나 버렸다.

그래서 한동안은 그의 소식을 통 알지 못했는데 그 담해에 신좌수의 아들이 와서 말하기를,

"아버지를 만나 뵈었습니다."

하고 전후 사정을 이야기해서 겨우 소식을 알았다.

"아니, 어디 계시던가?"

박진사도 못내 반가웠다.

"해삼위에서 만나 뵈었습니다. 저를 보시고 맨 처음으로 아저씨(박진사) 말을 묻습디다."

"아아니 그래, 안 나오실 모양이던가?"

"그런 게 아니라 사실인즉 제가 풍편에 듣고 모시러 갔던 것입니다. 가서 요행 만나 뵈었고 또 아버님도 반가워하시면서 나이도 듣고 했으니 그럼 함께 나가자 하시어서 안심했습니다."

"그래서?"

"그런데 만나던 그날 밤 한방에서 주무시다가 그만 어디로 도망해 버리셨습니다. 그러니 만리타국에서 어디 가 찾습니까. 그래 찾다가 못해서 혼자 돌아왔습니다."

하는 신좌수 아들의 말을 들으며 박진사도 무슨 여우한테 홀린 것 같은 야릇한 마음이 들었다. 그리고 몇 해를 또 까맣게 막혀서 지냈는데 작년에 뜻밖에 신좌수의 편지를 받았고 그 편지 때문에 이번에 박진사가 더 오래 갇혀 있었던 것이다.

그러나 물론 박진사는 신좌수를 조금도 원망하지는 않았다.

박진사는 다시 어머니에게 그 연유를 풀어 말하였다.

"작년에 그 신좌수에게서 편지 온 게 있습니다. 그러나 그 편지에는 별 소리는 없고 그저 들어오라는 말뿐이었습니다."

하고 박진사가 말하려니까 할머니는 손을 들어 괭이질하듯 하며,

"글쎄 오라구는 왜 해…… 물귀신이 천생 남을 호려 넣구라야 제

가 빠져 죽은 자리에서 모면해 나온다데. 그러니까 성성한 사람을 끌어넣고 제가 돌아오잔 말이지 뭐란 말인가.”

하고 혀를 갈긴다.

“아니올시다. 그럴 사람이 아닙니다. 저 죽을 때 대신 죽으래도 죽을 사람인데 그럴 까닭이 있습니까. 그저 옛날 벗이 그리웠던 게지요. 그래서 오라고 했겠지요. 저를 해칠 사람은 아닙니다.”

박진사는 그 때문에 그렇게 고생했으면서도 아직 단 한 사람뿐인 옛 동무를 생각하는 정이 적이 *면면함을 다시금 느끼었다.

“아냐 이 사람아, 아니래도 우기네그려.”

“좌우간 지나간 일이니 더 말할 것 없습지요.”

“해치지 않는 게 뭔가. 아아니 그 사람 때문에 그렇게 오래 갇혔다면서 해를 받지 않았다는 게 무슨 소린가. 정말 그 사람이 물귀신인가 부네. 그리게 자네가 여태 그 귀신한테 홀려 있으면서도 그런 줄을 모르는 게지. 아니 분명 무엇이 들렸다니까. 하아, 이거 어서 저 귀신 해먹여 쫓아야겠구나.”

“아닙니다. 어머님 절대 그렇지 않습니다.”

본시 어머니 말이라면 쥐를 고양이라고 해도 거역하지 않던 박진사도 이 말만은 굳이 발명하려 하였다.

그만치 동무를 사랑하는 마음이 절절하였던 것이다.

“아니 글쎄 이 사람아, 복숭아 나무채를 맞기 전에 어여 정신을 차리게. 글쎄 조상을 두고 어디로 간단 말인가. 또 그 신좌순기 한 사

람 심사도 고약한 것이 제 자식이 찾아갔을 때는 거기가 사람 살지
못할 데니까 도루 내보내고 자네를 데려다가 볼모로 두자는 걸세그
려. 아예 말두 말게."

하는 할머니의 수선과 노망에는 효자 아들도 약간 진저리가 났다.

"아닙니다. 제가 어디 그리로 간답니까."

박진사는 개유하듯이 듣기 좋은 말로 웃으며 말하였다.

"아니 글쎄 가지는 않을세. 그 사람 편지 때문에 욕 받았다면서 글
쎄 그런 걸 사람의 집에 두긴 왜 두는가. 아니 참 그리게 무당한테
물으면 물을 때마다 저놈의 전봇줄을 타고 온 귀신이 그 집에 있습
네 하고 넋두리를 하지. 지금에야 보니까 그게 바루 그 편질세그려."

미신 좋아하는 할머니는 더욱 무당의 말이 맞는다고 생각하였다.

"편지가 어디 전봇줄을 타고 옵니까. 배를 타고 오지요."

"온 그런 소리 말게. 저 다릿목 뒤 집에서는 구두까지 전봇줄에 매
달아 보냈다는데 그러나."

"구두가 어떻게 전봇줄을 타고 갑니까. 낭설이지요."

"아아니 글쎄 다릿목 그 집 아들이 서울서 편지를 보내서 그 아비
가 새 구두를 지어서 전봇줄에 매달아 놓고 그 이튿날에 가보니까
새것은 서울 가고 낡은 구두가 와서 그 줄에 둥둥 매달려 있더라네.
그래도 거짓말인가."

"그거야 지나가던 사람이 새걸 떼가고 낡은 걸 대본으로 매달었던
게지요."

하고 박진사는 웃었다.

"글쎄 그렇더라도 그런 편질 무엇 할라구 두어 두길……."

"아니 그 편지도 인제 사실이 밝아졌으니까 걱정될 거 없습니다."

"*성복 후에 약방문이지…… 싱싱하던 사람이 저렇게 부어 와도
……."

"아니올시다. 그 편지 아니라도 일은 못 면하게 되었어요. 중대한
일을 맡아보다가 간다 온단 말 없이 도망을 쳤으니 그저 묵삭여 낼
수야 있습니까. 그러나 인제 도리어 더 잘되었습니다. 모든 오해가
다 풀리고 또 제가 도망간 뒤에 청에 남아 있던 사람들이 공연히 *단
련을 받았는데 그것도 다 무사히 되었습니다. 그 사람들은 뒤에 다
잘될 것입니다. 모두 상당한 자리에 써준다고 했으니까요."

"벼슬이고 뭐고 인제 다 그만두게. 삼정승 육판서를 한몫에 다 한
대도 부럽지 않네. 글쎄 툭하면 감사도 목이 떨어지는데 그건 해서
뭘 하나."

"그리게 저는 인제 농사 감농이나 하고 낚시질이나 다니겠습니다.
그리며 선생님이 발명하신 의술이나 행해 보겠습니다."

박진사는 정말 그렇게 여생을 보낼 생각이다. 개중에도 특히 선생
이 발명해 논 *사상의학(四象醫學)을 세상에 펴게 되면 그에서 더 족
한 일이 없으리라 싶었다.

그 뒤 박진사는 촌에서 한가히 낚시질로 소일하였다. 그러는 어느
날 이왕에 박진사 집에 가택 수색을 나와서 딱딱 을러내던 양복쟁이

가 나오고 또 그 뒤에는 그보다 더 동떠 보이는 안경 쓴 양복쟁이가 나왔는데 모두 박진사에게 여간 친절하지 않았다.

우길이가 가보니까 그 사납게 생긴 양복쟁이가 위태로운 조선말로 연신 굽신거리는 것이 도리어 보기에 어색하였다.

그리고 그 다음 안경 쓴 사나이는 미리 조선 사람 통역을 데리고 나와서 무엇이라고 웃으며 이야기를 하였다.

그리고 그 얼마 뒤에는 군대 포병(砲兵)들이 야포 연습을 나왔다.

나와서는 우길이 집 마루대청을 터쳐 놓고 쉬어 가지고 앞내 버들 아래에 대포를 들이걸고 연습들을 하였다. 그 대포 소리에 귀가 땅땅멀 지경이나 그래도 아이들은 구경거리가 났다고 밀려나가곤 하였다.

그리하여 병정들이 쉬는 시간에 강가에서 점심을 펴놓고 붉은 *새 양쪽을 먹는 것도 구경하고 또 추수하는 밭으로 낟알 주워먹으러 다니는 닭의 새끼를 쫓아다니는 것도 구경하였다. 그리고 말을 타고 다니는 것도 보았다. 모두 썩 재미나는 구경거리였다.

이렇게 그들이 자주 나오는 동안에 병정들과 이 동리 사람들은 어느덧 친숙해졌다.

동리 소패들은 우길이 집 사랑뜰 앞에 모여서 병정들에게서 말도 배우고 기운겨기 내기도 하였다.

병정이 다리를 벌리고 한 손을 쑥 내밀면 동리 청년들은 벌써 그것이 무슨 뜻인지 알아채고 그 손을 잡고 마주 서서 밀기닥질을 하였다.

그래서 먼저 발이 떨어지는 사람이 지기다.

어느 편이든지 지면 그 편에서 새 사람이 바꾸어 들었다. 그리하여 어느새 편내기가 되고 놀음은 한결 신이 나고 재미가 있었다.

그리고 또 어느 병정이 허리를 구부리고 두 손으로 두 무릎을 짚고 눈이 발개서 무어라고 고함을 지르면 그것은 씨름하자는 말인 줄 알고 동리 사람도 마주 서주었다.

그러나 씨름은 어림없다. 맞서기도 무섭게 이 동리 사람이 밀려나고 뒹굴고 하였다.

둥그렇게 금을 그어 놓고 그 안에서 빙빙 돌아가는 씨름에는 이 촌사람은 하나도 붙저지를 해내지 못했다.

그래서 이 촌사람은 삼바를 만들어 가지고,

"여어, 조선씨름 하세."

하고 어르면 병정들은 멋도 모르고 아무 쪽 다리에나 삼바를 꿰고 덤비었다.

그러나 조선씨름에는 병정들이 배겨 내지를 못하였다. 배지기에는 벼락같이 넘어가고 무릎짚기에는 시더더 물러앉았다.

그 다음은 팔씨름을 하였다. 팔씨름은 병정들이 대개 더 세었다. 깎은 머리 꼭뒤까지 빨개지면서 낑낑거리고 힘을 쓰는 데는 상투쟁이들이 견디어 내지 못했다.

그 다음은 뜀뛰기인데 광도 고도 모두 병정들이 이겼다. 촌사람들은 대개 엉덩이가 무거워서 잘 뛰지 못하였다.

하나 하루는 병정들이 우길이 큰아버지가 선 자리에서 우길이 한 길이나 훌쩍 뛰어넘는 것을 보고 입을 딱 벌렸다.

우길이 큰아버지는 그때 나이 거의 오십이었다. 오십이라도 날파람 있는 이십 안팎 청년보다 더 날래었다.

하루는 그 높은 군마(軍馬)를 등자도 안 디디고 훌쩍 뛰어올라서 병정들이 또 한번 놀랐다.

"빠가니 도부 야쓰다네."

하고 감탄도 하였다.

그도 그럴 것이 그 큰 말을 오히려 낮다고 언덕에 올려세우고 손끝으로 겨우 안장을 만질락하더니만 그만 제비같이 날아 올라간 것이다.

그런데 또 이 상투쟁이가 철봉까지 기막히게 잘하는 데는 병정들의 벌어졌던 입이 오래도록 닫힐 수 없었다.

그러나 이런 일 때문에 그 뒤부터 이 동리 사람들과 병정들은 매우 무관하게 되었다.

처음은 말들이 잘 통하지 못했지만 자주 만나는 동안에 이 동리 사람들은 되나 안 되나 곧잘 씨부리게 되었다.

어린애들은 여러 가지 물건을 가리키면서 그 이름을 물었다. 그 배움은 속하였다.

그래서 이 동리 소년들은 병정들이 나왔다는 말만 들으면 서당에서 모조리 우길의 집으로 모여 오곤 하였다.

우길의 할머니는 첨 병정들이 이 집으로 들이밀렸을 때는 초풍할 만큼 놀랐다.

그리고 가슴이 뛰어서 이내 이불을 쓰고 드러누웠다.

우길이가 진종일 병정들을 따라다니다가 석양에 들어가면 할머니는 대뜸,

"아이규 냄새야. 이런 고약한 냄새라구는…… 으윽 으윽……"
하고 구역질을 하려고 들었다.

아닌 게 아니라 우길이는 병정들의 복장도 만져 보고 모자도 써보고 또 그 배낭까지도 메어 보았다. 그러니 그 냄새가 배었을밖에…….

"아이구 이놈에 새끼야, 저리 가거라. 아침에 먹은 음식이 다 돋긴다."
하고 할머니는 코를 쥐고 돌아갔다.

"늙은이가 코는 빌어먹게 밝네. 그렇지만 그게 원판 좋은 냄새야."
버릇없는 우길이는 이렇게 뇌까리고 나가 버린다. 할머니는 그 뒤에도 오래도록 병정들이라면 질색을 하였다. 병정들이 나오는 날이면 귀에다가 솜을 틀어막고 있었다.

그도 그럴 것이 그는 전에 대포 소리에 놀라 넘어져서 허리를 다쳤던 것이다.

그래서 지금도 그 소리만 들으면 가슴이 말발굽처럼 뛰었다. 그러나 그도 사람의 일이라 병정들이 하도 여러 번 나오니까 차츰 덜 무서워져서 인젠 비슬비슬 중문 대문으로 내다보기까지 되었다.

우길이가 병정들이 총을 쏜다고 거짓말로 을러도,

"온 그 사람들도 그래 애비 에미가 있을 테지. 늙은이를 몰라보겠니."

하고 제법 떡심 좋은 소리까지 할 만침 되자니까 보고 듣고 눈과 귀에 익기가 어지간하였던 것이다.

그러나 그러면서도 모든 것이 할머니에게는 못마땅하게 보였다.

첫째 그 깎은 머리가 눈에 거슬렸다.

"아이규 저 골치, 천생 문어 대가리 같구나. 저걸 글쎄 대가리라고 가지고 다닌단 말이냐. 끔찍해라."

하고 나중은 심지어 양복 흉까지 보았다. 마치 푸대자루 속에 사람을 집어넣고 꾸어맨 것 같다는 둥 허리띠는 저고리 밑에 매는 게지 무지한 차꾼처럼 저고리 위에 질끈질끈 동였으니 그런 소견없는 짓이 어디 있느냐는 둥 별별 소리가 많았다.

"할머니, 닥상 요로시란 말 알아요? 닥상 요로시……."

우길이가 웃으며 물었다.

"이 자식아, 내가 그런 걸 어찌 아느냐."

"그게 아주 썩 좋단 말이에요."

"좋단 말인지 죽이겠단 말인지 내가 알 택이 있니."

"할머니가 한마디 잘하는 말 있지 않소. 신단지란 말 말이오."

"신단지?"

할머니는 얼떠름해서 그저 그렇게 되받아 외었다.

“왜 우리가 수상(水上)에 피난 갔을 때 양복 입은 사람만 보면 할머니는 신단지 신단지 하고 말하지 않았소.”

하는 우길의 말을 들으며 할머니는 싱긋이 웃었다.

사실 할머니는 이왕에는 양복 입은 사람만 온다고 하면 이내 이불을 뒤집어쓰고 혼잣말로 신단지 신단지 하고 외었다.

그것은 즉 거의 죽어 가는 사람이니 건드리지 말라는 의미다.

할머니가 시방 그것을 생각하고 웃고 있는데 병정 하나가 가까이 와서 웃으면서 우길이와 무어라고 말하였다.

그 표정이 매우 부드럽고 얼굴도 잘 만든 부처같이 얌전해 보였다.

그래서 할머니는 슬그머니 용기가 났다.

“그래 생원 이름이 뭐요.”

할머니가 병정에게 물었다. 그러나 병정이 알아들을 턱이 없다.

그래서 우길이가 대신으로,

“그런 말 몰라요.”

하고 말했더니 할머니는 못 들은 척하고 다시,

“그래 생원 부모 다 있소.”

그러나 역시 알아들을 턱이 없는 것이다. 그러니 대답이 없을밖에…….

“양친부모 말이오. 아버지 어머니…….”

그래도 역시 알 까닭이 없다.

“그런 말 모른다니까.”

하고 우길이가 또 대신 말한즉 할머니는 대단히 못마땅하게 생각는 어조로,

"온 아무리 한들 어머니 아버질 모를 법이 어디 있담. 그게 온 사람의 자식인가."

하고 혀를 끌끌 차며 들어가 버렸다.

역시 무슨 뜻인지 모르는 병정도 좋은 치사나 들은 듯이 싱글싱글 웃고 있었다.

전에 한번 다녀간 안경 쓴 양복쟁이가 통역하는 조선 사람을 데리고 다시 박진사 집으로 나왔다 갔다.

그것은 박진사가 전에 선무(宣撫)사업에 종사했던 공로를 표창하는 데 대해서 미리 그의 양해를 얻기 위해서였다.

그 안경 쓴 사람의 말을 들으면 그때 선무사업에 종사하던 사람 삼십 명 중에서 네 사람 가량 추려서 변지 군수로 가도록 하자는 의사가 상부에 있다는 것이다.

"사실 아직도 변지는 진정되지 않았으니 명망 있는 이들이 가서 잘 *진무해야 할 줄 압니다."

하는 것이 그 안경 쓴 사람의 말이었다. 그러나 박진사는 굳이 사양하였다.

"나는 그러한 재목도 못 되고 또 이제부터 낚시질이나 하고 선생이 가르쳐 주신 의술이나 해볼까 하는데 그건 과분한 말씀입니다."

하고 핑계를 대었다. 그러나 사실인즉 그도 일군의 어른이 된다는 데
는 노상 맘이 없지 않았다. 기왕 벼슬길에 나섰던 것이니 감사까지는
바라기 어렵다 하더라도 한 고을 어른이라도 되는 것이 자기의 이름
을 위해서도 또 그보다 조상의 명예를 위해서도 마땅한 일이라고 생
각하였다. 그러지 않아도 자기 집 십 대 안 조상들만 살펴보아도 그
동안에 급제가 열 명이요, 진사가 열일곱이요, 그 아랫벼슬은 *불가
승수다.

그러나 그 내색을 보이는 것은 비열한 일이요, 부질없는 일이어서
자기는 그럴 뜻이 없노라고 하였다. 그러던 중 그 이듬해(명치 42년)
봄에 마침내 정식으로 삼수 군수의 사령이 내렸다.

삼수는 그가 일찍 선무하러 갔던 고을이다. 삼수란 듣기에는 범이
나 사는 산골 같지만 기실 산수 좋고 인물 좋은 곳이다. 그러기 세속
에서는 삼수를 함경도의 색향이라고 이른다.

그러나 그따위 것은 아무래도 좋은 말이지만 그의 선생은 일찍 삼
수를 지나의 서촉(西蜀) 같은 *요해지(要害地)라고 높게 쳐서 말하였
다.

그런데 작년 첫봄에 박진사가 북청을 도망해 나온 후 차도선(車道
善)은 토벌대에게 쫓겨가고 그 뒤에 귀순해서 이 지방은 그 뒤 별 연
고 없었다.

그래서 박진사는 몇 번 사양하다가 결국 사령서를 받기로 하였다.
받아 놓고는 그곳으로 갈 준비를 차리었고 또 인차 부임히라는 상부

의 명령도 있었으나 어쩐지 미타한 데가 있고 또 뒤가 끌려서 수이 떠나지 못하고 있었다.

그래서 차일피일하고 있는데 그해 삼월에 삼수 갑산 지방에서 또 홍범도 난리가 일어나고 뒤미처 이와 호응하여 일단 귀순하였던 차도선이가 다시 반기를 들고 돌아섰다. 그리고 또 홍범도에게 귀순을 권고하러 갔던 김경시 이하 열한 명이 모조리 참살을 당하였다.

그러니 지금 그 속으로 가는 것은 말하자면 기름을 지고 불속으로 들어가는 것이나 일반이다.

박진사는 물론 부임할 엄두를 내지 못하였다.

그런데 또 할머니의 걱정이 더 자심하였다.

"아아니 함경관찰도 모가지가 떨어져서 까마귀 밥이 됐는데 어쩔라구 그리나. 글쎄 해필 그런 난판으로 가려는 건가. 그게 대체 무슨 놈의 심청이란 말인가?"

하고 할머니가 쪽박을 깨어서 박진사 깐에도 견디기가 어려웠다. 그런데 또 엎친 데 덮치기로 안경 쓴 양복쟁이가 며칠 걸러로 나와서 상부의 명령이니 어서 부임하라고 졸랐다.

"이런 때일수록 백성이 명관(名官)을 기다리는 것이니 어서 부임하도록 하시오. 또 기왕 진무해 보신 경험도 있고 하니 모든 일이 편할 것이오."

그러나 박진사는 좀처럼 그런 용기가 나질 않았다.

"다른 사람을 구해 보시지요."

“다른 사람이라니. 어디 그럴 만한 인물이 있습니까.”

“허지만 나는 노모 병환도 계시고 또 처음에 진무하러 갔을 때와는 지금 사세가 달르지요. 그때는 민간으로서 간 것이지만 이제 관직을 띠고 가면 관가를 원수로 아는 그들이 내 말을 들을라겠소.”

사실 박진사는 그것을 걱정하였다. 요즈막 풍편에 들리는 말이지만 저들은 박진사가 불의에 팔렸으니 이놈을 그만 건사해 버려야겠다고 한단즉 이제 가는 날이면 이 세상은 마지막인 것이다. 그래서 그는 이것저것 성가신 나마에 매일같이 낚시질을 다녔다.

그리고 박진사는 이 봄에 무슨 생각이 들었는지 자기 집 뒤에 있는 빈터를 학교 운동장으로 내놓고 시당을 확장하여 아주 완전한 학교를 만들었다. 그가 솔선하자 모두들 힘을 모아서 순식간에 훌륭한 학교가 되었다.

비록 절름발이라 할지라도 강기(岡崎)라는 선생을 데려다가 국어와 산술을 가르치게 하고 박진사가 북청을 탈출한 이후 항시 데리고 다니는 이덕균이라는 사람에게 체조와 교련을 맡게 하였다. 이덕균은 본시 북청진위대 정교로 있던 사람이다.

박진사는 그를 장가들여 주고 집까지 지어 여기서 영주하도록 하였다.

이윽고 운동장에서는 목총을 메고 나팔을 불며 교련하는 소리가 날마다 들려 왔다.

그러는 중에도 박진사는 매일같이 낚시질을 다녔다. 그는 가까운 내와 못으로 낚시질을 다니다가 연심 발을 멀리 디디어서 나중은 시십 리나 되는 광포(廣浦)라는 데까지 갔다.

그러면 그날로는 못 돌아온다. 그런데 더욱 거기는 큰 고기가 잘 잡혀서 그 재미에 며칠씩 붙박어서 있는 일도 종종 하였다.

그래서 사오 일 만에 집으로 돌아올 때는 두세 뼘씩 되는 잉어를 삯꾼 내어 지워 가지고 왔다.

그것이 재미였고 그리고 가끔 병 있는 사람을 만나면 약방문을 내주고 그 뒤에 그 집에 들러서 나아 일어난 것을 보는 것이 또한 재미였다.

그러던 어느 날 초저녁이었다.

밖에서 누가 찾는 소리가 나서 우길이가 나갔더니 건장하게 생긴 두 사나이가 두리번거리다가,

"애, 아버지 계시지?"

하고 말에 그루를 박는다.

"안 계셔요."

마침 아버지는 낚시질을 가고 없었다.

"어디 가셨니?"

그런즉 우길은 그 말 대답은 하지 않고,

"어디서 왔소?"

하고 되물었다.

"으응, 읍에서 왔다."

"읍에서요? 어째 그리우?"

"이눔 봐라. 어째 그리는 걸 알아야 쓰겠니."

"그래야 아버지 들어오시면 말하지요."

"아버지 어디로 갔니."

그 말투가 몹시 거칠고 사나워진다.

"글쎄 서당에 갔다 와서 나두 모르겠소."

"집안에 어른이 계시지. 물어 가지고 나오너라."

그래서 우길이가 안으로 들어갔더니 그 동안 할머니가 문틈으로 내다보고 그 인상이 무슨 *지인지감이 있었던지 손을 내떨며,

"애, 아버지 어디 갔는지 모른다구 그래라. 몰골이 어째 이로운 사람 같지 않다."

하고 질색을 하였다.

우길이가 밖으로 나와서 그대로 말했더니 앞에 선 사나이가 뒤에 선 사나이에게 턱질을 하며 재빠르게 안으로 달려들어왔다.

그 두 사람은 육혈포를 내들고 집안 식구를 모조리 돌아가면서 결박하였다. 그리고 한 사람이 온 집안을 골고루 돌아보고서,

"주인 어디로 갔느냐?"

하고 문초하기 시작하였다.

할머니는 질겁을 했지만 그러나 그 사나이들이 상투 짜고 흰옷 입은 데 약간 마음이 놓여서,

"아마 읍으로 갔나 보오."

하고 거짓말을 하였다. 보아하니 해치러 온 것이 분명한데 고지식하

게 낚시질 갔다고 해서는 안 될 것이었다.

"읍에 간 사람이 어째 사랑에 의관이 그대로 있느냐?"

"의관이 여러 벌 있으니까 아마 여벌이 걸려 있었는가 보오."

"읍에 가면 어디서 묵나?"

"그거야 치마 띤 아낙네들이 어찌 압니까."

"바로 안 대면 모두 싹 죽일 테야."

"미련한 것들이 뭘 압니까. 그저 살려 주십시오."

하고 할머니는 벌벌 떨며 *고두백배 빌었다. 할머니는 그러는 판에
박진사가 영문 모르고 쓱 들어설까 봐 간이 콩알만해졌다.

그래서 이마가 방바닥에 닿도록 연신 절을 하였다. 절에 물려서
가 버리게 하자는 거다.

그리하여 그 사나이들은 결국 별 소득 없이 돌아가 버렸다.

그것이 지금 삼수 갑산에서 난리를 꾸미고 있는 홍범도의 부하인
것은 두말할 것도 없다.

그들은 박진사를 죽이러 온 것이었다.

황혼이 짙을 때

보이지 않는 무서운 *떼서리가 일조에 우길의 집을 에워싸고 온 집안 식구의 간담을 무시로 위압하는 것 같았다.

우길의 아버지는 종내 고향을 뜨기로 마련이었다.

칠십 노모를 두고 선형의 땅을 기약 없이 떠나는 것이 섭섭하기는 이를 데 없는 일이지만 그래도 할 수 없는 사정이었다. 이곳을 뜨지 않으면 언제 어떻게 비명횡사할지 모르는 것이다.

그런데 정작 집을 떠나기로 작정하고 본즉 더욱 마음이 조여서 하루라도 이 지붕 밑에서는 발편잠을 잘 수 없었다. 그래서 윈데로 낚시질을 가서 며칠씩 묵어서는 아침결에 집에 돌아왔다가 석양편에 다시 낚시질을 떠나곤 하였다. 그러던 어느 날 박진사는 반가운 소식 하나를 가지고 집으로 돌아왔다.

"어머님, 귀순이 혼처가 있는데 어머님 생각에 어떠실는지요."

하는 것이 이른바 반가운 소식이었다.

귀순이는 우길의 손위 누이다. 나이는 이제 겨우 열세 살…… 그러나 아버지에게도 할머니에게도 그것은 이미 *여윌 수 있는 방년인 것이다.

"아아니, 어디 마땅한 자리가 있는가. 그러믄사 여북 좋겠나. 줄 것은 주고 데릴 것은 날래 데려와야지. 우길이 나이도 벌써 열 살이 아닌가. 열 살이래도 유만부동이지 그놈은 쪼무래기 열다섯 폭은 되느니. 그러니 제 형보다 이르면 일렀지 늦을 수는 없지. 인륜대사란 때가 있는 법이니."

손자며느리를 하나 더 보고 눈을 감을 생각이 그윽한 할머니는 그 전으로 어서 귀순일 여의어 줄 마음이 불 같고 그러니만치 이제 겨우 열세 살인 귀순이가 나이 넘은 덩그렁 숫처녀로 보이는 것이다.

"그래 신랑의 집은 어떤가?"

할머니 말이 더 다급하여졌다.

"저어 장자리 이진사라고 있습니다. 근본이 양반입지요. 그 사람 맏아들인데 놈이 외양도 준수하려니와 열여섯 살룬 범절이 뜨르르하고 글을 읽는데 재주가 또 비상하더군요."

할 뿐 박진사는 이진사네가 소문난 부자라는 것은 위정 말하지 않았다.

"열여섯 살이면 나이가 좀 덜 맞네만 그래도 궁합만 좋으면 사너니."

　그리고 할머니는 귀순이가 섣달에 나서 사주가 센데 사주 센 처녀는 *후취로 가야 액운을 면한다고들 하지만 세 살 위인 신랑을 맞으면 후취나 다를 바 없으니 그게 아마 천생연분인가 보다고 생각하였다.

　사실 귀순이는 섣달에 낳았다. 그러니까 햇수로 따지자면 올해에 열네 살이지만 마침 입춘 지난 뒤에 나서 할머니는 이듬해 정월에 난 것으로 치라고 집안 식구에게 일러 두어서 그제부터 내려 한 살을 줄여 왔다.

　"그러믄요. 모두 제 팔자입지요."

　"그래 말은 일러 봤냐?"

　"아니올시다. 어머님 말씀도 안 듣고 홀홀이 말을 낼 수 있습니까."

　"아아니 내 말 들을 거 뭐 있나. 자네 생각에 가합하면 그만이지."

　"아니올시다. 그래도 어머님 분부가 계셔얍지요. 일의 절차가 그렇잖습니까."

　"글쎄 어서 정혼하도록 하게. 늙은것이 아마 손자사위 절을 받으려고 여태 안 죽고 살아 있나 보네. 또 혼사라는 건 첨에 맘먹었던 자리가 비끼면 종래 시원한 일이 없느니."

　"글쎄 그도 인연인가 봅니다. 그저께 우연히 광포 낚시질터에서 이진사를 만나 가지고 어찌어찌 말이 되어서 어제 그 집에 들렀습지요. 했더니 이진사가 아들을 제게 절을 시키는데 담박 맘에 들더군요. 겉 볼 안으로 외양부터 잘 쓰고라야 속도 되는 법이니까요."

　"그래 생월 생시나 알아봤나."

“아직 그것까지는 못 물었습니다. 그런 내색은 통 내지 않았습니다. 그리고 딸 가진 편에서 먼저 구혼하기도 뭣하고 해서요.”

“그렇지. 그러니 사주나 먼저 알아보게. 그래 궁합이 썩 좋으면 그 담에 저편에서 구혼하도록 하는 수가 또 있겠지.”

그래서 박진사도 그렇게 하기로 하였다. 그러나, 그 담번에 박과 이가 만났을 때 술이 오고 가는 사이에 그 말이 나자 *매파고 *중신이고 할 것 없이 술취한 협협결에 그만 정혼하기로 결정하고 그리고 사돈이 되었다는 경사바람에 술병깨나 좋이 더 비웠다.

맏아들 상무의 혼사를 술집에서 결정한 박진사는 이렇게 해서 딸의 혼사도 또 손쉽게 실로 담배쌈지 하나 사기보다 더 가벼이 결정해버렸다.

때는 봄이라건만 우길의 집은 이 봄에 도리어 쓸쓸해졌다. 아버지는 돌아올 기약 없이 하루 아침 한양 천리 먼 길을 떠나고 말았다.

주인을 잃은 굳게 닫힌 사랑으로 들어설 때마다 우길은 겨울같이 썰렁한 느낌을 받았다.

애틋이 아버지 그리운 그 봄이었다.

그래 학교에서 집으로 돌아올 때마다 누엿이 넘는 저녁 해를 바라보며 앞내 버들가지를 꺾어서 호들기를 만들어 청승맞게 불면서 들어오건만 그래도 이 집의 잠긴 공기는 개운히 가시지 않는 것이다. 생각하면 우길의 심정에 호젓하게 얽히는 것은 다만 아버지를 그리는 것뿐만 아니다. 딱히는 몰라도 어린 누나 귀순이가 불원간 남의 집으로 간다는 그 사실이 우길의 마음 한구석에 뽀오얀 안개처럼 서리어 있는 듯싶다. 귀순에게 대한 할머니의 말투부터도 우길의 귀에는 전과는 판양 다른 것 같았다.

"요년아, 낼모레면 시집을 가. 여태두 어린앤 줄 아느냐."

하고 쩍하면 부수닥기가 일쑤다.

하기는 그도 그렇다. 귀순이는 여태도 어린애처럼 약을 먹으라면 누워 앓다가도 슬쩍 빠져서 이웃으로 피신해 버리고 꼭 붙잡고 먹일라면 입에 자갈을 물릴 지경이니 저게 온 큰 집 맏며느리가 될까…… 할머니 걱정도 아주 무리는 아니다.

"요년아, 몸은 잔뜩 약한 년이 약두 안 먹구 밥두 괴밥 먹듯 하니…… 저 꼴을 해가지고 뉘 집 망신을 시키려느냐. 얻어다 기른 아인 줄 알겠구나."

하고 할머니가 극성을 부리면 우길이는 듣다가 못해서,

"할머니, 귀순인 어째 남의 집으로 보내자우. 미워서 그러우?"

하고 알다가도 모를 이 사단을 할머니에게 물으면 할머니는,

"요놈의 새끼, 그게 다 너 때문이다. 나이 차례로 시집가고 장가드는 게지. 그래 굴뚝에다 불을 때는 걸 봤니. 소를 뒤집어 타는 건 어디 있더냐."

하고 망령을 떤다.

"귀순이랑 이순이랑 아무데두 보내지 말구 집에다 둬요."

"집에다 둬? 저런 사람의 집 망칠 놈의 새끼라고는……"

“가고 싶으면 할머니나 가요. 할머니 허리 꼬부라져서 가마 타면 썩 좋을 거요…… 그렇지 않으면 계섬이를 보내 줘요. 계섬이가 그러는데 쪽두리 쓰고 가마 타구 싶다구…….”

이렇게 우길이가 할머니를 가지고 놀리고 있는데 입이 무거운 상무가 공연히 가로 나서며,

“애 우길아, 너 그거 무슨 소리냐.”

하고 구박하려 들어서 우길은 단박 밸머리가 꼴렸다. 본시 상무는 동기고 남이고 간에 계집아이는 홀쩨 사람으로 안 치려고 드는데, 그러면 그런 대로 가만히나 있을 일이지 묵중할 데 도리어 자발없이 참견이어서 우길은 상무를 질끔 깔보아 주었다.

그 뒤부터 우길은 어쩐지 귀순이가 불쌍해서 늘 그 편역을 들어를 주었고 또 그러한 심정은 어린 누이동생 이순에게로도 쏠려서 전보다 더 귀엽게 그를 생각해 주었다.

한번 우길은 힘에 좀 부치는 대로 놀고 있는 이순이를 계섬이더러 업혀 달라고 하였다.

이순이는 올해 겨우 다섯 살이나 우길이를 닮아서 몸이 포실하고 흐벅지다. 그게 우길에게는 좀 무거웠지만 그런대로 꾸둥쳐 업고 추석거려 주었다.

그럴 판에 상무가 들어왔다. 한즉 우길은 무슨 까닭인지 얼굴이 약간 붉어질싸하였다.

상무가 속으로 계집애처럼 어린애를 처업고 노는 놈 하고 나무라

는 것 같았던 것이다.

그래서 그 뒤로는 상무 안 보는 데서도 이순이를 업어 주지 않았지만 그래도 우길이는 이순이를 업어 주는 것이 못난이 짓이라고는 아무러나 생각할 수 없었다.

'그런데 상무는 어째 그것을 숭볼까?'

하고 우길은 늘 생각하였다. 그러나 종내 그 까닭은 알 길이 없었다. 이런 것이 모두 우길의 마음을 어둡게 하였고 또 이 집에 그의 어린 영혼이 차붓이 안존해 있지 못하게 하였다.

그는 서늘한 이 집보다 동무들과 장난치는 것을 좋아하였고 그래 집에 들기를 그닥 즐기지 않았다.

그때 상무의 새 아내가 몸이 무거운 지 이미 오륙 삭이 되어서 할머니는 벌써 증손자나 안은 듯이 이런 경사가 없다고 벅작궁 고아 대고 고아 대던 끝에는 제김에 조심해야 한다고 가만히 있는 집안 식구들을 가지고 성가시게 구나, 그런 것은 우길에겐 아무래도 좋은 일이었다.

귀순이는 그해 가을 열세 살이라는 어린 나이로 시집을 갔다.

서울 간 아버지도 아니 오고 홀쩨 허술한 보잘것없는 잔치였다.

할머니 환갑 말은 다시 외일 것도 없지만 상무의 혼인잔치만 해도 큰 소 잡고 인근 사방에 찡쩡 울리도록 대판으로 차렸는데 이번은 겨우 남의 눈가림으로 큰 개만한 송아지 한 마리를 삽있을 뿐이요,

이 동리에서도 가까운 일갓집밖에 알리지 않았다.

본시 딸잔치는 광청하지 않는 것이 이 지방의 풍속이라지만 그래도 생기복덕 좋은 날을 택해서 장가들고 시집간답시고 이렇듯 조촐할 수가 있을까? 십년나마 구구하고 싸우고 하던 동기 하나를 영영 남의 집으로 보내는 날 아버지는 어째 오지 않는가. 딸자식은 자식 아닌가.

우길이는 이날 도리어 쓸쓸할 지경이었다.

귀순이는 이날 연지 찍고 곤지 찍고 원삼에 칠보 족두리를 고이 썼지만 그래도 우길이 머리에는 조그만 처녀일 때의 귀순의 모습만이 너무도 분명한 것이어서 화려한 그 옷 밑에서 아직도 소꿉장난을 치고 싶어할 어린 누나의 마음이 새삼스레 그리워졌다. 귀순이하고 노는 것도 오늘이 마지막이요, 그의 소꿉그릇을 발길로 차서 맞들이로 싸우던 것도 벌써 옛 일이다.

아침에 어머니가 귀순에게 새옷을 입혀 주고 나서 눈을 숨벅거리고 그러고도 설움을 이로 깨물어 넘기던 것과 귀순이가 돌아서서 눈물을 씻던 것이 새삼스레 눈에 선해진다.

그날 우길이는 신혼 나들이를 따라서 신랑 집으로 갔다.

신랑 집은 청개와집 두세 채가 줄느런이 늘어서고 앞뜰 뒤뜰이 장마당같이 너른 큰 집인데 차일을 친 앞뒤뜰로 잔치 손님이 감자알을 굴리듯이 비비닥거리며 벅작 싸대치고 있다.

우길은 대뜸 정신이 어정쩡해졌다.

누나를 실은 가마가 그 집 안마당 차일 밑으로 들어가는 것까지는 보았는데 그 담엔 아무리 보려 해도 다시 귀순이를 볼 수가 없었다.

그것이 또 적이 섭섭하였다.

우길이도 우행의 한 사람으로 전물상같이 큰 상을 받았다. 그 상마다 떡목기 고기목기가 으자자한데 더욱 통으로 삶은 닭은 고기목기에 놓은 것이 숫제 보암직하고 또 구미를 당기었다.

우길은 푸짐하게 먹어 댔다.

아침을 설때려서 흠씬 배가 고팠던 것이다. 점심을 먹고 안뜰에 들어가서 기웃이 목을 늘여 보나 역시 누나는 볼 수 없다.

그럴 판에 우길이보다 조금 작은 아이들이 앞뒤로 굴러다니며 벅작궁 고아 대고 히히닥거리어서 우길은 거게 잠시 눈이 팔렸다.

가만히 보려니까 이 동리 아이놈들도 무던히 드센 품이다.

우길은 슬그머니 이 동리가 마음에 들었다. 저 어린 놈들을 휘동해가지고 남의 집 참외밭 실과나무를 결딴내는 것도 십상 재미나는 장난일 상싶었다.

우길은 그날 밤 그 집에서 잤다. 낮 동안은 어린애들과 섭쓸려서 그런 줄을 몰랐는데 밤이 드니 집으로 가고 싶은 생각이 들고 또 귀순이도 어찌 된지를 몰라서 적이도 심란했으나 집으로 가기는 이미 때가 늦어서 그런대로 잤는데 눕자 대번에 아침까지 내부쳤다.

그 이튿날 아침 우길이는 시오리 길을 혼자 떠나왔다. 반반한 너른 들판일 뿐 아니라 큰길이 있어서 쉬 집으로 올 수 있었다.

오면서도 우길은 저를 보내일 때 울듯 울듯 하던 누나의 *양자를 잊을 수 없었다.

음력 팔월도 다 가고 이미 구월이언만 철보담 유난히 따뜻한 날이다.

쩅쩅한 가을의 햇발이 거침없는 맑은 하늘로 솔곳이 내려붓기어 타는 듯 째지는 중낮이었다.

우길은 큰 냇가 소나무 아래에 와서 냇물에 발을 씻고 백사장에 퍼더버리고 앉았다.

잔잔히 흐르는 옅은 냇물을 하염없이 바라는 동안 우길은 불현듯 서글퍼졌다.

이윽고 부칠 곳 없는 맘이 그로 하여금 백사장에 손장난을 치게 하였다. 그리하여 무심코 그려진 것은 한 마리 말이었다.

우길은 본시 말을 좋아하는데 근자에는 야포 연습을 나오는 군인들의 말을 보고 또 그들의 책자에서 그린 말을 자로 보았고 바로 어제는 신랑마를 보았다.

그는 말을 그러고 보니 또 생각나는 것이 있어서 이어 가마를 그렸다. 가마를 그리고 본즉 응당 그 속에 있어야 할 누나가 생각나서 이어 또 누나를 그렸다.

그리고 한참 그것을 보려니까 불시에 눈물이 칵 쏟아져서 주먹으로 눈물을 씻으며 그린 그림을 발로 문질러 버렸다.

그러나 집에 와서는 그런 말은 꼬물도 비치지 않았다. 누구 한 사람 그런 심정을 알 사람이 있는 상싶지 않았던 것이다.

귀순이가 시집간 지 얼마 뒤에 상무의 아내가 아들을 낳고 그 조금 뒤에 수상(水上)에서 용릉이가 내려와서 괴괴하던 집안이 얼마큼은 개운해지는 듯하였다.

용릉이는 성은 비록 민가지만 의부(義父) 박진사 집 행렬을 따라서 상제(祥濟)라고 관명을 지었다. 상제는 그 동안에도 몇 번 우길의 집에 다녀갔다. 그러나 올 제는 반가워도 갈 제는 늘 섭섭하였다. 올 제는 광녕이 비치는 훤한 데로 온다는 생각이 하마 서울에 있을 듯싶은 아버지에게 가까이 가는 듯한 기쁨을 주었지만 두메산골 어두운 곳으로 돌아갈 젠 그와 반대로 아버지 있는 고장을 멀리 등지고 가는 서글픔이 있었던 것이다.

상제 나이 이제 열일곱 살 잔뼈가 굵도록 길러 준 양부모의 은혜를 모르는 것은 아니나 그래도 나이 들수록 골육의 정이 가로세로 골수에 사무쳐 들어서 무시로 생부모를 찾을 마음이 끊이지 않았다.

그래서 열다섯 살 되던 해에는 서울까지 가서 민가 집이란 민가 집은 거지반 들러 보았으나 시골뜨기 보따리 총각이라서 아무도 탐탐이 그의 하소를 들어 주려 하지 않고 또 모두들 상제의 아버지임직한 사람을 본 일도 들은 일도 없다는 것이었다.

그래서 개개 걸신으로 도로 수상으로 돌아왔으나 부모 찾을 마음은 염염이 사라질 줄을 모르던 중 우길의 아버지가 서울 가서 있다는 소문을 듣자 그를 의지하고 다시 서울 가볼 마음이 불 같아졌다.

그래 우길의 집으로 오던 말에 그 뜻을 할머니에게 말하였다.

"할머니, 저는 서울 아버지 계신 데로 가려고 왔습니다."

상제는 우길의 아버지를 늘 생부나 질배없이 그리운 마음으로 아버지라고 불렀다.

"아버지한테루? 아버지가 널더러 오라더냐. 편지 왔디?"

"아니에요."

"그럼 아버지 말씀도 안 들어 보고 갔다가 야단 만나고 몰려오면 어쩔 테냐. 먼저 편지나 해보아라."

"네, 그럼 편지해 보겠습니다. 계신 데두 딱히 모르고 해서 여태 편지 못 했습니다."

"아버지도 지금 별일이 없는 모양이신데 온 수이 오랄 것 같지 않다."

"아니에요. 잠깐 다녀오겠어요. 그리고 *노수는 수상 집 아버지가 주어요."

"수이 다녀온?"

"네, 생부 계신 데를 찾어보구 오겠습니다. 돌아가셨으면 하다못해 무덤이라도 찾어보구 오겠습니다."

상제의 목소리는 부지중 조금 떨렸다.

"생부를? 글쎄 찾을 수 있으면야 여북 좋겠니. 그러나 너의 아버지란 이도 무던히 독한 양반인가 보다. 범 같은 짐승도 새끼 둔 데로 머리를 돌린다는데. 어쩌면 일거후 무소식이냐.”

상제는 그저 눈만 숨벅거리고 있었다. 무심하고 매정한 아버지지만 단 한 번 만나서 얼굴이 어떻게 생기고 음성이 어떻게 생긴 것이나마 알았으면 한이 없을 것 같았다.

그래서 박진사에게 편지를 보냈는데 달포가 넘어서야 회답이 왔다. 그러나 그 편지는 금년은 그만두고 내년 개춘한 뒤에 오라는 것이었다. 상제는 할 수 없이 그렇게 하겠노라고 박진사에게 편지를 하던 끝에 그 동안 서울 민가들의 내정을 수소문해서 생부의 생사여부를 알아 달라고 신신당부하였다.

상제는 그 며칠 뒤부터 상무와 함께 학교를 다녔다. 이름이 학교지 여전히 서당이나 크게 다를 것이 없어서 아직도 주장 한문을 배웠다.

상제는 수상에서 대수 한문공부를 했기 때문에 글도 많이 늘었으나 재주는 상무에게 멀리 미치지 못했다.

상무와 상제는 의형제간이니만치 물론 정분이 자별했고 우길이도 또 상제를 몹시 따랐다. 그런 우길은 당연히 형이라고 불러야 할 그 말이 여직도 수월히 나오지 않았다.

우길은 친형인 상무도 여태껏 형이라고 불러 본 일이 없다. 실상 마음이 키이는 푼수로 하면 싹싹하고 상냥한 상제를 형이라고 부르고 싶으나 막상 그 경우를 당하면 말이 나가지 않아서 그저 우물우물해 버리고 만다.

그러나 부모형제가 없는 상제에게는 터놓고 아버지 어머니 할머니 그리고 형이니 아우니 하고 부를 수 있는 이 집이 한없이 정답다. 물론 이 집 식구들 모두 쳐야 생부 하나가 될 택은 없지만……

어느 의미로 보면 상제가 이 집으로 온 것을 제일 기뻐한 것은 상무라는 것보다도 또는 우길이라는 것보다도 계섬이였을 게다.

진정코 반가운 푼수론 단박 그를 붙들고 넉살을 부리고 하다못해 씨무룩 웃어라도 보고 싶으나 이 집 가도가 본시 그렇지 못하다.

그래서 뿌듯한 가슴을 속절없이 엎누르며 제결에 새는 살가운 웃음을 깨물어 가자니 공연히 속만 찌륵해서 죄없는 제 몸만 홀로 옥죄일 뿐이었다.

계섬에게는 강팍한 이 집이 연심 더 싫어졌다. 말하자면 허울좋은 감옥생활이다.

봄이 오고 봄이 좋대도 계섬이는 한 번 나물 캐러 나가 본 일조차 없다.

그렇게 야살궂게 오만가지 일을 다 시켜도 바구니 들고 풋나물 캐러 가라는 말은 꿈에도 외이는 사람이 없다.

그래서 한번 참다가 못해서,

"할머니, 일년초 잡숫고 싶지 않어요 저 새벌에 오만가지 나물이 다 있대요. 나 오늘 나물 캐러 갈라우."

하고 능청스레 슬쩍 떠넘기려 한즉 심술망나니 할머니는 대뜸,

"이 간나위년아, 나물이구 뭐구 그만둬라. 들에만 나가면 얼씨구나

좋구나 낮잠이나 처자다가 어디서 제비구슬[半夏]이나 캐가지고 와
서 누구를 죽일라구 그러느냐.”

하고 *헤살을 놓았다.

그리고 이놈의 집은 온 우물이라도 없었으면 아침저녁 남의 집 우
물로 물 길러 가서 답답한 네속 내속을 털어 부칠 말동무라도 얻으
련만 이 집 앞뜰에 한다는 샘 같은 우물이 있으니 울타리 밖으로 나
갈 핑계가 바이 없다.

또 남의 집에서는 덩그렁 처녀까지 여름이면 오리 밖 십리 밖까지
도 소먹이러 들로 나가는데 이 집은 머슴 둘에 늙은 박서방까지 있
으니 소등에서 아리랑을 엮는 그런 노래도 한번 겪어 보지 못하고 말
았다.

하기는 상무가 장가든 그 여름과 귀순이가 시집가기 바로 전인 지
난 여름에는 예단 받은 무명을 바래노라고 연일 큰내로 나갔는데 일
은 역시 일이지만 곁에는 잔소리하는 할머니 어머니가 없고 들판은
탁 트이고 해서 정말 어깨가 거뿐하고 일손이 개가웠다.

그런 데서는 얼마를 일한다 하더라도 항상 고달플 것 같지 않았다.

하늘은 푸르디푸르고 뭉게구름은 송이송이 피어오르고 농부들은
맨상투 바람으로 들을 오고 가고 어린애들은 물오리처럼 물속으로
들락날락하고 오곡은 늘 패어 보이느니 청포장이요 *수리개는 건공
에 높이 떠돌고……

계섬이는 뻑뻑하던 사지가 마디마디 노긋이 풀리는 것 같았다.

그러나 이런 가운데서 뜻하지 않고 실로 뜻하지 않고 오랫동안 막혔던 애졸한 심정이 걷잡을 수 없이 실실이 풀려 나오기 시작하는데, 그렇거들랑 차라리 그 심정이 바람같이 넓디넓은 창공으로 날아갈 일이지 어째서 만만한 제 몸으로만 굽이굽이 도루도루 감돌아들어서 끝내는 하늘에도 땅에도 맘을 붙일 곳 없는 저의 알몸만 외톨로 나딩굴게 하는 것일까.

천지신명의 조화랄까 타고난 숙명(宿命)이랄까. 계섬이는 어느새 저도 모르게 우울해졌다. 그렇게 고기가 질기고 아픈 줄 설은 줄을 모르던 그도 갈수록 눈물이 예려지고 신경이 날카로워졌다.

그러나 그러면서도 갑갑한 이 집에 들면 헌칠한 그 들판이 그립고 그 하늘을 날아 보고 싶어서 이 가을에도 날마다 거뜬한 걸음으로 머슴들의 점심밥을 밭으로 날랐지만 그렇게 그립던 뜰과 하늘도 하염없이 바라보는 사이 어느덧 눈에 눈물이 핑그르 고이는 것을 어찌할 수 없었다. 도무지 어찌했으면 좋을지 모를 안타까운 심경이었다.

아무데서도 자기는 구원을 받을 것 같지 못하고 내다보이느니 검은 그림자만 옷깃에 매달릴 뿐이다.

모든 것이 다 귀찮았다.

그래서 머슴들이,

"애 계섬아, 너 어디 아프냐?"

하고 점잖게 묻는 말이겠든지 또는,

"애, 너 그저 까닭 없이 몸이 *매시시하고 노긋하지."

하고 느물거리는 말이겠든지 모두 못 들은 척하고 말없는 하늘만 맥맥히 바라볼 뿐이었다.

그럴 판에 상제가 수상에서 온 것이다. 그 순간 계섬이는 무언지 알 수 없게 숨이 터지고 가슴이 화끈하며 생기가 도는 것 같았다.

그 뒤부터 계섬이는 날마다 어른들의 눈을 도적해 가며 몸치장을 게을리하지 않았다.

저녁 설거지를 하고 나면 으레 남이 눈치차리지 않게 돌아앉아서 삼단 같은 머리태 기름에 까맣게 전 저고리를 벗어 가지고 새 동정으로 바꿔 달았다.

아침저녁으로 남 안 보는 틈에 세수하고 발을 씻었다. 얼굴은 본시 검붉은 편이지만 나이가 나이라 기름이 질질 흐르는 듯하고 이마에는 여드름이 울긋불긋 돋기 시작하였다.

그 얼굴을 계섬이는 매일같이 짜고 닦고 하였다. 그리고 허리고춤에서 뒷등에 붙은 수은이 거지반 떨어진 깨어진 거울을 살며시 꺼내어 가지고 제 몰골을 들여다보곤 하였다.

"어째 낯색이나 좀 희멀끔하지 못할꼬"

하는 것이 그 언제나 선참 나오는 자탄이었고 그러나 버쩍 닦기만 하면 두터운 면피나마 아시아시해지고 때가 벗어 환해지리라는 것이 뒤에 오는 희망이었다

그런데 더욱 아직까지도 솜털이 벗지 못해서 얼굴이 한결 부수수하다.

그래서 그는 상무 아내의 반짇고리에서 베실을 뽑아 가지고 남 안 보게 슬며시 뒷마루로 나갔다. 뒷마루에 나가서 그는 정강이에다 그 베실을 비벼서 반들반들 훑어 가지고 그 한 끝을 입에다 문 담에 남은 한 끝을 얼굴에 대고 손바닥으로 비볐다. 그런즉 그 실이 돌아가는 바람에 솜털이 말려들어가서 빠지곤 하였다. 솜털이 빠질 때 처음은 눈물이 날 만큼 아팠지만 그 아픔과 바꾸어질 미(美)를 생각하니 숫제 그 아픔이란 아무것도 아닌 상싶었다.

아닌 게 아니라 그러고 보니 낯색은 좀 붉어진 듯하나 한결 버언하고 이뻐 보인다.

계섬이는 신이 났다. 그래서 연성 솜털을 뽑다가 그만 한번은 할머니에게 들켜 버렸다.

"아아니 이년아, 너 거게서 뭘 하니."

하는 소리에 계섬이는 베실을 내던지고 용수철처럼 벌떡 일어나며,

"아니에요."

하고 시치미를 뗐으나 붉은 얼굴은 더욱 홍당무가 되었다.

"아니 얼굴은 잔나비 볼기짝처럼 어째 그러냐. 이년이 필시 무슨 곡절이 있어."

할머니는 첨은 이년이 무슨 음식을 도적해다가 남몰래 조기는가 하고 계섬의 입부터 쳐다보았으나 그런 듯싶지 않아서 다음으로 치마 앞섶을 내려다보며,

"이년아, 거게 무엇 있니. 내놔라."

하고 치마를 쳐들려고 해서 계섬이는 다급히 몸을 돌리며,

"아무것도 아니에요."

하고 앞마당으로 나와 버렸다.

계섬이는 숨이 호— 나왔다. 그는 그 뒤에도 늘 그 짓인데 게다가 동리 아낙네게서 들은 말이 있어서 사랑 마당에 있는 복숭아나무 밑에서 서리 맞아 떨어진 복숭아를 주워다가 그 껍질을 벗겨 가지고 그것으로 연일 얼굴을 문질렀다.

문지르고 한참 지나면 살이 약간 켕기는데 그럴 때 물로 닦아 버리곤 하였다. 그러고 나면 그 자리에서 단박 얼굴이 달라진 듯한데 또 날부일 그렇게 닦음새를 하니까 제 눈에도 현연히 인끔이 돋아 보였다. 인제 그는 어느 만큼 자신이 생겼다. 그래서 이따금 거울을 꺼내 보며,

"이제사……."

하고 혼자 씨물 웃곤 하였다. 이렇게 한두 달만 계속한다면 무무한 촌색시보다 훨씬 끼끗하리라 싶었다.

그러나 이십 년 동안 기를 펴보지 못한 그요, 또 한두 번 섣부르게 헛물을 켠 기억조차 있는 그는 짜장 이번은 조신해 가며 상제를 대하리라 하였다.

아침 저녁 상제의 밥상을 나르는 그의 손이 그럴 적마다 약간 떨린싸하였다.

그러며 살갑은 웃음을 억지로 죽였지만 얼굴이 붉어지는 깃은 스

스로 의식하였고 또 그 붉어지는 변화를 상제인들 이름이 남자인데 노상 모르랴 하였다. 미상불 풋내기는 아닌 상싶었다.

첨은 계섬에게 이래라 저래라 함부로 놓아 말하고 턱으로 부리쟀는데 요즈막은 수시 그 말투는 크게 가시지 않았다 하더라도 말끝이 흐리마리한 게 미상불 조신하는 퀘가 분명하다.

첫째 여태껏 "계섬아" 하던 것이 어느새 "계섬이"로 변하고 어엿이 앉아 물리던 밥상을 이제는 흠칫하고 들어 주는 것이다.

그러나 계섬이는 연신 *고시랑거리는 맘을 누르고 또 눌렀다. 그럴 만한 까닭이 있었던 것이다.

계섬이는 일찍 이런 일이 있었다. 그 일사는 바로 상무가 장가들던 그 담날 밤 즉 상무의 동무들이 신방을 치러 온 그날 밤부터 비롯된 것이다. 그날 밤 계섬이는 신방 치러 온 상무의 동무 중 앞장을 서서 농탕을 치던 그 상투쟁이 영식이를 한 번 보자 그때부터 마음이 이상해졌다. 그러던 것이 종래 뭉쳐서 풀리지 못하고 더더군다나 공상 속에 그려지는 영식은 홀쩨 돋나고 동뜬 인물이어서 저 혼자의 그윽한 정이 얼기설기 영식에게로 연신 쏠렸다.

그해 겨울 계섬이는 눈을 날리는 바람 소리를 알심 있는 영식의 숨은 발소리로 들으려고 한 것도 한두 번이 아니었다.

그리고 그와 함께 배도 다리도 없는 동떨어진 푸른 섬으로 도망가는 꿈을 그리기도 거듭 몇 번이었다.

그러나 기나긴 겨울 밤 이처럼 맘속에 난감한 달걀가리를 거듭 쌓기 몇 번씩이요 거듭 무너지르기 또 몇 번씩이었건만 그러나 종내 영식이를 만날 묘리는 없었다. 또 영식이란 위인도 그렇게 알심 있는 사나이는 아닌 듯싶었다. 그래서 계섬이는 결심하였다.

그는 그해 세밑 어느 날 밤 큰맘을 먹고 영식의 집 울타리 밖 으슥한 구석에 가서 숨었었다. 영식이를 기다리는 것이었다.

하기는 그때 소패들은 누구나 없이 거의 다 세밑이면 밤늦도록 투전을 노는 버릇이 있었다. 그래서 대개 첫닭 울이에라야 집으로 돌아오고 늦으면 새벽에 오는 수도 있었다.

그 얌전한 상무까지가 노름하러 다닌다면 여남은 소패들은 더 말할 것 없는 것이다.

더욱 때가 세목이라, 이른 밤부터 집에서 잠만 처자는 위인 따위는 *팔불용으로밖에 치지 않는 때다. 그러니 신방 치는 데 주장판을 치던 *더퍼리 영식이가 꼬박이 집에 박혀서 아내의 치마꼬리에 늘어져 잠을 잘 까닭이 없는 것이다.

그것은 또 사실이기도 하였다. 계섬이가 간 것이 벌써 자정이 넘은 때였지만 그로부터도 언간히 더 지나서야 영식은 털털거리며 집으로 돌아왔다.

계섬이가 숨어 있는 어두운 구석을 쓰윽 지나칠 때까지 계섬이는 잠자코 있었다. 두세 걸음 앞세워 놓고,

"이거 보셔요."

하고 죽을 용기를 내어 불렀으나 그 소리는 갈려서 몹시 떨렸다.

그런즉 영식이는 픽 돌아는 보았는데 겁이 났는지 또는 절더러 부르는 소리가 아니라고 생각했는지 그대로 되돌아서 걸음을 재게 떼었다. 영식의 집 대문까지 거리가 불과 얼마 남지 않았다.

계섬이는 마지막 슬기를 다 내어 와락 달려가며,

"내 말 좀 들으라구요."

하고 그의 소매에 매달렸다. 그런즉 영식은 픽 돌아서며 낑 하고 집 자르는 소리를 내더니 엉겁결에,

"어굼마……."

하고 질겁을 해서 와락 탁 소매를 채기며 집으로 달아들어가 버렸다.

"아이구, 도깨비야."

하는 소리를 계섬이는 등으로 받으며 다시 어두컴컴한 구석으로 몸을 비켰다.

그러자 이내 영식의 집에서 킹킹 기침하는 소리와 방문 여닫는 소리가 들려 왔으나 그 뒤는 도로 잠잠해지고 그 이웃집 강아지만 *도간이 뜨게 콩콩 하고 짖을 뿐이었다.

"저게 온 사내자식인가."

하고 계섬이는 혀를 갈기기까지 하였으나 그도 실상은 정신이 혼란하였다.

무엇이 와서 금시 덜미를 각 집는 것 같았다. 그는 잠시 어찌할 바를 몰랐다.

그 뒤 며칠 만에 전해 오는 소문을 듣고야 그는 조금 맘을 놓았다.

영식은 어느 날 밤 노름을 놀다가 밤이 늦어서 집으로 돌아오는데 키가 구 척이나 되는 계집이 나서며 함께 가기를 청하기에 꼭 붙들어서 허리에 동처매어 가지고 집까지 와본즉 그것은 계집이 아니라 방아꾀더라는 엉뚱한 소문이 아래웃동리에 짜악 퍼진 것이다.

그리고 그것은 방아꾀 도깨빈데 영식이가 만일 그 도깨비 말대로 그것을 제 앞에만 세웠더면 그날 밤으로 홀려 가서 죽었을 것이라고 들 하였다. 또 그 도깨비는 얼굴이 매우 이쁘다고도 하였다. 계섬이는 그 말을 들으면서 제 얼굴이 이렇게 이쁘게 뵈었던가 하고 게서 마음이 조금 흐뭇해졌다.

영식이와의 그 일사가 있은 다음부터 계섬에게는 남자란 남자는 모두 지질하고 초라한 시라소니같이 보였다. 그러지 않아도 그닥 슬기 있게시리 여기던 남자들이 아니다.

영식이만 해도 겉보기는 헌칠하고 데불데불한 것 같은데 정작 닥다려 보니까 생판 허울좋은 개살구다.

소갈머리 *드티고 새수빠진 못난이게 말이지 어쩌면 공중 생긴 보배를 놓치고 시퍼렇게 산 사람을 가지고 도깨비로 볼 것일까. 계섬이는 제 사는 일경이 마치 무인지경인 듯싶었다.

그러나 그러면서도 더 한번 야속한 것은 인간 세상에 대한 미련이 좀처럼 가시지 않는 그것이다. 마치 제 속에서 제 것 아닌 무엇이 연성 제 몸을 그 무서운 강파한 인간들의 각다귀 판으로 휘몰아넣는 것만 같았다.

그는 어느덧 눈물을 외로 돌렸다.

풍신 못생기고 키가 작고 볼품이 없는 그따위 위인은 어떨까고 궁리해 본 것이다.

하기는 큰집 할머니도 얼굴에 마마자죽이 있고 까마잡잡하고 키가 작으나 별명이 강감찬이요, 또 담이 크기로 소문나지 않았는가.

그러게 그 할머니는 정작으로 박도깨비를 단칼에 베이고 방아꾀 도깨비의 목을 찍어 넘겼다지 않은가.

영식이처럼 못난 겁쟁이는 사람을 보고도 질겁을 해서 자빠지는데 정말 도깨비를 보았더면 어쩔 뻔했는가.

그래서 그가 두루 살피던 끝에 찾은 것은 늘 보면서도 보지 못하는 것 같은 바로 골목 건너 오막살이집 맏아들 꼬맹이 형보다.

꼬맹이라도 나인 벌써 이십이 가깝다. 그리고 얼굴은 까맣고 키는 난쟁이를 바득 면했지만 외양보다는 어방없이 점잖고 묵중하다.

담도 큼직하다. 그러기 기왕 서당으로 말썽 좋아하는 동무들도 그를 꼬맹이라든지 촐랭이라고 별명 지을 것을 생각지 못하고 *지장보살이라고 불렀다.

사실 형보는 몸은 작고 집은 구차하지만 인심이 후하고 넓어서 제 옷을 훌렁 벗어 남 주고 저는 맨몸을 땅속에 감추었다는 지장보살과 같다고들 외었다.

그리고 또 보살이라는 말이 어쩐지 작다는 말과 어딘지 비슷한 점이 있는 상싶어서 별명 중에서 형보 별명이 제일등 압축이라고 옛날 서당 동무들은 말하였다.

형보는 집이 찌어먹게 구차해서 서당을 그만두고 지금은 농사를 짓고 있으나 점잖고 똑똑하고 묵중한 것은 옛날이나 조금도 다르지 않다.

"적어도 후추알이란 말이 옳구나."

하고 계섬이는 속으로 못내 형보에게 호감을 가졌다.

계섬이 집 우물 밖이 바로 골목인데 형보는 늘 그 골목으로 드나고 그럴 적마다 계섬이네 우물귀틀 위로 형보의 얼굴이 내다보인다.

형보는 아침이면 일찌감치 들로 나가고 석양은 해가 져서 땅검이 될 때 돌아온다.

그런데 요사이 수수밭 가실만 끝나면 형보도 아침 일찍이 들로 나갈 일이 없을 것이니 아침에 그를 보기가 십상 어려울 것 같아서 계섬이는 이때를 놓치지 말려고 매일같이 아침 일찌감치 일어나서 물을 길었다.

"저년이 이제사 셈이 드는구나."

할머니는 잠귀 질리고 일손이 무디던 계섬이의 요즈막을 속내도 모르고 치사하는 것이나 실상 계섬이는 남몰래 속이 시방 달아나서 그따위 소리는 소귀에 경읽기다.

다른 사람은 다 몰라도 눈치를 차려야 할 형보란 얌전이가 이게 원청간 전잖다니까 더 쪼를 빼는 심인지 그렇게 기침을 하고 드리박을 우물에 출렁 떨어뜨려 소리를 요란히 내도 지나가면서 눈 한번 거들떠보지 않는 것이다.

여태 장가도 못 간 터수에 헷눈 한번 안 팔려고 드니 짜장 얌전도 병이지 그게 대체 무언고.

계섬이는 참다가 못해서 한번은 꼬박이 고개를 숙이고 지나가는 형보의 뒤통수에 물방울을 끼뜨려 주었다.

그런즉 형보는 천천히 돌따는 보았으나 실수로 그랬나 하듯이 언짢은 눈치도 없이 그저 덤덤히 그대로 가버리고 말았다.

언짢은 눈치를 안 보이는 것은 좋지만 그래 사내자식이 이십 한창 좋은 나이에 씨무룩할 줄도 모른단 말인가.

아무리 해도 들떠울 묘리는 없었다.

"산두 크고라야 그림자가 있다구 너 따위는 종년 계집이 생겨 보긴 틀렸다."

계섬이는 여기서도 실망하고 말았다.

전후 두 차례나 일을 잡친 계섬이는 이번 상제에게만은 산전수전 다 겪은 사람처럼 단단히 짜고 들리라 하였다. 저는 남처럼 나이를 믿고 지체를 믿을 만한 여자가 아닌 것은 이미 전세(前世)로부터 타고난 야속한 숙명(宿命)이다. 저는 이름 없는 비복의 딸이요 나이도 이미 멀리 넘었는데 게다가 얼굴까지 남보다 못한 것이다.

하기는 외양만 쏙 빠졌으면야 지체가 그렇다기로 처녀가 스무 살 환갑을 그렇게 맥맥히 넘길 수는 없는 것이니 지금에 앉아서 이렇듯 한탄도 아니 할 것이요, 또 이렇듯 중이 제 머리를 제 손으로 깎는 것 같은 *구구스런 짓도 아니 할 것이다.

계섬이는 일만 정성을 죄다 드려서 상제에게 알심을 부렸다. 만일 아침 저녁 상제에게 승늉 한 그릇을 떠오는 그 정성을 그림에 그릴 수 있다 하면 그것은 세상의 어느 아내의 그것보다도 아름다운 것이었을 것이다.

뿐 아니라 계섬이는 이때부터 이 집안 일에도 전처럼 범연하지 않았다.

전에는 그저 할 수 없어서 일을 했지만 이마적에는 마음으로 하고 싶어하는 것이다.

'내가 이 집에 있으면 몇 해를 더 있으랴. 기껏 일을 해준대도 불과 얼마 아니다.'

하는 생각이 나는 반면에서 알 수 없는 설움까지 빚어졌다.

설사 남같이 버젓하게 살림배포를 해가지고 상전의 집을 나가지 못한다 하더라도 하다못해 어디든지 저는 조만간 나갈 몸이라 싶었다.

그러나 갈 곳이 인간 마지막 길——무덤이라 하더라도 저만 가려면 갈 수 있을 상싶었다.

그는 마음이 유순해지고 그 대신 설움이 많아졌다.

'상제까지 모른 척해도 좋다. 그가 내 속을 알고도 됩다 더 덧정없이 굴어도 좋다.'

그는 이렇게 믹더른 생각까지 하였다.

그것은 물론 설은 일이었다. 그러나 어쩐지 그는 설은 일이 좋았다. 제 맘을 아프게 하고 제 몸을 고달프게 하는 것이 소원인 듯도 했다.

그는 하마 눈치 무딘 상제를 *매원하기보다 제 맘이 혼자 설어지도록 매를 내리고 이 집안 식구들의 각박함을 미워하기보다 제 몸을 고달피 하여 묵묵한 가운데서 앉은 일 선 일을 부지런히 하였다.

그러다가 무심한 사람들이 코를 골며 자는 아닌 밤중에 뒤울안 굴뚝 뒤에 가서 귀신도 모르게 질끔 짜는 눈물 한 방울의 쓰고 단 맛이란…… 그것은 땅과 하늘에 비는 유일한 기원(祈願)이었다.

그는 이윽고 사랑 마당으로 돌아가서 상제가 홀로 자는 사랑방 들창 앞에 가서 인기척이 나는가를 기다리다가 끝내는 마루 앞에 *허투루 노인 짚세기만 가지런히 맞추어 놓고 도로 제가 자는 뒷골방으로 돌아와 버렸다.

'상제는 서울 양반 민가의 자식이라더니 그래서 그런가. 양반의 착개비 열둘이라더니 그래서 상놈의 자식은 모른 척하는 것인가.'

계섬이는 이렇게도 궁리하였다. 하기는 상제의 아버지가 조련치 않은 인물이게 나라에 죄를 짓고 피신해 다녔을 게다. 그리고 본즉 상제도 수시 두메산골에서 자랐을망정 어딘지 서울 사람처럼 깨끗한 데가 있는 듯하다.

이마가 몹시 나부죽한 것이 이 청년의 기구한 초년을 말하는 것인지 모르겠으나 턱이 둥그스름한 품이 말년 신수는 하 고이찮을 상싶다.

계섬이도 이 집에서 들은 말이 있어 이만 관상은 보는 것이다.

하나 상제는 걸음걸이가 고약하다. 팔자걸음은 양반의 튀라니 그건 말할 거 없지만 못생긴 삭마처럼 가탈걸음을 치는 것은 정녕 보기 싫은 천격이다. 그리고 엉덩이가 뒤로 내민 것이라든지 또는 손발이 큰 것이라든지가 모두 쏙 빠진 서울내기의 태는 아니다. 그러나 그런 것이 계섬에게는 도리어 다행한 일이었다. 그런 점이 자기와 상제를 말없는 가운데 연결해 주는 인연이 아닐까 싶었던 것이다.

그러기 때문에 계섬이는 얼마큼 안심되었고 또 하나는,

'상제야 여하튼 나만── 내 맘만 변치가 않으면 그만이지. 내 속 치부를 누가 헤살놀까.'

하는 외짝 맘이 되알지게 맺혀져서 혼자라도 그 사람을 고적과 함께 탐탐이 그리며 살리라 하였다.

그러나 끝내는 기구한 운명을 가진 상제와 계섬의 쓸쓸한 심정은 한곳으로 흘러가고야 말았다.

어느 날 저녁 먹을 때 뜻하지 않고 마주 보고 웃은 것이 실없이 천언만어보다 더 곡진한 서로서로의 하소연이었을 줄이야…….

그 뒤로부터 젊은 맘과 맘의 흐름은 더욱 빨랐다. 그러나 또 두 사람 다 아직도 제 몸을 제 맘대로 할 수 없는 처지였고 또 세상격란이 옅은 젊은이들이다. 그리하여 어찌할 바를 모르는 가운데서 안타까운 날만 무심히 흘러갔다.

그러던 어느 날 아침 계섬이는 사랑마당 외양간으로 소 밀이 먹을 여물 함지를 들고 나가서 구시를 비웠다.

기장과 핏짚에 콩을 넣은 여물을 지금 막 끌어내어서 김이 뭉게뭉게 나는데 소와 말은 진수성찬을 만난 듯이 코를 벌름거리며 맛나게 먹어 댄다. 그 여물을 헤적거려 주며 물끄러미 바라보다가 다시 안에 들어가서 두 번째 함지박을 들고 나와 외양간 문을 열던 계섬이는 흠칫 놀라 뒤뚝거리며 섰다.

"난 또 누구라구……."

계섬이는 공연히 제사 얼굴이 발개지며 그렇게 중얼거렸다.

"참 이거 맛이 좋은데."

하고 싱긋이 얼굴을 붉히는 것은 두말할 것 없이 상제였다. 그는 아침에 일어나서 사랑 뜨락에 나왔다가 구수한 냄새가 나기에 외양간에 들어가서 여물 속에 보이는 콩다래를 시방 까먹고 있는 참이다. 하기는 소 여물 속의 삶은 콩이란 십상 맛이 좋은 것인데 또 더욱 상제는 한창 나이라 언제든지 배가 몹시 허전한 터이다.

"거 밥에 둔 콩보담 더 맛나는데."

하고 상제는 웃으며 계섬이가 든 함지박을 받았다. 그럴 때 어떻게 손끝이 서로 닿았는지 말았는지 한데 그 짜른 찰나에 백지 한 장만큼 두 사이에 가려 있던 무엇이 말끔 날아가 버린 듯하였다. 그리하여 두 맘이 하나인 듯 다정함을 서로 느꼈다.

어느 날 밤 상제가 사랑에서 불을 끄고 혼자 자고 있으려니까 누가 밖에서 나직이 *쌍바라지를 두드리는 소리가 나서 상제는 어스무레 잠이 깨었다. 밖에서는 암말 없이 문만 연성 똑똑 두드리는데 상제는 불현듯 알아채고 일어나 문을 열었다. 그런즉 누가 아니 분명 계섬이가 보재기에다 싼 것을 얼른 들이뜨리고 도로 안으로 들어가 버린다.

상제가 어둠 속에서 더듬더듬 보재기를 헤치고 만져 보니까 분명 흰밥 누룽지다. 그것은 실상 과자보다도 더 맛나는 것이요, 언제든지 먹고 싶던 것이나 우길이놈이 도통으로 집어먹기 때문에 상제 차례까지는 좀처럼 오지 못하던 것이다. 그런 것을 계섬이가 가무려 두었다가 몰래 내온 것이다.

'들키기만 하면 너는 우길이한테도 경이고 할머니한테도 경이다. 나 주는 줄은 모르고 저년이 걸구처럼 도적해 먹는다고 야단일 테니.' 하는 생각을 하면서도 상제는 배가 출출하던 판이라 구미가 나서 바사삭바사삭 소리를 내어 가며 씹어먹었다.

그런데 별안간 밖에서 사람의 소리가 났다.

"얘, 그게 누구냐."

그것은 분명 상무의 소리다. 겨울이라 상무가 어디 투전 놀러 갔다가 이제 오는 것인가 보다고 상제는 생각하면서도 맘에 켕기는 데가 있어서 입을 다물고 하회를 기다렸다.

"나예요, 계섬이에요. 큰도련님 이제 오십니까."

그것은 틀림없는 계섬이 목소리다. 그는 상제 방에 누룽지를 들이뜨리고 일단 안으로 들어갔으나 상제가 그것을 먹는 소리리도 들어

보려고 다시 나왔다가 그제사 투전방에서 돌아오는 상무와 마주친 것
이다.

"너 어째 자지 않고 나왔니."

"바람 소린지 문이 열리는 소리가 나서 뜰아랫사랑에 나왔던 길에
오양간 문이 열리지 않았나 보려고 나왔어요."

하는 계섬이 소리에 상제도 놀란 가슴이 적이 안존해졌다. 그런데 또
계섬이란 년은 능청맞게,

"요사이 소도적이 많다는데."

하고 상무를 슬쩍 떠넘기는 바람에 상제는 부지중 킥 하고 웃음이
났다. 그러자 제 소리에 놀라 이마에 진땀이 불끈 솟으며 입을 꼭 다
물었다. 상무도 계섬이 말을 그럴듯이 들었던지,

"단단히 간수해라. 머슴들이 또 노름 놀러 가지 않았는지 모르겠
다."

하고 제 일은 선반에 얹어 두고 공연한 머슴들을 쳐서 말하고 안으
로 들어가 버렸다.

상제는 맘이 좀 누그러지며 계섬이가 다시 왔으면 하고 기다렸으
나 그날 밤은 종시 오지 않고 말았다.

계섬이와 상제가 서로서로 남을 그리고 있다는 그 사실만 해도 그
들에게는 일찍 가져 보지 못한 세계인데 그 위에 또 남이 저를 그려
하고 못 잊어한다는 태양 같은 사실을 그 육신에 느끼는 일이란 한
층 더 즐거운 일이요, 또 놀라운 사실이 아닐 수 없다. 그들은 이제

금 다시 그늘에 선 자기들의 처지를 생각하였지만 그러면서도 실로 어둠 속에서 밝음을 보는 것 같았다.

또 그 밝음은 막연하나마 다음의 세계를 상상케 하고 그리고 어떤 때는 가슴을 졸이며 그 다음의 세계를 기웃이 넘겨다까지 보는 것이었다. 그러나 그것은 아직 무서운 세계요, 가져서 안 될 미래와 같았다.

그러한 가운데서 그해가 거의 다 가고 세목이 왔다.

'낼 모레면 설……'

이라는 생각은 무척 즐거운 일이었지만 또 한편 섭섭한 일이기도 하였다.

즐거운 설이언만 그 즐거운 맘에 맞추어 볼 아무런 마련도 잡도리도 없는 것이다.

차라리 설은 계섬에게도 상제에게도 저와 남을 구별해 보는 야속한 명절이었다.

해마다 그날은 즐거웠고 즐거웠기 때문에 또한 서럽기도 하였다. 계섬이와 상제는 설을 눈앞에 두고 서로서로를 가엾이 생각하면서 해마다 겪어 본 그 설날을 하는 수 없이 또 맞이하게 되었다.

상제는 설 가까운 섣달 스무이레 장날 상무와 우길이와 셋이서 H읍으로 갔다.

이날 우길이 어머니도 계섬이를 데리고 설날에 소용될 물건을 사러 역시 H읍으로 갔다.

일년 중 이날처럼 큰 장이 서는 날은 없다. H읍 장판은 사람이 히

앓게 질진하여 있었다.

이날은 별로 큰 볼일도 없이 모두들 장으로 오는 풍습이 있다. 하기는 이런 엄청난 전설이 있는 것이다. 이날은 신령한 백두산맥의 벋은 줄기에서 백 년인지 천 년인지 모르게 박밀이 자라난 산삼(山蔘)이 사람이 되어서 H읍 장으로 내려온다는 것이다.

그런데 그 산삼 *번지기 사람은 외양과 행색이 사람과 조금도 틀리지 않으나 다만 한 가지 틀리는 것은 그림자가 없는 것이다.

그러니까 그림자 없는 사람이면 곧 산삼일 것이다. 그래 누구든지 재수가 좋아서 그 사람을 만나게 되면 다짜고짜로 때려뉘어도 좋은 것이요, 때려뉘면 곧 제 정체인 산삼으로 돌아간다고들 일러 오는 것이다. 그리하여 이날 실없는 사람과 욕심 많은 사람은 단지 이 사람을 붙들려고 장으로 오기도 하였다.

그러나 어름어름 살아가는 대부분의 사람들은 다른 일 보고 그나마에 혹시 산삼을 띄우면 꿩 먹고 알 먹기라고 그림자 없는 사람을 찾느라고 두리번거리는 것이다.

상무 상제 우길이 들도 미상불 이 산삼을 찾으려고 눈을 살폈다.

한데 산삼이란 놈도 약아서 제 정체가 안 드러나도록 집 그림자든지 또는 무슨 그림자 아래에서 쉬고 그런 데로 조신해서 다닌다고 하여 상무네 패는 H읍 서쪽에 놓인 서교 아래까지 유심히 살펴보았다.

이 다리 그림자가 비친 그 속에 혹시 산삼이 어엿이 쉬고 있을지도 모르는 것이다.

하기는 언젠가 성급한 사내 하나가 이 다리 밑에서 오줌 누는 사나이를 고작 산삼인 줄 알고 때려뉘어서 살인을 멘 사실이 있대서 시방은 함부로 덤비지는 못하지만 돌쳐 생각하면 그러기 때문에 그 소문을 들은 산삼이 위정 다리 아래에 시치미를 떼고도 있을 법한 것이다.

“이놈의 산삼이 다른 사람의 눈에는 하마 뵈지 말고 내 눈에만 꼭 보여라.”

하는 것은 시방 돈이 대단히 필요한 상제의 남모르는 소원이다. 그는 산삼만 잡으면 그것으로 초가 삼간이라도 꾸며 놓고 계섬이와 알뜰히 살아 보리라 하였다. 또 그보다 당장 오늘 계섬의 설빔으로 은가락지 한 벌을 사고 *영초 댕기 한 감을 사가지고 가야 하리라고 상제는 곰곰 궁리하였다. 그러나 산삼은 졸연히 생길 상싶지 않고 그렇다고 오는 봄에 아버지를 찾아 서울로 갈 때 쓰려는 노수를 말짱 써 버릴 수도 없고 또 설사 모두 쓴다 하더라도 푼푼할 것은 없어서 두루 걱정이었다.

“어쨌든 이놈의 산삼을 잡아야 할 텐데.”

하고 상제는 연신 눈을 두리번거렸다.

그러나 이해도 산삼을 잡은 사람은 없었다. 상제는 진종일 헛눈만 팔아서 약간 부아가 날싸하였다. 그러나 아무것을 못 산다 하더래도 계섬이 것을 아니 살 수는 없다. 그래 무엇이든지 사려고 가가마다 두리번거리면서 이것저것 살펴보ㅏ 무엇이 마땅할지 얼른 눈에 띄는

것이 없다. 겨우 발견한 것이 반지와 비누 같은 것이나 정작 그것을
사려고 한즉 곁에 상무와 우길이가 서 있어서 그럴 용기가 나질 않
았다. 상무를 곁에 두고 물건값을 묻는다든가 협협한 제 주머니를 뒤
진다든가 하는 일이 어떻게 창피한지 알 수 없다.

그래서 두루 궁리하던 끝에 한 꾀를 내어 우길이와 상무를 서문
안에 기다리라 하고 상제는 가까운 산에 올라가 뒤를 보고 오마고
거짓말을 꾸며 가지고 겨우 거리바닥으로 빠져나왔다.

그러나 정작 사려고 생각하니 반지는 보기부터 번쩍번쩍한 품이
값이 많을 것 같아서 우선 값싼 새파란 비누부터 한 개 샀다.

서 돈 오 푼(칠 전)을 주었는데 값보다는 냄새가 여간 들고 나는
것이 아니었다.

“참 좋구나……”

하고 상제는 쿡 찌르는 냄새에 계섬이가 못내 기뻐하고 흡족해할 것
을 벌써부터 연상하며 혼자 감탄하였다. 그러고 보니 좀더 계섬이를
기쁘게 하고 싶었다. 계섬이가 기뻐서 어쩔 줄을 모르다가 끝내는 까
무러치기라도 하는 것을 보고 싶을 지경이었다.

“반지 하나를 더 사라?”

하고 상제는 또 궁리하며 주머니를 슬며시 만져 보았다. 묻지 않아도
저 반지가 저렇게 맵시 고을 때에는 정녕코 값이 엄청날 것이라 싶었
다.

“한 냥(이십 전)만 한대도 살 텐데.”

하며 상제는 그 가게 앞에 서서 하이얀 바탕에 팔은인 듯싶은 모양을 넣은 반지 하나를 가리키며 죽을 심 대고,

"거 얼마요?"

하고 물었다.

"그거요. 아따 파장머리니 닷 돈(십 전)만 내요."

"닷 돈이오……."

상제의 목소리가 약간 떨릴싸하였다. 그것은 곡경에서 구원을 받는 심정인 동시에 반지장사가 생먹고 안 팔면 어쩔까 하는 겁기이기도 하였다. 그래 그는 얼른 엽전 닷 돈을 꺼내 주고 반지를 손에 쥔 다음에사,

"이거 무슨 쇠요?"

하고 물었다.

"그거 은이지요. 아따 보면 모른단 말이요."

"은이요. 은인데 그렇게 싸요."

"싸게 파니까 싸지요. 오늘이 섣달 스무이레 장 아니오. 안 사는 놈도 병신이오. 안 파는 놈도 병신이니께루 막 싸구려로 판 거라오."

"아, 그래요."

"가다가 잃으리다. 단단히 간수나 하시오. 보매 총각인데 뉘 집 색시 동떠나게 됐소. 어서 가슈."

하고 농치는 법이 함경도 장사치는 아니다.

그러나 같은 값이면 좋은 물건 녹게 섰거니 하는 것이 대수니까

상제는 단단히 간수해 가지고 좋아라고 상무가 있는 데로 돌아왔다.

상무와 우길은 거기서 남문거리로 나가며 설에 쓸 물건들을 샀다.

상제도 더 사고 싶은 것이 있었으나 그만두었다. 우길이는 여러 가지 물건 중에서 특히 주머니칼을 산 것이 제일 기쁜 듯이 그것을 자주 꺼내 보곤 하다가 잊었던 듯이,

"참말 이순이 뿔사탕 사달랬는데."

하고 말하니까 상무가,

"돈이 어디 있니. 계집애들 거 다 사다 주게."

하고 고개를 외쳤다. 그런즉 우길이도 굳이 사려 하지 않았다.

해가 서산에 나물거릴 때 그들은 H읍을 떠나 집으로 돌아왔다. 장꾼들은 길에 그득하였다. 산삼을 못 잡고 산으로 되돌려보내서 분하다고 떠드는 주정꾼도 있었다.

한참 걸어오다가 우길이가 무심코 상제 곁으로 다가오더니만,

"이게 무슨 냄새야, 참 좋은 냄샌데. 서양 냄새야."

하고 코를 벌름거린다.

상제는 부지중 흠칫했으나,

'이놈, 너 냄새는 곧잘 맡는구나.'

하고 속으로 우길이 코 밝은 데 감탄하고 또 그 냄새 좋은 푸른 비누가 억세게 계섬이를 즐겁게 하고 두고두고 그의 얼굴을 이쁘게 해줄 것을 생각하니 연성 웃음집이 흔들려서 견딜 수 없었다. 그러나 아무한테라도 들키기만 하면 탈이라 상제는 아닌 보살 하고 속으로 혼자

은근히 웃었다.

굵은집 네 귀마다 초롱을 달고 온 집 방방에다 화등잔을 켜놓고 새우는 농촌의 제야(除夜)는 즐거운 것이었다.

더욱이 계섬이와 상제에게는 나서 첨 맞는 즐겁고 설은 이 설이었다. 하나 그 설움은 실상 너무 기쁜 데서 오는 감정이었다.

계섬이는 요사이 무엇보다 한가해서 짬짬이 남의 눈을 피해 가며 베실로 얼굴의 솜털을 뽑고 상제가 사다 준 푸른 비누로 그 얼굴을 씻었다. 본시 개기름이 흐르는 얼굴이라 닦음새를 버쩍 해놓으니까 미상불 딴사람같이 얼굴이 환해졌다. 계섬이는 깨어진 조각 거울을 들여다보며 그때마다 빙그레 웃었다.

그러나 원체 계섬이란 년은 못생기고 푸르둥둥한 년이라고 집안 식구들이 애당초 눈여겨보지도 않는 것이 계섬이에게는 도리어 다행하였다. 만약 모양 내는 눈치만 차리게 된다면 누구 입에서든지 무슨 말이 나오고야 말 것이다.

하나 집안 식구의 눈들은 그렇게 무디다지만 종시 말썽인 것은 할머니의 코였다.

그 코가 기어코 제일 먼저 그 푸른 비누 냄새를 알아내었고 알아내었을 뿐 아니라 아주 내처 고약한 냄새라고 딱지를 붙이기까지 하였다.

"아아니, 이년한테서 이게 무슨 냄새야. 이년이 글쎄 누굴 집으려구 생국(西洋國) 비상을 가지구 다닌단 말이냐. 이게 온 무슨 고약한 냄새냐."

하고 할머니가 메슥메슥해서 구역을 하려고 하는 얼굴이다.

"아니에요. 머릴 감지 않어서 그래요."

하고 계섬이가 황급히 발명하려고 하면 할머니는,

"글쎄 이년아, 뜨물이 없어서 머릴 못 감는단 말이냐."

하고 쥐어박고 그러고도 또,

"아니다. 이게 필유곡절이지. 피 이런 약내라고는…… 아아니 그래 젊은것들 코가 늙은것 코만 못하단 말이냐. 이년에게서 나는 이 무서운 냄새를 그래 모른단 말이냐."

하고 이번은 집안 식구까지 걸어 가지고 못 견디게 굴었다. 그러나 우길이 어머니나 상무의 아내는 나이 젊어서 그다지 그렇게 냄새가 알려지지는 않았다.

하기는 계섬이가 워낙 몹시 비누를 씻어 내려서 가까이 가서 위정 맡지 않으면 냄새를 알 까닭이 없는 것이다. 그러나 할머니는 무슨 일에든지 심사가 나든지 간에 맨 먼저 계섬이를 가지고 족장을 대고 또 워낙 옛날 늙은이라 생소한 냄새의 자극이 심한 탓인지 용하게 그 냄새를 알았다. 그래서 계섬이는 한동안 그것을 쓰지 못하였다. 그러나 그 대신 밤이면 상제가 사다 준 반지를 이 손가락 저 손가락에 끼어 보곤 하였다.

정월 보름날 밤 계섬이는 금년에도 동쪽 행길에 나가지 않고 뒤울안 굴뚝허리를 넘어서 외양간 지붕으로 기어올라갔다.

작년에 거기서 누구보다도 먼저 달맞이하였고 또 꼬박이 잘 빌었기 때문에 그 갚음이 와서 상제를 만난 것이라고 계섬이는 요량하였다.

달이 뜨기 시작하자 계섬이는 또 빌었다.

"달님, 지난해는 감축합니다. 올에도 변치 마시고 도와 주셔서 상제와 함께 어디 가서 집 짓고 농사 짓고 살게 해주십시오."

그러고도 계섬이는 거기서 내려올 생각을 아니 하고 주저앉아서 제 손 *장짓가락에 끼어진 반지를 이모저모로 내려다보았다.

그 반지는 낮 동안은 물론 끼어 볼 수 없다. 그래서 밤에나 가끔 끼우고 혼자 웃는데 오늘은 달밤이라 유난히 번쩍거리고 이뻐 보인다.

"상제 말이 은이랬지……."

그러며 계섬이는 그 반지 낀 장짓가락을 달빛에 내들고 이리저리 돌려 보았다.

그것은 상제의 얼굴같이 맘같이 빛나고 믿음직하다. 그 반지를 보는 것은 마치 상제를 보는 것 같았다. 지금 상제도 동쪽 행길에 나가서 달님에게 두 사람의 복을 빌고 있을 것이다.

"달님, 두 사람에게 복을 내려 주십시오. 상제도 지금 동쪽 행길에 나가 있습니다."

하고 계섬이는 부지중 입속으로 중얼거렸다. 작년같이 자비한 달님이었으면 하고 그는 바랐다.

"달님, 이것은 이 반지는 상제와 저의 굳은 맹세를 말하는 표직입니다.”

하고 계섬이는 반지를 달빛에 내들었다. 계섬에게 있어서 가장 믿을
수 있는 것은 달님뿐이었다. 달님이 영원히 자기들을 지켜 주리라 싶
었던 것이다.

귀화 鬼火

얼음이 풀릴 무렵부터 거센 북풍이 연일 불어 댔다. 백두산인가 그 만침에서부터 머얼리 뻗어 온 굵직한 산줄기의 안짐진 골짜기의 *갑 았던 눈들이 다 녹아 빠질 때까지 이 바람은 줄창 계속되는 것이다.

그리고 또 그 숱한 골짜기를 스쳐 오는 눈바람이 넓고 넓은 이 평야로 모여 와서 탄탄한 평전을 휩쓸어 남쪽 바다로 빠지기 때문에 이 평야는 이 봄도 그 언제나와 같이 바람 난리였다. 그런데 그 눈바람이 자기 시작하자 이내 뒤를 이어 남쪽 일본해로부터 여우의 눈물을 짠다는 쌀쌀한 샛바람이 소리 없이 불어와서 사람의 뼈짬을 쑤시었다.

그러다가 삼월 한식이 쓱 지나서부터야 겨우 봄다운 땅과 하늘의 따스한 마음이 애오라지 읽혀지기 시작하였다.

그리하여 겨우 잔풍한 봄날이 화창해지기 시작한 때 우길이는 H 읍 보통학교에 입학하고 상제는 서울로 떠나갔다.

상제는 이름도 얼굴도 모르는, 그러나 눈 속에 아슴푸레 그려져 있는 것 같은 눈물의 아버지를 찾으려는 것이다. 숨은 희망과 감격에 떨면서 서울을 향해 떠나는 상제를 남모르는 눈물로 보낸 것은 물론 계섬이었다.

실상 바른대로 말하자면 상제가 아버지를 찾아도 또 못 찾아도 계섬이에게는 걱정인 것이다.

상제가 만일 아버지를 찾는 날이면 저 같은 계집은 다시 돌보지 않을지도 모르는 것이다.

또 만약 아버지를 못 찾는다면 그때의 그 가엾은 상제의 몰골을 무슨 눈으로 대할 것인가. 이래도 저래도 시름이었다.

그러나 또 한번 더 바른대로 계섬의 맘을 두드려 본다면 그것은 차라리 상제가 아버지를 찾지 않았으면 하는 잔인한 인정이었을 게다.

상제도 저도 꼭같이 혈혈한 단신으로 오직 서로서로를 믿으며 단둘이서 한세상을 살아가는 것이 계섬의 유일한 소원이다.

옛이야기에 있는 저어 산마루턱 외딴집에서 지아비는 나무를 베고 아낙은 길쌈하는 그런 살림이 그리운 것이다.

각박한 세속에 이제 더 버물릴 용기는 바이 없다.

덮어놓고 남의 흉허물만 파헤치려는 이웃 사람들이 아닌가. 그러니 저이들의 근본과 내력을 쇠통 알지 못하는 그런 고장이 이를테면 그들의 낙토(樂土)일밖에 없다.

계섬이는 천리 머언 길을 헛다리 짚고 갔다가 표연히 돌아오는 상제를 맞이하는 그날, 둘이서 그 어느 낙토를 도망이라도 치리라 하며 상제 돌아오기를 꼬박이 고대하였다.

그저 무엇이 사무치게 그립기만 한 따사로운 봄날 하루가 정말 *삼추와 같았다.

어떤 날은 그저 공연히 울고 싶을 지경이었다. 그러나 울어도 낫지않는 제 가슴이었다.

그것은 안타까웁다니보다 차라리 무서운 일이었다. 제 가슴에서 무엇이 불끈 하고 치솟는 것이 무서웁고 무서워서 또 울음이 날 지경인 것이다. 계섬이는 아침 물 길러 나갈 때마다 쌀토고리[倉庫]창고기둥에 손톱으로 금 하나씩을 긋곤 하였다. 그리고는 심심할 적마다,

"하나 둘 셋……."

하고 그것을 세어 보았다. 상제가 떠난 지 몇 날이나 되는지 알려는 것이요, 또 그 금이 많아지면 많아질수록 돌아올 기약이 가까우리라 스스로 안심하자는 것이다.

그러나 기다리면 기다릴수록 더 날래 오지 않는 법인가 싶어서 어떤 때는 허심히 잊어버리고 지나리라고도 애써 보았다.

요전에도 쓰던 바늘을 금시 잃고 부리나케 찾으려니까 종시 안 보이더니만 도리어 깜박하고 있는 중에 어디서 무중 나지지 않았는가.

하나 그도 생각뿐이지 마음대로 되는 일은 아니었다.

쌀토고리 기둥 새에 손톱자리가 빽빽히 그어지고 새로 네 번째 기둥에 반나마 금을 그은 넉 달 만에야 상제는 삼복 더위를 무릅쓰고 돌아왔다.

돌아온 상제는 갈 적보다 허무하게 얼굴이 까칠해졌다. 두 볼에 살이 쏙 빠지고 눈은 우묵하게 들어가서 일견 상심한 사람의 몰골이다. 그는 서울서 해주까지 가서 수소문했으나 종내 아버지를 찾지 못한 것이다.

민가는 서울에 가장 많이 살고 있으나 웬만한 집은 주인을 만나 볼 수 없고 만날 수 있는 사람 중에는 상제 아버지임직한 사람을 안다는 작자는 하나도 없었다.

어떤 집에서는 거지처럼 내몰고 또 어떤 집에서는 미친 사람인가 보다고 대꾸도 아니 하였다.

중추 팔월이 지나가고 구월 황국이 누르를 무렵부터 계섬이는 웬일인지 몸이 노긋해지며 차츰 구미가 없어지고 속이 메슥메슥하기 시작하였다.

첨은 먹은 것이 달려서 그런가 보다고 생각하였으나 며칠 두고 보려니까 그런 것도 아니었다.

본시 몸이 튼튼하고 비위가 두터운 터이라 모든 사람이 다시 원기를 추는 이 늦은 가을에 유독 약해질 이유는 없는 것이다.

그래서 그저 심상히 얼마를 눌러 가는데 한동안 그렇게 지나려니까 그 증세는 조금씩 덜리고 됩다 무엇이 들이 먹고 싶어서 견딜 수 없었다.

시금털털한 살구 생각이 각별히 나나 벌써 철이 지난 지 오래다. 그러나 구미가 연성 더 나서 울타리 아래 국화꽃도 휘무질러서 먹고 앞뜨락에 패다 남은 파뿌리도 뽑아 먹고 서리 맞은 담에야 떨어지는 뒷집의 시큼시큼한 늦복숭아까지 몰래 따먹었다.

그래도 더욱 무시로 무엇이 자꾸 키여지기만 하였다. 그리하여 그가 이미 홀몸이 아닌 것을 딱히 안 것은 겨울도 이미 늦은 때였다.

그는 그날 새삼스레 눈앞이 캄캄해졌다. 생각하면 암담한 일이었다.

'가부간 어떻게든지 될 대로 되겠지. 차라리 각 잘됐다.'
하고 시원히 생각하려고도 하고 또,

'여태까지는 그저 어물어물 이 집에서 매여 살았지만 이제는 안 가랴 안 갈 수 없지. 장진강겐들 어떠랴.'
하고 상제와 둘이서 도망이라도 칠 것을 궁리하기도 하나 그래도 맘을 가리는 검은 그림자를 개운히 흩어 버릴 수는 없었다.

계섬이는 마침내 그 사실을 상제에게 알리지 않을 수 없었고 알리지 않을 수 없다고 생각한 그때는 벌써 막연하나마 내심으로 한 가지 결심을 가지게 되었다.

"어디 먼 데루 갑시다."
하는 것이 계섬의 결심이었다. 그것으로 일을 수습하는 유일한 길이라고 생각한 것이다.

"가다니 어디도 가."

상제는 그러나 지난번 아버지를 찾아 떠났을 때 너무도 세상이 무서운 것을 육신으로 뼈저리게 겪어 보았던 것이다.

아버지를 찾는다는 사람의 아들로서 지극히 아름다운 걸음이 그랬을 때엔 처녀 총각이 동떠난 걸음에는 무슨 박해가 어떻게 올는지 모르는 것이다.

어딜 가도 저희들의 몸이 수월히 용납되지 못할 것은 벌써 태양을 보는 것 같은 사실이다.

"가고 싶은들 갈 수 있어야지."

"그렇지만 안 가면 몰려날걸. 그렇지 않아요."

"글쎄, 그도 그렇지만 그렇기로 지금 당장이야 어떻게 하겠소. 또 어딜 갈 데가 있어야 말이지."

"아니 저어, 영원 장진이라도 가고 하다못해 북간도라도 가야지 어쩌우."

"말이 쉽지. 가면 당장 굶어죽을걸."

"그럼 당신 살던 수상(水上)이라도 좋지요. 어쨌든 난 이대로 이 집에 있을 순 없소 내 몸이 이런 줄만 알면 당장 *능지를 할라고 들건데 살긴 어떻게 살우. 그러니 우선 수상으로라도 가봅시다. 가만히 앉았다가 죽기보담 낫지 않소."

"그렇지만 그 집으론들 다시 갈 면목이 있소. 길러 준 은공을 배반하고 떠난 놈이라구 욕을 하고 있다는데 가길 어떻게 가겠소."

사실 상제는 수상에 있는 양부모가 그렇게 간곡히 말리는 것을 듣지 않고 제 부모를 찾는다고 뿔뿔이 떠나왔던 것이다.

하기는 그 집 늙은 내외의 정경을 보든지 또는 친아들같이 십여 년 동안 길러 준 은혜를 생각하든지 그렇게 훌훌히 떠나올 수 없는 상제였다.

하나 상제가 그 집을 떠나온 이유도 그닥 단순하지는 않다. 그 늙은 양부모에게는 이미 일가양자가 있으니까 자기는 결국 그 집을 이을 수는 없는 터이요, 일껀 해야 그 집 덕으로 딴데 세간 나서 살 판인데 그 집 형편이 지금 보는 바로는 그만한 주변도 해낼 수 없이 구차한 터이어서 차라리 일찌감치 그 집 걱정을 덜자고 떠나왔던 것이다. 그러니 이제 다시 간다 하더라도 저희들 살림을 도와 주기는 십상 어려운 일이요, 또 그 집으로 말하면 우길이 집과 연락이 있으니 인차 도망간 소문이 그 집으로도 가게 될 것이다. 그러면 결국 거기서도 순편히 살기 어려운 것이요, 또 남의 멸시와 *기소를 면키 어려운 것이다.

"그럼 어떡허면 좋소."

하는 계섬의 안타까움이나 상제의,

"글쎄."

하는 막연함이 한가지로 아무런 방법도 찾지 못했으나 그러나 계섬에게는 이제 올 운명이 너무도 악착하게 내다뵈는 것이었다.

"그러나 한 발을 걷다가 꺼꾸러지는 한이 있더라도 이 집만은 떠납시다. 아누러나 이 집에선 배겨날 수 없게 굴 것이니 미리 가는 게 낫지 않소."

실상 이것은 너무도 분명한 사실인데 또 더욱 이제 생겨날 죄없는 어린 목숨마저 이 지붕 밑에서 갖은 지천구를 받을 생각을 하니 하루라도 더 있을 맘이 없었다.

계섬의 몸이 점점 이상해 가는 것을 먼저 눈치차린 것은 우길이 어머니다.

말썽 많은 품으로는 응당 할머니 눈에 먼저 걸렸을 것이나 그는 평생 아이를 낳아 보지 못했던 탓으로 여기만은 눈이 수이 미치지 못했다. 그러나 우길의 어머니 말을 듣고 보니 십상 그럴듯해서 그 뒤부터 할머니는 유심히 계섬이를 주목해 보았다.

본즉 그럴듯도 하나 항시 이 집에서 한 발도 밖으로 나가는 일이 없는 계섬이니 하마 그런 일이 있을 상싶지 않고 또 이 집안에는 머슴까지도 수상한 사람이 없는 터이다.

그러나 사람의 일은 알 수 없는 것이어서 할머니는 어느 날 밤 만귀 잠잠한 밤중에 일어나서 뒷골방에 들어가 등잔에 불을 켜고 눈을 부비어 가며 잠자는 계섬의 몸을 이리저리 살펴보았다. 아닌 게 아니라 무엇보다 배가 불룩하다.

그리고 기름이 흐르던 얼굴이 적잖이 노래지고 해쓱해진 것 같은 것도 수상하다.

할머니는 살며시 손을 계섬의 배에 대었다.

대구는 개갑게 이리저리 살금거려 보다가 조금 손에 마치는 것이 있는 듯한 데 와서 손을 딱 멈추고 진맥하는 사람처럼 제 귀를 감구고 있었다. 아닌 게 아니라 잠시 있으려니까 그의 배에서 무엇이 꿈틀한다. 그리고 또 한번 손에 무엇이 마칠 때,

"아뿔싸?"

하고 할머니는 놀랐고 놀라는 순간 계섬이는 용수철같이 벌떡 소스라쳐 일어나서 몸을 송그리고 뒤로 돌아앉아 버렸다.

"이년아, 바른대로 말을 해라."

할머니는 다짜고짜로 내박았다. 그래도 계섬이는 아무런 대답도 동작도 없다.

"이년아, 어서 말을 못 해. 뉘 집을 망신시키자고 이러느냐."

그러며 할머니는 세섬의 어깨를 당기어 돌려앉히려 하나 뼈대센 계섬이는 하마 꼼짝도 없다.

"이년아, 남 알기 전에 내게만 말을 해라. 말을 해야 뒤끝 조처를 해주지 않니."

하고 할머니는 가까스로 족장을 대고 나중은 울다시피 징징거리기까지 하나 계섬이는 그저 그대로다.

"에이, 개고기 같은 년……."

하고 할머니는 한번은 단념하고 돌아설 듯이 혀를 끌끌 차더니 그래도 그대로 내버려둘 수 없는지 이번은 조금 목소리를 낮추어 곰곰하게,

"이년아, 그래 어떤 놈이지 말을 못 해. 쓸 만한 놈이면 여의어 줄

것이고 못마땅한 놈이면 남몰래 조처해 줄 것이니 바른대로 말을 해
라."
하고 구슬렸다.
　그래도 계섬이는 막무가내다.
　"그래 무슨 억울한 사정이 있니. 억울한 사정이 있을수록 말을 해
야지. 소 같은 짐승도 코꿴 사람을 알어. 네게 억울한 짓을 한 놈이
있으면 원수를 갚아야지. 어서 말을 해봐라."
하고 그를 동정하듯 달래어도 보고 또 한편,
　"서울 가신 나으리가 아시기만 하면 너는 당장 큰 변이 나? 장화
홍련이 이야기 못 들었니. 어디 가서 구신이 될라구 이러느냐."
하고 위협을 해보아도 계섬이는 입을 열 차비가 아니다.
　그러는 동안에 우길의 어머니가 잠이 깨어 계섬이가 자는 뒷골방
으로 들어왔다.
　그는 벌써부터 할머니의 묻는 말을 다 듣고 있었던 듯이 들어오자
맡에 선참,
　"그래 우리집지간 *액내 사람은 아니냐."
하고 그것부터 물었다.
　하기는 우길이 어머니에게는 그렇게 물을 만한 의심이 있었던 것
이다. 계섬이는 이따금 상무의 방도 넌지시 엿보고, 또 더욱 상제가
온 이후부터 그에게 대한 눈치가 암만해도 이상해 보이는 점도 없지
않아서 그렇게 물은 것이다. 그래도 대답이 없어 어머니가 민망히 기

다리고 있는데 할머니가 또 나서며,

"액내에야 누가 그럴 사람이 있나."

하고 이 집 가풍이 도저한 것만 내세우려고 들어서 우길이 어머니는,

"액내고 액외고 간에 우선 누군지 알어야 밖에 말이 나가기 전에 무폐하게 만들어 주지요."

하고 갖은 지혜를 기울여 오래도록 파고 물었으나 계섬이는 종시 아무 대답도 없다.

계섬이는 아무런 악형이 온다 하더래도 상제의 이름은 부르지 않으리라 결심하였다.

상제인 줄 알기만 하면 그는 그날로 쫓겨날 것이요, 계섬이는 계섬이대로 어디 처박혀 있어야 할 것을 잘 알기 때문이다.

그 뒤 얼마 동안 계섬이는 힘써 상제와 단둘이서 만나기를 피하였다. 뿐 아니라 아침 저녁 끼니때마다 눈만 얼핏 부딪쳐도 남이 눈치 차리는 것 같아서 얼굴이 화끈해났다.

'무슨 상관이랴 아무래도 알구야 말걸.'

하고 떡심부릴 생각도 바이 없지는 않으나 첫째는 오래 짓눌려 있던 몸이요, 둘째는 이제 얼마 아니 하면 온다 간다 말 없이 슬쩍 도망해 버리고 말리라 생각했기 때문에 고식 이 집에 있는 날까지는 말썽 없이 눌러 있을 작정이어서 통 내색을 내지 않으려 한 것이다.

그러므로 계섬이는 그전처럼 아닌 밤중이나마 사랑으로 니와시 싱

제와 만나는 것을 될 수 있는 대로 피하여 왔다.

'이제 이 집을 떠나기만 하면 비록 움 속에서라도 날마다 밤마다 만나 볼걸. 지금 맘대로 못 만나는 설분으로라도 더 자별하게 살걸…….'

하고 계섬이는 제 맘을 눌러 왔다. 하나 그럴수록 그리운 것은 상제였다. 그래서 어느덧 그는 단 한 번만 더 만나리라고, 남 다 자는 밤중에 살며시 사랑으로 나왔는데 웬걸 그리한 뒤로는 단 한 번이라던 그 한 번이 내처 끝날 줄을 몰라 연일 또 만나곤 하였다. 그렇건만 조심조심 하고 만나는 시간을 극히 짧게 하기 때문에 눈여겨 동정을 살피는 우길이 어머니에게도 아직 들키지 않았다.

그러나 꼬리가 길면 밟히는 법이라 마침내는 들키고야 말았다. 그것은 바로 눈보라치는 섣달 어느 날 밤이었다. 그날 종일 저와 함께 방아를 찧었으니 우길이 어머니도 무던히 혼곤하리라고 방심한 것이 잘못이었다.

그래서 계섬이는 맘을 놓고 사랑방에서 상제와 나직나직 도망갈 공론을 하고 있었던 것이다.

"글쎄 가기는 간다 하더라도 이 추운 동삼에 어디로 간담."
하는 것이 상제의 안타까운 속이요,

"그렇지만 안 나가면 내쫓길 것인데 수모받기 전에 속차리는 게 낫지. 정말 하루가 삼추 같소."
하는 것이 계섬의 답답한 하소라. 이렇게 두 맘이 서로 어긋나서 수이 한 길로 접어들지 못했다.

"가더라도 해춘이나 한 담에 가야지. 지금 어디로 가누."

"참 팔자 늘어진 소리 하고 있소. 내 몸 좀 만져 보고 말하오."

하고 계섬의 목소리가 부지중 좀 높아졌다. 세 살이나 나어린 상제, 그리고 일에 과단성이 없는 상제가 계섬의 비위에 적이 민망하였던 것이다. 그래 우람스런 계섬의 성미대로 하자면 당장,

"에이 소갈머리없는 바지저고리 같으니라구."

하고 *퇴박을 줄 것이나 그래도 인정이란 무서운 것이어서 줏대없는 그 소리를 밉지 않게 새기려고,

"글쎄 좀더 생각해 보오."

히고 맘을 눅이려니까 새삼스레 그에게 잔정을 펴보고 싶을 무렵에 밖에서,

"상제 있니. 문 열어라."

하는 소리와 함께 사랑문 두드리는 소리가 들려 왔다. 두말할 것 없이 우길이 어머니 목소리다. 그 바람에 계섬이는 질겁을 해서 저편 안채로 통한 문으로 천방지축 빠져나가고 상제는 얼빠진 사람처럼 한참 어찌할 바를 모르고 있었다. 제 가슴 울리는 소리가 제 귀에 쿵쿵 하고 들릴 때에야 상제는 간신히 떨리는 손으로 사랑문을 벗겼다.

"애, 불이나 좀 켜라."

우길이 어머니는 방에 들어서며 나직하나 가시 있는 소리로 명령하였다.

이윽고 불이 켜지자 우길이 어머니는 방 안을 휘둘러 보다가,

"애, 너 이거 무슨 짓이냐. 뉘 집을 망치게 할라고 이러는 거냐, 이러길."

하고 흩트러진 이불을 깔떠보고,

"그게 바루 종의 자식이다. 너로 말하면 서울 민가의 자식이요, 또 우리집 상무와 결의가 아니냐. 제 지체를 생각해야지. 그러나 삼정승 육판서도 제가 싫으면 안 하는 법이니 그걸 가지구 긴 말 할 건 없다만, 그렇더라도 기왕 네 손으로 이 꼴을 만들어 놨으니 별수 있니. 자고로 이 박가 촌에서는 그런 불칙한 일이 있으면 누구나 물론하고 짝을 쳐서 *월경(越境)을 시키는 법이다."

하고 말하는 속이 다름아닌 축출 명령인 것이다. 그러고도 우길이 어머니는 서울 간 우길이 아버지가 알면 당장 큰 벼락이 떨어질 것이라고 하고 또 그러니 그리 되기 전에 미리 알아서 잡도리를 차리라는 듯이 일깨우고 끝으로 이것은 비단 남의 자식에게만 한한 일이 아니고 제 자식이라도 그런 일만 있으면 절대 용서 없다고 발을 달았다.

그러나 상제는 그저 가슴이 몹시 떨리고 이까지 덜덜 마쳐서 아무 말도 못 하였다.

그 이튿날 새벽에 상제는 어디론지 가뭇없이 도망을 가고 말았다. 그는 본시 겁기가 많은 사나인데 더욱이 장근 이십 년 가까이 가

시밭길을 밟아 오기에 지칠 대로 지쳐서 청년다운 슬기가 없었다. 그래서 제게 올 화단을 지나치게 무서워하던 나마에 끝내 도망을 가고만 것이나 계섬이만은 꼭 그렇다고 생각할 수 없었다.

상제는 첫대 민가네가 많이 사는 서울에 가서 부접할 잡도리를 차릴 것이라고 계섬이는 믿었다. 만일 정녕 운수가 트이지 못해서 그것이 안 된다면 요전에 아버지를 찾으러 갔다가 의외로 후대받았다는 황해도 그 민가네 촌으로라도 갔을 것이라 하였다.

상제의 이야기를 들을 것 같으면 황해도 그 민가네 촌이란 것은 민가네만 한 백여 호 사는 아주 포실하고 인심 좋은 고장이라는 것이다.

그리고 가령 백 보를 너 물러와서 정녕 그것들이 다 안 된다고 하면 예 살던 수상에 가서라도 어떻게든지 안접할 곳을 마련해 논 연후에 *위불없이 저를 맞이하러 오리라고 튼튼히 믿는 계섬이었다. 그는 눈바람이 문을 때릴 때마다 그 속에서 상제의 발소리를 찾으려 하였다.

반드시 상제는 밤중만 해서 이 뒤울안 울타리를 넘어 들어와서 이 집의 코 밝은 강아지도 알지 못하게 조심스레 바로 이 방문을 가볍게 두드릴 것이라고 믿고 또 바랐다.

그래서 그런지 어떤 때는 분명,

"계섬이……."

하고 부르는 소리를 고대 들었는데 고쳐 정신을 차리고 귀를 감그면 그런 기척은 바이 간 곳이 없다.

그러나 꿈은 생시보다 조금 자비롭다 할까. 꿈에 상제를 보기 무릇 몇 번인데 꿈속의 그는 이전보다도 더 참참하고 상냥하였다.

그러다가 꿈이 깨면 섭섭한 것은 이를 데 없었지만 그 섭섭함이 오기 전에 그는 자던 베개를 뒤집어 놓기를 하마 잊지 않았다. 그러면 저편에서 이쪽 사람을 꿈꾼다고 일러 오는 말을 그대로 믿고 있는 것이다.

그래서,

'오늘 밤도 상제는 응당 내 꿈을 꾸었으려니.'

하고 생각한 것도 버금 몇 번이었다.

그러나 그해가 다 가고 새해가 오도록 상제의 소식은 감감하였다.

할머니를 배워서 까마귀 우는 소리는 입으로 튀튀 불어 액을 쫓고 제 집 나무에 날아온 까치는 하마 날아갈까 봐 신발 소리까지 죽였어도 오는 소식은 종시 없었다.

그러는 가운데 날과 달이 흘러서 어느덧 강남 제비가 다시 돌아오는 시절이 되었어도 상제는 한번 떠난 집으로 다시 돌아올 줄 몰랐다.

그때부터 계섬이는 몸져 자리에 누워 버렸다.

자리에 누워 잠이 들었다가 깜박깜박 놀라 깨기도 하고 무엇이라고 잠꼬대를 안간힘을 쓰기도 하였다. 그러다가 제김에 깬든가 또는 집안 사람들이 깨워 주든가 하면 계섬이는 놀라 일어나서는 멀거니 사람들을 바라보다가 재[尺]나 방망이 같은 것을 보이는 대로 이불 속에다가 밀어 넣고 다시 드러눕곤 하였다.

그의 눈에는 모든 것이 모두 자기를 해하려는 것같이 무서웠다. 그래 그 방비로 연장을 준비하는 것이었다.

두말할 것 없이 계섬이는 요즈막 정신에 변조가 온 것이다.

그는 한번 뜨락으로 나가다가 강아지를 멀끔히 바라보는 사이 그 강아지가 이를 앙다물고 제게 덤비는 것 같아서 머리를 움켜쥐고 도로 뒷골방으로 굴러 들어왔다.

"저놈의 개새끼, 나와 무슨 원수가 있노"

하고 계섬이가 중얼거리며 집안 사람들을 보는 사이 이번은 모든 사람의 눈에 파란 불이 달린 것 같고 입가에 사람의 기름이 게게 묻은 것 같았다.

'나를 먹고 싶은가……?'

계섬이는 문득 이런 생각을 하였다.

그러며 얼른 이불 속에 숨어 버렸다.

이윽히 지나려니까 그제는 이 집 벽과 천장이 기분 좋게 흔들리며 보이더니 전판이 아름다운 꽃밭으로 변해 갔다.

달도 떠 있는데 그것은 한 십년 만에 보는 달이었다. 계섬이는 연성 웃음이 터졌다.

"하하하…… 하하하……."

유쾌하고 명랑한 웃음이었다. 그러나 그것은 차츰 변해졌다.

"히히히…… 히히히……."

그러더니 좀더 치명적인 표정이 되면서,

"호호호……."

하고 웃는데 보는 사람의 솜털까지 오싹 하는 웃음이었다.

계섬이는 그 뒤에도 이따마큼씩 정신이 혼돈해지곤 하였다.

옳은 정신이 있는 때는 괴롭고 갑갑하다가도 한번 머리가 흐려지기만 하면 이내 그런 것을 잊어버리기는 하나 사람이 곁에 있는 것은 그 언제나와 같이 꺼려하였다.

그런 때면 그 사람들의 손에는 무서운 연장이 들려진 것 같고 그 눈에서는 푸른 도깨비불이 나는 것 같았다. 그래 그것을 방지하려고 계섬이는 잔뜩 용을 쓰고 있지만 사람만 없으면 기분이 거뜬히 들려진다. 온 하늘과 땅이 저를 위해서 있는 것 같다.

그래 그 하늘을 무작정 하고 날아 보고 그 땅을 맘대로 쏘다녀 보고 싶어진다. 뿐 아니라 맘으로는 또 그대로 도는 것이다. 그는 제가 이 세상에서 아니 이 하늘과 땅 사이에서 일등 제일인 것같이 생각하였다.

저만한 사람이 없고 저를 누를 사람이 없을 것 같았다.

모든 지질한 목숨들이 제 앞에 와서 꼼짝도 못 하고 항복하는 것 같고 저는 그 위에 어방없이 높게 앉아서 도고히 내려다보는 것 같았다.

뭇사람의 손이 저어 아래서 아득히 나불거리고 있으나 그것은 하마 제게 미칠 것이 아니었다. 그것은 몹시 가엾은 것이기도 하였다.

그래서 그럴 적마다 계섬이는 싱글싱글 웃어 주곤 하였다.

그러면 어깨가 저절로 올라갔다. 그는 붉고 누른 헝겊을 묶어 가지고 칠보 족두리처럼 만들어 썼다. 그리고 붉은 저고리를 입고 그 위에 남치마를 내려 썼다.

그러면 계섬이 자신은 다름없는 선관선녀였다. 그는 선관선녀라는 것을 일찍 본 일이 없으나 어쨌든 지금은 자신이 그처럼 하늘과 땅 사이에서 일등 높고 거룩한 인물인 듯싶었다.

저는 한개 허줄한 신부라든가 그따위는 아니었고 정녕 뛰어난 존재였으며 모든 사람을 호령할 수 있는 대단히 거룩한 무엇이었다.

"이년들, 이놈들!"

하고 스스로 본때있게 외치면 천백 인간들이 꼬박이 머리를 숙이고 제 앞에 고두백배하는 으리으리한 근경이 저절로 그 눈앞에 나타난다. 그래서 계섬이는,

"하하하…… 하하하……."

하는 쾌심스러운 웃음이 저절로 터지고 딴에는 장이 도도해지지만 그러나 그 웃음이 높아지면 걱정 많은 할머니의 가슴이 덜렁 내려앉는다.

"저년이 별 구신을 다 묻혀 들였구나. 사람의 집을 망치게 하려고 저러느냐."

하고 중얼거리며 동쪽으로 뻗은 복숭아나무 가지를 꺾어 가지고 계섬의 방 앞에 와서 바끔히 문을 열고 들여다본다.

들여다는 보지만 한창 신이 나 있는 계섬의 꼴이 적이 무시워서

선뜩 들어서지는 못하고 그저 복숭아채를 내두르며,

“쉬— 이눔의 도깨비 수이 안 나갈 테냐.”

하고 계섬의 어깨를 툭툭 건드리면 계섬이는 말은 없으나 잔뜩 몸을 옥죄면서 눈을 지릅뜨고 마주 깔보기 시작하여 마치 개와 원숭이가 맞들이하려는 때같이 한거리 무던한 장관을 이룬다.

“이눔의 도깨비……”

할머니는 계섬의 머리에 놓인 족두리를 복숭아채로 쳐서 떨구려 한다.

그런즉 계섬이는 이거 어디서 말라죽던 따위가 방정맞게 남을 해치려고 이러나 정녕 네가 그럴 말이면 이로 물어라도 주리라 하듯이 처참하게 안간힘을 쓴다.

“저 간나위년이 저건 무얼 쓰고 있느냐. 저게 도깨비가 붙어 있는 게로구나. 저건 어디서 주워 왔을구.”

할머니는 분명 그 족두리에 까닭이 붙어 있다고 생각하였고 그러니만치 그것을 빼앗아 불을 달아 버리려 하였다. 그러나 계섬이는 좀처럼 그것을 떨구려 하지 않는다.

“으응……”

하는 무서운 소리를 내며 계섬이는 할머니에게 덤빌 시늉을 한다. 그러면 할머니는,

“아이구 이 귀신아.”

하고 문을 칵 둘러닫고 울상을 하다가도 또 비죽이 들여다보며,

“쉬― 쉬―”

하고 복숭아채를 내흔든다.

그러나 그러면 귀신은 꼭 쫓겨간다고 하는데 어쩐 일인지 계섬이
는 그저 그대로다. 복숭아 가지가 너무 가늘어서 그런가 하고 새로
굵은 놈을 꺾어다가,

“이번에도 안 나가겠니, 이놈의 귀신!”

하고 방 안을 휘두르고 계섬의 머리와 어깨를 후두들기나 계섬이는,

“앙!”

하고 외마디소리를 내며 됩다 물어 줄 듯이 으르닥거리기만 한다.

계섬이는 또 가끔 제정신이 돌아오기도 하였다. 그런즉 그는 제
머리에 썼던 족두리를 내려다가 이거 누가 이런 짓을 했나 하듯이
박박 찢어 버리고 자리에 누워 혼곤히 잠이 들곤 하였다.

그러면 할머니는 제 복숭아채에 그 지긋지긋한 도깨비가 쫓겨간
것이라고 생각하며,

“이놈의 악귀가 또 올라느냐.”

하고 혼자 중얼거리며 복숭아채를 휘두르고 또 그것을 문께 꽂아 놓
고는,

“이놈의 도깨비! 들어오다가 이것만 보면 놀라 내빼겠지.”

하며 적이 안심하고 돌아나왔다.

그래서 그런 것은 물론 아니겠지만 그 뒤 계섬이는 그런 증세가
개가워지고 그러는 동시에 그 동안 미쳐 날뛴 피곤이 일시에 온몸에

실리듯이 밤낮 자리에 누워 잠만 처자고 있었다.

　그러다가 또 얼마를 지난 뒤부터는 잠도 잘 대로 다 잤다는 듯이 누워서 눈만 그물그물하다가는 갑갑한 듯이 일어나서 뒤울안 뜨락을 역시 실신한 사람처럼 휘줄거리고 다니는데 그러면 할머니는,

　"아아니 이년아, 저러다가 또 그 몹쓸 귀신을 묻혀 들이겠다. 어서 썩 들어오지 못하겠느냐."

하고 지지리 걱정이나 계섬이는 들은 둥 만 둥이다.

　"아이구 저년이……."

　그러며 할머니는 또 복숭아채를 들고 나와서,

　"글쎄 오만 악귀가 눈이 빨개서 만만한 자리를 찾고 있는데…… 저년이 또 들릴라구 저러느냐."

하고 복숭아채를 건공에 내두르고 또 계섬이 눈앞에 내흔들었다.

　그러나 계섬이는 그전과는 달라 덤비려는 눈치도 또 무서운 표정도 없이 머리를 다소곳하고 모른 척할 뿐이다.

　계섬에게는 모든 일이 꿈속에서 본 것처럼 아득하고 희미하였다. 상제를 만난 것도 또 갈린 것도 몇백 년 전 일인 것 같았다. 자기의 일이 아니라 남의 일인 것 같기도 하였다.

　그러나 그러다가도 그것은 바로 지금 당하는 일같이 가슴이 짜릿하고 바로 눈앞에 상제를 보는 듯 그 그림자가 방불히 눈에 밟혀서 견딜 수 없었다.

　그러는 순간 그는 한개 아름다운 환영(幻影)을 그렸다. 마치 자기

의 몸과 맘이 아름다운 불꽃이 되어서 붉게 붉게 찬란히 하늘로 올라가는 것을 머리에 그린 것이다.

하늘은 전판이 가맣게 흐리고 그 속으로 오직 불길만 밝게 빛나게 치솟아오르는 것 같았다.

'아아, 얼마나 아름다운 광경이랴.'

계섬이는 머릿속에 찬란한 근경이 화려하게 나타났다. 그러나 그것은 이내 사라지고 그 대신 온 세상 온 하늘이 그믐밤같이 가마득하게 생각되었다.

또 그 새까만 속으로 제 몸이 금시 떨어질 것같이 암담하기도 하였다.

'어째 이렇게 어두울까.'

이런 생각이 문득 일어나며 어두운 무엇이 가슴에 칵 안기는 것을 느꼈다.

그래서 한동안씩 애를 써 기분을 돌리려면 이윽히 지나서야 그 어두운 하늘에 깨알만한 별 하나가 보이고 담으로 둘이 보이고 셋이 보이고…… 이렇게 조금씩 밝음이 오는 듯하였다.

하나 그 밝아오는 품이 너무 뜨고 지루하다.

해나 달이 뜨는 것처럼 대번에 온 하늘이 환해질 수는 없을까 하고 계섬이는 바랐다.

그러나 이상한 것은 어두워야 할 밤이 오면 계섬에게는 도리어 그 밤이 밝게 보이는 것이다. 밤은 그에게 있어서 밝은 세상이요 희망

있는 한때였다. 그 가운데서 온갖 희망과 맘싼 광경이 고스란히 빚어
지는 것이다.

상제도 만날 수 있고 만나서 옛날과 같이 다정히 이야기를 바꾸고
잔정을 펼 수 있는 것이다.

상제를 부르면 현연히 대답이 오는 것이다. 그것은 결코 공상이
아니었다. 계섬이는 완전히 그 공상 가운데 살고 공상과 하나가 되어
버릴 수가 있었다.

어두운 것은 하나도 없다. 하늘은 맑고 별과 날이 번갈아 가면서
그 하늘 그 땅을 광명과 변화에 차게 하는 것이다. 그는 밤이면 기뻤
다. 몸과 맘이 제 뜻대로 해방되는 것이다. 그러나 낮은 여전히 어둡
다. 적막하다.

"누가 이렇게 어둡게 할꼬."

그래서 그는 어떻게 이것을 밝게 할 수 없을까 하고 두루 궁리하
였다. 온 하늘에 불이라도 달아 놓아 보고 싶을 지경이었다.

백두산맥(白頭山脈) 떨어진 줄기에 숨은 눈과 추위를 가시는 북조
선의 어수선한 봄바람이 질감스럽게 오래 내려 부치더니 그도 이제
는 머리가 숙어 어제 오늘은 제법 사월다운 잔풍한 날씨였다.

그러한 어느 날 점심때쯤 우길이 뒷집 아낙네가 따뜻한 한낮 동안
에 빨래를 하려고 우길이 집 서쪽 골목에 있는 우물로 나오다가 별
안간 가슴이 철렁 내려앉으며 무춤 발을 멈추고 섰다.

우길이 집 뒤울안에서 때아닌 검은 연기가 떠오르는 것이다. 분명 굴뚝에서 나는 연기는 아니다. 얼른 보아도 심상치 아니하였다.

도대체 굴뚝 이외에서 연기 날 까닭이 없는 것인데 더욱 그 냄새가 이상하였다. 그래서 뒷집 아낙은 빨래 함지박을 머리에 인 채 바자 울타리 틈으로 우길이 집 뒤울안 연기 나는 데를 들여다보았다. 한즉 분명 그것은 김치움 지붕에서 나는 연기였다.

뒷집 아낙의 가슴은 또 한번 더 내려앉았다.

그는 억결에 손에 쥐었던 빨랫방망이를 내려치고 그 손으로 제 가슴을 누르며,

"불이야 불이야."

하고 비린 소리를 질렀다.

그러나 그 소리가 떨리고 약했던 탓인지 아무도 들은 사람이 없는 듯 감감 아무 반응이 없다. 뒷집 아낙은 더욱 다급해나며 가슴에서 무엇이 연성 다듬이질을 하였다.

그 당황한 생각에는 제 집 앞 긴 골목을 나가서 우길의 집 정문으로 가는 길이 한 십리 되듯 머얼게 생각되었다. 그래 그리로 뛰어갈 차비도 못 하고 그저 급한 말론 당장 그 집 뒤울안 바자를 탁 꾸지르고 나가서 그 집 사람들에게 알리고만 싶었다.

하나 단좁은 아낙네 궁리가 한갓되이 눈앞에 보이는 무서운 근경에 지지눌려 그도 저도 못 하고 또 한번 손쉬운 제 목을 더 짜서,

"앞집에 사람 없소 불이 났소 불이오."

하고 악을 써 불렀다.

그러자 앞집에서 인기척이 나는 듯해서 뒷집 아낙은 그제사 빨래 함지박을 제 집 마루에 가져다 내려놓고 집 안에 들어가서 물동이를 들고 나왔다. 앞집 불이 제 집으로 번지기 첩경 쉬운 난감한 판이었다.

한 것은 앞집 김치움에 바로 연달려서 바자가 서고 그 바자와 뒷집 방앗간 지붕이 이마를 맞물게시리 가까운 터이니까 바자만 타기 시작하면 뒷집은 정녕 연소를 면하기 어려운 것이다.

한데 또 앞집 원채는 개와집이요 뒷집은 초가라 불똥이 만만한 초가집으로 번지기가 십상인 것이다.

'어서 남풍이라도 칵 불었으면…….'

하는 생각이 뒷집 아낙의 숨은 맘 속에 바이 없지 않았으나 공교히 바람도 없고 하니 가까운 뒷집으로 불길이 먼저 달려들 것은 뻔한 일이다. 뒷집 아낙은 동이에 남은 물을 바자에 얹고 그리고 삽짝문을 나와 우물로 달려갔다. 마침 남정들은 모조리 들로 나간 사이라 저 혼자 서두는 수밖에 없었던 것이다.

하나 그러자니 맘은 자꾸 다급해만 지고 그래서 뒷집 아낙은 마치 정신없는 사람처럼 황급히 물을 길어 날라다가 연성 우길이 집 바자와 제 집 방앗간 추녀 끝에 끼얹었다.

하나 요행 앞집 불은 바자에 넘겨 붙지 않고 큰 변 없이 인차 꺼졌다.

앞집에는 마침 불 끄는 묘리를 잘 아는 늙은 박머슴이 있었고 상무의 아내가 열세 동이나 드는 무쇠 *두무에서 연성 물을 퍼나르고 또 그보다도 우길이 어머니가 평소에는 그렇게 말이 없으면서도 일에 다다라서는 손이 재고 또 물리가 밝은 사람이라 이내 턱석에 물을 질퍽 먹여서 박머슴더러 내다가 불붙는 데 덮으라고 해서 수이 진화된 것이다.

하나 그러는 복닥판에도 우길이 할머니는 또 그 지질한 버릇을 내어 불 끄는 사람더러 어째 불이 났느냐. 왜 하필 화기 없는 김치움에서 불이 났느냐 하는 따위 소리를 지껄여서 동네방네를 소란케 했는데 불을 다 끄고 나서도 그 수선은 좀처럼 가시지 않았다.

아니 차라리 불을 끄고 난 뒤에 할머니는 더 떠들어댔다.

"아아니 이게 필시 곡절 있는 일이지. 김치움에서 불이 날 까닭이 있니."

하기는 사실 할머니 말대로 이상하기도 하였다. 불은 김치움 속에서 난 것이 아니고 지붕 위에서 난 것이다. 그래서 안에서 난 불보다 수월히 끄기는 했지만……

할머니는 이윽히 생각하더니 어심에 무슨 마치는 점이 있듯이 고개를 쩔레쩔레 저으며,

"이게 정녕 귀신의 장난이로구나. 귀신 아니고 대낮에 이 변을 저지를 수 있느냐. 이거 큰일났구나."

하고 벌써 얼굴이 가맣게 질려 갔다. 할머니는 꼭 그렇게 생각하였고 또 생각할수록 가슴이 옥죄어졌다. 견딜 수 없는 일이었던 것이다. 그 몹쓸 귀신을 그대로 두고 심평 좋게 지나다니 이게 온 될 노릇인

가…….

"이걸 어쩌면 좋은가. 온 사람이 살다가 이런 변도 있나."

그러며 할머니는 그 귀신을 어서 든 손에 천리 만리 내쫓지 못하는 안타까움에 붙들려 제 손으로 제 손바닥을 치며 선 자리에서 한 번 맴을 돌고,

"아이규, 저놈의 악귀가 어디 가서 백였는지 알 수 있니. 눈이 새파래서 시방 이 집안을 노리고 있을 게니…… 저런 못된 놈의 귀신이라고는. 쉬— 이놈의 귀신. 쉬— 이놈의 귀신. 어서 못 갈 테냐."
하고 혼자 악장을 썼다. 하나 혼자 그러는 것은 아직 상관없는데 이번은 남이 함께 저와 맞장구를 대어 주지 않는다고 또 노발대발하며,

"아아니 그래, 귀신이 들어와서 눈깔을 빼먹어도 저러고들 있을 참인가. 그래 그 못된 귀신이 그만하고 무서워 도망갈 줄 아니. 산 사람 열백이라도 죽은 귀신 하나를 못 당하는 법이여. 귀신 못 하는 일이 어디 있는 줄 알어."
하고 두루거리로 나무라지만 실상은 우길이 어머니더러 들으란 말이다.

우길이 어머니도 그것을 짐작 못 하는 바 아니나 그저 못 들은 척 잠자코 있었다. 그러는 것이 제일 속편한 일이기 때문이다.

"귀인이란 하루에도 천만 가지 조화를 부리고 번쩍 하는 번갯불에도 담뱃불을 붙여 오는 놈인데. 그러니 어느결에 어디다가 또 귀신불을 터쳐 놓지 아느냐."

하는 할머니는 정녕 지금 귀신이 어디 박혀서 만족한 듯이 히히닥거
리며 또 무슨 작경을 부리려고 궁리하고 있다고 생각하였다. 뿐 아니
라 그 파아란 눈깔까지 언듯 보이는 듯하였다. 그래 할머니는 시방
그놈이 어디 있을까 두루 궁리해 보고 그리고 복숭아채를 꺾어 가지
고 귀신이 숨어 있음직한 곳으로 쫓으러 갈까 하고 생각하던 나마에
문득 계섬이를 생각하였다.

"옳지. 이게 바로 그놈의 귀신이로구나. 저 계섬이년이 묻혀 들인
그 귀신임에 틀림없다. 저년이 글쎄 이 집에 무슨 원수가 있어서 저
런 악귀를 묻혀 들인단 말인가."
하고 할머니는 울 듯이 징징거리다가 아무러나 그러고 있을 수 없어
서 부엌에 간직해 두었던 복숭아채를 가져다 놓기는 했으나 그걸로
도 될성부르지 않아서,

"내 글쎄 그렇게 복숭아채로 몹시 때려서 내쫓았는데 저놈의 귀신
이 멀리 갈 줄은 모르고 겨우 문밖에 숨어 있다가 또 저 재변이란 말
이냐. 저놈의 귀신이 이제 복숭아채 같은 건 아주 네뚜리로 여길 게
니 이걸 어쩌면 좋으냐."
하고 수월히 내쫓지 못할 것을 생각하고 있으려니까 방불히 느물거
리며 사람을 놀려먹고 곯려 주는 그 몹쓸 악귀가 시방 눈에 보이는
것 같아서 제김에 몸을 흠칫하며 자지러지게 소름을 끼치고 나서,

"저 뒷말 최봉사 어서 좀 불러오게. 아마 우길 에미가 가야 수이
올 걸세."

하고 당부하듯이 우길 어머니한테 이르고 또 거기다가 길다랗게 발을 달았다.

"먹자는 귀신은 먹여야 하느니. 하기사 귀신 먹이는 게 사춘 먹이는 것보다 낫지. 잘 사귀기만 하면 먹은 소 똥 눈다고 아무 갚음이라도 해놓고 가는 법이야. 또 못된 악귈수록 싹싹해지려고 들면 한량이 없어서 더 보람을 내고 가는 법이느니. 그러게 옛날에는 목 떨어진 못된 도깨비를 사귀어 가지고 장자 된 사람이 있다네. 어서 최봉사한테 가보게."

그래도 우길이 어머니는 아무 대꾸도 하지 않았다. 그는 본시 귀신이든지 미신이든지를 할머니처럼 알끈히 믿는 맘이 없었다. 그러나 시어머니의 분부라 아니 들을 수 없고 해서 그런대로 일어나 밖으로 나갔다.

"최봉사를 불러다가 예물을 갖추고 귀신 *안택경을 읽히면 되겠지. 아무리 귀신이라도 저를 위해서 성내는 법은 없느니⋯⋯."

그러며 할머니는 조금 맘을 놓았다.

이 동리 최봉사는 인근에 드소문한 명판수니까 오기만 하면 당장 귀신을 구슬려서 멀리 쫓으리라 싶었던 것이다.

할머니는 정녕 그놈의 귀신이 한밥 잘 먹고 싶어서 불장난을 쳤던 것이라고 그렇게 생각한 것이다.

우길의 어머니가 최봉사 데리러 간 사이에 할머니는 복숭아채를 들고 계섬의 방으로 들어갔다. 계섬이가 하고 있는 꼴을 보면 또 무슨 알조가 있을 상싶었던 것이다.

그러나 계섬이는 그전처럼 칠보 족두리를 만들어 쓴다든가 일어나서 서둔다든가 하는 따위 짓은 아니 하고 그저 무거운 몸을 주체하기가 베차맞은 듯이 퍼더버리고 자빠져서 끙끙거리고 있을 뿐이다. 몸은 역시 괴로운 모양이나 그래도 정신만은 그전보다 안존해진 듯하다.

'저 몹쓸놈의 귀신이 계섬이년의 얼만 빼놓고 뒤울안에 나가서 그 장난을 친 게로구나.'

할머니는 속으로 이렇게 궁리하며 계섬이를 찬찬히 내려다보고 있었다.

"애 계섬아, 몸이 아프냐."

하고 할머니가 나직이 물었다. 그러나 계섬이는 아무 대꾸도 안 하고 자는 듯 눈을 그물거리고 있을 뿐…….

"애, 무어 안 먹을라니."

그래도 계섬이는 잠자코 있다.

"몸은 어떠냐."

그러며 할머니가 허리를 구부리고 손으로 계섬의 배를 만져 보려니까 그제사 계섬이는 몸을 한번 흠칫하여 물러나라는 뜻을 보이나 여전히 말은 없다.

그러나 계섬이 눈은 아무러나 아직도 수상하다. 스르르 감았다가 무엇에 놀란 듯이 벌떡 치뜨는 때마다 눈에서 푸른 불이 번쩍 하는 것이다. 그것은 분명 할머니가 기왕에 본 일이 있는 도깨비 불빛과 방사하다.

"저놈의 귀신이 아까 그 일을 저지르다가 집안 사람에게 몰려서 계섬이게로 다시 피신해 돌아왔는가. 돌아와서 시방 한숨을 들이고 있는 것인가. 그렇지만 숨을 돌려 가지고 또 무슨 짓을 펼는지 모르지. 저놈의 도깨비가……."

이런 속궁리를 하며 계섬이를 가만히 내려다보려니까 지금 그가 조용히 누운 것은 바로 귀신이 잠시 쉬느라고 그러는 것 같기도 하나 그러나 귀신이란 본시 심보가 비틀어진 놈이라 언제까지든지 그러고만 있을 턱은 없는 것이다.

그러지 않아도 계섬이가 시방 눈을 감았다 떴다 하는 것은 정녕 그의 속에 있는 귀신이 무슨 못된 짓을 꾸미려고 꼬무락거리는 표적인 것이다. 그런데 또 공교히 계섬이가 몸을 괴로운 맡에 기지개를 켜듯 별안간 안간힘을 써서 그 바람에 할머니는 아찔해지며,

"아갸갸 이 귀신아."
하고 엉겁결에 뛰어나와 버렸다. 그리고는 정주에 앉은 상무의 아내를 보며,

"애, 우길 에미 왜 여태 안 온대느냐. 온 사람이 굼떠도 유만부동이지. 굼벵이 전장을 하는지…… 약지러 간 사람이 성복날 아침에사 오겠구나."
하고 게궂은 소리로 우길 어머니를 나무라고,

“얘, 게 좀 내다봐라.”

하고 상무 아내에게 일렀다.

“아직 안 오십니다. 아마 최봉사 어디 나간 게지요.”

“아이구, 말두 마라. 온 대체 요량없는 사람이지. 없으면 그 집에 당부해 두고 어서 올 일이지, 택이 물러나게 멍청하니 빈집에 앉았을 맛이 뭐란 말이냐.”

하고 할머니는 내처 제김에 또 혼자말로 며느리 때문에 일평생 속을 태우는 푸념을 꺼내기 시작하였다.

“내 참 그 느릉태 탓에 지루 늙었달밖에. 에이 사람이 말 아니 하는 것도 분수가 있지. 이긴 할 말도 주리 참듯 참고만 있지. 금시 벼락이 떨어지는 일도 모른 척이지. 이러니 내가 안 늙을 수 있니. 이 머리가 뉘 탓에 다 흰 줄 아느냐. 그러게 나는 아예 제 한 명대루 살지 못할 줄 안다.”

그러나 할머니는 올해에 벌써 일흔둘이니 그만만 해도 무던히 산 심이요, 또 지루 죽을 일도 있는 상싶지 않다.

“늙은것이야 설사 제 명에 못 죽는다 하더라도 상관없지만 네 일이 걱정이로구나. 너도 시어미 덕 보기는 벌써 한옛날에 틀렸다. 그 시어미를 모시자면 네 아홉 폭 치마가 다 썩어 빠져도 안 되겠다.”

하고 할머니는 우길이 어머니를 치고 손자며느리를 측은히 생각하는 두로 말하였다.

사실 할머니는 며느리와 일평생 뜻이 서로 맞지 않아 온 대신 손자며느리인 상무의 아내에게는 늘 동정을 주어 오는 터이다.

"그래도 옛날 시어미 범 안 잡은 사람이 없다고. 제법 시어미랍시고 며느리 구박은 남보다 못지않으려 드니…… 며느리 흉보라면 그 무겁던 입이 현하변구처럼 술술 터져 나오구."

이렇게 할머니는 우길이 어머니가 돌아올 때까지 며느리 흉을 보았다.

그러나 우길이 어머니가 최봉사를 데리고 오는 것을 본 때 할머니는 모든 것을 다 잊어버리고 오로지 귀신 물리칠 생각에만 골독하였다.

최판수가 다녀간 뒤 집안에서 적이 맘을 놓은 것도 잠시 동안, 이번은 앞마당 말방앗간에서 또 불이 났다.

그러나 나자 *맡에 마침 지나가던 사람이 발견하고 "불이야……" 소리를 지르며 뛰어들어와서 다행히 이내 끌 수 있었다.

그런데 이번 역시 저번과 마찬가지로 방앗간에 난 것이 아니고 지붕 위에서 난 것과 또는 대낮에 난 것으로 보아 이 또한 귀신의 불이 분명하다고 집안 사람들은 생각하였다.

"저 몹쓸놈의 귀신이 진탕 처먹고 멀리 물러간다던 것이 겨우 방앗간까지야."

하고 할머니는 전보다 더 울상을 하였다. 한때는 복숭아채로 후두들겨 쫓아내고 또 한때는 최판수로 하여금 한배반 푸짐히 대접하게 했건만 내리 심술만 부리고 다니는 저 귀신을 어찌했으면 좋을지 할머니는 이에 신물이 날 지경이었다.

생각 같아서는 당장 오참을 해주어도 시원치 않을 것이로되 귀신이란 원청간 목이 떨어져 가지고도 꾸역꾸역 사는 놈이니까 설사 그랬단들 하상 소용없는 일이고 그렇다고 이름없는 잡귀를 소 잡고 치성드리는 법은 예로부터 없는 일이라 이리도 못 하고 저리도 못 하고 할머니는 두루 속만 탈 뿐이었다.

'대체 무슨 놈의 귀신인지 어디서 온 귀신인지나 알아야지. 최판수깐에도 그저 잡귀라구만 하지 이름을 똑 따내지 못하니. 못된 놈의 귀신도 다 있지.'
하고 할머니는 몹시 안타까워했지만 그러나 고쳐 생각하면 그도 그럴 것이 계섬이를 따라온 귀신이면 으레 그의 조상과 반연이 있을 것이요 또 대대로 종이던 계섬이 조상과 반연이 있는 권신이면 물론 이름 성명이나 명색이 있을 택이 없는 것이다.

할머니는 귀신도 양반 귀신과 상놈 귀신이 있다고 생각는 것이요, 상놈이 높은 벼슬아치가 될 수 없는 것처럼 무무한 귀신도 명색이 있을 수 없다고 생각는 것이다.

'그러니 촌무당이 장구를 깬다고 실상은 이 이름없는 놈이 매양 폐단을 내는 법이니……'
하고 할머니는 생각하였다. 하기는 그도 그런 것이 사람으로 치더라도 제일 성가시고 무서운 것은 이름 성명 없는 백성인 것이다.

이들은 무슨 일을 하든지 밑져야 본전으로 세세 손필 것이 없는

것이다. 그래서 때로는 평지풍파로 엄청난 일을 대수롭지 않게시리
해젖히는 것이다.

다른 말은 다 그만두고라도 지난 김관찰 등내에 민요를 이룬 것만
해도 이들 무무한 산골 백성이 아니었던가. 그래서 그들 때문에 그렇
게 성세 놀랍던 김관찰은 결국 파직을 당하고 박진사는 집과 보물을
모조리 치었건만 저들 백성은 아무 앙갚음도 받은 일이 없었던 것이
다. 또 최문환이 난리 때에도 서리관찰사의 목을 자른 것이 역시 그
들 이름없는 백성이 아니었는가. 그들은 관찰사의 목을 성문에 높게
효수하고도 제 목들은 고스란히 그대로 가지고 제 집으로 돌아갔던
것이다.

그와 마찬가지로 귀신도 이름 성명이 없고 무지하고 막돼먹은 놈
이 제일 말썽이요 귀치않은 것이다. 이놈은 판수도 좀처럼 알아내지
못하는 것이요, 또 한다는 무당도 수월히 구슬려 내지 못하는 것이라
고 할머니는 꼬박이 그렇게 생각하였다.

'그러게 최판수가 그렇게 살풀이를 했어도 효험이 나지 않지.'

사실 최판수는 음식과 경으로 빌고 물리치고 또 주사(朱砂)를 갈아
서 부적을 써가지고 이 집의 모든 건물에 골고루 붙였어도 그놈의 귀
신은 무서워할 줄 모르고 여태 방앗간에 박혀 있는 것이 아닌가. 상놈
의 귀신이란 할 수 없는 것이다. 할머니는 더욱 간이 콩알만해졌다.

뿐 아니라 그 일사가 있은 후 온 동리에서도 모두 인심이 흉흉하
였다.

한 것은 불귀신이 이 동리로 들어온 것은 다시 의심할 수 없는 사실이요, 또 하는 차비가 그대로 수월히 물러갈 상부르지 않으니 동네방네가 무시무시할밖에 없는 것이다.

그래서 최판수는 날마다 부적 쓰기에 바쁘고 또 집집에서는 그것을 사다가 붙이기에 바빴지만 그래도 이 귀신만은 무당 판수도 넷두리로 여기는 날탕패 귀신이요, 또 번개같이 날쌘 귀신인지라 언제 뉘 집으로 경정 뛰어와서 무슨 재변을 어떻게 터트릴지 바이 알 수 없는 것이다.

그래서 모두 맘을 놓을 수 없었는데 게다가 그 귀신이 불을 물고 다니는 것을 본 사람까지 있다는 소문이 나서 나중은 밤에 담배 피고 다니는 사람을 귀신으로 *빗본 일까지 생겼다.

그러나 끝내는 그 출몰 자재한 귀신의 정체도 밝아지고야 말았다.

어느 날 아침 뒤에 할머니가 앞마당 뒷간으로 가려고 막대를 끌고 마루에 내려선 것이 그 귀신을 발견하는 동기가 될 줄은 그도 바이 뜻하지 못한 일이다.

할머니는 마당에 내려서서도 허리가 시끈거리고 다리 오금이 켕겨서 간신히 한 걸음 두 걸음을 떼놓으며 이따마큼 막대에 의지해서 숨을 돌리곤 하였다. 그러는 중에 한번 무엇이 펀뜩 하고 눈에 비치는데 그러자 대뜸 머리칼이 섬쩍하였다. 그것은 바로 땔나무를 가려 두는 허청 지붕이었다.

한데 그 허청은 방앗간에 연달려서 사랑 마당 쪽으로 절반쯤 나간

건물로 안마당에서는 초간히 떨어져 있는데다가 더구나 늙은 할머니 눈은 언제든지 자욱이 안개가 끼여 있기 때문에 마치 으스름 달밤같이 희미하게 내다보였다.

그 아득히 내다뵈는 지붕 위에서 희멀끔한 무엇이 또 어른하여서 할머니는 다시금 눈을 슴벅거리며 그리고 또 손등으로 눈을 부비며 기웃이 쳐다보려니까 그 흰 그림자는 아까보다 더 길게 지붕 위에 착 가로붙어 보이는데 그것은 온 지붕보다도 더 긴 듯하였다.

그리고 길게 보이려 드니까 점점 더 그 길이가 늘어나는 것 같았다.

"아이규, 저게 뭐냐!"

하고 할머니가 질겁을 해서 들어가려다가 말고 다시 한번 딱히 보려고 한 때 그 그림자는 아지랑이같이 보일락말락 아물거리기만 하였다.

그래 더 똑똑히 보려고 하면 할수록 딱히 보이지 않고 또 아주 없어졌나 하고 보려면 분명 어릿한 모습이 여직도 분명 보이는 것이다.

"아이규, 사람 살려라. 저게 바루 그 귀신이로구나. 저게……."

그러며 할머니는 뒤돌아서 진둥걸음을 쳐서 안으로 들어오다가 그만 마루 앞에 엎드러졌다.

"아이규 아이규, 이놈의 귀신이 사람의 덜미를 치는구나. 애, 집 안에 사람 없느냐."

하며 할머니가 앉은 자리에서 뭉개고 돌아갈 때 상무의 아내와 우길의 어머니가 달려나왔다.

"할머니…… 어째 이러시우. 일어나셔요."

하고 상무의 아내가 먼저 할머니의 한 팔을 부여잡고 그 담에 말문
이 뜬 우길 어머니가,

"어디 다치시지 않았어요."

하고 다른 팔을 부축하였다.

그러나 할머니는 그저 당황해서 헐떡거리며,

"아이규 아이규."

하고 한동안 외마디소리를 내다가,

"이거 큰일났다. 큰일났어. 이런 변이라고 어디 있단 말이냐."

하고 그만 또 숨이 막히듯 가슴을 연신 두드린다.

"어머니, 왜 이러셔요. 어서 방으로 들어가십시다."

"들어가다니, 아이규 큰일났다. 저기 저게 그놈의 귀신이……."

"네, 귀신이라니요?"

"응, 분명 내가 봤다. 봤어."

"보시다니, 어디 있어요."

"아니 저게 뵈질 않니. 저어기 저기……."

그러며 할머니는 고개도 돌리지 않고 손가락으로 허청 있는 데를
가리키는데 우길이 어머니와 상무의 아내가 밝은 눈으로 그 가리키
는 데를 한동안 내다보아도 비슷한 것이라고는 아무데도 보이지 않
았다.

"할머니, 잘못 보셨어요. 그런 건 아무데도 없는데요. 어서 들어가
셔요."

하고 상무의 아내는 그만 집 안으로 모시려 하였다. 할머니의 망령으로 여긴 것이다.

"없다니 내가 금세 보았는데. 저어기 저 나무허청 지붕을 쳐다보란 말이다."

"저 허청 말씀이지요."

"그래 분명 보이지? 아이구 저놈의 귀신이, 저 몹쓸놈의 귀신이……."

"아아니 아무것도 안 보입니다, 할머니."

"안 뵈다니 정녕 허청 지붕 위에 키가 서 발이나 한 귀신이 배를 붙이고 착 드러누운 걸 내가 이 눈으로 보았는데. 젊은것들 눈이 어째 그렇단 말이냐. 아이규, 목이야. 목에서 겻불내가 나는구나."
하고 할머니는 연신 기침을 뱉고 잠시 쉬어서,

"아이규, 저 몹쓸놈의 귀신이 이제는 제 집처럼 대낮에 지붕 위로 휘줄거리고 다니니. 아이규."

"할머니, 아무것도 없습니다. 잘못 보셨어요. 어서 일어나셔요."

"없다니? 그런 지각없는 소리 말고 어서 저기 가봐라. 귀신이 나뵐 때는 또 필연코 무슨 곡절이 있다. 어디다가 불을 놓지 않았나 어서 가봐라."
하고 할머니는 역정을 내어 가며 덤덤히 서 있는 우길이 어머니와 상무 아내를 두루거리로 나무랐다.

상무의 아내가 할머니 말대로 나무허청 앞에 가서 이쪽 저쪽 지붕을 쳐다보아도 귀신 같은 것은 물론 있을 택이 없었다. 다만 바람 불 때 *이엉짚이 뜨이지 않도록 길다란 말짱을 앞뒤 지붕 위 가로 얹어 둔 것이 있는데 할머니가 혹시 그것이나 빗본 것이 아닌가 하고 우길이 어머니는 생각하였다.

그래서 우길 어머니는 할머니가 또 노망이 난 것이나 아닌가고 속으로 생각하였으나 문득 다음 순간에는,

'아니 참 귀신이란 놈은 고작 있다가도 금시 없어진다니까……'
하는 생각이 들어서 불현듯 이마가 섬뜩하였다. 한 것은 마당에 널려 있는 나무때기나 독그릇 깨진 것에 귀신이 시방 은신했을지도 모르는 것이요, 또 어느 으슥한 구석에 박혀서 사람을 내다보며 코웃음을 치는지도 십상 모르는 것이다.

그는 다시금 몸소름을 쳤다.

그럴 판에 또 나무허청 안을 멀찌감치서 기웃이 들여다보던 상무의 아내가 별안간 얼굴이 파랗게 질려 가지고 달려오면서 버럭 소리를 지를 상이더니 그래도 색시다운 조심이 들었는지,

"어머니……"
하고 나지막하게 부르는데 나지막하게 부르기 때문에 이 경우에는 어머니의 가슴이 도리어 더 쩔렁하였다. 머리칼까지 대뜸 쭈빗이 섰다.

"왜 그러느냐 뭐가 있더냐."
어머니도 나직이 물었다.

“저기 허이연 무엇이 있어요.”

“허이연 것이?”

“네, 할머니 말씀대로 아주 긴 것이야요.”

하며 상무의 아내가 저편 나무허청 쪽을 가리키나 어머니는 선뜻 들어가 볼 용기가 없어서,

“무엇이 있어?”

하고 다시 물으며 머뭇머뭇하고 있었다.

“소나뭇단 저편에 길다랗고 희끔한 것이 얼른 뵈어요.”

“길고 흰 것이?”

“네, 분명 보았어요.”

하는 상무 아내의 말에 어머니는 또 한번 섬쭉하였다.

그러나 자리가 며느리 앞이라 졸한 꼴은 할 수 없고, 또 그는 본시 할머니처럼 귀신이라는 것이 꼭 있다고 생각하지도 않아서 반신반의로 저편 나무허청문께로 가서 끼웃이 들여다보았다.

그런즉 과연 희멀끔한 무엇이 언뜻 보이는데 그는 얼떨결에 한발 뒤로 물러서다가 말고 다시 맘을 사려먹고 좀더 찬찬히 넘겨다보니까 역시 아까나 다름없이 흰 것이 그대로 보인다. 하나 귀신 같으면 그 동안에 천백 번도 더 숨어 버렸을 것이라고 생각는 순간 어머니는 언뜻 무엇이 맘에 마치는 것이 있어서 그 안을 뚫어지게 들여다보다가 상무의 아내에게 나직한 소리로,

“애, 너 뒷방에 들어가서 계섬이 있나 보구 오너라.”

하고 일렀다.

"네."

하고 종종걸음으로 집 안에 들어갔던 상무의 아내가 이내 정주문을 나오며,

"없습니다."

하고 나직이 말하자 어머니는,

"없어?"

하고 고개를 끄덕이며 좀더 자신이 생긴 듯이 소나무 가지를 꺾어 가지고 그것으로 소나뭇단 사이에 약간 희멀끔하게 보이는 것을 쿡쿡 찔러 보았다.

한즉 그 소나무 가지를 통해서 알려지는 물큰한 감각이 정녕 사람인 듯싶었다. 또 송장 같은 것은 물론 아닐 것이고 위불없이 산 사람일 것도 어머니는 의심치 않았다.

"애 애……."

하고 어머니는 좀더 힘을 주어 찌르며,

"이년아, 게서 뭘 하고 있느냐. 썩 나오지 못할 테냐."

하고 소리를 질렀다.

그래도 그것은 수이 나오지 않았으나 소나무 가지에 힘을 주어 찌를 때마다 약간 꿈틀 하고 아프다는 반응을 보내는 품이 분명 산 사람인 것이다.

"이년아! 계섬아."

하는 어머니 소리는 좀더 자신이 생긴 쨋쨋한 소리였다. 인제 더 의심할 나위가 없었던 것이다.

그러나 희멀끔한 것의 딩딩한 배가 한 번 두꺼비처럼 벌름 하고 움직일 때 어머니는 또 한번 이마가 섬쯕하며 주춤 뒤로 물러섰다. 그 희멀끔한 것이 화닥닥 일어나서 아웅 하고 덤비든가 물어 제칠 것 같았던 것이다.

그래서 우길 어머니는 어쩔 바를 모르고 잠시 동안 뒤뚝거리고 있었다.

얼마를 그렇게 지난 뒤에 우길이 어머니가 다시 불러도 그 희멀끔한 것은 좀처럼 수이 일어날 차비가 아니다.

그래서 우길이 어머니는 속으로 슬그머니,

'개고기 같은 년.'

하고 욕이 저절로 나가고 소나무 가지를 잡은 손에 악심이 내렸지만 한편 겁기가 가시지 않아서,

"애 이년아, 어서 일어나거라."

하고 힘써 부드럽게 불렀다.

그래도 그것은 날 잡아잡수 하듯이 늘어져 있어서 어머니는 소나무 가지로 직신직신 건드려 보면서 소나뭇단을 한 단 이편으로 슬며시 당기었다.

한즉 그젠 환연히 사람의 모습이 나타나서 어머니는 그것의 덜미에 손을 찔러 끌어당기며,

“아니 이년이 살아 있어도 이 모양이냐.”

하고 절반은 역증으로 또 절반은 측은해하듯이 혀를 끌끌 찼다.

“이 낯바대기 좀 들어라.”

그래서 이윽고 어머니 손에 끌려서 삐죽이 나타나는 지지벌건 낯짝은 어김없는 계섬이었다.

몹시 충혈된 눈은 분명 실신한 사람의 그것이었으나 아무 반항도 없는 눈이었다.

어머니는 불현듯 측은한 생각이 들었다. 물론 제 자식 귀순이가 장차 만삭이 되어서 안간힘을 쓰던 나마에 그렇게 될 것을 그 순간에 상상하지 못했다면 그 측은한 맘은 절반 이상 덜렸을 것이지만……

“이년아, 너 시방 어디 와서 누웠는 게냐. 썩 일어나거라.”

하고 이어 덜미를 잡아당기는데 그 바람에 계섬의 가슴 밑에서 누르끄름한 무엇이 얼른하여서 어머니는 부지중 또 소름이 끼쳤다. 얼른 보기에도 그것은 요 얼마 동안의 무서운 수수께끼를 감춘 무엇 같아서 어머니는 무섬증이 났으나 무서움이 날수록 더 보고 싶어서 어칠어칠 소나무 가지로 그것을 끌어다가 헤치고 보니 그 속에 타다가 남은 숯덩이와 재가 있다.

그것은 두말할 것 없이 불꾸러미인데 계섬이 가슴에 눌려서 피지 못하고 꺼져 버린 섯이었다.

계섬이가 나무허청 지붕에 불꾸러미를 박으러 올라갔다기 할머니의 왁살 바람에 놀라서 뜻을 이루지 못하고 그대로 가지고 내려와서 나무허청에 들어가서 숨었던 것은 다시 물을 것도 없는 일이다.

한동안 그렇게 사람의 맘을 흉흉하게 하던 귀신의 불이 어떻게 해서 일어났는지도 여기서 깡그리 밝아지고 말았다.

"이년아, 그게 무슨 지각없는 짓이란 말이냐."

하고 어머니는 아직도 무섬증이 가시지 않은 약간 떨리는 소리를 부드럽게 낮추어 가지고,

"어서 썩 들어가자."

하고 계섬이를 나무허청 밖으로 부축해 내왔다. 그런즉 여태 멀찍이 비켜서 있던 할머니가 무섬결에 두세 걸음 더 뒤로 물러서며 약간 떨리는 눈으로 멍하니 바라보다가,

"그년 참말 살기는 살았느냐."

하고 우길 어머니에게 물었다.

"성성한 년이 그러는군요, 온."

"성성하다니…… 그년 이마 좀팩이 만져 보게. 귀신이란 넷두리로 사람을 속이느니."

"아니에요. 인제 아무렇지도 않아요."

하고 우길이 어머니는 계섬이더러 들으란 듯이 구슬리는 조로 할머니에게 말하였다.

상무의 아내가 바로 그 뒤를 따르고 초간히 떨어져서 할머니가 어슬렁어슬렁 걸어오면서,

“모르는 소리 말게. 도깨비가 아일 낳은 일이 다 있다네. 그래도 그때까지 아무도 그게 도깨비인 줄 몰랐단밖에……”
하고 여직도 계섬이가 참말 계섬인지 또는 참말 계섬이라 하더라도 살아 있는 계섬인지를 딱히 믿을 수 없다는 듯이 말하며 허리를 숙여 멀리 계섬이를 쳐다보았다.

참말 도깨비일진대 그렇게 보면 키가 구척도 넘게 커보인다고 일러 오는 말을 할머니는 고스란히 그대로 믿는 것이다.

그러나 계섬의 키는 별로 커보이지 않았다.

그래서 조금 안심은 되었지만 그렇다고 잔소리가 가실 할머니는 아니다.

“이년아, 네 이 집에 무슨 원수가 있길래 칼루 사람을 못 찔러서 집에다 불을 놓는단 말이냐. 귀신이 들려도 분수가 있지 이십 년 동안 길러 준 갚음을 그래 그렇게 해야 옳단 말이냐.”

하고 그날 진종일 또 그 지질한 버릇을 내놓고 오만가지 소리로 징징거린 것은 두말할 것도 없는 일이다.

마음의 싹

계섬이는 그 이튿날 꼭두새벽에 계집아이를 낳았다.

하나 계집아이고 사나이고 간에 누구 하나 무얼 낳았느냐고 알려는 사람은 없었다.

벌써 첫여름이 되었건만 연일 날씨가 흐려서 아침 저녁은 몹시 으스스하였다.

단지 그래서 그런 것만도 아니겠지만 한 생명이 새로 난 이날 아침 이 지붕 아래서는 도리어 무겁고 음침한 분위기에 지그시 눌려 있는 것 같았다. 또 사람으로 말하더라도 아무도 새로 난 생명을 반가워하는 사람은 없고 모두 묵묵한 가운데 을씨년스러운 표정만 깊게 하고 있을 뿐이다. 이러한 중 다만 계섬이만은 오래 괴롭고 무겁고 덧부르하던 몸이 하루아침 갑자기 거뜬해져서 미역국에 찹쌀밥을

조금 먹고 인제 겨우 살아난 듯싶은 개운한 기분이 돌아왔으나 그도
잠깐 동안에 지나지 않았다.

그의 몸은 또다시 괴로워지기 시작하였다. 그는 어저께 지붕 위에
올라갔다가 할머니가 자지러지게 소리를 지르는 바람에 놀라서 급작
히 아래로 내려오느라고 그만 땅바닥에 철썩 떨어져 버렸다.

나무허청은 낮고 또 오르내리기 편하게 그 곁에 볏짚 낟가리가 있
었지만 놀라 서두는 통에 무중 발이 빗디디어졌던 것이다.

하나 땅바닥에 떨어지면서도 사세가 급해서 엉겁결에 나무허청에
들어가서 겨우 반몸이나 숨기고는 그만 제정신을 잃었던 것이요 또
그때의 놀람과 낙상으로 아이를 지루 낳았던 것이다.

그러니까 어찌 견디어 내는 장수가 있으랴. 그날 오후부터 계섬이
는 얼굴이 차차 붓기 시작하였다. 산후 풍이 난 것이다. 땀기는 말짱
거두고 아슬아슬 오한이 들고 일단 후련하여졌던 내장에 *악혈과 *번
열이 응쳐 들어서 아이를 낳기 전과는 달리 뱃속까지 들이 쑤시었다.

우선 *산저담(山猪膽)이나 웅담을 먹이면 복장에 결린 악혈과 번열
은 밖으로 내쫓을 수 있는 것이나 아무도 미처 생각을 못 해서 그런
지 그 말 하는 사람은 없었다.

계섬이의 앓는 품은 얼른 보기에도 심상치 않았다. 그 끙끙거리는
신음 소리가 할머니에게는 몹시 애처롭게 들렸다.

뿐 아니라 아이를 낳았다는 것부터도 적이 못마땅하였다. 하나 할
머니는 본시부터 사내아이를 소원하고 계집아이를 싫이해서 계섬이

가 계집아이 난 것을 꺼려하는 것은 아니다.

설사 사내자식을 낳았다 하더라도 역시 귀찮기는 일반일 것이다.

차라리 종의 자식은 남자보다 계집아이라야 부려먹기가 좋은 법이니까 그렇게 칠 말론 계섬이가 계집아이를 난 것이 도리어 할머니에게는 요행한 일이겠으나 이 경우에는 그런 것도 아니었다. 그저 모두 성가실 뿐이었다.

계섬이가 산후 단 며칠 동안이라도 드러누웠을 것이 싫었고, 또 이러쿵저러쿵 주둥이를 까고 싶어할 동리 이목이 싫었다.

가령 누가 "계섬이는 어디 갔소" 하고 묻는다든지 또는 좀더 노골로 "아니 계섬이가 해산했다지요?" 하고 묻는다든지 간에 모두 귀찮은 물음인 것이다.

그리고 또 계섬이가 오래도록 누워 앓아도 걱정이요, 눕지 않고 수이 일어나서 남 볼 소견 사납게 어린애를 꾸둥쳐 업고 *정구지역(井臼之役)을 한다 해도 보기 좋은 광경은 아닐 것이다.

'아마도 아이를 뉘게 내주는 수밖에 없어.'

할머니는 속으로 이렇게 궁리하였다.

자기 집 체면을 생각해서도 아이를 어느 작인에게라도 내맡겨 두고 계섬이를 어서 시집을 보내되 그 사내 될 자를 미리 불러다가 계섬이가 아이 난 이야기와 장가든 연후에 그 아이를 찾아다가 딴소리 없이 제 자식으로 기를 것을 다짐받고 그리고 벼락시집을 보내 주리라 하였다. 옛날에도 그런 예는 얼마든지 있었다.

그리고 그 아이가 어느 만치 장성하면 도로 제 집에 데려다가 이름은 수양딸이겠든지 무어겠든지 좋도록 붙여 두고 심부름을 시켜도 좋으리라고 할머니는 생각하였다.

또 실상 늦도록 장가들지 못한 사람 중에는 그런 조건이라도 달게 받을 사람이 적지 않을 것이다.

이렇게 생각한 할머니는 우선 남의 눈가림으로 어느 소작인에게 아이를 내맡기려고 우길이 어머니를 시켜서 요즈막에 해산한 소작인을 알아보라고 일렀다.

그날 석양에 우길이가 학교에서 돌아와 본즉 집안이 수수한 게 어째 이상하였다. 무슨 일이 있는 듯싶은데 무엇인지는 알 수 없었다.

할머니의 얼굴은 짜장 팥죽 마른 것처럼 밤사이에 주름이 부쩍 더 늘고 무섭게 찌그러져서 말을 묻기가 싫었다.

그리고 본시 말이 없는 어머니는 이날따라 더 침울해져서 묻는 말에 수월히 대답할 상이 아니다. 그런 중 제일 만만해 뵈는 것이 아주머니다.

아주머니는 저녁밥을 짓고 있었는데 역시 흐린 듯한 얼굴이요, 또 본시 볼편과 눈가에 심술이 많은 얼굴이긴 하다.

그래도 이 부엌에서는 아주머니가 제일 나이 젊고 이쁘다.

"아주머니, 집에 오늘 무슨 일이 있소"

하고 우길이가 물은즉 상무의 아내는 그저 지나가는 말로,

"아아니."

하고 탐탁지 않게 대답할 뿐이다.

우길이는 무언지 모르게 슬며시 부아가 날싸하였다. 남은 일껀 알고 싶어 물은 것이 아닌가.

"그런데 어째 저녁이 늦었소. 배가 고파 죽겠는데."

"아니 벤또 안 가지구 갔어."

"벤또 먹으면 저녁 안 먹어도 존가."

하고 우길이가 한바탕 또 걸고 들 상이라 상무의 아내는 그만 말을 끊고 모른 척하고 있었다.

그러기 우길은 내처 밸이 꼴려서 또 형수를 가지고 욕지거리할 차비였는데 그때 마침 뒷골방에서 어린애 우는 소리가 들려 왔다.

"얼레, 어린애가 우네."

우길은 눈이 둥그래서 뒷방 쪽을 멀리 바라보았다. 한즉 응아응아 하고 보채는 소리가 분명 갓난아이 소리다. 그리고 보니 새벽 꿈결에도 그 소리를 들은 법하다.

하나 그때는 꿈속이라 조카놈의 우는 소리로만 들었고 그러기 때문에 늦잠이 깨어 불이야 불이야 아침 먹고 학교로 떠나가던 아침결에는 다시 그 소리에 대해서 귀를 기울일 여가도 없었던 것이다.

그래 우길이는 지금 다시 아주머니에게,

"저거 무슨 소리요?"

하고 물은즉 형수는,

“어린애 소리 아니야.”

하고 쨋쨋이 대답하는데 우길이 듣기에는 분명 트집기 있는 소리다.

“어린앤 줄 누가 모르나.”

그리고 또 우길이는 좀더 심사가 비뚤어진 소리로,

“그래 아주머니가 낳았소.”

하고 물었다.

한즉 상무의 아내는 별안간 귀밑까지 발개지며 우길이를 흘낏 깔보고 머리를 숙여 버렸다.

상무의 아내는 이미 첫아이를 낳았고 지금 또 육칠 삭이 되어서 배가 불룩하여 그것이 어쩐지 부끄러웠던 것이다.

“얼굴은 어째 발개지노.”

그래도 상무의 아내는 못 들은 척하고 있었다.

우길의 성미와 입버릇을 잘 알기 때문이다.

“무슨 아인가 말이오? 저 우는 아기가……”

그래도 형수는 아무 대척도 하지 않았다.

“입이 붙었나.”

하고 우길이가 기어이 말썽을 부리려고 드니까 할머니가 곁에서 듣다가,

“아이지, 무슨 아이야. 사내새끼가 죄죄하게 그건 옴니암니 캐서 뭘 하니.”

하고 가로맡아 갔다.

할머니는 며느리인 우길이 어머니와는 뜻이 서로 맞지 않으나 그 대신으로 손주며느리는 될 수 있는 대로 싸주려는 버릇이 있다.

"누가 할머니더러 말하래나."

"이놈의 새끼, 넌 그런 거 알아 소용없다. 공부하는 놈이 공부나 할 일이지, 부엌간 참견이 무슨 소용이냐. 너의 형 좀 봐라. 집에 들어서 무슨 말 함부로 하디."

"말 안 해도 좋아, 누가 절더러 말하라나."
하고 우길이는 돌아서 나오려 했으나 그러고 보니 별안간 약이 더 올라서,

"안 가르쳐 줘도 다 알어. 누가 모를 줄 아나."
하고 뇌까렸다. 그대로 뿌옇게 밀려 나가기는 싫었던 것이다.

또 그뿐 아니라 우길이는 맘에 짐작되는 일도 바이 없지는 않았다. 그는 벌써 얼마 전부터 계섬의 몸이 이상하다고 생각하였다.

그리고 계섬이가 미쳐 날뛰는 것도 또 집안에서 야단났다고 떠들어대던 것도 일찍 보아 온 바다.

그러나 우길이는 그것을 그닥 큰일이라고 생각지 않았다. 그는 계섬이가 정말 미친 것이라고는 생각지 않았던 것이다.

그는 다만 계섬이는 지금 무슨 병에 걸려서 그렇거니 또는 병이라는 것은 앓다가도 낫는 것이어니 이렇게 막연하게 생각해 왔을 뿐이다.

그러나 우길은 여기서 할머니의 가슴을 뜨끔하게 해주려고 위정 그렇게 딴전을 울려 본 것인데 뜻밖에 그 소리는 지질한 할머니의 *명문

에 들어가 맞았다.

“이놈의 새끼, 알긴 무얼 안단 말이냐.”

하고 소리부터 살맞은 비명이었다.

“글쎄 알아요, 알어.”

“이놈의 새끼, 그래 남과 그런 소리 할 테냐. 그럼 매맞어.”

하고 할머니가 남더러 말하지 말라고 딴에는 지각을 부려 일깨워 주니까 우길이는 도리어 얼씨구나 됐구나 하듯이,

“내 말 안 할 줄 아나.”

하고 도로 으르는 시늉을 한다.

“이놈의 새끼, 그래 뭐라고 말할 테냐.”

“누가 그걸 가르쳐 줄 줄 아나. 알구 싶어 죽겠지…….”

“이놈의 새끼…….”

“내가 가서 다 이애기할 테야.”

“어디 가서 이애기하겠니.”

하다가 할머니는 우길의 성미가 동으로 가라면 서쪽으로 삐여지는 버릇이 있는 것을 깨닫고 슬쩍 말을 돌려서,

“이놈의 새끼, 말을 할라거든 해봐라. 무서워할 줄 아니.”

하고 딴전을 썼다.

“그럼 누가 안 할 줄 아나.”

“그러세 이서 말을 해보란 말이다.”

“무어라고 하나 들을라구…… 할머니한텐 말 안 해.”

“그럼 누구한테 할 테냐.”

“어디 가서 죄다 말할 테야.”

“이놈의 새끼, 어서 가서 제 집 건풍을 떨어 봐. 어서 썩 왜 못 가느냐.”

“걱정 말어.”

“글쎄 썩 가서 말해라. 어서.”

하고 할머니가 다두쳐 들씌우는 바람에 우길이는 잠시 즘즛 하고 있었다.

그러나 그것으로 지고 말 우길이는 아니다.

그는 지금 단박 할머니를 되게 곯려 줄 묘책을 골똘히 빚고 있는 것이다. 그는 할머니가 무엇을 제일 무서워하고 싫어하는지 잘 안다.

“내 순검과 말할 테야.”

“순검!”

그 순간 할머니는 벌써 가슴이 뜨끔하였다.

일로전쟁 당시와 수상(水上)으로 피난 갔을 때 본 그 무서운 양복쟁이로부터 최근에 가택수색을 나왔던 양복쟁이까지 무릇 한 번 본 양복쟁이란 양복쟁이는 어느 날 어디서 본 기억까지 분명히 머리에 떠왔다.

“순검과 말하면 붙들려가.”

“이놈의 새끼, 날 붙들어갈 택이 뭐냐. 너같이 버릇없는 놈이나 붙들어가지.”

“난 일러준 사람인데 왜 붙들어가.”

“어른의 말을 안 들으니까 붙들어가지.”

하는 할머니는 실상 우길의 실없는 소리를 벌써 어느 만치는 고지식하게 듣고 있는 것이다. 따라서 적이 무섬증이 나고 또 그런 철없는 소리를 하는 어린 우길에게까지 노염이 생겼다. 그래서 가슴이 떨리며 얼른 뒷말을 잇지 못하고 있는 동안 우길이는 여러 가지로 할머니를 곯릴 생각을 하던 나마에 엉뚱한 궁리까지 조작해 냈다.

“계섬이를 지붕에서 떨어져 죽게 하고…….”

하는 소리가 비록 어린 놈의 철부지한 소리지만 할머니는 여기서 또 한번 가슴이 뜨끔하였다.

“이놈의 새끼! 뭐 어째. 저기 계섬이가 시퍼렇게 살아 있다.”

“거짓말 말어. 누가 속을 줄 아나.”

“저런 승한 놈의 새끼라구는…….”

“글쎄 다 알어.”

기실 우길이놈도 계섬이가 죽지 않은 것은 잘 알고 있었지만 할머니의 혼줄을 내려고 위정 그렇게 말한 것이요, 또 그렇게 말하고 본즉 할머니가 다급해하는 것이 은근히 맘에 고소해서 또 한번 채쳐 본 것이다.

“이놈의 새끼, 그런 거짓말 하면 못써. 네사 붙들려갈라구 그러니.”

“일없어. 내가 왜 붙들려가. 난 존 사람야.”

“이놈의 새끼, 내가 계섬이를 부를게 들어 봐라. 계섬이가 대답하면 어쩔 테냐.”

하고 할머니는 갈린 목소리로 연성 계섬이를 불렀다. 그러나 계섬이
는 그때 마침 신열이 나서 혼수상태에 빠져 있었기 때문에 감감 대
답이 없다.

“아이규 계섬아, 이년 대답 좀 해라. 저년이 귀가 먹었나.”

“암만 불러도 대답 안 해.”

우길이는 재미나듯이 놀림조로 뇌었다.

“아이규, 저년이 저년이 생사람 잡을라구 저러느냐.”

그러며 할머니는 울상하고 뒷방으로 들어갔으나 그 뒤에도 할머니
의 징징거리는 소리만 들리지 종시 계섬의 소리는 들을 수 없었다.

그 이튿날 우길이가 학교에서 돌아온 때는 계섬의 방에서 어린아
이 우는 소리가 들리지 않았다. 오늘 식전에 전인해서 어린아이를 여
기서 이십 리나 되는 벌말 어느 소작인의 집으로 가져간 것을 알 택
이 없는 우길이는 적이 궁금해서 어린애 소리가 안 나나 하고 기다
렸다.

그래도 언제까지든지 들리지 않는 것이 못내 우길의 맘을 어둡게
하고 뒤숭숭하게 하였다. 어제는 분명 있었는데 한 밤 자고 없어졌다
는 것이 십분 알 수 없는 일이요, 또 답답한 일이었다.

“아주머니, 어린애 어디 갔소.”

하고 우길이는 꼭 알고 싶어서 물었으나 상무 아내의 대답조는 그닥
탐탁하지 않았다.

"어린애라니? 오 그거 어저께 그애 말이지. 그앤 우리 애가 아니야."

"그럼 뒷집 애요?"

"저어 다른 집 아인데 제 집으로 갔어."

"아냐. 누가 모를 줄 아나."

우길이는 아주머니의 말을 동이 닿지 않는 거짓말이라고 생각하였고 또 사람이란 나잇살이나 처먹으면 모두 불여우처럼 사특하고 바르지 못하고 터무니없는 거짓말을 넷두리로 하게 되는가 보다고 생각하였다.

한 것은 남의 아이면 뒷골방에서 울었을 택이 없는 것이요, 또 집 안에서 그렇게 *은휘할 까닭도 없는 것이다.

한데 어제도 흐지부지 우물거려 넘기고 오늘 또 가당치 않은 소리로 얼버무리려는 것을 보면 분명 까닭이 있는 일 같다.

그래 속으로 무슨 놈의 아이길래 그러나 하고 기어이 캐려고 드니까 아주머니는 볼식은한 소리로,

"참말이라니까 제 집으로 갔어. 그런데 오늘은 어째 일찍 왔어."
하고 딴소리를 꺼내기 시작하였다.

"아니야. 거짓말쟁이……."

"거짓말 아니래두."

"그럼 내가 가볼걸."

"가보아도 그렇지. 없는 게 생겨날까."

"그럼 안 가볼 줄 아나……."

하고 우길이가 뒷방으로 들어가려 한즉 할머니가 앞을 막으며,

"못써. 사내새끼가 어째 그러냐."

하고 공연히 나무라는 것이다.

"왜 못써."

"눈이 어지러워져. 가지 마라."

하는 할머니의 말을 들으며 우길이는 부지중 가슴이 섬쯕하여졌다.

대체 그 방엔 무엇이 있길래 보아서는 안 되는 것이며 또 보면 보았지 보는 그것만으로 눈이 어지러워질까 하고 우길이는 적이 수상히 생각하였다. 그래서 부쩍 더 그 방으로 가보고 싶었으나 곁사람들의 눈이 있어서 가지 못하였다.

조금 뒤에 상무가 서당에서 돌아왔으나 그는 그런 일에 대해서는 아주 대범하였다. 꼬물도 아랑곳 아니하는 것이다.

그리고 또 상무와 우길이는 무슨 이야기고 간에 잘 하지 않는 터이요, 또 상무는 어린애 이야기 같은 건 계집애들이나 자발없이 종알거리는 것이라고 하찮게 여기는 터이어서 우길이가 만일 그 이야기를 다시 꺼내기만 하면 상무는 대뜸,

"이놈의 새끼, 건 알아 뭘 하니. 계집애들처럼."

하고 나무랄 것이어서 우길이도 숫제 모른 척 시치미를 따고 있었다. 그러나 속으로는 은근히 상무에게 반감이 생겼다.

"너는 나를 계집애 같다구 하지만 그래도 내가 더 훌륭히 될걸."

하는 막연한 승벽까지 일어났다.

그러지 않아도 누나 귀순이나 누이동생 이순이를 동기로 생각지 않고 심하면 사람 같지 않게 여기는 상무를 우길이는 속으로 밉게 생각하고 있던 터이다.

그날 밤 우길이는 공부를 하다가 남몰래 슬쩍 뒤울안으로 나가서 계섬이 방문을 삐죽 열고 들여다보았다. 그러나 방 안에는 등불을 켜지 않아서 아무것도 보이지 않았다. 그는 한참 가만히 섰으려니까 겨우 바깥 달빛에 희미하게 사람의 모습이 들여다보였다.

우길이는 부지중 몸서리를 쳤다. 계섬이는 죽은 듯 고요히 자리에 누워 있다. 정말 죽은 것이나 아닌가 하고 생각하는 순간 그는 다시금 이마가 섬쪽하였다.

그러나 그는 무섬을 참고 오래도록 그대로 서서 들여다보고 있었다.

얼마를 그렇게 있으려니까 계섬이가 나지막한 신음 소리를 내며 약간 몸을 흠칫하는 것이 역시 극히 희미하게 알려진다. 그 동작과 소리는 어쩐지 어린 우길에게 안심을 주는 동시에 또한 불안을 주었다.

우길이는 몇 번 계섬이를 부르려고 했으나 어안이 막혀서 소리가 나가지 않았다.

그 이튿날 우길이가 학교에서 돌아오니 부엌에서 탕약 달이는 냄새가 코를 쿡 찌른다.

상무의 아내는 가뜩이나 무거운 몸으로 부엌에서 저녁을 지으랴 약 끓는 걸 보살피랴 하기에 짐짓 부아가 난 모양이다.

그도 그럴 것이 계섬이가 앓아서 그의 일까지 두 몫을 겹쳐 보는

데 게다가 또 그의 약까지 달여야 하는 것이다. 다른 사람의 것이라도 모르겠는데 체면 사납게 계섬의 약인 것이다.

그런데 또 그놈의 *약탕관이 비뚤어져서 약이 화롯불에 쏟아지며 부옇게 재가 떠올라서 그것을 바로잡아 놓으려는데 두 살 난 성수놈이 치마꼬리에 매달려 젖을 먹으려고 앙탈을 써서 금시 쥐어박으려는 판에 우길이 뛰어오며 조카놈을 성큼 안아 주었다.

"애 성수야, 넌 나구 놀자, 응."

그래도 아이는 어미한테 가려고 야기를 쓴다.

"어어 성수 잘났다, 둥둥둥……."

하고 우길은 어린애를 추스르다가,

"옳지, 내 업어 줄게. 아주머니, 애 업혀 주어요. 업어야 안 울어요."

하고 성수를 등에 업었다.

우길이는 오늘 기분이 좋았다. 기분이 좋으면 참배맛같이 싹싹한 그다.

빗가려고 들면 벽을 문이라고 내미는 대신 좋다고 들면 뼈가 휘는 줄 모르게 고분고분한 성미인 것이다.

그래 형수와도 자주 어기대는 반면에 또 곰곰스럽게 거들어 주는 일도 적지 않았다.

어떤 때는 아주머니를 간나위라고 욕하는 일도 있지만 또 어떤 때는 아주머니같이 무던하고 이쁜 사람은 없다고 극진히 고맙게 구는 그였다.

한번은 아주머니가 그릇을 깨고 어머니한테 꾸중듣는 것을 보고 제가 그랬노라고 의젓이 대맡으려고 든 일도 있었다.

오늘 형수는 그런 것 저런 것을 생각하고 우길에게 못내 고마웠으며 우길이도 더욱 맘이 내켜서,

"아주머니, 어디 아프오?"

하고 물었다.

"아아니 아프긴……."

"그럼 약은 어째 달이오."

"저 약 그거 계섬이 게야."

"계섬이요. 계섬이 어떻게 앓어요."

"어떻게 앓느냐고……."

하는 형수는 무어라 대답할지 잠시 생각하다가,

"감기들었어."

하고 덤덤히 대답하였다.

"되우 아픈가요."

"아니 감기라니까."

"감기?"

그러면서도 우길이는 그 말이 곧이 믿어지지 않았으나 오늘은 맘이 내킨 김이라 그릴 만하게 들으며 등에 업은 아이를 둥둥 추스르는 판에 상무가 서당에서 돌아왔다.

그러자 우길이는 갑자기 얼굴이 발개지며 형수에게 아이를 맡기려다가 말고 정주에 내려놓고,

"내 오줌 누고 오께."

하고 뒤울안으로 나가 버렸다.

나가서 그는 이마의 땀을 씻었다. 어째 그런지 얼굴이 화끈하며 선땀이 솟았던 것이다.

그는 다시 부엌으로 들어가기도 공연히 면구해서 한참 서성거리고 섰다가 문득 생각한 것이 계섬이다.

계섬이가 시방 하고 있는 꼴을 한번 더 똑똑히 보려는 것이었다.

해는 이미 넘어갔으나 초여름의 붉은 저녁놀이 안침진 뒤울안까지 붉게 물들여 놓았다.

그는 계섬이 방 앞에 가서 조심조심 문을 열었다. 그러자 맨 첨으로 보인 것이 계섬의 희멀끔한 퉁퉁 부은 얼굴이었다.

우길은 부지중 몸소름이 끼쳤다. 그 퉁퉁 부은 얼굴이 보기에 몹시 징그럽고 또 그 부어 오른 살 속에 두 눈까지 잠겨 버려서 더욱 몸이 아슬때려졌다.

계섬이는 아무것도 깔지 않은 *갈노전 위에 포대기를 덮고 누워 있다. 그 손과 발도 전부 부었고 그전보다 유난히 멀끔하나 보기에 모두 끔찍하였다.

우길이가 찬찬히 그의 부은 뺨과 귀와 눈지방을 바라보는 때 그 부은 살 속에 묻혔던 계섬의 가는 눈이 애오라지 띄어지며 빠끔히

우길이를 쳐다보는 것이다.

우길이는 또 한번 이마가 섬쩍했으나 그 사람 그리운 듯한 가는 눈에서 분명 옛날의 계섬이를 발견하였다.

때리고 욕하고 말타고 차던 그렇게도 튼튼하던 계섬이가 시방 죽은 듯 고요히 누워 있는 것이 모두 허무한 거짓말 같다.

다만 참으로 보이는 것은 계섬이가 지금 저를 보고 살려 달라고 애걸하는 그것뿐인 것 같다.

우길이는 소리를 내어 그를 부르려 하나 목이 잠겨 소리가 안 나오고 그저 눈에서 눈물 한 방울이 뚝 떨어졌다.

그래도 부어오른 계섬의 얼굴에는 종내 아무런 표정도 뜨지 않았다.

계섬이는 기어이 소생할 가망이 없었다. 그는 해산 직후에 조금 음식을 먹고 난 담에는 장창 오륙 일을 내리 곡기를 놓은 채 물 한 모금 마시자는 말이 없다.

"아무리 병자라도 곡기를 놔서는 안 되는데."

사람은 수시 중병이 들었더라도 음식을 먹어야 하고 음식만 먹으면 죽는 병이 없다고 생각는 할머니가 이따금 계섬이 입에 미음을 떠넣어도 대부분 거품처럼 우구구 입 밖으로 돌려 버려서 목으로 떨어지는 것이라고는 별로 있는 상싶지 않다.

그래 겁이 많은 할머니는 더욱 황겁해났다. 계섬의 튼튼하던 몸은 해산하는 때에 안통이 사산이 찢어져 녹장이 난 것 같고 들락날락하던 정신마저 안접할 육신을 찾지 못한 채 일그러져 버린 것 같았다.

계섬이는 팅팅 부은 몸을 꼼짝도 못 하고 반듯이 드러누워서 이따금,

"으윽……."

하고 안간힘을 쓰다가는 이내 맥이 풀리듯,

"아—아—악……."

하는 애처로운 비명을 내는데 그런 때는 목줄띠와 가슴을 무엇에게 몹시 짓눌리는 것을 느끼는 심인지 손을 약간 허우적거리고 또 입까지 스물거리며 그 괴롬에서 벗어나려는 것이 현연히 보인다.

무슨 악귀가 그의 전신만신을 옥죄어 주는지도 모르겠다. 한 것은 그렇게 비명을 내던 끝에는,

"이놈들……."

하고 목소리를 짜고 뒤미처서,

"이 연놈들, 이걸 이 목을 안 놀 테냐. 아이구, 이 다리 좀……."

하고 악을 써 소리를 치는 것으로 보아서도 족히 짐작할 수 있는 것이다.

오늘도 뒷방에서 계섬이가 그렇게 애처로운 소리를 내고 있는데 놀란 할머니는 덜덜 떨면서 그리로 다좇아 들어갔다.

들어가서 그의 가슴에 손을 얹고 살근살근 흔들어 부르깨인즉 계섬이는 팅팅 부은 얼굴 속에 잠긴 눈을 파내려고 가까스로 애를 써 눈시울을 지르뜨고 바늘만치 가는 눈으로 건공을 흘기며,

"이 연놈들!"

하고 뇌까리는 것이다.

“애 계섬아, 어서 정신차려라. 나다, 나야.”

하고 할머니는 사시나무 떨듯 하는 손으로 안정시키려 하나 계섬의 잠꼬대는 여전하다.

“이 도적년놈들 같으니…….”

분명 무슨 악몽에 붙들려 있는 속이다.

“애 계섬아…….”

그래도 계섬이는 제멋대로 중얼거릴 뿐.

“아이를, 아이를…….”

“응, 아이? 여게 있다. 여게 있어.”

“응…… 어디…… 하하하하…….”

“자아, 이거 아니냐.”

“으흐흐흐…….”

하는 계섬의 그 무서운 웃음 소리가 할머니의 목덜미에 탁 잠기었다.

“아이쿠, 계 계섬아…….”

할머니는 어찌할 바를 몰라서 벌벌 떨고만 있었다. 도망을 해나오려면 금시 또 계섬의 무서운 소리가 등통을 칵 울릴 것 같고 울리기만 하면 저는 당장 탁 엎드러져 까무러칠 것 같았다.

“저 저…… 아이, 아이를…….”

하고 계섬이는 여전히 무슨 환상에 붙들려서,

“여게 안 내놓 테냐, 여게…….”

하고 헤번덕거리는 것이다.

　"애 계섬아, 여게 있다. 여게 있어."

　"가, 가만 두어…… 아이를……."

하고 계섬이는 얼마 동안 아무 말도, 아무 동작도 없다. 무서운 환상
이 잠시 멀어진 모양이다.

　그러나 그 대신 서릿발같이 무서운 침묵이 할머니의 가슴에 콱 안
긴다.

　"애, 네 어린애 여게 있다. 여게."

　할머니는 어서 이 자리를 모면하려고 달래는 투로 말하였다.

　"아, 아이…… 어디 갔어, 어디…… 으흥……."

　계섬이의 소리는 점점 가늘어져 갔다.

　"애 계섬아."

　"어디…… 어디……."

　"여기…… 여기 있다."

　그러며 할머니가 손끝으로 계섬의 뺨과 가슴을 번갈아 가며 살살
건드려 주나 계섬이는 아무 반응이 없이 가만히 누워 있을 뿐이다.

　손도 발도 꼼짝 놀릴 수 없고 이제 오직 목구멍 한군데만 조금 트
여 있는 모양이었다.

　"아아…… 어째…… 이렇게 이렇게…… 어, 어둘까."

하고 계섬이는 잠시 쉬더니 또,

　"어디로 갔어…… 아아, 너무너무 어둡다. 자꾸만 어두워……."

하고 계섬이는 무엇을 찾는 듯이 손끝만 약간 허우적거리고 있다. 분명 이제 천길 무명(無明) 속으로 떨어지는 것을 느끼는 모양이다.

그날 오후 계섬이는 한동안 안존히 잠이 들었다. 멍하니 그것을 내려다보던 할머니는 불현듯 눈물이 날 뻔하였다.

일찍 불쌍하다는 생각을 계섬이의 신상에 가져 본 일이 없는 할머니로서는 까닭 모를 이상한 일이었다.

개고기라고 별명을 지으리만치 튼튼하던 계섬이가 이 지경 볼꼴없이 되어 버린 것을 내려볼 때 할머니는 다시금 인간의 무상함을 느꼈다.

인간은 작고 신(神)은 큰 것 같았다.

'천지신명이시여! 굽어 살피소서. 이 죄없는 백성을 어서 씻은 듯이 낫게 해주소서.'

하고 할머니는 속으로 하늘에 빌었다.

그러며 그는 자기가 빌어서 계섬이가 이제 편안히 잘 수 있겠거니 하는 안심을 얻게 되고, 그렇게 생각하게 되면서부터 내처 더 선심이 나서 하늘에 대고 비두발괄로 또 한번 더 포실히 빌고 부엌으로 나오며 떨리는 소리로,

"여보게."

하고 우길이 어머니를 불렀다.

"시방 끝 최판手한테 가보게."

"최판수요?"

“그래 가서 한 쾌 붙여 보게. 저게 필유곡절이지. 남 다 낳는 아이를 낳았기로서 단지 그걸로서야 저럴 수가 있나. 저게 필연코 까닭 있는 병이네. 귀신이 준 병을 약만 가지고 되겠나.”

실상 집안에서 다른 아이가 그 절반만큼 앓았어도 벌써 열 스무 번을 무당 판수에게 무꾸리하고 살풀이했을 것이로되 계셈이기 때문에 이제야 겨우 지각이 난 것이다.

그래도 할머니는 제 생각이 늦었다고 여기느니보다 오히려 제니까 그런 궁리를 냈다고 생각하며 눈치 무딘 우길이 어머니를 나무라듯 재촉해 보내었다.

우길 어머니는 은근히 성가신 맘이 있었지만 하는 수 없이 최판수 집으로 갔다.

그는 한 시간도 더 있다가 왔다.

“아니 그래 최판수 만났나, 뭐라던가?”

할머니가 다급히 물었다.

“병이 힘들겠다는군요.”

모든 일에 냉담한 우길이 어머니의 대답은 그 언제나와 같이 뜨음하다.

“힘들겠다니…… 그래 분명 귀신의 작간이 옳다던가?”

“귀신이라도 이만저만한 귀신이 아니랍니다. 아주 몹쓸 귀신이 붙었답니다.”

“악귀가? 아하, 글쎄 그렇다니까.”

하고 할머니는 고개를 끄덕끄덕하며,

"글쎄 그러게 내가 그러지 않던가. 귀신이 아니면 그럴 수가 있나. 그래 무슨 귀신이라던가."

하고 우길이 어머니 대답을 재촉하였다.

"무슨 왕대번지 남사당패 죽은 귀신 같다구요. 머리 깎고 색옷 입고 총칼인지 연장인지 들고 있는 귀신이랍니다."

"저런, 그게 바로 오랑캐 귀신일세. 오랑캐 귀신이야."

"글쎄 아주 슴뜬 귀신이랍니다."

"그린데 그 귀신이 어떻게 왔다나?"

"벌써 온 지 오라대요. 작년엔가 재작넌에 남으로부터 온 까까중이에게 붙어 왔답니다."

"까까중이 그게 누굴꼬."

할머니는 벌써 치가 떨리기 시작하였다.

"글쎄 하많은 사람에 알 수 있습니까."

"저녁에 밥 짓고 닭 잡아 놓으면 최판수 제가 와서 빌어 준답니다."

"아무렴, 이런 때는 판수나 무당이 와야지."

하고 할머니는 그만해도 숨이 좀 나오는 양이다.

"최판수 말이 집에서만 빌어도 안 된다는군요. 집에서 빌고 이어 앞도랑에 나가서 빌고 또 그 자리에서 갈잎으로 배를 만들어 물에 띄워 악귀를 천리 만리 배송해야겠으니 최판수 제가 와야지 안 된답니다.”

“아무렴, 그렇구말구. 최판수가 우리집에는 큰 은인이느니. 그 사람 말이 안 맞은 일이 있나.”

“참말 그리구 그 사람 말이 치성드리구 오늘 밤만 지나면 살아난답니다.”

“오늘 밤만? 여보게, 어서 차리게, 어서……..”

하고 할머니는 바쁜 김에 손을 덜덜 떨며,

“여보게, 기왕 하는 게니 좀 나우 차리게. 그래서 푸짐히 먹여야지. 그놈의 악귀가 배가 고파서 되돌아오면 탈 아닌가. 그저 먹자는 귀신은 먹여야 하느니.”

하고 일렀다.

그래서 상무의 아내는 부엌에 내려가서 밥을 짓고 우길이 어머니는 들에 나가 닭을 붙들려고 모이를 가지고 구구구 닭을 부르고 있었다.

그리하는 동안 할머니는 뒷골방 쪽으로 끼웃이 귀를 기울이고 무슨 소리가 나지 않나 이윽히 엿듣고 있었다. 그러나 계섬이는 감감 아무 소리도 없다. 편안히 잠든 속이다.

‘이놈의 귀신이 벌써 알아먹었구나.’

할머니는 속으로 그렇게 생각하며 반갑고 신통한 김에 더욱 몸을 떨었다.

최판수가 다녀간 뒤에야 할머니는 조금 맘을 놓았다. 그런데 공교히 그날 밤은 계섬이도 그다지 괴로워하지 않는 모양이어서 할머니는 영락없이 최판수의 덕이라고 생각하였다.

"그 사람 시굴에 났으니 말이지, 서울에만 났더면 큰일나지."
하고 할머니는 최판수 자랑에 넋이 없었다.

그리고 그 이튿날 새벽 앞집 당나귀 우는 소리에 놀라 잠이 깬 할머니는,

"인제 밤이 다 샜지."
하고 난감한 한밤이 무사히 지나간 것을 알리는 당나귀 소리에 반가운 예명을 느꼈다. 이제는 아마 죽을 리 없으리라 믿은 것이다.

그러기 때문에 그날 오후에 계섬이가 또 발작을 시작했어도 할머니는 크게 걱정하지 않았다. 병이 머리가 숙느라고 그러나 귀신이 나갈 무렵에 마지막 심술을 부리느라고 그러나 이렇게 생각하였을 뿐이다.

그러나 계섬이는 그날 밤부터 가물가물 기운이 시진해 갔다. 그것은 할머니 눈에도 현연히 알려졌다.

그러나 그러면서도 계섬이는 여직 청춘의 피가 그대로 꺼지기가 아수한 듯이,

"응——"
하고 애오라지 응을 쓰곤 한다. 할머니는 다시 겁이 더럭 났다.

"최판수가 살풀이 잘못 해서 그런가. 제물이 허수했는가."

이제는 그것이 또 염려되었다.

"이 다릴…… 이 다릴…… 조금만."

그것은 애원하는 소리였다. 분명 계섬이는 지금 무엇이 제 다릴 천근같이 누르고 있는 것을 느끼는 모양이었다. 그만치 다리까지 꼼짝 놀리지 못하는 것이다.

"다, 다리를 놓아요."

두 번째 그럴 때에야 할머니는 그 말을 알아듣고 떨리는 손으로 계섬이의 다리를 약간 쳐들어 주었다. 그런즉 계섬이의 흠칫하는 몸의 동작이 애오라지 할머니의 손에 알려지나 계섬이는 그 이상 더 움직이지 못하고 다시 척 늘어져 버린다.

"조, 조금만 놓아 주어요, 조……."

계섬이는 또 잠꼬대같이 똑똑지 않은 소리로 중얼거린다. 아무도 붙든 사람이 없는데 그는 무엇이 저를 꼭 붙잡고 있는 걸로 아는 동정이다. 할머니는 다리에 걸친 누더기를 들쳐 주고 또 가슴에 덮인 저고리 앞섶까지 약간 쳐들었다가 놓았다.

그 순간 할머니는 또 측은한 생각이 들었다. 그러지 않아도 할머니는 웬일인지 요즈막은 자꾸만 자비한 맘이 들었다.

이제 앞길이 그닥 멀지 않아서 그런지 그전 같은 각박한 심사가 없어지고 저도 이제 편안히 누워서 잠자듯 죽을 적덕으로 선심을 베풀 맘이 든 것이다.

"이 목, 목을 놓아요, 목을……."

이번은 목에 특히 괴로움이 온 듯하다. 무엇이 목을 꽉 누르고 있는 것을 느끼는 모양이다.

그래서 할머니는 얼른 목덜미 뒤로 손을 넣어 고개를 약간 들어 주었다.

그런즉 계섬이는 긴 숨을 가늘게 돕고 한동안 잠자코 있더니 다시,

"아 아, 목이, 목이."

하고 간신히 입술을 수물거린다.

"애 계섬아, 목이 마르냐."

하는 할머니는 일변 반갑고 일변 다급하였다. 입을 놀리는 품이 목이 말라서 물이 키이는 속이다. 병자가 무엇이든지 먹으려고 하는 것은 병이 들리려는 전조라고 할머니는 생각는 것이다.

"물…… 물 좀……."

계섬이는 처음으로 똑똑히 부르짖었다. 그래서 할머니는 황급히 정주로 나오며 상무의 아내에게 물 한 복개 떠오라고 일렀다.

하나 그것이 저승 가는 마지막 양식일 줄은 그도 몰랐다.

"애 계섬아, 물 먹어라, 물……."

할머니는 상무의 아내가 떠온 물을 들고 연성 계섬이를 부르나 아무 대꾸가 없어서 나중은 계섬의 입을 벌리고 부어 넣었다.

그러나 그 물은 조금만 목으로 넘어가고 남은 것은 불같이 단 입속에서 거품이 되어 조금 뒤에 계섬이는 입가에 궤밥을 지으며 물을 게게 흘리었다.

"애 계섬아, 조금 더 먹을란."

할머니 생각에는 물의 분량이 부족한 것 같았다. 그래서 다시 계섬의 입에 물을 부어 넣었으나 이번은 조금도 목으로 넘어가는 것 같지 않고 그대로 되돌려 나와 입가로 목으로 흘려 내렸다.

"긁…… *끄르르*……."

이윽고 계섬의 목에서 애처로운 소리가 나더니 입가에 거품을 문 채 사지가 와 뻗어져 버렸다.

이날 밤 깊은 어둠에 쌓인 이 집의 뒷골방 계섬이의 시체 맡에서는 불그스름한 등잔불 하나만 가물가물 혼자 타오르고 있을 뿐이었다.

그 이튿날 우길이가 학교에서 돌아오니 무언지 알 수 없게 집안이 어수선하다.

우길은 어쩐지 눈이 살펴졌으나 무엇 때문인지는 알 길이 없었다.

그는 아직도 계섬이가 죽은지를 몰랐고 또 이미 땅속에 묻혀 버린 것은 더욱 몰랐다.

그러나 이십 년 동안 이 집에 자라난 한 목숨이 영영 사라져 버린 빈 공기를 어린 영혼은 누구보다도 민감하게 느꼈다. 그래서 그는 한동안 둘레둘레 집 안을 살펴보았다.

또 집안 사람의 얼굴도 유심히 쳐다보았다. 어딘지 무엇이 달라진 데가 없나 하고…….

그래 두루 살핀 결과 할머니가 자리에 누워서 끙끙거리는 것이 조금 맘에 걸렸으나 그 때문만은 아닌 듯하였다.

그 다음 어머니와 아주머니는 평일이나 다를 바 없고 조카놈도 여전히 잘 놀고 있다. 뜰안을 내다보아도 유표한 데는 없다. 차라리 며칠 보지 않은 사이에 고추도 많이 자라고 옥수수도 키가 덤부룩 커진 듯하다.

우물가 바자 울타리로는 호박넝쿨이 길길이 기어올라가고 방앗간 지붕 위에는 고지박넝쿨이 좀더 널리 자리를 잡고 있다.

그 옆에 섰는 한 대의 뽕나무 이파리는 유들유들 검푸르게 보이고 다만 수상(水上)에 피난 간 동안에 말라죽은 늙은 복숭아나무만이 지금도 엉성하게 서 있을 뿐이다.

우길이는 문득 또 앓고 있는 가엾은 계섬이를 생각하였다. 그는 아까부터 의식의 위로 드나들던 계섬이를 이번은 좀더 분명히 연상한 것이나 그의 신상에 불행을 더 그려 보기는 싫었다.

그러지 않아도 계섬이는 지금 앓고 있는 것이다. 그러니 그 이상 더 나쁘게 생각하는 것은 비록 생각뿐이라 하더라도 너무 잔인한 일 같았다.

그래서 이내 딴생각으로 번지었다.

'아버지한테서 무슨 좋지 못한 편지가 왔나.'

우길은 속으로 이렇게 생각하며 부엌에 있는 아주머니더러,

"아버지한테서 편지 왔소"

히고 물은즉 아주머니는 그걸 내가 어찌 아느냐 하듯이 고개를 젓는다. 그리고 조금 뒤에는 도리어,

"아버님 언제 오신대여?"

하고 우길에게 되묻는 것이다.

"아니 난 몰라. 형이 그래요? 아버지가 온다고……."

우길이는 아주머니의 낯을 보아서 첨으로 상무를 형이라고 불렀다.

"아아니."

"그럼 어떻게 아버지 오는 줄을 알우."

"누가?"

"아주머니가 안 그랬어."

"언제?"

"쳇! 지금 안 그랬어. 형한테 밤에 가만히 듣고는 그러네."

하고 볼부은 소리를 하자 상무의 아내는 담박 얼굴이 발개지며 고개를 다소곳하여 버렸다.

그리고 우길이는 말이 서로 어긋나는 바람에 공연히 아주머니에게 역증이 나고 또 실없이 아버지가 보고 싶은 생각만 고시랑거려서 적이 우울한 김에 훌쩍 일어나 사랑으로 나와 버렸다.

사랑방은 밤에 상무가 공부하러 나가는 외에는 별로 들여다보는 사람도 없다. 그래 늘 덧문을 닫아 두어 몹시 음침하다.

그리고 거기 달린 대청을 사철 두루 드나드는 사람이 없어서 먼지가 뿌옇게 앉았다.

그러나 우길은 이상히 기분이 삽시에 깨어졌다. 필시 그것은 무르익어 가는 여름이 주는 기분이었으리라. 바깥은 날로 더워지고 만물은 누엿누엿 자라나고 생생해지는 그 여름의 빛과 정열 때문이리라.

만일 지금 이 사랑방과 대청의 덧문과 미닫이와 장지문을 활짝 열어 붙인다면 이 사랑채는 단박 딴집같이 명랑해질 것이다.

우길은 또 문득 이 대청에서 놀던 옛 일을 생각하였다. 여름철이면 계섬이를 끌고 나와서 말을 타던 일도 이 앞뜰에서 뜀을 뛰고 씨름을 하고 장겟뽕을 하고 돈치기 돌치기 하던 일도 또 야포 연습을 나온 병정들에게서 그림책을 얻어 구경하던 일도 누엿이 연상되었다.

그런 중에도 특히 잊혀지지 않는 것은 계섬이와 놀던 일이다. 제일 많이 싸운 것도 계섬인데 그러면서도 그 누구보다 정이 키이는 것도 계섬이다.

하기는 그것도 그의 성격 때문일 것이다. 만일 남이나 집안 사람들이 계섬이를 고분고분히 굴었다면 우길이는 계섬이를 미워했을지도 모른다. 그러나 집안 사람들은 툭하면 계섬이를 욕하고 그리고 발바닥에 불이 나게시리 일을 시킨다. 그래서 우길이는 집안 사람들을 밉성으로 여기고 그 대신 계섬이를 두둔하려고 하는 것인지도 모르는 것이다.

우길이는 다시 안방으로 들어와서 계섬이가 있는 뒷골방으로 들어가려 하였다.

그러자면 우선 할머니가 있는 사잇방 뒷문을 통해서 상무 내외의 침실인 뒷방을 지나 그 뒤에 따로 삐여진 뒷골방으로 가게 되어 있다.

그는 먼저 사잇방에 들어와서 뒷방으로 들어가려 한쪽 지리에 누

웠던 할머니가 별안간 신음 소리 섞인 다급한 소리로,

"애, 어디로 가니."

하고 앞을 칵 질러 주어서 우길은 깜짝 놀랐다. 그는 고개를 번쩍 들면서 뒤뚝 하고 섰다. 하나 그가 선 것은 단지 할머니의 소리 때문뿐은 아니다.

그는 그 순간 뒷방으로 들어가는 문귀틀 위에 주사로 꼬불꼬불 그려 붙인 부적을 펀뜩 본 것이다. 우길은 그것을 보자 무언지 알 수 없이 가슴이 쩔렁하며 머리칼이 하늘로 치쳤다.

그 부적이 무엇을 의미하는 것인지는 딱히 몰라도 분명 이 집의 때아닌 썰렁한 공기와 무슨 관련을 가지고 있는 무서운 수수께끼와 같았다.

"애 우길아, 너 어디로 가느냐."

하는 법이 할머니는 또 한참 좋이 징징거리게 마련이다.

그래서 우길이는 대답하는 것이 도리어 병이라고 생각하고는 암말 없이 되돌아서 선발로 밖에 뛰어나와 가지고 부엌을 통해 뒤울안으로 나왔다. 나와서 그는 누가 내다보지 않나 살펴 가며 계섬의 방 앞에 와서 멈칫 섰다.

한즉 그 방턱에도 역시 새로 쓴 부적이 붙어 있고 뒤울안 쪽문 위마다 모두 그런 것이 골고루 붙어 있다.

그는 또 한번 이마가 선뜻하였다. 그는 이마에 손을 없고 잠시 맘을 눅여 가지고 뒷골방 문을 슬그머니 당긴즉 안으로 걸려 있다.

우길은 또 잠시 쉬어 가지고 조마조마하는 가슴을 눌러 가며 문풍지 구멍으로 그 방을 빠끔히 들여다보았다. 그러자 무엇이 눈을 냅다 쿡 찌르는 것 같았으나 그런대로 눌러 보려니까 방 안은 의외로 괴괴하다.

또 방 안이 어두워서 처음은 아무것도 보이지 않았다. 이윽히 보아도 텅 빈 것 같다. 하나 텅 빈 것 같은 것이 더욱 그를 무섬증이 나게 하였다.

"계섬이가 꼭 있을 텐데, 앓아누웠을 텐데—— 이불을 덮고."

그러며 우선 덮고 있는 이불 같은 것을 찾아보려 하였으나 그런 것도 종시 보이지 않는다. 해서 문풍지 구멍에 눈을 댄 채 한동안 가만히 붙어 있었다.

한즉 이윽고 무엇이 희미하게 보이는데 그는 부지중 소름이 쪽 끼치며 뒤로 한두 걸음 뒤뚝거리다가 다시 들여다보았다. 거무스레한 방 안에 깔린 검누런 '갈노전', 바로 계섬이가 누웠던 그 자리에 반달형으로 된 검고 두터운 널판이 한 개 놓이고 그 가운데는 둔하게 빛나는 것이 꽂혀 있다. 그리고 계섬이는 분명 없다.

우길은 또 한번 머리칼이 섬쪽하였으나 그 다음 순간 그것이 무엇인지 알아내었다.

그것은 바로 가마뚜껑에 길다란 식도를 꽂아 논 것이었다.

"식칼!"

우길은 부지중 두 손으로 제 머리를 움켜쥐었다.

그것이 무엇이라는 것은 꼭 집어 말할 수 없으나 심령의 부르짖음이라 할까 그 순간,

"아아 주검!"

하는 소리가 정녕 그의 머리에 울려 왔다.

우길은 다시 두 번 그것을 들여다볼 용기가 없었다. 또 볼 필요도 없었다. 더 보지 않아도 어두운 밤에 횃불같이 머리에 환하다.

그가 세상에 나서 이제껏 본 것 가운데에는 이 광경처럼 똑똑히 눈에 밟히는 것은 다시 없을 것이다. 아무리 하여도 그 그림자를 머리에서 지울 수는 없었다.

그는 무심결에 몇 번이든지 머리를 내흔들어 보고 또 눈을 꼭 감아 보고 *더수기를 몹시 두드려 보아도 머리에 박힌 그 그림자만은 영영 가시지 않았다.

우길은 두 주먹을 부르쥐고 장달음을 쳐서 안뜨락으로 나왔다. 나와서 사랑으로 들어갈까 하였으나 상무가 서당에서 돌아와서 들어올 것 같아서 그만두고 바로 뜰아랫사랑으로 들어갈까 하였으나 거기는 석양이면 너무 밝고 으슥하지 못해서 싫었다.

그는 결국 사랑 뜨락 저어 한 모퉁이에 있는 뒷간으로 달려들어 갔다. 들어가서 두 손으로 눈을 가리자 그는 불시에 눈물이 칵 쏟아졌다.

그러나 결코 슬픈 것 같지는 않았다. 슬프다니보다 차라리 무섭고 분하고 절통하다고 할까 도무지 형언할 수 없는 마음이었다.

유학

계섬이가 죽은 지 불과 얼마 아니 되어 할머니가 또 자리에 눕더니 이내 온몸이 팅팅 붓기 시작하였다. 그러자 그 기별을 받은 우길의 아버지가 곧 서울서 내려왔다.

우길의 아버지는 할머니에게 웅담도 쓰고 굼벵이와 마른 밤을 달여서 수시로 권하기도 하였다. 할머니는 기왕에도 부종에 걸려서 부은 일이 있는데 그때 박진사의 은사인 이제마 선생이 그런 방문을 일러주었던 것이다.

그리고 다시 그 병이 재발하면 구할 수 없다는 것도 그 선생이 미리 말한 바다.

그래서 박진사는 벌써 어머니의 병이 구하지 못할 사병인 줄을 알았으나 그러니만치 그의 마지막 효성은 더욱 극진하였다.

하나 우길에게는 할머니의 죽음이 슬픈 것도 아픈 것도 아니었다. 다만 할머니가 앓아누웠던 어느 날, 밤나무 아래 바자 위에 앉은 부엉이를 본 것과 할머니가 죽자 동리 늙은이가 와서 할머니의 적삼을 지붕 위에 올려트리며 하늘을 우러러,

“박진사 어머님 혼이 올라가오.”

하고 망혼(亡魂)을 부르던 것만은 오래도록 기억에 남아 있었다.

그 다음 초상 때 집안에서 애고대고 울던 것이나 조문객들이 몰려오던 것 따위는 모두 일종의 경사나 잔치와 같은 인상으로밖에 남아 있지 않았다.

차라리 그보다 할머니의 죽음이 제일 우길에게 잊혀지지 않는 인상을 준 것은 소상 때와 대상 때다. 그때 아버지는 서울서 제사에 쓰려고 굵다란 경대추와 황률과 잣을 박은 납작한 곶감을 많이 사가지고 왔다.

그리하여 그 제사는 어느 잔치보다도 굉장히 차렸다. 그리고 제사를 지내고 난 다음에 그것을 먹던 일이란……

그러나 도대체 보통학교 사 년 동안은 우길에게 있어서 그다지 재미있는 세월은 아니었다. 특히 새로운 놀람이나 기쁨에 한 번 어린 눈이 크게 띄어진 일은 없었다.

말하자면 글공부라는 것은 우길에게 있어서는 ‘인간공부’보다 어방없이 무미했던 것이다.

즉 어려서 가족과 계섬이와 상제들을 통하여 얻은 것 같은 재미나

고 기이하고 슬프고 정 깊은 그런 인간 풍경을 밖에서는 아직 찾지 못했던 것이다.

학생들이라는 것도 아주 껄렁하였다. 스무 살도 넘은 덩그렁 학생들이 기꼴없이 팔짱을 끼고 다니는 것이라든지 학교에서 책을 내주고 오래도 오다 말다 하는 게으른 학생들의 꼬락서니란지가 모두 우길에게는 하찮게만 보였다.

어떤 학생은 집에 아들딸까지 있었다.

깃대를 들고 학도가를 부르며 학무시찰을 마중 나가던 것 같은 씩씩하고 즐거운 기억도 이 학교에서는 얻지 못했다.

그러나 졸업이라는 것은 미상불 기뻤다.

그것은 바로 할머니의 대상이 지난 이듬해 봄인데 그때 우길이는 열다섯 살이었다. 졸업생 중에서는 그가 제일 어렸다.

우길은 보통학교를 마치고 학교장의 추천으로 경성고등보통학교로 가게 되었다.

재작년 겨울 할머니 대상 때에 아버지에게 서울 가고 싶다고 말을 해서 승락을 얻었던 것이다.

아버지는 벌써부터 서울에 집을 차리고 있었다. 우길은 그 승락을 받은 이후 서울로 간다고 미리부터 동무들에게 자랑을 하고 언제 그날이 오나 하고 꼬박이 기다렸으나 막상 그 대목이 되고 보니 고향을 떠나기가 몹시 아수하였다.

어머니의 정을 별로 모르고 지낸 우길이지만 서울도 떠나려니까

첫째 마음에 키이는 것이 어머니였다. 그리고 그보다 못하지 않은 것
은 동무들과 조카들이었다.

조카는 두 놈인데 맏놈은 다섯 살이고 둘째놈은 어느새 세 살이
되었다. 그리고 아주머니는 또 만삭이니 여름방학에 내려오면 조카
가 셋이 될 참이다.

그 다음 우길에게 있어서 상무는 아무래도 좋은 존재였지만 그래도
고운 것 미운 것이 한덩이로 더위잡혀서 우길의 머리에 고향이라는
이름으로 남아 있어서 그것이 무시로 더수기를 휘어잡는 것 같았다.

산 없는 고향, 바람 센 고향, 초라하게도 생각하고 미웁게도 생각
한 고향이지만 그래도 아직껏 너른 자연 속에서 핏줄을 느끼는 곳은
보잘것없는 이 고향뿐인 것이다.

우길은 서울로 떠나던 날 동무 원필이와 함께 H읍에서 경편차를
타고 S항으로 갔다. 항구는 어둡고 그 항구의 쓸쓸한 바다에는 커다
란 기선이 검은 연기를 토하고 있었다. 언제 보든지 맑은 동해 바다
지만 애졸히 슬픔만 더하는 오늘이었다.

부두에서 종선을 타고 기선으로 들어가면서도 우길이는 기선에 고
장이 생겨서 떠나지 못했으면 하고 바랐다.

집에 돌아가서 하룻밤만 더 조카놈들과 놀았으면 싶었던 것이다.

우길이와 원필이는 보따리를 들고 삼등 선실로 들어갔다. 선실 문
을 들어서자 매캐한 더운 김이 코를 쿡 찌른다.

삼등은 벌써 만원이 되어서 빈자리가 보이지 않을 만치 사람이 들

이 밀려 있다. 자리를 찾는 손님들이 행구를 들고 이리저리 기웃거리며 빈틈을 엿보고 있다.

우길이와 원필이는 안켠으로 들어가며 이리저리 눈을 살피나 비집고 앉을 만한 자리도 수이 발견할 수 없었다. 그들은 한동안 부산히 돌아다니다가 겨우 자리를 잡았다.

사람들이 그럭저럭 자리를 잡고 실내의 혼잡이 어느 만치 자는 것을 보고 그들은 다시 선창으로 올라왔다.

늦은 봄밤의 바닷바람은 꽤 쌀쌀하다. 동쪽 하늘의 둥근 달빛이 먼 바다에 금무지개를 박고 거기서부터 기선까지를 물속으로 가는 금줄다리가 찬란히 뻗어져 뛰노는 파도에 끊어질 듯 끊어질 듯 가늘게 떨고 있다.

아지랑이 낀 봄하늘은 달빛을 받아 어스름히 졸고 있고 자욱한 가운데 머얼리 들여다보이는 부둣가에 가물거리는 희미한 등불은 어둠 속에 힘없이 달려 있다.

갑판 위에는 몇 사람의 손님이 나와서 넘실거리는 봄바다의 운치를 구경하고 있다. 우길이와 원필이는 가지런히 서서 갑판 위를 이리저리 거닐고 있었다.

한참 그렇게 걷다가 문득 앞으로 오는 세 학생 똑같이 흰 저고리에 검은 치마를 입은 세 여학생을 보자 원필이가 먼저 주춤하고 인사를 하기에 우길이도 서서 유심히 그들을 보고 있었다. 한즉 그 중의 한 여학생은 우길이도 안면이 있었다. 그는 바로 우길이와 같은 학교 여자부에 다니던 여학생이었다.

그러나 그 담 두 여자는 첨 보는 얼굴이다. 첨 보는 얼굴이나 늘 보던 얼굴 같기도 하고 또 은근히 누군지 알고 싶은 맘도 있었다.

그래서 그들을 지나 놓고 우길이는 흘끔 원필이를 쳐다보았으나 직판 묻기가 거북해서,

"그거 우리 학교 다니던 학생이구나."

하고 딴전을 썼다.

"아니야, 하나는 우리 학교 학생이지만 둘은 숙정학교 학생야."

원필이가 대답하였다. 숙정학교란 H읍에 있는 사립여자소학교다.

"숙정학교?"

"그럼, 가운데 섰던 학생이 우리 누이뻘 되는 아이야."

"누이?"

"그래 외갓집으로 어떻게 누이가 돼."

그리고 원필이는 그 정순이라는 여학생이 서울여자고등보통학교로 유학 간다는 말과 그 다음 두 학생도 역시 같은 학교로 유학 가는 모양이라는 말을 하였다.

우길은 희미한 중에 똑똑히는 보지 못했으나 얼핏 보기에도 그 정순이라는 여학생이 제일 이쁘다고 생각하였다. 관골이 조금 나오고 뺨이 조금 긴 듯하나 그래도 얼굴은 어린 우길이 맘에 어딘지 키이는 데가 있었다.

얼마 뒤에 우길이와 원필이는 다시 선실로 내려왔다. 내려와서 저

희들의 자리로 돌아온 때 그들은 아까의 그 세 학생이 게서 멀지 않은 데 나란히 누워 있는 것을 발견하였다.

그러나 그 어간에는 손님과 짐짝이 불규칙하게 꼭 들어차서 원필이도 정순이라는 여학생과 무슨 이야기를 할 수 없었다.

이윽고 배는 떠났는데 떠나자부터 풍랑으로 선체의 동요가 심해서 비위 예린 손님들은 벌써부터 꾸역꾸역 멀미를 시작하였다.

그러자 빽빽하게 드러누웠던 손들이 연차 일어나 엉덩이를 쳐들고 엎드려 끙끙거리기도 하고 아낙네들은 서로 맞붙들고 뭉개기도 하여 그렇게 비좁던 자리가 차차 트이기 시작하였다. 그렇게 쪼를 빼고 어엿이 앉았던 젊은 여인들도 얼굴이 새파랗게 질려서 곁에 남자의 무릎에 쓰러질 듯이 몸을 가누지 못하고 어떤 부인은 선실 쇠기둥에 이마를 대고 안간힘을 쓰고 있다.

우길이와 원필이도 견디다 못해서 일어나 엎드렸다. 그래도 연신 속이 돋기는데 그 괴로움은 생래 처음이었다.

그런데 뱃전을 때리는 물결 소리는 갈수록 높아지고 선체의 동요는 더욱 심해질 뿐이다.

그래서 배가 전후 좌우로 흔들거리며 높은 파도의 등성이에 올라앉았다가 다시 옹뎅이로 내려박히는 때마다 사람들의 배창주가 왼통 뒤번져 올라오는 것 같았다.

우길이도 기어코 토하고 나서야 조금 정신을 차렸다. 그리하여 겨우 몸을 가누고 그 세 여학생을 본즉 그들은 자리에 누워서 괴로운

듯이 발끝을 까불까불 돌리다가 끝내는 견디지 못해서 뿔뿔이 일어
나더니 셋이 이마를 맞대고 몸을 비비 꼬고 있다. 그 하는 품이 수월
찮게 속이 뒤볶이는 모양이다.

서울로 간다고 곱게 땋았던 그들의 머리칼이 푸수수 흐트러지고
이마가 몹시 해쓱해졌다.

이튿날 아침 우길이와 원필이는 원산에 내려서 아침을 먹고 첨으
로 기차를 탔다.

정순이들 세 여학생도 역시 한차에 탔다. 마침 원필이가 있었던
관계인지 그 세 학생은 별로 주저하지도 않고 바로 원필이와 우길이
가 앉은 맞은편 걸상에 와서 앉았다.

한 걸상에 세 사람은 앉기가 좀 거북했을 것이나 서로 딴 데 갈라
앉기가 무엇해서 그런지 오붓하게 한자리에 앉아 있었다.

그들은 누구나 모두 기차가 첨이니만치 진기하고 유쾌해서 견딜
수 없었다.

그래서 따뜻한 봄 아침에 전개되는 차창 밖에 맑은 광경을 내다보
고 있으려니까 저절로 고개가 흔들려지고 노래가 흐르려고 하였다.

자연이고 인간이고 모두 눈에 새로웠다.

그렇게 사람을 몹시 들볶아 주던 그놈의 기선과 바다도 미웁기는
커녕 되레 해방된 미소가 가져지는 것이다.

우길이와 원필이는 기차가 정거장에서 서는 때마다 공책에다가 역
명을 적고 기차가 달리면 전봇대를 하나씩 세었다.

그들은 그저 무척 기뻤다. 더욱이 그 기쁨 속에 어여쁜 정순의 모습이 가로세로 얽히는 우길의 기쁨은 보다 더 클밖에 없었다. 그래서 그는 누구보다도 맘이 히떠워질 수 있었다.

"참 좋구나, 닐닐닐……"

우길이가 그렇게 콧노래를 부르며 발장단을 치니까 원필이도 따라 노래를 불렀다.

그러다가 문득 정순이들이 이야기하며 웃는 소리에 우길은 노래를 뚝 그치고 약간 붉어진 얼굴로 그들을 보았다.

그 여학생들이 자기의 그다지 아름답지 못한 노래에 웃음이 나서 그러나 했던 것이다. 사실 우길의 목청은 고자처럼 비리고 가늘고 약하다.

하나 가만히 눈치를 보려니까 그 때문인 것 같지는 않았다.

"애, 너희들 밤에 혼났지."

정순이가 그렇게 말하니까 한 여자는,

"아이구, 참말 애 죽을 뻔했다."

하고 이마를 찡기고 한 여자는,

"애, 난 정순이 때문에 더 혼났다. 글쎄 애가 내 목을 끼어안고 놓아야지. 그러구는 아이구 엄마! 아이 엄마, 자꾸 이러더구나. 글쎄 참 지금 생각하니 우스워 죽겠다."

하고 익살을 부렸다.

"애는 네가 그랬지. 네가 내 복을 잡고 놓지 않았시. 내가 그랬니."

"아이구, 난 나중엔 죽고 싶더라."

"이 담에 내려올 땐 또 어떻게 그놈의 배를 타나."

"글쎄 기차는 어서 안 되나."

"지금 안 된 게 여름방학에 되겠니."

그때는 아직 원산서부터 이북은 기차가 없었다.

"난 이 담엔 원산서 걸어가면 갔지 배는 다시 안 탈란다."

"아이구, 이백칠십 리라는데 어떻게 걷니."

"그렇지만 동무만 있으면 걷는 게 낫지. 배를 타기보다는……."

하며 정순이가 무심히 이편을 보는 바람에 여태껏 그편을 바라보고 있던 우길이는 흠칫 놀라며 눈을 차창 밖으로 돌려 버렸다. 돌리긴 했으나 어쩐지 얼굴이 좀 붉어졌다.

우길이는 정순이가 참 이쁘구나 하고 시방 생각하고 있는 것이다.

"참말 상도야, 이 담에 내려올 때는 원산서부터 걸어가자."

원필이가 우길에게 말하였다.

"정말 그게 좋겠다. 서울 가 있는 학생들이 한데 모여서 함께 가면 참 좋을 게다."

그러며 우길이는 또 한번 흘끔 정순이를 보았다. 서울 가 있는 학생들이란 말 가운데 정순이도 한몫 끼워 주려는 듯이…….

"배 안은 어지럽고 냄새가 나서 숨이 칵칵 막히더라. 그래 난 견디다가 못해서 밤에 갑판에 올라가서 우편물을 쌓아 논 그 속에 들어가 끼였었다."

"오오, 그래서 한참 안 보였구나. 그런 걸 난 어디 갔나 했지. 그래
도 자꾸만 구역이 나서 꼼짝못하고 있었다. 이 담엔 꼭 걷기루 하자."

"그럼 이백칠십 리라니 이틀이면 넉넉히 걸어가지 뭐."

"걷구말구. 경치도 좋구. 길두 썩 좋대."

우길이는 일찍 아버지에게서 함경가도(咸鏡街道)의 길 좋은 이야기
를 들은 일이 있다.

그의 아버지가 일찍 농상공 부주사로 있을 때 이 가도에 버들 *백
양 같은 가로수(街路樹)를 심은 일이 있어서 그 이야기를 들어 아는
것이다. 그들은 하루 종일 유쾌한 여행을 할 수 있었다. 내다보는 차
창 밖으로 새로운 풍경이 달려오고 달려갔다. 삼방 부근에서부터 연
거듭 나오는 굴속도 진기하기가 짝이 없었다.

우길이는 그 굴이 얼마나 긴지 알려고 셈을 세어 보았다.

하나 해가 연심 서산에 기울어지기 시작하자 우길이는 공연히 서
글픈 생각이 들었다. 서울이 가까워 오는 것 같고 서울이 가까워 오
면 정순이랑 수이 갈라지겠기 때문이다.

우길은 언제까지든지 그 모양 그대로 앉아서 그들과 함께 여행하
고 싶었다.

우렁찬 기적 소리가 우길의 애틋한 희망을 날리고 차는 남대문 정
거장에 섰다.

그 정거장에는 우길의 아버지와 서모와 그리고 원필의 친척 되는
사람이 나와서 기다리고 있었다.

우길의 서모는 우길이를 보자 일면이 *여구하게,

"얘 상도야, 곤하지. 어서 들어가자."

하고 반색하며 집으로 들어가기를 재촉하였다.

"수하물이 있어요."

우길이는 원필이랑 정순이랑 함께 들어갈 맘이 있어서 뒤가 끌렸다.

"아니 그건 하인을 시켜 찾아 오면 되지 않니. 걱정 말고 어서 가자."

이렇게 서모가 자별나게 구는 바람에 우길이는 하는 수 없이 원필이와 작별하고 아버지를 따라 전차를 탔다. 그러나 전차를 타고서도 자꾸 뒤가 돌이켜 보였다.

원필이가 있을 집 주소도 알고 또 장차 같은 학교로 다닐 것이지만 그래도 서울 천리를 오고 보매 잠시일망정 서로 갈리는 것이 어찌 섭섭한지 몰랐다. 한데 또 그 섭섭한 가운데는 정순의 모습까지 언뜻언뜻 어리어서 더한층 섭섭하였다.

'참 이뻐. 뺨이 좀 길지만 참 이뻐.'

우길은 연신 속으로 이렇게 생각하였다. 그러며 그는 하염없이 잡답한 서울거리를 내다보았다. 참 근감하게 집도 많고 사람도 많다. 또 거리와 길이 무섭게 어마어마하다. 그러나 좌우에 집이 칵 들어서고 하늘에까지 전깃줄이 거미줄같이 늘여치여서 답답한 느낌을 주기도 하였다.

'서울이란 참 굉장하고도 무서운 곳이구나.'

우길이는 문득 이런 생각이 나는 한편 아무 구속도 없이 뛰놀던 시골이 그리워졌다. 그리며 그 무관하던 시골이 그리워졌다. 그리며 그 무관하던 동무들의 얼굴이 내려다보는 제 옷깃에 주렁주렁 정답게 달리는 것 같았다.

우길은 종로 네거리에서 전차에 내려 아버지와 서모를 따라 전동 좁은 골목으로 걸어들어갔다. 골목 어귀에서 조금 들어오다가 바른편 쪽에 그의 아버지가 살고 있는 집이 있었다. 얼른 보기에도 집은 크고 좋았다.

그 집 행랑 쪽 전방은 *모물전으로 따로 떼어 세를 준 모양인데 그 아래켠 대문을 들어서니 널찍한 사랑채가 있고 중문 대문 안에는 사랑채보담 조금 넓은 안채가 있다.

안채는 안방 건넌방 마루방 들아랫방이 있어서 꽤 너른 편이다. 물론 시골집보다는 어방없이 좁지만 그래도 소문에 듣던 바 좁은 서울집은 아니다.

서모는 우길이를 안방에 들어앉힌 다음 부엌으로 나가서 되알진 소리로 늙은 어멈에게 저녁상을 재촉하였다.

그리고 다시 마루로 올라오며 우길이도 들으란 듯이,

“여보게 어멈, 도련님이 김치를 좋아하니 김치움에 가서 동치밀 좀 많이 가져오게.”
하고 이르고 방으로 들어와서 담배 한 대를 붙여 물고 우길이를 보며,

"그래 어머님 형님 형수 다 잘 있니. 조카놈들도 잘 자라고 참 누이동생도 있다지."

하고 물었다.

"네에, 모두 잘 있어요."

"그래 어머닌 올해 나이 몇이지?"

"마흔 다섯이에요."

"응 마흔다섯. 너는 열다섯 살이구."

"네 그래요."

"그래 서울 오구 싶던? 시골보다 서울이 나을까."

"오구 싶어요."

"오구 싶어? 왜 낳은 어머니 계신 데가 낫지. 그렇잖니."

하고 묻는데 우길이가 얼른 대답을 안 하고 있으니까 서모는 재차,

"그래 시골보다 서울이 나으냐. 네 맘에……."

하고 다그쳐 물었다.

"서울이 나아요."

"서울이 나아? 참 기특하구나. 아무렴, 서울이 낫구말구. 넌 오늘부터 내 아들이야. 그러니 꼭 나를 어머니로 생각해야 한다. 응……."

우길이는 그저 고개를 떨구고 있었다.

"내 아들이 왔다구 서울 사람들께 자랑을 했어. 내 아들이 잘났으니 구경을 오라구. 자아, 얼굴을 들어야지."

그러며 서모는 우길의 머리도 만져 보고 또 옷도 찬찬히 들여다보

고 해서 우길이는 약간 부끄러운 생각이 들었다.

"이 옷은 누가 했지?"

서모가 그렇게 물을 때 우길은 선뜻 놀라며 서모의 얼굴을 흘낏 쳐다보았다. 그 얼굴에는 확실히 숨은 웃음이 있었다.

순간 우길이는 제 차림이 시골티가 나고 변변치 못해서 그런가 *점즉한 맘이 들었다. 그래서 또 한번 흘낏 서모를 보았는데 역시 그 웃음이 그대로 있다.

그러나 우길은 서모가 제 옷맵시와 그 바느질 솜씨를 보아서 그것으로 우길이 생모의 재주와 사람됨됨이 어떠한가를 알려는 내심인 것을 알 만한 지각은 아직 없었다.

또는 자기 생모와 서모의 관계에 대해서도 아무런 생각도 없었다. 이런 경우는 전연 처음이었던 것이다.

우길은 곤기가 나서 저녁을 먹자 인차 잠이 들었다.

이튿날 아침 따뜻한 봄볕이 내리는 뜰안을 내다볼 때 우길은 문득 고향을 생각하였으나 그보다 더 많이 알 수 없는 희망에 맘이 드솟는 것을 느꼈다.

이 서울 어디서 아름다운 무엇이 저를 부르고 있는 것 같기도 하였다.

그래서 어젯밤보다 좀더 즐겁게 서모와 이야기를 하고 있는데 아버지가 불러서 사랑으로 나갔다. 나가 본즉 아버지의 낯색은 의외로 무뚝뚝한 표정이다.

우길이는 무언지 알 수 없게 가슴이 서늘하였다. 필시 아버지기 무슨 꾸중을 하려는 것이라고 생각한 것이다.

아닌 게 아니라 아버지는 우길이를 앞에 앉히고 위의 있는 얼굴로 사내자식이 열다섯 살이면 어른이 다 된 것이라는 말과 자기는 아홉 살에 아버지를 여의고 그날부터 어른만 못지않게 맘을 굳게 먹었다는 말을 한 연후에 일단 소리를 가다듬어 가지고,

"지금 놈의 새끼들은 하나도 쓸 놈이 없다. 커다란 놈의 새끼들이 부모 덕만 믿고 *호부자 자식처럼 거들먹거리기가 대수니 그래 그따위 위인들을 어디다 쓴단 말이냐."

하고 오래간만에 보는 어린 우길이를 별반 이유도 없이 뽀얗게 닦아 세웠다. 그래도 우길이는 가만히 듣고만 있었다.

"사내자식이 열다섯 살이면 절로 입신양명할 마련을 시작하는 나이다. 한데 시체놈들은 점도록 부모의 덕만 바라는 시라소니뿐이니 그따위는 공부해서 무얼 한단 말이냐."

아버지는 이렇게도 말하고 또,

"이놈 같지 않은 놈들이 서울이나 오면 똑 제일이로라 우쭐대고 부모가 중한 줄 모르고 돈을 물쓰듯 하고 그래 대가리에다 삿포개나 올려노면 대순 줄 아냐. 아무리 말세기로서니……"

이렇게도 외쳤다.

이것은 아버지가 벌써 이왕부터도 잘 하던 버릇이다. 우길이는 어려서도 모진 매를 맞은 일 있다. 그리고 작년 겨울 할머니 대상 때에도 까닭 모를 책망을 눈이 빠지도록 먹은 일이 있다. 또 한번은 우길

이가 말을 타고 H읍에 갔다 온즉 아버지가 그 말 잘 가더냐 하고 묻기에 우길이가 그놈의 말 가탈걸음만 치고 틀렸어 하니까 아버지는 대뜸 성이 도도해서,

"이놈의 새끼 실컷 타고 뭐 어째. 은혜를 모르는 생 도척이 같은 놈이라구는."

하고 얼토당토않은 욕을 한 일도 있다.

이렇게 어린애를 가지고 때리고 책망하는 것이 어려서 아버지를 잃어 아버지의 아픈 소리를 들어 보지 못한 박진사의 버릇인 것이다.

박진사는 시골 있을 때에도 어린것들이 사랑방 장판을 걸레질 안 했다고 또는 요강을 때때로 비워다 놓지 않는다고 부잣집 밥벌레처럼 게으름을 부리는 연놈들이라고 꾸짖고 뜨락에 풀을 뽑지 않는다고 제 집 제 일을 모르는 패가망신할 놈들이라고 호령호령하였다.

또 무슨 시키는 일을 자기 뜻대로 해오지 못하면, "범의 애비에 개 아들"이라고 자식들을 나무랐다. 그것은 물론 어느 정도까지는 자식들이 잘되기를 바라는 욕심에서일 것이다. 그러나 어찌 보면 그것은 자식들이 부모 덕에 잘 입고 잘 먹는 것을 미워하고 시샘하는 것같이도 보일 수 있었다.

또 사실 일면에는 그런 삐뚫어진 심리가 있는지도 모르는 것이다. 그래 오늘도 아버지는 부모 덕에 서울 같은 대처로 공부하러 온 아들을 훈계삼아 부모 덕이 지중함을 알리기 위하여 꾸중을 내리는 참인데 조금 있다가 서모가 나왔다.

"아니 영감, 멀리 온 애를 가지고 왜 이러시우. 이제부터 이애 일을랑 걱정 말구 내게 맡기시우. 영감더러 걱정하라기 그러시우."

하고 서모가 반죽 좋게 싸고 도는데 우길이는 미상불 숨이 좀 나왔다.

"벌써부터 저런다니까. 아이들이란 너무 귀애하면 못쓰는 법여."

하는 아버지의 소리는 아까보다 한결 누그러졌다.

"글쎄 어제 온 아이에게 무슨 잘못이 있다구 그러시우."

"아아니 이놈이 시골서 아무렇게나 자라 먹어서 그대로 내버려둬서는 뭐가 될지 몰라."

"글쎄 걱정 마셔요. 영감 자식 중에서는 그래도 상도가 제일 동뜬 사람이 될 게니 두고 보시우. 내가 아이는 못 낳아도 아이 기르는 재주는 있다우."

이리해서 우길은 그 곡경을 모면하고 또 서모한테 고맙긴 했으나 그러면서도 아버지가 꾸중하고 서모가 선심을 부려 말린다는 것이 어째 무슨 연극 같아서 우길은 한편 마음이 어두워졌다.

우길은 학교에 들던 날 그 많은 학생들 물결에 놀랐다. 오붓하던 시골학교에서 경정 뛰어 으리으리한 학교로 오고 보니 대뜸 정신이 얼떠름하였다.

그리고 그 조선 각지에서 모여 온 낯선 학생들을 볼 때 우길은 새삼스레 시골동무들이 그리워졌다. 그리며 불시에 학교를 그만두고 도로 시골로 돌아갈까 하는 극히 희미한 생각이 얼풋 신경의 표면으로 흘러갔으나 이내 그것을 뭉때려 버렸다.

학교에 든 날부터 우길은 상도가 되었다. 이제는 우길이라고 부르는 동무도 없고 아버지도 꼭 관명을 불렀다. 장가는 비록 안 갔을지라도 남아 십오 세를 넘으면 어른이 되는 것이라고 아버지는 말하였다.

우길이도 어째 어른이 되는 것 같아서 일변 기뻤다. 어서 스무 살이나 그만침 되었으면 하기도 하였다. 스무 살만 넘으면 돈도 맘대로 쓰고 또 남에게서 돈을 꾸어 쓸 수도 있으려니 하였다. 돈을 만탕 써 대고 서로 꾸어 쓰고 꾸어 줄 수 있는 것이 어른이려니 어른이란 무슨 일이든지 자유로 할 수 있는 것이려니 이렇게 생각한 것이다.

그는 그날 아버지를 따라 종로에 나가서 생래 첨으로 시계를 샀다. 어떻게 기쁜지 몰랐다. 그래 그것을 가지고 집에 돌아와서 귀에다 대고 똑똑 하는 소리를 들었다.

그러다가 문득 생각이 나서 시계를 입속에 물고 그 소리를 들으려하였다. 그는 일찍 동리 어른들에게서 일로전쟁 당시 노서아 병정들이 시계를 입에 넣고 그 소리를 듣더란 말을 들은 일이 있다. 입속에 넣어서도 그 소리가 들릴 말이면 그 시계는 더할 나위 없이 좋다고 노서아 병정들이 말하더란 것이다.

하나 우길의 시계는 입속에 넣으면 소리가 들리지 않았다. 그렇지만 꺼내 보면 여전히 살았노라고 똑딱거리고 또 그 귀인상스러운 가느단 초심이 까치걸음처럼 잘게 잘게 뛰어 돌아가는 것이 여간 맘 키이는 것이 아니었다.

상도는 긴한 동무나 얻은 듯이 심심할 때마다 시계를 끄내 보고 그리고 품에 넣고 지그시 눌러도 보았다.

그 다음 그는 구두도 샀다. 그 가죽구두가 여간 또 맘을 즐겁게 하는 것이 아니었다. 첨은 먼지가 묻으면 소매 끝으로 닦기도 하였다. 그러나 상도가 기뿔싸하면 아버지는 이내 그것을 누르듯이 또 꾸중을 내리곤 하였다.

"이놈아, 구두 한 켤레에 얼마씩 하는 줄 아느냐. 정하게 신어. 개차반이 같은 놈."

한다든지 또는,

"학교에서 돌아오면 뜨락도 쓸고 방도 쳐야지. 놀구 먹을 생각만 하느냐."

한다든지 하는 따위 꾸중을 며칠에 한 번씩은 꼭 하고야 견디는 아버지였다.

그런데 요행 그때마다 서모가 제 편을 거들어 주고 또 때로는 눈에 넣어도 아프지 않을 듯이 자별나게 굴어 주어서 상도는 얼마큼 맘을 붙일 수 있었다.

서모는 나이 사십이 가깝도록 자식을 낳아 보지 못한 사람으로 상도를 친아들같이 사랑하려 하였다. 상도를 서울로 올라오게 한 것도 실상은 서모였다.

서모는 이 집으로 오는 안손님에게마다 상도를 인사시키고,

"이게 내 아들이오."

하고 자랑하였다. 그러면 인사치레 밝은 서울 아낙네들은 으레,

"아이구, 참 이렇게 큰 아들이 있었소. 참 잘났는데. 그래 몇 살이지. 열다섯 살, 그런데 여간 숙성하지 않구나. 서울애들보다 더 희멀끔하구나."

하고 혀끝에 침이 없이 받아 주었다.

그러나 상도는 늘 아버지가 무서워서 조심이 드는데 또 하나는 학교가 통 맘에 들지 않았다. 다닐수록 덧정 없는 일뿐이었다. 남북선 학생들이 서로 말이 통하지 못해서 별로 이야기도 못 하고 싱겁게 지났다.

상도는 학교에서 사라는 교과서와 잡기장은 하나 빼지 않고 다 샀다. 그리고 그 책자에다가 학교 이름을 쓰고 또 그 아래에 제 이름을 썼다. 그리고 잡기장 뒤표지에는 학교 시간표를 적었다. 하나 그것은 학교가 맘에 붙어서 그런 것이 아니고 학교 다닌 표를 내기 위해서였다.

만일 이제 학교를 그만둔다 하더라도 시골 가서 이 책들을 동무들에게 보이면 학교 다닌 줄을 알 것이라 싶었던 것이다.

그런데 더욱 체조선생이 체조시간마다 어떻게 호되게 떼고 사정없이 구는지 그것이 또 여간 무섭고 싫은 것이 아니었다.

그 선생은 학생들이 조금만 부주의한다든가 또는 팔다리 한번 빗내 보낸다든가 해도 용서 없이 뺨을 때리고 정갱이를 짓모아 댔다.

하나 그럴수록 아이들은 무서워서 기를 펴지 못하고 또 그러면 선생은 선생대로 더욱 화를 내었다.

상도는 어릴 적에 다니던 촌학교와 그 선생들이 그리울 지경이었다.

책이 없으면 책을 내주고 결석하면 동무를 시켜 알아보게 하고 잘못이 있으면 찬찬히 훈계해 주던 그 선생들이 이제금 다시 그리워졌다. 상도는 한번 아버지가 시골집 형편을 묻는 말에 대답하다가 갑자기 어머니 생각이 나서 끔적 눈물이 났다. 어머니 때문에 울기는 아마 이번이 첨일 것이다.

그런데 그때 거기 와 있던 눈이 가늘고 긴 아버지의 친구라는 사람이,

"사내자식이 질금질금 울어."

하고 나무라는 바람에 상도는 그만 어떻게 몹시 부끄럽던지 구멍이 있으면 당장 기어들어가고 싶었다.

그러나 한편 어째서 어머니 때문에 우는 것이 안되었을까 하고 이상히 생각히어졌다.

그리고 또 한편 생각하니 서울이란 있고 싶은 곳이 못 되어서 그만 아버지 몰래 내뺄까 하던 차에 하루는 우연히 좋은 동무 하나를 만났다. 그 동무 이름은 대식인데 그는 바로 상도 집 *가가채에 세로 있는 모물전 사환아이였다.

그놈은 나이 열너댓 살 되어 보이나 키가 작고 자소한 편이었다. 그러나 얼굴이 반주그레하고 뺨에 주근깨가 고이 박혀서 그것이 도리어 귀인상스러워 보였다.

상도는 우연히 대식이와 알게 된 뒤부터 짬만 있으면 대식을 꾀어

가지고 남 안 보는 으슥한 곳에서 이야기하곤 하였다. 상도는 하루라도 대식이가 없으면 견디지 못할 것 같았다. 그는 서모에게서 돈을 타서 과자를 사가지고 밤에 대식이가 오면 둘이서 함께 먹었다.

그러던 어느 일요일날 대식은 주인에게 잠시 *수유를 얻고 상도와 함께 동물원으로 가려고 나섰다. 그런데 갑자기 비가 내리기 시작하여 두 소년은 도중에서 서성거리다가 기왕이니 활동사진 구경이나 가자고 의논이 맞아서 길가 어느 극장으로 들어갔다. 상도는 활동사진이 생래 첨이었다.

그전에 환등은 몇 번 본 일이 있지만 거기다 대면 이건 어방없이 재미있는 것이었다. 날쌔게 생긴 카우보이들이 말을 달리고 섭슬려 대판으로 싸워 대고 육혈포를 함부로 발사하는 것이 어떻게 장쾌하고 신기한지 몰랐다. 그리고 거기 나오는 여자는 거개 간드러진 미인들이다.

그리하여 그 뒤부터 상도는 자주 극장으로 드나들었다. 대식이는 그럴 처지가 못 되어서 어쩌다 가끔 새를 보아서 한 번씩 가지만 상도는 영화가 갈리는 때마다 꼭 빠지지 않고 다녔다.

그러다가 끝내는 한 극장으로는 만족할 수 없어서 두세 극장을 차례로 돌아다녔다.

하나 그러자니까 입장료에 궁하는 때가 많았다. 입장료라야 불과 오 전밖에 안 되었지만 그만한 잔돈과 여재가 있을 턱이 없는 학생 시대라 번번이 거짓말을 꾸며 가지고 서모에게 타쓰려니 그도 여간 군색한 일이 아니었다.

그래서 나중은 서모가 미신으로 귀신의 돈이라고 얼마씩 모아 넣는 벙어리같이 생긴 상자에 조그맣게 밑구멍을 내고 몇 푼씩 뽑아 썼다.

그리고 또 서모의 돈주머니를 몰래 털어 내기도 하였다.

그러나 그런 눈치를 알고서도 서모는 위정 모른 척하였다. 서모는 겉으로뿐 아니라 속으로도 상도를 사랑했던 것이다.

상도는 한번 서모가 자는 틈에 그의 치마를 사르르 풀고 고춤에 달린 붉은 주머니를 살금살금 들추다가 그만 손을 꼭 잡혀 버렸다.

"어머니, 나 돈 주어."

상도는 무안해서 응석 비젓이 앙탈을 썼다.

"너 돈은 해서 뭐 할라니."

서모의 소리는 그러나 부드러웠다. 어찌 생각하면 어린애들이 그러는 게 낙이요 재미기도 하였던 것이다.

"공책 살 테야. 연필도 사고……."

"요놈, 너 구경갈라구 그러지."

"아니에요, 어머니……."

"너 구경가면 큰일나. 꼭 책을 사라구, 응."

그러며 서모는 돈을 주었다.

그래서 맘대로 구경을 다녔고 따라서 영화에 대한 지식도 단시일 안에 놀랄 만큼 늘었다. 학교에서 나오면 선등 진고개 책사에 가서 활동사진 잡지를 단숨에 네대 책씩 보아 넘기고 학교에 가면 맨 알끈한 동무와 점도록 그 이야기를 하였다. 그래서 동무들은 그를 활동사진에 미쳤다고 하였고 좀 나우 말하는 아이들은 활동사진 박사라고 불렀다. 실상 또 그만치 영화에 대해서 아는 것도 많았다. 구미 각국의 이름난 영화배우와 영화 제명과 제작회사 같은 것은 거지반 모르는 것이 없었다. 또 모르는 것이 있으면 기어이 캐어서 알아내고 하였다.

또 상도는 그때 그림을 좋아해서 유명한 배우의 초상을 본뜨기가 대수였고, 그래서는 도화시간에 선생에게 내었다가 꾸중 들은 일도 있다.

또 이쁘장한 학생들에게 유명한 여배우의 이름을 붙여 주어서 그것이 세창 별명이 된 일도 있다.

그해 여름 상도는 서모와 함께 서모의 고향인 평양으로 구경갔다가 한 열흘 만에 고향으로 내려왔다. 내려와서도 그는 오래도록 평양의 아름다운 자연을 잊을 수는 없었다.

평양은 차라리 너무 많은 명승을 도거리로 가진 듯하였다. 그러니 모란봉 청류벽 을밀대는 그만두고라도 그 산속 이름없는 한 골짜기나 또는 서기산 뻗은 줄기 하나이나마 이 고향에 옮겨 놓으면 어떨까 또 그것이 과분하다면 하다못해 *약대 잔등만한 언덕이라도 가져다가 놓았으면 어떨까. 상도는 그저 가없이 너르기만 한 이 벌판을 바라보며 소년다운 이런 공상을 하였다. 그는 산을 좋아한다. 그래서 여름방학 동안 동무들과 함께 이십 리도 넘는 도봉산으로도 가고 그리로부터 도화동(桃花洞) 일대를 휘돌아다니기도 하였다.

점심을 싸가지고 산에 가서 동무들과 함께 먹으면서 *일망무제한 평야를 내려다보는 것은 한없이 장쾌한 일이었다.

더욱이 도화동은 그의 선조가 별장을 지은 경개 좋은 곳이다. 일찍 그의 선조가 시인 묵객으로 더불어 잔 잡아 권하며 팔경을 읊던 것도 이곳이요, 눈 아래 평야의 촌촌을 내려다보며 바로 뒤에서 울리는 보현암(普賢庵) 쇠북 소리에 세상 티끌을 씻던 것도 이곳이다.

시방 이곳에는 상도의 오촌이 과수를 심고 *양잠을 해서 사람의 내왕이 많고 또 보현암으로 기도 다니는 선남선녀도 적지 않다.

이 보현암 뒷줄기를 밟아 남으로 내려가면 망아지 허리같이 생긴 이름난 명당이 있고, 그 남으로 뚝 떨어져 저 멀리 노루목의 명당이 있다. 망아지 허리는 유명한 명당이지만 속인이 무덤을 쓰면 당장 벼락이 내린다 하여 지금껏 임자 없는 명당으로 남아 있고, 그 줄기가 평천히 내려오다가 우뚝 솟은 노루목은 옛날에 맥을 끊을 때 피가 솟았다는 지금은 김빠진 명당으로 이름이 있는 곳이다.

북으로 이태조 *용잠(龍潛) 시대의 유적인 격구정(擊毬亭) 치마대(馳馬臺)가 솟아 있고, 동으로 독서당(讀書堂) 설봉산 귀주사(歸州寺)가 있어 상도는 뜻맞는 동무들과 매일같이 돌아다녔다.

하나 일면 그들은 여전히 말썽 많은 장난꾸러기였다. 밤에는 남의 집 실과나무를 후둘기기가 일쑤였고 낮에는 참외밭을 짓밟는 것이 재미였다.

그리고 강가에 나가서 씨름을 하고 목욕하고 들놀이를 하였다.

그들은 모이는 장소를 정해 두고 밥만 먹으면 거기 모여서 산으로 가고 바다로 갔다. 밤에도 곧잘 한데서 잤다.

공부 같은 것은 아무래도 좋았다. 공부보다 여럿이 섭쓸려서 장난치고 이야기하는 것이 좋았다.

그해 방학이 거의 끝날 무렵에 이 동리에서 학생 친목회가 열렸다. 금년 마지막으로 한자리에 모여서 하룻동안 즐겁게 놀고 금년 여름 방학을 마치자는 것이다.

이 마을에서도 서울 기타에 유학하는 학생이 벌써 육칠 명이었고, H읍 보통학교와 중등학교에 통학하는 학생만도 삼십여 명이었다.

이렇게 어린이까지 모두 H읍 보통학교로 가기 때문에 이 마을 사립학교는 흐지부지 없어지고 지금은 조그만 서당만 남아 있다.

이날 회원들은 거의 빠지지 않고 나와서 아주 성황을 이루었다. 친목회 간부는 모두 중등학교 상급생이 아니면 전문학교 학생들이었다. 소년들은 멋도 모르고 좋아라고 쫓아다니고 무슨 말인지도 모르면서 남 하는 대로 덩달아서 "옳소 좋소" 하고 동의를 표하였다. 멋은 몰랐지만 재미는 있었다.

굵은 회원들은 이날 여러 가지 유익한 이야기를 많이 하였다. 어떤 학생은 구주대전 이야기로부터 내처 세계대세를 말하고 어떤 학생은 인생의 의의에 대해서 말하였다.

그것은 어느 것이고 모두 소년들에게는 재미나는 이야기였으나 이떤 따분한 학생이 지나의 인물을 하나씩 들어 말하다가 *손문은 지나를 파괴한 사람이니 나쁘고 *원세개는 손문에게 지나를 뺏기지 않고 건설하였으니 손문이보다 동뜬 영웅이라고 말하는 데 이르러 상도는 무언지 모르게 그 말에 조금 불만이었다.

그러나 대체로 책상을 두드리고 열변을 휘두르는 것이 어떤 때는 손에 땀을 쥐게 하고 또 어떤 때는 눈물이 날 듯한 감격을 주기도 하였다.

기왕에 처음 학교가 되었을 때 토론회랍시고 하던 것은 지금 생각하니 마치 호랑이 담배 먹던 시절의 일 같았다. 거기 대면 오늘은 놀랄 만치 진보한 것이다. 그것은 불과 사오 년 동안의 변천이었다. 이제는 머리를 깎았다고 시비하는 사람도 별로 없었다.

때의 흐름이란 진실로 무서운 것이었다.

상도는 이학기부터 조금씩 학교에 맘이 붙었다. 시골 사투리도 차츰 적어져서 동무들과 이야기도 수월히 할 수 있었다.

이때까지는 남쪽 한라산 밑에서 온 학생과 북쪽 두만강 유역에서 온 학생은 거의 외국 사람같이 서로 말이 통하지 못했다. 그래서 이들이 제가끔 제 고장 말을 그대로 터노면 피차 알아도 못 들으려니와 공연히 입이 싼 서울 아이들의 웃음을 사게 되어서 일학기 동안 상도는 웬만큼 하고 싶은 말이 있어도 아주 가까운 동무 외에는 별로 입을 열지 않았다.

그러던 것이 이학기부터는 피차간 서울말로 접근되어 왔다. 그래서 동무들과도 웬만큼 터놓고 말을 할 수 있었다.

그 다음 상도는 영화에 대한 취미가 연심 더해서 그것도 서울에 애착을 가지게 되는 한 조건이 되었다. 수시 아무 일을 못 한다 하더라도 영화관으로 돌아다니는 일만은 한 번도 궐한 적이 없었다.

그는 이학기부터 그와 가장 뜻맞는 친구 현구와 함께 기독교 청년 회관 야학부 영어과로 다녔으나 끝내 영화 때문에 석 달도 다 못 돼서 그만두고 현구만 혼자 다녔다.

그러나 현구도 조련찮게 영화를 좋아해서 낮에 상도와 미리 약속해 두었다가는 야학을 필하는 대로 상도가 있는 극장으로 가서 함께 구경하곤 하였다. 그래서 상도는 차차 서울에 재미를 붙이게 되었던 것이다.

그러나 어쩐 일인지 그렇게 고맙게 구는 서모가 일년도 다 못 돼서 차츰 싫어졌다. 무슨 그럴 만한 이유도 없이 그저 무연히 맘이 떠지는 것을 저도 어찌할 수 없었다.

그런데 그때 또 공교스럽게 이런 일이 생겼다.

즉 상도가 몰래 극장으로 갔던 것이 뜻밖에 아버지에게 들켰다.

상도는 이건 위불없이 서모가 고자질한 것이라고 생각하였다. 하기는 그날 밤 상도가 극장으로 간 것을 눈치차린 사람은 서모뿐이었던 것이다. 그래서 오비이락으로 상도는 대뜸 서모를 장본인으로 짚었다.

그러나 아버지의 꾸중이 그다지 되싸지 않았더라도 또 모르겠는데 상도가 돌아오자 아버지는 기왓골이 울리도록 고래고래 책망을 내렸다.

"이 몹쓸놈의 자식, 학생놈이 극장 구경이 무엇이냐. 그도 한두 번이지. 이놈 장창 몇 달 동안을 내려 붙이니. 그래 남사당패가 될라느냐."

하는 아버지의 소리만 해도 상도는 정녕 서모가 묵은 일까지 아버지에게 알려준 때문이라고 생각할 만한데 아버지는 또,

"이놈, 그래 네가 극장 다니는 걸 여태 모른 줄 아니. 위정 어쩌나 두고 보려니까 갈수록 더해, 이 고약한 놈."

하고 말을 해서 상도는 더 의심할 것 없이 서모의 작간이라고 믿었다. 상도가 그 동안 극장으로 다닌 것을 아버지가 쇠통 모르고 있은 것은 누구보다 상도가 잘 알고 있는 터이다.

그런데 이제 와서 지난날에 간 것까지 아는 걸 보면 영락없이 서모가 귀띔을 해준 것일 것이다.

하기는 요사이 무에라 없이 서모와 사이가 좋지 못한 터이니 그럴 법도 한 일이라고 상도는 생각하였다.

한데 또 서모는 이 마당에 이르러서도 상도를 싸줄 줄은 모르고 일껀 한다는 소리가,

"애 상도야, 다신 가지 마라. 그러게 내가 늘 가지 말라고 안 그러던."

하는 빛 좋은 훈계인즉 이것은 다름 아닌 부추김이요 불붙는 데 키

질인 것이다.

아닌 게 아니라 여기서 아버지의 소리는 좀더 높아졌다.

"이놈의 자식, 정녕 그럴 말이면 학교고 뭐고 다 집어치고 시골 가
서 농사나 지어라."

그러자 서모가 아버지의 말을 받아 가지고,

"영감, 그만두십시오. 이제사 다시 그러겠습니까. 그놈이 오래간만
에 아버지한테로 오니까 응석이 나서 그랬겠지만 이제야 하마 그러
겠습니까."

하고 말리었다.

즉 상도가 오래 시골 무지한 에미 아래서 자라나서 본데가 없어
그렇다는 의미였으나 아버지는 그까지는 미처 기찰하지 못하고,

"자네가 철없는 아이들을 너무 사랑해서 그렇느니. 그게 참말 사
랑이 아니야. 꾸짖기도 하고 때리기도 해야 사람이 되는 법여."

하고 서모를 나무라는 어투이나 실상인즉 그 나무람은 서모가 사람
이 무던하느니라 하는 뜻을 상도에게 알리려는 것이었다.

하나 상도는 서모에게 고마운 맘이 가지질 않았다. 도리어 그 뒤
부터 좀더 서모와 사이가 멀어졌다.

그해는 그럭저럭 지나가고 봄이 다시 돌아왔다. 삼학기 시험을 치
르고 나니 때는 정히 삼월이라 상도는 시골서 놀러다니던 생각이 나
서 두루 싱숭증만 더하였다. 오금에 바람이 든 것처럼 무시로 둥둥
떠다니고만 싶었다.

그런데 마침 또 이 봄에 *자전차를 배운 것이 병통이 되어 자꾸만 자전차를 세내여 타고 시내 시외로 무작정 돌아다니고 그러던 끝에는 새 자전차를 타고 싶은 맘이 나서 하루는 서모에게,

"어머니, 나 자전차 하나 사주."

하고 청을 댔다. 으레 사주리라고 상도는 믿었다. 아버지의 돈이 아니더라도 서모의 돈이 얼마든지 있는 것을 상도는 잘 알고 있다.

하나 정작 다다르고 보니 서모는 수이 들어줄 눈치가 아니다.

"자전차는 뭘 하러 사겠니."

하는 허두부터 곰곰한 소리가 아니다.

"학교 다니는 데도 타고 좋지 않아요."

"엎어지면 코 닿을 데를 자전차 타고 다녀."

"그리구 심부름 갈 때도 타구요."

"애야, 아예 그만두어라. 아버지 아시면 또 꾸중들을라."

"아버지 알리지 말고 어머니가 사주어요. 누가 아버지더러 사달래나."

"내게 무슨 돈이 있니. 모두 아버지한테서 타쓰는데."

"그만두어요. 내가 다 알아요. 아버지보다 몇 갑절 부자면서."

"없다 없어. 정 그렇다면 아버지한테 말은 해보지마는……."

"그만둬요. 자전차 안 타면 그만이지. 아버지한테 말하면 사줄 줄 알우. 어떻게 깍정인데 그러우. 글쎄 뭘 사오라구 시키곤 우수리 단 돈 십 전도 안 주고 거 남은 돈 어쨌니 하고 꼭꼭 뺏어 가는데 자전

차를 사줄라겠소.”

그리고 그만 *막설은 했으나 그때도 한마디 더 웅쳐서 그 뒤부터 상도는 공연히 서모와 어기댈싸하였다.

그래서 서모가 상도를 달래려는 생각으로 아버지더러 자전차를 사주라고 권한 까닭이었던지 하루는 상도가 학교에서 돌아온즉 아버지는 화가 천둥같이 나서,

“이놈의 자식, 자전차는 사서 뭘 하니. 발바닥에 헌디가 났느냐. 호부자 자식처럼 죄그만 놈이 벌써부터 거드러거리게 차비냐. 정녕 그럴 말이면 학교 다 집어쳐라.”
하고 상도의 모자를 채쳐다가 마루에 탁 팽개쳐 버렸다. 상도는 아무 말도 안 하고 그저 힐끗 서모를 깔보아 주었다. 이번도 정녕 서모 때문이라고 여긴 것이다.

“아아니 영감, 이러지 마시고 하나 사주셔요.”

서모가 아버지에게 청을 댔다.

“사주다니 필요 없는 물건을 왜 사준단 말인가. 애들 듣는 데 저런 종작없는 소릴 하니까 저놈의 자식이 갈수록 더하지.”

“내가 그랬을 택이 있습니까. 내가 자전차가 뭔지 알 게 뭐요만, 제가 소원이라니 하나 사주면 어떻소.”

“여태 저런 소릴 하구 있어. 똑 여편네들이란 자식 사랑한다는 게 됩다 버러 줄 소리만 한단 말이야. 저놈은 그렇게 굴어선 안 된다니까. 섣불리 추석거려 노면 어른의 머리에 뿌상투를 틀려고 들 놈여.”

"정녕 영감이 안 사주시면 내가 사주지요."

하고 서모가 선심을 써서 말하며 약간 웃을싸하는데 그것이 슬쩍 상도를 떠우려는 소리 같아서 상도는 심사가 더 났다.

"사주기만 하면 내가 당장 도끼로 부숴 버릴 테니 사줄려거든 사줘 보게."

하고 아버지가 나간 다음 서모는,

"애, 내가 사줄게 염려 마라."

하고 상도를 달래었다. 그러나 상도는 한말 부어서 아무 말도 안 하고 멍하니 서 있을 뿐,

"애, 자전차 얼마씩이나 하니."

서모가 다시 묻고 또 혼자말 모양으로,

"돈은 시방 없다만 빚이라도 내서 사야지 어쩌겠니. 네 소원이 그렇다는데."

하고 뇌까렸다.

"그만둬요. 안 사도 좋아요. 이제 사주면 내가 먼저 부숴 버릴 테야."

하고 상도는 제 방으로 들어가 버렸다.

서모가 번연히 제 돈이 있으면서 절더러 들으라는 듯이 빚을 내겠다고 말하는 그 거짓이 상도에게는 더할 수 없이 미웠다. 그리한 뒤로 상도는 좀 더 서모에게서 맘이 떠났다.

서모는 겉으로는 제게 좋도록 말하면서도 실상 속에는 딴맘이 있

는 것 같았다. 그 거짓이 상도에게는 제일 밉고 싫었다.

승패

상도의 아버지 박진사는 일찍부터 함경도 이원에 철광을 경영하고 있었다.

어떤 사람이 발견해 가지고 그것을 박이 자금을 내기로 하고 공동으로 경영하는 것이다.

하나 자금이 부족한 관계로 크게 채굴도 못 하고 해서 이때까지는 미미한 광산으로 알려지지 않았으나 구주대전이 확대되는 데 따라서 자연 시세가 올라가게 되었다.

그리하여 이 광산을 매매 붙이려는 거간들이 연일 싸대고 내지에 있는 큰 광업회사에서까지 현장을 시찰하였다.

그러나 박은 그것이 구주대전 때문인 것을 생각하느니보다 차라리 자기의 운이 강하고 재수가 센 까닭이라고 믿었다.

‘이제 삼십 년 대통운이 드는구나.’

박은 이렇게 생각하며 문갑 속에서 사주풀이를 꺼내 보고 또 서울서 유명하다는 사주쟁이게는 거의 다 사람을 보내어 사주를 보였다.

보인즉 거개다 운이 들었다는 것이요, 운이 든 때는 무얼 하든지 잘된다는 것이다.

그래서 박은 이때에 단독으로 또 하나 큰 사업을 이루어 보리라 하였다. 그런데 마침 그가 오래 뜻을 두고 이루지 못한 사업 하나가 있으니 그것은 즉 그의 조상이 하다가 이루지 못한 개간사업이다.

고향에서 한 시오리 남으로 떨어진 벌말 앞에 팔십여 정보 되는 황무지가 있는데 이것이 일찍 그의 조부 시절에 개간하다가 부근 주민의 반대가 심해서 그대로 오늘까지 묵여 오는 땅이다.

하나 이제는 세월도 바뀌고 또 토지개량이니 산업개발이니 하는 판이니 마침 좋은 때라 싶었다. 또 더욱 그 땅으로 말하면 조부가 손을 댔던 곳이요, 조부의 이루지 못한 소원이 남은 땅이고 보매 이 일을 계속하는 것은 일왈 조상에 대한 효성이니 사람의 후손으로서 이에 없는 좋은 사업이 다시 없으리라 싶었다.

박은 본시 자식들은 대단치 않게 생각하나 그 대신 부조에게 대한 효성은 극진한 사람이다. 지금도 제삿날이면 재계목욕하고 아침부터 정성을 부리는 그다.

‘할아비지의 뜻을 내가 이루리라. 아버지가 비명횡사하시어서 할아버지의 뜻을 받들지 못했은즉 내가 아버지의 몫까지 셔시 할아버

지에게 효성을 하리라. 그것은 곧 아버지에게 대한 효성이기도 하다.'

박진사는 고스란히 이렇게 생각하였다. 물론 그러자면 그 개간지 부근 주민의 반대를 막을 주변도 해야겠고 또 거창한 그 사업에 쓸 많은 자금도 있어야겠는데 요행 그것은 두 가지 다 어느 만한 자신이 있었다.

마침 얼마 전에 박의 친구 송병교라는 부자가 H읍에 은행을 창립하는데 그의 권고로 박도 주주가 되었다. 송의 말은 언간한 주주일 것 같으면 앞으로 은행 돈을 수이 돌려 쓸 수 있다는 것이었다.

그래서 박은 이내 H읍에 내려와서 송을 만나 개간사업을 시작한다는 말과 그 자금을 융통해 주어야겠다는 당부를 하였다.

한즉 송은 그 자리에서 단마디로 쾌락하였다. 실상 송은 박의 덕이 큰 사람이다. 송이 오늘 와서 북선의 누구라는 이름을 듣게 된 이면에는 박진사의 힘이 적잖이 숨어 있는 것이다.

송은 본시 평안도에서 유리해 온 일개 차군이었다. 즉 수레를 몰고 다니는 노동자였던 것이다. 하나 그는 식자가 없는 대신 돈버는 재주와 사람 다루는 수완이 있었다.

그래서 이 지방으로 들어오자 미련한 위인들이 양반이니 벼슬이니 하는 동안에 홀로 돈벌기에 전력하였다. 그래서 그는 어느새 소문나지 않은 부자가 되었다.

한데 그때는 이미 서양의 자본주의가 어두운 이 땅에까지 불어오기 시작한 때라 새 부자 송병교의 이름이 언제까지든지 그대로 묻혀 있을 리는 없었다.

그리하여 그 소문을 듣자 맨 처음으로 그에게 *식지(食指)를 움직인 것이 박진사다.

박은 고루한 토반들이 송을 상놈이라고 멀리하는 사이 벌써 그를 나꾸어 그 덕으로 세도하는 데나 과거 보러 다니는 데 돈을 진탕 퍼부을 수 있었다.

하나 박은 남의 은공을 모를 사람이 아니었고 또 송은 의리부동한 사람에게 헛돈질을 할 눈 무딘 사람이 아니었다.

그래 박은 어느 해 연분에 송으로 하여금 생일잔치를 들썩하게 차리게 하고 세도하는 토반들을 모조리 가도록 마련하였다.

그리고 그 자리에서 송의 근본을 양반으로 올려 주고 그리하여 송으로 하여금 토반들과 어깨를 맞출 계제를 만들어 주었던 것이다.

그 뒤 송병교는 역시 박의 주선으로 토관도 지나고 통영갓에 탕건을 썼다.

그런 뒤로 그는 범에게 날개로 돈이 있어서 그의 명성은 날로 높아졌다.

송은 그러한 옛 은혜를 생각해서도 박의 오늘 청탁을 거부할 수는 없었지만 그 밖에 또 하나 숨은 야심이 있은 것은 박진사도 진작 알지 못했다. 송은 벌써부터 박에게 노리는 것이 있어서 언제 무슨 방법으로든지 그 뜻을 이루려는 중이었다.

그해 첫가을부터 박진사네 개간공사는 시작되었다. 자금은 주로 송병교에게서 나왔다. 그러니만치 공사도 대규모로 할 수 있었다.

지나 인 인부 약 사백 명 가량을 부쳐서 우선 경편철도를 놓고 도 록고로 땅을 파서 날라다가 방축을 쌓고 논판을 평전하게 만들고 줄 못을 메웠다.

그리고 도봉산에서 내려오는 큰 내를 이리로 끌어오도록 골을 내 고 그 물이 잘 빠지도록 하단에 널찍한 배수로(排水路)를 새로 팠다.

이 공사가 준공되는 날이면 그 부근 전답에 물을 끌어가기가 어렵 게 될 것이라 하여 여전히 부근 촌락의 반대가 있었으나 이 황무지 를 개간함으로 해서 생기는 이익이 훨씬 더 클 것이라 하여 당국에 서 공사를 허가하였고 뿐만 아니라 앞으로 보조비까지도 주겠다고 하였다.

그런데 또 마침 그때 이런 일이 생겼다.

즉 그 개간지에서 한 오리 되는 거리 바닥에 큰불이 났다. 그것은 사오백 호나 되는 함경가도의 큰거리였다.

그러나 소방조는 아직 없고 H읍은 이십 리나 되고 해서 어찌할 바를 모르고 *전소하기를 기달릴밖에 없는 판인데 마침 박진사 개간 지의 지나인 인부 십장이 멀리서 이것을 보고 인부 사백 명에게 부 삽과 곡괭이를 들려 가지고 달려가서 위험을 무릅쓰고 불을 껐다.

그래서 요행 거리의 일부만 타고 가외의 집들은 무사할 수 있었다. 그러니 그 지나인 인부의 공덕은 여간한 것이 아니었다.

그래 이것이 경찰과 도당국에 알려져서 불난 줄도 모르고 있던 박 진사가 가만히 앉아서 공로장을 받고 그러한 뒤로는 일부의 반대도 가뭇없이 사라지고 말았다.

개간지 공사는 맨 추운 겨울 며칠 동안만 중지하였다가 이듬해 봄부터 다시 시작되었다.

그리고 일변 이미 공사가 필한 곳에는 벼를 심었다. 한즉 수백 년 묵은 땅이라 벼가 잘될 수밖에 없었다.

박진사는 *천수답보다 오히려 더 잘 된 자기의 개간지를 바라보며 다시금,

'어 장하군. 과시 삽십 년 대통운이 옳군.'

하고 생각하였으니 다음 순간 그는 재수부터 생각는 욕심 사나운 박 진사로부터 동방예의지국의 점잖은 양반으로 돌아가서,

'아니 이게 모두 조상의 도움이군.'

하고 고쳐 생각하였다. 하나 그 무엇의 덕이겠든지 운은 정녕 대운인 것이 이해에 들어서부터 이원철산의 시세까지 버쩍 더 올라갔다.

바로 엊그제까지는 십만 원도 안 보았는데 오늘은 십오만 원도 넘어 보는 사람이 있는 것이다.

그것도 이편에서 다급해서 한 말이 아니고 중간에 나선 거간들이 몸살이 날 지경으로 저희끼리 들고 놓고 하는 바람에 경청 십오만 원 소리가 뛰어나온 것이다. 하나 박은 그만 돈에 팔 맘은 없었다.

"내가 직접 경영할 테요. 막설하오."

박은 이렇게 말하였다.

한즉 이들 거간은 다 잡은 돈을 눈 무섭게 놓치기나 하듯이 수이 팔도록 별의별 소리를 다 주워 댔다. 그리고 내지의 띄굴띄굴한 광업 회사에서 한다는 기사들이 꼬리를 물고 이어 와서 현장을 시찰하고 표석(標石)을 뜯어 가고 또 광산 도면을 달래서 가지고 갔다. 그 도면 은 하루에도 몇 장씩 나왔다.

한데 그 도면을 일일이 돈을 주고 그리자면 그 비용만도 조련치 않을 것이어서 아버지는 상도더러 그리라고 시켰다.

상도는 본시 그림 그리길 좋아하는 터이고 또 그만 것은 학교에 갔다 와서도 하루 몇 장씩 그려 내일 수 있어서 도본을 받아 매일같 이 몇 장씩 그렸다. 또 그리면 그리는 족족 날개가 돋친 듯이 나갔다.

그리고 광산값도 단 며칠 사이에 이십만 원대로 불려졌다. 거간들 은 지금이 고개라고 팔기를 권했으나 박은 아직도 놓을 맘이 없었다. 한 것은 앞으로 계속하여 올라갈 것같이 생각되었기 때문이다.

"안 파오."

"영감, 만사가 다 때가 있는 법입니다. 때를 놓치면 안 되는 겁니 다."

하고 거간들마다 제가 나선 회사가 내지에서 제일 큰 회사요, 그 회사 에서 안 사면 살 놈이 없다고 서로 같은 소리들을 떠벌리고 다녔다.

그리고 다른 거간들은 아무것도 아닌 천량만량패의 병정들이라 헐 뜯고 저만 진짜인 것처럼 풍을 쳤다.

그래도 박은 안 판다고 버티었지만 실상 속으로는 '적어도 오십만 원이야……' 하고 윈심을 썼다. 한때는 돈을 비웃던 그이지만 이제는 돈이라야 한다고 생각하게끔 되었다.

박진사는 본시 생각이 재산을 자식들에게 물려주려는 것도 아니요, 그렇다고 무슨 사회사업에 쓰려는 것도 아니다.

그는 단지 조상의 이름을 그 조상의 후손에게 빛나게 할 일에 돈을 쓰려는 것이다.

그러자면 무엇보다 그 조상에게서 뻗어 나온 그 자손들에게 땅을 주고 벼슬을 주고 공부를 시키는 것이 으뜸이라고 생각하였다.

더는 몰라도 열 촌 안 친족은 모조리 내 땅을 부치게 하고 넉넉히 먹고 살도록 하고 자식들을 양해서 벼슬을 살게끔 하리라 하였다.

그리고 그는 좀더 나가서 누구 집은 땅을 얼마나 부치게 할 것까지도 벌써 곰곰 생각하고 있었다.

그리하여 그 맨 첫 행사로 사촌동생을 보내어 개간사업을 도맡아 보게 하고 자기는 주장 서울에 있었다.

철광이 금시 팔릴 듯하였다. 오십만 원은 다 안 된다 하더라도 소불하 삼십만 원은 어김없을 것 같았다. 거간들이 매일같이 찾아왔다.

그러나 사람이 너무 많이 밀려서 대개는 어느 내지인 요리점 같은 데서 비밀히 만나곤 하였다. 개중에도 어떤 내지인들은 절대 비밀에 부치기 위하여 통역도 없이 혼자 찾아오기 때문에 그럴 때마다 상도가 통역으로 아버지를 따라 요리점 같은 데로 갔다.

한즉 그 으리으리하게 생긴 내지인들이 나어린 상도를 부처나 맞이하듯이 하며 머리를 숙여,

"도련님, 아버지와 잘 말해서 이내 팔도록 하오."
하고 청을 대곤 하였다.

또 어떤 때는 돌아올 인력거나 자동차를 태워 주고 겸하여 커다란 과자상자 같은 것까지 듬직이 안겨 주기도 하였다. 하나 너무 자주 불려다니자니까 몸이 시달려 견딜 수가 없어서 아버지는 얼마 동안 일체 아무도 만나지 않기로 하였다.

한 것은 광산값은 겨우 이십만 원까지밖에 보지 않고 그저 오복전 조리듯 매일 단련만 시켜서 얼마 동안 아주 안 파느니라 하고 자빠져 있는 것이 도리어 유리하리라 생각한 때문이다.

그래서 상도도 그런 통역에 끄들려다니는 일이 적어서 그해 여름 방학이 되자 인차 시골집으로 내려왔다.

상도는 이제 고등보통학교 삼학년이고 나인 열일곱 살이나 맘은 그전 그대로였다. 역시 어릴 적과 한가지였다. 장난도 여전하였고 공부 싫어하기도 매한가지였다.

그리고 엉뎅이 붙일 사이 없이 오만 데로 돌아다니곤 하였다.

그러다가 다시 서울로 떠나 올라가던 차 중에서 상도는 오래간만에 정순이를 만났다.

정순은 한 오십 가까워 보이는 사람과 함께 탔는데 상도는 얼핏 그가 정순의 아버진가 보다고 생각하였다. 정순은 처음 상도를 흘끔

보고 약간 얼굴을 붉히긴 했으나 이내 아닌 보살 하고 있었다. 정순은 그 동안 더 이뻐지고 얌전해진 것 같았다. 나이는 상도와 동갑이나 훨씬 더 어른다워도 보였다.

상도는 어쩐지 맘이 무겁고 괴로웠다. 정순은 잊어버리고도 이편을 보는 일이 없이 얌전히 앉아서 자기 아버지인 듯한 사람과 무어라고 이야기하는 눈치다.

그러더니 그 아버지는 이내 상도 편으로 눈을 한번 주고 약간 고개까지 끄덕하더니 슬며시 일어나서 상도 있는 데로 왔다.

"애, 너 박진사의 아들이냐."

그 정순의 아버지인 듯한 사람이 이렇게 준절히 묻는데 상도는 조금 기가 눌리는 것을 느끼며,

"네, 그렇습니다."

하고 공손히 대답하였다.

"아버지, 시방 어디 계시냐."

그러며 그 사람은 상도의 곁에 걸쳤다.

"서울 계셔요."

"서울? 서울 계신 줄 아느냐."

"네, 서울 계셔요. 왜 그러십니까."

하고 묻는 순간 상도는 문득 자기와 정순의 사이에 대해서 야릇한 환상이 생기며 얼굴을 붉혔다.

"아니, 내가 너희 아버질 좀 만날 일이 있어서 가는 길이다."

"아버질요……."

그러며 상도는 흘끔 정순이를 보았다. 실상 정순의 아버지는 철광 매매에 관해서 박진사를 만나려는 것이었으나 그런 사정을 알 까닭이 없는 상도는 공연한 공상에 몸이 달았다.

'정순이가 내 말을 자기 아버지에게 한 건 틀림없지.'

상도는 배창주까지 휘어잡는 무엇이 가슴을 지그시 누르고 있다가 불시에 불꽃같이 탁탁 튀는 것을 여러 번 느꼈다.

그날 석양에 서울에 내린 상도와 정순은 초간히 떨어져서 정거장을 걸어나왔다.

떨어져서 걷는 것이 상도에게는 어째 섭섭하였다. 그래 상도가 한 풀 죽어 가지고 개찰구로 나오는데 집에서 심부름하는 상노아이가 쪼르르 달려오며 반가이 인사하고 그 뒤에서 웬 보지 않던 젊은 여자가 *벗니를 빠끔히 내놓고 해죽이 웃으면서,

"도련님, 인제 오시오."

하고 넌지시 인사한다. 그리고 그 여자는 상노아이가 말할 사이도 없이 내처,

"도련님 내려가신 뒤에 댁 행랑에 들어왔어요. 도련님 참 이쁘네."

하고 반죽 좋게 말하는 품이 여간 수다쟁이가 아닌 듯하다.

그러나 상도는 아무 말도 하고 싶지 않아서 잠자코 있으려니까 어멈은 상도의 바스켓을 뺏어가다시피 가져다 들고 앞서서 걸어간다.

얼른 보아도 그전의 늙은 어멈보다 어방없이 낫다. 그전 어멈은

늙고 추레한데 게다가 맘씨까지 궂어서 그러지 말라고 일러도 언제 든지 숭늉 그릇을 가져올 때마다 그 삐죽한 손톱이 달린 엄지손가락을 숭늉에 박아서 한번은 그 그릇을 메다때리기까지 했어도 여전히 그 버릇은 고치지 않았다.

그런데 이번 어멈은 첫째 나이가 삼십 안짝이요 인끔도 그만하면 박색은 아니다. 젖이 좀 크고 데불데불한 것이 징그러우나 웃을 때 벗니가 조금씩 내미는 것은 어찌 보면 애교로 보이기도 하였다.

어멈은 그 뒤에도 여간 고분고분하지 않았다. 그의 남편 되는 춘성이도 사람이 어리무던하고 부지런해서 들어온 지 불과 반 달 만에 상도의 아버지가 인력거를 사주어서 그 벌이도 괜찮았다. 다만 질색인 것은 네 살 난 그의 아들 봉옥이란 놈이다. 이놈은 눈만 뜨면 무엇을 사달라고 울고 앙탈을 하는 것이다.

상도는 아이 우는 소리가 제일 싫었다. 그래서 어떤 때는 어멈이 안 보게 그놈을 고자주고 그리고 나면 제김에 더 심사가 삐뚤어져서 아주 메주 밟듯 칵 밟아 주고 싶을 지경이었다.

어멈도 이 눈치를 알아서 미안한 나마에 상도에게 더 곰곰히 굴었다. 어떤 때는 지나치게 엄살을 쳐서 도리어 귀찮은 일도 있었다.

어느 날 밤 서모가 어디로 나간 사이에 상도가 건넌방에서 과자를 먹고 있으려니까 너르고 괴괴한 마루에 인기척이 나서 서모가 왔나 하고 있는데 방문이 슬쩍 열리며 어멈이 삐죽이 들여다보더니,

"도련님, 들어가도 괜찮아요."

하고 웃으며 비슬비슬 걸어들어왔다.

"도련님, 과자 좀 안 줄라오."

"과자?"

"나 좀 줘요."

하고 씨물거리며 어멈이 손을 내밀어서 상도는 싫은 대로 조금 주었
다.

어멈의 하는 양이 어쩨 비위에 덜 맞았다. 여느 날보다 얼굴에 분
도 많이 바르고 머리에 기름까지 발랐으나 수수할 때보다 도리어 덜
좋아 뵈었다. 가까이 올 때마다 끈덥지레한 약냄새가 코를 찔러서 상
도는 속이 메슥메슥하였다.

그런데 또 밤이 깊어도 어멈은 나갈 차비를 안 하고 제 고장에서
지내던 이야기를 펴고 또 상도의 고향 이야기를 묻곤 하였다.

상도는 그저 지나가는 말대로 대답하고 책을 펴놓고 읽는 체해 보
아도 어멈은 넉살 좋게 입심을 부리고 묻지도 않는데,

"마님은 밤늦게야 오실 거야."

라든가 또는,

"마님이 오셔도 내가 나가서 대문을 열어 드려야 들어올 수 있지."

라든가 해가며 상도 듣기에는 하상 필요 없는 말을 새기는 품이 수
이 나갈 꼴이 아니다.

"아이 곤해. 인제 자볼까."

상도는 이렇게 말하면 어멈이 곧 나갈 줄 알았는데 그는 도리어,

“참 이 정신 보게, 자리를 깔아 드려야지.”

하고 펑퍼짐한 엉덩이를 뱅둥거리며 상도의 자리를 폈다.

“괜찮어, 내가 펼게. 그만 나가도 좋아요.”

“도련님, 혼자선 무서울 거야. 그러니 마님 오실 때까지 내가 동무해 드리지요.”

그러며 어멈은 펴논 자리 밑에 정강이를 쑤욱 찔러 보고,

“아이, 따뜻한 게 참 좋네. 도련님, 여게 누워 봐요. 팔월 추석도 안 됐는데 벌써 따뜻한 데가 좋으니…….”

하고 눈을 가물거리며 재미있다는 시늉을 한다.

“아니 괜찮어.”

“그렇지만…….”

그러며 어멈은 지그시 앉았다가 서모가 돌아온 때에야 나갔다. 그 뒤에도 어멈은,

“우리 도련님 참 이뻐. 난 우리 도련님처럼 이쁜 사람은 첨 봤어. 기왕 우리 동리에 이쁜 총각이 있었지만 그래도 우리 도련님만은 못했어.”

하는 따위 수다를 떨어서 상도는 도리어 성가시게 생각했지만 그러면서도 한편 거기서 자기와 자기 집의 호강이라는 것을 막연하나마 느꼈다. 저는 은혜받은 행복한 가정의 아들이거니도 생각하였다.

그러나 상도의 집은 실상 지금 난감한 처지에 서 있었다.

작년 겨울 이래 개간공사에 든 돈이 전부 삼만 원도 넘었다. 그 돈

은 거의 전부가 송병교의 주선으로 그의 은행에서 나왔다.

그 대신 박진사의 은행주는 전부 송병교에게 *임치되어 있었다.

금년 가을에 개간지 일부에서 다소의 소출이 날 것이나 그것은 불과 얼마 치가 아닐 것이요, 방장 지금 공사비가 없어서 안달이었다.

인제 장마도 다 지나고 있으니 공사를 바짝 조여 몰아서 늦어도 명춘부터는 개간지 전부에 농사를 짓게 돼야 할 터인데 그러자면 아직도 너끈 이삼만 원은 더 얻어야 할 모양이므로 박진사는 H읍에 내려가서 송병교를 만나서 사정을 대는 수밖에 없었다.

송은 그 개간지를 저당잡고 다시 이만 원을 돌려주었으나 그 동안 밀린 은행 변리와 사채 같은 것을 대강대강 가리고 나니 아무러나 공사비가 또 모자랄 것 같았다. 그러나 우선 그대로 공사를 계속하는 수밖에 없었다.

그리고 송병교는 전과는 태도가 달라져서 그 이상은 다시 변통하기가 어렵다고 말하였다.

하기는 그러지 않아도 박진사 자신도 다시는 송에게 더 구구한 말을 아니 할 내심이었다.

한 것은 모르면 몰라도 이 가을에는 이원철광이 소불하 이십만 원에는 팔릴 것이니 그것이면 모든 일이 해결될 것이라 싶었던 것이다.

이십만 원이면 동사하는 사람의 부분을 주고 빚을 물고도 몇만 원은 아직 남을 것이요, 또 조상봉사 하는 토지는 저당에도 안 들어가고 있으니 앞으로 다시 송에게 청을 댈 일은 없을 것이었다. 사실 송은 박진사의 신세가 많은 사람이나 은행의 *두취까지 되더니 전보다 인심이 변한 듯하였다. 도사리고 앉은 품이 언제 차꾼 노릇을 했더냐 하듯이 도고하고 박진사 같은 골양반을 도리어 넘볼싸하는 것 같았다.

'사람이란 근본은 속이지 못하는가 보다.'

박진사는 속으로 오늘의 송병교에게서 상것의 근성을 보는 듯 아니꼬웠으나 철광을 파는 날이면 그런 수치는 다시 안 보리라 하였다.

그러나 어찌 된 연고인지 그렇게 덤비던 광산 거간들이 요즈막은 별로 찾아오지 않고 시시한 천량만량패들이나 찾아와서 허풍을 치나 그것은 준신할 수 없는 소리였다. 그리고 들리는 소문인즉 그 철광은 광맥이 길지 못하고 또 광석도 좋지 못해서 내지에서 왔던 기사들이 손을 떼고 돌아갔다는 것이다.

박진사는 날이 갈수록 당황해났다.

그는 본시 광산 이면을 잘 모르는 터이다. 그러니까 남의 말에 겁을 먹을밖에 없는 것이다.

그는 소문이 더 나기 전에 십만 원이라도 받았으면 하였다. 그러나 실속 있게 십만 원을 부르는 사람도 없었다.

그 이면에는 기사들의 작간도 있고 또 구주대전이 앞이 길지 않은 듯해서 광산 시세가 헌뎅거리는 까닭도 있었으나 그런 정세를 알 턱이 없는 박진사는 고스란히 광산이 나빠서 그런가 하기만 하였다.

그래서 박이 다급해난 것인데 눈치빠른 사람들은 박의 그 태도를 보자 젓바두룸 물러서서 하회를 살피고 있었다.

그러나 박은 그렇게 늘장을 부리고 있을 수 없었다. 아무러나 내년 봄 공사비가 부족할 것 같아서 개간지를 이번 저당이거나 그렇지 않으면 다른 데 돌려 놓고 돈 좀 더 내볼까 금융기관에 운동을 해보았으나 변죽 잘 치는 거간들 놀림수에 비용만 실컷 쓰고 말았다.

그래서 그 이듬해 봄에 다시 공사를 시작한 지 얼마 아니 되어 돈이 부족하여 평양집의 전장 일부를 팔아서 간신히 공사를 마치고 그봄에 비로소 개간지 전부에 씨를 뿌렸다.

오래 묵던 땅이라 곡식이 무섭게 잘되었으나 그해 여름 장마통에 큰물이 나서 전멸되고 말았다. 여기서 박은 마지막으로 그처럼 아끼던 조상봉사 하는 전답을 전부 저당에 넣고 칠천 원을 내어 수리공사를 시작하였으나 워낙 큰물이라 백공 천장을 만들어 놓아서 그만 돈으론 어림도 없었다.

그리하여 전재산은 탕진된 셈이요 그리고 또 소소한 빚이 얼만지 알 수 없었다. 이제 돈 나올 데는 개간지와 광산뿐인데 개간지는 가부간 내년을 기다리지 않으면 안 될 것이고 가장 손쉬울 수 있는 광산은 요즈막 팔릴 기맥이 바이 보이지 않는 것이다.

그는 무시로 이름할 수 없는 불안에 사로잡혔다. 조상의 땅을 등지고 정처없이 떠나가야 할 자기를 상상하고 *민민히 날을 보내던 끝에 그는 마침내 화병이 나서 몸져 자리에 눕게 되었다.

그런데 또 짝없는 화단이 없다는 본으로 그해 세밑에 송병교는 은행원을 서울 박진사에게로 올려보냈다. 물론 빚 때문이다.

은행원의 말은 송두취가 시켜서 온 것이 아니라 은행으로서 정리해야겠기에 온 것이라 하나, 실상은 송이 시킨 것이었다.

그 은행원과 박진사가 빚에 대해서 더 참기 어렵다거니 더 참아 달라거니 하는 판에 상도가 약을 달여 가지고 사랑으로 나왔다.

나와 본즉 그 장면의 공기가 상도의 맘에 대단히 보기 언짢았다. 상도는 이미 고보 사학년 열여덟 살이었다.

"이번에 전부 청산하시지 못하신다 하더라도 일부분은 기어이 주셔야겠는데요. 서울까지 왔다가 은행에 돌아가서 무어라 복명하겠습니까."

하는 깃이 은행원이 아까보다 한 걸음 양보해서 하는 말이었다. 그런즉 박진사도 그건 무리한 말이 아니라고 생각했으나 지금은 속수무책이어서 은행원에게 그저 덮어놓고 참아 달라는 말을 하려다 말고 상도에게,

"애, 넌 들어가 보아라."

하고 탕약을 집어다가 무명지를 찔러 보고 들이마셨다. 상도는 약 그릇을 받아 들고 돌아나왔으나 그대로 그 자리를 떠나기가 안되어서 안으로 들어오는 체 발소리만 내고 사랑 마루 밖 안짐진 곳에 숨어섰다.

"내 송두취한테 편지도 하겠소만 이내 물도록 하지요."

아버지의 소리는 가늘고 약하다.

상도는 솔깃이 신경을 모아 가지고 귀를 기울이고 있었다.

“아니올시다. 두취 영감은 두취 영감이고 은행으로서 정리상 더 참기 어렵습니다. 두취 영감이야 그러지 않아도 영감 것만은 될 수 있는 대로 독촉하지 말라고 하시지요. 그러나 은행은 은행으로서……”

하고 은행원이 될 수 있는 대로 송병교를 싸서 말하는 것은 다름아닌 송병교의 귀띔에 의한 지혜다.

“글쎄 그렇더라도 갑자기야 어찌할 묘리가 있소. 내가 앓아누웠지만 않더라도 혹 모르겠는데. 수삭을 이렇게 골골하고 있으니……”

그리고 아버지가 기침이 나서 쿡쿡하는데 그 소리가 상도의 가슴에 무슨 신호를 두드리는 것같이 울렸다.

“그래 진작부터 여러 번 서면을 올렸는데 하등 소식이 없기에 온 겁니다.”

“네 글쎄 그 사정은 잘 알아요. 송두취도 내 사정은 잘 압넨다. 그러니 내려가건 잘 말씀해 주우.”

“그러지 않아도 두취 영감 말씀은 영감이 돈만 되면 먼저 가지고 와서 갚을 어른이지 조금이나 천취할 성미가 아니시라고 그러면서 늘 말씀은 하시지요.”

“수이 어떻게 되겠지요.”

“그럼 이번에 변리라도 가려 주시지 못하실는지요. 그것까지 안 되신다면 정말 내려갈 면목이 없습니다.”

하고 은행원이 좋은 소리로 돌쳐 못 서게만 졸라서 박도 대답에 매우 군색한 모양으로 건기침만 연해 토하고 있었다.

그리하여 오래도록 그렇게 졸리다가 가까스로 은행원을 돌려보낸 박은 맘이 대단히 좋지 않았다. 아무리 그렇더라도 돈은 돈이요 사람은 사람인데 다른 사람은 다 몰라도 송병교란 자가 되고서야 어찌 이렇게까지 각박하게 할 것이냐 싶었다.

제가 오늘날 은행 두취라지만 올챙이 꼬리 떨어진 지가 며칠이랴. 한개 무무한 차꾼으로 H읍에 와서 돈을 벌었어도 행세할 길을 얻지 못해서 쩔쩔매던 것은 누군가. 또 생일잔칫날 시색 좋은 양반들을 제 집으로 가게 해서 그 뒤부터 의젓하게 양반입네 행셋길을 밟은 것은 누군가?

만일 내가 그만한 주변을 안 해주었으면 그 드센 멧동네 관찰이나 본관에게 그 돈을 모조리 바쳤을지도 모르는 것이다.

잡아 가두고 달고 치면 없는 죄라도 아니 불고 배길 수가 어디 있으며 그 죄를 돈으로 새기자면 돈이 한강수인들 아니 탕진되리라는 법이 어디 있는가. 그러면 오늘날 제놈이 부자 될 바 어디 있으며 은행 두취 될 바 어디 있으랴.

"사람을 몰라보는 놈, 개꼬리 삼 년 두어도 *황모 못 된단 말이 꼭 옳구나."

박진사는 혼자 천장에다 향해 별렀다.

박진사는 은근히 송병교에게 대해서 감정이 났다. 아무리 생각해도 그럴 수 없는 그들의 사이였다. 하나 이찌할 수 없는 현실이었다.

그러던 중 그해가 지나가고 새해가 되자 그렇게 소식이 감감하던 광산 거간들이 다시 찾아들기 시작하고 건강도 점차 회복되어서 박진사는 속으로,

'글쎄 그렇겠지. 온 삼십 년 대통운이 그렇게 맥을 못 쓸까, 흐음.' 하였다. 박은 차츰 옛날의 의기로 돌아가서 다시 창창한 장래를 믿으려 하였다.

그러던 어느 날 밤에 정순의 아버지 이준호가 오래간만에 찾아왔다. 이준호는 본시 박진사와 세의가 있고 또 벼슬길에도 함께 있은 일이 있을 뿐 아니라 작년 여름 이래 이원철광을 매매시켜 보려고 이따금 박을 찾아오곤 하였다. 이준호는 H군 군수도 지난 일이 있고 가산도 상당히 있어서 그것으로 근년에 광산 기타 여러 가지 사업에 손을 댔다가 실패를 거듭했으나 그만치 사업 길에는 밝았다.

그래서 내지의 어느 광산회사와도 반연이 있어서 박의 철광을 중개해 보려는 것이었다.

상도는 작년 여름방학 때 시골 갔다 올라오는 차중에서 정순이와 함께 서울로 올라오는 이준호를 만난 이후 그가 집으로 오는 때마다 사랑 마루에 올라가서 가만히 그와 아버지의 이야기를 엿들었다. 혹시 저와 정순의 말이 나지 않나 하였던 것이다. 그러나 번번이 그것은 왕청된 광산 이야기여서 그때마다 상도는 실망하였으나 그러면서도 매양 상도의 가슴을 뒤설레게 하는 그였다. 그는 무엇보다 정순의 아버진 것이다.

그래서 상도는 오늘 밤도 은근히 왼새끼를 꼬면서 이준호와 아버지의 대화를 엿들었다.

한즉 그것은 광산 이야기와도 다른 전연 의외의 이야기였다. 저와 정순의 혼담도 아니요 천만뜻밖의 이야기다. 누이동생 이순의 혼담이었다. 인제 겨우 열네 살인 이순의 혼담. 이순이도 열네 살에 시집간 누나의 뒤를 또 밟아야 하는가. 상도는 다시금 간담이 서늘했다.

"양반의 자식이 열네 살이면…… 더욱 영감 자식이야 말할 게 있소. 어른이 다 됐을 거요."

이준호의 말이다.

"그년보다 그 윗놈도 아직 정혼 안 했는데요."

"요새 남자애들이야 적어도 중학교나 마치고라야 정혼할 일이지만 공부 안 허는 계집애들이야 어디 그렇소. 일찍이 정혼해 두었다가 열대여섯 되면 이내 여의여야지요."

"어디 마땅한 자리가 있으면 중신하시구려."

하는 것이 아버지의 그저 예사로 하는 대답인데 사실 아버지는 말뿐 아니라 딸자식이란 맘으로도 그다지 크게 생각지 않는 터이다.

그러니 또 이야기에 성수가 나면 그 김에 훌쩍 주어 버릴지도 십상 모르는 것이다.

상도는 가슴이 떨렸다. 어째 계집애는 부모의 말 한마디에 그 운명을 맡겨야 하는가.

"글쎄 영감 생각이 어떠실지"

　이준호는 이렇게 넌지시 말을 꺼내 놓고도 얼풋 뒷말을 잇지 않고 잠시 기이는 상이더니 다시,

　"실상인즉 아직 저편 의사도 듣지 않았으니까 저편에서도 영감 따님인 줄은 모르지요. 그저 내 소견에 양편 다 합당한 것 같아서 하는 말이오만……."

하고 여직도 어물어물하는 말투다.

　"마땅한 자리가 있으면 내 아들놈도 중신 좀 해주시오."

하는 아버지 말에 상도는 귀가 솔깃했으나 그보다 이제 나올 정순이 아버지의 대답에 더 정신이 쏠렸다.

　혹시 자기의 딸 정순의 말을 꺼낼는지도 모르는 것이다. 하나 이준호의 대답은 그것이 아니었다.

　"아니 이번은 마침 좋은 신랑자리란 생각에서 하는 말이오만, 하기는 영감도 잘 아시는 자리니 별로 소개할 건 없소만……."

하고 이준호가 연해 잔기침을 돋으며 갑자르는 속이 꺼내기 어려운 혼담인 상싶다.

　"내가 잘 아는 자리라니요?"

　"글쎄 하기야 우리 바닥에서 영감 모를 사람이 어디 있겠소. 웬만침 행세나 하는 사람이면 말요. 한데 개중에도 영감을 잘 아는 이예요. 영감도 물론 그를 잘 아시고……."

　"그게 누구란 말요. 하많은 사람에 알 수 있소."

　"혼사란 속담에 잘 되면 술이 석 잔이요, 못 되면 뺨이 세 개라니

공연히 부질없은 일을 말하는 것 같소만 부탁받은 것은 아니니 영감 생각에 언짢으시면 영감과 나만 알고 말 일이니까 뭐 상관없을 것 같습니다. 다른 게 아니라 저 송병교 씨 넷째아들 말입니다.”

“송병교의 아들?”

하는 박의 말은 확실히 경멸하는 어조다. 상도도 그 말을 들으며 벌써 일종의 모욕을 느꼈다. 송은 아버지에게 빚채근을 성화같이 하던 사람이요, 또 그 아들이란 학교도 못 다녔을 뿐 아니라 위인이 그다지 못한 것을 상도도 잘 알고 있었던 것이다.

“그놈이 시체 공부는 안 했지만 한문자나 읽고 인물도 똑똑하지요. 아무렴, 똑똑하구말구요. 제 어른보다도 나을 거요. 나이는 이제 열일곱 살이라지만 놈이 아주 제법이야요. 한번 무슨 일로 내 집에 심부름을 왔기에 속을 떠봤더니 여간 엉뚱한 놈이 아니더군요. 제 어른보다 더 크게 성공할 놈이야요.”

“그러나 송병교넬 것 같으면 부잣집과 사둔 하는 게 격이겠지요.” 하는 박진사의 대답은 물론 송병교를 저와 어깨를 견줄 수 없는 상것이라고 쳐돌리는 소리였다. 상도는 속으로 은근히 통쾌하였다.

“아니 송병교 씨로 말하면 어디 돈만 있나요. 근본이 양반이라고 영감이 그러지 않았소. 또 친분이나 세의로 말하더라도 영감이 우리보덤 훨씬 더할 게요.” 하고 이준호가 옛날 거증을 하려 드는 것이 박진사에게는 적이 귀찮았다.

"세의는 무슨 세의겠소. 검산령(劍山嶺)인지 맹산(孟山) 빗그랫령인
지 떠넘어온 차꾼의 근본을 낸들 딱히 알 택이 있소. 말이 그렇지."

"아아니 그게 무슨 말씀이오. 영감이 기왕에는 송병교 근본이 양
반이라지 않았소. 어느 해 연분엔가 그 생일잔치에 가자고 한 것도
영감이 아니오."

"글쎄 그러기 영감도 내 덕에 그를 알게 되고 그와 친히 다니지
않소. 또 그와 오늘날 뜻이 서로 맞기에 그의 일을 보아 주는 게 아
니오. 그러나 난 근본은 하여간에 그와 사둔을 정할 맘은 없소이다."

"아니 나도 뭐 별로 그의 일을 보아 주자는 건 아니오만 내 생각
에 양편이 다 가합할 것 같아서 말이지요."

"하여간 그건 막설합시다. 영감 자식이나 내 자식이 혼사 못 할까
봐 걱정이오. 그래 영감 따님은 어디 놓았소."

박진사의 말은 아주 대범하고 점잖았지만 그 말 속에는 다분히 비
꼬는 의미가 있었다.

"아니오, 그년은 괜헌 공부를 시작해 놔서…… 그러니 시작해 논
걸 중도에 그만두랄 수도 없고 해서 차일피일 낼모레면 졸업이라오
그려. 졸업만 하면 당장 주어 버릴 생각이오. 참 영감 좋은 데 있으
면 중매하십시오."

이준호는 박의 말에 다소 무안한지 자기 딸을 끌어넣어 말한 것이
다.

"영감 따님은 공부를 시켰으니까 상당한 자리로 갈 수 있겠지만

내 자식은 집에서 겨우 언문자나 배웠으니 촌집으로 주는 게 옳겠지
요."

"송병교 씨도 집이 읍이랄 뿐이지 가도야 어디 촌사람이나 다른가
요. 또 지금은 은행 관계로 읍에 들어가 있지 않을 수 없지요. 그리
고 근자에야 읍에도 점잖은 사람들이 사는 수가 있지 않습니까."

"영감, 송병교를 자주 만나시오?"

"아니 별로 자주 만나진 못합니다. 뭐 만날 일이 있어야죠. 길이
각각 다르니까요."

하나 실상인즉 이준호는 근년에 와서 더 자주 송을 만난다. 이준
호는 내려는 가산을 다시 한번 만회해 보려고 송병교의 후원을 받아
볼까 하는 중이다.

그런데 만약 이 혼사를 만들어 준다면 기회가 더욱 좋을 것이었다.

그러나 박은 듣기 좋게 막아서 이준호를 돌려보냈다. 보내 놓고
생각하니 단단히 핀잔을 주어서 돌려보내지 못한 것이 못내 유감이
었다.

대체 송병교 따위가 무슨 넉살로 이 혼담을 꺼냈을까. 제 따위가
돈이 있으면 있었겠지. 그 돈을 부러워하는 사람이 어디 있단 말인가
하였다.

박진사는 이날부터 모든 비밀을 알 수 있었다. 기왕에 송병교가
제게 친절히 하고 돈을 돌려주고 그리고 돈을 갚을 수 없는 눈치를
보아 가며 빚단련을 하고 그러던 끝에 혼담을 꺼내는 그 야비한 수

단에 박은 구역이 날 지경이었다.

'후레자식 같으니라구. 사람이면 다 같은 줄 아느냐. 제깟 놈이 하늘에 접시굽을 대는 격이지.'

박은 송병교와 이준호를 껴서 괘씸하게 생각하였다. 아무리 세월이 바뀌었다기로서니 사람을 이렇게 괄시할 수 있으랴 하였다.

'지금 내가 돈에 궁해서 네게 청을 대니까 그 수작이다만 어디 두고 보자.'

박은 또 이렇게 혼자 송을 욕하였다.

그리고 광산 거간이 다녀가는 때마다 좀더 기고해졌다. 언제든지 송병교가 제 앞에 와서 사죄할 날이 있으리라 하였다. 사실 박은 이제 제게 돈만 있으면 송병교 따위는 어느 존전이라고 감히 사돈을 합세 친구가 됩세 하고 덤빌 수가 있을까 하였다.

그리고 보니 그자를 위해서 옛날에 한몫 매어 준 것이 어찌 후회되는지 몰랐다.

저만 송을 보아주지 않았더라도 오늘날 송은 양반입네 하고 우쭐거리지 못할 것이라 싶었다. 박은 옛날에 그를 덩실 치켜올려 주던 것과는 반대로 이제는 한번 보기 좋게 그자를 낭떠러지에 탁 굴려 주는 자기가 되길 은근히 속으로 기약하고 있다.

이 말이 있은 다음 밖에서 지지 않게 분해한 것은 상도다. 상도는 송병교에게도 이준호에게도 그리고 자기 아버지에게도 모두 분했다.

누이동생 이순이가 비록 공부는 못 했을망정 아무리 한들 오늘의 청년으로 학교도 못 구경한 그따위 팔불용을 두고 송병교란 자가 어떻게 혼담을 꺼내는가.

또는 이준호는 정순의 아버지거늘 정순의 아버지답지 못하게 그런 시시껄렁한 심부름이나 해먹어야 옳은가. 그리고 종시 정순의 말은 제게 비치지도 않고…….

그 담 아버지는 또 어떤가. 어째 이준호의 앞에서 송병교를 *대성질호하지 못하고 그저 물에 물 탄 것 같은 미적지근한 소리로 어무려 버렸을까.

누나 귀순이를 열세 살에 남을 준 회심이 있다면 인제 겨우 열네 살이 되는 이순이를 두고 이러니저러니 하는 놈 따위를 그대로 둘 수 있을까. 귀여운 딸을 물어 가려는 그 이리 같은 놈들을 그대로 내버려두어야 할까. 상도는 생각하면 생각할수록 분하였다.

이원철광은 결국 삼만 원에 팔렸다.

아무리 구주대전 경기가 한풀 꺾여서 광산 시세가 떨어졌다 하더라도 그렇게 헐가는 아니 받을 것이로되 워낙 사세가 절박해서 그리한 것이다.

첫째 연도 말까지는 송병교의 돈을 이자만이라도 가려야겠고 또 개간지 농사도 이내 시작해야 할 참이었다.

그래서 광산을 팔아 가지고 노눌 것은 노누고, 갚을 것은 갚고 박진사 개간지 농사 때문에 시골로 내려가려는 무렵에 은행원이 다시 올라왔다. 박진사는 내려가서 직접 송병교를 만나서 변리나 먼저 가리기로 하고 예정을 조금 당기어서 시골로 내려갔다.

아버지가 내려간 지 얼마 뒤에 상도는 고보를 졸업하고 의전(醫專)으로 들어갔다.

때는 바로 *대정 칠년 그의 나이는 벌써 열아홉 살이었다. 열아홉 살이니까 막연하나마 자기의 장래에 대해서 지향하는 바가 있었다. 그의 지향은 실상 의학도 아니요 법률도 아니요 공업도 아니었다.

그러니까 될 수 있으면 오랫동안 동경하고 있던 동경쯤에 가서 고등학교에 들고 싶었으나 아버지가 기어이 의학교를 주장해서 싫은 대로 그렇게 한 것이다. 또 사실 지금 보는 바로 동경 유학할 학비도 문제였다.

그래서 의학교에 들기는 했으나 첨부터 통히 맘에 들지 않았다. 그만두고 동경 가서 고학이라도 할 생각이었으나 생각만 그렇달 뿐이지 빈손으로는 할 수 없는 일이었다.

서모가 들어주면 되겠지만 그도 적지 않은 돈을 아버지의 사업에 잠겨 놓고 밤낮 골치를 앓는 터이었다.

요 얼마 전에 강서 농토를 팔아서 그 돈 오천 원을 아버지에게 내논 것도 이 담에 개간사업에 성공하든가 철광이 팔리면 그 십 배는 몰라도 오 배쯤은 해주마는 아버지의 다짐이 있었기 때문이다.

하나 결국 광산은 통째로 삼만 원이라 동사하는 사람 주고 송병교의 채금 변리를 가리고 나면 금년 농사 밑천도 안 될 것이다.

그래서 서모는 은근히 앙앙한 중에 있는데 게다가 상도와 사이도 점점 벌어져 갈 뿐이니 단돈 얼마라도 내줄 까닭이 없는 것이다.

그래서 상도는 싫은 대로 고식 그 학교로 다니고 있었다. 다니면서도 내 이 학교를 끝까지 계속하느니라 하는 맘은 꼬물도 없었다.

그럭저럭 일학기를 마치고 상도는 시골로 내려갔었다. 내려가니 개간지 곡식이 무섭게 잘되었다고 집안에서 모두 기뻐하였다.

또 이 개간지는 비록 수재가 간다 하더라도 십년 일득으로 몇 해에 한 번만 무사히 넘기면 단박에 몇 해 손해를 봉창할 수 있고 이태만 거푸 잘되면 큰 부자가 될 것이라 하였다.

그러나 여름 장마통에 또 큰물이 져서 그렇게 완구하던 방축들이 터지면서 개간지 전판이 진흙물에 잠겨 버렸다.

개간지는 워낙 우묵한 곳이어서 사방의 물줄기가 이리로 들밀리고 그 대신 모인 물이 수이 빠지지 않는다. 그런데 마침 또 벼이삭이 패기 시작한 무렵이라 어린 이삭이 흙탕 속에서 이내 쪼그라지고 말았다.

만백성이 하늘만 치어다보고 살려 주기를 바라던 억수장마가 건듯 개어 한숨 놓을 만한 때에 그들과는 반대로 박진사는 또다시 화병으로 자리에 누웠다.

아무리 생각해 보아도 이제는 열릴 길이 있을 것 같지 않았다. 그렇다고 가만히 누워서 오는 운명을 기다리기에는 그의 욕망이 아직 너무 크다.

지나간 몇 해 동안 상도의 형 상무가 집에 있어서 감농을 잘한 관계로 동리 부근에 있는 전토들은 비록 저당에는 들어가 있다 하더라도 수확은 전보다 훨씬 늘어서 조상봉사 하고 집안 계량하고 가용을 쓰고도 해마다 얼마간씩 여재가 밀려오지만 박진사가 꿈꾸는 희망은 단지 제 집 식구가 먹고 사는 그것이 아니다.

적어도 십 촌 이내의 일가친척들을 제 휘하에 거느리고 명령하고 잘살게 하자는 히떠운 생각인 것이다. 하나 일은 거의 다 틀려 버렸다.

그 큰 희망을 맨 먼저 꺾고 제 손을 떠나간 것이 이원철광이요, 이제 다음으로 그 희망을 짓밟고 가려는 것이 개간지다.

그러나 어쨌든 제 운명은 땅에서 결정될 것이다. 이제는 벼슬길도 없다. 또 옛날처럼 양반이 어찌 제 것만 먹고 살랴 하고 남의 것을 공으로 그저 먹던 푸짐한 세월도 아니다.

세상은 완전히 저를 버리고 저와 인연이 없는 왕청한 길로 삐여져 가고 만 것이다. 그리고 다만 제 앞에 조촐히 나타난 것은 그 가정뿐이다.

이렇게 세상이 그 한 집으로 좁아들고 보니 제일 정이 끌리는 것은 역시 제 집이요 철없는 손자들이었다.

별로 찾아오는 이 없는 사랑공방에 드러누워서 그는 손자놈들이나 데리고 우울한 날을 보냈다. 맏손자는 보통학교 이학년이고 둘째놈은 일곱 살, 셋째놈은 다섯 살이었다.

그리고 그는 상도에게 대해서도 전보다 매우 고분고분해졌다.

그러나 앞길을 내다보면 암담할 뿐이어서 혼자 머리를 저으며 모든 것을 잊으려 하였다.

그러던 어느 날 정순의 아버지 이준호가 십리도 넘는 H읍에서 문병 겸 박진사를 찾아왔다. 상도는 무슨 난관에서 구원을 받는 것 같았다.

그는 언제든지 정순의 말을 아버지에게 비쳐 보려면서도 아직껏 그 기회를 얻지 못하고 있는 터이다. 설사 말을 한다 하더라도 아버지가 반대할 것을 잘 알기 때문에 여직 말할 용기를 얻지 못하고 있는 것이다.

아버지는 언제든지 여학생을 나무라고 집안을 망칠 말괄량이 같은 것들이라고 진작부터 패를 달아 놓고 보는 완고한 생각을 가지고 있어서 말을 해도 안 들을 것이었다.

그러나 정순의 아버지가 오는 때마다 상도는 저와 정순의 문제가 혹시 밝은 데 나서지 않을까 하는 저 혼자의 공상이 건듯 도져서 군지럽고 민망하였다.

상도는 오늘도 그가 오는 것을 보자 마루 대청에 가서 장지문 하나를 *지음쳐서 아버지와 이준호의 이야기를 귀담아듣고 있었다. 이준호는 문병하고 몇 마디 세상 이야기를 하고 나서,

"영감, 얼마 전에 고히명이가 왔다 간 일이 있소."
하고 물었다.

상도는 그 말을 듣자 귀가 솔깃하였다. 고히명이란 누군가, 무엇

때문에 왔다 갔을까, 혹시 정순이와 저와의 문제 때문이나 아닌가 이렇게 생각한 것이다.

"요 며칠 전에 송병교 씨를 만났더니 고히명이가 영감한테 다녀간 이야기를 하더군요."

하는 이준호의 말에도 박진사는 아직 아무 대꾸가 없었다.

고히명이란 송병교의 차인으로 송이 무역상을 경영시키는 이름난 상인이다. 그가 송의 넷째아들과 이순의 약혼문제 때문에 왔다 간 것을 상도는 아직 알지 못하고 있었다.

"요전 서울서 내가 영감을 찾아갔을 때는 실상 내 자의로 말한 것입니다만 그 뒤에 송병교 씨를 만나서 무슨 이야기를 하던 끝에 고히명이가 영감께 다녀간 이야기를 하며 날더러 한번 더 가봐 달라고요."

"글쎄 요전에 고히명이가 와서 그런 말을 합디다만, 내 자식으로 말하면 아직 나이도 미거하고 해서 막설하라고 했습니다."

하는 박진사의 대답은 그전처럼 잘라서 하는 말이 아닌 것같이 상도에게는 들렸다.

또 사실 아버지는 말이 그렇지 내심인즉 이순이 열네 살이라는 나이를 그닥 어린 나이로 여기지 않는 것도 상도는 짐작하고 있었다.

또 아버지의 태도는 그전보다 매우 누그러진 것도 사실이다. 그러니 이 혼사를 기어이 만들어 보려는, 만들기만 하면 제게 한수 단단히 있을 것을 점치고 있는 이준호가 그 눈치를 모를 까닭이 없는 것

이다. 이준호는 여기서 좀더 기운을 얻은 듯이,

"나이 어린 거야 상관 있습니까. 오늘 내일 성례하자는 게 아니고 정혼만 해놓고 적당한 시기에 성혼하면 되지 않습니까. 왜 기왕에는 삼사 세에 약혼해 두었다가 십삼사 세에 성혼한 일도 얼마든지 있지 않습니까."

"글쎄 그야 특히 세의가 있다든지 남달리 각별한 사이라면 *강보에서도 정혼할 수 있다지만, 송병교와 나야 뭐 그럴 만한 연분이 있나요."

"아니 송병교와 영감과 그만하면 조만한 사입니까."

"뭐 조만하고 안 할 게 있소. 그와 나는 지금 채권자와 채무자인 외에는 아무것도 아니지요. 지금 어디 세의니 정분이니 하는 것을 생각하는 시댑니까."

"참말 송병교 씨 말이 뭐 은행에서 영감한테 빚 *채근을 두 번이나 간 일이 있다는 걸 자기는 통 몰랐다구요. 그래 뒤에야 알구서 아주 야단을 쳤답니다. 사실 아무리 한들 송병교 씨가 영감을 못 믿어서 그만 돈에 서울까지 사람을 보내겠습니까. 서울에 무슨 딴 일이 있어서 갔던 길에 은행원이 공치사나 받을라고 들러 본 건가 보다고 하더군요. 한 게 되려 책망을 들었다구요."
하고 이준호는 길다랗게 송병교를 발명하였다.

"글쎄 그거야 빚수세를 보내도 상관없는 일이지요. 빚 준 사람이 빚 달라는 게 당연코 빚 물 사람이 무는 게 떳떳한 일이지요. 그러니

그게 잘못이랄 거야 있소. 하지만 그의 집과 내 집이 서로 격이 맞어
야지요."

"격이 안 맞다니, 송병교의 근본이 무엇 해서 말입니까."

"아니 시방 어디 근본을 캐는 세상이오. 돈만 있으면 상놈도 양반
되는 세월이 아니오."

"그러나 돈 있고 근본이 좋으면 더욱 좋지 않습니까."

"하지만 내가 송병교의 근본을 알 턱이 있소. 송병교로 말하면 근
본을 캘 나위 없는 사람이니 그저 돈 가진 사람으로 치고 부자끼리
통혼하는 게 좋겠지요. 우리로 말하면 대대로 청빈(淸貧)을 지켜 오
는 사람이니 청빈한 사람이 좋구요."

이렇게 두 사람의 이야기는 수이 합치되지 않았으나 그것을 가만
히 엿듣고 있는 상도는 못내 역증이 났다. 단박 쾌도단마로 잘라 버
릴 일이지 그렇게 미적지근한 소리를 하고 있을 게 뭐냐고 생각한
것이다.

아버지와 이준호의 이야기는 끝끝내 무슨 결말 없이 마치고 말았
다.

그러나 상도는 어쩐지 맘이 놓이지 않았다. 아버지의 태도도 그렇
고 이준호의 떡심도 그렇다.

아버지가 점점 뱃심이 못해지는 대신 이준호는 연심 더 끈끈이처
럼 달라붙기 차비인 것이다. 그래 상도는 생각다가 못해서 어머니에
게 이 일을 상론해 보았다.

“어머니, 아버지한테서 이순이 이야기 혹 못 들으셨어요. 이순이 말을……”

“아아니, 아무 말도 못 들었다. 이야기가 다 뭐냐. 평생 안 하시던 이야길 인제 하실라던.”

어머니는 본시 말이 없는 성미나 아버지에게는 늘 불만이 있다. 아버지는 도대체 무슨 이야기고 어머니와 하는 법이 없는 것이다.

“아니 이순이 혼사에 대해서 무슨 말이 없었어요.”

“이순이 혼사?”

어머니는 대뜸 가슴이 섬쩍하였다. 영감이 이순이를 또 자기 맘대로 어디다가 주어 버린 것인가 보다고 생각한 것이다.

“읍내 송병교라는 부자가 있지 않어요. 그의 넷째아들이라나요. 그 애와 벌써 오래전부터 말이 있었어요.”

“아니, 난 아무 말도 못 들었다. 네 형 혼사나 누나의 혼사에도 어디 나구 한번 그렇단 이야기나 한 줄 아니. 그런데 이제라구 이야기하겠니. 소가 되든지 말이 되든지 난 모르겠다.”

하는 어머니는 사실 마디마디 아버지에게 불평이 감겨 있는 것이다.

“아니오, 인제는 할머니도 안 계시고 하니 어머니와 꼭 이야기할 거요.”

“듣기 싫다. 검둥인지 센둥인지 모르는데 주어 논 담에 말을 하면 무얼 하니.”

“아니 그런데 아마 통 생각이 안 계신지도 몰라요. 그러게 그런 내색조차 안 내지요.”

“글쎄 자기 생각이지 제 자식을 제 맘대로 하는데 내가 뭐라겠니.”

“왜 어머니 자식은 아니에요. 어머니가 모르면 누가 알겠습니까.”

“아비의 자식은 있어도 어미의 자식은 없느니라. 양반이 돼서 그
런지 양반의 씨에는 계집이라는 게 없는 모양이더라.”

“그렇지만 어머니가 안 된다고 하면 되지 않어요. 이순인 어느 촌
으로 시집보내면 보냈지, 그놈의 읍으로 보내지 마십시요. 난 서울
가도 H읍 사람이라고는 말치 않습니다. 사람 같은 게 살아야지요.
더구나 송병교의 아들이란 학교 문 앞에도 못 가본 위인이랍니다. 그
러니 사람을 알 수 있지 않어요.”

“글쎄 사람의 일을 알 수야 있니. 잘 한다는 일이 못 되는 수도 있
고 못 한다는 일이 잘 되는 수도 있는 게니 모두 제 팔자소관이라겠
지만.”

“그렇지만 잘 하다가 못 되는 거야 할 수 있습니까. 그러나 아버진
자식들 일을 그저 메주 잡듯 턱턱 해버리니 안심이 돼야지요. 저는
공부해서 괜찮은 편입니다만 이순이가 가엾지 않습니까. 아버지 말
한마디에 운명이 달렸으니 말입니다. 그러니 어머니까지 모르신다면
되겠습니까.”

“내가 뭐라고 하면 당장 또 야단이실걸. 내 자식을 내 맘대로 주는
데 웬 참견이냐. 암탉이 울면 사람의 집이 망하는 법이다 하고 펄쩍
뛰실걸.”

"글쎄 그래도 할 수 없지요. 자식을 위해서 쌈을 하신다기로 상관 있습니까. 아버지가 정녕 우기시면 저도 이번은 가만있지 않을 작정입니다."

상도도 사실 아버지에게 불평이 많다. 다른 일은 다 그만두고라도 아버지가 자식들에게 대해서 한 일은 하나도 잘한 게 없는 듯하였다.

지금 생각하면 형수도 좀더 심술 곱고 후덕한 사람을 고를 수 있었을 것인데 자기네 사돈끼리 술집에서 취중에 결정해 버리고 그보다 또 더한 것은 귀순의 혼사다.

귀순의 신랑은 위인이 똑똑하다지만 겨우 열세 살 먹은 응석받이를 남의 집으로 보낼 엄두를 내는 그 맘이 범의 맘과 무엇이 다를까 싶었다. 아무리 보아도 그것은 어버이의 맘은 아니었다.

상도의 형 상무도 아버지를 닮아서 계집애들 일은 두 번 생각는 것이 사나이의 일이 아니라고 생각는 터이니 설사 이순의 혼삿말이 난다 하더라도 아버지 하는 대로 보고만 있을 것이다.

그러니 이 지붕 밑을 두루 살펴보아도 이순이를 도와 줄 사람은 어머니와 상도 자신뿐인 것이다.

'이순이는 꼭 내가 도와야겠다.'

상도는 이렇게 맘에 다짐을 두었다.

어머니가 이순이를 도와 주려는 때 응당 아버지의 독한 제재가 어머니에게 내릴 것이니 그 어미를 위해서라도 이번 일은 주장 제가 들고 나서야 하리라고 그는 생각하였다.

이순이도 매양 상도를 제일 믿고 따른다. 더욱 요사이는 심령의 작용이랄까 이순이는 늘 어머니와 상도의 이야기를 유심히 들으려 하였다. 뿐 아니라 그 눈에는 구원을 청하는 한 가닥 애졸한 심정조차 그려져 있었다.

사랑

상도가 서울 올라가기 조금 전에 서울 서모에게서 아버지에게 편지가 왔다. 서울 살림을 거두고 평양으로 내려가겠다는 내용의 편지였다. 평양집은 박진사의 사업에 이럭저럭 만 원 가까운 돈을 물렸었으나 지금 보는 바로는 수이 회수될 가망이 없었다.

일이 바로 되는 날이면 그 돈 만 원을 적어도 오만 원이나 그만침으로 갚아 준다는 것이 박진사의 말이었으나 오만 원은 고사하고 갈수록 더 찍어 널 형편이므로 얼마 동안 몸을 빼어 보자는 것이다.

사실 평양집은 지금 서울 집세로부터 살림 전부를 제 돈으로 하고 있었다. 그러니 그것까지 회계에 넣는다면 제 돈이 얼마나 될지 알 수 없고, 또 그 느는 돈의 변리를 생각하고 그 변리가 또 변리가 되어 들어외야 할 것을 생각하니 제수기 언제 트일지 이득한 박진시를 바라고 더 있을 수는 없는 것이었다.

박진사의 성미가 사업만 잘되면 약속을 어길 리 없고 당장 몇 갑절 웃짐을 쳐서 돌릴 것이 사실인즉 차라리 고향인 평양에 내려가서 있는 돈이나 지켜 가며 박진사의 선심을 바라는 것이 대수리라 하였다.

평양집은 지난번 장마에 박진사 개간지가 수재로 결딴이 난 소식을 듣자 그날부터 두맘을 먹고 이런 계획을 세웠던 것이다.

하기는 평양집이 젊은 과수로 그 시집을 나올 때 재산 때문에 한동안 말썽이던 것을 무사히 만들어 준 것은 박진사다. 그러니 그 공갚음으로 박진사가 이제 또 있는 돈을 다 털어내려고 할는지도 모르는 것이다.

물론 계집의 돈을 후려먹으려는 심사는 아니라도 그 믿음성 없는 사업에 돈을 더 넣는다는 것은 지극히 위험한 일이 아닐 수 없었다.

그리고 박진사는 금년도 수재로 그 지경이 되었다니 또 돈 때문에 무슨 말을 꺼낼 것은 뻔한 일이다. 그러고 보니 서울에 더 있기가 못내 불안할밖에 없었다.

그나마 상도가 고분고분 따라 주었으면 그런대로 더 견디어 볼 생각이요, 또 더 나가서 상도가 정말 친어미처럼 여겨 준다면 그까짓 돈 다 처넣고도 몸을 바쳐 두맘 없이 살 것이나 상도는 뼈대가 굵어 갈수록 손아귀에 들지 않고 이편에서 가까이 굴면 제 편이 도리어 젓바두룸하는 것이다.

그래서 평양집은 어차피 평양으로 내려가기로 결심하고 박에게 편지한 것이다.

박은 좀더 기다려 보라고 좋도록 회답하였으나 평양집은 기어이 내려갈 차비였다.

그래서 박은 편지론 안 될 줄 알고 총총히 서울로 올라왔다. 올라는 왔으나 평양집은 제 뜻을 굽히려 하지 않았다. 그는 이제 남편과 돈 이 둘 중에서 어느 편을 믿을까 하는 기로에 서 있었다. 물론 믿을 수 있다면 둘 다 믿었으면 싶었지만 흥망을 알 수 없는 사람을 믿기보다 차라리 남은 돈이나 단단히 쥐고 있는 것이 안전할 것 같았다. 또 평양에도 집간도 있고 일가친척도 있다.

그래 끝내 내려가기로 되었으나 서울 살림을 거두는 데 여러 날 걸렸다. 가장집물은 하나도 빼지 않고 전부 평양으로 실렸다. 그리고 나서 평양집은,

"영감, 내가 간다고 시연해하지는 마십시요. 영감이 다시 서울 오시게 되면 곧 *치기하십시요. 그날로 올라오겠습니다."
하고 밑말을 심궈 두었다.

"아무렴, 오다뿐이겠나. 내 일만 바로 되면 또 올라오게."

"그러나저러나 상도놈이나 말을 잘 들었으면 그런대로 견디어 보겠습니다만 그놈이 내 말이라면 쌍지팡이를 들고 나서니."

"그놈이 시방 너무 과만해서 그렇지. 그런 놈은 좀 고생을 해봐야 하늘 높은 줄 알어."

"그런데 참 그애 일은 어떻게 하겠소."

“어떻게 할 거 있나. 제게 생기는 분복을 제 발로 차던지는 놈인데……”

사실 평양집이 고향으로 돌아가게 되고 마지막으로 남는 한 가지 문제는 상도의 일이었다.

서울 집이 없어지면 상도는 어디로 갈까. 물론 학생 하숙이 있으니까 큰 문제는 없을 것이나 아버지는 그렇게 할 생각이 아니었다.

첫째 얼마 아닌 학비지만 그것도 이제는 다달이 대기가 수월치 않을 것이다. 또 다른 일은 다 못 해도 우선 학비부터 대야겠다는 성의도 아버지에게는 없었다.

사람이란 공부를 안 해도 저만 똑똑하면 바윗돌 위에 올려놔도 절로 제 살 길을 닦는 것이라고 아버지는 항상 생각한다.

그래서 그는 돈 안 들고 상도를 공부시킬 궁리를 하던 끝에 일찍 그와 친분이 두터운 같은 함경도의 재산가인 황정경이란 사람과 말을 해서 상도를 그 집에 두기로 하였다.

마침 그 집에서는 열 살 된 어린 아들이 있어서 그애 공부를 감독해 줄 겸 그렇게 하기로 수이 쾌락을 얻었다.

그리고 박은 평양집이 내려간 다음 이원철광을 동사하던 사람의 집에 가서 상도가 올라올 때까지 유숙하고 있었다.

상도는 서울 올라오는 날로 황씨의 집에 가 있기로 되었다.

영성문 안에 있는 그의 집은 상당히 크고 너른데 사랑채 뜰아래 사랑에 상도가 있기로 되었다. 상도는 이전 저희가 살던 공평동 집이 좋은 줄 알았고 또 기어들고 기어다니는 서울 집에 대면 어방없이 좋거니 했는데 이 집에 와보니까 그 집은 아무것도 아닌 것 같았다.

이 집 중문 대문 안으로 깊숙이 들여다보이는 안채는 사랑채보다도 더 으리으리하다.

하나 이런 것이 도리어 맘에 뜨아하였다.

도무지 정이 붙지 않는 집이었다.

상도는 저녁마다 한참씩 이 집 아들 영재를 공부시켜 주기로 하였으니까 이를테면 가정교사쯤 된 셈이었지만 어쩐지 맘이 내키지 않았다.

자기 집의 몰락이라는 사실이 눈에 밟히는 것보다도 부자유한 곳에 제 몸을 둔다는 것이 어째 께름한지 몰랐다.

그 집으로 들어가던 날 그 집 주인영감에게 인사하고 뜰아래 사랑방에 나와서 이제부터 이것이 내 방이거니 하고 두리번거려 보아도 맘이 오붓해지지 않고 자꾸 엉덩이가 들먹거려졌다.

하인과 어멈과 행랑아이들이 얼씬하는 것만 보여도 공연히 맘이 수선해져서 금시 그 집을 뛰쳐나오고 싶을 지경이었다.

더욱이 저녁때 어멈이 잔뜩 얼굴을 찡그리고 밥상을 내오고 또 들여가는 것을 볼 때 상도는 그 벗니 나고 애교 있던 예전 자기 집 어멈을 생각하였다. 그 어멈이 애교를 부리며 잠자리를 펴주고 요 밑에 손을 찔러 보고 하며 싹싹이 해줄 때는 그닥 고마운 줄을 몰랐다. 그러나 지금 그 호강을 생각하니 제 몸이 붙잡을 곳 없는 벼랑으로 굴러 떨어지는 것 같았다.

한데 또 밤도 어둡기 전에 커다란 대문 빗장을 지르고 쇠고리를 절컥 거는 소리에 상도는 부지중 몸서리를 쳤다.

'어째 나를 이런 집에다 보냈을까.'

상도는 아버지의 처사를 다시금 야속하게 생각하였다.

이렇게까지 하지 않아도 될 수 있을 것 같은데 아버지는 자식의 맘이라는 것은 꿈에도 돌보지 않는 것이라 싶었다.

상도는 또 한번 아버지의 맘을 의심하였다.

그 맘—— 남의 집에 제 자식을 기식시키려는 그 맘 속에는 못생긴 노예의 심리가 있지 않은가도 상도는 생각하였다. 세상은 박진사를 잘난 사람이라 하나 상도에게는 한개 구구스런 아버지인 외에 아무것도 아니었다.

정말 슬기 있는 아버지일 것 같으면 수시 굶는 한이 있더라도 자식 공부에 이따위 군색한 짓을 하고 있으랴 하였다.

상도는 그 집으로 들어가기가 마치 푸주로 가는 양의 걸음처럼 싫었다.

그 집 주인은 나이 이미 육십이 되어서 늙은이다운 온정이 있어 보이고 그의 후처인 주인댁은 아직 삼십도 안 된 젊고 말쑥한 경미인인데 제 자식을 가르쳐 주는 사람이래서 그런지 자별나게 친절히 굴어 주건만 그래도 그 집은 맘이 붙지 않았다.

그래서 상도는 학교에서 조금 일찍 돌아오는 날은 바로 주인집으로 돌아오지 않고 그 길로 내처 남산공원으로 올라가곤 하였다. 올라가서는 으슥한 골짜기를 두루 찾아다녔다. 그러다가 그는 어느 날 꼭 맘에 드는 한 골짜기를 발견하였다.

산길에서 한참 안짐진 곳으로 돌아가다가 빽빽한 소나무 사이에 커다란 바위가 있고 그 바위 아래는 조그만 시내가 흐르는 곳이었다. 그 커단 높은 바위 위에서 이따마큼씩 물방울이 마치 누수(漏水)와 같이 똑똑 떨어져서 상도는 우선 그 물방울을 손에 받아서 세수를 하고 그리고 발을 씻고 시냇가에 드러누워서 *루소의 「에밀」을 읽었다.

고보 사학년 때 국어선생에게서 루소의 이야기를 들은 처음, 처음으로 그의 *「참회록」을 읽고는 거기서 이따금 제 이야기를 추려다가 쓴 것이나 아닌가 하다시피 제 심정과 꼭 같은 것을 발견한 이래 그는 거의 루소에게 미치다시피 그의 글을 애독하였다.

상도는 점점 극장으로 다니는 도수가 떠졌다. 그렇게 좋던 활동사진이 어쩐지 연심 싫어졌다. 그것보다는 소설이 얼마나 좋은지 몰랐다. 활동사진이 눈을 즐겁게 하는 대신 소설은 맘을 즐겁게 하였다. 즐겁다니보다 못 견딜 지경이었다. 그는 도무지 제 몸을 어떻게 했으면 좋을지 모르도록 소설이 좋았다. 어떤 때는 안달이 나도록 흥분되고 그 어떤 때는 천길 물속에 용궁을 쌓고 들어앉은 것같이 아늑하였다.

이 골짜기 부근은 아무도 지나가지 않고 아무 소리도 들리지 않았다. 그래 언제든지 맘을 놓고 독서할 수 있었다. 그는 가끔 학교를 쉬고 그리로 올라가기도 하였다.

상도는 어느 날 남산공원에서 책을 읽다가 날이 어두워서 글자가 잘 보이지 않을 때에야 놀라 일어나 주인집으로 돌아왔다.

상도는 벌써 주인집 대문이 닫혔을 것과 그 육중한 대문이 아츠라운 소리를 내며 삐걱 열릴 것과 또는 아범이 곰곰치 않은 몰골로 대문을 여닫을 것을 생각하고 그리고 또 어멈이 그 무서운 얼굴을 잔뜩 찡그리고 저녁상을 날라다 줄 것을 머리에 그리며 잠시 눈을 감고 걸어왔다.

그러는 앞으로 전차가 쓰르릉 하고 달려갔다. 상도는 콧날이 시큰하며 눈을 떴다.

"에라 정녕 수틀리면 이 집을 튀어나오면 그만이지 무슨 걱정이냐."

그는 이렇게 뱃심을 대고 주인집 대문을 두드렸다. 그러나 두드리는 손에 권위가 없어서 그런지 아무도 얼른 대답하는 사람이 없다.

상도는 잠시 생각하다가 행랑 들창 앞에 가서 가볍게 두세 번 두드렸다. 그래도 대꾸가 없다. 아마도 아범이 없는 모양이다.

상도는 하는 수 없이 다시 대문께 와서 아까보다 좀더 힘을 넣어 대문을 두드렸다. 안으로 걸린 쇠고리까지 절컥 하고 울렸다.

그러자 조금 지나서 어멈이 나왔다.

"누구요."

왜가리 소리같이 게궂은 소리나 상도는 좀더 기운을 내어,

“나요. 문 좀 열어 줘요.”

하고 의젓하게 말하였다. 그러나 남의 목청을 알 배 없는 어멈은 좀
더 소리를 높여,

“나라니 누구요. 사람이면 저마다 나지. 그럼 제가 남이 될까…….”

하고 두두벌거리는 품으로 보아 밖에 목소리가 아무리나 막 대접해
도 상관없는 위인이란 것은 벌써 알아먹은 속이다.

“사랑에 있는 학생이오. 문 좀…….”

“학생, 그럼 진작 그렇다지. 난 또 뉘 집에서 심부름 온 줄 알았지.”

하며 절컥 하고 대문을 여는 어멈의 얼굴은 다른 날처럼 을씨년스
럽지 않다. 어찌 보면 어멈으로서는 가장 애교 있는 표정일 것 같기
도 하였다.

“늦어서 미안하오.”

“아니 그렇지 않아도 마님께서 학생 안 왔는가 하고 여러 번 찾으
셨어요.”

“찾아요? 아마 영재 공부 땜에 그러실 테지. 저녁 먹고 곧 들어간
다고 그러오.”

하고 상도가 사랑채로 들어가는 대문 앞으로 간즉 그 대문이 또 걸
렸다. 그래서 한두 번 개갑게 밀어 보다가 저편 안채로 들어가 가지
고 사랑으로 돌아나올까 하고 서성거리고 섰는데 사랑에서 주인영감
의 소리가 들려 왔다.

“거 누구냐”

상도는 가슴이 섬쩍하였다.

그래서 창졸간 대답도 못 하고 있으려니까,

"누구요."

하고 물어서 상도는 겨우 대답하였다.

이윽고 대문이 열리며 상도가 사랑채로 들어선즉 주인영감은 사랑방 미닫이를 빠끔히 열어 논 채 담뱃대를 물고 내다보다가,

"상도냐, 너 왜 이렇게 늦었느냐."

하고 묻는데 그닥 노한 소리는 아니다.

"학교에 일이 있어서 늦게 됐습니다."

하고 상도는 거짓말을 꾸며댔다.

"거 무슨 학교가 그렇게 늦단 말이냐. 될 수 있는 대로 일찍 다니도록 해라. 대문은 단단히 걸었느냐."

"네에, 걸었습니다."

"대문 간수는 *승석 때 잘 간수해야 하는 거다. 제일 위험한 것이 이맘때다. 도적놈이란 평생 이맘때 이집 저집 기웃거리다가 대문 간수 잘 안 하는 집으로 들어가는 게다. 그런 걸 내가 여러 번 경험했단 말이다. 그러니 이제부털랑 특히 주의해라."

"네, 주의하겠습니다. 학교에 일이 있는 날이란 자루 있지 않습니다."

"또 그리고 어두워서 집으로 들어올 때는 꼭 뒤를 한번 살펴보구 들어와야 하느니라. 도적놈이란 언제든지 사람의 뒤를 노리고 있는

법이다."

상도는 더 대답하지 않고 제 방으로 들어갔다. 들어는 갔으나 오늘따라 방 안이 어째 더 썰렁한 것 같고 제 방이 아니라 마치 딴사람의 방 같아서 서먹서먹하였다.

'서울도 몇 날 아니다.'

저로도 꼭 그러리라고 다짐할 수 없는 막연한 생각이나 또 한편 생각하면 오래전부터 계획해 내려오던 생각 같기도 하였다.

그럴 판에 어멈이 밥상을 들고 나왔다.

"어서 잡수시고 들어오시래요."

하는 어멈의 말씨가 전에 없이 유순하나 상도는 무슨 성가신 독촉을 받는 것 같아서,

"곧 들어간다구 그러오."

하고 퉁명스럽게 대답하였다. 어멈은 상도가 그렇게 무트름해하는 것이 좀 의외라는 듯이 일깨워 주는 말투로,

"마님이 학생 치사를 어떻게 하시는데 그러우."

하고 약간 느물거리는 거동이다.

"마님이 어째서?"

하다가 상도는 고쳐,

"알었어, 알었어. 들어가 봐요."

하고 말을 밀막아 버렸다.

상도는 저녁을 먹자 이내 안으로 들어가 영재에게 글을 가르쳐 주

었다.

한즉 주인댁은 여느 날보다 좀더 우선우선한 얼굴로 건넌방에 들어와서 상도가 글 가르쳐 주는 것을 귀담아듣고 있다.

어찌 보면 주인댁의 눈은 무엇을 절절히 그리는 것 같고, 또 어찌 보면 무엇을 만단으로 호소하려는 것같이 사무친 표정이다. 그것은 이 어여쁜 주인댁에게서도 그닥 자주 볼 수 있는 표정은 아니었다. 언젠가 꼭 한 번 그런 것을 본 일이 있다. 그 기억이 상도의 머리에 고스란히 되살아 왔다. 그것은 상도가 이 집으로 들어온 지 불과 며칠 되지 않은 때의 일이다. 그때는 첫가을이면서도 여름같이 째지는 날이었다.

그날 주인댁은 무엇을 생각하는지 조그만 태극선을 들고 하염없이 북창으로 하늘을 내다보고 있었다. 그 눈은 정녕 따올 수 없는 별의 나라를 그리워하고 있는 듯하였다.

하나 그의 오뇌는 실상 그 눈에 있는 것이 아니고 그 육신에 있는 것이었다. 북창 앞에 선 그의 몸——잠자리 날개 같은 입성을 통해서 알려지는 그의 미끈한 몸의 윤곽은 차라리 그를 불행하게 하는 것이 아닐까 하고 순간 상도는 생각하였다.

주인댁은 아들 하나를 낳았달 뿐으로 아직도 채 피지 않은 꽃봉오리같이 이 초조한 미인이요, 또 정열적으로 생긴 사람이나 주인영감은 육십도 넘은 파파 늙은이다.

상도는 그 두 사람이 부부라는 것을 도저히 상상할 수도 없었다.

주인댁은 차라리 저와 같은 세대(世代)에 사는 젊고 이쁜 여성이라고
밖에 상도는 생각할 수 없었다.

　상도는 영재에게 글을 다 가르치고 나자 주인댁은 상도더러 안방
에 건너가서 이야기나 하자고 하였다. 상도는 그저 하자는 대로 안방
으로 따라 들어갔다.

　"어머니, 나 졸려."
하고 영재가 잠투정을 하며 아무데나 드러눕는 것을 주인댁은 제 곁
에 끌어다 무릎을 베어 주었다.

　"학생, 세상 이야기 좀 하라구. 난 밤낮 이렇게 집 안에만 갇혀 있
으니까 아주 이 세상 사람이 아닌 것 같아."

　주인댁의 말투는 "이러게 저러게"도 아니요 "이러오 저러오"도 아
닌 어름어름한 말투다. 아닌 게 아니라 상도는 본시 숙성한데다가 전
문학교 교복을 입고 게다가 머리까지 길러서 짜장 어른다웠다.

　"글쎄올시다. 제가 어디 세상 일을 압니까."

　실상 상도도 세상 일을 모른다는 것이 사실이다.

　"아아니 그래도 남자가 되면 얼마나 좋아. 다니고 싶은 데 다 다니
고⋯⋯."

　"남자면 어디 맘대로 다닐 수 있습니까. 저는 시방 동경 가고 싶어
서 맘이 *화침질을 하는데도 종시 못 가고 있는데요."

　"동경? 학교는 어떻게 하고."

　"학교도 동경이 낫시요. 나으면 좀좀이 나은가요."

"글쎄 그도 좋지만 그 학교나 마치라구…… 우리 이 담에 영재서
껀 데리고 서양 가서 살자구. 그까짓 돈은 낟가리로 가려 두면 땅속
으로 들어갈 때 지고 가나 이고 가나. 난 영감만 돌아가시면 영재를
데리고 서양 가서 살 테야. 영재야, 그렇지?"

하나 영재는 잠이 달아서 스르르 눈을 내려감은 채 대답이 없다.

"이 담에 가실 때 저도 데리고 가주셔요, 하하하."

"그럼 같이 가고말고. 만리 타국으로 가는데 아는 사람이 함께 가
면 좀 좋우."

"전 서양 가면 내 맘에 있는 공부 좀 해보겠어요."

"아무렴, 나도 공부할 테야. 옛날에는 환갑에 천자부터 시작한 사
람이 다 있다는데…… 늦게 쳐도 내 나이 사십도 안 될걸."

"아무렴, 넉넉하지요. 더욱이 아주머니는 기왕에 공부하셨다면서
요."

"한 걸 다 까먹었어. 참 학생 나도 좀 가르쳐 주구려. 곤하겠지만."

"아이구, 제가 아주머닐 어떻게 가르칩니까."

주인댁의 지식은 딱히 모르나 그가 중국에서 온 한와(漢瓦) 벼루에
오래된 우설묵(牛舌墨)을 진하게 갈아서 전라도 *태지(苔紙)에 황모 *
무심필 웃도리를 쥐고 궁채로 편지 사연을 길다랗게 내려갈기는 것
을 본 이래 주인댁은 아주 유식하거니 생각하는 것이다.

어느덧 밤이 깊었는지 주인영감이 안으로 들렀다.

"영감, 벌써 주무실라구 그러우?"

주인댁의 묻는 말.

"마누라, 아직 곤하지 않소."

"네, 곤하지 않어요. 바둑 한 여라무치 더 놀고 들어오셔요."

"옳지? 하하하, 그럼 그러리다. 곤하거든 알리우."

그러며 사람 좋은 영감은 들여다도 안 보고 다시 사랑으로 나갔다.

사랑에는 바둑을 두기 위해서 일부러 늙은 문객을 두고 밤낮없이 소일하는 것이다.

가을이 지나고 초겨울이 잡아들기 시작하였다. 그러나 아직 그다지 춥지는 않다.

상도는 학교고 가정교사고 모두 뜻이 없었지만 그런대로 지나갔다. 그러나 갈수록 더 견딜 수 없는 것은 정순에게 대한 사랑이었다.

정순은 벌써 지난봄에 여자고보를 졸업하고 시방 S동 여자보통학교 선생으로 있었다.

그 소식을 지난 여름에 원필이한테서 대강 들었다.

상도는 정순의 아버지가 쑥스럽게 이순이 혼사 문제를 들고 나서서 은근히 못마땅하게 생각하였고 그 때문에 정순에게 대한 감정에도 조그만 티가 생겼으나 결국 그런 것은 아무것도 아니었다. 정순의 아버지는 아버지고 정순은 정순인 것이다.

상도는 이따금 학교에서 돌아오던 길에 일부러 정순이가 있는 S학교 앞으로 지나쳤다. 그러나 한 번도 만날 수가 없어서 어떤 때는 느지막해서 그 학교 앞을 다녀 보아도 역시 만날 수 없었다.

“만나기만 했으면.”

이렇게 꼬박이 애 키이는 그였지만 또 한편 그 학교 사무실에서 어느 여선생만 얼씬하고 나오면 그만 가슴이 뜨끔해서 돌아서 걸어가다가 이윽히 지나서야 그가 과연 정순이가 옳은가 하고 돌따보는 그이기도 하였다.

그러다가 그는 가까스로 수소문해서 정순의 하숙집을 알아내었다. 그는 그전 하숙에서 학교 근처로 주인을 옮겼던 것이다.

그전 하숙은 친척의 집이었지만 하숙하는 학생들이 많아서 분잡한 데 더욱 학교가 너무 멀어서 옮긴 것이다.

상도는 정순의 하숙집을 안 이후 여러 번 그 집 앞을 비슬거려 보았다. 마침 그 집 근방은 전후 좌우에 길이 있어서 한번 지나쳤다가도 비잉 돌아서 다시 그 앞으로 돌아올 수도 있었다.

그러나 그는 벌써 그 집 근처로 가까워 오면 공연히 가슴이 뛰고 다리가 후들후들하였다. 저만침에서 오는 왕청한 사람을 보아도 마치 그 사람이 정순의 하숙으로 들어가는 사람이나 아닌가 하고 미타하게 생각하곤 하였다.

그러던 어느 날 밤 상도는 그 앞을 비슬비슬 지나다가 그 집으로부터 웬 사람들이 나오는 소리에 놀라 엉겁결에 곁도 안 보고 성큼성큼 걸어서 지나쳐 버렸다. 이마에서는 불시로 땀이 솟았다. 그런데 또 뒤에서,

“여어 박군.”

하는 소리가 나서 또 한번 땀이 난 이마가 섬쩍하였다.

"상도, 상도 아니냐."

그제사 상도는 픽 돌아섰다. 바로 뒤미처 원필이와 어떤 학생 하나가 걸어오는 것이다.

"오오 원필이냐. 어디 갔다 오니."

"아니 여게 좀. ……넌 어디 갔다 오니."

"나?"

그러며 상도는 원필의 곁에 붙어서 오는 그 학생을 흘끔 도적해 보았다. 분명 어디서 보던 학생 같은데 얼른 알 수 없었다. 학교는 역시 원필이와 같은 학교인 듯하나 모자와 양복이 조금 낡은 품으로 보아서 원필이보다 상급생인 듯하였다.

그러고 보니 언젠가 원필이 주인집에 있는 여러 학생 중에서 그를 본 일이 있는 듯도 하였다. 어딘가 얄밉게 생긴 얼굴이었다. 상도는 어쩐지 그 학생이 눈여겨 보여지고 또 한편 시샘 비젓한 감정도 생겼다.

'황화장사 돈고리처럼 반들반들한 놈이 꽤 약빠르긴 하겠다만 ……'

하고 상도는 속으로 생각하였다.

"너 왜 요새 그렇게 볼 수 없니."

원필이가 상도더러 물었다.

"글쎄 자연 그렇게 됐다. 내 한번 놀러가마."

"아니, 나도 놀러갈 생각은 있다만 너의 쥔집이란 어디 함부로 가겠더냐. 어디서 왔느냐 어째 왔느냐 하고 메주알 고주알 물어 쌓고——또 저녁이면 해도 지기 전에 대문부터 박철을 해노니 어디 어마어마해서 들어갈 수 있더냐."

그리며 원필이가 저보다 몇 갑절 행복하다는 것을 느꼈다.

"아니, 내가 놀러가마."

"응, 한번 오너라. 그래 학교 재미 좋으냐."

"재미가 다 뭐냐."

이렇게 잠시 이야기하며 걸어오다가 갈라졌다. 갈라질 때 상도는 원필이한테 인사하고 그와 함께 가는 학생을 흘끔 보았다.

그 학생도 무심히 마주 보는데 그 인상이 아까보다도 더 좋지 않았다. 얼굴이 어째 *맹꽁이 같다고 상도는 생각하였다.

'무얼 하러 그 집에 갔을꼬. 물론 정순일 만나러 갔을 테지. 정순이가 정말 저 맹꽁이가 오는 걸 좋아할까.'

상도는 이렇게 생각하였다. 그러나 동시에 그는 알 수 없는 고독을 느꼈다. 저와 가장 가깝던 동무 원필이도 다른 동무와 새로 가까워 하고 그만침 자기와는 멀어지는 것 같았다. 자기는 가깝던 동무를 모조리 잃어버리고 점점 고독해 가는 것 같았다.

그러자 동시에 아까 원필이와 그 학생이 정순의 하숙을 나올 때 대문간에서 분명 정순의 목소리가 들려 온 것 같기도 하였다.

상도는 초겨울임에도 불구하고 지금도 이따금 남산공원으로 올라갔다.

올라가서는 대개 글을 읽지만 요즈막은 글보다 실상 한 장의 편지를 엮기에 은근히 심력을 기울이고 있었다. 정순에게 편지를 보내려고 생각한 지가 이미 오랜 것이다. 그러나 무엇이라고 쓸지가 수이 궁리나지 않았다. 막상 쓰려고 드니까 저는 너무 글 만드는 재주가 없고 제 맘을 글로 옮겨 놓는 재주가 없는 듯하였다. 상도는 소설 같은 데서 본 편지를 두루 생각해 보았다. 그러나 여직 읽은 것이 적어서 그런지 신통한 것이라고는 생각나지 않았다.

*「젊은 베르테르의 슬픔」을 몇 번 읽은 것도 이때였으나 그도 역시 지금의 제 맘에 비기면 짜장 남의 소리인 것 같았다.

상도는 쓰다가는 찢고 찢고는 다시 쓰기를 여러 번 하였다. 그러나 종시 한 장의 편지를 만들지 못하였다. 그는 학교에 가서도 또 주인집에 돌아와서도 언제든지 그 궁리에만 골독하였다.

주인집 아들 영재에게 글을 가르치는 일도 또 친절히 굴어 주는 주인댁도 모두 귀찮았다.

그에게는 시방 저만 혼자 사는 세계가 절실히 필요하였다. 저 혼자 사는 때만 오직 정순이와 함께 있을 수 있는 것이다. 그는 언제든지 맘으로는 정순이와 함께 있었던 것이다.

상도는 한번 눈치 빠른 주인댁이,

"학생, 무슨 걱정이 있어? 걱정이 있으면 나와 이야기하라구."

하고 농조로 말하는데 소스라쳐 놀랐다. 자기와 정순이만의 세계를 무엇이 넘겨다보는 것 같아서…… 그는 될 수 있는 대로 주인댁에게 그런 눈치를 보이지 않으려 하였다.

상도는 여러 날 남산공원으로 올라가던 끝에 겨우 한 장의 편지를 썼다. 그것도 물론 지금의 그의 맘에 꼭 들어맞는 것은 아니었으나 그 이상 것을 만들 재주는 아직 없었다.

정순 씨

돌연히 미안합니다. 그러나 생각하면 이 편지는 벌써 오 년 전부터 쓰려던 것인지도 모릅니다.

정순 씨도 기억하시겠지요. 정순 씨가 처음 서울로 유학 오던 그 어린 시절을. 그날 나는 우연히도 정순 씨가 탔던 그 배에 탔던 것입니다. 또 그 이튿날도 같은 기차에 탔었습니다. 지금 생각하면 첨으로 탄 그 기차가 실로 내 청춘의 운명을 싣는 동군(東君)의 수레였던 것입니다. 한번 이 수레가 나를 맞이한 후 나는 오늘까지 그때 그 모양으로 정순 씨의 맞은편에 앉은 대로 긴 여행을 하고 있는 것입니다.

처음으로 정순 씨를 보는 순간 나의 운명은 정순 씨의 그 그윽한 눈 속에 잠겨 버렸습니다.

정순 씨의 눈을 보는 것은 내 운명을 보는 것과 같았습니다. 그것은 정순 씨의 눈이 말하는 나의 운명은 진실로 아름답고 찬란한 것이었습니다.

이렇게 놀라운 것이 어디 또 있으리까. 실로 말할 수 없는 경이(驚異)로써 정순 씨를 바라보았습니다. 그것은 곧 나를 보는 것이기도 하였습니다.

자기로 자기의 앞길을, 더욱이 아름다운 앞길을 내다볼 수 있다는 것은 얼마나 즐거운 일이며 놀라운 일이겠습니까. 아마 사람이 보고 싶은 것은 자기의 운명일 것입니다.

물론 자기의 길은 자기로 걷는 것이겠지만 그러나 정순 씨 나는 내 앞길을 오 년 전부터 정순 씨와 함께 걷고 있었던 것입니다. 그러나 나는 여직 아무 말도 정순 씨에게 할 수 없었습니다. 정순 씨를 생각하는 때는 그리고 정순 씨를 보는 때는 모든 욕망이랄까——그것은 내게 있어서 어지러운 것 같았고 불순한 것 같았습니다. 그런 것이 말끔 다 없어지는 것입니다. 그리고 아무것도 모르게 되는 것입니다. 나의 영혼은 실로 이렇게 황홀한 가운데서 오 년 동안을 고이 자고 깨었습니다.

그러나 구경 나는 지상의 순례자였습니다. 나는 지금 내 운명의 신을 찾아 헤매고 있습니다. 저 하늘을 그리고 이 땅을 수없이 바라보고 걸어 보고 하는 것입니다. 하늘에는 정순 씨의 시선이 풍겨 있는 것이요, 이 땅에는 정순 씨의 그림자가 살고 있는 것입니다.

정순 씨가 걸은 길을 더듬으면서 거게서 정순 씨를 찾으려 합니다. 마치 무슨 광명에 인도되는 사람같이…… 그러나 보면 볼수록 그 형체는 사라지고 아무것도 없어지고 맙니다. 그리고 한 개 투명한 무엇이 남을 뿐입니다. 거게는 향기는 있으나 체취(體臭)는 없습니다. 광명은 있으나 물체는 보이지 않습니다. 그것이 곧 정순 씨인 것입니다.

진실로 내가 지금 바라는 것은 광명입니다. 내 일생을 바르게 밝게 빚어 줄 광명인 것입니다. 정순 씨 여러 말을 바라지 않습니다. 단 한마디——그 영혼이 나서 오늘까지 간직해 두었던 단 한마디 일찍 아무에게도 말하지 않고 또 앞으로 아무에게도 말하지 않은 ㄱ 힌미디를 오지 기다릴 뿐입니다.

박상도

이렇게 써가지고 부치기 전에 상도는 몇 번 다시 읽어 보고 또 여기저기 수정을 하곤 하였다. 상도는 편지를 써가지고 겉봉을 쓰는 데 또 한참을 고심하였다. 겉봉에 제 이름을 박는 것이 옳을까, 제 주소는 황씨의 집으로 할까 학교로 할까, 이런 조그만 문제에까지 세심한 용의를 한 끝에 그는 제 주소를 황씨의 집으로 하고 이름도 버젓이 썼다.

아무에게도 기일 필요가 없다고 생각한 것이다. 원필이가 알면 좀 면구한 일이지만 그도 면구하달 뿐으로 일인즉 조금도 남의 눈을 꺼릴 필요가 없을 듯싶었다. 그러나 막상 우체통에 넣는 때는 아무러나 조마거려졌다. 행길에 허투루 선 포스트에 넣어서 실수 없을까 하는 생각 같은 것은 차치하고 정작 우체통 앞에 터억 서고 본즉 넣으면 내일은 배달될 것이요 배달되면 정순이가 학교에서 돌아와 볼 것이니…… 이런 생각과 아울러 제 운명은 내일중에 달린 것 같아서 못내 왼새끼가 꼬여졌다.

그러나 그는 결국 그 편지를 부치고야 말았다. 우체통 밑에 찰싹 떨어지는 소리를 그는 분명 들었다. 이 순간 이마에 땀이 서는 것 같았다.

'이제는 갔구나…….'

그러고 보니 그 담에 올 것은 정순의 태도다. 그 편지를 받아 든 때의 정순의 그 영롱한 눈과 함께 이내 그 회답을 받을 자기의 기쁨이 가로세로 얽혔다.

‘내일모레는 늦어도 글피는 회답이 올 것인즉……’

그만치 생각해도 벌써 맘이 조여서 견딜 수 없었다. 그런데 또 응당 제 편지 이상으로 면면한 정서가 흐를 정순의 편지 사연을 상상하니 별안간 눈시울이 달아나고 가슴이 옥죄어지는 것이다.

처음 편지를 쓰려고 생각한 때보다 또 편지를 쓰던 때보다 그리고 다 써서 부치던 때보다 다 부치고 난 때 생각은 더욱 작렬하고 초조한 것이었다.

하루가 언제 갈까 싶었다. 또 그보다 그 지루한 하루를 어떻게 보낼까 싶었다.

그러면서도 그날은 기뻤다. 나서 이날같이 기뻐 본 일은 일찍 없었다. 세상에 나서 정말 첨으로 제 맘을 남에게 바친다는 기쁨이었다. 동시에 오래도록 가슴에 처달리던 무거운 생각을 풀어 논 기쁨이었고 또 그 생각이 나가서 그 갑절이 되어 가지고 다시 제 몸 속의 보금자리로 돌아오려는 기쁨이었다. 그는 한없는 희망 속에 살았다. 모든 사람이 아름다워 보이고 정다워 보였다. 꽃과 새가 저를 위해서 있는 것 같았다.

그날 밤은 주인집 아들 영재를 가르치는 귀찮은 일도 기뻤다. 또 주인댁과 이야기하는 데도 저절로 웃음이 났다. 다만 무언지 맘이 자꾸 조급해나서 안정을 얻을 수 없는 것이 걱정이었지만……

그러면서도 상도는 공연히 싱글벙글해져서 무안김에,

“아주머니, 영재가 요즈막 공부 참 잘헤요.”

하고 주인댁에게 웃음을 넘겼다. 하나 실상인즉 영재는 그전이나 별로 다를 것이 없었다.

"공부 잘해?"

하고 주인댁도 싱긋이 웃으며,

"아마 학생이 열심스레 가르쳐 준 덕이겠지."

하고 치사하였다.

"아니 저야 뭐."

상도는 별안간 얼굴이 발개졌다. 저는 그전보다 게을러졌으면 졌지 하마 부지런해진 배 없는 것이다.

"아니 아마 요새 학생이 존 일이 있는가 봐. 그래서……."

"존 일이요?"

"그래. 그래서 열심히 가르치고 영재놈도 따라서 성수가 난 모양이야."

"존 일이 다 뭡니까."

상도는 좀더 얼굴이 붉어지며 더수기를 긁죽긁죽하였다.

"글쎄 어쨌든 유쾌하게 지나면 좋지. 맘이 유쾌하면 얼굴이 환해지는 법이니까."

"참말 아주머니가 요새 신수 좋아지셨어요."

사실 주인댁은 스물두세 살 된 여자같이 젊은데 더욱 그 얼굴에는 한 가닥 처량한 애수가 떠돌아서 그것이 또 여간 운치가 아니었다.

"내가 신수 좋아질 까닭이 있나. 빛 좋은 징역살인데……."

“아이구 참 아주머니도. 아주머니 같으면 난 걱정할 게 하나도 없겠습니다.”

“그럼 나와 자리를 바꿀까. 나두 한번 남자가 돼봤으면 한이 없겠어.”

“글쎄 어떻게 남자가 여자 될 수 있습니까……”

“저것 보지. 어쨌든 이 땅에서는 아무리 시라소니 남자라도 여자만 나아…… 그러게 접때도 말했지만 난 이 담에 서양 가서 살 테야. 여자도 한번 자유로 활동하다가 죽어야지.”

“왜 조선서는 안 됩니까. 아주머니 같은 이가 정말 나서기만 하면 남자들 이상으로 활동하실 겁니다.”

“조선서는 틀렸어. 낼모레면 뉘 집 과부라고 패가 붙을 것인데……”

하는 주인댁의 미간으로 붉은 애수가 스쳐갔다.

정순에게 편지 부친 지 벌써 나흘이 넘었다. 아무리 늦게 쳐도 어제 오후가 아니면 오늘 아침에는 회답이 왔어야 할 것이다.

상도는 애초에 정순이가 편지만 받으면 당장 회답을 써서 보내리라고 튼튼히 믿었다. 그러나 그러면서도 너무 믿는 일이란 항상 틀리기 쉬운 법이라서 위정 미타하게 생각하고 있었는데 이젠 정작으로 안 보내는 것이 분명하다.

상도는 화색이 없어지고 점점 우울해지기 시작하였다. 믿은 사람에게 배반당한 것 같은 서글픔이었다. 힘써 그런 빛을 보이지 않으려

하나 자연히 무거운 생각에 머리가 숙어졌다. 그러다가 그는 펀뜻,

'옳지. 편지 사연을 생각하느라고 그러나 보구나. 나도 그 편지를 쓰기에 며칠이나 고심했는가. 그러니 그 회답을 쓰는 것도 그닥 쉬운 일은 아닐 것이다.'

하는 생각이 들어서 조금 머리가 거뜬하여졌다.

'지금 정순은 주옥 같은 문구를 찾기에 골몰한 것이다. 여지껏 시를 모르던 한개의 여인이 지금 시를 창조하는 것이다. 아마 그에게 있어서는 이번에 쓰는 시가 첨이요 마지막일 것이다.'

그날이 가고 새날이 왔다. 상도는 저물어 가는 날을 머얼리 바라보다가 속으로 또 외쳤다.

'몇 날이든지 자꾸 가거라. 정순은 지금 좋은 시를 생각하고 있는 것이다.'

그리고 다음날이 오자,

'좋은 시일수록 시간이 걸리는 것이다. 몇 날이든지……'

하고 적이 안심하려 하였다. 아니 안심하기보다 지금 자기 때문에 무진한 창조의 고를 받고 있는 정순이를 위해서 저 자신도 괴롬을 느끼고 괴롬 가운데 살려 하였다.

"아니 상도 무슨 걱정이 있어?"

이번에도 눈치 빠른 것은 주인댁이었다.

"아니요."

"아니 무슨 걱정이 있으면 나와 말을 해요. 학비가 안 와서 그런

가. 그럼 내가 선대해 주지.”

“아닙니다.”

“자아, 그러지 말구.”

하며 주인댁이 억지로 돈을 쥐여 주려 할 때 상도는 별안간 등골에 땀이 솟았다. 어째 그런지 주인댁이 돈 말을 할 때 상도는 얼굴에 모닥불이 덮이는 것 같았다.

그로부터 여러 날 뒤 첫눈이 내리는 날 아침에 정순의 편지가 왔다. 그렇게 매일같이 기다리고 또 한 순간도 잊은 일이 없는 그 편지를 어찌해선지 오늘은 깜박 잊고 있는데 바로 그날에 편지가 온 것이다.

‘만약 오늘까지 오지 않았더면.’

편지를 받고 보니 오늘에 이 글이 오지 않았던들 저는 제 맘에서 일어나는 불길에 휩쓸려 버렸을 것 같았다.

‘참 사람이란 살게 마련된 것이구나.’

그는 이렇게도 생각하고 또,

‘그리고 사랑의 신(神)이란 또 어떤가. 사람의 목숨을 실낱같이 배틀었다가 놓는 심술망나닌데 그러면서도 아주 죽여 버리지 않는 자비한 것이로구나.’

하고 큰 숨을 쉬었다.

상도는 남산공원을 올라가는 동안 무시로 자기의 가슴을 두드리는 한개의 생물을 느꼈다. 정순의 편지는 완전히 한개의 목숨을 가진 생물처럼 품속에서 꼼지락거리는 것이다.

정순의 그 단정한 글씨, 어리고 가늘고 *무사기한 글씨, 거게는 정녕 정순의 체온이 흐르고 있는 것이다.

그는 자기에게서 자기에게로 무엇이 도도히 흐르고 있는 환상을 방불히 머리에 그렸다. 정순의 편지가 정녕 그의 손에서 씌어진 그의 글자가 지금 가슴속에서 숨을 쉬고 있는 것이다.

상도는 제 가슴에 두 생명을 느꼈다. 두 생명이 함께 있는 것을 느꼈다.

상도는 남산공원에 잡아들어 차붓이 내린 첫눈을 밟으며 걸음을 빨리 걸었다. 늘 다니던 그 골짜기로 어느덧 잡아들었다. 아무도 밟지 않은 맑은 눈, 그것은 상도에게 있어선 봄의 여명(黎明)인 외에 아무것도 아니었다. 그는 겨울 속에서 봄을 읽었다. 또 봄은 자기에게만 느껴지는 것이었다.

'아아! 봄……'

상도는 눈앞에 솟은 남산 꼭대기를 쳐다보며 이렇게 외쳤다.

이윽고 그는 그 큰 바위 아래에 있는 너르석바위 앞에 이르러 그 위에 눈을 정하게 쓸고 그 위에 걸쳤다.

그리하여 약간 떨리는 손으로 정순의 편지를 품속에서 꺼냈다. 순간 두툼하고 묵직한 것을 그 편지에서 깨달았으나 좀더 묵직했으면 하였다.

그러나 그 편지를 뜯은 순간 상도는 금방 눈앞에서 공상의 세계가 뱅그르 뒤집혀진 것을 깨달았다. 그러며 문득 눈앞에 나타난 것은 십구 년 동안을 살아온 그 평범한 세상이었다.

그 편지 속은 다름아닌 상도가 보낸 그것이었던 것이다.

그 뒤 상도는 민민한 몇 날을 보냈으나 실망은 하지 않았다. 다시 편지할 수도 있는 것이요, 하 정녕 무얼 하면 직접 찾아도 갈 수 있는 것이다.

그는 차라리 단번에 회답을 받으려고 든 자기의 기대를 너무 경솔한 것이라고 생각하였다. 그는 며칠 동안 다음 방법을 궁리하고 있었다. 무시로 저를 엄습하는 오뇌로 하여금 제 궁리를 다듬는 채찍을 삼으려 하였다.

그래서 그는 일마든지 괴로울 대로 괴로워라 하고 그 앞에 세 몸을 내맡기고 있었다. 그것은 실상 그 무거운 괴롬에서 벗어나려는 약은 생각에서였는지 모르나 그러나 그 번민에서 수이 해방될 수는 없었다.

그는 학교도 다니다가 말다가 하였다.

아무러나 그 학교를 마칠 맘은 없었다. 그러다가 오래간만에 학교로 나간 어느 날, 교실에서 교수를 받고 있는데 나이 먹은 급사가 교실로 와서 선생과 무어라고 수군수군하더니 선생은 이내 상도를 보며,

"집에 누구 앓는 사람이 있어."

하고 물어서 상도는 어리둥절하며 머뭇거리고 있었다. 그런즉 선생은 다시,

"누가 부속병원에 입원한 모양이여……."

하고 또 뒤이어 *소사가,

"지금 병원에서 전화가 왔어요."

해서 상도는 직각적으로 정순이나 아닌가 생각하며 선생에게,

"잠깐 다녀오겠습니다."

하며 소사의 뒤를 따라나왔다.

학교에서는 학생의 가족이 급병이라든가 죽었다든가 하는 전화 외에는 학생에게 전화를 대주는 일이 거의 없다. 그러니 지금 소사가 온 걸 보면 아마 누가 급한 전화를 건 모양이라고 상도는 생각하였다.

'정순이가 급병이 났는가. 그렇지 않으면 요전에 편지를 되돌려보내고 미안해서……'

이런 왕청한 생각을 참답게 하고 있던 상도는 더 견딜 수 없는 듯이 소사에게,

"전화가 뭐라고 왔습디까."

하고 물었다.

"누가 병환으로 입원했다나요. 어떤 여자가 전화를 거는데 무어라고 말하는지 잘 알 수 없어 한 십 분 후에 다시 걸라고 했어요."

"여자요?"

상도는 더욱 놀랐다. 놀람은 기쁨이기도 하나 가슴이 뒤설레어서 견딜 수 없었다.

'정순이가 옳구나. 그 담에 여자한테서 전화 올 데가 있나. 글쎄

그럼 그렇지.'

상도는 이렇게도 생각하고 또,

'……편지는 쓸 수 없고 해서 전화를 거는 것인가. 학교에서 전화를 잘 대주지 않을 것을 미리 짐작하고 우리집에 누가 급병이 있다구 거짓말을 한 것인가.'

하기도 하였다. 사무실에 들어가니 한참 만에 다시 전화가 걸려 왔다.

"여보십시요, 누구십니까."

상도는 가슴이 몹시 뛰어서 저편 말이 잘 들리지 않았다. 그러나 가만히 들으려니까 가늘고 어여쁜 소리가 정녕 여자의 목소리다.

"여보세요, 박상도 씨예요."

하는 물음에 상도는 하마터면 "정순 씹니까" 하고 되물을 뻔하였다. 그만치 그 소리는 정순의 음성과 같았던 것이다.

"네에, 제가 박상도입니다. 누구십니까."

"여기는 부속병원인데요."

그리고 잠시 말이 끊어진 동안 상도는 정순이가 병으로 입원한 것이라고 생각하고 전화기를 내던지고 뛰어갈 차비를 하고 있는데 왕청한 소리가 들려 왔다.

"윤원필 씨 아시지요. 윤원필 씨요?"

하는 여자의 소리에 상도는 약간 실망을 느끼다가 이내 원필이와 정순의 관계를 생각하고 도로 기운을 얻어,

"윤원필? 네, 압니다. 어째 그러십니까. 당신은 누구십니까."

하고 물었다.

"윤원필 씨가 입원했어요. 그래서……."

"네, 입원했어요. 그런데 당신은……."

상도는 아직도 그것이 정순인가 하는 희망을 놀 수 없었다.

"전 병원에 있는 사람이에요. 간호부예요."

"네, 병원에 계신…… 네 네, 그런데 윤원필 군은 언제 입원했습니까."

"벌써 사흘인가 됩니다. 그런데 윤원필 씨가 겨를이 계시면 이따가 좀 들러 달라구요."

"네 네, 들르겠습니다. 몇 병동입니까."

"삼병동 오호실입니다. 그럼 꼭 들러 주십시오. 그만 두겠습니다."
하고 간호부는 전화를 끊어 버렸다.

수화기를 내려놓을 때 상도는 떡심이 풀렸으나 어쨌든 어서 원필이를 만나 보고 싶었다.

'정순이도 물론 와 있을 것이다. 아니 어쩌면 전화 건 사람이 정순이면서 거짓말을 했을지도 모르지……'

그는 어찌하든지 정순이를 만나기만 하면 무슨 도리가 있을 것 같았다.

원필은 급성폐렴으로 입원했었으나 이제 열도 내리고 호흡도 순해졌다.

상도가 그 병실로 들어갔을 때 원필은 개가운 기분으로 그를 맞았

다. 상도도 웃으며,

"좀 어떠냐. 깜박 몰랐구나."

하고 위문하였으나 연성 눈이 팔려서 병실을 두리번거리고 있었다. 응당 있어야 할 정순이가 없는 것이다.

"난 전화 받는데 웬 여자가 나오게 이게 웬일인가 하고 정신이 어찔해졌다."

정순의 말을 꺼내고 싶은 상도는 선참 여자 이야기부터 끌어왔다.

"아냐, 병원 간호부야."

남의 속을 모르는 원필의 대답.

"글쎄 나도 나중에 알았다. 그러나 윤원필이라고 부르고 무어라고 말하는데 전화를 잘 들을 줄 몰라서 그런지 알아들을 수가 있어야지. 그래서 난 속으로 너이 집 누가 전화를 거나 했다."

"시골집에서 알기나 하나. 하숙집 아저씨가 의사를 불러 주고 그 의사 말이 급성폐렴이니 입원해야겠다기에 입원했는데."

"아니 글쎄 말이야. 왜 그 하숙집에 너이 집 어찌 되는 여자들이 있지 않니."

상도의 말은 물론 정순이를 가리키는 말이다. 원필이는 그 눈치를 모르고,

"어찌 되는 여자가 어디 있니? 모두 하숙하는 학생들이지."

하고 덤덤히 말하였다.

"아니 왜……."

“오오, 외사촌누이 정순이 말이지. 정순이가 어디 그 하숙에 있나 학교 근처로 옮겨 갔는데.”

“글쎄 그렇지만 친족은 친족이거든. 그래서 그 사람의 전화거나 했어. 목소리도 어째 그 비슷하더구나.”

“아냐. 그는 학교시간이 있으니까 늦게라야 올 거야. 어저께는 바빠서 못 온다고 했지만 오늘은 어쩌면 올 거야. 가만히 드러누웠으니까 어떻게 심심한지 죽겠더라. 그래서 네게 전화 건 거다.”

그리 말하며 원필은 웃었다.

“그럼 왜 벌써 알리지 않았니.”

“첨 입원했을 땐 의사의 말이 될 수 있는 대로 사람을 넣지 말랬어…… 너 폐렴을 앓어 보지 못했지. 아이구, 오장육보가 왼통 뒤틀리는 것 같구 숨은 차구 기침은 나구, 아주 죽겠더라.”

“감기가 쇤 게로구나.”

이렇게 종용히 이야기하는데 간호부가 조심스럽게 들어와서 원필에게 체온기를 끼우고 맥박을 세었다.

그 맥박을 세고 있는 간호부의 이쁘장한 얼굴과 그 말쑥한 옷을 보며 상도는 문득 아까 전화 걸던 간호부인가 하는 생각이 나서 혼자 그에게 감사를 표하고 있었다. 간호부가 나간 다음 상도는 원필에게 물었다.

“애, 그 간호부가 아까 내게 전화 건 간호부냐.”

“응 그래.”

"뭐라구 시켰니."

"급한 환자가 있으니 전화 좀 대달라고 학교에 당부하랬지. 그렇지 않으면 학교에서 안 대줄 거 아니냐."

"아마 딱하게 말한 모양이더라. 더욱 여자가 간곡히 말하니까 안 듣는 수 있니."

"엽서라도 낼까 했는데 편지가 간다 하더라도 인차 볼 것 같지 않고 해서 한번 미심결에 시켰더니 바로 맞았더구나."

"그럼 내가 인사했을 걸 그랬구나. 감사하다구 여간 친절한 게 아니더라. 그 간호부가 말야."

"장래 의사가 될 사람인데 친절히 안 하면 되니. 의사 아래서 일보는 사람이……."

"그래서 그런 거야 아니겠지만 어쨌든 여간 친절한 게 아냐. 목소리도 이쁘고 글쎄 난 꼭 너이 누인 줄 알았다니까."

여기서 또 정순의 말을 슬쩍 건드려 보는 엉큼한 상도다.

"그 간호부 얼굴도 이쁘지?"

하나 원필에게는 정순이보다 간호부의 말이 더 흥미있는 모양이었다.

"얼굴이 이뻐야 맘도 이쁜가 보더라."

"참말 그런가 보다……."

"그러기 너 못생기고 맘 착한 사람 있나 봐라. 관기 모재면 인언 수재란 말이 옳아."

이런 이야기를 하고 있는데 밖에서 문 두드리는 소리가 났다.

상도가 일어나서 열어 줄까 하는데 그걸 기다릴 사이 없이 누가 쓱 들어섰다.

"오 창수요, 난 누구라구."

원필이가 말하였다. 그는 바로 요 전날 밤에 정순의 주인집에서 원필이와 함께 나오던 그 학생이다. 원필이와 창수는 같은 하숙에 있으니까 매일 오는 것이거니 하고 상도가 생각하고 있는데 뒤미처 정순이가 또 들어왔다.

그러자 상도와 정순은 꼭 같이 일시에 귀밑까지 확 붉어졌다.

정순이는 확실히 창수란 학생과 함께 온 것이다.

그래서 그런지 정순이는 얼굴을 조금 저편으로 돌리고 주저하는 걸음으로 원필의 침대 가로 왔다. 그러나 상도가 앉고 나니까 의자는 한 개밖에 남지 않았다. 상도가 일어날까말까 조마거리고 있는데 창수가 남은 의자를 내어놓으며,

"자, 앉으십시오."

하고 정순에게 권하고 저는 원필의 침대에 반쯤 걸쳤다.

그래도 정순은 그 의자에 걸치지 않고 선 채로,

"좀 어때요?"

하고 원필에게 묻는데 그 얼굴은 아까보다도 더 붉어지는 것 같았다.

"좀 그만하우. 거기 앉으오."

원필이가 그러자 창수도 따라서,

"앉으셔요."

하고 또 권하였다. 그래도 정순은 아직 앉으려 하지 않았으나 그 때 상도의 시선은 짓궂게 발끝을 물고 놓지 않는 것을 느끼자 반몸을 돌리며 저만침 비켜 앉았다. 동시에 그 비키는 만침 창수의 시선과 몸도 마치 자석에 끌리는 쇠부스러기처럼 그쪽으로 연심 돌아가는 것을 상도는 보았다.

뿐 아니라 쉴새없이 창수에게서 무엇이 정순에게로 흘러가는 것 같았다. 그러나 정순에게서 창수에게로 흐르는 것은 없는 듯하였다.

정순은 창수가 그러는 것을 수삽하게 생각하는 것 같기도 하였다. 하나 창수는 그런 것은 아랑곳없이 그저 만족한 상이다. 다만 여기서 아직 알 수 없는 것은 원필의 태도였다. 원필이는 그저 누구에게도 언제나와 같이 친절한 표정이다.

창수는 인차 입심 좋게 이야기를 펴기 시작하였다.

"벌써 왔을 건데 정순 씨가 시간 약속을 지켜 주셔야지. 그래서 전화를 세 번이나 걸었어."

창수는 이렇게 말하고 또,

"요새 학교가 퍽 바쁘신 모양이야. 이정순 선생까지가 약속을 어기시는 걸 보니까. 그리고 또 다른 데 같으면 몰라도 원필이 병문안 오는 데도 그런 걸 보면……."

하기도 하는 품이 정순의 대꾸를 들으려는 수작이나 정순이는 암말 않고 불그스레한 얼굴을 다소곳하고만 있다.

창수는 연성 또 사설을 이어 댔다.

그 다변한 품이 상도 같은 구변 없는 사람에게는 한마디 말도 시켜 주지 않을 차비다. 상도는 한번 흘끔 창수의 얼굴을 보았다. 본즉 그 잘 떠벌리는 얼굴이 마치 비 오는 날 잘 울어대는 맹꽁이와 꼭 같았다. 더욱 그 합죽한 입과 검츠레한 눈이 그렇게 꼭 같을 수가 없다.

상도가 부지중 웃음이 나는 것을 깨물고 있는데 원필이가,

"참말 피차 인사를 하시지요."

하고 말없이 앉은 상도와 재잘거리는 창수를 보며 말하였다.

"네, 참 여러 번 뵈면서 인사드리지 못했습니다. 난 최창수라고 하오."

창수가 먼저 인사하였다.

"네, 피차 그랬습니다. 난 박상도라고 합니다."

"원필 씨한테서 말씀은 많이 들었습니다. 같은 고향이면서도 만날 기회가 없어서 미안하게 됐습니다. 원필 씨와는 친형제간같이 지내는 사입니다."

그리고 창수는 정순이 쪽을 보며 또 무슨 말을 하려는 때에 원필이가 정순에게 눈짓을 하며,

"누이, 인사하오. 왜 서울 첨 올 때 한차로 왔는데, 모르오."

하고 말하였다.

그러자 정순은 또 얼굴이 발개지며 고개를 폭 숙였다가 다시 무슨 결심이나 한 듯이 넌짓 고개를 들며,

“전 이정순이라 합니다.”

하고 낮은 소리로 말하였다.

“네, 저는 박상돕니다.”

상도의 소리도 가늘게 떨렸다.

“그러구 보니 모두 한고향 사람이오. 또 한형제 같은 사인데 참말 만나기가 너무 늦었군. 이제부터 좀 자루 만납시다.”

창수가 그렇게 말하나 아무도 대꾸하지 않았다.

“저어 상도 씨는 왜 친목회에도 안 나오십니까. 언젠가 한번 본 듯하고는 다신 본 기억이 없는데요. 이제부터 좀 자주 나오시지요. 남이라두 자루 만나면 갈라 있는 형제보다 낫다는데요.”

하고 창수가 연성 떠벌리는데 상도는 형제와 같은 친한 정을 느끼기보다 공연히 제 속만 저 혼자 단단해졌다. 그는 차라리 싸움을 준비하는 한개 무사인 자기를 발견하였다.

하루나 한 달이 아니요 일생을 두고두고 피투성이가 되도록, 피투성이가 되는 것이 오히려 맘 시원한 일인 것 같은 진지한 쌈을 상도는 상상한 것이다. 그것은 유쾌한 일이기도 하였다.

상도는 벌써 어렴풋이나마 정순이와 창수의 사이를 직각하였다. 창수의 얼굴에서 부단히 정순에게로 흘러가는 정열을 읽은 것이다.

정순이를 사랑하기 위해서 칼춤을 추고 도끼벼락을 내리다시피 해서 본처를 단 한 달도 안 걸리고 이혼을 하였다는 창수의 정열을 상도는 분명히 읽은 것이다.

원필이가 퇴원하자 이내 겨울방학이 왔다. 원필이는 퇴원을 한 뒤에도 얼마 동안 자리에 누워 있었다.

그래서 상도는 거진 매일같이 원필을 찾아갔고 그 자리에서 번번이 창수를 만났으나 그 잔망스러운 몰골과 맹꽁이 같은 소리가 비위에 덜 맞아서 그와는 별로 말을 바꾸지 않았다.

더욱 정순에게 대한 창수의 기분을 어느 만치 읽고 있으므로 상도는 그를 볼 때마다 마음이 긴장해졌다. 겉으로는 웃으면서 이야기하지만 속으로는 항상 무기를 다듬고 있는 것이다.

'최후에 웃는 사람이…….'

상도는 이렇게 맘을 사려먹었다. 어찌하든지 이 싸움에서 이기려하였다.

상도는 원필의 하숙에서 몇 번 정순을 만났으나 제일 자주 와야할 정순은 어쩐 일인지 오기를 기이는 것 같았다.

하나 자주 오지 않는 것이 상도에게는 한편 다행한 것 같기도 하였다. 한 것은 거기서 창수에게 대한 정순의 심경을 알 수 있었기 때문이다.

정순이가 만일 창수에게 대해서 열중해 있을 것 같으면 원필의 병위문을 핑계하고라도 매일같이 그리로 올 것이다. 하고 보면 그가 자주 오지 않는 것은 자기와 창수의 어느 편에도 태도를 정하지 못하기 때문이리라.

요전에 편지를 되돌려보낸 것도 지금 자기와 창수의 두 사이에 끼여 있는 괴로운 제 심경의 표명이리라.

우선 두 사람 다 거부해 버리고 그리한 뒤에 한 사람을 결정하자는 것이리라. 말하자면 그 한 사람을 결정하기 위해서 자기의 편지도 일응 돌려보낸 것이겠으나 그 한 사람은 물론 박상도 자신이라고 상도는 꼬박이 믿었다.

정순을 보는 때마다 상도는 이런 자신이 더욱 굳어졌다. 또 상도는 정순이와 멀리 있으면 있을수록 정순이와 가까운 거리에 자기를 그려 보곤 하였다.

그것은 사무치게 그리운 일이요 안타까운 일이었으나 또 한편 지극히 기쁜 일이기도 하였다. 한개에 목숨인들 무엇이랴 싶었다.

하나 그것은 실상 그 이상의 것을 바라는 맘인 것이다. 상도는 지금 제 목숨을 가지고 싶은 것이다.

정순을 얻는 일은 어떤 의미로는 저를 잃는 일보다 더 중대한 문제였던 것이다.

상도는 부단히 눈앞에서 무서운 불꽃이 튀는 싸움을 보았다. 때로 그 불꽃은 붉은 피로도 변하는 것이다. 그것은 참담한 일이요, 또 장쾌한 일이었다.

그는 결코 싸움을 피하려 하지 않았다. 그리고 또 상도는 결코 아름다운 꽃밭을 걸어가는 것 같은 개가운 인생을 저나 정순의 신상에 그려 보려고 하지 않았다. 또 웃음과 즐거움으로 청춘의 역사를 닦는 은혜받은 자기늘이기노 바라지 않았다.

‘차라리 피와 쌈을…… 그것은 청춘의 꽃이리라.’

하고 상도는 생각하는 것이었다.

그는 다시 정순에게 편지를 쓰려고 맘을 먹었다. 지금에 있어서 그가 가질 수 있는 연장은 위선 이것뿐이었다.

‘몇 번이든지! 인제 겨우 한 번이 아니냐.’

상도는 이렇게 생각하였다. 차라리 정순이가 수이 제 편지에 회답 주지 않기를 바라기나 하듯이…….

사실 상도는 지금 제 가슴에 처달린 괴롬을 잘라 버릴 칼을 가지지 못한 것이다. 그리고 다만 할 수 있는 일이란 제 몸을 끝장이 나도록 그 괴롬 가운데 던져 버리는 그것뿐이었다.

‘정순은 지금 청춘의 기로에 서 있는 것이다.’

상도는 이렇게 생각하였다. 정순의 앞에는 창수가 있는 것이다.

그리하여 정순은 지금 방황하고 있는 것이었다.

그러니 어서 이러한 정신적 방황에서부터 정순을 해방시켜 줘야 할 것이다.

‘그러자면 거기는 정순이 자신의 힘이 필요하다.’

상도는 제가 다름아닌 그 힘인 것같이 생각하였다. 상도는 자기의 편지로써 시방 기로에 서 있는 정순을 구하리라 하였다.

‘그러자면 무엇보다 우선 기로의 헤매는 정순의 심경부터 철저히 분쇄하여야 할 것이다.’

그러나 그것은 단순히 상도 자신의 심정을 이야기하는 것과도 달라서 지극히 힘든 일이었다.

첫째 창수를 헐뜯는다든가 하는 노골적인 야비한 태도를 가져서는 안 될 것이다.

그래 상도는 그 편지를 생각하기에 고스란히 머리를 쓰고 있었다.

상도는 매일같이 남산공원으로 올라갔다. 그리하여 그는 수도(修道)하는 사람같이 바위 위에 걸쳐서 상(想)을 다듬었다.

만산의 눈은 희고 늙은 소나무 성긴 가지에도 날리고 남은 눈이 희끄럼하게 남아 있다. 바위도 시내도 모두 흰빛으로 덮여서 이곳에 앉으면 맘이 청한해지는 듯하나 정순에게 보낼 이야기는 그래도 수이 나오지 않았다.

상도는 몇 날을 이 산속으로 오르며 내리면서도 종시 한 장의 편지를 쓰지 못했다. 아니 썼다가는 찢어 버리곤 하였다.

그러던 어느 날 누이동생 이순에게서 편지가 왔다. 전연 의외였으나 생각하면 또 의외의 편지가 아닌 듯도 하였다.

상도는 그 편지를 받는 순간부터 어떤 불길한 예감이 들었다. 묻지 않아도 이순의 혼담 때문일 것이다. 혼담이 아니라 하더라도 필시 이순의 신상에 관한 중대한 문제리라 하였다.

하나 다시 생각하니 지금 이순에게 가장 중대한 문제는 혼담 외에 더 없을 것 같았다. 상도는 편지 뜯기를 여러 번 주저하다가 겨우 겉봉을 떼었다.

사연은 사실 혼담에 관한 것이었다.

한 말로 그치자면 이순이와 송병교의 넷째아들의 혼담이 거의 다 결정되어 가는 모양이니 오빠가 내려와서 구원해 달라는 말이었다.

첫머리에는 서투른 글씨로 두서없이 썼으나 상도는 한 자 한 구를 빼지 않고 차곡차곡 읽어내려 갔다. 그 중에는 아버지가 처음은 반대하시는 모양이더니 이제는 어찌 된 까닭인지 그다지 반대하시는 눈치가 없고 거의 승락된 것 같다는 구절도 있었다.

또 가을내 H읍에서 웬 사람들이 드나든 사실과 그러더니 어디서 돈이 생겼는지 다시 개간지 공사를 시작하고 그러한 뒤로 H읍에서 나오던 사람들의 발이 더욱 잦아지다가 요즈막은 그런 일도 없어지고 한번 아버지가 어머니와 그 비슷한 이야기 하는 걸 정주에서 엿들었다는 말도 씌어 있었다. 그리고 끝으로,

"그러니 오빠 어서 내려와서 저를 구원해 주십시오. 오빠가 어서 내려와서 저를 구원해 주셔야지 오빠가 아니면 누가 저를 구원해 주겠습니까. 아무리 살펴보아도 이 지붕 밑에는 저를 도와 줄 사람이 없습니다. 저는 오빠만 바라고 있습니다. 이 편지를 받는 즉시로 내려와 주십시오. 주야로 기다리고 있습니다."

라고 쓰고 연월일과 제 이름을 쓴 다음에 다시 붙어서,

"오빠, 전 이제라도 공부하고 싶습니다. 제 나이 열다섯 살이니 이제라도 넉넉히 할 수 있습니다. 저보다 더 나이 먹은 아이들도 공부하는 일이 있지 않습니까. 저는 그 동안 어머니께서 언문을 배우고

어머니 보시던 전책도 읽었습니다. 그리고 큰아버지께서 베꼈다는 전책을 놓고 글씨도 공부하는 중입니다. 그러나 언문만 배워 가지고 무얼 하겠습니까. 저를 공부하게 해주십시오.”
하는 말을 썼는데 이 두 구절은 문투도 수월히 내려가고 아닌 게 아니라 옛날 전책 글씨 같은 자체다.

상도는 그 편지를 읽자 보지 않아도 모든 사정이 환히 알려지는 듯하였다.

상무의 결혼은 고만두고라도 귀순의 결혼과 지금 이순의 혼담을 통하여 알려지는 아버지의 맘은 사람의 상정(常情)으로는 이해할 수 없었다.

옛날은 열두세 살에 자녀를 결혼시켰다지만 대채 짐승이란들 제 자식을 그처럼 아낄 줄을 모를 수가 있을까 싶었다.

상도는 극도로 흥분하였다. 그리하여 얼마 동안은 정순에게 편지 쓸 것까지 잊어버렸다.

‘내가 구원해 주지 않으면 이순이마저 누나의 운명을 밟고 말 것이니.’

상도는 더욱 맘이 다급해났다. 제가 구원해 주지 않으면 이순이는 죽어 버리기라도 할지 모르는 것이다.

또 이순이가 시방 눈이 까맣게 기다리고 있을 그 정경을 생각하니 일초 일각을 편안히 앉아 있을 수가 없었다. 더욱이 이순이를 구해 주는 것은 단지 오빠로서의 의무민도 아닌 것 같았다 차라리 그것은 인간으로서 누구나 당연히 해야 할 거룩한 일 같았다.

상도는 지금 제가 할 일 중에서 그것이 제일 급선무라고 생각하였다.

'동기간의 정을 넘어서……'

그렇게 생각하니 상도는 눈물이 날 것 같았다. 커다란 인간악(人間惡) 앞에 떨고 있는 한개의 약자를 생각할 때 상도는 자기라는 존재가 너무도 무력하고 조그만 것을 울지 않을 수 없는 절통한 일이었다.

그는 아버지에게 대해서 첨으로 도전할 것을 결심하였다. 어떤 방법으로든지 아버지의 뜻을 꺾어 주고야 배기리라 하였다.

'이번에야…… 이번에야 되랴.'

그는 거듭거듭 제 마음에 다짐을 두었다. 그는 쌓이고 쌓인 무엇이 가슴에서 연성 폭발하려는 것을 느꼈다. 그것은 단지 아버지에게 대한 것만도 아닌 듯하였다. 이 때와 이 땅에 대해서 그는 어지러운 *역청(瀝靑)과 같은 검은 그림자를 지지리 끌고 이 땅의 젊은 세대(世代)를 짓밟고 나가려는 낡은 역사의 마지막 장을 제 손으로 쥐어 찢고 싶었다.

그는 고향으로 내려가기로 생각하던 끝에 주인댁과 말하였다. 기왕이면 좀 넉넉히 꾸는 것이 옳으리라고 백 원을 말했는데 주인댁은 인차 호의로 돌려 주었다.

상도는 삼학기 초에 고향으로 내려왔다.

상도가 개가운 바스켓 하나를 들고 아무도 내다보는 이 없는 소조

한 집으로 들어서니 오래간만에 보는 암캐가 콩 하고 외마디소리를 내며 쫓아나와 그의 다리에 감겼다.

사랑방은 쌍바라지만은 열려 있고 그 위에 달린 현판도 옛 모양 그대로이나 어딘지 쓸쓸해 보였다.

문살에 먼지 낀 것이든지 대청 마루 위 추녀 끝에 있는 까치집에서 떨어진 듯싶은 까치똥이 마루에 그대로 있는 것이든지가 모두 몰락해 가는 이 집의 상징 같았다.

상도가 먼저 사랑으로 들어갔다.

들어간즉 아버지는 사랑 골방에 누웠다가 놀라 일어나서 상도의 절을 받으며 말며 하는 태도더니,

"지금 어째 왔느냐. 방학도 다 지나갔을 텐데……."
하고 벌써 언짢아하는 말투다.

"아직 방학이 며칠 남아서 잠시 다녀가려고 왔습니다."

상도는 거짓말로 순하게 대답하였다.

"방학이 며칠 안 남았는데 왜 공차비 쓰고 내려오느냐. 내려오려거든 일찍 오든지 그렇지 않으면 아예 그만두든지 할 게지. 사람이 무슨 일을 하는 게 어째 매양 그렇게 종작이 없단 말이냐."

"……."

"집에서 얼마나 고생하는지 넌 모른단 말이냐. 사람이 나이 들면 지각이 나야지. 온 집안이 죽느냐 사느냐 하는 판인데 너만 팔자 좋게 공부합네 하고 집안일은 될 대로 돼라 하는 심사니 그게 사람의

자식된 도리냐."

　자식들을 오래간만에 만나면 어쨌든 선참으로 책망부터 하는 아버지의 버릇은 예나 이제나 변함이 없었다.

　하나 상도는 꾸욱 참고 있었다. 자기가 이제 할 절차를 대강이라도 속에 배포하고 있으니만치 그는 섣불리 감정을 터트릴 필요가 없다고 생각하였다.

　또 한편 아닌 게 아니라 아버지의 앞이라 맘도 꿀리긴 하였다. 아버지의 잘못을 세라면 십장가 이상으로 낱낱이 셀 것이로되 그것이 아직 수이 입밖으로 나와질지는 스스로 의문이었다.

　"나는 열아홉 살부터 서울로 과거 보러 다니고 그리고 내 손으로 자수성가했다. 네 나이 지금 몇 살이냐. 지금 놈의 자식들은 모두 병신들뿐인가 보다. 나이 스물이 넘도록 부모 덕을 바라고 부모가 주변해 주지 않으면 어쩔 줄을 모르니 그따위가 무얼 하겠느냐."

　"……"

　"난 여덟 살에 아버지한테 꾸중들은 뒤에는 평생 어른들에게 책망받어 본 일이 없다. 그때도 벌써 경우와 예절을 다 눈치차렸다. 너이 놈의 자식들은 이건 열 번을 알려 줘도 그만 백 번을 알려 줘도 그저 *우이송경(牛耳頌經)이니 그러구 사람이랄 게 뭐란 말이냐."

　그래도 상도는 가만히 듣고 있는 수밖에 없었다. 오늘은 무슨 소리든지 공손히 듣고 있으리라 하였다.

　"이 동리 다른 집들을 봐라. 돈 있는 집 자식두 어디 서울 공불 맘대로 할 수 있느냐. 너는 부모 덕으로 그래도 중학을 마쳤것다, 게다가 전문학교까지 다니것다, 그만침 하면 부모가 걱정하는 것도 알아야 할 거 아니냐."

"……"

"네 생각엔 지금 남의 집에 가서 기식하니까 부모가 남만 못해서 그런 것 같으냐. 그게 다 공부야. 글읽는 것만 공부가 아냐. 사람이란 고생을 해봐야 하는 거고 고생을 해봐야 사람이 되는 거다. 그저 두꺼비 파리 잡아먹듯 글만 처읽으면 되는 줄 아느냐. 사람이 되구라야 글이 소용 있는 거다."

아버지는 이렇게도 말하고 또,

"네 형으로 말하면 공부하면서도 치가하고 치가하는 데 들어서도 남한테 지지 않는다. 가을이면 머슴들과 함께 들에 나가서 벼가실도 하고 밤에는 불을 끄고 사서삼경을 암송하는구나. 너 따위 공부가 뭐냐. 너는 일껀해야 네 형 심부름이나 하다가 마칠 게다."
하기도 하였다.

그러나 상도는 아무 말 않고 듣고만 있었다. 아버지는 실컨 나무라고 나더니 약간 성미가 풀렸는지 긴 담뱃대로 나무 재떨이를 끌어다 놓고 서울기사미 한 대를 박아 담아서 넌지시 붙어 물고 아까보다는 조금 나직한 소리로 세상이 망하느니 인심이 개발바닥이느니 남이 다 그릇된 길을 가더라도 근본 있는 사람 후예는 꼭 성현의 말을 지키고 부모의 명령에 복종해야 한다고 실다랗게 늘어뱉은 다유,

“저 대청 가묘에 들어가서 할아버님들한테 절을 하고 안으로 들어
가 봐라.”

하고 상도에게 일렀다.

상도는 아버지가 시키는 대로 대청과 사랑 사이에 분합을 열고 대
청에 들어가서 가묘 앞에 절을 하였다. 그리고 다시 사랑에 나와 모
자와 바스켓을 들고 안방으로 들어왔다. 이순이가 기다렸던 듯이 달
려와서 바스켓을 받았다.

상도는 밤에야 겨우 조용한 틈을 얻어 어머니에게 이순이 혼담에
대한 경과를 물었다. 한즉 어머니도 그 일에는 은근히 찬성하지 않는
모양이나 겉으로는,

“글쎄 아버지가 하시는 일을 내가 어쩌니.”

할 뿐이다. 상도는 어머니가 자식의 일에도 그 언제나와 같이 너무
뜨음한 것을 말할 수 있었으나 아버지 성미가 너무 전제적이어서 감
히 할 말을 못 하고 눌려 지내는 어머니이고 보매 그 이상 할 수 없
는 일이었다.

“그래 어머니 생각은 어떠십니까. 그렇게 해도 상관없겠습니까.”

상도가 물었다.

“글쎄 내가 아니.”

어머니는 첨은 이런 말을 하더니 나중은 아무러나 이순의 일이 걱
정되는지,

“나두 하두 답답해서 엊그제 최판수한테까지 물으러 갔었다. 난

평생 그런 일은 숭상하지 않는 성미다만……"

하고 넌지시 그 말을 비쳤다. 상도는 그런 일에는 흥미가 없었지만 이순의 일이라 미신일망정 데시근하게 들을 수 없었다.

"그래서요?"

"그랬더니 최판수가 여러 번 점가지를 뽑아 보구는 여러 말 않고 그저 딸 하나 안 낳은 셈 치라구 그러더구나."

"안 낳은 셈 치다니요?"

"죽든가 그렇겠단 말이겠지. 죽어 없어지면 낳지 않은 거나 마찬가지가 아니냐."

"어째 마찬가집니까. 있던 사람이 죽는다는 것이 안 낳은 거나 같을 수 있습니까. 사람이 죽는다는 문제가 여간 큰일입니까. 죽는 사람도 죽는 사람이지만 산 사람으로서 그 불쌍한 죽음을 어떻게 앉어 보구 있겠습니까."

"말이 그렇지 설마 죽기야 하겠니."

"그렇지만 가령 그것이 미신에 말이라 하더라도 일단 그런 말을 들은 담에야 그저 가만히 있을 수 있습니까."

"글쎄 가만히 있지 않으면 어쩌니. 아마 제 팔자가 그러니까 그런 게지."

"팔자가 뭡니까. 아버지 때문이지요. 진작 공부시킬 것도 아버지가 반대해서 지금 세상에서 반병신을 만들어 놓고 그러고 또 무엇이 부족해서 그애의 일생을 마서 그르쳐 주지 못헤 그 망령입니까."

상도는 부지중 흥분되었다.

"글쎄 내가 아니. 너도 번연히 알다시피 아버지란 이가 나 같은 걸 사람으로나 치니. 그리고 자식이 죽는단들 어디 그런 걸 아신다더냐. 자기 생각대로 하실 줄이나 알지."

"안 될 말입니다. 이번만은 절대로 안 됩니다."

상도는 더욱 흥분되어 갔다.

"이번만은 도저히 참을 수 없습니다. 천만 사람이 다 아버지를 옳다고 하더라도 저만은 옳다고 할 수 없습니다. 자식을 자식으로 생각하면 그럴 수가 있습니까. 이순이한테서 제게 편지가 왔는데 그애가 이런 사정을 알고 내 구원을 청하게끔 부모로서 자식에게 억울한 일을 해야 할 필요가 대체 어디 있습니까."

"글쎄 내가 아니, 아버지더러 물으려무나."

"아버지와는 다시 이야기할 필요가 없습니다. 그리고 말한다고 들으실 리도 없지요."

"그러면 어쩐단 말이냐. 너의 형은 애초에 그런 일에는 참견하려고 안 하고, 그러니 너까지 가만히 있으면 일은 그대로 되는 수밖에 없지 않니."

"글쎄 두고 봐야 알 일이지요만, 어머니도 이번만은 제 하는 일에 참견하지 마십시오. 무슨 짓을 하든지 간에 말입니다."

하고 말하다가 상도는 고쳐,

"그렇지만 어머니께는 조금도 말이 안 가도록 하겠으니 어머니는 제가 무슨 짓을 하든지 모른 체하시고 상관하지 마십시오.”

하고 미리 당부하였다.

“그러지 않으면 언제는 내가 상관해서 할 일을 못 했니. 나는 본시 누구 하는 일에든지 상관하려는 성미가 아니다.”

“아버지나 어머니는 불효자식이라고 하실지 모르겠습니다만 제가 하는 일이 도리어 부모를 위하는 효성일지도 모르지요. 자식들이 잘 되면 부모도 좋을 게 아닙니까. 어떤 낭떠러지에서 구른다 하더라도 제 몸을 그르칠 자식들이 아닌 것만은 알아주십시오.”

“그렇지만 아버지란 이가 자기 하는 일만 똑 제일인 줄 알지, 자식 들 따위를 어디 셈이나 친다더냐. 그러니 말하면 화나 더 내셨지 네 말을 들어주실 것 같지 않다.”

“아버지는 몰라주셔도 좋습니다. 형도 몰라서 아무 상관 없습니다. 이 담에 두고 봐야 알 일이지요.”

그러한 며칠 뒤에 상도와 이순이는 아무에게도 온다 간다 말 없이 어디로 떠나 버렸다.

(『탑』, 매일신보사 출판부, 1942)

과도기

1

창선이는 사 년 만에 옛 땅으로 돌아왔다. 돌아왔다니보다 몰려왔다. 되놈의 등쌀에 간도에서도 살 수 없게 된 때에 한낱 광명과 같이 생각혀지고 두덮어 놓고 발끝이 향하여진 곳은 예 살던 이 땅이었다.

그러나 두만강 얼음을 타고 이 땅에 밟아 들어 보아도 제서 생각던 바와는 아주 딴판이다—— 밭 하루 갈이 논 두어 마지기 살 돈만 벌었으면 흥타령을 부르며 고향으로 가겠는데—— 이렇게 생각던 터인데 막상 돌아와 보니 자기를 반겨 맞는 곳이라고는 없었다. '고국 산천이 그립다. 죽어도 돌아가 보리라' 하던 생각은 점점 엷어졌다.

그리고 옛 마을 뒷고개에 올라선 때에는 두근두근한 새로운 생각까지 났다.

——무슨 낯으로 가족들과 동릿사람을 대할까! 개똥밭 하루 갈이 살 밑천이 없지.

"후——" 길게 숨을 도았다. 그래도 가슴은 막막할 뿐이다. 그는 하염없이 턱 서며 꾸동쳐 지었던 가장집물을 내려놓았다. 한숨 쉬어 가지고 좀 가뿐한 걸음으로 반가운 고향을 찾을 차였다. "여보, 그 어린애 좀 내려놓고 한숨 들여 가우."

"잠이 들었는데…… 새끼두 또 오줌을 쌌구나. 에그, 척척해."

아낙은 '달마'같이 보고지를 한 어린것을 등에서 내려놓았다. 오줌에 젖은 그의 등에서는 김이 누엇누엇 일어났다.

"여보! 이거 영 딴판이 됐구려!"

그는 흘깃 아낙을 보며 눈이 둥그래졌다. 고향은 알아볼 수가 없게 변하였다. 변하였다니보다 없어진 듯했다. 그리고 우중충한 벽돌집 쇠집 굴뚝——들이 잠뿍 들어섰다.

"저게 무슨 기계간인가?"

"참 원, 저 거먼 게 다 뭐유? ……아, 저쪽이 창리(그들이 살던 곳)가 아니우?"

아낙은 설마 그래도 고향이 통채로 이사를 갔거나 영장이 되었으리라고는 믿지 않았다. 어디든지 그 근방에 남아 있을 것 같았고 아물아물 뵈는 것 같기도 했다.

"저— 바닷가까지 기계간이 나갔는데, 원 어디가 있다구 그래……
가만있자 저기가 형제바우(바닷가에 있는 두 바위)고 저기가 쿵쿵(파
도가 심한 여울)인데…….”

"글쎄…… 저게 다 뭔가."

아낙도 자세 보니 참말 마을이라고는 보이지 않았다.

"최면장네랑 박순검네도 다— 어디 갔는지!"

"그런 사람이야 *국록을 먹는데 어디 간들 못 살라구.”

"그래도 우리처럼 훌훌 옮기겠소 삼백 년인지 오백 년인지……
어느 님군 적부터라던가…….”

겨울해는 벌써 서산머리에 나불거린다. 검은 바다에서 불어오는
짜디짠 바람이 살을 에는 눈기운을 머금고 획획 분다. 그들은 걸을
힘이 나지 않았다. 간도 땅에서 한낱 태산같이 믿고 온 고향이요 *구
주와 같이 믿고 온 형의 집이 죄다 간곳없으니 어디를 가면 좋을지
알 수가 없게 되었다.

"그래도 가봅시다. 저기 가서 물어 보면 알겠지.”

아낙은 아직도 무엇을 믿기만 하는 모양이다. 가보면 무슨 도리가
혹 있을 것 같았던 것이다.

"원, 땅과 물어 본담, 바다와 물어 본담.”

창선은 다시 짐을 걸머지었다.

"점심밥이 좀 남았던가?"

"웬 게 남아요…… 줄 게 없는 밥이 암만 먹어야 배가 일어서야

지."

　그들은 턱도 없는 곳으로 향하여 걸어갔다. 길쭉길쭉한 벽돌집(관사)이 왜병대같이 규칙 있게 산비탈에 나란히 섰다. 평바닥에는 고래 같은 커다란 공장들이 있다. 높다란 굴뚝이 거만스럽게 우뚝우뚝 버티고 있다.

　이쪽에는 잘방게(蟹) 같은 큰 돌막이 벽돌집 서슬에 불려갈 듯이 황송히 짜그리고 있다. 호떡집에서는 가는 연기가 난다.

　검퍼런 공장복에다 진흙빛 *감발을 친 청인인지 조선사람인지 일인인지 모를 눈에 서투른 사람이 바쁘게 쏘다닌다. 허리를 질근질근 동여맨 소매 길다만 청인들이 왈왈거리며 지나간다. 조선사람이라고 뵈는 것은 어울리지 않는 감발을 이고 상투를 갓 자르고 남도 사투리를 쓰는 패뿐이다. 옛날같이 상투 짜고 곰방대를 든 친구들이 하나도 볼 수가 없었다.

　창선은 그런 패를 만날 때마다 무엇을 물어 볼 듯이 머뭇머뭇하곤 하였다. 그러나 웬일인지 말이 나가지 않았다. 그리하여 여러 패를 그저 지나 보내었다. 입에서 금시 말이 나갈 듯하다가는 혹 예 보던 사람이 있겠지 하며 딴 데를 휘휘 살펴보았다.

　얼마 가다가 그는 저 멀리서 흰 옷 입은 사람이 하나 오는 것을 보았다. 역시 멀리서 보아도 예 보던 사람같이 흙 냄새 고기 냄새 나는 텁텁한 사람이 아니다. 그러나 혼자서 오는 것이 어떻게 정이 들어 보였다.

"원, 모두 험상궂은 사람들뿐이지…… 사람조차 변했는지…… 공연히 나왔지. 이거 어디 살겠소."

아낙은 근심스러운 푸념을 한다. 와보면 무슨 수가 있을 것 같은 생각이 많이 덜어졌다.

"저—기 오는 사람과 물어 보면 알겠지. 설마 산 사람 입에 거미줄이 슬라구…… 노동이라도 해먹지 뭘."

창선은 인제 막다른 골목에 서는 듯한 생각이 났다.

"여보——"

그는 문득 앞에 오는 흰 옷 입은 사람을 부르며 주춤하였다.

"여기 저— 바닷가 창리가 어디로 갔는지 모르겠소?"

"창리요?"

그는 창선이의 내외를 아래위를 훑어보며 대수롭지 않게 대답을 한다.

"저 고개 너머 구룡리로 갔죠. 벌써 언제라구——"

"구룡리요?"

창선은 숨이 나왔다. 구룡리는 잘 아는 곳이다. 고향은 아니나 사촌 고향쯤은 되는 곳이다. 집이 몇이 있고 길이 어떻게 난 것까지 머리에 남아 있다.

"저 구룡리 말이지요. 그래 창리 집들은 죄다 그리로 갔나요? 혹 창룡(그의 형) 씨라고 모르겠소."

"그걸 누가 아오."

흰 옷 입은 노동자는 공연히 서슬이 나서 지나간다. 창선은 그 사람 가는 편을 흘깃 바라보고는 아낙을 향하여 애오라지 웃음을 보였다.

"구룡리로 갔다는구려. 원, 웬 판국인지 이놈의 조화를 누가 안담."

"그 ×들 해필 창리라야 맛인가……."

"거게가 알장이거든. 너르고……."

두 내외는 바로 구룡리 뒷재를 향하여 걸어갔다. 좀 기운이 나는 듯했다. 짐을 진 남편의 등판도 좀 가뿐해진 것 같고 아낙의 보퉁이도 얼만큼 가벼워지는 듯했다.

2

구룡리 뒷재는 끊어졌다. 철도길이 살대같이 해변으로 내달았다. '후미기리'에 올라가서 '레일'이 남북으로 한없이 늘어져 있다. 어디서 왔는지 어디까지 갔는지 끝간 데가 아물아물 사라진다. 놀라웁고 야단스러워 보였다. 그러나 그만치 눈에 서툴고 인정모가 보이지 않았다. 소수레나 고깃배가 얼마나 정답게 생각혀지는지 몰랐다. "풍…… 왕── 왕──" 하는 기차 소리는 귀에 야즈라웠다.

그는 꿈인 듯 옛 일이 새로워졌다. 산비탈 고개 남석 *다방술 그늘 아래 낮잠 자는 그 옛 일이 새로워졌다. 두세 오리 전선줄에 강남제비 쉬고 가는 그 봄철에 밭 갈던 기억이 그리워졌다. 구운 가재미(물고기)에 참조 점심을 꿋꿋이 먹고 '엉금엉금' 김매던 그 밭이 정다워 보였다.

동리 아이들, 처녀 총각── 검둥이 센둥이 앞방네 뒷방네가 첫
새벽부터 숫소 암소들 척척 거넘겨 타고 '아리랑' 노래를 부르며 소
먹이러 다니던 것도 이 근방이다.

"개똥네야, 소먹이러 가자."

이렇게 부르면,

"쩡낭(뒷간)니냐. 그래라, 나간다. 짱돌이 헛간쇠 안 왔니."

이렇게 대답하며 소를 몰고 나선다.

"야, 네 쇠는 양주머리가 감추었구나(살이 찌면 양지머리가 불쑥하
게 된다)."

"우리 쇠사 숫쇠니까 그렇지."

"야, 숫쇠는 암내[獸慾]를 내서 봄이면 여빈단다."

이렇게 얘기들 하는 사이에 소먹이는 아이들은 네다섯…… 십여
명씩 모인다. 그러면 아리랑타령이 나온다.

> 꿀보다 더 단 건 진고개 사탕
> 놀기나 조키는 세벌 상투(총각이 머리채로 짠 상투)
>
> 아리랑 아리랑 아라리요
> 아리랑 고개로 날 넘겨라
>
> 시냇가 강변에 돌도 많고
> 이내 시집에 말도 많다

노래와 얘기로 해 가는 줄을 모른다. 때때로 소를 말뚝에 매어 놓고 수수께끼 서울 목돈(돌유희), 삿도 놀음, 소경 놀음, 각시 놀음, 말 놀음도 한다. 그러다가 겨울이 되면 바닷가에 나가서 고기그물에 고드름같이 줄 달린 고기도 뜯는다. 이 고장은 대개 절반 농사로 절반은 고기잡이기 때문에 어린아이들도 두 가지 일을 하는 것이다. 고기 잘 잡히는 해면 어린아이들도 하루 수삼십 전 벌이를 한다. 그 때문에 처녀 총각이 만나는 도수가 많고 또 예사로 얘기들을 한다.

이러한 중에서 창선이도 지금의 아낙을 맞들였던 것이다. 시체말로 하면 연애를 하였던 것이다.

"야, 이거 안 먹겠니. 뉘―?"

창선은 개눈깔사탕을 사가지고 와서는 소를 먹이다가 일부러 순남이(그의 아낙) 곁에 가까이 가서 개눈깔사탕을 쥔 손을 번쩍 들며 "뉘―?" 하고 소리를 친다.

"내―"

"내다."

아이들은 연방 이렇게 나도 나도 소리소리 외친다.

"옜다, 순남이 첫째다."

창선은 누가 먼저 "내―" 했겠든지 그건 아잘 것 없이 애초의 예산대로 한두 알 순남이에게 주고는 남은 것은 제 입에 모두 쓸어 넣는다.

"야 순남아, 씹어 먹지 말고 녹여라. 누가 너 오래 녹이니 내기할까.”

그러면 여러 아이들은 부러워서 침을 꿀꿀 넘긴다.

“저 간나새끼 사(私)를 쓴다. 내가 먼저다.”

“옳다, 저 애가 먼저다. 그 담에 낸데…… 니 무슨…… 순남이 네 각시냐.”

“내 순남이 에미와 이르지 않는가 봐라.”

이렇게 철없는 불평이 터진다. 그러면 멋모르는 순남이는 신이 나서 악을 쓴다.

“야 이 종간나새끼, 각시란 기 무시기냐…… 야 이 간나야, 너는 울 어머니와 무스 거 이르겠니. 너는 언제 쌍돌이 꽈―리를 가졌니.”

“이 간나, 내 언제 가졌니.”

이렇게 싸움이 터진다. 그러나 이런 것이 모두 소박한 그들의 가슴에 잊을 수 없는 뿌리를 내리었다.

나이 먹을수록 창선이와 순남이는 서로 내외를 하게 되었다. 어떤 때는 외면을 하는 일도 있었다. 그러나 내외를 하고 외면을 하니만치 이면의 그 무엇은 커질 뿐이었다.

김을 매다가도 순남이가 메(먹는 풀뿌리)나 나시나 달뉘(모두 먹는 풀)캐러 나온 것을 있기만 하면 사람 보지 않는 틈을 타서 그리로 간다.

“뭘 캐니? 메냐?”

“메를 캐는 기 별로 없거든…… 깊이 파야 모랫속에 있는데.”

순남이는 흘깃 보고는 고개를 반쯤 돌린다. 말씨도 전보다 한결 점잖아지고 하는 태도도 매우 숫처녀다워졌다.

"내 캐주지…… 오늘 기녁에 먹으러 간다, 응."

"누가 오지 말라는기…… 오늘 기녁 메떡을 하겠는데."

"야 정말…… 나 꼭 간다. 그러다가 너어 집에서 욕하면 어쩌겠니."

"언제 욕먹어 쌌는기…… 와보지도 않고……."

이리하여 순박한 맘과 맘은 풀 수 없게 맺어졌다.

겨울이 되면 해사(海事) 소식이 짜― 퍼진다. 은어(도루메기)가 잡히고 명태 배가 들어오면 고기 풍년이 났다고 살판을 만났다고 남녀노소 없이 야단들이다. 아낙들은 함지를 이고 남자들은 수레를 끌고 고기받이를 다닌다. 해변에 몰린다. 순남이도 해마다 그리로 다녔다. 늘 창선이네 배에 가서 사오곤 하였다. 창선이는 자기 집 고깃배만 포구에 들어오면 부리나케 나가서 고기팔이를 한다. 가장 기쁜 생각으로――그것은 날마다 순남이가 오는 까닭이다. 그 일 하는 것이 그에게는 가장 기쁨이 되었다. 은근한 희망이 따르는 까닭이다. 그는 새벽부터 신이 나서 고기를 세어 넘긴다.

"한 드럼에 얼마요?"

고기받이꾼이 이렇게 물으면,

"석 냥(육십 전) 어치면 목대가 부러지오."

"알[卵]이 잘 들었소?"

"알이리니…… 고지에만 떼 먹어도 큰 장사죠."

“석 드럼만 세어 놓소” …… “세어 주오.”

이렇게 아낙네와 수레꾼이 나도나도 째도루며 사들 간다.

“하나이요, 둘이에…… 열이요…… 이런나니 한 드럼……자아, 세 마리 넘어가오.”

창선은 아직 나이 젊고 고기 다루는 데 익숙지 못해서 흔히 아낙네 것만 세곤 하였다. 한 차례 세고 이마에 땀이 추루루해서 느른한 허리를 펴며 고개를 들면 그을거리는 아낙네 틈에는 순남이가 끼여 있다. 고기 세는 사람이 한둘이 아니니까 순남이는 똑바로 그의 앞에 함지를 내려놓지 못하고 그저 그의 앞 비슷하게 비스듬히 내려놓고는 발끝도 내려다보다가는 가없는 너른 바다에 말없이 시선을 주기도 한다. 그의 얼굴은 어쩐지 좀 붉어지는 듯했다. 창선이는 비쭉 웃고 명태 중에도 알 잘 든 놈을 골라 가며 쪼개로 척척 찍어 그의 함지에 세어 놓는다. 어물어물 한 드럼에 네일곱 마리씩은 더 넘겨준다.

이렇게 애든 이 고장이요, 이렇게 친한 이 바다이다.

그러나 지금은 모든 것이 달라졌다. 산도 그렇고 물도 그렇다. 철도길이 고개를 갈라 먹고 창리 포구에 어선이 끊어졌다. 구수한 흙냄새 나는 마을이 없어지고 맵짠 쇠냄새 나는 공장과 벽돌집이 거만스러이 배를 붙이고 있다. 소수레가 끊어지고 부수레(기차)가 왱왱거린다. 농군은 산비탈 으슥한 곳으로 밀려가고 노가다(노동자)패가 제노라고 쏘다닌다. 땅은 석탄 먼지에 꺼멓게 절고 배따라기 요란하던 포구는 파도 소리 홀로 쓸쓸하다. 그의 눈에는 땅도 바다도 한결같이 죽은 듯했다. 기계간 벽돌집 쇠사슬 떼굴뚝이 아무리 야단스러워도 그저 하잘것없는 까닭 모를 것이었다.

내외는 철도둑을 넘어 고개턱에 올라섰다. 새로 이사 간 고향이 보인다. 저— 바닷가에——

그러나 옛날 구룡리 마을은 아주 말 아니다. 철도길 바람에 마을 한복판이 툭 끊어져 버렸다. 마을 어구를 파수 보던 솔나무들이 늙은이 앞니같이 뭉청 빠져 버렸다. 기차 굴뚝에서 나온 조그만 석탄불이 집어삼킨 불탄 두세 집이 보인다. 나직나직한 곤돌초막은 무서운 듯이 쪼그리고 있다. 작고 더 쪼그릴 것 같다. 그리 되면 그 속의 식구들이 모조리 깔리고 말 것이다. 창선의 머리에는 낮꿈 같은 야릇한 상상이 그려졌다——기운찬 사나이만 쪼그라진 그 지붕을 뚫고 머리를 반쯤 내민 것이 보인다. 늙은이 아낙네 어린것이 그 밑에 깔려서 숨이 팔딱거리는 것이 보인다——

창리에서 이사 간 집들은 생소한 그 서슬에 정떨어진 듯이 저— 바다 한가에 물러가 있다. 그러나 사정없는 바닷물이 삼킬 것 같다. 그래도 바닷가 사람에게는 낯선 기차에 비해서 바다가 정다웠던 모양이다.

"저기 가서 *원밀석[海嘯]이 무섭지도 않나!"

"바다가 가까워서 고기받이는 제일이겠소. 그래도——"

아낙은 고기받이할 것만 생각하였다.

"되놈의 땅에서 생선을 못 먹어 창자에 탈이 났는데."

"돈만 있어 보지. 되 땅이 아니라 생국[西洋]가도 태평이지."

내외는 이런 얘기를 하며 형의 집을 찾으려고 물어 볼 사람을 찾으나 좀처럼 만날 수가 없었다. 겨울이 되면 더 사람이 많이 나다닐 터인데 이상한 일이었다. 고기만 잘 잡힌다면 벌써 오는 길에서 고기받이 아낙네와 수레꾼들을 많이 만났을 것이다. 그러나 하나도 못 보았다.

3

창선이가 길가 어떤 아이와 물어 가지고 형의 집에 찾아온 때는 좀 어두컴컴했다. 어머니는 누더기를 쓰고 가맛목에 드러누웠고 조카 남매는 희미한 등경불 아래에서 감자떡을 치고 있었다.

"어머니, 창선입니다."

"어머니……."

내외는 *바당문을 열고 들어서자 성큼 정주에 올라서며 어머니 앞에 절을 넙석 하였다.

"아니, 창선이라니……."

어머니는 너무도 놀라고 반가웠던 것이다.

"어머니, 그새 *소환이나 안 계셨습니까…… 택내가 다 무고한가요."

"응…… 원…… 이 추운데 그래 살아 왔구나."

어머니는 곱이 낀 눈을 슴벅거리며 자세히 쳐다본다. 어머니 아니고는 날 수 없는 눈물이 고였다.

"죽잖으면 그래도 만나는구나…… 아들이 났다지. 어디 보자……
이름은 무엇이라고 지였니?"

"간도에서 났다고 간남이라고 했습니다…… 추위에 감기를 만나
서…… 영 죽게 되었어요."

아낙은 젖에서 어린것을 떼어 어머니에게 안겨 드렸다.

"아이구, 컸구나…… 이런 무겁기라구…… 작년 구월에 났다
지…… 원 늙은것은 얼른 가고 너희나 잘 살아야겠는데……."

어머니 눈에서는 눈물이 굴러 떨어졌다.

"그래 그곳 사는 일이 어떻더냐. 예보다는 좋다더구나."

"말 마십시요. 죽지 않은 게 천만다행입니다. 되놈들 등쌀에 몰려
다니기에 볼일을 못 봅니다. 우리 살던 고장에서도 쉰아무 집 되는
데서 벌써 열 집이나 어디로 떠났습니다. 무지막지하게 땅을 떼고 몰
아내는 데야 어찌합니까…… 우리 동리 아랫동리 영남 사람은 한 집
이 몰살을 했답니다."

"저런…… 몰살은…… 끔찍도 해라."

"늙은 어머니와 아낙과 어린 자식들을 두고 가장이 벌이를 갔더라
나요. 한 게 뜻대로 되지 못해서 한 스무 날 만에야 돌아와 보니 늙
은이가 방에서 얼어죽고 아낙은 어디로 갔는지 보이지 않더래요."

"저런…… 청인이 차갔나? 원…… 사람은 못 살 데로구나."

"그런 게 아닌네. 가장도 처음은 그렇게 생각했답니다…… 그래서

칼을 들고 찾아 나섰대요.”

“죽일라고, 원 저런…… 치가 떨리는 일이라구는.”

“남편이 미친 사람같이 두루 찾아다니는데 눈얼음 속에 사람 같은 것이 보이더래요…… 그래 막상 가보니 아낙이 옳더라지요.”

“아, 그래 살았어?”

“아니…… 눈 속에서 얼어 죽었는데 머리에는 강냉이(옥수수) 한 되를 이고 어린애는 하나는 업고 하나는 앞에 안은 채 얼어붙었더래요.”

“원, 하늘도 무심하지. 그것들이 무슨 죄가 있다구.”

“그뿐인가요. 남편까지 죽었답니다. 발광이 나서…….”

“사람은 못 살 데다. 말도 마라. 원, 끔찍끔찍해서 그걸 누가 듣는단 말이냐…… 그래도 재대비(창원의 형)는 정 안 되면 그리로 간다구…… 원, 하느님 맙소사.”

“소문만 듣고 갔다가는 큰일납니다. 그렇게 죽고 몰려다니는 사람이 부지기수랍니다. 여북해서 이 겨울에 나왔겠습니까.”

“앤들 여북하겠니. 생불여사다…… 오늘도 어쩌면 살아 볼까 몰려들 가더라만——”

“참, 형님 읍으로 갔대지요. 아주머니까지…….”

“설상가상이다. 사다사다 안 되니 오늘 감사라던지 난 모른다만 그리로 온 동리가 몰려갔다더라.”

“감사? 무슨 때문에요?”

“원, 세월이 없구나. 보지 못하니 태평이지. 모두 굶어죽는다고 야단들이다.”

“글쎄, 그렇다기로 도장관이 살려 주겠습니까.”

“사흘 굶은 범이 원을 가리겠니. 죽을 판인데…… 고기가 잡혀야 살지. 무얼 먹고 산단 말이냐.”

“고기가 안 잡히는데 누구를 치탈하겠습니까. 세월 탓이지요.”

“세월 탓이 아니라는구나. 포구가 나빠서 그렇단다. 배도 못 *뭇고 무트면 바사진다는구나…… 시월에 모래 언덕집 유새네 은어(도루메기)배가 바사졌다. 사람이 셋이 고깃밥이 되었단다. 그 집 맏사람이 분김에 회사에 가서 행렬을 하다가 ×××한테 몰려나고 술이 잔뜩 취해서 바사진 뱃조각을 두드리고 통곡하다가 얼어죽었단다. 원——”

“그런데 회사는 무슨 회삽니까.”

“저게 그 창리바닥을 못 봤니…… 그 ×××란다. ×야, 원——”

“어째서요?”

“이리로 온 게 누구 때문이냐. 글쎄 창리야 좀 좋았니. 운수가 고단하면 자빠져도 코가 깨진다고…… 글쎄 그 터를 내준 게 잘못이지.”

어머니 말만 들어 가지고는 자세한 내용을 알기 어려웠다. 그러나 대체 어지간한 일이 아닌 것은 짐작할 수가 있었다. 그러나 온 동리가 쓰러져 간다는 것은 암만해도 의심쩍은 일이다.

의혹도 의혹이려니와 그러나 배가 더 고팠다. 그래서 어머니가 권하는 대로 형의 내외를 기다리는 감자밥으로 우선 요기나 했다.

"이게 무슨 재단이 났구나. 갈 때에도 말이 많더니 왜 여태 못 오는지……."

어머니는 오래간만에 만난 기쁨이 점점 엷어지고 잠시 잊었던 근심이 다시 시작되었다.

"글쎄요, 날씨가 별안간 추워져서……."

창선이 내외도 저으기 근심되었다.

"날씨도 날씨지만…… 온 별일이더라. 동리에서 몰려나서기만 하면 어쩐지 ××이 부득부득 못 가게 한다더구나…… 그래 오늘 아침은 장날 핑계를 대고 새벽부터 장으로 갑네 하고 패패 떠났다…… 이제 무슨 일이 났다, 났어…… 원."

"오겠습지요. 누우십시오."

창선이는 어머니를 안심시킬래도 사정을 몰라서 할 말이 나서지 않았다. 어머니는 이쪽 저쪽으로 돌아누우며 끝끝내 맘을 놓지 못하는 모양이다. 조카 남매는 새 동생을 가운데 놓고 노전가지에 불을 붙여 팽팽 돌린다, 감자떡을 떼어 준다, 손장난을 맞친다 하더니 그만 자는 체 없이 곤드러지고 말았다. 아낙도 어린것을 끼고 노그라져 버렸다.

4

창선의 형 창룡이 내외가 집에 돌아온 것은 밤이 매우 이슥한 때였다.

"온 어쩌면 이렇게 변하였습니까. 영 딴세상 같습니다."

피차 오래간만에 만난 회포인사가 끝나자 창선은 간도 형편을 대강 말하고는 이렇게 말하였다.

"말 말게. 냉수에 이 부러질 노릇이지…… 한둘도 아니요 온 동리가 기지사경이네…… 그래 이 소식도 못 들었나? 신문사라고 신문사는 다 왔다 갔네."

"글쎄 어머니에게서 대강 들었습니다만…… 아주 금시초문이지 들을 길이 있습니까."

창룡이는 처음 ××××××가 될 때 형편을 얘기하였다. 이 근방 토지를 매수하며 ……든 말과 그 사이에 소위 ××유력자들이 나서서 춤을 추던 야바우를 말하였다.

"이리로 옮기기만 하면 여기다 인천만한 항구를 만들어 줄 테요 시장 학교 무슨 우편소니 큰길이니 다 내준다고…… 야단스러운 지도(地圖)를 가지고 와서 구룡리를 가리키며 제이의 인천을 보라고…… 원, 산 눈 뺄 세상이지."

"그래서요?"

"그래도 이천 명이나 되니 그리 얼른 ×겠나. 해서 구룡리에다 창리만한 설비를 해주면 간다고 했지…… 그리고 우리도 한 집이라도 먼저 가면 ……인다고 온 동리에서 말이 됐지. ……했더니 ……에서 두 아주 능청스럽게 그렇게 하라구 호언장담을 하더니…… 온 이런 놈의 야바우가 있나. 그렇게 말해 놓고는 뒤로 한 사람씩 파는구만.”

“파다니요?”

“파는 놈이 병신이지. 저 우물녘 집 개수경이 있지 않나. 사람이 불어야 하지. ××에서 꾀군을 그리로 보냈더래. 커다란 봉투에 무엇을 수북이 넣어서 맽기여 장차 장자가 되는 봉투라고…… 위선 구룡리로 옮기기만 하면 그 봉투를 줄 텐데 잘 간수했다가 떼어 보면 알 조가 있다구.”

“무슨 봉투래요. 사실이던가요?”

“무얼 사실이야. 엊그제야 떼어 보니 십 원짜리 한 장인가 들었더래…… 그래도 그 바람에 신이 나서 동리 약속을 깨트리고 먼저 옮았네그려. 죽을 심 쳤겠지. 그러나 동리터에 그걸 죽이나 어쩌나…… 하더니 구수한 풍설에 한 집 두 집 설비도 해주기 전에 그만 다 옮아 버렸네그려.”

“집값은 다 받았겠지요?”

“그야 받았지만 그걸 가지고 뭘 하나. 고기가 잡혀야 말이지…… 워낙 금년은 어산이 말 아니네.”

“아주 그렇게 안 잡힙니까.”

“아따, 이 포구를 못 봤나…… 축항인지 무언지 해준다던 게 그래 논 꼴만 보게. 큰 집 마당만하게 좌우쪽에 쉰아무 발씩 방축을 쳐쌓다네. 거게 무슨 배를 매며…… 벌써 일년도 못 돼서 마흔다섯 척 중에서 아홉 채가 바사졌네. 저 류관청네와 모래언덕집과……”

"그건 들었습니다만 사람까지 상패가 났다니……."

"글쎄 여보게, 서호에 가서 받아 오면 명태 한 바리에 스무 냥(사원)은 더 주어야 하네. 한데도 서호 다니는 길은 돌강스랭이가 되어서 많이 이고 다닐 수도 없고 수렛길이 없어서 수레도 못 다니고…… 게다가 해풍이 심해서 고기받이꾼이 얼마를 얼어죽을지 모르네. 그래 누누이 회사에 말을 했건만 영 막무가내하구만."

"저런 ……는 ……그걸 ……두어요."

"애초에 도청에서 설계를 했느니 저이는 그대로만 했으니 모른다는 게지…… 그래 오늘은 ××× 있는 데로 가보았네…… ××× 나와서 가라구만 하지 어디 꼴이나 볼 수 있나."

"그래 못 만났어요."

"석양에야 겨우 만나긴 했네. 잘 해준다고 하게 다지고 왔지만……."

"그런데 아낙들까지…… 난립니다. 바로——"

"제 발등이 따그니까 가지 말래도 가는 게지. 또 그래야 관청에서도 알아주네. 여기 번영회라는 게 있어 가지고 대표가 사오 차 나가도 돌아가서 기다리라고만 하지 어디 하나나 해주나. 해서 이번은 대표도 소용없다 모두 가자 하고 간 걸세."

"그럼 인제는 잘될 모양입니까?"

"말만은 고맙데…… 한데 워낙 이제부터는 바다가 깊어서 한 간에 낯반 원씩 든다네그려."

“그래도 회사에서 으레 해놓아야지 별수 있습니까. 안 해주면 우리 동리를 도로 달라지요.”

“원, 가당치도 않은 …………가 우리말은 고사하고 ××도 네뚜리만히 안다네. 원, 영의정을 업고 다니는지 그 ×× 등쌀은 깊는 장수가 없데그려. 돈이면 그만이야. 정승이 부럽겠나 ××× 무섭겠나. 무에 무서울 게 있어야 말이지…… 저 관사만 보게 …………명함도 못 들이겠데 뿡—— 하면 자동차라고.”

자리에 누워서까지 이런 얘기를 하는 사이에 창선은 그만 곤해서 어느새 코를 골았다. 그러나 창룡이는 이 궁리 저 궁리에 새날이 오도록 잠이 들지 않았다. 그에게는 무거운 짐 한 짝이 더 얹히었다.

5

창선이는 한심스러운 생각이 더쳐 왔다. 제 고장이라고 그리워하였고 제 친족이라고 찾아는 왔으나 생각던 바와는 아주 *천양지판이다. 조선 가면 아무 일이라도 해먹으려니 했으나 막상 와보니 그 ‘아무 일’이란 아무데서도 찾을 수 없었다. 일하고 싶어도 할 일이 없고 힘을 쓸래도 쓸 곳이 없고 고기도 잡아먹을 수 없고 농사도 지을 수 없다. 대대로 전하여 오던 손익은 일 맛들인 일은 이리하여 얻어 만날 수 없고 눈이 멀개서 산 송장이 될 것만 같았다.

그러나 정든 옛 일이나 그네가 같이 밀려간 자리에는 낯선 새노릅(고장 기계)이 주인같이 타리개를 틀었다. 검은 굴뚝이 새 소리를 외치고 눈 서투른 무서운 공장이 새 일꾼을 찾으나 그것은 너무도 자기 몸과 거리가 먼 것 같았다. 그만치 할 일이 있고 할 뜻이 있는 옛 일에 대한 애착이 아직까지 뿌리 깊이 가슴을 부여잡고 있다. 그런데 그 일은 어디 가고 꿈도 안 꾸던 뚱딴지 같은 일터가 제맘대로 벌어져 있다. 게트림을 하면서 턱으로 사람을 부른다. 없는 사람을——그러나 차마 발이 떨어지지 않는다. 천하없어도 후려 넣는 절대명령이요 울며불며라도 가잖을 수 없는 그곳이언만—— 이리하여 망설이는 *과도기의 공포와 설움이 그의 가슴을 쑤시었다.

구룡리 백성의 살림은 더욱 말 아니었다. 겨울이 가고 봄이 오는 사이에 쌀독의 낟알은 죄다 없어졌다. 겟덕(물고기 말리는 말뚝)은 부엌이 다 집어먹었다. 그래도 잘해 준다던 소식은 찾아오지 않았다. 포구에는 배따라기가 떠보지 못하고 산야에는 격양의 노래가 끊어졌다. 다만 들리느니 저녁놀이 사라지는 황혼의 노동자 노래뿐이다.

장진물이 넘어서 수력 전기 되고
내호바닥 기계 속은 질소 비료가 되네
아—령 아—령 아라리가 났네
아리랑 고개로 넘겨넘겨 주—소
논밭간 좋은 건 기계간이 되고
계집애 잘난 건 요리간만 가네

헙스럽고 까라진 아리랑이보다—— 사자밥을 목에 단 배꾼의 노래보다 씩씩한 노래다. 옛 살림을 빈정대고 새 살림을 자랑하는 노래다.

그 후 얼마 못 되어서 이 고장 백성들은 상투를 자르고 공장으로 몰려갔다. 그러나 그렇게 함부로 써주는 것이 아니다. 맨 힘차고 뼈 굵고 거슬거슬하고 나 젊은 우둥퉁하고 *미욱스럽게 생긴 사람만 뽑히었다. 그리고 거기서 까불여난 늙고 약한 사람이 개똥밭 농사나 짓고 은어 부스러기 고기잡이나 하는 수밖에 없었다. 없던 사람은 온 가장을 보따리에 꾸동쳐 지고 영원 장진으로 떠나갔다.

*화전(火田)이나 해먹을까 하는 것이다.

창선이는 요행 공장노동자로 뽑혔다. 상투 짜고 감발 치고 부삽 들고 콘크리트 반죽하는 생소한 사람이 되었다.

(『조선지광』, 1929. 4.)

가가假家. '가게'의 원말.

가맛목 '부뚜막'의 잘못.

가묘家廟. 한 집안의 사당(祠堂).

가무렸다가 남이 보지 못하게 숨기다.

가뭇없이 보이던 것이 전연 보이지 않아 찾을 곳이 감감하다.

가탈걸음 말이 불안정하게 비틀거리며 걷는 걸음.

간산看山. 묏자리를 구하려고 산을 돌아봄.

갈노전 갈대로 엮어 만든 깔개.

감구지회感舊之懷. 지난 일을 떠올리며 느끼는 회포.

감발 발감개.

갑았던 '차다(일정한 공간에 사람, 사물, 냄새 따위가 더 들어갈 수 없
    이 가득하게 되다)'의 방언(함경).

강감찬姜邯贊. 고려 초기의 명장(948~1031). 현종 9년(1018)에 거란
    의 장수 소배압(蕭排押)이 쳐들어왔을 때에, 서북면 행영 도통
    사로서 상원수가 되어 흥화진에서 적군을 대파하였다. 또한 이
    듬해에는 회군하는 적을 귀주에서 크게 격파하여 추충협모안국
    공신의 호를 받았다.

강감찬

강보襁褓. 포대기.

개갑게 '가볍다'의 방언(경상, 함남).

개와蓋瓦. 기와로 지붕을 임.

거증擧證. 증거를 들어 어떤 사실을 증명함. 또는 그 증거.

걸싸게 일이나 동작 따위가 매우 날쌔다.

격월한 목소리 따위가 격하고 높다.

견마 남이 탄 말을 몰기 위하여 잡는 고삐.

결초보은結草報恩. 죽은 뒤에라도 은혜를 잊지 않고 갚음을 이르는 말.

경대조京大棗. 일단 서울을 거쳐서 지방으로 나가는 알이 굵은 대추.

고두백배叩頭百拜. 머리를 조아리며 몇 번이고 거듭 절함.

고소원固所願. 본디부터 바라던 바.

고시랑거리는 불안한 마음으로 좀스럽게 몸을 자꾸 뒤척이다.

곰상스러웠다 성질이나 행동이 싹싹하고 부드러운 데가 있다.

공교한 생각지 않았거나 뜻하지 않았던 사실이나 사건과 우연히 마주치는 것이 매우 기이 하다.

과도기過渡期. 한 상태에서 다른 새로운 상태로 옮아가거나 바뀌어 가는 도중의 시기. 흔히 사회적인 질서, 제도, 사상 따위가 아직 확립되지 않은 불안정한 시기를 이른다.

과봉裹封. 잔칫집에 온 손님들이 돌아갈 때에, 음식물을 싸서 몫몫이 나누어 주는 봉지.

관계官桂. 육계(肉桂), 5~6년 이상 자란 계수나무의 두꺼운 껍질을 한방에서 이르는 말. 건위제와 강장제로 쓴다.

관골顴骨. 광대뼈.

관명冠名. 관례(冠禮)를 치르고 어른이 되면서 새로 지은 이름. 보통 항렬에 따라 짓는다.

구구스런 보기에 떳떳하지 못하고 구차스러운 데가 있다.

구먹 '구멍'의 방언(경기, 전라, 충북, 황해).

구시 '구유'의 방언(경상, 전라, 충북, 함경).

구전하였다 이것저것 모두 갖추고 있다.

구주救主. 구세주(救世主).

국록國祿. 나라에서 주는 녹봉.

권마성勸馬聲. 말이나 가마가 지나갈 때 위세를 더하기 위하여 그 앞에서 하졸들이 목청을 길게 빼어 부르는 소리.

권상요목勸上搖木. 나무에 오르게 하고 흔들어 떨어뜨린다는 뜻으로, 남을 부추겨 놓고 낭 패를 보도록 방해함을 이르는 말.

금관자貫子. 망건에 달아 당줄을 꿰는 작은 단추 모양의 고리. 신분에 따라 금(金), 옥(玉), 호박(琥珀), 마노, 대모(玳瑁), 뿔, 뼈 따위의 재료를 사용하였다.

기소欺笑. 남을 업신여겨 비웃음.

기연미연其然未然. 그런지 그렇지 않은지 분명하지 않은 모양.

기직 왕골 껍질이나 부들잎으로 짚을 싸서 엮은 돗자리.

까라졌다 기운이 빠져 축 늘어지다.

꼬물 주로 '꼬물도', '꼬물이나', '꼬물만큼' 꼴로 쓰여 아주 조금.

낙맥落脈. 큰 산맥에서 떨어져 나온 산맥이나 산.

난당難當. 당해 내기 어려움.

난봉 난봉꾼, 허랑방탕한 짓을 일삼는 사람.

난짝 '답삭'의 잘못.

내뛸성 명랑하고 활발하여 나서기를 주저하거나 수줍어하지 않는 성질.

네뚜리 사람이나 물건 따위를 대수롭지 않게 여김.

노수路需. 노자(路資).

노토리 '늙은이'의 방언(평북, 함경).

눅게 값이나 이자 따위가 싸다.

능지 능지처참(陵遲處斬), 대역죄를 범한 자에게 과하던 극형. 죄인을 죽인 뒤 시신의 머
　　　리, 몸, 팔, 다리를 토막 쳐서 각지에 돌려 보이는 형벌이다.

다방솔 '다복솔(가지가 탐스럽고 소복하게 많이 퍼진 어린 소나무)'의 잘못.

단련鍛鍊. 귀찮고 어려운 일에 시달림.

단벌가는 오직 그것 하나뿐으로, 그보다 나은 것이 없다.

단청丹靑. 옛날식 집의 벽, 기둥, 천장 따위에 여러 가지 빛깔로 그림이나 무늬를 그림. 또
　　　는 그 그림이나 무늬.

달마達磨. 중국 남북조 시대의 양나라 중(?~?534). 중국 선종의 시조로, 반야다라에게 불
　　　법을 배워 대승선(大乘禪)을 제창하였다.

대성질호大聲叱呼. 큰 소리로 꾸짖음.

대정大正. '다이쇼'를 우리 한자음으로 읽은 이름.

더수기 '뒷덜미'의 옛말.

더쳤다 낫거나 나아가던 병세가 다시 더하여지다.

더퍼리 '더펄이(성미가 스스럼이 없고 붙임성이 있어 꽁하지 않은 사람)'의 북한어.

덕 널이나 막대기 따위를 나뭇가지나 기둥 사이에 얹어 만든 시렁이나 선반.

덧두리 정해 놓은 액수 외에 얼마만큼 더 보탬. 또는 그렇게 하는 값.

도간 공간적 시간적으로 약간의 틈이 남. 또는 그 틈.

도거리 따로따로 나누지 않고 한데 합쳐서 몰아치는 일.

도두 위로 높게.

도습踏襲. 옛 정책, 수법, 방식 따위를 그대로 본받아 좇음.

도타逃躱. 몰래 달아나 숨음.

도탄塗炭. 진구렁에 빠지고 숯불에 탄다는 뜻으로, 몹시 곤궁하여 고통스러운 지경을 이르는 말.

두무 '두멍'(물을 많이 담아 두고 쓰는 큰 가마나 독)의 방언(함경).

두취頭取. 예전에, '은행장'을 이르던 말.

둥글황소 '황소'의 북한어.

드리없이 경우에 따라 변하여 일정하지 않다.

드소문 소문이 멀리 퍼지는 일. 또는 그 소문.

드티고 밀리거나 비켜나거나 하여 약간 틈이 생기다. 또는 그렇게 하여 틈을 내다.

등자鐙子. 말을 타고 앉아 두 발로 디디게 되어 있는 물건. 안장에 달아 말의 양쪽 옆구리로 늘어뜨린다.

등자

떼서리 '떼전'(한 동아리가 되어 무리를 이룬 사람들)의 북한어.

루소Rousseau. Jean Jaques. 프랑스의 작가, 사상가(1712~1778). 이성보다는 감성을 중요시하는 낭만주의의 기초를 마련하였으며 인위적인 문명사회의 타락을 비판하고 자연으로 돌아갈 것을 역설하였다. 저서에 『인간 불평등 기원론』, 『사회 계약론』 등이 있다.

마등갱이 '마디'의 잘못.

마바리꾼 마바리(짐을 실은 말. 또는 그 짐)를 몰고 다니는 것을 직업으로 삼는 사람.

막설莫說. 말을 그만둠.

만수받이 아주 귀찮게 구는 말이나 행동을 싫증 내지 않고 잘 받아 주는 일.

망건 상투를 튼 사람이 머리카락을 걷어 올려 흘러내리지 아니하도록 머리에 두르는 그물처럼 생긴 물건. 보통 말총, 곱소리 또는 머리카락으로 만든다.

맡 '그 길로 바로'의 뜻을 나타내는 말.

매시시 온몸에 힘이 없이 나른한 모양.

매원埋怨. 원망을 품음. 또는 그 원망.

망건

매파媒婆. 혼인을 중매하는 할멈.

맨봉당封堂. 안방과 건넌방 사이의 마루를 놓을 자리에 마루를 놓지 아니하고 흙바닥 그대로 둔 곳.

맹꽁이 맹꽁잇과의 양서류. 몸은 5cm 정도이며 누런 바탕에 푸른색 또는 검은색의 무늬가 있다. 몸집이 뚱뚱하고 머리는 짧으며 발에 물갈퀴가 없다. 낮에는 땅속에 있다가 밤에 나와 곤충을 잡아먹는다. 한국, 만주 등지에 분포한다.

멀귀 '머루'의 방언(함경).

면면함 끊어지지 않고 죽 잇따라 있다.

명문 명치, 사람의 가슴뼈 아래 한가운데의 오목하게 들어간 곳.

모물전毛物廛. 예전에, 갖옷과 털로 만든 방한구 따위의 모물을 팔던 가게.

목화木靴. 예전에, 사모관대를 할 때 신던 신. 바닥은 나무나 가죽으로 만들고 검은빛의 사슴 가죽으로 목을 길게 만드는데 모양은 장화와 비슷하다.

무꾸리질 무당이나 판수에게 가서 길흉을 알아보거나 무당이나 판수가 길흉을 점침. 또는 그 무당이나 판수.

무사기한 조금도 간사한 기가 없다.

무심필無心筆. 다른 종류의 털로 속을 박지 않은 붓.

물계 어떤 일의 처지나 속내.

물덤벙술덤벙 아무 일에나 대중없이 날뛰는 모양.

뭇고 여러 조각을 한데 붙이거나 이어서 어떠한 물건을 만들다.

미거未擧. 철이 없고 사리에 어둡다.

미립 경험을 통하여 얻은 묘한 이치나 요령.

미상불 아닌 게 아니라 과연.

미욱스럽게 매우 어리석고 미련한 데가 있다.

미타한未妥. 온당하지 않다.

민민憫憫/悶悶. 매우 딱하다.

민요民擾. 민란(民亂).

바당문 부엌으로 드나드는 문(함경).

바자 대, 갈대, 수수깡, 싸리 따위로 발처럼 엮거나 결어서 만든 물건. 울타리를 만드는 데 쓴다.

바장이지 마음에 걸리는 것이 있어서 머뭇머뭇하다.

반연絆緣. 얽히어 맺어지는 인연.

받자 남이 괴로움을 끼치거나 여러 가지 요구를 하여도 너그럽게 잘 받아 줌.

방자 남이 못되거나 재앙을 받도록 귀신에게 빌어 저주하거나 그런 방술(方術)을 쓰는 일.

백부伯父. 큰아버지.

백양白楊. ‘황철나무’를 일상적으로 이르는 말.

밸머리 ‘밸’을 속되게 이르는 말.

번열煩熱. 몸에 열이 몹시 나고 가슴속이 답답하여 괴로운 증상.

번지기 ‘튀기’의 방언(함남).

벗니 ‘덧니’의 방언(강원, 함경).

부둥가리 ‘부지깽이’의 방언(경기, 평북).

분탕질 아주 야단스럽고 부산하게 소동을 일으키는 짓.

불가승수不可勝數. 너무 많아서 셀 수가 없음.

불감청不敢請. 마음속으로는 간절하지만 감히 청하지 못함.

불철주야不撤晝夜. 어떤 일에 몰두하여 조금도 쉴 사이 없이 밤낮을 가리지 아니함.

비두발괄 ‘비대발괄(억울한 사정을 하소연하면서 간절히 청하여 빎)’의 북한어.

비젓한 ‘비슷하다’의 방언(강원, 충남, 함경).

빗본 실제를 바로 보지 못하고 어긋나게 잘못 보다.

삐여져 일정한 범위나 한계 따위를 벗어나다.

사개 상자 따위의 모퉁이를 끼워 맞추기 위하여 서로 맞물리는 끝을 들쭉날쭉하게 파낸 부
　　　분. 또는 그런 짜임새.

사상의학四象醫學. 조선 고종 때의 학자 이제마의 한의학설. 사람의 체질을 태양인, 태음
　　　인, 소양인, 소음인으로 나누어 각각의 체질에 맞게 약을 써야 한다는 이론이다.

사향麝香, 사향노루의 사향샘을 건조하여 얻는 향료. 어두운 갈색 가루로 향기가 매우 강
　　　하다. 강심제, 각성제 따위에 약재로 쓴다.

산저담山猪膽. 멧돼지의 쓸개를 한방에서 이르는 말. 해열과 해독 작용이 있어 옹종, 어혈,
　　　타박상 따위에 쓴다.

살팍진 근육이 살지고 단단하다.

삼경三更. 하룻밤을 오경(五更)으로 나눈 셋째 부분. 밤 열한 시에서 새벽 한 시 사이이다.

삼척동자三尺童子, 키가 석 자 정도밖에 되지 않는 어린아이. 철없는 어린아이를 이른다.

삼추三秋. 긴 세월을 비유적으로 이르는 말.

삼춘가절三春佳節. 봄철 석 달의 좋은 시절.

삼현육각三絃六角. 삼현과 육각의 갖가지 악기.

상통 얼굴을 속되게 이르는 말.

새양 '생강'의 방언(충남).

생질甥姪. 누이의 아들.

생청生淸. 벌의 꿀물에서 떠낸 가공하지 아니한 그대로의 꿀.

석고대죄席藁待罪. 거적을 깔고 엎드려서 임금의 처분이나 명령을 기다리던 일.

선무宣撫. 지방이나 점령지의 주민에게 정부 또는 본국의 본의(本意)를 권하여 민심을 안정
시키는 일.

선코 '선손'의 잘못. 행동의 차례에서 맨 먼저.

성복成服. 초상이 나서 처음으로 상복을 입음. 보통 초상난 지 나흘 되는 날부터 입는다.

성수 '신명'의 잘못.

소사小使. 관청이나 회사, 학교, 가게 따위에서 잔심부름을 시키기 위하여 고용한 사람.
'사동', '사환'으로 순화.

소시少時. 젊었을 때.

소합환蘇合丸. 사향(麝香), 주사(朱沙) 따위를 갈아서 빚어 만든 환약. 위장을 맑게 하고 정
신을 상쾌하게 하는 데에 쓴다.

소환所患. 앓고 있는 병.

손문孫文. '쑨원'을 우리 한자음으로 읽은 이름. 중화민국의 정치가(1866~1925). 자는 이
센(逸仙). 호는 중산(中山). 삼민주의를 제창하고, 신해혁명 후에 임시 대총통으로
추대되었으나, 위안스카이(袁世凱)에게 정권을 양보하였다가, 뒤에 중국 국민당을
조직하여 혁명을 추진하였다. 저서에『삼민주의』가 있다.

쇠배 '전혀'의 잘못.

수리개 '솔개'의 방언(함경).

수삽하다 몸을 어찌하여야 좋을지 모를 정도로 수줍고 부끄럽다.

수유受由. 말미를 받음. 또는 그 말미.

수지 '휴지'의 잘못.

심화병 마음속의 울화로 몸과 마음이 답답하고 몸에 열이
높아지는 병.

젊은 베르테르의 슬픔 독일의 시인이며 작가인 괴테가 지
은 서간체 소설. 주인공 베르테르가 남의 약혼녀를
사랑하다가 뜻을 이루지 못하여 끝내 권총으로 자살한다는 내용이다. 1774년에 발

솔개

표하였다.

승벽勝癖. 남과 겨루어 이기기를 좋아하는 성미나 버릇.

승석僧夕. 중이 저녁밥을 먹을 때라는 뜻으로, 이른 저녁때를
　　이르는 말.

시라소니 '스라소니(고양잇과의 동물. 살쾡이와 비슷한데 몸
　　의 길이는 1미터 정도이며, 잿빛을 띤 적갈색 또는 잿
　　빛을 띤 갈색에 짙은 반점이 있다. 앞발보다 뒷발이 길
　　고 귀가 크고 뾰족하다.)' 북한어.

스라소니

식지食指. 집게손가락.

신체발부身體髮膚. 몸과 머리털과 피부라는 뜻으로, 몸 전체
　　를 이르는 말.

십장생十長生. 오래도록 살고 죽지 않는다는 열 가지. 해, 산, 물, 돌, 구름, 소나무, 불로
　　초, 거북, 학, 사슴이다.

쌍바라지 좌우로 열고 닫게 되어 있는 두 짝의 덧창.

씨루며 힘겨운 일을 이루기 위하여 애쓰다.

아라사俄羅斯. '러시아'의 음역어.

아인俄人. 예전에, 러시아 사람을 이르던 말.

악지 잘 안될 일을 무리하게 해내려는 고집.

악혈 어혈(瘀血)의 일종. 혈관 밖으로 나와 조직의 사이에 몰려 있는 죽은피를 이른다.

안손방眼損方. 이사할 때 방위를 보는 구궁수(九宮數)의 하나. 불길한 방위이다.

안택경安宅經. 안택(집안에 탈이 없도록 무당이나 소경을 불러 가신(家神)들을 위로하는
　　일. 주로 10월 상달에 한다)할 때에, 무당이나 점을 치는 소경이 읽는 경문.

앙앙하다 ……이 매우 마음에 차지 아니하거나 야속하다.

액내額內. 한집안 사람.

야기 주로 어린아이들이 불만스러워서 야단하는 짓.

야바우 야바위(속임수로 돈을 따는 중국 노름의 하나).

약과문藥果紋. 비단의 과줄 모양 무늬.

약대 낙타.

약탕관

약탕관 탕약을 달이는 데 쓰는 질그릇. ≒약차관・약탕기.

양달령 서양 피륙의 하나. 양목과 비슷하나 더 두껍고 질기다.

양자樣姿. 겉으로 나타난 모양이나 모습.

양잠養蠶. 누에를 기름. 또는 그 일.

양주머리 '양지머리(소의 가슴에 붙은 뼈와 살을 통틀어 이르는 말)'의 잘못.

어마지두 무섭고 놀라서 정신이 얼떨떨한 판.

어방 '어름(두 사물의 끝이 맞닿은 자리)'의 북한어.

어시호於是乎. 이제야. 또는 이에 있어서.

언청이 선천적으로 윗입술이 세로로 찢어진 사람. 또는 그렇게 찢어진 입술.

얼 탈이나 사고.

여구하게 모양이나 상태가 옛날과 같다.

여월 딸을 시집보내다.

역청瀝靑. 아스팔트.

연봉延逢. 고을 수령이 존귀한 사람을 나아가 맞던 일.

연심 '연방'의 잘못.

영각 소가 길게 우는 소리.

영림창營林廠. 대한 제국 때에, 압록강과 두만강 연안의 삼림에 대한 일을 맡아보던 관청.
　　　융희 4년(1910)에 없앴다.

영초英綃. 중국에서 나는 비단의 하나. 모초(毛綃)와 비슷한데 품질이 조금 낮다.

오력 '옳(일을 잘못한 것에 대한 갚음)'의 잘못.

오복五福. 유교에서 이르는 다섯 가지의 복. 보통 수(壽), 부(富), 강녕(康寧), 유호덕(攸好
　　　德), 고종명(考終命)을 이르는데, 유호덕과 고종명 대신 귀(貴)와 자손중다(子孫衆多)
　　　를 꼽기도 한다.

오비이락烏飛梨落. 까마귀 날자 배 떨어진다는 뜻으로, 아무 관계도 없이 한 일이 공교롭게
　　　도 때가 같아 억울하게 의심을 받거나 난처한 위치에 서게 됨을 이르는 말.

오얏 '자두'의 잘못.

옴니암니 다 같은 이인데 자질구레하게 어금니 앞니 따진다는 뜻으로, 아주 자질구레한 것
　　　을 이르는 말.

왕청 차이가 엄청나게.

왜가리 왜가릿과의 새. 몸의 길이는 90~100cm이고 다리와 부리가 길다. 정수리 목 가슴
　　　배는 흰색, 등은 청회색이며 머리에서 뒷목에 이르기까지 검은 줄이 있다. 한국, 일
　　　본, 러시아의 동부 시베리아, 유럽, 아프리카, 호주 등지에 분포한다.

요해지要害地. 지세(地勢)가 군사적으로 아주 중요한 곳.

용잠龍潛. 잠저(潛邸). 나라를 세우거나 임금의 친족에 들어와
　　임금이 된 사람의, 임금이 되기 전의 시기. 또는 그 시
　　기에 살던 집.

우이송경牛耳頌經. 우이독경(牛耳讀經), 쇠귀에 경 읽기라는
　　뜻으로, 아무리 가르치고 일러 주어도 알아듣지 못함을
　　이르는 말.

왜가리

우황牛黃. 소의 쓸개 속에 병으로 생긴 덩어리. 열을 없애고
　　독을 푸는 작용을 하여, 중풍 열병 경간(驚癎) 따위에 쓴다.

원밀석[海嘯] 삼각형 모양의 하구에서 만조 때나 폭풍, 해저 화산 따위로 인하여 바닷물이
　　역류하여 일어나는 거센 파도. 좁은 하구의 저항 때문에 생기며, 중국의 첸탕 강(錢
　　塘江), 남아메리카의 아마존 강 하구가 유명하다.

원세개袁世凱. ‘위안스카이(Yuan Shikai)’의 잘못. 중국의 정치가(1859~1916). 자는 웨이
　　팅(慰亭). 호는 룽안(容庵). 조선의 임오군란 갑신정변, 중국의 무술정변에 관여하였
　　으며, 의화단 사건 후 총독, 북양(北洋) 대신이 되었다. 신해혁명 때는 전권을 장악
　　하여 선통제를 퇴위시키고, 1913년에 대총통에 취임하였으며, 1916년에 제위에 오
　　르겠다고 선언하였으나 반대에 부딪쳐 실각하였다.

원족遠足. ‘소풍’으로 순화.

원청강 ‘워낙’의 잘못.

원체 워낙(본디부터 원래).

월경越境. 국경이나 경계선을 넘는 일.

육혈포

위불없이 위불위(爲不爲)없다, 틀림이나 의심이 없다.

위의威儀. 위엄이 있고 엄숙한 태도나 차림새.

유록장柳綠帳. 가지가 휘늘어져 늘어선 버들.

육혈포六穴砲. 탄알을 재는 구멍이 여섯 개 있는 권총.

은휘隱諱. 꺼리어 감추거나 숨김.

이엉 초가집의 지붕이나 담을 이기 위하여 짚이나 새 따위로 엮은 물건.

이제마李濟馬. 조선 후기의 한의학자(1838~1900). 자는 무평(務平). 호는 동무(東武). 의
　　학을 임상학적인 방법으로 체계화하여 수세보원(壽世保元)의 학설을 창안하고 사상
　　의학의 시조가 되었다. 저서에 『격치고(格致藁)』, 『동의수세보원(東醫壽世保元)』이

있다.

인끔 '인금(사람의 가치나 인격적인 됨됨이)'의 북한어.

일로전쟁 러일전쟁. 1904년에 한반도와 만주에 대한 지배권을 둘러싸
고 러시아와 일본 사이에 일어난 전쟁. 일본이 승리하여 1905년
에 미국의 루스벨트 대통령의 중재로 포츠머스에서 강화 조약을
체결하였는데, 그 결과 일본은 우리나라에 대한 지배권을 묵인
받고, 랴오둥(遼東) 반도를 차지하여 대륙 침략의 발판을 마련하였다.

이제마

일망무제一望無際. 한눈에 바라볼 수 없을 정도로 아득하게 멀고 넓어서 끝이 없음.

일진회一進會. 광무(光武) 8년(1904)에 일제의 대한 제국 강점을 도와준 친일적 정치 단체.
1905년에 일제가 을사조약을 강요할 때에 이에 앞장을 섰고, 1909년에 통감(統監)
이토 히로부미에게 국권 강탈을 제안하는 따위의 친일 활동을 하다가 1910년 국권
강탈 후에 해산하였다.

임꺽정林巨正. 조선 명종 때의 의적(?~1562). 일명 임거정(林巨正) 임거질정(林居叱正). 백
정 출신으로, 일부 백성을 모아 황해도와 경기도 일대에서 탐관오리를 죽이고 그 재
물을 빼앗아 빈민에게 나누어 주는 일을 하다가, 토포사 남치근에게 붙잡혀 죽었다.

임치任置. 당사자 중 한쪽이 금전이나 물건을 맡기고 상대편이 이를 보관하기로 약속함.
또는 그로써 성립하는 계약.

자귀 짐승의 발자국.

자깝스러운 어린아이가 마치 어른처럼 행동하거나, 젊은 사람이 지나치게 늙은이의 흉내를
내어 깜찍한 데가 있다.

자당慈堂. 남의 어머니를 높여 이르는 말.

자리끼 밤에 자다가 마시기 위하여 잠자리의 머리맡에 준비하여 두는 물.

자전차 '자전거(自轉車)'의 잘못.

자죽 자국의 방언(강원).

자진모리 판소리나 산조 장단의 하나. 휘모리장단보다 좀 느리고 중중모리장단보다 빠른
속도로, 섬세하면서도 명랑하고 차분하면서 상쾌하다.

자초로 처음부터.

작경作梗. 못된 행실을 부림.

잔나비 '원숭이'의 방언(강원, 충북).

장근將近. 사물의 수효나 시간을 나타내는 말 따위와 함께 쓰여 '거의'의 뜻을 나타내는 말.

장달음 '줄달음질'의 북한어.

장전贓錢. 옳지 못한 짓을 해서 얻은 돈.

장짓가락 가운뎃손가락.

재승박덕才勝薄德. 재승덕박(才勝德薄), 재주는 뛰어나지만 덕이 적음.

적덕積德. 덕을 많이 베풀어 쌓음. 또는 그런 덕행.

전가후택前家後宅. 앞집과 뒷집이라는 뜻으로, 서로 이웃하여 사는 앞뒷집을 이르는 말.

전물상奠物床. 부처나 신에게 올리는 음식이나 재물을 차려 놓은 상. 주로 무당이 굿할 때
　　　　에 차리는 음식상을 이른다.

전소全燒. 남김없이 다 타 버림.

전인專人. 어떤 소식이나 물건을 전하기 위하여 특별히 사람을 보냄. 또는 그 사람.

전정前程. 앞길.

점즉한 '점직하다(부끄럽고 미안하다)'의 잘못.

정구지역井臼之役. 물을 긷고 절구질하는 일이라는 뜻으로, 살림살이의 수고로움을 이르는
　　　　말.

정월둥이 정월에 태어난 아이.

정전正殿. 왕이 나와서 조회(朝會)를 하던 궁전.

정주鼎廚. 부엌과 안방 사이에 벽이 없이 부뚜막에 방바닥을 잇달아 꾸민 부엌. 함경도 지
　　　　방에서 많이 볼 수 있다.

정한수 '정화수(井華水, 이른 새벽에 길은 우물물. 조왕에게 가족들의 평안을 빌면서 정성
　　　　을 들이거나 약을 달이는 데 쓴다)'의 잘못.

제세안민濟世安民. 세상을 구제하고 백성을 편안하게 함.

젠벽 '바람벽'의 방언(함남).

조련치 만만할 정도로 헐하거나 쉽다.

종신 일생을 마침.

노리개

좌수우봉左授右捧. 왼손으로 주고 오른손으로 받는다는 뜻으로, 즉석에서 거래함을 이르는
　　　　말.

중동무이 하던 일이나 말을 끝내지 못하고 중간에서 흐지부지 그만두거나 끊어 버림.

중신 결혼이 이루어지도록 중간에서 소개하는 일.

지음쳐서 사이에 두다.

지인지감知人之鑑. 사람을 잘 알아보는 능력.

지장보살地藏菩薩. 무불 세계에서 육도 중생(六道衆生)을 교화하는 대비보살. 천관(天冠)을 쓰고 가사(袈裟)를 입었으며, 왼손에는 연꽃을, 오른손에는 보주(寶珠)를 들고 있는 모습이다.

진동걸음 '진둥 걸음(바쁘거나 급해서 몹시 서두르며 걷는 걸음)'의 북한어.

진무鎭撫. 난리를 일으킨 백성들을 진정시키고 어루만져 달램.

짜장 과연 정말로.

차도선車道善. 독립 운동가(?~?). 1907년 함경북도 북청 후치령에서 홍범도, 송상봉(宋相鳳) 등과 의병을 일으켜 혜산진과 갑산에서 적군을 격파하였다. 만주로 건너가 포수단을 조직하여 독립 운동을 하였다.

차일遮日. 햇볕을 가리기 위하여 치는 포장.

참회록 루소의 자서전. 태어나서 1765년까지의 내면적 자기 형성의 과정을 기록한 것이다. 숨김없는 자기의 모습을 묘사하여 자연인의 모습을 보인 것으로 후일의 고백 문화의 선구가 되었다. 1765년부터 1770년에 걸쳐 완성하였다.

채근採根. 남에게 받을 것을 달라고 독촉함.

천수답天水畓. 천둥지기, 빗물에 의하여서만 벼를 심어 재배할 수 있는 논.

천양지판天壤之差. 하늘과 땅 사이와 같이 엄청난 차이

천취遷就. 일이나 날짜 따위를 미루고 지체함.

청상과수靑孀寡守. 청상과부(젊어서 남편을 잃고 홀로 된 여자).

추레하고 겉모양이 깨끗하지 못하고 생기가 없다.

출반좌出班坐. 여러 사람이 모인 자리에서 특별히 썩 앞으로 나와 앉음.

출장입상出將入相. 나가서는 장수가 되고 들어와서는 재상이 된다는 뜻으로, 문무를 다 갖추어 장상(將相)의 벼슬을 모두 지냄을 이르는 말.

취재取才. 재주를 시험하여 사람을 뽑음.

치기致寄. 통지(通知), 기별을 보내어 알게 함.

치도곤治盜棍. 조선 시대에, 죄인의 볼기를 치는 데 쓰던 곤장. 길이는 약 173cm, 너비는 약 16cm, 두께는 약 3cm이다.

곤장

태지苔紙. 가는 털과 같은 이끼를 섞어서 뜬 종이. 아주 질기다.

탯덩이 아주 못생긴 사람을 낮잡아 이르는 말.

토심스럽기도 …이 남이 좋지 아니한 태도로 대하여 불쾌하고 아니꼬운 느낌이 있다.

퇴박 마음에 들지 아니하여 물리치거나 거절함.

팔불용八不用. 팔불출.

평전 평야에 있는 좋은 밭.

폐의파립敝衣破笠. 해어진 옷과 부서진 갓이란 뜻으로, 초라한 차림새를 비유적으로 이르
는 말.

포서布緒. 일이 풀려 나갈 실마리.

피마 다 자란 암말.

하마 바라건대. 행여나 어찌하면.

하이칼라 머리털을 밑의 가장자리만 깎고 윗부분은 남겨서 기르는, 남자의 서양식 머리 모
양.

하회下回. 윗사람이 내리는 회답.

학정虐政. 포학하고 가혹한 정치.

해삼위海蔘威. 블라디보스토크.

핵변覈辨. 사실에 근거하여 밝힘.

허청虛廳. 헛간으로 된 집채.

허투루 아무렇게나 되는대로.

헤살 일을 짓궂게 훼방함. 또는 그런 짓.

현해탄玄海灘. '겐카이나다(Genkainada, 대한 해협 남쪽, 일본 후쿠오카 현(福岡縣) 서북
쪽에 있는 바다. 우리나라와 규슈(九州)를 잇는 통로로, 수심이 얕고 풍파가 심하
다)'를 우리 한자음으로 읽은 이름.

호부자豪富者. 호부(豪富), 세력 있는 큰 부자.

호상도감護喪都監. 초상 치르는 데에 관한 일을 책임지고 맡아 하는 직임. 또는 그 일을 하
는 사람.

홍범도洪範圖. 독립 운동가(1868~1943). 1907년에 함경북도 북청
후치령에서 의병을 일으켜 여러 차례의 항일전에서 적군을 격
파하였다. 만주로 건너가 청산리 대첩에 참여하였으며, 대한
독립 군단을 조직하여 부총재가 되었다. 1921년에 시베리아로
옮겨 고려 혁명 군관 학교를 설립하였다

홍범도

홍범십사조洪範十四條. 조선 고종 31년(1894)에 제정 공포한 정치 혁
신을 위한 14개 조목의 강령. 자주 독립의 확립, 왕위 세습제, 후빈(后嬪)의 정치 불

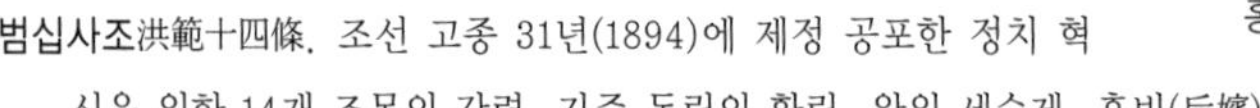

간여, 조세 법률주의와 예산 편성, 지방 관제의 개혁과 지방 관리의 권한 제한, 선
진 외국의 학예와 문화 수입, 입법과 국민의 생명 재산 보호, 징병과 군대의 양성,
광범위한 인재 등용이 그 내용이다.

화단禍端. 화를 일으킬 실마리.

화전火田. 주로 산간 지대에서 풀과 나무를 불살라 버리고 그 자리를 파 일구어 농사를 짓
는 밭.

화청和淸. 음식에 꿀을 탐.

화침火針. 종기를 따기 위하여 뜨겁게 달군 침.

황모黃毛. 족제비의 꼬리털. 빳빳한 세필(細筆)의 붓을 만드는 데 쓴다.

황화荒貨. '황아(여러 가지 자질구레한 일용 잡화. 끈목, 담배쌈지, 바늘, 실 따위를 이른
다)'의 잘못.

효유문曉諭文. 예전에, 백성들을 타이르기 위하여 썼던 글.

후취後娶. 두 번째 장가들어 맞이한 아내.

1900년(1세) 8월 3일 함경남도 함흥군 주서면 하구리 503 중농가에서 2
남 2녀 중 차남으로 출생. 본명은 병도(秉道).

1915년(16세) 함흥 보통학교 졸업. 4월 경성고보에 입학.

1918년(19세) 4월 경성고보 중퇴하고 함흥고보로 전학, 졸업.

1919년(20세) 형을 따라 북경에 가서 익지 영어학교에 입학함. 이때부터
사회과학 공부를 시작함.

1920년(21세) 겨울 귀국.

1921년(22세) 봄 동경으로 유학, 니혼대학(日本大學)에서 사회과학을 공부
함.

1923년(24세) 귀국.

1924년(25세) 북청에 있는 사립 대성중학교 강사로 재직.

1925년(26세) 이광수의 추천으로 『조선문단』에 「그날 밤」(1월) 발표

1926년(27세) 봄 부친이 타계. 만주 무순으로 이주. 평론 「프로예술의 선
언」(『동아일보』, 11. 6)을 발표

1927년(28세) 1월 귀국하여 카프 재조직에 참여. 이때 「계급대립과 계급
문학」(3월)이란 글을 『조선지광』에 발표하면서 본격적인 이
론가로 등장. 소설 「그릇된 동경」, 『동아일보』, 2. 1~10.),
「그 전후」(『조선지광』, 5월), 「뒷걸음질」(『조선지광』, 8월)을
발표

1928년(29세)   김화산을 비롯한 무정부주의자들과 논쟁함. 함흥에서 조선
               일보 지국을 경영. 소설 「홍수」(『동아일보』, 1. 2~6.)를 발
               표. 소설 「합숙소의 밤」(『조선지광』, 1월)과 평론 「문예운동
               의 실천적 근거」(『조선지광』, 2월)를 발표

1929년(30세)   「과도기」(『조선지광』, 4월)와 속편 「씨름」(『조선지광』, 8월)
               발표

1930년(31세)   잡지사 조선지광사에 입사, 동사에서 발간하는 『신계단』 편
               집을 맡음.

1932년(33세)   『조선일보』 함남 특파원으로 파견되었다가 나중에 본사로
               소환되어 학예부장을 맡음. 사내의 진보파와 보수파 사이의
               싸움에서 사장 편에 붙은 배신한 사람을 폭행하여 퇴사. 이
               시기의 경험을 「세로」(『춘추』, 4월)에서 작품화.

1934년(35세)   카프 사건으로 전주 감옥에 수감됨.

1935년(36세)   12월 석방됨. 함흥으로 돌아와 인쇄소 경영.

1936년(37세)   첫 장편소설 『황혼』을 『조선일보』에 8개월여에 걸쳐 연재(2.
               5~10. 28).

1937년(38세)   「조선문학의 새 방향」(『조선일보』, 1. 1~8.)를 필두로 다수
               의 평론 발표. 「홍수」의 2부인 「부역」(『조선문학』, 6월)을 발
               표. 「청춘기」(『동아일보』, 6. 8~11. 29)를 연재.

1938년(39세)   인쇄소를 그만두고 동명극장 경영.

1939년(40세)   첫 소설집 『청춘기』(중앙인서관) 간행. 「귀향」(『야담』, 2.~7.)
               을 연재. 전향자의 좌절과 현실적응 노력을 그린 소설 「이
               녕」(『문장』, 5월)을 발표

1940년(41세)   임화, 김남천, 안막 등과 더불이 국민총력조선인연맹과 조선

문인보국회에 가담함. 『귀향』(영창서관)과 『황혼』(영창서관)
이 단행본으로 간행됨. 한말 전환기를 그린 장편소설 『탑』
(『매일신보』, 8. 1~41. 2. 14.)을 연재함.

1941년(42세) 『초향』(박문서관)과 『한설야단편선』(박문서관)이 간행됨.

1942년(43세) 『탑』(매일신보사)이 간행됨.

1943년(44세) 7월 문석준과 관련하여 보안법 위반으로 투옥.

1944년(45세) 5월 출옥.

1945년(46세) 이기영, 송영 등과 함께 9월에 조선프롤레타리아예술연맹
조직 결성을 주도함. 기관지 『예술운동』을 발행하면서 임화
가 이끈 조선문학건설본부의 『문화전선』과 경쟁을 벌임.
'문교(文敎)'에 관한 일을 함. 12월에 김일성을 만남.

1946년(47세) 2월 조선프롤레타리아예술연맹 함남지부장을 맡음. 3월 북
조선예술총연맹 위원장을, 6월에 『함남인민보』 사장을 맡
음. 7월에 북조선 민전 17인 위원 중의 하나로, 8월에는 북
로당 주석단 31인 중의 한 사람으로 선임됨. 북로당 중앙
본부 집행부 문화부 책임자로 일함.

1947년(48세) 2월 북조선인민위원회 교육국장 역임. 7~9월 소련 여행. 북
조선인민회의 대의원 맡음.

1949년(50세) 북조선문학예술총동맹 3차 대회에서 위원장으로 피선. 최고
인민회의 대의원이 됨.

1951년(52세) 3월 15일 어머니 타계. 조선문학가동맹과 북조선문학예술가
동맹이 통합되어 창설된 조선문학가총동맹의 위원장이 됨.
6월 『승냥이』(조선작가동맹출판사) 발간.

1952년(53세) 6·25전쟁을 다룬 소설 『대동강』(『로동신문』, 4. 23~29.) 연

재.

1953년(54세) 김일성의 항일투쟁을 형상화한 「력사」(『로동신문』, 4~7.)를
연재함.

1954년(55세) 장편 『력사』(조선작가동맹출판사) 발간.

1955년(56세) 3월 『황혼』(조선작가동맹출판사) 재간행. 6월 『대동강』(조선
작가동맹출판사) 발간. 7월 김일성의 어린 시절을 다룬 아
동소설 『만경대』(민주청년사) 출간.

1956년(57세) 7월 적색 농조를 다룬 『설봉산』(조선작가동맹출판사)을 발
표. 10월 『탑』(조선작가동맹출판사) 재간행.

1957년(58세) 8월부터 58년 9월까지 교육성과 문화선전성이 합쳐진 교육
문화성에서 교육문화상 맡음. 7월 『청춘기』(조선작가동맹출
판사) 재간.

1960년(61세) 9월 9일 『력사』로 『두만강』의 작가 이기영과 함께 인민상
수상. 최고인민회의 상임위원회 부위원장, 조선평화옹호 전
국민족위원회 위원장, 세계평화이사회 이사직 등 역임.

1962년(63세) 10월경 숙청됨.

1976년(77세) 사망.

한설야의 『탑』의 문제적 성격

서 경 석(한양대학교)

1.

본명이 한병도(韓秉道)인 작가 한설야는 1900년 함경남도 함흥에서 태어났다. 고향 마을을 나촌이라고도 불렀는데 한 씨들만 200여 호 모여 사는 집성촌이었다. 2남 2녀 중 차남으로 출생하였고 위로 형이 있어 이 작품에서 늘 비교의 대상이 된다. 아버지는 조선말 군수를 지낸 한직연(韓稷淵)이었다. 아버지는 사상의학자 이제마의 문하생이었는데 『탑』의 구성을 이루는 기본 바탕은 이 아버지가 중심에 서있던 고향 마을에서의 삶이라 할 수 있다.

『탑』은 작가의 분신인 우길이와 그의 형 수길이 그리고 누이동생 이순이의 어릴 적 이야기를 적은 것이다. 집안이 어떠했고 아버지가 무얼 했으며 집안의 종 게섬이가 어떠했던가를 서술하면서 유년 시절의 기

억을 펼쳐낸다. 형 수길이가 결혼을 하고 누이 이순이가 집안의 결혼
강권에 봉착하자 우길이가 이순을 데리고 가출하는 것으로 작품이 마
무리되어 있다.

작품의 시간적 배경에 해당되는 실제 한설야의 연보를 간략히 살펴
보면 7세 무렵부터 서당에 다녔고 함흥 보통학교에 입학, 1914년 졸업
한 후 경성고등보통학교에 입학하였으나 서울생활에 잘 적응하지 못하
고 1918년 경성고보를 중퇴하고 함흥고보로 전학한 것으로 되어 있다.
아버지의 뜻에 따라 함흥 법전에 진학하였으나 종교사건에 연루되어
제적당하였다고 되어 있으나 이 작품에서는 경성에서 전문학교를 다니
는 것으로 변주되어 있다. 대략 이 시기까지의 삶을 기억해 놓은 『탑』
은 한설야의 전기적 작품으로 읽어도 큰 문제는 없다고 생각된다.

2.

한설야가 『탑』을 쓴 때는 1940년이다. 『황혼』, 『청춘기』에 이은 세
번째 장편소설이다. 중국 무순으로의 이주 후 다시 귀국, 조선프로문학
진영에 가담하고 카프 제2차 사건에 연루되어 1934년 투옥되고 다시
1935년 집행유예로 석방된 후 고향으로 돌아와 인쇄소를 경영하거나
동명극장을 운영하며 『황혼』과 『청춘기』를 연재하고 난 후였다. 『청춘
기』가 1939년, 『황혼』이 1940년 1월에 단행본으로 간행되고 같은 해 8
월 1일부터 이듬해 2월 14일까지 매일신보에 (단행본은 매일신보사에

서 1942년 12월 25일 간행) 『탑』이 연재되었다.

3.

작품의 이해를 위해 『탑』이 연재된 당대의 문학사적 배경에 대해 간략히 정리해둘 필요가 있다. 한설야의 그간의 이력에서도 확인되듯이 프롤레타리아 문학으로의 시대적 지향이 퇴조하자 카프출신 작가들은 시대를 보는 안목에서 상당한 혼선을 겪고 있었다. 세계적 차원에서 파시즘이 대두하고 식민지 조선도 중일전쟁(1937년) 이후 준 전시의 상황에 빠져 들어 가고 있는 상황에서 작가들은 시대의 추이를 감지할 수 있는 어떤 '눈'을 확보하기 어려웠다. 시대의 의미를 '누벼줄' 이러한 사상적 초점의 상실 혹은 부재는 '현재'를 그리는 작가들의 창작 작업에 큰 부담으로 작용했다. 어떻게 현실을 바라볼 것인가에 대한 끊임없는 모색만이 이들 앞에 놓인 과제였다.

이 때 하나의 방법론으로 제시된 것이 김남천의 <로만 개조론>과 최재서의 <가족사 소설의 이념>(인문평론, 1940년 2월)이다. 구체적 방안으로서 가족사 연대기 소설의 창작을 통해 과거로부터 현재에 이르는 길을 탐구함으로서 현재의 뿌리와 그 의미를 모색해 볼 수 있다는 의도에서였다. 과거를 살피면 현재가 보이지 않을까 하는 것이 대략적으로 본 이 방법론의 요체이다. 김남천이 『대하』를 썼고 이기영이 『봄』을, 한설야가 『탑』을 써서 이에 호응하는 모습을 보인다. 그러나 이러한 작업은 세태적, 풍속적 묘사의 성격을 벗어나기 어려웠다. 과거에 대한 기억이 현재의 의식적 무의식적 목적성에 의해 구성되는 것이라면, 이 목적성 혹은 관점의 상실이나 부재 속에서 과거의 회고가 자연주의적 차원을 넘어선다는 것은 거의 불가능하다고도 할 수 있기 때문이다. 오히려 작가들의 실제적인 입지점이 적나라하게 드러나는 결과를 낳았을 뿐이다. 그러나 바로 이 지점에 오히려 이들 작품, 특히 한설야의 『탑』이 자료적 가치를 지닐 수 있는 계기가 내재되어있다고도 말할 수 있다.

4.

그 가치란 다음처럼 지적할 수 있다.

우선 이 작품에는 낯선 어휘들이 무수히 포함되어있다. 함경도 지방의 방언을 포함하여 현재에는 사어가 된 어휘들, 그리고 당대에 일상에서 익숙하게 구사되던 문장들이 이 작품만큼 풍부하게 수록된 예는 그다지 많지 않다. 이러한 어휘력과 문장을 바탕으로 전근대적 삶에 대한 묘사가 이루어진다. 따라서 이러한 어휘들은 우리의 고유어에 해당하는 것이기도 하여 의미가 있다.

둘째로 이 작품은 가족사 연대기 소설이란 형식 하에 1905년 전후의 고향 마을의 삶을 재현하고 있는데 그 삶의 중심에는 양반 집안의 습속과 사고가 자리 잡고 있다는 점이다. 그 습속과 사고의 중심이 어떠한

것인가를 이 작품은 보여준다. 그 한 예로 주인공 우길이 회고 하는 이
러한 집안의 질서의 묘사에서부터 두드러진다. 민란에 이어 러일 전쟁
시기, 이들 가족은 수상이란 산골 마을로 피신한다. 이때의 기억.

> 아무 일 없으니 안심하고 있으라던 아버지도 이제는 뱃심이
> 꺼졌는지 가묘를 안고 물가로 나왔다.
> 불을 끄는 것은 오직 물뿐이라고 생각한 것이요, 또 다른 것은
> 태워도 가묘만은 태우지 말려는 것이었다.
>
> —『탑』, 17쪽.

　조상의 위패를 모시고 제사를 지내는 가묘는 가족의 생명을 상징하
고 그 생명의 역사성을 확인하는 곳이다. 말하자면 가문의 구성원이 자
기 존재의 정체성을 보증 받는 곳이자, 자기의식의 물질화된 실재이다.
이를 바탕으로 유교적 원리인 효가 주체의 윤리로 작동하게 된다. 이러
한 유교적 윤리는 작품의 말미에 주인공 상도가 아버지에 저항코자 귀
향한 장면에서도 잘 드러난다.

> 그러나 상도는 아무 말 않고 듣고만 있었다. 아버지는 실컷 나
> 무라고 나더니 약간 성미가 풀렸는지 긴 담뱃대로 나무 재떨이를
> 끌어다 놓고 서울기사미 한 대를 박아 담아서 넌지시 붙여 물고
> 아까보다는 조금 나직한 소리로 세상이 망하느니 인심이 개발바
> 닥이느니 남이 다 그릇된 길을 가더라도 근본 있는 사람 후예는
> 꼭 성현의 말을 지키고 부모의 명령에 복종해야 한다고 길다랗게
> 늘어뺀 다음,

"저 대청 가묘에 들어가서 할아버님들한테 절을 하고 안으로
들어가 봐라."
하고 상도에게 일렀다.

—『탑』, 519~520쪽.

조상의 어떠함은 대를 이어 후손의 일상 삶과 규범에 깊이 영향을
남기니 친진(親盡)의 논리와 본분의 윤리가『탑』의 구성원리라 해도 과
언이 아니다. 이러한 원리가 작동하는 세계란 논리적이거나 합리적이지
않다. 작품의 말미로 향하며 선명해지는 의미의 고양도 보이지 않는다.
다만 조상에 기대어 후손이 본분을 지키며 살아가는 무구한 세계의 묘
사에 불과하다. 고향과 사람들, 조상과 후손들이 어울려 지내는 질서의
세계인 것이다. 이 질서를 깨는 것은 본분을 지키지 못하는 비윤리적
소인배들과 외부의 침입 즉 전쟁이나 자본주의적 '일탈'일 터이다.

셋째로 지적할 점은 소란스러운 구한말의 세계에서 이 질서는 당연
히 붕괴되어 갈 운명에 놓여 있었음에도 이러한 세계를 와해될 운명으
로 묘사하지 않았다는 점이다. 환언하면 작품의 전체적 흐름이 이 세계
의 필연적인, 그리하여 윤리적인 사멸을 초점으로 삼고 있지 않다는 말
이다. 오히려 전근대의 세계가 포착되고 그 본분의 세계가 상상되고 구
성되었다고 할 수 있다. 이는 조의관이 이 '사당의 정신'을 정신을 지키
려는 고루한 인물로 그려져 있는『삼대』에서처럼 작가의 근대적인 합
리주의의 시선이 작동하여 구성해낸 세계와는 사뭇 다르다. 실제로는
'한 번도 현재이지 않았던 과거'가 한설야에 의해 이렇게 그려졌다는
점은 한설야의 작가적 세계관을 재검토할 수 있게 해주는 시점이라 할

만하다.

넷째로, 한설야의 작품을 대개 이념적 성향이 강한 것으로 생각하지만 그 성향의 성격을 분석해보면 그 이념적 성향이 근대적인 마르크스주의적 사유에 전적으로 대응되는 것이라고는 생각되지 않는다는 점이다. 오히려 그의 이념은 특유의 관념적 강건함 같은 속성을 보이기도 한다. 따라서 그 이념적 특수성을 사유할 수 있는 계기는『탑』속에 있을 수 있다는 점도 지적해둘 필요가 있겠다.